Lolita

VLADIMIR NABOKOV

洛丽塔

[美] 弗拉基米尔·纳博科夫 著

主万 译

上海译文出版社

图字：09-2005-111号

图书在版编目（CIP）数据

洛丽塔：导读珍藏本/（美）弗拉基米尔·纳博科
夫（Vladimir Nabokov）著；主万译. —上海：上海
译文出版社，2022.12
书名原文：Lolita
ISBN 978-7-5327-9176-7

Ⅰ.①洛… Ⅱ.①弗…②主… Ⅲ.①长篇小说—美
国—现代 Ⅳ.①I712.45

中国版本图书馆CIP数据核字（2022）第229448号

洛丽塔	Vladimir Nabokov	出版统筹 赵武平
Lolita	弗拉基米尔·纳博科夫 著	责任编辑 周 冉
	主万 译	装帧设计 柴昊洲

上海译文出版社有限公司出版、发行
网址：www.yiwen.com.cn
201101 上海市闵行区号景路159弄B座
上海中华商务联合印刷有限公司印刷

开本635×965 1/16 印张36 插页6 字数318,000
2022年12月第1版 2022年12月第1次印刷

ISBN 978-7-5327-9176-7/I·5707
定价：168.00元

目录

导言

一、纳博科夫的木偶戏

我已经尽了最大的努力来说明这本书的运作方法，至少是部分运作方法。只有直接阅读这本书才能欣赏到它的美、幽默和感染力。可是为了启发那些对这本书中惯用的变形方法感到困惑的人，或那些在发现一本全新的书的过程中仅仅因为找出书中有些东西不符合"好书"的概念而感到厌恶的人，我要指出，你一旦明白《棱镜的斜面》里的主人公们是可以被宽泛地称为"创作方法"的那种主人公，你就可以尽情地欣赏这本书了。这就好比一个画家说：注意，我在这里给你们看的不只是一幅风景画，而是一幅表现如何用几种不同的方法描绘同一处风景的画；我相信，把这些不同的方法和谐地结合起来，就会展现出我想让你们看见的那处风景了。

——纳博科夫《塞巴斯蒂安·奈特的真实生活》[①]

弗拉基米尔·弗拉基米洛维奇·纳博科夫一八九九年四月二十三日生于俄国圣彼得堡。富有和贵族气派的纳博科夫家族并非西方自由鬼魔学所谓"白俄"常见人物——一律单片眼镜、法贝热鼻烟盒、观点反动——而相反倒是有很高文化修养、多年在政府担任公职的家庭。纳博科夫的祖父是两朝沙皇的司法大臣，推行过司法改革，而纳博科夫的父亲则是著名的法学家，排犹运动的死敌，多产的记者和学者，反对党（立宪民主党）领袖，第一届国会（杜马）议员。一九一九年他携全家流亡德国，在柏林与人合办自由流亡者日报，直至一九二二年在一次政治集会上，因设法保护发言的人而遭两名保皇分子暗杀，时年五十二岁。年轻的纳博科夫赴剑桥三一学院，一九二二年获斯拉夫语及罗曼语荣誉学位。后来的十八年，他在德国和法国居住，用俄语写了大量作品。有名无实的欧洲流亡者社区太小，养不起一个作家，纳博科夫就靠翻译、当众朗读自己的作品、教英语、教网球，以及当仁不让地为一家流亡者日报首次设计俄文填字游戏来维持生活。一九四〇年携妻子和儿子移居美国，于是纳博科夫开始了英语写作。批评家常拿约瑟夫·康拉德来与纳博科夫比较，这使得纳博科夫的杰出成就黯然失色，因为这位生于波兰的作家开始用英语写作的时候才三十岁，而且与已经是中年的纳博科夫不同的是，他并没有用自己的母语写过任何东西，更不用说九部长篇小说了。

到了美国，纳博科夫在韦尔斯利学院（1942—1948）和康奈尔大学（1948—1958）讲授俄国文学，他的欧洲小说名著课极受学生欢迎。在韦尔斯利讲课期间，他还在哈佛大学比较动物学博物馆从事鳞翅目昆虫的研究。在这期间，纳博科夫的几本用英语写的书获得了有洞察力的读者

---

① 纳博科夫这部用英语写的小说发表于 1941 年。它以文学传记的面貌出现，声称是一位已故作家塞巴斯蒂安·奈特的传记，是由这位了不起的作家的同父异母兄弟 V 所撰写，其实纯属虚构。

的默默看重，而《洛丽塔》才是他第一本受到广泛关注的书。一九五八年该书列入畅销书目并拍成电影，这使他可以辞去教学工作，专心写作。一九六〇年至今他一直在瑞士蒙特勒居住，现在在那里写一本新的小说（书名叫《透明》）和一本西方艺术中的蝴蝶演变史，并计划将来出版几本书，包括康奈尔大学的讲稿、《洛丽塔》电影剧本（斯坦利·库伯里克一九六二年拍的影片只用了书的一部分内容），还有他的一本俄文诗歌选集，由纳博科夫自己翻译并将和他的棋局汇集一起出版。

《洛丽塔》让洛丽塔出了名，而不是纳博科夫。虽然《洛丽塔》得到有影响的批评家的赞扬，但是这本书被看作是无生源说^①的一种奇迹，因为纳博科夫的全部作品就像是一座冰山，他的俄文长篇小说、短篇小说、剧本及诗歌的庞大的主体仍然没有翻译，并没有让读者所见，都隐匿在可以看见的《洛丽塔》和《普宁》（1957）的峰尖下面。然而，在普特南出版社出版《洛丽塔》以后的十一年里，二十一本纳博科夫的书相继问世，其中包括从俄语翻译的七部作品、三部已经绝版的长篇小说、两个短篇小说集、《微暗的火》（1962）、鸿篇巨制的四卷本普希金《叶甫盖尼·奥涅金》英译本（1964）、《说吧，记忆》（1966）——这是最初于一九五一年以《确证》为书名发行的一部传记经过很大修改和扩充的修订本——以及他的第十五部长篇小说《爱达或爱欲》（1969），而它的出版正值他的七十岁寿辰。正在由他的儿子德米特里翻译成英语的《玛丽》（1926）和《荣耀》（1931）的出版将完成他的俄文长篇的翻译。

纳博科夫文集不同凡响的结集出版，体现了分别于五十六岁、六十三

---

① spontaneous generation，一种认为动植物起源于无生命有机物的过时概念。这里显然是用作比喻。

岁和七十岁出版杰作《洛丽塔》《微暗的火》和《爱达或爱欲》的人的坚忍不拔、不屈不挠的精神。纳博科夫在西方世界似乎只对比他逊色的他同时代的苏联作家感兴趣的时候，经历了作为移民作家免不了的艰难困苦，并且最终不但成了俄国大作家，而且还是健在的最重要的美国小说家。无疑，一些咬文嚼字研究当代文学史的人，仍然为纳博科夫的国籍犯愁，不知该把他往哪里"放"，不过，约翰·厄普代克描述纳博科夫时写道，他是"目前最优秀的具有美国公民身份的使用英语的散文作家"①，从而解决了这个虚拟的难题。自名副其实的移民作家亨利·詹姆斯以来，没有一个美国公民创作过如此令人敬畏的作品全集。

纳博科夫对弗洛伊德和社会小说的明显的厌恶将继续使一些批评家对他敬而远之。但是，他迟迟不能获得他的恰如其分的地位，除了人们无法接触到他的书或他未能与某一公认的流派或时代精神模式认同这一原因之外，还有一个更加根本的理由：依照形式主义批评的原则培育起来的读者根本就还没有学会怎样理解有一类作品，这类作品不容你搜索有序的、虚假的和象征的"意义层面"，并且完全脱离后詹姆斯时代对于"现实主义"或"印象派"小说的要求，即要求一部虚构作品应该是纯美学冲动的客观的产物，是现实的假象，自成一体而不受外界影响，由一种一贯持有的观点通过对作者的评论一概无法触及的中枢神经系统信息而形成。在纳博科夫的小说里情形完全相反：他的艺术唯有巧妙，舍此即无；荒诞的、非现实主义的、缠绕的形式，这些甚至在他早期小说里已初露端倪的形式，清楚地表明纳博科夫始终在走自己的路，他走的并不是弗·雷·利

---

① 约翰·厄普代克：《一代大师纳博科夫》，载《新共和》卷 151（1964 年 9 月 26 日）15 期。收厄普代克《散文杂编》（纽约版，1965）中。——原注

维斯 ① 所谓小说的伟大传统的路。但是，纳博科夫目前的名声表明，关于小说以及小说家的道德责任的看法已经有了根本的转变。将来的小说史研究者也许有一天会提出，是纳博科夫而不是任何一个现在在世的小说家，使一个现已枯竭的艺术形式复活，不仅展示了它新的发展前景，而且通过他的榜样，使我们想起他的伟大先辈——如斯特恩 ② 和作为诙谐的模仿者而非象征主义者的乔伊斯——的丰富美学资源。

《说吧，记忆》除了它作为传记而具有的特点之外，还可以与《尼古拉·果戈理》（1944）第五章一起，作为纳博科夫艺术的理想入门书，因为，某些最通俗易懂的纳博科夫批评，就可以在他自己的书中找到。他最公开的诙谐模仿小说最终又绕回到它们自己，并且还奉上自己的评语；《天赋》（1937—1938）和《塞巴斯蒂安·奈特的真实生活》部分章节明白地描述了他后来的小说所采用的叙述手法。假如把《说吧，记忆》的第一句话和最后一句话放到一起，那么，纳博科夫所思考的问题也许就再明白不过了："摇篮在深渊上方摇着，而常识告诉我们，我们的生存只不过是两个永恒的黑暗之间瞬息即逝的一线光明。"在书的结尾他描写了他和他的妻子如何在看穿了蒙骗眼睛的花招之后第一次看到了等在码头上载他们和他们的儿子到美国去的轮船："最令人满足的，是从屋顶和墙壁的错杂的角之间辨认出一艘辉煌的巨轮的烟囱，它像一幅杂乱的画——找出水手藏起来的东西——的某种东西那样从晾衣绳后面呈现出来，找到的人一旦看见了它，就再也不可能看不见它了。"《眼睛》（1930）这书名很恰

---

① F. R. Leavis（1895—1978），英国文艺评论家，他最著名的著作《伟大的传统》（1948）追寻奥斯汀、乔治·艾略特、詹姆斯、康拉德等作家现实主义传统。
② Lawrence Sterne（1713—1768），英国小说家，他的《项狄传》写法怪诞，被认为是小说意识流手法的先驱。

当；对于"现实"（纳博科夫说永远必须加引号的一个词语）的理解首先是一个视觉奇迹，而我们的生存则是一个接着一个的尝试，试图将那"一线光明"中窥见的"画"读懂。人工作品与自然两者对于纳博科夫来说都是"一场陶醉与欺骗交织的游戏"，而反复阅读他的小说的过程就是一场感悟的游戏，他的小说如同恩·汉·贡布里希^①在《艺术与错觉》中论及的书一样——一切都在，看得见（并无象征隐藏在混浊的深处），但是，你必须透过这错视画，因为它最终呈现在你面前的是与你期待的全然不同的东西。这看来就是纳博科夫怎样想象生活的游戏和他的小说的作用的：每当一幅"搅乱的画"被看清楚了，"找到的人一旦看见了它，就再也不可能看不见它了"；意识扩大了或产生了。

"游戏"一词通常意指轻薄无聊和逃避世事的艰苦，但是纳博科夫以他的游戏观来对抗这种空虚无聊。他的"人世游戏"（《微暗的火》里约翰·谢德用语）是在可怕地永不变更的范围之内进行的，这个范围的特征是有"黑暗的两个永恒"；他的这种游戏是要寻求秩序——寻求"游戏中的某种／关联模式"，它要求参与者有充分的意识。作者与读者是"参与者"，因此，在《说吧，记忆》中纳博科夫描述棋局设计的时候，他也是在归纳他的小说写作。作者用诙谐的模仿巧妙地布下了"引入歧途的嗅迹"，写下了"似是而非的参与文字"，倘若你读的时候心动而且还真相信，例如，亨伯特的忏悔是"真诚的"，他已经没有罪了，或者，《普宁》的叙述人真的因普宁对他怀有敌意而大惑不解，或者，一部纳博科夫的书是一个现实的假象，而这现实就产生于我们世界的自然法则之下，那么，

---

① E. H. Gombrich（1909—2001），英国著名艺术史学家，他最有影响的著作之一《艺术与错觉》（1956）论述艺术的性质与批评家的任务。

你不但这个游戏输给了作者，而且你很可能在"人世游戏"，即你自己读画方面的表现也不会很好。

《说吧，记忆》列举了纳博科夫小说的几个重大主题：面对死亡、挺住流亡、创作过程的性质、寻求完全意识和"自由的永恒世界"。他在第一章中写道："我在思想上回到了过去——思想令人绝望地渐行渐淡——遥远的地方，我在那里摸索某个秘密的通道，结果发现时间的监狱是球形的，没有出口。"纳博科夫的主人公居住在幽闭的、仿佛牢房般的屋子里；无论是亨伯特，《斩首之邀》（1936）里的辛辛纳特斯，还是《庶出的标志》（1947）的克鲁格其实都是被监禁的。为了要逃出这球形的监狱（克鲁格在俄语里即"圆圈"的意思）所作的挣扎在纳博科夫的作品里有许多形式。如他在《说吧，记忆》里所描述的那样，他自己就有过绝望的、有时十分可笑的企图，这在他的作品里有各种诙谐模仿，如《眼睛》里恶作剧鬼的阴谋，《微暗的火》里海丝尔·谢德被"家鬼"缠身和她在闹鬼的粮仓里的鬼画符，以及在《瓦内姐妹》（收在《纳博科夫四重奏》，1966）里。《瓦内姐妹》最后一段有一首离合诗，透露故事头几段里两个生动形象是受死人瓦内姐妹操纵的。

虽然《说吧，记忆》明白阐述了纳博科夫小说的自我模仿的内容，但没有人充分认识这些变形的美学含义，或认识纳博科夫在多大程度上有意识地将自己的生活投入到小说创作中。毫无疑问，这是一个危险的说法，很容易被误解。当然，纳博科夫没有写那种几乎毫不加掩盖地抄录下来又往往很容易被当作虚构内容的个人经历。然而，对于理解他的艺术至关重要的是，要了解纳博科夫是怎样常常即兴地从自己的生活经历里找材料来充实他的小说的，而且，在《说吧，记忆》中纳博科夫无恶意地猜到了批评家们要问的问题，写道："有像自我抄袭这类乏味的文学知识的未来的专家，会想要在我的小说《天赋》中将主人公的经历和原始事件进行核对。"书中后来他又谈及了将自己过去的"珍贵材料"赠予他书中人物的习惯。然而，被纳博科夫在他小说的"人造世界"里加以变形的不仅仅是"材料"而已，这是一个无聊的专门家把《说吧，记忆》的第十一章、十三章和《天赋》进行比较之后发现的，或者，由于流亡是纳博科夫的头等重要的题材，通过把《说吧，记忆》里表达的对于流亡的态度与小说里对于流亡的处理进行比较，也可以发现。他的传记的读者在书中了解到，纳博科夫的曾祖父曾到新地岛（岛上纳博科夫的河就是用的他的名字）探险，还绘制了地图。在《微暗的火》中，金波特认为他自己就是新地岛流亡国王。这是一个狂人心目中对纳博科夫往昔奢华的荒诞幻想，也是一个诗人对于无法弥补的失落的幻想。一九四五年纳博科夫另有描述："我将权杖遗落在重洋那方，／我听到我斑驳的名词在那里嘶鸣"（《俄国诗歌的黄昏》）。纳博科夫的化身不是为"失却的钞票"而悲伤。他们的境况，虽然因身陷逆境而愈加困难，但并非流亡者才有。流亡是与一切人类失落相联系的。纳博科夫以无限的同情记录了心必须经受的压迫；即便是在他的最具有诙谐模仿色彩的小说如《洛丽塔》中，他也在说笑中发出痛苦的呼叫声。"可悲，"约翰·谢德说，"是通行的口令。"纳博科夫的流亡是情感和精神的流亡，最终又落到自己身上，被使人困扰的记忆和愿望囚禁在唯我的"镜子监狱"里，分不清哪是玻璃哪是自己（此处再借用一个监狱用语，见收在《纳博科夫短篇小说集》[1958]里的短篇小说《助理制片人》[1943]）。

超越唯我是纳博科夫小说关注的一个中心问题。他并不主张逃避，他对于这个主题的处理有一种清晰的道德感染力：只是在《洛丽塔》的开头，亨伯特可以说他把洛丽塔"安安稳稳地唯我存在了"。他在流亡时所遭受的极冷漠的监视往往被批评家们所忽视。《普宁》里的斯文而糊涂的教授在最后一章被换了一种方法处理，语气严厉了，因为叙述者接过话去明白指出，他接替了普宁的工作而不是，他希望，普宁的生存。约翰·谢德要我们怜悯"那个背井离乡的人／那个躺在汽车旅馆里垂死的老人"，而我们的确是怜悯的。但是在"评语"里金波特说："把身份淹没在那面流亡镜子里的国王是犯了（弑君）罪的。""过去的已经过去了。"在《洛丽塔》结尾处，亨伯特要洛丽塔再体验总是无可奈何地失去的东西时，她这样对亨伯特说。作为一本关于往昔所施与的魅力的书，《洛丽塔》是纳博科夫自己对前一本书即《说吧，记忆》第一版诙谐模仿式的回答。记忆女神摩涅莫绪涅现在被看作是一个不能带来希望的女神，而怀旧则被看作是荒诞的死胡同。《洛丽塔》是人们最不可能提名列入"自传体"的书，然而，即便是完全创作的形式，它也与纳博科夫的灵魂最深处有着联系。与《天赋》中的诗人费奥多尔一样，纳博科夫可以说："我将所有一切原封不动地置于那滑稽模仿的诗文的边缘……另一方面，肯定有一个严肃的深渊，我得另辟蹊径，沿着我自己的真实和对它的滑稽模仿之间这道狭窄的山脊。"

一个托付给想象的自传体主题就这样有了新的生命：艺术上冻结了，空间上停滞了，此刻成了永恒，因此它是可以接受的。小丑式人物格拉达斯误杀约翰·谢德的情节出现在纳博科夫的父亲也是这样被杀四十年后出版的一本小说里，读到它你可能会记起七岁的纳博科夫捉到又飞走的那只蝴蝶，这只蝴蝶"在经历了一场历时四十年的赛跑之后，最终在博尔德附近……外来的蒲公英上被追上并捉住了"（《说吧，记忆》）。你明白了艺术是如何让纳博科夫的生活能过得下去的，以及他为什么把《斩首之邀》叫作"虚空里的小提琴"。他的艺术记录了一个永不停息的变的过程——艺术家通过艺术创造而带来的自身成长——昆虫的变形循环是纳博科夫描述这个过程时起支配作用的比喻，因为他一生从事生物考察，在他脑子里已确立了"蝴蝶与自然界中心问题之间的联系"。意味深长的是，在一部纳博科夫小说的结尾，在这部小说的"循环"完成之后，往往出现一只蝴蝶或一只飞蛾。

纳博科夫引人瞩目地积极参与他的虚构作品中的生活，其意义是可以领会的，读了《说吧，记忆》这意义就更加明白了。例如在《斩首之邀》中，辛辛纳特斯趴在铁窗上睁大眼睛往外看，在监狱大墙上看到一行很有意义的、已经有点儿模糊的字："你什么也看不到。我也试过的"（第29页），是"典狱长"——即作者——清秀、一眼就能认出的笔迹，他一插手这部书就缠绕了，这样一来除了"书"这个现实之外，就毫无现实可言了。"缠绕"这个词语可能会让一些读者犯难。但是你只要将这个词语的辞典意义引申一下就明白了。一部缠绕的作品最后会归结到自己身上，是指向自己的，是意识到作为一部虚构作品的地位的，借用马拉美[1]解说他自己的一首诗时说的一句话，是"*allégorique de lui-même*"——自我讽喻的。一个理想地缠绕的句子就可以这样说，"我是一个句子"，而约翰·巴思[2]最近发表的短篇小说《称号》《一生》和《梅涅莱》（见《迷失在开心馆中》，1968），如同任何虚构作品都有可能的那样，就很接近这个有些疑

---

① Stéphane Mallarmé（1842—1891），法国诗人，象征派代表。

② John Barth（1930—　　），美国作家，小说讽刺幽默，富有哲理。《迷失在开心馆中》包括十四篇故事，部分相连，涉及作者（人物之一）与读者间的互动。

问的理想。举例来说,《称号》的各个部分相互就有过一次不可思议的讨论,甚至还对作者说:"过去你对偶尔出现的精妙词语和技巧上的推敲沾沾自喜。"

　　缠绕的作品里的人物往往都明白,他们的真实性是十分可疑的。雷蒙·格诺[①]的《里芒的儿孙们》(1938)一书中,夏贝那克是一所公立中学的校长,他一直在搜集材料,准备写一部关于"文学狂人"的巨著:《错误知识大全》。到了小说最后一章他放弃了出书的希望,而就在这时,他在咖啡馆遇上"一个人物"(后来这个人物自报家门,知道他叫格诺),主动提出把他的手稿交给格诺,让他用在正在写的一部小说里,因为小说中的一个人物是一位校长,如此等等。一个类似的大倒退出现在刘易斯·卡罗尔[②]的《镜中奇遇》(1872)第四章,书中担当创作者(和造物主)角色的是睡梦中的国王。爱丽丝走过去要叫醒国王,被特威德尔迪阻止了:

　　　　"他这时候在做好梦呢,"特威德尔迪说。"你说他是在做什么梦?"

　　　　爱丽丝说:"谁也猜不出来。"

　　　　"哎,你呀!"特威德尔迪叫道,得意地拍着手。"你说,要是他不梦到你,那你会在哪里呢?"

　　　　"当然在我现在这地方啰,"爱丽丝说。

---

① Raymond Queneau (1903—1976),法国作家,二十年代参加超现实主义运动,作品有黑色幽默倾向。

② Lewis Carroll (1832—1898),英国数学家、儿童文学作家。

"你不会！"特威德尔迪轻蔑地说。"你什么地方也不在了。哼，你只不过是他梦里面的一样东西！"

"要是那国王醒过来，"特威德尔德姆插话道，"你就熄灭了——噗！——就像一支蜡烛！"

"我不会的！"爱丽丝气愤地大声道。"再说，假如我是他梦里的一样东西，我倒要问问，那你是什么？"

"也一样，"特威德尔德姆说。

"也一样，也一样！"特威德尔迪叫道。

他的声音叫得这么响，爱丽丝只好赶紧说："嘘！要是你声音这么大，我怕你会吵醒他的。"

"唔，你说吵醒他没有用，"特威德尔德姆说，"因为你是他梦里的一样东西。你心里很清楚你不是真的人。"

"我是真的！"爱丽丝说，一边哭了起来。

塞缪尔·贝克特[①]的《残局》(1957) 也有类似的讨论。"有什么东西可以让我留在这里不走？"克洛夫问道。哈姆回答说，"对话。"更像特威德尔兄弟而不是爱丽丝的是格诺《障碍》(1933) 里的三个上年纪的人物。他们在漫长的毁灭性的法兰西-伊特鲁里亚战争后幸存下来，到了书中最后几页，他们什么都想要。女王接受致敬以后说，"说那个话的不是我……是书里边说的。"问她："是什么书？"她回答说，"唔，这本书。我们现在呆在里面的这本书。这本书重复我们说的每一句话，我们走到哪里他就

---

① Samuel Beckett（1906—1989），爱尔兰戏剧家、小说家，荒诞派戏剧主要代表之一。

跟到哪里，讲我们的故事，是贴在我们身上的真正的吸水纸。"[①] 然后他们就讨论他们是其中一部分内容的这部小说，并一致同意把时光抹去，从头再来一遍。他们又倒回去，回到巴黎。小说最后的两句话就是开头的两句话。

虽然哲学上的含义会让人觉得不很有趣，但是最明显的缠绕例子却可以在连环画册，报刊漫画连环画和动画片里找到。动画片里的人或动物常常刻画得栩栩如生，历历在目：先是空银幕的一片空白，接着看到空银幕成了一块画板，画家的画笔在画板上迅速移动，寥寥数笔，画出几个人物，他们这时候才动起来。或者是照习惯采用魔法墨水瓶，墨水瓶前后动作。一开始是从墨水瓶里泼出这些人物，末了再把他们收回墨水瓶里去。这些技法描绘了《障碍》的发展过程，你在第一章看到的是一个轮廓，而随着小说的展开，轮廓变得越来越丰满。又如阿兰·罗伯-格里耶[②] 的 *Dans le labyrinthe*（《在迷宫里》，1959），书中的叙述者坐在静静的房间里，凝视着几样东西，包括一件印刷钢凹版，接着版面"活了"，于是小说就从这里编织出来。"我们终于创造了自己，"在《障碍》的结尾一个人物说，"而老书是用可笑的涂鸦（手书）一下子就将我们弄出来了。"[③]

在缠绕的作品里，人物与他们的创造者随意交流，但他们之间的这种关系也并非始终很理想。你或许还记得动画片《疯小兔》（大约创作于1943 年）。兔子与画家之间有一场持续的恶战，看到画家的可怕武器橡皮和铅笔轮番上场，一会儿把兔子的脚擦掉，使它不能逃跑，一会儿给它一

---

① 雷蒙·格诺：《障碍》，巴黎，1933 年版，第 294 页。——原注
② Alain Robbe-Grillet（1922—2008），法国小说家。
③ 雷蒙·格诺：《障碍》，巴黎，1933 年版，第 294 页。——原注

个鸭嘴，让它不能还嘴。这跟《斩首之邀》里的人物命运不同，书中人物被随心所欲地拆卸，重新调整，重新组装。但人物也并不是像辛辛纳特斯那样始终没有怨言。在一九三六年报上每日连载的漫画连环画倒数第二个框框，切斯特·古尔德在画中把他的主人公可怕地困在矿井的井筒里，入口用巨石堵着。迪克·特雷西惊骇的脸的上方圆圈里写的字说，"古尔德，你太狠心了。"到最后一个框框，看到一只拿着橡皮的好意的手，要擦掉巨石。然而，《芝加哥论坛报》的坎普顿·帕特森，显然是利维斯博士的门徒，他认为古尔德的确太狠心，于是把画稿退了。莎士比亚在不夜城直接跟乔伊斯说的话就远没有那般气急败坏："瞧我的老兄把他的周四机遇搅的，"因为那机遇是指布卢姆日，指这本书，指乔伊斯要成就的大业[1]。"啊，詹姆斯你就饶了我吧，"莫利·布卢姆恳求乔伊斯道[2]，此外在叙述布卢姆不夜城的幻想那一章，维拉格的鬼影说，"这适合你的书么？"在确认之后维拉格的喉咙一阵阵地抽搐的时候，他说，"正好！他又来了。"[3]维拉格直接跟乔伊斯说话是正确的，因为那不夜城的幻觉是艺术家的创作。维拉格接受了他是别人的创造这一事实，他的表现比爱丽丝和《庶出的标志》里的克鲁格更显得有风度，因为克鲁格一听说他是别人所创造就疯了。相反，这一认识倒锻炼了正等着斩首的辛辛纳特斯，因为这就是说他不会真"死"。

纳博科夫关于果戈理的评论有助于加强显示缠绕的类比定义。"一切真实都是假面具。"他写道，而纳博科夫的叙述是假面剧表演，演的

---

[1] 詹姆斯·乔伊斯：《尤利西斯》（纽约，1961年版），第567页。——原注
[2] 同上，第769页。——原注
[3] 同上，第513页。——原注

是他自己创造的东西，而不是自然世界的再现。但是由于后者是大多数读者对于小说的期望和要求，因此还有许多人仍然不懂纳博科夫在做的事。他们不习惯作者"间接地提及画面粗糙的屏风后面的别的东西"，而正是在那里，"真正的情节在明显看得见的情节背后进行着"。因此，在纳博科夫的所有小说中至少都有两个"情节"：书中的人物，以及创作者超越书本的意识——"真正的情节"，可以在叙述的"裂口"和"漏洞"中看得见。关于这些，在《说吧，记忆》第十四章有很贴切的描述，因为那一章纳博科夫讨论了流亡作家中"最孤独和高傲的一个"西林（纳博科夫流亡后用的笔名）："他作品的真正生命流淌在他的修辞手段之中，有个评论家（纳博科夫？）将此比做向连成一片的世界开启的窗子……一个转动着的必然结果，一系列思想的影子。"这邻近的世界即作者的思想和精神，而他的个性、他心灵上的幸存、他的"多面意识"，最终既是书的主题，又是书的产物。不管怎样开，这些"窗户"始终表明"诗人（此刻就坐在纽约州伊萨卡一把草坪椅子上）是核心，"一切的"核心。"

从《王，后，杰克》（1928）中的首次出现，到《斩首之邀》（1936）里的完全成熟，再到《微暗的火》（1962）"缠绕寓所"的最高境界，缠绕手法已经决定了纳博科夫小说的结构与意义。你始终要记住"那只大师的拇指"（借用《微暗的火》里弗兰克·莱恩的说法）的指印，"顿时使那令人不知所措的错综复杂玩意儿变成了一条美丽的直线"，因为只有在这个时候才可能看到"明显的情节"是怎样绕进"真实的"情节，又绕出来的。虽然其他作家也创作过缠绕的作品，但是纳博科夫的自觉是超绝的；他达到的效果以及他的操纵自如所涉及的广度与高度，使他显得很独特。

若不把自传性的主题包括在内，缠绕则通过六个基本手法实现，而且相互紧密关联，但为明白清晰起见，简述如下：

诙谐模仿。诙谐模仿作为有意使用的巧妙手段，给纳博科夫的缠绕提供了主要的基础，提供了——正如《塞巴斯蒂安·奈特的真实生活》一书中叙述者讨论奈特小说时所说——"使用戏谑性模仿的手法作为一种跳板，以便跳进严肃情感的最高境界"。因为诙谐模仿的对象是其他艺术作品或者它自己，所以它排除根据真实情况虚构出来的作品的可能性。只有作者的敏感才能确保诙谐模仿或自我模仿的神韵；它是文字杂耍，是作者的一系列文学模仿表演。当纳博科夫把一个人物，甚至把窗上的遮帘叫作"诙谐模仿"的时候，那意思是说，他的创作不具有别的"现实"。《洛丽塔》是自《绝望》（1934）以来任何一部小说中"裂口"最少的，而且，在我看来，是他的最现实主义的作品，然而恰恰在《洛丽塔》这样的一部小说里，缠绕也是通过诙谐模仿和文字模式来维持的。

巧合。纳博科夫爱好巧合的例子，在《说吧，记忆》一书中俯拾皆是。因为是取自他的生活，所以这些巧合例子表明对于巧合纳博科夫的想象是如何作出反应，并将它用在他的小说里，描出生活构思的图样，以便取得时间与空间的细致入微的融合。"一定有某种逻辑法则，"纳博科夫在《爱达或爱欲》（1969）一书中写道，"在给定的领域内支配偶然巧合的数量，然后这些偶发事件便不再是巧合，而是形成了新的事实的活生生的机制。"亨伯特要住到草坪街342号夏洛特·黑兹家去；他和洛丽塔在"着魔的猎人"饭店342室开始了他们非法的周游全国的旅行；一年中他们途中在 342 家旅馆和饭店登记入住。鉴于数字会有无数个可能的组合，这几个数字表明他是落入了麦克费特（借用亨伯特的拟人化说法）的圈套。但是，这几个数字也是一个显而易见的、意味深长的计谋，像那一册一九四六年《舞台名人录》一样，亨伯特要我们以为他是在写我们现在读的这一章之前的一天晚上，在监狱图书馆里找到它的。这本年刊不但预示小说的情节的发展，而且在模拟洛丽塔的"多洛雷斯·奎"条目下我们得知，她"一九〇四年在《千万不要对陌生人说话》一剧在纽约初次登台——而且在小说最后一段，几乎是相隔三百页之后，亨伯特劝说洛丽塔不在他身边的时候，不要和陌生人说话"。对于一份据说是在五十六个动乱日子里写成的未曾修改的第一稿自白书来说，这是体现非凡叙述能力的一个细节。倘借用打断《庶出的标志》叙述的一个神秘的声音来表达，即，很清楚，"另外有人了解内情"。若巧合从一本书延伸到另一本书，那就不叫巧合。从一个"现实"所创造的人物一再地出现在另一个"现实"：虚构的作家皮埃尔·德拉朗德在《天赋》里提到了，又在《斩首之邀》里题词（平装本里无意中删去）；普宁和另一个人物都说起过"弗拉基米尔·弗拉基米洛维奇"，并对他的昆虫学不屑一顾，认为是装腔作势；"洛丽塔飓风"在《微暗的火》里说到过，而普宁坐在大学图书馆也让人看到了。虚构的或平平常常的名字还有某些预测未来的数字不断在许多书中出现，相差无几，而且不传达任何意义，只是说明作品之外有人在说而已，它们都不过是一个总模式的组成部分而已。

模式化。纳博科夫对国际象棋、语言和鳞翅目昆虫学的酷爱，促使他在他的作品里采用纷繁、缠绕的模式。与通过模仿而实施的游戏一样，谈谐双关语、字谜游戏、首音互换无不说明一个喜好文字游戏的人的插手干预；就主题而言，都是与镜子监狱相称的。有几本书的叙述编织了象棋主线，而即使是在一本最具有真实生活条理的早期小说《防守》（1930）里，象棋模式证明连象棋大师卢仁都摸不着头脑的势力的存在。（"于是在第四章快结束时，我在棋盘的一角走出了意想不到的一步。"纳博科夫在前言里写道。）关于鳞翅目昆虫学主线的重要性已经说到过了，纳博科夫的书中它是进出自由的：在《斩首之邀》里，就在辛辛纳特斯要斩首之前，他轻轻地抚摸一只大飞蛾；在《微暗的火》一书中，约翰·谢德丧命前一刻一只蝴蝶停在他的手臂上；在《爱达或爱欲》一书中，凡·维恩来角斗的时候，一只透明的白蝴蝶从面前轻盈飞过，于是凡心中明白他只有几分钟可活了；在《说吧，记忆》最后一章，纳博科夫回想起在巴黎，就在大战前，看到一只活蝴蝶被人系在一根线上拉着；在《庶出的标志》结尾，伪装的作者擅自闯入，中断"明显的情节"，而随着书的合上，他望着窗外，看到一只飞蛾"噗"的一声撞在纱窗上，心想："一个不错的飞蛾扑火的夜晚"。《庶出的标志》发表于一九四七年，因此事情绝非偶然，在纳博科夫的下一部小说（1955）里，亨伯特早在一九四七年就遇上了洛丽塔，从而保持了作者的"虚构时间"而不打断，并使他能够在一生最奇妙的蝴蝶搜寻中，透过新小说的基础，追逐那只飞蛾可爱的白天替身。"我承认我不信任时间，"纳博科夫在《说吧，记忆》欣喜若狂的蝴蝶一章的最后这样写道。"我喜欢在使用过后把我的魔毯这样折叠起来，使图案的一个部分重叠在另一部分之上。"

作品中的作品。纳博科夫小说的自指手法，即斜插进书里的镜子，很清楚是作者自制的，因为小说里面没有一个观点能对这些手法所制造的令人头昏目眩的颠倒负责。《塞巴斯蒂安·奈特的真实生活》这部书原先似乎是试图替叙述者的同父异母兄弟要写的文学传记搜集材料的，但结果连叙述者的身份也让人弄不明白了，该书的方向在奈特的第一部小说《棱镜的斜面》里发生折射，"是一个侦探故事场景的极滑稽的模仿"。像伊丽莎白女王时代的剧中剧一样，《洛丽塔》书中奎尔蒂的剧本《着魔的猎人》提供了一个"信息"，它可以很严肃地看作是对整部小说进展的评语；而《舞台名人录》和拉姆斯代尔学校学生名册则神秘地反映了他们周围发生的事，也很含蓄地包括了《洛丽塔》的写作。《微暗的火》一书非小说内容部分——序言、诗、评语，以及索引——构成了一个纠缠不清的索引参照的镜子迷宫，一个只能是作者制造的封闭的宇宙，而决非"不可靠"的叙述者之所为。《微暗的火》将作品中的作品的终极潜在价值变成了事实，虽然它在二十四年前在作为《天赋》第四章的文学传记里已经有了。假如发现《天赋》里的人物同时也是第四章的读者让人觉得困惑，这是因为它提示人们，正如豪尔赫·路易斯·博尔赫斯[1]论及《哈姆雷特》里的戏时所说，"如果虚构作品中的人物能成为读者或观众，反过来说，作为读者或观众的我们就有可能成为虚构的人物。"[2]

小说的上演。纳博科夫写了《洛丽塔》的电视剧本，而在此之前他用俄语写过九个剧本，包括他涉足科幻小说所得几部中的一部，即《华

---

① Jorge Luis Borges（1899—1986），阿根廷诗人、小说家。
② 豪·路·博尔赫斯：《吉诃德的部分魔术》，收入《迷宫》（纽约，1964），第 196 页。——原注

尔兹发明》（1938），这部书于一九六六年翻译成英语出版。因此人们并不觉得意外，他的小说竟充满了"戏剧"效果，非常适合于他的表演精神。个性的问题可以作富有诗意的调查，即可以试戴一副副的面具，不合适则丢弃。此外，除了觉得是在上演一部小说之外还有别的更好的办法能证明一部书里的一切都是被操纵的么？在《斩首之邀》一书中，"外面上演了一场夏季雷暴，虽然简单，却颇为高雅"。《洛丽塔》中，奎尔蒂最后死的时候，亨伯特说，"这就是奎尔蒂为我上演的这出匠心独运的戏剧的结局"；另外在《黑暗中的笑声》（1932）中，"雷克斯设想的舞台监督是一个善施魔法，能同时变成两三个幻影的普罗透斯①"。普罗透斯式的善变的扮演者纳博科夫在他的小说里始终伪装起来出现：制作人、电影编剧、导演、典狱长、独裁者、地主，甚至扮演一个小角色（《洛丽塔》书中奎尔蒂剧本里的第七个猎人，一个年轻诗人，坚持认为剧中一切都是他的创作）——仅举他特务一样伪装的几个例子。他在自己创作的人物中间出入，宛如《暴风雨》里的普罗斯佩罗。莎士比亚俨然是他的一个老祖宗（他与纳博科夫同生日），《斩首之邀》末了舞台布景拆除时发出的劈劈啪啪的声音，是纳博科夫笔下莎剧的翻版，是普罗斯佩罗折断魔杖，向演员们宣告（我们的狂欢现已结束，这些演员／我已告知你们，都是精灵／他们已经化入空中、化入虚无缥缈中；《暴风雨》第四幕第一场）。

作者旁白。一切缠绕的效果都绕入作者旁白——"来自由我扮演的

---

① Proteus，希腊神话中的小海神，能预言，善变，好回避问题。

拟人神祇",纳博科夫这样说——《绝望》之后所有小说中这神一再闯入,最突出的是在书的尾声,这时他会将书完全接过去(《洛丽塔》是个明显的例外)。就是这个"神",控制着一切:他开始叙述只是要中断故事,由他来把这一段另行复述;暂停一个场景以便在章节的屏幕上将它"重放"一遍,或将反面的幻灯片倒回来再正确投放;拟人神祇的闯入是要给予舞台提示,或表扬演员,或告诫演员,或搬动道具;他启示人们,人物具有"塞了棉花的身体",他们是作者的木偶,还说一切都是虚构的东西;他将叙述中的"裂口"和"漏洞"扩大,一直到"结尾"处叙述终止,因为这时动力已经消除,扮演角色的演员已经解散,甚至虚构的东西也已经烟消云散——然后至多是以"一个过时的(舞台)传奇剧"梗概的形式在空间里留下一个痕迹,这个传奇剧,"神祇"或许在某一天会写的,而且它写的就是(如《微暗的火》那样)我们刚读完的这本书。

一本纳博科夫小说令人头昏目眩的结尾要求读者对它作出一个复杂的反应,但这是读了一辈子现实主义小说的许多读者不可能做到的。然而,孩子们却有可能做到这一点,如同他们的本领所显示的。我自己的孩子当时三岁和六岁,他们使我想到这一点。那是两年前的夏天,他们无意中表明,假如他们不发生变化,将会成为纳博科夫理想的读者。一天下午,我和太太给他们搭了个木偶戏台。在客厅长沙发靠背顶上撑起戏台以后,我就在沙发后蹲下,在脑袋上方的舞台里操纵起两个套在手上的木偶。沙发和戏台的布景将我遮掩得很好,让我可以从靠背的缝隙里窥视,看到他们一下子就沉浸在木偶戏中,并且真的被我临时编造的小故事所吸引。故事以脾气很好的爸爸打一个不争气的孩子的屁股结束。但是,木偶表演者进入他的故事粗暴动作高潮时情不自禁地推翻了整个戏台,哗啦啦地倒塌在地板上，戏台变成了一堆硬纸板、木头和布——而我还蹲在地上，四处张望，脑袋暴露在沙发靠背之上，套着木偶的两只手，露出手腕，竖在空中。接着有好几分钟，我的孩子仍旧处在张大嘴巴、看得入迷的状态，仍旧置身故事中，两眼瞪着戏台所处的空间，全然没有看见我。然后他们露出一个喜剧演员得花一辈子功夫才能演得炉火纯青的那种恍然大悟的神情，并无法控制地大笑起来，我从来没有见过的大笑——并非笑我动作的笨拙，因为我的笨拙不新鲜，而是笑他们自己全神贯注地投入到并不存在的世界的那些时刻，笑那个世界的倒塌对他们所具有的意义，即在关于现实的大世界的真实可靠、他们每天为维持大世界的秩序所作的努力，以及他们自己编造出来的幻想等方面的意义。他们还笑他们认识到了精力充沛地表演对于我的意义；但是他们发现他们多么容易上当，信任多么容易落空。他们的高声大笑最后还表明他们认识到了刚才发生的事情的可怕暗示，也表明了只有大笑才能使他们在新的认识中锻炼自己。

一九六六年我到蒙特勒纳博科夫那里拜访了四天，是代表《威斯康星学报》去采访他，同时与他交谈我对他的作品的批评研究，我跟他谈了这件事情，并且还谈到这件事情对我来说是阐明了文学缠绕的定义和他在一部小说的"结尾"希望从读者那里得到的反应。"说得对，说得对，"我讲完之后他说道。"你应该把它写到书里去。"

读者完全地、彻底地认同书中的一个人物，在这种盲目的情况下意识会受到限制，但纳博科夫在诙谐地模仿读者这一状态的时候，能够创造出对他的小说作形式多样的、立体的评价所必需的超脱。有了这样的超脱，纳博科夫木偶戏的"两个情节"便清晰可见了——原来这就是他作品的总构思。这样的总构思揭示，在一部一部的小说里，他的人物要逃出他构造的镜子监狱，挣扎着朝一种自知奔跑，而这种自知只有他们的创作者通过创作他们才能达到——这个创作过程是一个把纳博科夫的艺术与他的生活连结起来的缠绕的过程，它清楚地表明，作者本人不在这个监狱内。他是这个监狱的创造者，他是超乎这个监狱之外的；他操纵着一本书，如施泰因贝格[①] 那些漫画中有一幅所示（纳博科夫赞叹不已），画里的人在画一条在最充分的意义上给了他本人"生命"的线。但是纳博科夫的缠绕的过程，他邀请我们与他一起观察的全景图，在《说吧，记忆》第十五章有最贴切的说明。在这一章，他评说了物理学家，说他们不愿意

> ……讨论本性的外表、曲度的所在一样，因为每一维都以一个它能够在其中活动的媒介为先决条件，而如果，在事物的螺旋式展开的过程中，空间扭曲成了类似于时间的某种东西，而时间又转而扭曲成了类似于思想的东西，那么，肯定随之会有另外一维——也许是个特殊的空间，我不相信不是原来的那个，除非螺旋又变成了恶性循环。

最终超脱了"从外面"看一部小说而得到的印象，我们的惊异被激了起来，我们表示同情的可能性也扩大了，因为，在"螺旋式展开"的时候，这样的同情心延伸出去，包括了作者的思想，这位作者深刻的人道主义的艺术肯定了人类面对混乱、恢复秩序的能力。

[①] Saul Steinberg（1914—1999），美国漫画家，在《纽约客》周刊连载漫画出名。他的画以几何图形、数字、符号、动物形象等表示幽默讽刺的意义。

二、《洛丽塔》的背景情况

批评家们往往把纳博科夫的第十二部小说看作是与他的其他作品完全不同的特殊例子，而实际上，小说深刻地并以极阴郁而又极滑稽的形式，涉及始终在作者心头萦绕的主题。虽然《洛丽塔》对几个上年纪阅读能力差的人来说，是一部令人憎恶的小说，但是关于它的不顺利的出版及出版以后人们的反应的确切情况，年轻的读者也不一定了解。在四家美国出版社拒绝出书之后，巴黎克雷鲁安文学所的艾尔佳夫人把《洛丽塔》送交巴黎莫里斯·吉罗迪亚的奥林匹亚出版[①]，虽然吉罗迪亚出版过几部如让·热内[②]这样一类作家的即使有争议也还是值得称道的作品，因而功不可没，但是，他的主要精神食粮是臭名昭著的施行者手册丛书，即曾经是目光锐利的美国海关检查员非常熟悉、非常重视的绿书脊图书。但是纳博科夫对此一无所知，并且因吉罗迪亚先前出版项目中的一个即"橡树版本"之故，认为他是"优秀版本"出版商。《洛丽塔》分成两册装订，加上一定要有的绿书脊，于一九五五年九月悄悄地在巴黎出版。

因为这样一来似乎证实了那些神经紧张的美国出版商的判断，所以，吉罗迪亚的批准就成了《洛丽塔》要克服的又一个障碍，尽管该书的所谓色情问题其实今天看来是风马牛不相及的，而且书出版以后不久这个问题在法国已经有了定论。我是纳博科夫康奈尔大学一九五三至一九五四年间的学生，那个时候大多数在读的学生都不知道他是一个作家。一年以后我

---

① 参看纳博科夫的文章《〈洛丽塔〉与吉罗迪亚先生》，《常青评论》第 11 卷（1967 年 2 月号），第 37—41 页。——原注
② Jean Genet（1910—1986），法国小说家、诗人、荒诞派剧作家。作品有小说《鲜花圣母》（1944）、自传《小偷日记》（1949）等。

服兵役外派到了法国。那是我在部队的第一次放假到巴黎去，自然就到塞纳河左岸的一家书店去淘书。书店柜台上方醒目地堆着一排奥林匹亚出版社的书，看上去非常吸引人——就在这里，在一本本《直到她尖叫起来》和《鲁宾逊·克鲁索的性生活》当中，我发现了《洛丽塔》。尽管我认为我知道纳博科夫全部的英语写的作品（而且找遍绝版书店买了每一部书），这部书我倒并不知道；它的环境，它的版式，是非常令人惊讶的，即使纳博科夫的文学讲稿（编号311—312）在被格罗夫公司出版之前的那些纯真岁月已经被大学生联谊会里知识浅陋又爱开玩笑的人叫作"肮脏文学"，因为里面有《尤利西斯》和《包法利夫人》这样的作品选读（那些思维敏捷的校园才子每提起后一本书，就会去掉字母B①）。我买了《洛丽塔》带回驻地，那是在城外的林子里。士兵假期很难得，因此兵营里奥林匹亚的新书一向争相传阅。城里新到的女孩于是引起小小的轰动。"嗨，借我看看你的脏书，伙计！""军事监狱老土"卡尔硬要看。他的绰号是名副其实的，他要看，我马上答应了。"军事监狱老土，念念，"有人嚷道。于是，"军事监狱老土"跳过序文，像补习班的差生一样，开始读开首那一段。"'洛……丽塔……我的生命之……光……欲望之火……我的罪恶，我的灵魂……洛—丽—塔；舌……尖……由……上……向……下……'——妈的！""军事监狱老土"大声叫嚷道，一面把书摔到墙上。"这叫什么文学！"于是就有快速色情读物测试法，即心理测试圈内所谓"IPT"②。虽然这一测试法万无一失，但是就我所知这个测试法从来没有应用于任何一个

---

① 《包法利夫人》是法国十九世纪作家福楼拜的代表作，英译 *Madame Bovary*，去掉字母 B 的 ovary 意为"卵巢"。

② Instant Pornography Test（快速色情读物测试法）的首字母缩写形式。

诉讼案子的审理。

由于与通常的书评界有着双重的隔绝，因此《洛丽塔》在出版后的半年里普遍不为人们所注意。然而到了一九五六年冬，英国的格雷厄姆·格林①推荐《洛丽塔》作为一九五五年优秀图书中的一本，结果立即激怒了《星期日快报》一位专栏作家，这又促使格林在《旁观者》上作回应。一九五六年二月二十六日《纽约时报书评》以"阿尔比恩"②为题（暗含古董茶壶里的奇特的暴风雨之意）简短地提到这一次笔战，并称《洛丽塔》是"一部冗长的法国小说"，也没有提纳博科夫的名。两周之后，《纽约时报》指出"本报对这件事的简短报道引来了雪片似的来信"，并花了一个专栏的三分之二篇幅介绍这件事，相当详细地引述格林的文章。从此《洛丽塔》开始了它的地下生存，而到了一九五七年夏才公开，因为当时纽约的《铁锚评论》花了一百一十二页的篇幅介绍纳博科夫。其中包括弗·威·杜庇的漂亮的引言，小说的长篇节选，以及纳博科夫的后记，"关于一本题名《洛丽塔》的书"。一九五八年普特南出版社的美国版面世的时候，他们在整版的广告刊出的同时，登载了一长列来自体面的、甚至著名的文学界人士的评语，尽管《洛丽塔》迅速上升到畅销书排行榜首位，并非仅仅是他们的支持或小说的艺术技巧所造成的。"洛丽塔飓风从佛罗里达刮到缅因"（借用《微暗的火》里的约翰·谢德的话［第680行］说），也在英国、在意大利还有在法国造成了暴风雨，因为在那里这部小说曾分别三次遭禁。虽然这部小说与我国法律从来并无抵触，但是，如所预料的，也有愤怒的抗议声，包括《新共和》的一篇社论；但是，由于

----

① Graham Greene（1904—1991），英国小说家。
② Albion，古希腊罗马人对不列颠或英格兰的称呼。

这些至多涉及社会历史而非文学史的问题，因此恕不赘述。有一个例外。一九五八年八月十八日每天出版的《纽约时报》上有奥维尔·普雷斯科特的评论，因为颇有可爱之处，故予以保留："'洛丽塔'则无可否认是图书界的新闻。不幸的是，它是糟糕新闻。有两个同样严肃的理由说明为什么它不值得任何一个成年读者去关心。第一，在矫揉造作、华而不实、装模作样之中让人觉得乏味、乏味、乏味。第二，它令人厌恶。"[1]普雷斯科特说这样的话是步人后尘，与《南方季度评论》（1852年1月）一个无名作者的言论相仿，那位评论作者觉得处理"追寻"主题的作品过去有过，处理手法有所不同，但同样令人不能忍受："书里面尽是悲伤的事，单调乏味，或荒唐。梅尔维尔[2]先生书中的公谊会教徒都是些十足的傻瓜、蠢货，他的疯船长只想找那条咬了他一条腿的鱼泄私愤，却置渔船、水手、船主于不顾，是个非常讨人嫌的人……"

毫不奇怪，亨伯特·亨伯特的迷恋促使写书评的人到纳博科夫早期作品中去寻找类似的情节，而且他们没有失望。《天赋》（作于1935和1937年间）中，一个人物看到年轻诗人费奥多尔桌子上的几页手稿，说：

"啊，只要我稍有闲暇，我能一气写出怎样的一部小说哟！根据现实生活。心中构想这档子事：一个老家伙——不过仍处于盛年

---

[1] 纳博科夫在四年之后采用乔伊斯的类似方法，回敬了普雷斯科特，尽管没有点名，即让杀手格拉杜斯仔仔细细读《纽约时报》："一个专门评论旅游新书的雇佣文人，在评论他本人挪威之行时说，挪威峡湾太出名了，根本用不着（他）再多费唇舌加以描述，还说斯堪的纳维亚人都爱花儿。"（《微暗的火》第275页）这是真的从这家报纸上选来的。——原注

[2] Herman Melville（1819—1891），美国小说家，他多部小说以捕鲸船上的经历为题材，代表作为《白鲸》（1851）。

时期，激情似火，渴盼幸福——结识了一个寡妇，她有个女儿，年纪尚幼的一个小丫头，你晓得我的意思，尚未成形，可她的走路姿势已经让你想入非非——一个小姑娘的过错，模样俊俏，皮肤白皙，眼睛下面涂成蓝色。当然她没拿正眼瞅那老东西。怎么办？嘿，顾不上多想，他突然娶了那个寡妇。好了。他们三人成了个家。这里你可以讲下去，随便怎么编——诱惑，无边的苦难，心痒难熬，疯狂的欲望。结局——一次失算。时光流逝，他变老了，她出落得更漂亮了——一点也没什么。充其量是打身边走过时用一种鄙视的目光热辣辣地烫你一下。嗯？你可觉得这是一部陀思妥耶夫斯基风格的悲剧？那个故事，发生在我的一个朋友身上，很久很久以前在仙境，那时的科尔老国王是一个快活的老人。"

虽然这一段文字①似乎是《洛丽塔》的雏形（"怪事，我好像能预见到我未来的作品，"费奥多尔说道 [第 206 页]），但是关于这一点被提到最多的是《黑暗中的笑声》(1932)，因为欧比纳斯·克莱兹玛尔为了一个女孩子牺牲了一切，包括他的视力，而结果他还是失去了她，因为她投入了雇佣艺术家阿克谢·雷克斯的怀抱。"是的，"纳博科夫赞同道，"正如玛戈和洛之间有相似之处一样，雷克斯和奎尔蒂之间也存在着相似之处。当然，实际上玛戈是一个粗俗的小淫妇，并不是一个不幸的小洛丽塔（阿·亚按：严格说，根本不是性感少女）。无论怎么说，我认为这些不断出现的性变态行为和病态行为并没有多大意义或重要性。我的洛丽塔是《斩首之

---

① 安德鲁·费尔德在《纳博科夫：他的艺术生涯》（波士顿，1967）第 325 页，以及卡尔·R.普罗菲在《洛丽塔解锁》（布鲁明顿，1968）第 3 页，都指出这一段。——原注

邀》里的埃米，是《庶出的标志》里的玛利亚特，甚至是《说吧，记忆》里的柯莱特……"（见《威斯康星学报》采访报道）纳博科夫对那些搜寻洛丽塔原型的人非常生气是有道理的，因为热衷于具体的"性病态行为"模糊了具有较为普遍意义的环境，而这些变态行为正是应该放在这样的环境里加以观察的，因此，他的后记作了严肃认真的纠正。本引言的读者应该读一读他的后记，"关于一本题名《洛丽塔》的书"，但读之前一定要在这里夹一个书签，一个牢靠一点的书签，让你想得起来再翻回来——一条颜色鲜艳的布比较合适。现在请翻到第489页。

看完后记之后，认真的读者对于纳博科夫关于《洛丽塔》缘起的说明便了解了。"最初灵感的触动"产生了一篇短篇小说《魔法师》（《沃尔谢卜尼克》），这篇小说用俄语作于一九三九年，但从未发表过。纳博科夫节选了两段供安德鲁·费尔德作批评研究[1]。第一段里，魔法师在巴黎杜伊勒里花园第一次见到那小女孩：

> 一个身穿紫色连衣裙的十二岁的女孩（他猜年龄从不出差错），踩着旱冰鞋迅速而稳步地走来，但旱冰鞋不是在滚动，而是在砾石路上嘎吱嘎吱地踩，两只鞋轮换着提起来，又落下去，就像日本人的小碎步，并且穿过一道道变幻不定的太阳光朝他坐的长凳走过。后来（后来持续了多久就有多久）他仿佛觉得，就在那个时候，他一眼就将她从头到脚打量了一遍：（新近才做的）的黄褐色鬈发的活泼，大而略显空茫的眼睛晶莹发亮，多少让人想

---

[1] 安德鲁·费尔德在《纳博科夫：他的艺术生涯》（波士顿，1967）第328—329页引用了。——原注

起半透明的醋栗；她的快活温暖的面色；她的粉红的嘴微张，露出两个大门牙，正好抵着下唇；露在外面的胳膊显出夏日太阳晒的颜色，前臂上有狐狸似的细滑光泽的软汗毛；她的仍然窄小但已经一点也不能叫作扁平的胸部，隐约中显得柔软；她的裙子褶层的摆动，褶层的紧缩和柔软的凹陷；她的自然的双腿修长而红润；结实的旱冰鞋的鞋带。

她到了坐在他旁边的饶舌的妇人面前停住，只见那妇人转身在右手边的一件东西里摸索着，拿出一块巧克力放在一片面包上，伸手递给小女孩。她一边嘴里很快地嚼着，一边用另一只手解开鞋带，并脱下两只沉重的装着坚固轮子的铁鞋。然后，她从砾石路走到我们面前的泥地上，突然间因光脚的舒适而变得轻松，然而由于不能即刻适应脱掉旱冰鞋的感觉，她走起路来时而迟疑，时而又自如地跨着脚步，终于（也许是因为此时她已经吃完面包）她撒腿跑起来……

据费尔德的研究，亚瑟几乎是在最后一页，即小女孩的母亲去世后不久，才对她有挑逗举动：

"这就是我睡的地方吗？"小女孩冷冷地问道，而当他一边用力地关百叶窗，将眼睛一样的窗缝关紧，一边回答说，对，她看了看手里拿着的帽子，然后又无精打采地将帽子扔到那张宽大的床上。

"没错，"等到那个老人把他们的箱子拖进来随后离开，而且屋子里现在只有他的心在怦怦地跳，只有夜在远处颤动，他说道，

"唔，现在该睡觉了。"

她昏昏欲睡的，两条腿也站不稳，结果脚上绊了一下，撞到了扶手椅的一角，而在这个时候，他也同时坐下了，并扶着她的屁股，趁势拉她过来。她挺起身来，像天使一样伸开双臂，一时间全身肌肉都收紧了，并跨出了一小步，然后轻轻地坐到了他的腿上。"我的宝贝，我可怜的小姑娘，"他喃喃地说道，仿佛心中一片迷雾，既有怜惜，又有温情，还有渴望。他看着她的睡眼惺忪，她的恍恍惚惚，她的懒洋洋的笑。他隔着她的深色裙子抚摸她，他透着她裙子的薄呢触摸这孤儿系在光腿上吊袜带。他在想她的孤立无助，她的无依无靠，她的温情。她两条腿滑了一下分开了，然后身体轻轻的一阵窸窣，两条腿又交叉在一起，而且位置稍高了一点，他喜欢她两条腿的有生命的重量。她慢慢地伸过穿在小巧的袖子里的一条无力的手臂，钩住了他的脖子，将他淹没在她那柔软秀发栗子的烘香里。

然而无论是作为魔法师还是作为恋人，亚瑟都失败了，而且不久以后就离开了这个世界。他的死法纳博科夫将转用到夏洛特·黑兹身上。虽然这一场面显而易见预示了下榻"着魔的猎人"饭店的第一夜，然而它的简单的情节和严肃的调子却完全不同，而且，在它这里仅几个段落的内容是压缩的，以后要占几乎两章的篇幅。亚瑟喜欢女孩"有生命的重量"，这让人想起《洛丽塔》更加轰动的膝盖一幕，也许是小说最有性爱色彩的插曲——但仅仅是让人想起而已。除了这样的联想之外，人们根据引述的两大段不妨认为，几乎没有什么超出故事基本思想的东西存在于《洛丽塔》

里；至于故事的叙述，相差何止十万八千里。

《魔法师》没有发表并非因为题材犯忌，而是因为，纳博科夫说，这个女孩没有一点"现实的样子①"。一九四九年从韦尔斯利搬到康奈尔之后，他忙着"重新处理这个主题。这一回是用英语写作"。虽然《洛丽塔》"进展很慢"，花了五年才写完，但是，纳博科夫很早就已经成竹在胸。但是，如同他所习惯的那样，这部书的写作并没有按照情节先后次序来进行。亨伯特的忏悔日记写于这一"重新处理"的开头，接着是亨伯特和洛丽塔的第一次西行，以及奎尔蒂丧命时的天气情况（"他的死我在脑子里必须清楚，这样才能把握他前面的模样。"纳博科夫说）。纳博科夫接着填补亨伯特早年生活的空缺，然后再继续其余的情节，或多或少是按顺序在写。亨伯特与洛丽塔最后的见面是最后写的，在一九五四年，那以后就只有约翰·雷的序文了。

这一重新处理中尤其新鲜的是叙述从第三人称转换到第一人称，这样一来就引起——明显地——让迷恋的甚至是发疯的人物认认真真地叙述他自己的经历这样一个向来是很难对付的叙述上的问题，具体地说，是一个因亨伯特的性变态必定会造成的自我开脱的可以理解的成分以及亨伯特已经是一个来日无多的人这两点理由而变得更加复杂的问题。人们不禁想知道，假如阿森巴赫是《威尼斯之死》的故事叙述者，那么托马斯·曼还能不能把这部书写成是关于艺术和艺术家的寓言。虽然纳博科夫其他主要

---

① 安德鲁·费尔德指出，人们应该记得这个故事原是要让俄国流亡者群阅读的。强烈的性爱（与色情相对立的）主题，俄国作家严肃地采用得相当频繁，远远超过他们的英国和美国同行。费尔德列举的作家有陀思妥耶夫斯基（《群魔》中被禁的那一章），列斯科夫，索洛古勃，库兹明，罗扎诺夫，库普林，皮利尼亚克，巴别尔，以及蒲宁。费尔德还归纳了纳博科夫早年创作、没有翻译的写性主题的两个短篇《童话》（1926）和《敢闯的人》（1936年前后）的故事情节。——原注

人物有许多都是受害者（卢仁，普宁，欧比纳斯），但是他们无一人讲自己的故事；而只有亨伯特才既是受害者又是害人者，从而成了纳博科夫的第一人称叙述者中仅有的一个人物（《绝望》中疯狂、残暴的叙述者赫尔曼不算在内，因为他有太明显的非法行为，所以严格说来是够不上一个受害者的）。纳博科夫让亨伯特来讲这个故事，这样就给自己制造了一个在《说吧，记忆》第十四章作了最贴切的描述的挑战，在这一章里，在与《洛丽塔》头几章同时写的一段文字里，他把棋局的创作比作是"创作出一本那种难以置信的小说，其中作者在一阵清醒的疯狂之际，怀着一个神明用最不可能的成分——岩石、碳和盲目的搏动——建造一个有生命的世界的那种热忱，为自己制定了某些他要遵守的独特规则、他要克服的噩梦般的障碍"。①

除了这些障碍之外，这部小说进展很慢还因为大量的材料既是难使用的又是不熟悉的。"创作俄国和西欧"尚且很困难，更不用说创作美国了，而且现在五十岁了，纳博科夫还要着手搜集"能让我在个人想象的佳酿中注入一点通常的'现实'（倘不加引号就没有意义的少数词语之一）这样的本地素材"。"最难的是，"他最近对一个来采访的人说，"将自己放在……我是个正常人，你知道。"②研究因此就很有必要，于是纳博科夫就一丝不苟地留心报纸上关于恋童癖的报道（有一些用到了小说里），阅读个案研究，而且像亲自做调查的玛格丽特·米德③一样，甚至作这方面的

---

① 具体地谈到《洛丽塔》的写作的时候，他说："她就像创作一个绝妙的谜——谜的创作，同时又是谜的破解，因为一个与另一个是极相似的，依从你所观察的方向而定。"——原注
② 潘尼罗普·吉列特：《纳博科夫》，《时尚》第 2170 期（1966 年 12 月），第 280 页。——原注
③ Margaret Mead（1901—1978），美国人类学家、社会心理学家，以研究太平洋无文字民族而闻名。

研究："我乘校车听女学生谈话。我借口联系我女儿上学找到学校去。其实我并没有女儿。过去有一个常来看德米特里﹝他的儿子﹞的小女孩，形影不离的，我拉住她的一条手臂，称她是洛丽塔。"[1] 这样一个性感少女就诞生了。

撇开鞭辟入里的"研究"不说，一个欧洲流亡者如此出色地再创作了美国，并且因此而成了一个美国作家，这就是一个杰出的体现想象的成就。自然，赞叹纳博科夫的成就的那些批评家和读者也许并不一定知道，他对于美国实地的了解超过了他们大多数人。正如他在《说吧，记忆》中所说，他作为一个"鳞翅目昆虫学家"的跋山涉水，让他到过四十六个州，入住过二百个旅馆，换句话说，足迹踏遍了亨伯特和洛丽塔走过的路。然而，考虑到纳博科夫的背景以及他的艺术与业余爱好的深奥，在他的所有小说当中，《洛丽塔》是最不该由他来写的一部小说。"简直难以逆料，"安东尼·伯吉斯[2]写道，"一个如此敏锐和博学的艺术家竟然成了美国最大的文学骄傲，然而现在这似乎完全是合理的并且是必然的。"[3]更难以逆料的是，纳博科夫会比他同时代的作家更圆满地实现了康丝坦斯·鲁尔克在《美国幽默》(1931)一书中所希望出现的一种文学，即要能做到将本土素材与古老世界传统本能地结合起来的文学，尽管《洛丽塔》中的真的结合，也许比鲁尔克小姐也没有想到过的结合还要紧密。但是要是对纳博科夫有个人之间的了解，那你首先是被他强烈的和无限的好奇心所打

----

① 潘尼罗普·吉列特：《纳博科夫》，《时尚》第2170期（1966年12月），第280页。——原注

② Anthony Burgess (1917—1993)，英国小说家、批评家，代表作有《发条橙》(1962)，对少年犯罪、暴力、高科技提出引起恐慌的、未来主义的观点。

③ 安东尼·伯吉斯：《诗人与学究》，载1967年3月24日《旁观者》，第336页。《紧要印件》（纽约，1969）重印。——原注

动，被他对于他周围的一切发自内心的、富于想象的敏感所打动。将亨利·詹姆斯关于艺术家的著名定义说得再明白一点，我们可以认为，纳博科夫真正是一个周围的一切都逃不过他的慧眼的人——只不过就纳博科夫而言，这是真的，而詹姆斯和他之后的许多美国文学知识分子，他们的作为名流的"严肃性"一直都表现得很不自然，因此他们作出的反应的面如此狭窄，以致他们常常忽略了寻常事物的有时是极其不寻常的特点。

纳博科夫的敏感，在我一九六六年九月第一次到蒙特勒拜访的最后一晚，对我来说，表现得最为淋漓尽致。晚餐后在纳博科夫的套房里与他和他的夫人两个小时的交谈中，纳博科夫努力想象假如摄影术在中世纪就已经发明，绘画史会是什么样子；他谈到了科幻小说；他问我是否注意到里尔亚伯那所发生的事情，然后非常精通地把它与十几年前发生的类似事件作了比较；他说到在一个得克萨斯狙击手在塔楼顶上为围困准备的好多天干粮里曾发现有除臭棒；我们讨论别雷《圣彼得堡》的英译文里一个很大的用词错误；他给我看插图非常漂亮的介绍蜂鸟的书，接着又讨论日内瓦湖的鸟类；他谈起博尔赫斯、厄普代克、塞林格、热内、安德烈·西尼亚夫斯基（"阿勃拉姆·特尔茨"）、伯吉斯以及格雷厄姆·格林，如数家珍一般，语气中流露出敬佩之情，又总是恰如其分地分别给予评价；他回想起修改《洛丽塔》电视剧本时在好莱坞的经历，还说起在一个晚宴上遇见玛丽莲·梦露（"是个讨人喜欢的演员。很可爱，"他说。"你最喜欢梦露的哪一部电影？"）；他谈到他钦佩的苏联作家，还总结了他们的求生存之道；他把卡夫卡短篇小说《变形记》里的格利高里·萨姆萨甲虫属哪一种替我作了确切的定义（"这是有圆球形背部的甲虫，翅膀有鞘的圣甲虫。不管是格利高里还是使他变形的人，都没有想到女佣在打扫屋子的时候，窗子是开着的，他可以飞出去逃走，加入到快乐的牛粪甲虫的队伍中去，在乡间小路上去滚粪球。"）；他还问我知道不知道牛粪甲虫是如何产卵的？由于我回答说不知道，他就站起来学给我看。他弯腰，在房间里一边慢慢地走，一边将脑袋朝腰部伏下，同时两手做着滚粪球的动作，等到两手将脑袋掩住，卵就产完了。谈话中不知怎么的说出了莱尼·布鲁斯^①的名字，纳博科夫和他的太太都说听说布鲁斯去世他们都很伤心；他们都非常喜欢看布鲁斯的演出，但是，说到上一回是在哪里看他演出的他们各有各的说法，纳博科夫太太说是在杰克·帕尔的电视节目里看到的，而她丈夫——这位科学家、语言学家和十五部小说的作者，他用三种语言写作、出版著作，而他的博学可以拿他的英译四卷本普希金的《叶甫盖尼·奥涅金》，连同两卷注释和一百页"诗韵论"明白作证——坚持说是在艾德·苏利文的节目里看到的。

不仅什么都逃不过纳博科夫的双眼，而且他像博尔赫斯短篇小说《博闻强记的富内斯》的主人公一样，似乎什么都记得。一九六六年我去拜访他的第一个晚上，吃晚饭时我们回忆康奈尔大学和他在那里教的课程，因为那些课程是非常地、完全地富有纳博科夫风格的课程，即使是在一些极细小的地方（比如考试时采用的"奖金制度"，即倘若学生能从所答问题出处课文找到一条引语［"一颗宝石"］来增添答题色彩，他会给他们每题加两分附加分）。我抱着怀疑态度问纳博科夫，他是否还记得我的太太妮娜，她一九五五年选修过他的文学312课程，同时我告诉他，她得到的是九十六分。他真还记得，因为他常要求召见成绩好的学生。他将她描述得

---

① Lenny Bruce（1925—1966），美国喜剧演员，死于一次意外的用药过量。

准确无误（一九六八年见到她本人时，他记得她在教室里的座位）。临行前的晚上我请纳博科夫在我的奥林匹亚第一版《洛丽塔》上签名。他很迅速地不但签了名、写上日期，而且还画了两幅最近发现的蝴蝶的漂亮的画，一种蝴蝶定名为 *Flammea palida*（"微暗的火"），下面是另一种小得多的蝴蝶，写着"奖金的奖金"[1]。我虽然高兴，但心里有些不解，于是问道："为什么要写'奖金的奖金'呢？"纳博科夫皱起眉，眼睛从眼镜上方窥视，俨然是一个教授的模样，模仿一种洪亮的声音说道："这一下你太太得一百分了！"在四天又约十二小时的谈话之后，在我的看似不相干的请求刚一得到满足的时候，我那自负的却也是一时想到要讲出来的评说脱口而出。同样，纳博科夫的记忆也开启了一辈子的阅读库存——名副其实的一辈子的阅读。

在我问他儿时读什么书的时候，纳博科夫回答说："在我十岁到十五岁之间在圣彼得堡，我读的小说与诗歌——英文、俄文和法文——一定比我人生的任何其他五年间读的要多。我尤其喜爱威尔斯、坡、勃朗宁、济慈、福楼拜、魏尔伦[2]、兰波[3]、契诃夫、托尔斯泰以及亚历山大·勃洛克[4]等人的作品。在另一个水平上，我的主人公是红花侠[5]、菲力亚斯·弗格[6]以及福尔摩斯。换句话说，我是藏书丰富的家庭中一个完全正常的能

---

① 这两幅画的照片载于 1969 年 5 月 23 日《时代》周刊第 83 页。——原注
② Paul Verlaine（1844—1896），法国象征主义诗人。
③ Arthur Rimbaud（1854—1891），法国诗人，他的作品及简练奥秘的风格对象征主义运动产生很大影响。
④ Alexandra Alexandrovich Blok（1880—1921），俄国诗人，他的早期创作承袭象征主义，1905 年革命后倾向现实主义。
⑤ 红花侠是英国女作家奥切（Emmuska Orczy, 1865—1947）的成名作长篇小说《红花侠》（1905）中的主人公的别名。
⑥ 弗格系法国科幻小说家儒勒·凡尔纳（Jules Verne, 1828—1905）《八十天环游地球》中的主人公。

阅读三种语言的孩子。到后来在英国剑桥，即二十和二十三岁之间，我最喜欢读的作家有豪斯曼[1]、鲁珀特·布鲁克[2]、乔伊斯、普鲁斯特以及普希金。在这些排在最前面的最喜欢的作家、诗人中，有几个——坡、魏尔伦、儒勒·凡尔纳、埃姆丝卡·奥切、柯南·道尔以及鲁珀特·布鲁克——逐渐退出，对我来说已经没有了先前的魅力与令人兴奋的感觉。其他的仍然保持不变，对我来说现在已经不可能发生变化了。"（《花花公子》访谈）本书注释将表明纳博科夫在小说中要努力唤醒最遥远的年代所热情关注的事情：年少时读的侦探故事、魏尔伦的诗句、四十年前在温布尔登看的一场网球赛。一切都历历在目，都记录在《洛丽塔》一书中，记忆不承认时间。

当被问到有关纳博科夫的事情的时候，他的朋友和康奈尔大学的前同事都会不约而同地谈起他的貌似自相矛盾的表现，即知识渊博的纳博科夫的心既可以被严肃的问题所吸引，也可以被琐细的事情所陶醉。有一位教授，年龄比纳博科夫小二十几岁，当年纳博科夫在学校的时候他还是个讲师，他记得有一回纳博科夫问他有没有在电视里看过某个肥皂剧。肥皂剧刻画的是典型的中产阶级家庭主妇的生活，包含着连续不断的一连串灾与祸，即便不是古怪或荒唐的，基本上也是搞笑的；然而由于完全没有领会意图，又疑心被狠狠地捉弄，心里想怎么回答都是过不了关的（说不好自己就成了一个大傻瓜，说不好自己又显得很势利），纳博科夫的年轻同事结果是无言以对，只是一阵哼哼啊啊而已。十年后回想起这件事的时候他似乎再一次感觉到不知所措。与纳博科夫关系比较随便一些的是

---

[1] Alfred Edward Housman（1859—1936），英国诗人，拉丁文学者。
[2] Rupert Brooke（1887—1915），英国诗人，十四行诗组诗《一九一四年及其他诗篇》是他的代表作。

梅·霍·阿伯拉姆斯教授。他津津有味地回想起有一回纳博科夫走进起居室，里面一个教工的孩子在聚精会神地看电视西部片。纳博科夫立即被这个节目所吸引，不一会儿他就看着进入高潮的激烈的打斗场面，笑得前仰后合。正是这样的休闲时刻，即使并不真的是这件事，产生了《洛丽塔》书中可以与之媲美的"不可少的场面"的欢闹的滑稽讽刺，即亨伯特与奎尔蒂的扭打，因为他们两人扭打之后"直喘粗气的样子不管是牛仔还是羊仔战斗结束的时候都不会有"。

即使纳博科夫在康奈尔大学有终身教职，他们一家人也从来没有自己的房子，相反他们一直都是租房子住，年复一年地搬家。这样的流动性他赐给了亨伯特。"主要的理由（为什么没有找一处地方安家落户），背景理由是，我认为，只有极像我儿童时代环境的住地才能让我满意。"纳博科夫说。"我是永远也无法找到跟我记忆里的完全一样的地方的——所以为什么要拿怎么也比不上的相似的东西自寻烦恼呢？另外还有一些特别的理由要考虑：比如说，推动力的问题，推动力造成的习惯。我花了那么大的力气，非常愤怒的力气将自己推出俄国，所以一旦动起来以后就一直不停地滚动着。不错，我饱经沧桑终于有了令人垂涎的职位'正教授'，然而我内心仍然觉得自己始终不过是一个贫乏的'客座讲师'。有难得的几回，我到了一处地方对自己说：'行，这里是安家落户的好地方'，就在那个时候我脑海里立即响起雪崩的轰隆声，那雪崩卷走了无数个遥远的地方，那些地方正是我若在地球某一角落定居这一行动会毁坏掉的。最后，我不很在意什么家具、桌子椅子、灯具、地毯之类的东西——也许是因为我在生活富裕的童年，受的教育就是要以玩世不恭的态度看待对于物质财富的过于认真的爱好。这就是为什么在革命废除了那种财富的时候，我并没有感

到遗憾和痛苦。"(《花花公子》访谈)

莫里斯·比肖普教授是纳博科夫在康奈利大学的最好的朋友，纳博科夫从韦尔斯利调到伊萨卡就是由他经手的。他回忆到纳博科夫家拜访正好是他们刚搬进非常土气、俗丽的房子不久。那是一个不在学校的农业教授的家。"换了我，是不可能住在那样的地方的，"比肖普说道。"但是他很高兴有这个房子。每一样糟糕的东西他都喜欢。"尽管比肖普当时没法领会，然而纳博科夫，可以说，是在租住夏洛特·黑兹的房子，阅读她的书，整天与她的照片、"她的商业味的墨西哥木器家伙"同处一室，借以了解她。每年这样地搬家，情形尽管凄惨，却成了昆虫学家纳博科夫可以对亨伯特的猎物的自然栖息地进行考察的一次野外旅行。比肖普还记得纳博科夫读纽约的《每日新闻》，了解犯罪新闻报道，甚至为要了解更加浓缩的稀奇古怪的东西，还读"非凡神父"①的报纸《新的一天》——所有这些让人想起纳博科夫与他还有其他许多共同之处的詹姆斯·乔伊斯。乔伊斯定期阅读《警察报》，阅读假冒的《趣闻》杂志（布卢姆也读的杂志），阅读所有的都伯林报纸；观看滑稽模仿表演，背得出大多数当时的粗俗的诙谐下流歌曲；既熟悉经典著作，也同样熟悉颓废的专为那些租书图书馆写书的女性小说家的作品；他住在的里雅斯特②和巴黎写作《尤利西斯》的时候，依靠他的约瑟芬姨妈为他不断提供他必需的二流文学材料。毫无疑问，乔伊斯的艺术比起纳博科夫的艺术来，更加依赖他那如饥似渴的和同样知识渊博的大脑储存下来的大量学问积余和琐屑材料。

---

① Father Divine（1882—1965），非洲裔美国宗教领袖，1919 年发起"和平使命"运动（the Peace Mission movement），有大量追随者，被许多教徒尊崇为心目中的救世主耶稣。

② Trieste，意大利东北港口城市。

纳博科夫的阅读是很有选择性的，而乔伊斯则几乎是随意收集，然后将日常生活中的漂浮物作艺术的整理。在这方面，纳博科夫不及这位长辈作家，但这一点也说明纳博科夫是在作有意识的选择。这在他康奈尔大学关于《尤利西斯》的讲稿中就可以看出来。纳博科夫从他认为是本世纪最伟大的小说中挑出一些不足的地方，他这样做的时候，强调的是"对于不很优秀的读者来说很费解的不必要的晦涩"，例如"地方特色"和"难以查找的出典"。然而纳博科夫本人也运用过组装的艺术，在《庶出的标志》《洛丽塔》《微暗的火》以及《爱达或爱欲》的丰富多彩表现手法中融入了非常具有"乔伊斯风格"的边角材料、片言只语、琐细情节，而且雅俗并举，或取自书本，或采自"真实生活"。无论他们各自在这方面的成就如何，纳博科夫和乔伊斯（还有凯诺和博尔赫斯）都是少数几个从他们的学问中汲取美学养料的现代小说作家。两人的小说里都可以找到简明扼要的语句，而这些简明扼要的语句又让人们联想起床头读物，联想起伟大的文学剖析著作如伯顿①的《忧郁的剖析》或约翰逊②博士的《英语辞典》，或那些很难归类的名著《白鲸》《项狄传》，以及《高康大与庞大固埃》③，在书中作者以虚构的手法应用各种各样的学问，表现了文学剖析者的偏爱，他们偏爱将流传的无意义的材料加以怪诞的拼接——偏爱离题话、花名册、谜语、双关语、诙谐模仿，偏爱莫名其

---

① Robert Burton（1577—1640），英国圣公会牧师、学者、作家。他以《忧郁的剖析》（1621）一书闻名于世。虽非医学著作，作者也未能给忧郁症下明确定义，但为忧郁症开药方，其一云："勿离群，勿懒散。"颇有意思。作者旁征博引，书中警句俯拾皆是。

② Samuel Johnson（1709—1784），英国大文豪，第一部英语辞典（1755）的编纂者。辞典例句丰富多彩，释义有趣。

③ 即文艺复兴时期法国作家拉伯雷（François Rabelais, 1494—1553）长篇讽刺小说，中译本作《巨人传》。高康大食量酒量大，脾气好，庞大固埃性格粗野，爱戏谑。

妙地加一点流传的学问来激发乐趣，偏爱古怪的细节，尽管这细节对于全书逼真的构思并不起作用，然而它却能生动地传达对于活在特定时刻的体验的一点感觉。一篇关于纳博科夫的英译本《叶甫盖尼·奥涅金》的怀有敌意的书评称，译本评注中写道，法国出口俄国每年约十五万瓶香槟酒，这是译本评注荒谬之典型；但是这一细节恰巧非常简洁明了地归纳了十九世纪早期俄国的亲法事实，它是文学剖析者富有想象地吸收有意义的细节的最好例子，并证明他的方法是正确的。据梅·霍·阿伯拉姆斯回忆，一个星期一，一大早，他遇见纳博科夫抱着一大摞《爱丁堡评论》，脚步踉跄地走进康奈尔大学图书馆。为了普希金，这报纸他已经钻研了整整一个周末了。"绝妙广告！"纳博科夫解释道，"真是妙极了！"正是这样的精神，使得纳博科夫能在两卷《奥涅金》评注里，遵循约翰逊、斯特恩和乔伊斯的传统，创造出绝妙的文学剖析——一个夜不能成眠的人的喜悦，一部不朽的、涵盖一切然而又是条理清晰的人文科学论文集锦，是一部以其自身的价值而称绝的想象著作。

纳博科夫早从《防守》（1930）开始就在他的小说里富有表现力地使用那些看似不可能用得上的琐细素材。例如，卢仁的自杀手段就是受到一部无声电影的启发，躺在"真相电影公司"的广告牌上，表现出"一男子脸色苍白，面部无生气，戴美式大眼镜，手抓着一摩天大楼的窗台——即将坠入深渊"——哈罗德·劳埃德[①]一九二三年拍的无声电影《最后安全》里的著名场景。虽然纳博科夫对于文学剖析的偏爱在他整个三十年代的作品中就已经出现，并自然地在他最后一部俄语作品《天赋》中达到顶

---

① Harold Lloyd（1893—1971），美国喜剧电影演员，演过无声电影《大学新生》《最后安全》等，获1953年奥斯卡荣誉奖。

峰，但是这种偏爱到了他置身于美国文化和美国大学图书馆的两个极端之后，才充分地表现出来。因此，纳博科夫的第一部真正的"美国"小说，色彩斑斓而有时显得拥挤的《庶出的标志》① (1947)，预示着他的下一部小说《洛丽塔》的某些特点。《庶出的标志》在文学模仿上，浅显与深奥交替。雷马克②与肖洛霍夫③的书名结合起来就产生了 *All Quiet on the Don*，而第十二章奉献给读者的是这首"有名的美国诗"：

　　　　一个奇怪的景致——这些羞赧的熊，
　　　　这些的胆怯的武士般的捕鲸者

　　　　现在，大潮已经到来，
　　　　渔船抛下缆绳

　　　　我的地图里没有这个地方
　　　　真正的地方从来不在地图里

　　　　这可爱的光亮，并没有照亮我，
　　　　所有的可爱都是痛苦

① 虽然《塞巴斯蒂安·奈特的真实生活》在1941年即纳博科夫来美国一年以后出版于纽约，但实际上是在1938年（用英语）创作于巴黎。编写年表的研究者也应注意，《洛丽塔》作于《普宁》(1957)之前。《洛丽塔》在美国的出版日期 (1958) 让人误解。
② Erich Maria Remarque (1898—1970)，德国小说家，参加过第一次世界大战，1939年流亡美国，主要作品有《西线无故事》（英译 *All Quiet on the Western Front*）等。
③ Mikhail Aleksandrovich Sholokhov (1905—1984)，苏联作家，主要作品有长篇小说《静静的顿河》（英译 *All Quiet Flows the Don*）。

这根本不能叫作诗，这样排列的几行字，纳博克夫说道，是随意的"抑扬格①句子，截取了《白鲸》的散文"。这样的效果在《洛丽塔》里有最全面的安排，本书注释可以说明这一点。

假如《奥涅金》评注（1964）是文学解剖的顶峰，那么《洛丽塔》是纳博科夫的文学剖析者的癖好在小说领域的完美表现，而且，作为具有如此特点的一部作品，《洛丽塔》进而还提示我们，小说开拓和发展了在纳博科夫作品中一直都有体现的主题和方法。从但丁到《迪克·特雷西》②，自古至今的典故、双关语和诙谐模仿组合得浑然一体，在《洛丽塔》中的运用如此得心应手，那是乔伊斯（于一九四一年逝世）之后任何一个作家所望尘莫及的。读者切不可因为一个如此坚信想象的至高无上地位的作家居然在他的小说中出现如此纷繁的"真实的"素材，就感到不知所措；正如《微暗的火》的金波特所说，"'真实'既不是纯艺术的主体，也不是它的客体，纯艺术自有它本身独特的真实，跟公众眼中一般

---

① 抑扬格指的是英文诗歌一轻一重两个音节组成的音步，译文自然是另一种情形，故抄录英文原文供有兴趣的读者参考：

> A curious sight — these bashful bears,
> These timid warrior whalemen
>
> And now the time of tide has come;
> The ship casts off her cables
>
> It is not shown on any map;
> True places never are
>
> This lovely light, it lights not me;
> All loveliness is anguish—

② 二十世纪三十年代初开始流行于美国报纸上的连环漫画故事。迪克·特雷西即是故事主人公，一个有天分、有正义感的侦探。

的'真实'毫无关系。"

纳博科夫以自己的榜样，提醒年轻的美国作家，要认识现实的虚构特性。特里·萨参[①]的《有魔力的基督徒》(1960)讽刺美国阳刚之气的神话，以及随之而产生的对于运动员的神化。他让腰缠万贯的骗子盖伊·格兰操纵重量级拳击锦标赛，在拳击台绳圈里拳击手怪模怪样的，或昂首阔步，或忸怩碎步，上演同性恋装模作样的把戏，给观众造成很大的心灵伤害。他的艺术，水平并不怎样，在仿制生活方面业已姗姗来迟。二十年代的一位著名运动员以同性恋出名，亨伯特两次提到他，从来没有提过他的真名，尽管他确实叫他"内德·里坦"——是"马·梯尔登"的简单的回文词[②]——而这个名字实际上又正好是梯尔登本人起的笔名之一；他用这一笔名写过报道，写过文章。与他之前的文学剖析家一样，纳博科夫知道"现实"的非凡之处在于：屡见不鲜的情况是，即使最有能耐的想象也无法创造它；在《洛丽塔》这部小说中，他利用这一点，与奈桑尼尔·威斯特一起，以绝对的权威明确界定了美国喜剧小说的必然模式——如果说不是它的内容——即暗色调占主导地位。

虽然毫无疑问亨伯特喜欢他周围许多的荒唐事，但是，在有关夏洛特·黑兹的章节里却看不见文学剖析家那独特的轻快活泼，这不仅是因为根据"情节"她让亨伯特觉得讨厌，而且更是因为对纳博科夫来说，她明明白白是一个附庸风雅、水平低劣的乡下女人——是好卖弄的文化人，是对女人、爱情和性欲的莫大嘲讽。总之，用"一个无情的（俄语）词语"

---

① Terry Southern（1924—1995），美国作家，以写电影剧本为主。他的作品典型地反映了二十世纪六十年代美国青年人的精神状态。

② "马·梯尔登"的原文是 Ma Tilden，将字母顺序倒过来就成了所谓"回文词"Ned Litam，中译即"内德·里坦"。

来表达，她是美国 *poshlust*[①] 的本质的体现；这个词，纳博科夫在《果戈理》中写道，能表达"某种普遍存在的缺陷的概念，而我恰巧知道的其他三种欧洲语言都没有关于这一概念的专门说法"。*Poshlust*："字中'o'的音很大，像一头大象掉进泥塘那样的扑通声，它的音又很圆润，像德国明信片上沐浴美女的胸脯。"说得再准确一点，它"不仅是明显地低劣，而且虚假自负，虚假漂亮，虚假聪明，虚假妩媚"。它是炫耀与平庸粗俗的混合物。依照马克·吐温在他的《哈克贝里·费恩历险记》中描述格林格福一家子的态度，亨伯特挖空了夏洛特和她那些朋友们的榆木脑袋的世界（渐渐像乔伊斯那样了），提醒我们，亨伯特对美国的长远看法并非是完全友好的。

让我们看到完全呈现自然美景色的同时，亨伯特讽刺了美国的歌曲、广告、影片、杂志、商标、旅游景点、夏令营、度假牧场、旅馆、汽车旅馆以及家庭理财综合征（《你的家就是你》是夏洛特·黑兹的必读书之一），还有进步教育家和自命不凡的儿童教育指导者的言不由衷之词。纳博科夫给我们提供了"和睦关系"的怪异的诙谐模仿，因为亨伯特和洛丽塔是"铁哥们儿"；《了解你自己的女儿》是亨伯特经常翻阅的书之一（有这本书）。然而，尽管亨伯特有可怕的要求，她却无动于衷，像孩子对父母的态度一样；撇开性欲不说，她以极典型的美国方式要求得到急切的父母的抚慰，而且，由于洛丽塔真正是"广告就是为她这种人而做的：理想的消费者，既是各种讨厌的广告招贴的主体，又是其客体"，因此她给纳博科夫提供了一个理想的机会，来

[①] 这是把俄文单词 пошлость（意为"庸俗""低级趣味""令人生厌"等）按发音用英文字母进行拼写。

评论十几岁和刚过十岁的孩子的专横。"爱情电影里的特里斯丹[1]。"亨伯特这样说，而关于那些对人的行为——很多美国人看作是现实生活中的合理行为——的滑稽模仿，纳博科夫也作出了反应。关于《洛丽塔》的这一方面，一首与《洛丽塔》奥林匹亚版同年（1955）发表的诗《模特颂》提供了一个注解：

> 我一直跟着你，模特，
> 在杂志广告上一年四季，
> 从草坪上的枯枝
> 到微风中的红叶，
>
> 从你白皙的腋窝
> 到你蝴蝶似的睫毛尖，
> 可爱又可怜，
> 傻气又时髦。
>
> 或着齐膝长袜和格子呢站立
> 犹如传奇式的象征，
> 两脚分开且朝外
> ——两手叉腰蹬踏板状。

---

[1] Tristram，英国亚瑟王传奇中著名的圆桌骑士之一，因误食爱情药与康沃尔国王马克之妻绮瑟相恋。

草坪上亭亭玉立

宛如春日和迎春的樱桃树，

花瓶及女儿墙旁，

处女挽着一张大弓。

低跟软底鞋，外加黑面罩，

靠着雪花石膏女儿墙。

"能否"——有人问——

"将'星宿'和'灾祸'来押韵？"

能否画一只黑鸟

当作黄鹂的反面？

能否将记录颠倒回放，

把"报答"变成"尿布"？[①]

能否跟模特结婚？

抹掉你的过去，把你变成真人，一起来养家，

把你整个儿地

从过期的《虚伪》杂志中抹去？

尽管纳博科夫希望读者注意他作品中诙谐模仿的因素，但是他一再

[①] 原文中，"报答"是 repaid，而"尿布"是 diaper，即把六个字母顺序颠倒排列。纳博科夫喜欢用这种"回文构词法"制造诙谐效果。

否认与讽刺的任何牵连。人们可以理解为什么他说，"我既没有道德讽刺家或社会讽刺家的意图，也没有道德讽刺家或社会讽刺家的秉赋"（《花花公子》访谈），因为他避免采取提出要"改进世界"的讽刺家那种公开的道德姿态。亨伯特的"讽刺"常常是靠几乎可以称得上细心周到的关怀来实现的。洛丽塔的确是一个"理想的消费者"，但是她自己，很可怜，也被消费了，况且，正如纳博科夫所说，"那个神话般的性感少女身上有一种古怪、温柔的魅力"。此外，由于亨伯特决定危险的旅游，目的是要让洛丽塔散心解闷，要让她快乐，同时也是要甩掉他的敌人，不管是真的敌人还是想象的敌人，因此，"制造出来的"美国风光，也是为一个相当实用的主题目的服务的，即有助于生动地刻画亨伯特那完全的和可怕的孤寂。亨伯特与洛丽塔，各人想着各人的心事，但又都是对方的囚徒，囚禁在一间间的房间里，一辆辆的汽车里，然而他们相互之间又如此遥远，以致他们的所见都无法交流——使得亨伯特的第一次西行与她离开了他、汽车成了空牢房之后的第二次西行一样地孤独。

尽管纳博科夫否认与讽刺的关系，然而亨伯特关于美国道德规范和道德观念的许多言论是讽刺性的，这是他的创造者的道德敏感性的产物；但是这部小说之所以著名，并非因了它的"讽刺"的深度或广度，这"讽刺"只是被那些读者过分强调了，他们未能认识纳博科夫的诙谐模仿的广度，未能认识它的全部含义，或未能认识纳博科夫运用诙谐模仿时的特点："讽刺是一堂课，模仿是一场游戏。"像乔伊斯一样，纳博科夫也让人们看到诙谐模仿可以赋特色于高雅的文学艺术，因此，诙谐模仿在他的每一部小说的构思中都起重要作用。《眼睛》模仿十九世纪浪漫主义的故事，如弗·费·奥多耶夫斯基① 的《军士》（1844），这个故事的叙述者是死后醒过来的鬼，他以新的清醒头脑审视他的旧生活，而《黑暗中的笑声》则是对三角恋爱习俗无情冷酷的嘲弄；《绝望》以叙述者平庸的妻子所阅读的"平庸推理"故事的面目出现，但随着情节的发展又变成了完全不同的东西；至于《天赋》，它诙谐地模仿十九世纪几个主要的俄国作家。《斩首之邀》是仿照反乌托邦的小说，让人觉得仿佛马尔克斯兄弟重演扎米亚京的《我们》（1920）。《普宁》表面上是一部"学术性的小说"，而实际上是通过模仿嘲弄了一部小说要有一个"可靠的"叙述者的可能性。小说结尾普宁的离去嘲弄了契诃夫按轨迹从《死魂灵》（1842）中消失，恰如《天赋》最后一段隐藏着对普希金一节诗的诙谐模仿。纳博科夫的诙谐模仿的结构是独一无二的，因为他除了是一个文学风格的出色的诙谐模仿者之外，还能以寥寥数语提及另一个作家的主题与表现手法，而且效果显著到他可以不必再模仿那个作家的风格。他不但模仿陈旧的叙述手法与过时题材，而且还模仿小说的体裁与原型；《爱达或爱欲》简直是用诙谐模仿的手法考察了小说的演变。因为《天赋》第四章是一个滑稽模仿性质的文学传记，所以它让人预选了解了纳博科夫重大作品的主题，这是由于他在这之后连续不断地诙谐模仿对于可证实真理的追求——自传、传记、评注、侦探小说——这些类型"追求"将来会汇集到一部作品中，尤其是一部从概念上来说整个儿都是诙谐模仿的小说，例如在《洛丽塔》和《微暗的火》中。

在形式上，《微暗的火》是一个非常怪异的学术性文本，而《洛丽塔》是滑稽地模仿了忏悔文体、文学日记、记录一种令人憔悴的爱所导

---

① Vladimir Fedorovsky Odoevsky（1803—1869），俄国公爵，作家、音乐评论家，著有短篇小说和哲学谈话集《俄罗斯之夜》（1844），以及浪漫主义和哲学幻想性质的中篇小说。

致的后果的浪漫故事和幽灵故事，部分地模仿了一次在一个有阴郁想象力的导游陪同下进行的邓肯·海恩斯①式的周游美国，同时还是一个对罪案研究的滑稽模仿，此外，如《塞巴斯蒂安·奈特的真实生活》中的叙述者谈论他的同父异母兄弟的第一部小说《棱镜的斜面》时所说："它对文学行当的某些技巧进行了巧妙的戏谑性模仿。"奈特的步骤也把纳博科夫的步骤概括了：

> 塞巴斯蒂安·奈特使用戏谑性模仿的手法作为一种跳板，以便跳进严肃情感的最高境界，这是他常用的方法。J.L. 科尔曼把这种手法叫做"小丑长出翅膀、天使模仿翻头鸽"，在我看来，这个比喻非常贴切。《棱镜的斜面》对文学行当的某些技巧进行了巧妙的戏谑性模仿，在此基础上，这部作品的销量一路飙升。塞巴斯蒂安·奈特一直以一种近似狂热的仇恨搜寻那些曾一度光鲜、现已陈旧不堪的事物，也就是那些混杂在鲜活事物中的已死去的事物；这些已死去的事物假装有生命，一再被粉饰，继续被那些懒于思考、不解其诈的人们平静地接受。

"可是，我再说一遍，所有这些不明显的玩笑，只不过是作者的跳板而已。"叙述者说道，他的语气理所当然是那样的急切，因为，尽管纳博科夫是文学模仿这一充其量只是一种文学批评的次要艺术的鉴赏家，然而，他知道运用诙谐模仿手法的小说家有责任在情感上吸引读者，而这种做

① Ducan Hines（1880—1959），美国美食家和出版商，曾广泛游历全美各地，记录并点评沿途各家旅馆的情况，在此基础上出版旅游指南性质的书籍。

法正是马克斯·比尔博姆[①]的《圣诞花环》(1912)所没有的。对于《棱镜的斜面》的描述和《塞巴斯蒂安·奈特的真实生活》第十章的其余部分表明，纳博科夫完全懂得这种必要性，并且跟奈特一样，他成功地做到了把诙谐模仿当作"跳板"。因此，在纳博科夫极大胆的诙谐模仿中暗含着很有意义的自相矛盾现象：《洛丽塔》嘲笑陀思妥耶夫斯基的《死屋手记》(1864)，然而亨伯特写的东西却是名副其实的死屋手记，而克莱尔·奎尔蒂既嘲讽了对于现代小说惯常手法的酷似，同时这个人物又简直就是制造亨伯特生活恐怖的人。

可能除了乔伊斯之外，现代作家当中只有纳博科夫有能力让诙谐模仿与令人哀怜汇合，有时还可以使两者一致。乔伊斯在《尤利西斯》中已经非常接近这一境界，不是在艳丽而冷漠的"太阳神的牛"那一章，而是在"库克罗普斯"片段，在巴尔尼·基尔南的酒店里，这一片段的故事在一些诙谐模仿的段落与直截了当的对话和动作之间摆动；在"瑙希凯厄"[②]片段，在海滩上，这个片段以模仿感伤的女性杂志小说的风格第一次提出了葛蒂·麦克道威尔的观点，而中途却转换成布卢姆的非诙谐模仿的意识流手法；还在"冥府"不夜城一章的有些部分里，尤其是结尾处布卢姆已经去世的儿子鲁迪的鬼魂出现时。纳博科夫在运用诙谐模仿并使之发展成一种小说形式方面，已经超越了乔伊斯，因为作为形式上完全是诙谐的模仿、并且可能是《尤利西斯》以来最优秀的喜剧性小说，《洛丽塔》和《微暗的火》里的诙谐模仿与令人哀怜两者始终是一致的，并非是相互接

① Max Beerbohm（1872—1956），英国漫画家、散文家、批评家，美学运动的主要人物，但人们一般记得他著有长篇小说《朱莱卡·多勃生》。在小说《圣诞花环》(1912)一书中，作者技法娴熟地模仿亨利·詹姆斯、威尔斯、吉卜林以及其他当代重要作家的文学风格。
② 库克罗普斯（Cyclops）和瑙希凯厄（Nausicaa）均为《奥德赛》中人物。

近而已——仿佛整个"库克罗普斯"或"瑙希凯厄"片段都是用诙谐模仿来写的，然而又一点都没有减弱对于布卢姆的痛苦的认识，或者说乔伊斯在"太阳神的牛"一章里能够以超绝的技巧在某种程度上表达布卢姆或普厄弗伊太太的仁慈。纳博科夫用一句话归纳了他在《洛丽塔》和《微暗的火》两部书中的成就。亨伯特在他人生中最重大的事件即将发生的时候，在他要领着洛丽塔走进"着魔的猎人"饭店他们的房间之前，这样说道："一条模拟出来的旅馆走廊。模拟出来的寂静与死亡。"（第 186 页）假如我们将玛丽安·摩尔①的著名诗句，即诗歌是"想象的花园，却有真实的蛤蟆"，加以变通，那么，纳博科夫的"诗"是对死亡的模仿，却有真实的痛苦。纳博科夫以他的典型的自我意识，在《天赋》一书中定义他的艺术的本质是："诙谐模仿的精神永远伴随真正的诗歌。"

纳博科夫身上的这种精神不但代表一系列的技巧，而且如上所示，代表对于经验的态度，代表发现经验的性质的手段。*The Prismatic Bezel*（《棱镜的斜面》）这个书名很恰当："bezel"是切削工具的刀锋，也可以指一块钻石的斜面，而纳博科夫诙谐模仿的闪亮刀刃可以朝任何方向切削，常常还转向自身作自我模仿。

若特别强调《洛丽塔》的讽刺（而不是模仿）因素，那就与因书的性内容而丢下它一样，都是局限的反应。"性作为一种习俗，作为一般的观念，作为一个问题，作为陈词滥调——这一切都是我觉得太无聊而不愿意去谈论的问题。"纳博科夫对《花花公子》采访的人这样说，而且他在康奈尔大学讲授的乔伊斯课程也进一步表明，他就是对性问题上的怪现象

---

① Marianne Moore（1887—1972），美国现代主义诗人，对动物尤感兴趣；诗行不以音韵衡量而以音节数计，一反传统。

本身毫无兴趣。一九五四年五月十日，在他讲授《尤利西斯》的第一堂课时（后来知道，那正是他的《洛丽塔》即将完成的时候），纳博科夫谈到利奥波德·布卢姆的时候说道，"乔伊斯的意图是要描写一个普通人。（他的）性行为（是）非常不合常理的……布卢姆沉溺于从进化论的意义上来说是低于正常的行为和梦幻，既害己又害人……在布卢姆的（以及乔伊斯的）心目中，性主题是与厕所主题相混的。假设是普通公民：普通公民的思想是不会关注布卢姆所关心的事的。性行为事件都是些下流事件……"出自亨伯特·亨伯特的创造者之口，这一席话语气之激烈，对于常态的认识之相当落伍，似乎出乎人们意料。五月二十八日在学期的最后一堂课上，也就是关于乔伊斯的结束语里，他讨论了《尤利西斯》一书的缺陷，批评道，书中"令人厌恶地、过分地关注性器官，如莫利的意识流即是明证。表现了有悖常理的态度"①。尽管这是笔记本上记录的语句，但是，关于纳博科夫对于露骨的性细节描写的态度，人们可以从这些语句得到一个确切的概念，而且他的评论对于他创作《洛丽塔》的意图也是意味深长的。在后记里向读者透露的"小说的神经"，通过使亨伯特的激情一般化，来强调了这些意图。看上去深不可测的纳博科夫竟然写了这一篇文章，更不用说重印刊载在杂志上，并附在《洛丽塔》二十五种译本的后面，这一点无疑是表明了，在看到许多读者，包括一些老朋友，仅仅是从色情的角度看待这本书的时候，他一定感觉到很失望。这些暴露的"神经"应该清楚地表明，只要《洛丽塔》有一个可以界定的主题，他就不只是写恋童癖而已。亨伯特并没有描写"着魔的猎人"饭店里诱奸的细节，而是说

---

① 录自注释者1953—1954年课堂笔记。——原注

了，"任何人都可以想象那些兽性的成分。一项更大的尝试引诱我继续下去：一劳永逸地确定性感少女危险的魔力"（第208页）。亨伯特的欲望不只是性变态者的欲望，也是一个诗人的欲望，而这也并不奇怪，因为这些欲望，在一面变了形的镜子里，隐晦地反映了他的创造者的艺术欲望。

对于纳博科夫的人物一个个各自都在追求的那种难以用语言来表达的极乐，亨伯特有的却只是一个噩梦般的想象。要找到一个响亮的概括的说法，人们应读《阿加斯弗》（1923）；这是纳博科夫二十四岁时写的诗剧。它是根据"永世流浪的犹太人"的传说改写的，但发表的只有序诗。由于受到"对尘世之美的梦想"的折磨，纳博科夫的流浪者高声叫道："我要追上你／追上你，玛丽亚我难以表达的梦／从年少到年老！"在另一部早期作品，小说《王，后，杰克》（1928）的结尾处，一个巡游摄影师走在马路上，并不为人群所注意，他"顶风大喊：'艺术家来了！der gottegnadete，上帝宠幸的艺术家来了！'"——这一声大叫是讽刺地指小说里未成功的艺术家、商人德雷尔，也是期望并宣告艺术家未来的化身的到来，如《防守》（1930）的棋手卢仁，《奥雷连》（1931）的蝴蝶采集者皮尔格兰，《黑暗中的笑声》（1932）的爱空想的艺术品商人、批评家欧比纳斯·克莱兹玛尔，《斩首之邀》（1935—1936）的被监禁并被判死罪但还拼命要写作的辛辛纳特斯，《发明华尔兹》（1938）里的发明家萨尔瓦托·华尔兹，《庶出的标志》（1947）里的哲学家克鲁格，未成功的诗人如《洛丽塔》（1955）里的亨伯特·亨伯特，真正的但又不过是部分成功的艺术家如《天赋》（1937—1938）中的费奥尔多·戈杜诺夫-车尔登采夫，《塞巴斯蒂安·奈特的真实生活》（1941）的塞巴斯蒂安·奈特以及《微暗的火》（1962）的约翰·谢德。每一部小说的缠绕构思在被读者领会之后，便揭示出，这些人物都存在于围绕着弗拉基米尔·纳博科夫的意识而排列的小说世界里，而纳博科夫就是出现在纳博科夫作品中的唯一的那位有杰出成就的艺术家。

然而，有些读者或许会觉得，在某种程度上关注本身的作品在内容的广度以及意义的深度上都会有局限性，太专门化，太深奥。但是，创作的过程是至关重要的；也许，通过含蓄和缠绕来创作的小说，比什么都更加具有个性特点，因此也就比纯粹虚构的小说更加关乎主题；毕竟，个性是一种艺术构思的结果，不管创作出来的作品是多么地不完美。假如艺术家在自己身上体现了并且在作品中表达了人类的危惧、需求、愿望，那么，一个关于他驾驭形式、在艺术上获得成功的"故事"，只不过是我们自己的全部努力——努力面对生活的紊乱，使它变得有秩序和有条理，以及努力忍受，如果说不是控制，我们内心以及我们周围的恶魔——这全部努力的得到加强而变得显著的象征。"我现在想到欧洲野牛和天使，想到颜料持久的秘密，想到预言性的十四行诗，想到艺术的庇护所。"亨伯特在《洛丽塔》的最后一刻这样说道，他是在替不止一个纳博科夫的人物说话。

正是重要的流亡诗人和批评家弗拉基斯拉夫·霍达谢维奇三十多年前第一次指出，纳博科夫的主要人物，不管他们的职业是什么，都代表这位艺术家，他还指出，纳博科夫的主要作品在一定程度上涉及创作过程[1]。霍达谢维奇一九三九年去世，而直到最近，他的批评文章才翻译过来。假如能早一点读到他的文章，纳博科夫的英美读者就能早许多认识到纳博科夫的深沉的严肃性。对于《洛丽塔》来说这一点尤其正确，因为在这一部

---

[1] 弗拉基斯拉夫·霍达谢维奇：《谈谈西林》（1937），迈克尔·H.华克译，西门·卡林斯基和罗伯特·P.休斯编，《三季刊》，第17期（1970年冬）。——原注

书中坚定不移的主题被小说看得见的主题性变态所遮掩，但并没有被混淆。但是，三十年代的精彩阐述到今天应该是显而易见的了，这并不是因为有许多其他的批评家这样评论纳博科夫，而更是因为，指出一部艺术作品是关注自身的这一点情况在近来的批评中已是司空见惯了（华兹华斯、马拉美、普鲁斯特、乔伊斯、叶芝、格诺、博尔赫斯、巴思、克洛德·莫里亚克 [①]、罗伯-格里耶、毕加索、索尔·施泰因贝格，以及费利尼 [②] 的著名影片《八部半》，这里只举十三个例子）。现在人们不很清楚的是，纳博科夫的缠绕所使用的巧妙办法与各种手法如何在他的小说中揭示"第二情节"——作者心灵的"毗邻世界"；创造了一个虚构的世界对那个心灵意味着什么；那些手法对读者所产生的影响是什么，那些读者，他们擅自卷入小说之中构成了"第三情节"，他们被纳博科夫令人眼花缭乱的魔法师技法所操纵，到了这样的程度，甚至在某些时候，可以说他也变成了弗拉基米尔·纳博科夫创造出来的又一个人物。

三、《洛丽塔》的巧妙手法

尽管，《洛丽塔》受到评论界很多认真的关注，但是小说所引发的批评，通常又一定会引出一篇与小说总体构思不协调而其实也不可能协调的论文。这复杂的构思——这个版本的注释部分有说明——使得《洛丽塔》成为这个世纪极有独创性的少数几部小说之一。很难想象，比如说，没有亨利·詹姆斯的叙述手法树立的榜样会有《吉姆爷》的创作，或者说，福

---

① Claude Mauriac（1914—1996），法国文学评论家、小说家，先锋派新小说理论家。
② Federico Fellini（1920—1993），意大利电影导演。

克纳没有读过《尤利西斯》会把《喧哗与骚动》写成那样一部小说。然而，与《城堡》《追寻逝去的时光》《尤利西斯》《芬尼根守灵夜》《微暗的火》一样，《洛丽塔》是想象所创造的、根本不在乎文学史家小心翼翼维持的整齐秩序的那些卓越的作品之一。极而言之，借用豪尔赫·路易斯·博尔赫斯的一句动人的话来说，它是那些创造了它们自己的先驱的作品之一。

因为纳博科夫不断地对"现实主义"和"印象派"小说的传统手法作诙谐的模仿，所以读者必须按照纳博科夫自己的主张或是接受他，或是拒绝他。如果依照任何其他主张来研究，他的许多小说将变得几乎毫无意义。然而，同时，即使纳博科夫的最热情的赞美者，有时候也一定对构成纳博科夫巧妙手法的细微、深奥的元素感到疑惑——五花八门的双关语、典故，以及在如《微暗的火》和《洛丽塔》这样的小说里俯拾皆是的蝴蝶联想。它们是有机的组成部分么？它们合在一起构成一个有意义的图案么？亨伯特涉及面很广的文学典故岂止是"检验（我们的）学识"，正如亨·亨谈起奎尔蒂的类似做法的时候所说的。亨伯特的有几个典故如此精细地编织在叙述的花纹之中，除了非得寻根问底的注释者之外，谁都不会留意。然而许多出典是一目了然的，而且这些典故往往出自十九世纪的作家；一个及时的注释将表明这个典故是很重要的。但是，与典故不同——典故有时候仅仅是为逗趣——而文字之间的构成一定风格的相互参照始终是至关重要的，它构成了不被批评家所注意的小说的一个特色。

《洛丽塔》的修辞风格突出了小说的缠绕构思，并且确立了小说使用巧妙手法的基础。正如序文中所说，不打算在这里对《洛丽塔》作彻底的阐释。以下关于巧妙手法与游戏的评论也并非旨在表示小说的这一"层面"是最重要的；作这样的评论是因为至今还不曾有人认识到这一文字风格的重要性，或者它的意义①。正如纳博科夫的后记是在小说之前读的，因此，以下几页完全可以在查了注释之后重读，因为许多注释在这几页里已经提到了。

尽管与《微暗的火》相比，《洛丽塔》不是特别显著地表现出反现实主义的特点，但是这部小说别具一格，是既像那部较明显地多技巧的小说一样错综复杂，也像它一样是一部采用巧妙手法的作品。这一点并非即刻就看得分明，因为亨伯特是纳博科夫的自卢仁（1930）以来最"文明"的人物，同时，《洛丽塔》是三十年代早期以来"结局"保持完好无损的第一部小说。而且，纳博科夫曾说过，《魔法师》，即包含了《洛丽塔》中心思想的一九三九年那个短篇，之所以没有发表，并非因为题材的缘故，而是因为"小女孩不活。她几乎不说话。我是一点一点地让她有了一些现实的样子"。也许这似乎显得有些不正常，纳博科夫这样一个操纵木偶的人，又是《斩首之邀》和《庶出的标志》的虚假世界的创造者，竟然以这样的方式操心"现实"（无论是加引号的抑或不加引号的）；然而，在纳博科夫身上一个极端并不排除另一个极端，而《洛丽塔》的独创性正是源于这一自相矛盾。木偶剧场从来没有倒塌过，但是在结构上处处都是裂纹，即使不说是裂口，它们犬牙交错，形式极为复杂，而目光深邃的人是不难看出的——即是说，受过纳博科夫小说训练从而习惯于小说错视画的人。《洛丽塔》是一部了不起的小说，同样，纳博科夫能很了不起地兼得正反

---

① 笔者曾另文讨论过这部小说，把它看作一部小说以及看作一种巧妙手法；参看拙作《〈洛丽塔〉：诙谐模仿的跳板》，见《威斯康星当代文学研究》卷Ⅷ（1967年春），第204—241页。重印于 L. S. 邓博编：《纳博科夫其人及其著作》（麦迪逊，1967），第106—143页，其中125—131页、139—141页尤为重要。——原注

两面，使读者一方面置身于既深深地打动人，又极其滑稽、逼真丰满的故事，另一方面又参与了一个游戏。这游戏之成为游戏是因为有交织的修辞变形，这样就破坏了小说的现实主义基础，使读者远离了小说的斑驳的表面，使这表面只留下一个棋盘的外表。

纳博科夫是一个讲课的教师，却有出色的表演才能，能以表演艺术家那样的技艺调动听课的人。他表演的果戈理临死时的痛苦，至今令人难忘：庸医们轮番替他放血、催泻，将他按在冰冷的浴缸里。果戈理孱弱得肚子上可以摸到脊椎骨。六条肥硕的白水蛭叮在他的鼻子上吸血。果戈理求他们把水蛭拿走——"求你们了，拿掉它们，拿掉它们，把它们拿掉！"——讲台此刻就成了浴缸，纳博科夫在讲台后身子慢慢地低下去，有那么一段时间他就是果戈理，浑身哆嗦，两手被一个强壮的用人按着，仰着头，非常痛苦，非常害怕，鼻孔张大，两眼紧闭，哀求声传遍了整个大教室。甚至坐在教室最后面的一大批成绩勉强是 C 等的学生都不禁感动了。然后，稍作停顿之后，纳博科夫会轻轻地一字不差地说出他所写的《尼古拉·果戈理》中的一句话："尽管这样的情景让人觉得非常不舒服，而且还看到了令人气愤的人朝人恳求的场面，但是还是有必要再详细讲述一下，目的是要揭示果戈里天才的那一面，即奇特地在肉体上体现的那一面。"

关于"靠不住的叙述者"已经写得很多，但是关于靠不住的读者却写得太少。虽然编辑小约翰·雷相当公正地告诫过那些"总希望追踪'真实的'故事以外的'真'人的命运"的"老派读者"，但实际上，纳博科夫似乎在构思《洛丽塔》"真实故事"中的每一"步"的时候心中都预想着这些读者的反应；而游戏因素就是依靠这样的自身反应行为，因为它在很多方面考验读者。亨伯特呼唤"读者！兄弟！"，他是在学《致读者》，即《恶之花》的序诗（"伪善的读者！——我的同伴——我的兄弟！"）；确实，整部小说是在对波德莱尔 [1] 和其他许多谋求读者完全参与作品的作家作讽刺性的颠倒。"我希望有学识的读者都来参与我正准备搬演的这个场景。"亨伯特说。但是，这样的擅自参与会让读者老是处于受抑制的危险，甚至还会受到更粗暴的对待："正如比我伟大的作家所说的那样：'让读者去想象吧'，等等等等。转念一想，我还是让这类想象遭到意想不到的波折为好。"亨伯特直接招呼读者多达二十七次 [2]，诱使读者跌入一个又一个的陷阱。在纳博科夫的手中，小说于是就成了一个棋盘，在这个棋盘上，他采用诙谐模仿的手法，抨击读者的凭空臆断、狂妄自负，以及知识惯例，并通过游戏，实现并阐述他的相当于福楼拜要编一本 *Encyclopédie des idées reçues* 即一本《庸见词典》的梦想的翻版。

"讽刺作品是训诫，滑稽模仿是游戏。"纳博科夫说道；虽然《洛丽

---

[1] Charles Baudelaire（1821—1867），法国诗人，法国象征派诗歌先驱，主要作品有《恶之花》。

[2] 这些还不算亨伯特对陪审团的几次喊叫（第 207 页是个典型例子），对整个人类的呼叫（"人呀，请注意！"［第 195 页］），对他的车子的呼叫（"嗨，梅尔莫什，多谢了，老伙计"［第 484 页］）。我在这儿尽说些统计数字，因为亨·亨对读者的直接招呼是叙述的重要组成部分，同时在体现自相矛盾的新技巧这方面也是很重要的。至于文学形式和手法方面，天底下没有什么新花样（借用一位诗人的说法）；不断翻新的是环境和组合。一个时代的现实主义，到了另一个时代就成了超现实主义。对于伊丽莎白时代的观众或塞万提斯的读者来说，戏中戏、故事中的故事都是惯例；对于一个习惯了十九世纪现实主义的读者来说，戏中戏是荒诞的、莫名其妙的、装模作样的。关于重新启用"过时的"直接称呼，也是一样的道理。后詹姆斯时代的小说家通过完善比较新的"印象派"惯例（不露面的叙述者，"中央情报信息"，即使"靠不住"但始终如一的叙述人等等），似乎已经永久地排除了这样的自我意识的手法，在文学史的这样一个时刻，过时的直接称呼又复活并变了形。"这一新技巧是故意地不合时代的技巧，"豪·路·博尔赫斯在关于这一问题的关键文本《〈吉河德〉的作者皮埃尔·梅纳尔》一文，（《迷宫》第 44 页）中写道：电影方面的相似作品可以在最近重又启用无声电影手法的导演的作品中信手找到（引人注意的导演有弗朗索瓦·特吕弗、让-吕克·戈达尔和理查德·莱斯特）。——原注

塔》的比较显而易见的妙语可以看作是讽刺性的（如：那些针对女校长普拉特的话），但是最有效的讽刺效果是通过诙谐模仿完成的游戏来实现的。纳博科夫创造了有着丰富的"心理"提示、但最终抗拒进而公开嘲笑深蕴心理学的分析的这么一个表层，从而能够打发掉"参与"构成小说前六十页左右的闪电战游戏的任何弗洛伊德信徒。设下的陷阱都有诱人的"引入歧途的嗅迹"，它们来自于纳博科夫《说吧，记忆》里所谓"性神话的警察国家"。亨伯特和洛丽塔之间虚构的乱伦似乎暗示了一个经典的恋父情结，但是亨伯特后来把它叫作"乱伦滑稽模仿"。纳博科夫进一步暗示道，这个故事给出了一个"转移"理论，凭借这个理论，女儿将她的感情转移到另外一个相似的人身上，但这个人不是她的父亲，从而释放了她的恋父情结的紧张心理。倘若弗洛伊德的信徒们用这样的方法来解释洛丽塔与奎尔蒂的私奔，那么，他们面对医院里的那一幕便要瞠目结舌了，因为当时亨伯特是这样说那个护士的："我想玛丽准是以为滑稽有趣的父亲亨伯托尔狄教授正在干涉多洛蕾丝与她那位替代父亲、矮矮胖胖的罗密欧之间的恋情。"一个性感少女的男童性格特点诱使读者认为亨伯特的追求从本质上来说是同性恋的，然而，当亨伯特说，在他的一次监禁期中，他如何开精神分析医生的玩笑，"用一些捏造的'原始场景'戏弄他们"，以及"我贿赂了一个护士，看到一些病历档案，欣喜地发现卡上把我称作'潜在的同性恋'和'彻底阳痿'"（原书第 36 页）的时候，那么，我们在依照通俗精神分析的方法来做判断时就不会那样绝对了。倘若倾向于从医学角度看问题的读者接受亨伯特关于造成他的恋童癖的青春期"创伤"——不完全性交——的说明，那么，当洛丽塔必须在奎尔蒂的戏"自然高潮只有一星期就要到来时"离开它（原书第 211 页），他们应当会感觉到这打击多么有力以及他们自己的失落是怎样的形式。亨伯特的"创伤"还进一步给倾向于从医学角度看问题的读者设下了一个陷阱，因为这个事件似乎是纳博科夫自己天真得多的童年时代与柯莱特的恋情（《说吧，记忆》第七章）的一个诡秘的虚假的变形；而在那一章和《洛丽塔》里面都有的蝴蝶与《卡尔曼》典故的暗示，则加强了这种比较明显的相似之处。当那些受"精神分析行当的标准象征"滋养的认真的读者轻率地将这两件事联系起来——已有几个这样做了——并且立即得出结论说，《洛丽塔》确确实实是自传体小说，这个时候，陷阱已经起作用：他们这种随意简化的做法证明，这种纳博科夫式的诙谐模仿的确是必要的。纳博科夫以冷漠的文学执拗证明了他们的"真理"是虚假的；这里面的含义是相当深刻的。甚而至于，一个老练的读者试图通过揭示蝴蝶模式来寻找《洛丽塔》"意义"的注释工作也成了对于他的期望的嘲弄，因为他发现他是在追逐"正常的"弗洛伊德精神分析象征的一个嘲弄性的逆向，这些象征，经确定之后，仍然可能是一个谜，说明不了什么，或者，像《微暗的火》口令高尔夫游戏一样，什么都没有说明。

直到《洛丽塔》几乎要结尾的时候为止，亨伯特"有罪"和"悲伤"的最充分的表达始终是受到限制的，如果说不是被完全破坏的话，而临近结尾的这些段落代表了另外一系列的陷阱，在这些陷阱里纳博科夫通过让忏悔者亨伯特说出读者想听的话，又一次嘲弄了读者的期望："我是个五只脚的怪物，但我爱你。我卑鄙无耻，蛮横粗暴，十分奸邪，等等等等。"迫切地读着亨伯特的"忏悔"，读者突然间绊着了罕见的词儿"奸邪"，然后又猝不及防地遇上什么都可指的荒唐说法"等等等等"，这样一来，使整个这一连串话，如果说不是读者，显得很荒谬。忏悔是容易的，然而我们如果在忏悔时如此随便地使用关乎道德的词汇，那么，其含义就会跟亨伯特的滑稽模仿一样浅薄。

亨伯特自己的关乎道德的词汇似乎可以在克莱尔·奎尔蒂身上找到一种理想的表达媒介。在整个叙述过程中，亨伯特一直都受到奎尔蒂的追踪，不管是在字面意义上，还是在比喻的意义上。奎尔蒂一会儿可笑又荒唐，一会儿阴险又古怪。有一阵子，亨伯特心中肯定，他的"影子"和复仇者是他的瑞士堂兄，特拉普侦探，而当洛丽塔对此表示赞同说"也许他就是特拉普"的时候，她是在总结奎尔蒂在小说中扮演的角色。奎尔蒂无处不在，因为他编织了亨伯特的圈套，引发他的犯罪、他的羞耻感和对自己的恨。然而奎尔蒂象征的是"真理和对真理的讽刺"这两者，因为他既是亨伯特犯罪的形象体现，又是对于一个在心理上与亨伯特酷似的人的诙谐模仿；"洛丽塔玩的是两面游戏"，亨伯特这句话，一语双关，既指洛丽塔打网球是对酷似者的模仿，也指诙谐模仿作为游戏的作用。

酷似者主题在纳博科夫全部作品中有着显著地位，从三十年代早期的《绝望》和《黑暗中的笑声》（小说中欧比纳斯—雷克斯组合是在排练亨伯特—奎尔蒂对子），到《塞巴斯蒂安·奈特的真实生活》，直到《庶出的标志》、短篇《连体怪物的生活场景》、《洛丽塔》《普宁》和《微暗的火》。《微暗的火》中的两个酷似者（说得确切一点，是三个酷似者）是绝妙的。这部书可能是所有酷似者小说中最复杂深刻的，它的创作正是在现代文学中关于酷似者的主题似乎都已经写完了的时候，而这一成功很可能是因为有纳博科夫在《洛丽塔》这部书中关于这一主题的不厌其详的模仿才能取得。《洛丽塔》中的这一模仿重新树立了他对于又一个文学手法的艺术功效的认识，一个"过去曾经是光彩照人的，但是现在已经磨损得丝丝缕缕的手法"（《塞巴斯蒂安·奈特的真实生活》，第 91 页）。

纳博科夫让克莱尔·奎尔蒂明显有罪 [①]，意在抨击酷似者的传统故事中所见善与恶"双重个性"的惯例。亨伯特也许会让我们一些人相信，他在第二部第三十五章杀死奎尔蒂，是诗人的善驱除了怪物的恶，然而两者最终还是不能明显地区分：亨伯特和奎尔蒂搏斗的时候，"我又翻到他的上面。我被压在我们下面。他被压在他们下面。我们滚来滚去。"虽然这一诙谐模仿的高潮出现于这场"两个文人之间的一场默默无声、软弱无力、没有任何章法的扭打"，但是它在小说中自始至终持续不断。在传统的描写酷似者的小说里，代表备受指责个性的酷似者往往被描写成一只猴子。陀思妥耶夫斯基的《群魔》（1871）中斯塔夫罗金对维尔霍文斯基说，"你是我的猴子"；史蒂文森的《化身博士》（1886）中海德先生玩弄"猴子似的诡计"，怀着"猴子似的愤怒"和"猴子似的怨恨"攻击人和杀害人；坡的短篇《摩格街谋杀案》（1845）中的犯罪分子本身真的是一只猴子。但是"善良的"亨伯特破坏了这一对子，因为他常常说自己是猴子，而奎尔蒂不是猴子，而他们两人面对面的时候，奎尔蒂也说亨伯特是猴子。亨伯特说自己像"海德先生"一样，到处奔走，他的"手指还在作痛"。在康拉德的《黑暗的心》（1902）中，克尔兹是马洛的"影子"和"鬼魂"。虽然亨伯特把奎尔蒂叫作是他的"影子"，但是亨伯特的名字一语双关（亨伯即 *ombre*，就是影子），说明他跟奎尔蒂一样，也是影子，

[①] 沛奇·斯特格纳在《潜入美学：弗拉基米尔·纳博科夫的艺术》一书（纽约，1966，第 104 页）中也指出了这一双关语。（译者按：克莱尔·奎尔蒂原文 Clare Quilty 是仿照 clear guilty 两个词，形声近似。）——原注

而且他跟安徒生《影子》（1850）里追踪教授的影子化身一样，穿的是一身黑装。奎尔蒂其实最初认为亨伯特可能是他自己的"某个熟悉而无害的幻觉"；在小说即将收尾时伪装的叙述者招呼洛丽塔，并完成了这一转变："不要可怜克·奎。上帝必须在他和亨·亨之间作出选择，上帝让亨·亨至少多活上两三个月，好让他使你活在后代人们的心里。"这部书原是可以由"克·奎"来叙述的，即把这一对子换个位置；"亨·亨"只是个比较好的艺术家，比较有可能会掌握"颜料持久的秘密"。

倘若说亨伯特—奎尔蒂对子是有意识诙谐地模仿《威廉·威尔逊》（1839），那是很有道理的，因为坡的这个短篇在描写酷似者的故事中是特别的，它与惯常的情形相反：弱与恶的化身倒是主要人物，受到善的化身的追踪，但善为恶所杀。而纳博科夫更是深入一步，以令人头昏目眩的气势颠倒了传统：依照十九世纪时候酷似者的故事，甚至消灭奎尔蒂和他所代表的东西都是没有必要的，因为亨伯特在到奎尔蒂的帕沃尔府去之前，已经向洛丽塔求婚，而且他在叫不再是性感少女的洛丽塔与他一起走的时候，已经超越了他的迷恋。虽然亨伯特无条件地表达"有罪"是到小说结束时出现的，但是按照事态发展的先后，那也是在他杀奎尔蒂之前。作为一个"象征性"举动，杀人是没有理由的；诙谐模仿的构思至此已完成。

奎尔蒂对于他的象征角色表示迟疑是有道理的："别人犯了强奸罪，我可不负责。真是荒唐！"他这样对亨伯特说，而他的话是有根有据的，因为在这一幕中亨伯特正是在试图要他负全部责任，亨伯特要奎尔蒂大声读的诗更加强调了他的图谋，同时又一次表明，纳博科夫的诙谐模仿如何突破风格模仿的"模糊乐趣"而与全书最严肃的部分相结合。这首诗以诙谐模仿艾略特的《圣灰星期三》^①开始,但是以破坏"悔恨的"亨伯特一直在表示的全部忏悔告终:"因了你所做的一切／因了我没有做的一切／你非得死。"由于奎尔蒂被描写成是"美国的梅特林克"^②,不言而喻,随后发生的他死去的场面应该非常具有"象征性"。因为人是很难轻易摆脱"恶"的化身的,所以,像拉斯普京^③一样不可一世的奎尔蒂几乎是不可能被杀死的;然而驱邪的概念因临死时的痛苦被滑稽地延长而变得荒唐。这是按照《夺发记》^④第五章的精神,滑稽地模仿上自伊丽莎白时代的戏剧、下至最蹩脚的侦探小说的众多文学作品中描述死亡的场景里的血污和虚夸语言。奎尔蒂回到了犯罪的现场——一张床——而就是在这里亨伯特最后将他逼入死路。亨伯特近距离射出所剩几发子弹,奎尔蒂"向后倒了下去,嘴角旁出现一个具有幼稚涵义的大大的粉红色的气泡,变得像个玩具气球那么大,随后破灭"。这最后的细节描写强调了一种象征性的——但是滑稽地模仿象征手法的——与洛丽塔的联系;吞噬了洛丽塔、泡泡糖、童年等等一切的可怖的化身,已经"象征性地"死亡,然而,正如泡泡破了,哥特式酷似者这种类型小说的传统连同它的关于身份的"幼稚涵义"

① 托·斯·艾略特(T. S. Eliot, 1888—1966)1930 年发表的诗《圣灰星期三》传达的是诗人对英国国教会的信仰以及他在《荒原》(1922)结尾处所呼吁的信念。诗得益于但丁的《神曲》,充满宗教寓意和象征主义色彩。
② Maurice Maeterlinck(1862—1949),比利时法语诗人,象征派戏剧代表作家,获 1911 年诺贝尔文学奖。
③ Gregory Yefimovich Rasputin(1871—1916),俄国农民出身的修道士,因医治皇太子的病而颇受沙皇尼古拉二世及皇后的宠幸,并干预朝政,生活淫荡,不可一世,但终被保皇党骗至皇宫一地下室里杀死。
④ The Rape of the Lock,英国诗人蒲柏(Alexander Pope, 1688—1744)所作,1712 年发表时仅有两章,1714 年增至五章发表。诗采用仿英雄体,小题大做,写一对贵族男女因追逐游戏而交恶。这诚如英国大文豪约翰逊博士所言,诗作是"滑稽作品之最有趣者",它把"新事物变熟悉了,熟悉的事物变新了"。

也都不见了，而我们很快便明白，亨伯特依然"浑身都沾满了奎尔蒂"。罪并不能如此轻易地可以驱除的——如果生造一个亨伯特惯用语来说，即麦克费特就是麦克费特——关于人的经验与个性特点的模糊性是不可能简单地仅仅归结于"两重性特点"的。我们看到的并非是可以截然分开的个性的成功结合，而是"隐蔽的克莱尔"与"包着的奎尔蒂"的拼接个性。奎尔蒂不肯死去，就像果戈理写酷似者的非凡故事《鼻子》（1836）里重新找回的鼻子起初不愿回到主人脸上一样。本来期待着坡或陀思妥耶夫斯基、或曼、或康拉德那一类描写酷似者的小说严肃伦理道德绝对准则的读者，此时相反倒发现自己漂流在荒诞滑稽、更接近于果戈理的体系里。我们希望亨伯特能制服他的"秘密分享者"，但后来我们倒发现，他追寻他的"抓不住的个性"，在比喻的意义上就像科沃寥夫少校在圣彼得堡幽灵般的大街上追寻他自己的鼻子，还发现亨伯特的"追寻"在一个最后的对抗中——这个对抗，好比《外套》（1842）的结尾，根本就不是一个对抗——有了它的虚假的"结局"。

纳博科夫有几次诙谐地提及罗·路·史蒂文森，这表明他心里想着亨利·杰基尔痛苦而认真地找到的"真理"，即"人不只是一个，而真的是两个。我说两个，因为我的认知状况不能超越那一点。在同样的思路上，别人将来会跟上来，别人将来会超过我"。《微暗的火》中的"系列个性""超过"了史蒂文森和其他许多作家，而《洛丽塔》中在酷似者这方面的诙谐模仿非但没有减轻亨伯特的罪，这一手法反而将亨伯特锁进了一座镜子监狱，在这座监狱里"真正的个性"和它的伪装相互混合，从而使善与恶的折射线极其混乱。

亨伯特寻找特拉普侦探（奎尔蒂）的下落以及他的身份，引起读者的好奇，在纷繁的线索中探寻，以便解开谜团；这是一个既与坡的"推理故事"相似，又诙谐地模仿它的过程。亨伯特找到洛丽塔并逼她说出绑架她的人的名字，

她说这实在没什么用处，她决不会说的，不过另一方面，毕竟——"你真的想要知道他是谁吗？好吧，就是——"

她耸起两根细细的眉毛，噘起焦干的嘴唇，柔和地、机密地、带着几分嘲弄、多少有点难以取悦但仍不无温情地用一种低低的吹口哨的声音说出了机敏的读者早就猜到的那个名字。

防水的。为什么我的脑海中蓦地掠过沙漏湖上那一瞬间的情景？我，同样早就知道了这桩事，却始终没意识到。既不震惊，也不诧异。悄悄发生了交融汇合，一切都变得井然有序，成为贯穿在整个这本回忆录中的枝条图案，我编织这幅图案的目的就是让成熟的果子在适当的时候坠落下来；是的，就是怀着这种特定的、有悖常情的目的：即使你获得——她仍在说着，而我却坐在那儿，消融在美好无比的宁静之中——通过合乎逻辑的认识所带来的满足（对我最有敌意的读者如今也应该体会到这一点）使你获得那种美好无比的绝对的宁静。

甚至到了这个时候亨伯特还是不肯说出奎尔蒂的身份，尽管"机敏的读者"可能已经认识到"防水的"是一个线索，它把我们带回先前湖边的一个场景，在那个场景里夏洛特说亨伯特的手表是防水的，而琼·法洛则提到奎尔蒂的艾弗舅舅（只说名，没说姓），后来还差一点指名道姓说

出克莱尔·奎尔蒂：艾弗"对我说了他侄儿的一个完全猥亵的事情。看来——"但是她的话被打断，那一章就这样结束了。这种吊人胃口的推理手法——确实"宁静"！——是侦探圈套，是对读者的假设与期望的又一个嘲弄，仿佛最机敏的读者还是能够完全确定奎尔蒂或亨伯特或他自己的身份。

有了奎尔蒂的名字之后，亨伯特现在动身前往那座可以称之为"最后审判日的阿什尔庄园 ①"的帕沃尔府，那里有着对于坡的广泛而丰富多彩的诙谐模仿。小说全部的诙谐模仿主题都集中在这一章了。亨伯特的结论浓缩地道出了这一章的重要性："我肚里暗自说道，这就是奎尔蒂为我上演的这出匠心独运的戏剧的结局。"在形式上，当然，这个高难度的华美片断不是一个戏；然而，作为对于主要情节的带滑稽模仿性质的总结性评价，它的确有伊丽莎白女王时代戏中戏的作用，而且，它的"上演"又一次强调了对于全书至关重要的游戏因素。

与这些游戏并行的有一个完全属于小说性质的展开过程，它显示了亨伯特所经历的远远超出了他和洛丽塔实际跋涉的两万七千英里。愚蠢的小约翰·雷把亨伯特的故事说成是"这个悲剧故事坚定不移的倾向不是别的，正是尊崇道德"，而令人惊讶的是，他的话居然是正确的。读者看到亨伯特从他的苦恋中解脱出来，做了一个并非完全直截了当的纯真爱情的表白，并最终认识到，遭受损失的不是他而是洛丽塔。这是在倒数第二

---

① 阿什尔庄园系十九世纪美国诗人埃德加·爱伦·坡 (1809—1849) 的哥特式小说《阿什尔庄园的倒塌》的叙述者儿时伙伴罗德里克·阿什尔家摇摇欲坠的庄园。叙述者前往拜访时，发现罗德里克与他的孪生妹妹梅德琳都处于精神与健康岌岌可危景况之中。梅德琳昏死过去就被埋葬，但又惊醒过来，在狂噪与死亡的痛苦中拖着罗德里克告别人间，同时庄园也倒塌在山间的湖水之中。

页一段洋洋洒洒、滔滔不绝的话里表达的；这一段话没有被诙谐模仿所破坏，也没有带上讽刺意味，这种情况在这部小说里是第一次。这段"最后一个奇怪的令人绝望的幻景"刚读到一半，读者又一次被呼唤，因为，亨伯特如此独特地易懂的道德最高境界，构成了这盘棋的残局和纳博科夫的最后一幅错视画。倘若读者早就断定小说中没有"道德现实"并且颇为老练地认可这一说法，那么，他就完全有可能忽略棋盘最远处的角落里这意想不到的一步棋，从而输了全局。这是作者最后一次直接对读者说话，因为小说要结束了，这盘棋也要结束了。

除了起到保持棋局要素这一作用之外，作者参与模式还提醒我们，《洛丽塔》只不过是排列在纳博科夫意识周围的那个小说世界的一部分，而纳博科夫不时地会跟亨伯特一样，悲叹文字其实很有其局限性，悲叹"过去的已经过去了"；要想活在过去里，像亨伯特试图的那样，即是死亡。《说吧，记忆》的作者居然暗示了这一点，那就毫无疑问确定了洛丽塔的道德特性；同时，按照约翰·辉辛格所言"游戏是不受善恶限制的"[①]的观点来看，《洛丽塔》就是一个更加异乎寻常的成功了。

在《天赋》中关于费奥多尔的诗纳博科夫写道，"同时他得尽力保持自己对游戏的控制，或是观察玩物的角度"，纳博科夫这是在定义他写作小说时所面对的难题——充分理解这些小说的意义有赖于读者对该书所持有的立体看法。至此，诙谐模仿和作者参与模式是如何创造了看清"玩物"所必需的距离的，应该是显而易见了，而纳博科夫强化人们的"小说作为棋盘"意识，是通过确实在《洛丽塔》中安排了一盘进

① 约翰·辉辛格：《人的游戏：文化游戏因素之研究》（波士顿，1955 [1944 年初版] 第 11 页。文中虽未提及纳博科夫，但不失为阅读纳博科夫作品的绝好入门）。——原注

行中的棋局：亨伯特与加斯东·戈丹之间一场表面看来持续不断的对弈——一个处于前景位置、具有故事发生地点地方色彩的情节，而它反过来又浓缩了亨伯特—奎尔蒂"酷似者游戏"在"美国"这个棋盘上一来一去的过招，也浓缩了超然小说之外、具有压倒一切之重要性的作者与读者之间的竞赛。[①]

亨伯特与加斯东在亨伯特的书房"每个星期总下两三次国际象棋"，而纳博科夫好几次仔细地将洛丽塔与他们棋局中的后相联系。一天晚上他们在下棋时，洛丽塔的音乐老师打来电话对亨伯特说，洛丽塔又逃课了；这是亨伯特抓住的她的一次最明目张胆的撒谎，这暗示了他不久以后将失去她：

　　读者完全可以想象得到当时我的才智所受到的影响，又走到了一两步棋，轮到加斯东走的时候，我透过满心忧伤的轻烟薄雾发现他可以把我的王后吃掉；他也注意到了这一点，但认为这可能是他的狡猾的对手所设下的圈套，他迟疑了好半响，呼哧呼哧地喘着气，摇了摇下巴，甚至偷偷地朝我瞅了几眼，把又短又粗、簇在一起的手指踟蹰地微微向前伸了一伸——渴望吃掉那个甘甜肥美的王后，却又不敢下手——突然他朝它猛扑过去（谁知道这是否使他学会了往后的一些鲁莽行为？），于是我心情阴郁地花了一个小时才和他下成平局。

---

① 《洛丽塔》这一方面的意义，在特尼尔的风景棋盘（或棋盘风景）那幅画中形象地得到了表达；它是刘易斯·卡罗尔《镜中奇遇》第二章里的一幅插图。在那部小说里，一个棋局实实在在地与故事的叙述交织在一起。——原注

所有的参与者都想捉住"那个甘甜肥美的王后",情况各不相同：可怜的同性恋者加斯东，完全是在下棋的意义上；色狼奎尔蒂只有一个目的；性变态者兼诗人亨伯特，以两种方式出于爱，首先是肉体上的，但然后又是艺术上的；而普通的读者，他会通过评判和谴责亨伯特来解救洛丽塔，或者会想象自己是洛丽塔参与故事从而站到了奎尔蒂一方——尽管我们有充分的理由可以认为，仔细的读者迟早会同意亨伯特的观点："在和加斯东下棋的时候，我把棋盘看作一个四四方方的清澈的池塘，在有着方格花纹的光滑的池底可以看见一些粉红色的、罕见的贝壳和珍宝。而这些在我那慌乱的对手眼中，都是淤泥和枪乌贼分泌的黑色液体。"

《洛丽塔》一开头，亨伯特说"这只是一场游戏"，当时他是过于谦虚了，因为，诚如纳博科夫在《防守》中对卢仁与图拉提之间的对垒所作的评价，这场游戏的棋盘上的一切都"透出生命"。当读者轮番地在面对小说中的一个个人物和面对一盘棋的一个个棋子这两者之间摇摆——仿佛望远镜在底座的轴上三百六十度旋转，让人们轮换着分别从两端观察——的时候，在他的心目中就产生了急剧而令人头昏目眩的焦点的转移。《洛丽塔》的各不相同的"层面"毫无疑问不是新批评论① 的"意义层面"，因为对于"所玩之物"的浓缩、全面的看法应该能使人即时地看清这些层面或方面——倘若自由地改写玛丽·麦卡锡用以描述《微暗的火》的一个比喻来加以形容，那就仿佛是从上面朝下观看两个象棋大师在置放在上下不

---

① New Criticism，二十世纪二十年代一群文艺批评家，主要是美国文艺批评家的理论，对于诗歌与虚构散文从哲学与语言学角度来作分析的观点。托·斯·艾略特的批评文章对新批评论有极大的影响，然而这个理论的叫法是约·克·兰塞姆 1941 年出版的《新批评》一书中确定的。这个理论的着眼点是文本的模糊性，而不是作家生平的烙印。诚如这一运动的捍卫者大卫·戴奇斯所说："新批评论教会了一代人如何阅读，这是不小的功绩。然而要读文学先要读生活。"（参看《朗文二十世纪文学指南》1981 年莫里斯·霍塞修订版）

同层面的几个玻璃棋盘上，同时进行三盘或三盘以上的对弈。[1] 第一次读《洛丽塔》很难会给你这样清晰的、多种形式的审视，而且由于多方面的原因，小说的表面主题在起初的时候那种吸引人注意力、让人觉得容易接受的特性会是最突出的。但是抛却先入为主的想法之后重读这部小说所得到的令人振奋的体验，产生于发现它是一本全新的书而非原先的书之后，产生于明白了该书的变形特性巧妙地描绘了人们自己的认识过程之后。博尔赫斯对于那部《吉诃德》的作者皮埃尔·梅纳尔说的话显然也适用于《洛丽塔》的作者弗拉基米尔·纳博科夫：他"通过一种新的技巧……丰富了认真读书的基本艺术"[2]。

小阿尔弗莱德·阿佩尔

一九六八年一月三十一日
加利福尼亚，帕罗阿尔托

（金绍禹 译）

---

[1] 玛丽·麦卡锡：《弗拉基米尔·纳博科夫的〈微暗的火〉》，《相遇》第XIX卷（1962年10月号），第76页。[译者按：玛丽·麦卡锡（Mary McCarthy, 1912—1989），美国小说家，擅长描写知识分子心理，作品有长篇小说《她的伴侣》等。]——原注
[2] 博尔赫斯：《〈吉诃德〉的作者皮埃尔·梅纳尔》，《相遇》第XIX卷（1962年10月号），第44页。——原注

献 给 薇 拉

序文

    《洛丽塔》或《一个白人鳏夫的自白》，这就是本文作者在撰文以前所收到的这篇奇特的记述的两个标题。这篇记述的作者，"亨伯特·亨伯特"，已于一九五二年十一月十六日在法定监禁中因冠状动脉血栓症而去世，距他的案件开庭审理的日期只有几天。他的律师，也是我的亲戚和好友，目前在哥伦比亚特区当律师的克拉伦斯·乔特·克拉克先生，根据他的委托人的遗嘱，请我编订这部手稿。他的遗嘱中有条条款，授权我那很有名望的表兄全权处理付梓出版《洛丽塔》的一切有关事宜。克拉克先生选定的这个编辑刚刚由于他的一部朴实无华的著作（《理性有意义吗？》）而获得波林奖，其中论述了若干病理状态和性变态行为。克拉克先生的决定可能受了这桩事的影响。

    我的工作结果比我们俩预料的要简单一些。除了改正一些明显的语法错误和仔细删去几处不易删除的细节外，这部异乎寻常的回忆录完整无损地呈现在读者的面前；那些细节，尽管"亨·亨"[①]作了努力，先前仍然像路标和墓碑继续出现在他的文稿中（它们提到的一些地方或人物，由于下等低级而需要掩饰，出于体恤怜悯也不该加以伤害）。这部回忆录作

3

者离奇的外号是他自己杜撰的。当然，这副面具——似乎有双催眠的眼睛正在面具后面闪闪发光——依照佩戴面具的人的意愿，不得不继续由他戴着。虽然"黑兹"只和女主人公真实的姓氏押韵[2]，但她的名字却跟本书的内容有着千丝万缕的关系，不容我们作出改动，而且（读者自己也会发现）实际上也没有必要去改动。有关"亨·亨"罪行的材料，爱好盘根究底的人不妨去查阅一九五二年九、十两月的日报。如果我没有获准在灯下编辑这部回忆录，这桩罪行的起因和目的就会继续是一个全然费解的谜。

老派的读者总希望追踪"真实的"故事以外的"真"人的命运，为了照顾这类读者，现在把我从"拉姆斯代尔"的"温德马勒"先生那儿得到的几个细节叙述出来。"温德马勒"先生希望不暴露他的真实身份，这样"这桩不光彩的卑鄙的事件漫长的阴影"便不会延伸到他所属的引以为豪的那个社区。他的女儿"路易丝"如今是一个大学二年级学生。"莫娜·达尔"现在在巴黎上学。"丽塔"新近嫁给了佛罗里达州一家饭店的老板。一九五二年圣诞节那天，"理查德·弗·希勒"太太在西北部最遥远的居民点"灰星镇"[3]因为分娩而死去，生下一个女性死婴。"维维安·达克布鲁姆"[4]写了一部传记《我的奎》，不久就要出版。仔细阅读过原稿的评论家们把它说成她最好的作品。与此事有关的各处公墓的管理人员都报告说并没有鬼魂出现。

---

① "亨伯特·亨伯特"的缩写。
② 女主人公的名字是"多洛蕾丝"。
③ "理查德·弗·希勒"太太，即洛丽塔。"灰星镇"，并无此城镇，这里指被烟雾遮起的星星。"烟雾"英文为 haze，也是洛丽塔的姓。
④ 维维安·达克布鲁姆（Vivian Dankbloom）是克莱尔·奎尔蒂的情妇，也是用弗拉基米尔·纳博科夫（Vladimir Nabokov）的姓名字母打乱顺序拼成的人名。"奎"是克莱尔·奎尔蒂的外号，也作"角色"解。"克莱尔·奎尔蒂"则暗示英文声音相近的"clearly guilty"（意为"明摆着有罪的"）。

如果把《洛丽塔》单纯看作一部小说，倘若书中场面和情感的表达方式被闪烁其词、陈词滥调的手法弄得苍白无力，那么这种场面和情感对读者就始终会显得令人恼火地含糊。的确，在整部作品中找不到一个淫秽的词。当然，粗鲁庸俗的读者受到现代习俗的影响，总心安理得地接受一部平庸的小说中的大量粗俗下流的词语；他们对这部作品在这方面的匮乏会感到相当吃惊。然而，如果为了让这种自相矛盾的故作正经的人感到舒适，哪个编辑就试图冲淡或删去被某种类型头脑的人称作"色情"的场面（在这方面，参看一九三三年十二月六日尊敬的约翰·M. 伍尔西法官对另一部更为直率的书所作的重大裁决①），那么就只好完全放弃出版《洛丽塔》了，因为这些场面虽然可能会被某些人不适当地指责为本身就会激起情欲，但它们却是一个悲剧故事的发展过程中最起作用的场面，而这个悲剧故事坚定不移的倾向不是别的，正是尊崇道德。玩世不恭的人也许会说商业化的色情文学也如此声言。有学问的人也许会反驳说"亨·亨"的充满激情的忏悔只是试管中的风暴；他们会指出至少有百分之十二的美国成年男子——根据布兰奇·施瓦茨曼博士（口头讲述）的一项"保守的"估计——每年都会用各种方式领略到"亨·亨"用如此绝望的口气所描述的特殊经历；他们还断言如果我们这个疯狂的记日记的人在一九四七年那个决定命运的夏天曾去向一位高明的精神病理学家求教，就不会有什么灾难；不过那样一来，也就不会有这本书了。

　　本评论人希望得到谅解，能把他在自己的书和讲稿中所强调的观点再重复一遍，明确地说就是："令人反感"往往不过是"异乎寻常"的同义

---

① 指爱尔兰小说家、诗人詹姆斯·乔伊斯（1882—1941）的长篇小说《尤利西斯》（1922）。伍尔西法官的历史性裁决，为美国于1934年出版《尤利西斯》铺平了道路。

词，而一部伟大的艺术作品当然总具有独创性，因而凭借其本身的性质，它的出现应该多少叫人感到意外和震惊。我无意颂扬"亨·亨"。无疑他令人发指，卑鄙无耻；他是道德败坏的一个突出的典型，是一个身上残暴与诙谐兼而有之的人物，或许他显露出莫大的痛苦，但并不能引起人们的兴趣。他行动缓慢，反复无常。他对这个国家的人士和景物的许多随口说出的看法都很荒唐可笑。在他的自白书里，自始至终闪现出一种力求诚实的愿望，但这并不能免除他凶残奸诈的罪恶。他反常变态。他不是一位上流人士。可是他那琴声悠扬的小提琴多么神奇地唤起人们对洛丽塔的柔情和怜悯，从而使我们既对这本书感到着迷，又对书的作者深恶痛绝。

　　作为一份病历，《洛丽塔》无疑会成为精神病学界的经典之作；作为一部艺术作品，它超越了赎罪的各个方面。而在我们看来，比科学意义和文学价值更为重要的，就是这部书对严肃的读者所应具有的道德影响。因为在这项深刻的个人研究中，暗含着一个普遍的教训；任性的孩子，自私自利的母亲，气喘吁吁的疯子——这些角色不仅是一个独特的故事中栩栩如生的人物，他们提醒我们注意危险的倾向，他们指出具有强大影响的邪恶。《洛丽塔》应该使我们大家——父母、社会服务人员、教育工作者——以更大的警觉和远见，为在一个更为安全的世界上培养出更为优秀的一代人而作出努力。

小约翰·雷博士

一九五五年八月五日

于马萨诸塞州，威德沃什

第一部

一

洛丽塔^①是我的生命之光，欲望之火，同时也是我的罪恶，我的灵魂。洛—丽—塔^②：舌尖得由上腭向下移动三次，到第三次再轻轻贴在牙齿上：洛—丽—塔。

早晨，她是洛，平凡的洛，穿着一只短袜，挺直了四英尺十英寸长的身体。穿着宽松裤子，她是洛拉。在学校里，她是多莉。正式签名时，她是多洛蕾丝^③。可是在我的怀里，她永远是洛丽塔。

在她之前有过别人吗？有啊，的确有的。实际上，要是有年夏天我没有爱上某个小女孩儿的话，可能根本就没有洛丽塔。那是在海滨的一个小王国里。啊，是什么时候呢？从那年夏天算起，洛丽塔还要过好多年才出世。我当时的年龄大约就相当于那么多年。一个杀人犯总能写出一手绝妙的文章，你对这一点永远可以充满信心。

陪审团的女士们和先生们，第一号证据是六翼天使——那些听不到正确情况的、纯朴的、羽翼高贵的六翼天使——所忌妒的^④。看看这篇纷乱揪心的自白吧。

---

① "洛丽塔"这个名字是本书《序文》中的第一个词，也是这部小说中的第一个词和最末一
个词。

② 第二个音节暗指美国诗人爱伦·坡（1809—1849）1849 年发表的一首诗《安娜贝尔·李》。作者在本书中曾二十多次提到坡。亨伯特·亨伯特在书中还使人相信，安娜贝尔·李是他苦难的起因。

③ 多洛蕾丝，英文是 Dolores，系从拉丁词 dolor 派生而来，意思是"悲伤、痛苦"。

④ 六翼天使是九级天使中地位最高的天使。《圣经·旧约·以赛亚书》第 6 章第 2 节说，他们"有六个翅膀，用两个翅膀遮脸，两个翅膀遮脚，两个翅膀飞翔"。这句是用《安娜贝尔·李》第 11 行中的短语"六翼天使"和第 22 行中的动词"忌妒"拼凑成的。

二

我一九一〇年出生在巴黎。父亲是一个文雅、随和的人，身上混杂了几种种族基因：他是一位具有法国和奥地利混合血统的瑞士公民，血管里还掺和着一点儿多瑙河的水土。我一会儿就要拿出几张好看的、蓝盈盈的风景明信片来给各位传观。他在里维埃拉①拥有一家豪华的大饭店。他的父亲和两位祖父曾经分别贩卖过葡萄酒、珠宝和丝绸。他三十岁的时候娶了一个英国姑娘，是那个登山家杰罗姆·邓恩的女儿，也是多塞特②的两个牧师的孙女，这两个牧师都是冷僻的学科的专家——分别精通古土壤学和风弦琴。我三岁那年，我的那位很上相的母亲在一桩反常的意外事件中（在野餐会上遭到电击）去世了。除了保留在最最黑暗的过去中的一小片温暖，在记忆的岩穴和幽谷中，她什么也不存在了。我幼年的太阳，如果你们还忍受得了我的文体（我是在监视下写作的），已经从那片记忆的岩穴和幽谷上方落下。你们肯定都知道夏天黄昏，在一座小山的脚下，那芬芳馥郁的落日余晖，带着一些蠓虫，悬在一道鲜花盛开的树篱四周，或者突然被一个漫步的人闯入和穿越；一种毛茸茸的温暖，一些金黄色的蠓虫。

我母亲的姐姐西比尔③嫁给我父亲的一个堂兄，后来又遭到遗弃，于是就到我家来充当不拿薪酬的家庭教师和女管家。有人后来告诉我说她曾经爱上了我父亲，我父亲在一个阴雨的日子轻松愉快地趁机利用了她的爱情，等到雨过天晴就忘却了一切。虽然姨妈订的有些规矩相当刻板——刻板得要命——但我却非常喜欢她。也许，她是想在适当的时候，把我培养成一个比我父亲更好的鳏夫。西比尔姨妈生着一双带着粉红色眼眶的天蓝色眼睛，面色蜡黄。她会写诗，迷信得富有诗意。她说她知道在我十六岁生日后不久，她就会死，结果竟应验了。她丈夫是一个出色的香水旅行推销员，大部分时间都在美国度过。最终在那儿开办了一家公司，还购置了一点儿房地产。

我在一个有着图画书、干净的沙滩、橘树、友好的狗、海景和笑嘻嘻的人脸的欢快天地中长大，成了一个幸福、健康的孩子。在我周围，华丽的米兰纳大饭店像一个私人宇宙那样旋转，像外边闪闪发光的那个较大的蓝色宇宙中的一个用石灰水刷白了的宇宙。从系着围裙的锅壶擦洗工到身穿法兰绒的权贵，每个人都喜欢我，每个人都宠爱我。上了年纪的美国妇女像比萨斜塔似的倚在拐杖上侧身望着我。付不出我父亲账的那些破了产的俄罗斯公主给我买昂贵的糖果。而他，Mon cher petit papa④，则带我出去划船、骑车，教我游泳、跳水和滑水，给我念《堂吉诃德》和《悲惨世界》。我对他既崇拜又尊敬，每逢偷听到仆人们议论他的各个女朋友，就为他感到高兴。那些美丽和蔼的人儿对我十分宠爱，还为我深可慨叹地失

---

① Riviera，法国东南部和意大利西北部地中海沿岸的假日旅游胜地。
② Dorset，英格兰南部的一郡。
③ Sybil，意为"古希腊的女巫，女预言家"。
④ 法文，我亲爱的小爸爸。

去母亲而温柔地加以安慰，流着可贵的眼泪。

我在离家几英里外的一所英国走读学校上学。在学校里，我打网拍式壁球和手球，学习成绩优良，跟同学和老师都相处得很好。在我满十三岁以前（也就是说，在我第一次见到我的小安娜贝尔以前），我所记得发生过的唯一确切的性经历就是：有次在学校的玫瑰园里跟一个美国小孩讨论青春期出现的种种意想不到的事，那是一次严肃、得体、纯理论性的交谈。那个美国孩子是当时很出名的一个电影女演员的儿子，可他也难得在那个三维世界里见到他的母亲。而在看了皮雄那部装帧豪华的《人体之美》[①]中的某些照片、洁白光滑的肌肤和暗影，无限柔和的分界后，我的有机体也产生了一些有趣的反应；那部书是我从饭店图书室里一堆大山似的云纹纸装帧的《绘图艺术》下偷出来的。后来，我父亲以他那种轻松愉快的方式，把他认为我需要了解的性知识都告诉了我。那是一九二三年秋天，刚好在他把我送到里昂[②]一所公立中学去以前（我们原定要在那儿度过三个冬天），但是，唉，那年夏天，他却跟德·R夫人和她的女儿到意大利去旅行了；于是我找不到哪个人可以诉苦，也找不到哪个人好去请教。

[①] 这部书和书的作者都是杜撰的。皮雄（Pichon）是玩弄法语粗俗语 nichon，意为"女性的乳房"。

[②] Lyon，法国东部的一个大城市。

三

安娜贝尔和作者本人一样，也是混血儿：不过她具有一半英国、一半荷兰的血统。今天，我对她的容貌远远没有几年以前，在我认识洛丽塔以前，记得那么清楚。有两种视觉方面的记忆：一种是睁着眼睛，在你头脑这个实验室中巧妙地重现一个形象（于是我看到了安娜贝尔，如一般词汇所描绘的："蜜黄色的皮肤"，"细胳膊"，"褐色的短发"，"长睫毛"，"鲜亮的大嘴"）；另一种是你闭着眼睛，在眼睑的阴暗内部立刻唤起那个目标：纯粹是视觉复制出的一张可爱的脸庞，一个披着自然色彩的小精灵（这就是我所见到的洛丽塔的样子）。

因此，在描绘安娜贝尔时，请允许我先严肃地只说，她是一个比我小几个月的可爱的孩子。她的父母是我姨妈的老朋友，也跟姨妈一样古板乏味。他们在离米兰纳大饭店不远的地方租了一所别墅。秃顶的、褐色皮肤的利先生和肥胖、搽粉的利太太（原来叫范内莎·范·内斯①）。我多么厌恶他们！起初，安娜贝尔和我谈了一些无关紧要的事情。她不停地捧起一把把细砂，让它们从指缝里漏下去。我们的思路跟如今欧洲青春前期的聪明孩子的思路一样，也定了型；我很怀疑是否应当把个人的天才分配到下面这样一些兴趣上：我们对芸芸众生的世界的兴趣、对富有竞争性的网球比赛的兴趣、对无限的兴趣、对唯我论的兴趣，等等。幼小动物的软弱无力引起我们同样强烈的痛苦。她想到亚洲一个闹饥荒的国家去当护士，我却想成为一个出名的间谍。

突然之间，我们彼此疯狂、笨拙、不顾体面、万分痛苦地相爱了，而且我还应当补充说，根本没有希望；因为那种相互占有的狂热，只有凭借我们实际吸收、融合彼此全部的灵魂和肉体，才能得到缓解。可是我们，甚至不能像贫民区的孩子那样轻而易举地就找到机会交欢。有一次，我们不顾一切地试图趁黑夜在她的花园里幽会（关于这件事往后再谈）。后来，我们得到的唯一不受干扰的情况就是在游人众多的那片海滩上，待在他们可以看见我们、但无法听到我们谈话的地方。在松软的沙滩上，离开我们的长辈几英尺远，整个上午我们总摊开手脚躺在那儿，在欲望的勃发下浑身发僵，利用空间和时间的任何一个天赐良机互相抚摸：她的一只手半埋在沙里，总悄悄伸向我，纤细的褐色手指梦游般地越移越近，接着，她乳白色的膝盖便开始小心翼翼地长途跋涉。有时候，别的年岁更小的孩子偶然堆起的壁垒为我们提供了充分的遮蔽，使我们可以轻轻吻一下彼此咸津津的嘴唇。这种不彻底的接触弄得我们那健康却缺乏经验的幼小身体烦躁到了极点，就连清凉碧蓝的海水——我们在水下仍然彼此紧紧揪着——也无法缓解。

在我成年后四处漂泊的岁月中，我丢失了好些珍藏的东西，其中有我姨妈拍的一张快照。照片上有安娜贝尔、她的父母和那年夏天追求我姨妈

---

① 指坡的安娜贝尔·李，在第二部第三章中，作者即用"李"。

的那个年长、稳重、瘸腿的先生，一位库珀医师。他们围坐在一家路边餐馆的餐桌旁。安娜贝尔照得不好，因为拍的时候，她正低头望着 chocolat glacé①。在强烈的阳光下，她的妩媚可爱的神态渐渐模糊，（在我记得的那张照片上）只可以看清她那瘦削、裸露的肩膀和头发间的那道分缝。而我坐在离开其余的人稍远一点儿的地方，照得倒特别清晰：一个闷闷不乐、眉头紧皱的男孩，穿一件深色运动衫和一条裁剪合体的白色短裤，两腿交叉，侧身坐在那儿，眼睛望着旁边。那张照片是在我们诀别的那年夏天的最后一天拍的，而且就在我们第二次也是最后一次作出挫败命运的尝试的前几分钟。我们找了些最站不住脚的借口（这是我们最后一次机会，实际上什么也顾不上了），逃出餐馆，来到海滩，找了一片荒凉的沙地，就在那儿，在堆成一个洞穴的那些红石头的浅紫色阴影下，短暂、贪婪地抚爱亲热了一番，唯一的见证就是不知哪个人失落的一副太阳眼镜。我跪着，正要占有我的宝贝，两个留着胡须的洗海水澡的人，海上老人②和他的兄弟，从海水里冒出来，喊着一些下流、起哄的话。四个月后，她在科孚③死于斑疹伤寒。

---

① 法文，巧克力冰淇淋。
② 指《一千零一夜》中，纠缠在辛巴德背上的老人，见《一千零一夜》第四卷《辛巴德航海旅行的故事第五次航海旅行》。
③ Corfu，希腊西北海岸外的一大岛屿。

四

　　我一再翻阅这些痛苦的回忆，一面不断地自问，是否在那个阳光灿烂的遥远的夏天，我生活中发狂的预兆已经开始，还是我对那个孩子的过度欲望，只是一种与生俱来的怪癖的最早迹象呢？在我努力分析自己的渴望、动机和行为等等的时候，我总陷入一种追忆往事的幻想，这种幻想为分析官能提供了无限的选择，并且促使想象中的每一条线路在我过去那片复杂得令人发疯的境界中漫无止境地一再往外分岔。可是，我深信，从某种魔法和宿命的观点而言，洛丽塔是从安娜贝尔开始的。

　　我也知道，安娜贝尔的死引起的震惊，加强了那个噩梦般夏天的挫折，成为我整个冰冷的青春岁月里任何其他风流韵事的永久障碍。我们的精神和肉体十分完美地融为一体，这种境界，今日那些讲究实际、举止粗俗、智力平庸的青年人必然无法理解。在她去世后很久，我仍感到她的思想漂浮过我的脑海。早在我们相遇以前，我们就做过同样的梦。我们相互交谈经历，发现一些奇特的相似之处。同一年（一九一九年）的同一个六月，在两个相距遥远的国家，一只迷途的金丝雀飞进了她的家，也飞进了我的家。洛丽塔啊，要是你曾这样爱过我该有多好！

我把我跟安娜贝尔首次不顺利的幽会的记述保留下来，作为我的"安娜贝尔"时期的结尾。有天夜晚，她想法骗过家里人恶毒的监视。在他们家别墅后面一片怯生生的、叶子细长的含羞草丛中，在一道矮石墙的残垣上，我们找到一个可以坐一坐的地方。透过黑暗和那些娇嫩的树木，我们可以看见亮着灯的窗户上的涡卷线状图案。那些图案给敏感的记忆那五彩的油墨一加渲染，在我眼里就像纸牌一样——大概因为我们的仇敌正忙于打桥牌。我吻了吻她张开的嘴角和滚烫的耳垂，她浑身颤动，直打哆嗦。一簇星星在我们头顶上细长的树叶的黑色轮廓间闪着微光，那个生气勃勃的天空似乎和她轻盈的连身裙下面的身体一样赤裸裸的。我在天空里看到她的脸，异常清晰，仿佛放射着它自身微弱的光辉。她的腿，她那两条可爱的、充满活力的腿，并没有并得很紧。当我的手摸到了想要摸索的地方时，那张娇憨的脸上闪现出一种半是快乐、半是痛苦的朦胧、胆怯的神情。她坐得比我稍许高点儿。每当她独自无法控制自己强烈的感情，她总要前来吻我，她的头用一种懒洋洋的柔软的几乎显得悲伤的下垂姿势朝下弯来，她裸露的膝盖总碰到并夹住我的手腕，随后再放松。她的微微颤动的嘴似乎给一种神秘、辛辣的药水刺激得变了形，发出一种咝咝的吸气声凑到我的脸旁。她总先用焦干的嘴唇草率地擦过我的嘴唇，试图缓解一下热恋的痛苦；随后，我的宝贝总紧张不安地把头发一甩，又缩了回去，接着又暗暗地凑近前来，让我亲她张着的嘴。同时，我以一种准备把一切——我的心，我的喉咙，我的内脏——都献给她的慷慨气魄，让她用一只笨拙的手握着我情欲的权杖。

　　我回想起一种爽身粉——我想这是从她母亲的西班牙女佣那儿偷来的——的香味，一种甘甜、普通的麝香香味。这和她身上的饼干气味混合在一起，我的感官突然给注满了；附近矮树丛里一阵突发的骚动才没使它漫溢出来——我们立刻互相分开，带着痛苦的心情注意到大概是一只悄悄窜来的野猫。这时从屋子里传来她母亲呼唤她的声音，激动的音调越升越高——而库珀医师也笨重地一瘸一拐走到外面花园里。可是那片含羞草丛——那些朦朦胧胧的星星，那阵激动，那股热情，那种蜜露以及那份痛苦，我都依然感到，而那个在海边光胳膊光腿、舌头炽热的小女孩儿，此后就一直萦绕在我的心头——直到二十四年以后，我终于摆脱了她的魔力，让她化身在另一个人身上。

五

在我回顾自己的青年时代的时候，那些日子好像许多暗淡的、反复出现的纸片，一阵风似的都从我眼前飞走了，火车旅客清早看到跟在游览车厢后面翻飞的一阵用过的薄绵纸的风雪。在我和女人的那种有益身心的关系方面，我切合实际，诙谐、轻快。在伦敦和巴黎念大学的时候，卖笑女郎就满足了我的需要。我的学习非常细致，十分紧张，虽然并不特别富有成效。起初，我计划像许多 manqué^① 才子那样拿一个精神病学学位，不过我甚至比他们还 manqué，我感到非常压抑，大夫，有一种特殊的疲惫不堪的感觉。于是我改念英国文学。那么许多潦倒的诗人都在这个领域里最终成为身穿花呢服装、抽烟斗的教师。巴黎很合我的口味。我和流亡国外的人一起讨论苏联电影。我和一些同性恋者坐在"双叟"^② 里面。我在一些默默无闻的刊物上发表了几篇委婉曲折的小品文。我还创作过一首拼凑而成、模仿他人风格的诗歌^③：

> ……冯·库尔普小姐
>
> 可能会回转身，她的手放在房门上，

我不会跟着她走。弗雷斯也不会。

那个傻瓜也不会。

　　我的一篇题为《济慈致本杰明·贝利的信中的普鲁斯特式主题》的文章④,六七位学者念了都格格直笑。我替一家著名的出版公司着手写了一部 *Histoire abrégée de la poésie anglaise*⑤,接着又开始为讲英语的学生编纂那本法国文学手册(附有取自许多英国作家的比较文章),这项工作使我在整个四十年代一直不得空闲——到我被捕的时候,这本手册的最后一卷也差不多就要付印了。

　　我找了一份工作——在奥特伊尔⑥教一群成年人英语。后来,一所男校聘用了我两三个冬天。偶尔,我也利用我在社会服务人员和精神疗法专家中的熟人,请他们陪我去参观各种机构,比如孤儿院和少年管教所。在那儿,有些到达发育期的女孩,脸色苍白,睫毛缠结在一起,可以任你泰然自若地端详,她们叫我回想起梦中赐给我的那个女孩。

　　现在,我希望提出这样一种观点。在九岁至十四岁这个年龄段里,往往有好些少女在某些比她们的年龄大一倍或好几倍的着迷的游客眼里,显

---

① 法文,失意的。
② Deux Magots,法国巴黎左岸一家有名的咖啡馆,知识界人士经常聚集在那儿。
③ 这首诗是用英国诗人、评论家托·斯·艾略特(T.S. Eliot, 1888—1966)的长诗《小老头》(*Gerontion*, 1920)中的多行拼凑成的。
④ 英国诗人济慈(John Keats, 1795—1821)写给挚友本杰明·贝利(Benjamin Bailey, 1791—1853)的书简,是阐明济慈诗歌理论的重要文献之一。亨伯特·亨伯特的普鲁斯特式主题,肯定是关于时间和记忆的性质。纳博科夫认为法国小说家普鲁斯特(Marcel Proust, 1871—1922)的《追寻逝去的时光》(*A la recherche du temps perdu*, 1913—1927)的前一半是"二十世纪散文中四大杰作之一"。
⑤ 法文,《英国诗歌简史》。
⑥ Auteuil,法国巴黎的一个地区,过去是一个村镇。

露出她们的真实本性，那种本性不是人性而是仙性（也就是说，是精灵般的）①。我提议把这些精选出来的人儿称作"性感少女"。

需要注意的是，我用时间术语代替了空间术语。事实上，我要请读者把"九岁"和"十四岁"看作界限——那些镜子般的海滩和玫瑰色的岩石——一座上面时常出现我的那些性感少女的魔岛的界限，岛的四周是雾霭迷蒙的茫茫大海。在这个年龄段里，所有的女孩儿是否都是性感少女呢？当然不是。否则，我们这些深谙内情的人，我们这些孤独的旅客，我们这些贪花好色之徒早就变得精神错乱了。容貌漂亮并不是衡量的标准；而粗俗，或者至少一个特定社区称作粗俗的种种表现，并不一定就会损害某些神秘的特性：那种超逸的风度，那种使性感少女有别于她们同年龄的女孩的难以捉摸、变幻不定、销魂夺魄、阴险狡黠的魅力。因为那些同年龄的女孩对同时出现种种现象的这个空间世界的依赖性，远远超过了洛丽塔和她同类的少女在上面玩耍的那座叫人神魂颠倒的时间的无形岛屿。在同一年龄段里，真正性感少女的人数，明显低于那些暂时显得平常的、只是好看的、"娇小可爱的"，甚至"甜蜜动人的"、平凡的、丰满的、未成形的、肌肤冰冷的以及本质上富有人性的小女孩的人数。这类小女孩梳着辫子，鼓着肚子，成年后也许会也许不会出落得美艳动人（看看那些穿着黑色长统袜、戴着白帽子、又矮又胖的丑八怪，长大后却成了银幕上了不起的明星）。你拿一张女学生或女童子军的团体照给一个正常的男人看，请他指出其中最标致的女孩，他未必就选中她

---

① 亨伯特·亨伯特患的疾病在医学上称为"情欲增盛"（nympholepsy），意思是：一个人受到仙女（nymph）蛊惑后，突然感到了一种精灵般的热情。纳博科夫称《洛丽塔》是一个神话故事，他的性感少女是一位"神仙公主"（见第一部第一一章）。

们当中的那个性感少女。你一定得是一个艺术家，一个疯子，一个无限忧郁的人，生殖器官里有点儿烈性毒汁的泡沫，敏感的脊椎里老是闪耀着一股特别好色的火焰（噢，你得如何退缩和躲藏啊！），才能凭着难以形容的特征——那种轮廓微微显得有点儿狡黠的颧骨、生着汗毛的纤细的胳膊或腿以及绝望、羞愧和柔情的眼泪、使我无法罗列的其他一些标志——立刻就从身心健康的儿童中辨别出那个销魂夺魄的小精灵。她并没有被他们识别，自己对自己的巨大力量也并不知晓。

此外，既然时间的观念在这件事里起着如此神奇的作用，学者们应当毫不奇怪地知道一个少女和一个男人之间得有好几岁的差距，我得说，这种差距决不能少于十岁，一般总是三四十岁，而在几个大家都知道的实例中，竟然高达九十岁，这样才能使男人受到一个性感少女的魅惑。这是一个调节焦距的问题，是内在的目光兴奋地超越的某段距离跟心里幸灾乐祸地喘息着觉察到的某种差异的问题。我是一个孩子，安娜贝尔也是一个孩子的时候，我的小安娜贝尔在我眼里并不是性感少女。我跟她地位相同，是一个堂堂正正的小牧神①，待在那同一座时间的魔岛上，但是经过二十九年以后，今天，在一九五二年九月，我想我可以在她身上辨认出我这辈子最初那个决定命运的小精灵。我们怀着尚不成熟的爱彼此相爱，表现出的那股热和劲儿往往把成年人的生活毁掉。我是个身强体壮的小伙子，活了下来，但是毒汁却在伤口里，伤口也一直没有愈合。不久，我发现自己在一种文明中成熟起来，这种文明允许一个二十五岁的男人向一个十六岁而不是十二岁的女孩求爱。

---

① 根据西方神话，牧神是一个具有山羊耳朵、角、尾巴和后腿的男子。

因此，我在欧洲那段时期的成年生活竟然双重到了荒谬的地步，这一点也不奇怪。公开处，我跟好多生着南瓜或梨子形状乳房的世俗女子保持着所谓正常关系；私下里，我对每个经过我身边的性感少女都怀有一股地狱烈火凝聚起的淫欲，饱受折磨，可是作为一个守法的胆小鬼，我从不敢接近这类少女。我可以支配的那些具有人性的女人，只是一些治标的药。我几乎要相信，我从普通的苟合中得到的感觉，和正常的伟男子在震撼世界的那种惯常的节奏中跟他们正常的伟伴侣结合时所领略到的感觉几乎一般无二。问题是那些先生并没有发现一种无可比拟的更为舒畅的快乐，而我却发现了。我的最最模糊、引起遗精的美梦也比最富有阳刚之气的天才作家或最有才华的阳痿作家所设想出的私通苟合之事要灿烂夺目一千倍。我的世界分裂了。我注意到不是一种而是两种性别，可都不是我的性别；两者都被解剖学家称作女性。可是在我看来，透过我的感官的三棱镜，"她们就像薄雾和桅杆一样大不相同"①。所有这一切，现在我全据理来加以说明。在我二十多岁和三十出头的那些年里，我并不那么清楚地明白我的苦闷。虽然我的身体知道它渴望什么，但我的头脑却拒绝了身体的每项请求。一会儿，我感到羞愧、惊骇；一会儿，我又变得盲目乐观。我受到清规戒律的遏制。精神分析学家用伪性欲的伪释放来劝说我。对我说来，在性爱方面叫我冲动的唯一对象，就是安娜贝尔的姐妹、她的侍女和小丫头；这个事实有时在我看来，就是精神错乱的前兆。别的时候，我会告诉自己，这完全是一个态度问题，给女孩儿弄得神思恍惚，实在并没什么不正常的地方。让我提醒我的读者，在英国，一九三三年《儿童和

---

① 英文"薄雾"是 mist，"桅杆"是 mast，两个字的拼写只差一个字母，但意思大相径庭，所以这么说。

青少年法案》通过以后，"女孩"这个词被定义为"八岁以上、十四岁以下的少女"（其后，从十四岁到十七岁，法律上的定义是"青年"）。另一方面，在美国的马萨诸塞州，一个"任性的孩子"，从法律上讲，是一个"七岁到十七岁之间的孩子"（而且，他们习以为常地跟邪恶淫乱的人混在一起）①。詹姆斯一世②时期的一位引起争议的作家休·布劳顿③已经证明雷哈布④十岁就当了妓女。这一切都很有意思。你大概看见我已经在一阵发作中口吐白沫了，但没有，我没有。我只不过眨眨眼，让快乐的思想落进一个小小的杯子。这儿还有好几幅画。这是维吉尔⑤，他会用单纯的音调歌唱性感少女，但大概更喜欢一个小伙子的会阴⑥。这是阿克纳坦王⑦和内费蒂蒂王后的两个未到婚龄的尼罗河女儿（国王夫妇有六个女儿），身上除了戴了许多串亮闪闪的珍珠项链，没有其他饰物，娇嫩的褐色小身子从容地倚在靠垫上；她们留着短发，生着乌黑的长眼睛，经过三千年依然完好无损。这幅画上有几个十岁的小新娘，被迫坐在 fascinum⑧ 上，那是古典文学圣堂里代表男性生殖力的象牙。青春期到来前就结婚同房在印度东部的某些省份仍旧相当常见。雷布查人⑨里八十岁的老头和八岁的女孩交

①　见《马萨诸塞州法律诠释》（*Mass. Anno. Laws*, 1957）第 119 章第 52 节。

②　詹姆斯一世（James Ⅰ, 1566—1625），英国国王（1603—1625）。

③　Hugh Broughton（1549—1612），英国清教徒神学作家。这儿是指他 1588 年发表的讲道文《赞同〈圣经〉经文》（*A Consent of Scripture*）。

④　Rahab，《圣经》作"喇合"，是迦南地方的一个妓女。参看《圣经·旧约·约书亚记》第 2 章。

⑤　Virgil（前 70—前 19），古罗马诗人。

⑥　会阴，原文为 perineum。1958 年版误作 peritonium（腹膜），后经作者改正。

⑦　Akhnaten（前 1375—前 1358），埃及国王。

⑧　拉丁文，指西方古代某些色情仪式中使用的象牙制的男性生殖器。

⑨　the Lepchas，印度大吉岭和锡金的蒙古人种的一支。

嫦，谁都不以为意。别忘了，在但丁^①狂热地爱上他的比阿特丽斯时，比阿特丽斯只有九岁，是一个光彩焕发的小姑娘，她傅粉施末，戴着珠宝，十分可爱，穿着一件深红色连身裙；那是一二七四年五月那个欢乐的月份，在佛罗伦萨的一次私人宴会上。当彼特拉克^②狂热地爱上他的劳丽恩时，劳丽恩也不过是一个十二岁金发的性感少女，在风中、在花粉和尘土中奔跑着，是一朵飞行的花儿，如他所描写的从沃克卢思^③的山岗飞到了那片美丽的平原。

还是让我们规规矩矩地文雅一点吧。亨伯特·亨伯特竭力想安分守己。说真的，他确实这么做了。他对纯洁、软弱的普通儿童十分尊重。不管在什么情况下，即使几乎没有多少惹起吵闹的危险，他也不会去玷污这类孩子的天真无邪。可是当他在那群天真无邪的孩子中发现一个小精灵时，他的心跳得有多厉害啊，那个"enfant charmante et fourbe^④"，生着朦胧的眼睛，艳丽的嘴唇，你只要让她知道你在望着她，就会受到十年监禁。生活就这样继续下去。亨伯特完全有能力跟夏娃交欢，但他渴望的却是莉莉思^⑤。胸部发育的萌芽阶段在青春期带来的一系列身体变化的初期（10.7 岁）就出现了。而下一个可以见到的成熟项目，就是含有色素的阴毛的初次出现（11.2 岁）。我的小杯子里盛满了琐碎无聊的念头。

一次船只失事。一个环状珊瑚岛。单独跟一个淹死了的旅客的瑟瑟

---

① Dante Alighieri (1265—1321)，意大利诗人，著有长篇史诗《神曲》（*Divine Comedy*）。他生于 1265 年 5 月 15 日与 16 日之间，因此 1274 年他遇见比阿特丽斯时，只有九岁，比阿特丽斯据信是八岁。
② Petrarch (1304—1374)，意大利诗人，他遇见劳丽恩时，是二十三岁。
③ Vaucluse，法国东南部的一片地区，首府是阿维尼翁，是彼特拉克最喜欢居住的地方。
④ 法文，顽皮可爱的孩子。
⑤ 据犹太传奇文学，莉莉思在夏娃之前，是亚当的妻子。

发抖的孩子待在一起。亲爱的，这只是一场游戏①！我坐在公园里一张硬邦邦的长椅上，假装全神贯注地在看一本微微颤动的书，这时我想像的冒险经历有多神奇美妙啊！在这个不动声色的学者四周，好些性感少女自由自在地嬉戏玩耍，仿佛他是一个熟悉的塑像或是一棵老树的光与影的一部分。有一次，有个穿着格子呢连身裙的理想的小美人儿啪的一下把一只穿得厚重的脚放到长椅上我的身旁，接着朝我伸下两条纤细的光胳膊，把她的四轮溜冰鞋鞋带系系紧，我就在阳光下融化了，手里的那本书成了无花果树叶子②；她那赤褐色的鬈发披垂到她的擦破皮的膝盖上，那条发出光泽的腿就伸在我的颜色变幻不定的脸颊旁边，我头上的那片树叶的阴影也在她的腿上晃动、消散。另一次，有个红头发的女学生在métro③里倚在我的身旁，我瞥见了她的黄褐色腋毛，一连激动了好几个星期。我可以列出好些这种一厢情愿的小小韵事。有几次在一种浓郁的地狱风味中结束。比如，我碰巧在阳台上看到街对面一扇亮着灯的窗户里有个看去很像性感少女的姑娘正在一面相当配合的镜子前脱衣。跟外界如此隔绝，显得如此遥远，这种景象产生了一种勾魂摄魄的魔力，使我全速跑向叫我心满意足的那个孤独的人儿。可是我喜爱的那个娇美的裸体形象却突然恶魔似的变成了一个男人给灯光照亮的、令人厌恶的光胳膊，他在那个炎热、潮湿、没有希望的夏夜穿着内衣裤坐在敞开的窗口看报。

---

① 在《威斯康星当代文学研究》杂志的一次访问中，纳博科夫说："讽刺作品是训诫；滑稽模仿作品是游戏。"
② 《圣经·旧约·创世记》，亚当和夏娃吃了果子后，眼睛明亮了，发现自己赤身露体，就用无花果树的叶子编作衣裙。
③ 法文，地铁。

跳绳，跳房子。那个穿着黑衣服、挨着我坐在我的长椅上，坐在我的欢乐之枷上（有个性感少女正在我脚下寻找一个失落了的弹子）的老婆子问我是不是肚子疼，这个不懂礼貌的母夜叉。啊，别来跟我搅和，让我独自待在我的生机旺盛的公园里，待在我的长满青苔的花园里。让她们永远在我四周玩耍，永远不要长大。

六

对了，我常常纳闷：那些性感少女后来怎么样了？在这个因果交错的锻铁的世界上，我从她们身上偷走的那种神秘的悸动难道不会影响她们的未来吗？我占有了她——而她根本不知道。好吧。可是这一点往后什么时候就不会产生什么影响吗？我使她的形象介入我的 voluptas① 中，是不是多少左右了她的命运呢？哦，这一点过去是，而且依然是一个叫人万分疑惑的根源。

然而，我还是知道了那些可爱的、叫人发狂的、细胳膊的性感少女长大后会是什么样子。记得在一个天色阴暗的春天下午，我沿着马德莱娜教堂② 附近的一条热闹的街道走去。有个矮小、苗条的姑娘穿着高跟鞋，脚步轻快地匆匆从我身旁走过；我们同时回头互相看了一眼，她站住脚，我跟她攀谈起来。她几乎还不到我胸口长毛的地方那么高，生着法国姑娘往往具有的那种带酒窝的小圆脸。我很喜欢她长长的睫毛和紧裹着她身体的那件剪裁合身的珠灰色的衣衫。她年轻的身体仍旧保持着一团稚气，跟她瘦小、灵敏的臀部那种职业性的 frétillement③ 混在一起。那团稚气就是性感少女的回声，是欢乐的震颤，也是叫我冲动的刺激。

我问她价钱,她立刻用悦耳动听的嗓音准确地回答道:(一个老在行,真是一个老在行!)"Cent.④"我想还个价,可是我的眼睛朝下直盯着她那饱满的脑门和不完整的帽子(一条缎带,一束花),她看出了我低垂的眼睛里那种异常孤独的渴望神色。她眼睫毛一眨,说道:"Tant pis⑤,"一面装着像要走开。也许,就在三年以前,我还看见她下学后正往家走!这种想法使事情就此解决。她领我走上通常那道很陡的楼梯,还有为monsieur⑥开道的通常的那阵铃声,因为monsieur在沮丧地爬上楼到那间里面只有床和坐浴盆的简陋的屋子里去的时候,可能不乐意碰上另一位monsieur。和往常一样,她马上要一样petit cadeau⑦。和往常一样,我也问了她的名字(莫尼克)和年龄(18岁)。我相当熟悉街头妓女这种老一套的作风。她们总回答说,"dix-huit⑧"——这是一句信口可以发出的啁啾,一种决定性的、渴望欺骗的鸣叫,她们每天都要这么发出十次,这些可怜的小家伙。不过就莫尼克来说,毫无疑问,她给自己的年龄加了一两岁。这是我从她小巧、干净、出奇地尚未成熟的身体上的许多细微之处推断出的。她令人销魂地飞快脱掉衣服,有一刹那站在那儿,一部分身体用肮脏的薄纱窗帘裹着,带着幼儿的欢乐,尽可能若无其事地听着楼下满是尘土的院子里一个街头手风琴师的演奏。我看了看她的小手,把她的注意力引到她龌龊的指甲上,她天真地皱起眉头,说

① 拉丁文,肉体的享乐。
② Madeleine,巴黎的一座教堂,是市内一个很突出的标志。
③ 法文,扭动。
④ 法文,一百(法郎)。
⑤ 法文,算了。
⑥ 法文,顾客。
⑦ 法文,小礼品。
⑧ 法文,十八(岁)。

道："Oui, ce n'est pas bien.[①]"说完，就走到盥洗盆那儿去，但是我说这没有关系，压根儿没有关系。她留着褐色短发，灰色的眼睛亮闪闪的，皮肤苍白，看上去非常迷人。她的屁股小得跟一个蹲坐着的小伙子的一样。事实上，我可以毫不踌躇地说（而这也确实就是为什么我满心感激地留恋记忆中和小莫尼克在一起的那间灰纱窗帘的房间的缘故），在我玩过的那八十多个 grues[②] 中，唯有她叫我感到一阵真正的欢乐。"Il était malin, celui qui a inventé ce truc-là,[③]"她亲切友好地评论道，接着用同样最时新的速度又钻到她的衣服里面。

我要求在当天晚上较晚的时候更周详地再安排一次聚会。她说她九点钟在街道转角的那家小餐馆和我会面，还发誓说她这辈子还从来不曾 posé un lapin[④]。我们又回到同一个房间，我禁不住说她长得多么漂亮。她听了假装矜持地答道："Tu es bien gentil de dire ça.[⑤]"接着，她看到我从反映出我们小伊甸园的那面镜子中所看到的情景——咬紧牙齿、使我的嘴扭歪了的那副温柔体贴而又十分可怕的怪相——恭顺的小莫尼克（哦，她早先管保是一个性感少女！）想知道 avant qu'on se couche[⑥]，她要不要把嘴上的那层唇膏擦去，以备我想吻她。当然，我想吻她。我纵情恣意，跟她交合，比以前跟任何一个年轻女子都要尽兴。那天晚上，我对长睫毛莫尼克的最后印象带着一丝欢快的情趣，我发现这种情趣很难跟我那不光彩的、污秽的、沉默的爱情生活中任何一件事儿联系在一起。她揣着我给她的

---

① 法文，对，这是不大好。
② 法文，"妓女"一词的民间用语。
③ 法文，发明这玩意儿的人，是个机灵鬼。
④ 法文，对谁失约。
⑤ 法文，你这么说真是亲切客气。
⑥ 法文，在我们上床前。

五十法郎小费，显得万分高兴，急匆匆地走进四月夜晚的蒙蒙细雨中，而亨伯特·亨伯特则蹒跚地紧跟在她瘦小的身子后面。她在商店的一个橱窗前站住脚，兴致勃勃地说道："Je vais m'acheter des bas!①"我决不会忘记她那种巴黎孩子发出"bas"时的口型，她兴致勃勃地发出这个词的音，几乎把那个"a"发成一个短暂、轻快、爆破的"o"，像在"bot②"那个词里那样。

第二天下午两点一刻，我在自己的那套房间里又和她约会，但这次却不大成功，一夜之间，她身上似乎少了几分稚气，多了点儿成年女人的味儿。我从她身上传染到了感冒，就此取消了第四次约会，而中止一系列情绪激动的约会，我也并不感到惋惜，因为这种约会可能会使我背上许多痛心的幻想，结果又在沉闷无聊的失望中渐渐消失。因此，让她依然是那个水灵、苗条的莫尼克，像她有一会儿表现出的样子：一个有过失的性感少女透过那个讲究实际的年轻婊子闪闪发光。

我和她短暂的交往勾起了一连串的想法，熟悉内情的读者对此可能十分清楚。一个晴和的日子，一份黄色杂志上的广告把我引到埃迪特小姐的办公室。她先递给我一本脏乎乎的照相簿，让我从里面一批相当正规的照片中挑选一个合意的人儿（"Regardez-moi cette belle brune!③"）。等我把照相簿推开，设法把我罪恶的愿望说出来以后，她看上去像是就要把我轰出门去。可是在问了我打算出多少钱以后，她屈尊介绍我去跟一个 qui pourrait arranger la chose④ 人联系。第二天，有个患气喘病的女人，粗俗地

① 法文，我要给自己买双长统袜！
② 法文 bas 一词是"长统袜"的意思，bot 一词意为"畸形足的"。
③ 法文，瞧瞧这个棕发美人！
④ 法文，能够作出安排的。

抹着脂粉，说话唠唠叨叨，满嘴大蒜气味，带着几乎滑稽的普罗旺斯口音，发紫的嘴唇上还有两撇黑胡子，她把我带到显然是她自己的住处。在那儿，她吧嗒吧嗒地亲了亲自己胖乎乎的手指那隆起的指尖，表明她的货色的质量像玫瑰骨朵一样美好。接着她演戏似的拉开一块帷幕，露出房间的另一部分，我猜那是一个不太挑剔的大家庭通常睡觉的地方。眼下那儿空空荡荡，只有一个胖得出奇、肤色灰黄、平凡得叫人厌恶的姑娘，年纪至少有十五岁，头上有几根用红缎带扎着的粗粗的黑辫子，她坐在一张椅子上，漫不经心地摆弄着一个没有头发的布娃娃。我摇摇头，刚想摆脱这个陷阱，那个女人嘴里还在很快地说着什么，一面却动手从年轻的女巨人身上脱去那件肮脏的羊毛针织紧身套衫。接着，她看到我打定主意要走，就马上索取 son argent①。房间尽头的一扇门开了，两个在厨房里吃饭的男人也加入了这场争吵。他们都形态丑陋，光着脖子，皮肤黝黑，有个人还戴着一副墨镜，一个小男孩和一个浑身龌龊、长着罗圈腿的小娃娃偷偷跟在他们后面。那个愤怒的老鸨用噩梦中蛮横的逻辑，指着戴眼镜的那个男人，说他 lui② 曾经当过警察，所以我最好照着她的吩咐去做。我走向玛丽——这就是她那个明星般的名字，这时她已经悄悄地把她的大屁股挪到厨房餐桌旁的一张木凳上，继续喝她那盆刚才给打断了没有喝完的汤，那个小娃娃捡起掉在地上的布娃娃。胸中涌起的一股怜悯之情使我那愚蠢的动作相当引人注目，我把一张钞票塞到她的满不在乎的手里。她把我的礼物转交给那个以前当过警察的人，于是我获准离开。

---

① 法文，她的钱。
② 法文，本人。

七

　　我不知道替妓女拉客的那个女人的照相簿会不会是这个淫乱集团中的另一个环节。不久以后，为了自身的安全，我决定结婚。我想，有规律的作息时间、家里做的三餐、婚姻的种种习俗、床笫之间常规的避孕措施，以及，谁知道呢，某些道德标准、某些精神上的替代物的最终成熟，即便不能涤除我那丢脸的、危险的欲念，至少也许能帮我将这些欲念加以平和的控制。父亲故世以后留给我的一小笔钱（并不很多——米兰纳大饭店早就给卖掉了），加上我那引人注目、即使显得有那么点儿粗野的漂亮外貌，使我可以镇定自若地着手寻找。经过相当仔细的考虑，我的选择落在一位波兰大夫的女儿身上。这位先生正巧在为我医治眩晕症和心动过速。我们下国际象棋；他的女儿从画架后面瞅着我，把从我身上借去的眼睛或指关节安插在她那乌七八糟的立体派艺术作品里，当时她画的是一些善于社交的姑娘，而不是紫丁香和小绵羊。让我平静而有力地再说一遍：尽管经历了 mes malheurs[①]，我过去是，现在依然是一个异常英俊的男人；身材高大，动作稳健，生着柔软的黑头发，露出阴沉却更加富有魅力的神态。男子异常旺盛的元气往往在一个人可见的面貌上表现为一种郁闷、充血的神色，而这种神色正是他必须遮掩的。我就是这种情形。哎呀，我完全知道，只要我用手指打个榧子，就可以得到我想要的随便哪个成年女人。事实上，我已养成了不过分留意女人的习惯，免得她们走来热血沸腾地倒在我冰冷的膝头。如果我是一个 français moyen②，爱好奢华俗艳的女人，那么从冲击着我无情的岩石的那许多疯狂的美人中，我轻而易举地就能找到一些比瓦莱丽亚要迷人得多的小娘儿们。然而，我的选择却是出于某种考虑，实质上是一种可怜的妥协，而我认识到这一点的时候却太晚了。所有这一切都将表明，可怜的亨伯特在两性问题上始终多么愚蠢。

---

① 法文，我的种种不幸。
② 法文，一般的法国人。

八

虽然我告诉自己我只是想找个安慰自己的人，一盆受到赞美的蔬菜牛肉浓汤，一个充满生气的人造女性阴部，可瓦莱丽亚身上真正吸引我的，却是她模仿小女孩的那种神态。她那么模仿倒不是因为她猜到我会动心。那只是她的作风——而我却着了迷。实际上，她至少已经二十八九岁了（我始终没有查明她的确切年龄，就连护照上也是假的），而且在那种随着她回忆往事的情怀不住改变的境况下早已失去了童贞。在我这方面呢，我天真得像个性变态的人才会有的那样。她显得轻佻、活泼，穿得à la gamine①，露出一大截光滑的腿，晓得怎样用一双黑色丝绒拖鞋来衬托她雪白的光脚背。她噘起嘴，露出酒窝，跳跳蹦蹦，穿着紧身连衣裙，用可以想象得出的最矫揉造作、最陈腐的方式晃动着她的拳曲的淡黄色短发。

在mairie②举行了简短的仪式后，我把她领到我租的那套新公寓，多少叫她感到意外的是，在我碰她以前，先让她穿上一件女孩子穿的寻常睡衣，那是我想法从一家孤儿院的内衣橱里偷出来的。结婚当夜，我得到一些乐趣，日出时那个白痴歇斯底里地发作起来。不过现实不久就揭穿了一切。退了色的鬈发露出黑色的发根，刮过的小腿上的汗毛竟然变成了皮刺，那张湿漉漉的富有表情的嘴，不管我怎样用爱情去填塞，却总很不光彩地暴露出跟她那已故的貌似蟾蜍的妈妈在一幅受到珍藏的画像上的嘴的相似之处。不久，亨伯特·亨伯特得照顾的不是一个苍白的流浪的小女孩儿，而是一个肥胖臃肿、短腿巨乳实际上毫无头脑的 baba③。

这种情况从一九三五年一直持续到一九三九年。她唯一的优点就是生性不好大声说话，这的确有助于在我们肮脏的小公寓里造成一种古怪的舒适感。我们有两间房，在一间房的窗外是一片雾蒙蒙的景象，在另一间房的窗外是一堵砖墙，还有一个极小的厨房和一个鞋状的浴缸。我坐在浴缸里，觉得自己就像马拉④，只是没有一个颈项雪白的年轻女子来刺杀我。我们一块儿度过好多个舒服的夜晚，她总埋头看着《巴黎晚报》⑤，我则坐在一张摇摇晃晃的桌子前工作。我们去看电影，也去看自行车比赛和拳击比赛。我难得向她不再新鲜的肉体求欢，除非在非常迫切和绝望的情况下。对面的杂货铺老板有个小女儿，她的情影都快把我逼疯了，不过在瓦莱丽亚的帮助下，我对自己异想天开的困境倒找到了一些合法的出路。至于烹调，我们心照不宣地扔开了蔬菜牛肉浓汤，多半总到波拿巴街一个拥挤的场所去吃饭，那儿的桌布上满是酒渍，还可以听到不少外国人七嘴八舌的说话声。隔壁是一家美术铺子，凌乱的橱窗里陈列着一幅辉煌、艳丽、充满绿色、红色、金黄色和墨蓝色的古老的美国 estampe⑥——一个火车头带

① 法文，像个逗人喜爱的年轻姑娘。
② 法文，市政厅。
③ 法文式俄文，一个邋遢、粗俗的女人。
④ Jean Paul Marat（1743—1793），法国革命人士，被一个女子夏洛特·科尔戴趁他洗澡时将他刺死。
⑤ Paris-Soir，一份专刊载耸人听闻报道的报纸，即现在的《法兰西晚报》。
⑥ 法文，版画。

着巨大的烟囱、几盏形状怪异的大灯和一个巨大的排障器，拖着淡紫色的车厢穿过风雨漫天的大草原之夜，把大片带着星星点点的火花的黑烟跟毛茸茸的雷雨云混合在一起。

这种情况突然一下子结束了。一九三九年夏天，mon oncle d'Amérique[①]去世了，遗留给我每年几千美元的收入，条件是我得移居美国，并对他的买卖表现出一些兴趣。这种前景十分合乎我的心意。我觉得我的生活需要有个重大的变动。另外还有一件事，就是我的舒适安逸的婚姻生活中也出现了一些蛀洞。最近几个星期，我老注意到我的肥胖的瓦莱丽亚有点儿失常，总是十分古怪地坐立不安，有时甚至露出好像恼怒的样子，这跟她本应扮演的平凡的角色一点都不协调。当我告诉她不久我们就要乘船去纽约的时候，她显得神情烦恼，十分慌乱。她的证件出了一些很讨厌的麻烦。她拿着一本南森[②]，或者不如说是胡闹的护照；不知为了什么，那本护照跟她丈夫真实可靠的瑞士公民身份搁在一起，就无法轻易地混过去。尽管我耐心地对她描述美国，那个充满肤色红润的儿童和参天大树的国家，说那儿的生活要比沉闷、阴暗的巴黎有明显的改善，但她仍然无精打采。我断定准是得到警察总局去排长队和办其他一些手续才弄得她这样。

有天早上，我们从一幢办公大楼出来，她的证件差不多都办妥了。这时候，在我身旁一摇一摆地走着的瓦莱丽亚，一句话也不说，忽然使劲地摇晃起她那卷毛狗般的脑袋。我让她摇晃了一会儿，才问她是不

---

① 法文，我的美国舅舅。许多老式的情节剧全剧的最后一行常是：“那位阔绰的美国舅舅去世了，留给人一笔财产。”

② Nansen，第二次世界大战前，国际联盟颁发给欧洲流亡国外人士的特别护照；它的发音与 nonsense（胡闹）一字近似，所以下文说“或者不如说是胡闹的护照”。

是有什么心事。她回答说（我把她讲的法语翻译出来，那句法语，我想，也是从一句斯拉夫语的陈词滥调译过来的）："我生活中另外有一个男人。"

嗳，在一个丈夫听来，这可是一句很不入耳的话。我承认，这句话叫我两眼发黑。当时在街上就地狠狠揍她一顿，像一个老实、粗俗的人会做的那样，那是行不通的。多少年暗自忍受的煎熬教给了我超人的自我克制能力。有辆招揽生意的出租汽车已经沿着街边缓缓行驶了好一会儿，于是我领着她坐进那辆汽车。在车上这个不大会受人打搅的环境里，我平静地提议她把自己的胡言乱语解释一下。心头涌起的一阵怒火叫我透不过气来——倒并不是因为我对这个滑稽人物，亨伯特太太，有什么特别的喜爱，而是因为合法不合法的结合问题应当由我一个人来决定。而她，瓦莱丽亚，这个喜剧性的妻子，如今竟厚颜无耻地准备照她的方式来支配我的舒适生活和命运。我要她说出她情人的姓名。我把这个问题重复了一遍，但她老像作滑稽表演似的叽里咕噜地说着话，讲她跟我生活在一起不幸福，宣布了她想立刻离婚的种种计划。"Mais qui est-ce？[①]"我终于吼起来，用拳头在她的膝盖上打了一下。而她却毫不畏缩，只是目不转睛地望着我，好像答复实在简单得根本不用言辞说出来。接着，她迅速耸了耸肩，指了指那个出租汽车司机的粗脖子。他在一家小餐馆的门口停下车，作了自我介绍。我不记得他的滑稽可笑的名字了，但是经过这么多年以后，他的样子依然清楚地浮现在我眼前——一个身材矮胖的白俄前上校，留着两撇浓密的小胡子和一个平头。在巴黎，有成千上万这样的人从事这

---

① 法文，可是究竟是谁呢？

种愚蠢的职业。我们在一张桌子旁坐下；那个俄国保皇党人要了酒；瓦莱丽亚把一条潮湿的餐巾搭在膝盖上以后，又接着往下说——是在对我灌输，而不是在对我说话。她滔滔不绝地把话注入这个尊贵的容器，我从来没想到她有这样流利的口才。而且，她还不时对她那个呆头呆脑的情人吐出一大串斯拉夫语。这种局面真是荒谬可笑；等到那个上校司机带着占有瓦莱丽亚的微笑，打断了她的话，开始说出他的看法和计划时，这种局面就变得越发荒谬可笑。他小心翼翼地讲的法语带着一种十分难听的口音。就用这种口音，他描述了他打算跟他的年轻妻子瓦莱丽亚手拉着手共同进入的那个爱情和工作的世界。这当儿，瓦莱丽亚却在他和我之间修饰打扮起来，先在她噘起的嘴唇上涂些口红，接着把下巴颏儿叠成三重地去拉扯衬衫的胸部等等。他谈论着她，好像她并不在场，又好像她是一个受监护的小孩，为了她本身的利益，正从一个明智的监护人手里转给另一个更明智的监护人。尽管我抑制不住的愤怒可能夸大并毁坏了某些印象，但我可以发誓他确实向我请教了瓦莱丽亚的一些情况，诸如她的日常饮食、她的经期、她的衣服以及她读过的书或该读的书。"我想，"他说，"她大概会喜欢《约翰·克利斯朵夫》[1]的吧。"哦，他简直是个学者，塔克索维奇先生。

我结束了这场毫无意义的谈话，提议瓦莱丽亚立刻回去收拾她的那点财物。那个平凡迂腐的上校听到这话，便十分殷勤地提出可以把那些东西搬上汽车。于是他重新干起他的本职工作，开车把亨伯特夫妇送回他们的住处。一路上，瓦莱丽亚都在说话，威严的亨伯特和渺小的亨伯特商议着

---

① *Jean Christophe*，法国作家罗曼·罗兰（Romain Rolland, 1866—1944）于 1904 至 1912 年间写成的十卷本作品，是一部全景的社会小说。纳博科夫并不喜欢这部小说。

亨伯特·亨伯特是不是应该把她或她的情人杀死，或是把他们俩都杀死，或者一个也不杀。我记得从前摆弄过一个同学的自动手枪。那时候（我大概没有提过那个时期，不过没有关系），我胡乱想过要得到他的小妹妹，随后再开枪打死自己。他的小妹妹是一个轻盈美妙的性感少女，头发上扎了个黑蝴蝶结。现在我暗自纳闷，不知瓦莱契卡（上校就这么叫她）是否真的值得给开枪打死，用手勒死，或者给水淹死。她生着两条十分脆弱的腿，因此我决定，一等到只剩下我们俩的时候，我就要狠狠地给她一下，仅限于此。

可是我们始终没能单独待在一块儿。瓦莱契卡这时泪如泉涌，把脸上彩虹般的妆容搅得一塌糊涂，她随随便便地信手把东西装满一个大衣箱、两个小提箱和一个塞得满满的纸板箱。那个该死的上校一直在四周踱来踱去，因而穿上我的登山皮靴、连续猛踢她的屁股的种种幻想当然不可能付诸实行。我不能说上校的举止傲慢无礼，或者表现得那样。相反，作为把我骗进去的这场戏剧表演的一段小插曲，他表现出一种周到、老派的礼貌，他的动作不时给各种各样发音错误的道歉打断（j'ai demannde pardonne——请原谅——est-ce que j'ai puis[①]——我可不可以——等等）。当瓦莱契卡一挥手把她粉红色的短裤从浴缸上面的晾衣绳上取下来的时候，他十分得体地背过脸去，但他立刻似乎在房里变得无所不在，le gredin[②]，使自己的身体和公寓的结构完全协调起来，他坐在我的椅子上看我的报纸，解开一根打结的绳子，卷了一支烟，点了点茶匙的数目，走进浴室瞧瞧，帮助他的婊子女人包起她父亲给她的那台电风扇，随后把她的行李

---

① 法文，请原谅，我可不可以。两句时态故意用错，单词也拼错，表示带有俄国口音。
② 法文，这个恶棍。

抬到街上。我抱着两只胳膊坐在那儿，半边身子靠着窗台，心里痛恨和厌恶得要命。最后两个人总算走出了这套颤动的房间——我在他们身后砰地把门关上，那声震动仍在我的全部神经里轰鸣。这真是一个窝囊的代替办法，我原该按照电影里的通例，用手背猛打一下她的颧骨。我把自己的角色演得很糟，接着笨重地走进浴室去查看一下他们有没有把我的英国香水拿走。他们倒没有；不过我非常厌恶地发现那个沙皇的前顾问在彻底解除了他膀胱的负担后，竟然没有抽水冲洗马桶。这汪阴沉的外国的尿以及在其中分解的一个潮乎乎、黄褐色的烟头叫我感到似乎受了奇耻大辱，我狂怒地四下寻找武器。实际上，大概也只是俄国中产阶级的礼貌（或许还带点儿东方风味），促使那个好心的上校（马克西莫维奇！他的姓突然一下子回到了我的记忆中①），一个像他们所有那类人一样十分拘谨刻板的人，用颇有教养的静默掩盖他私下的需要，免得在他自己那阵不大张扬的淅沥声上，用一片不雅的瀑布奔腾的水声来突出主人住房的狭小。可是当时我心里并没有这种想法。我气得哼哼唧唧，在厨房里四处寻找一样比扫帚合用的工具。接着，我又放弃搜寻，冲出房子，勇敢地决定赤手空拳地去揍他。尽管我生来十分健壮，但我并不是拳击手，而那个矮墩墩的肩膀宽阔的马克西莫维奇看上去却像铁打的一般。街上空空荡荡，一点儿也看不出我妻子离去的痕迹，只有她掉在烂泥地上的一颗莱茵石纽扣，她曾把它放在一个破盒子里，毫无必要地保留了三年。也许，街上那片空旷的景象倒免得我给揍得鼻子出血。可是没有关系。到适当的时候，我会作一点小小的报复。帕萨迪纳②的一个人有天告诉我，娘家姓兹鲍罗夫斯基

---

① 上文说"塔克索维奇"，系记错。
② Pasadena，美国加利福尼亚州西南部的一个城市，靠近洛杉矶。

的马克西莫维奇太太一九四五年前后因为分娩去世。那对夫妻不知怎么去到加利福尼亚，被一位美国著名的人种学家用于他主持的一项长达一年之久的实验，两人从而领取优厚的薪金。这项实验研究的是人始终趴着吃香蕉和海枣食物所会有的人类及人种反应。把这件事告诉我的人是一个大夫。他发誓说他曾亲眼看见肥胖的瓦莱契卡和她的上校（那时头发也花白了，而且也很肥胖）在一套灯火通明的房间里（一间房里放着水果，另一间房里放着饮用水，还有一间房里放着草垫等等），跟其他几个雇来的四足动物一起在打扫干净的地板上奋力地爬来爬去。那几个家伙都是从穷困无助的人中选出来的。我想从《人类学评论》上找到这些试验的结果，但是好像还没有发表。这些科学成果当然需要一些时间来完成。我希望真要发表的时候，能附一些精彩的照片加以说明，不过一所监狱图书馆恐怕不会收藏这种学术著作。目前拘禁我的这所监狱尽管受到我的律师的赞赏，却是一个很好的实例，可以说明监狱图书馆在选择书籍方面所受到的那种愚蠢的折衷主义的支配。当然，他们有《圣经》和狄更斯全集（很古老的一套，是纽约 G. W. 迪林厄姆出版公司1887 年出版的），还有《儿童百科全书》（里面有些穿着短裤的金黄色头发的女童子军拍得很好的照片）和阿加莎·克里斯蒂的《一桩公布的谋杀案》；可是他们也有下面这样一些才气焕发的无聊作品，诸如一八六八年波士顿出版的《重访威尼斯》的作者珀西·埃尔菲恩斯通著的《一个在意大利的流浪汉》[1] 和一部比较新的《舞台名人录》（1946）——演员、制片人、剧作家和一些静态场景的照片。昨天晚上翻阅这部《名人录》的时

---

[1] 据作者说，这个作家和这部书都是真实的。

候,我见到了逻辑学家憎恶而诗人爱好的那种令人惊叹的巧合①。我把那一页大部分抄录如下:

　　皮姆,罗兰②。一九二二年生于马萨诸塞州的隆迪。在纽约州德比市埃尔西诺尔剧院接受舞台训练。在《阳光突现》中首次登台。参加演出的剧目主要有:《两个街区以外》《绿衣少女》《凑合在一起的丈夫》《奇异的蘑菇》《一触即发》《可爱的约翰》《我梦见你》等。

　　奎尔蒂,克莱尔。美国剧作家。一九一一年生于新泽西州欧欣城。曾就读于哥伦比亚大学。开始经商,后转而从事剧本创作。作品有《小仙女》《爱好闪电的女子》(和维维安·达克布鲁姆合作)、《黑暗时代》《奇异的蘑菇》《父爱》等。他为儿童写的许多剧作特别出名。《小仙女》(1940)在纽约终演的那个冬天,行程一万四千英里,一路演出了二百八十场。个人爱好:跑车、摄影、畜养宠物。

　　奎,多洛蕾丝。一八八二年生于俄亥俄州德顿。在美国艺术学会学习舞台表演。一九〇〇年首次在渥太华演出。一九〇四年以《千万不要对陌生人说话》一剧在纽约初次登台。在上演了(以下是大约三十出戏的名单)后,就不知去向。

　　我的恋人的醒目的名字怎么竟会加到一个老巫婆似的女演员身上③,这

---

① 《舞台名人录》中的巧合是有重大意义的,因为亨伯特·亨伯特提到演员、制片人、剧作家和静态场景的照片,都预示着这部小说的情节。下文的三个条目,代表了亨·亨、奎尔蒂和洛丽塔。

② 皮姆是爱伦·坡小说《阿瑟·戈登·皮姆历险记》(*The Narrative of Arthur Gordon Pym*, 1838)中的人物。

③ 多洛蕾丝是洛丽塔的名字。

一点想起来仍然叫我痛苦无奈地十分震惊！说不定，她也可以成为一个女演员。生于一九三五年。曾在《被谋杀的剧作家》中演出（我发现我在前面一段中的笔误，不过请别改正 ①，克拉伦斯 ②）。奎因这头猪。犯了谋杀奎尔蒂的罪。哦，我的洛丽塔，我只好玩弄文字了！

---

① 指前面一段中"就不知去向"，应为"就崭露头角"。
② 克拉伦斯是亨·亨的律师，这部"未经校订的"稿子，就是托付给他的。

九

离婚手续耽误了我的行期。另一场世界大战的阴影已经笼罩全球。我得了肺炎，在葡萄牙厌倦无聊地过了一个冬天以后，才最终到了美国。在纽约，我急切地接受了命运给予我的那份轻松的工作：主要就是花费心思编写香水广告。我很喜欢广告这种散漫的性质和冒充文学的外表，每逢我没有什么更好的工作干的时候，就去干这活儿。另一方面，纽约一所战时大学要求我完成我为英语学生编写的法国文学比较史。第一卷的编写花费了我两三年的时间。在那两三年里，每天我多半工作十五小时。当我回顾那段日子的时候，我看到它们整齐地分成充实的光明和狭窄的阴影两个部分：光明是指在宽敞宏伟的图书馆里进行研究工作所得到的安慰，阴影是指令我备受煎熬的欲望和失眠症，这些已经讲过不少了。读者眼下已经对我有所了解，可以很容易地想象出当我极力想瞥见在中央公园玩耍的性感少女时（嗨，总是离得很远），我会变得多么暧昧和激动；而当那些花哨的、除过臭气的职业妇女，给某个办公室里的某个色鬼不断往我身上推卸时，我又感到多么厌恶。让我们跳过这一切吧。我的健康十分糟糕地忽然垮了，于是在一家疗养院里住了一年多。我又回去工作——结果又住进了医院。

健全的户外生活好像可以给我带来一些好处。我特别喜欢的一个大夫是个十分风趣、玩世不恭的家伙，留着一小把褐色的胡子；他有个弟弟，当时正要带领一支探险队去加拿大的北极地区。我也加入了探险队，作为一个"精神反应的记录人"。我同两个年轻的植物学家和一个老木匠不时分享到（始终不很顺利）我们的一位营养学家安尼塔·约翰逊医师的眷顾——说来令人高兴，不久她就给飞机送回去了。有关探险队此行的目的我也并不怎么清楚。根据参加的气象学家的人数来看，我们可能是在追踪那个摇摆不定的北方磁极，一直追到它的巢穴（我猜想是在威尔士太子岛①的什么地方）。有一组人和加拿大人一起在梅尔维尔海峡的皮埃尔岬建立了一座气象站②。另一组人受到同样错误的引导，去采集浮游生物。第三组人则在冻原地带研究肺结核病。伯特，一个电影摄影师——个心神不定的家伙，有一阵子，我奉命和他一起承担一大堆粗活儿（他也有一些精神上的毛病）——坚持说我们队伍里的大人物，那些我们始终没有见到的真正领袖，主要从事核查工作，看看气候改善对北极狐的皮毛所产生的影响。

我们住在前寒武纪③花岗岩世界中一些木头造的活动房屋内。我们有大批生活用品——《读者文摘》、冰淇淋搅拌器、化学掩臭剂、圣诞节用的纸帽子。尽管生活异常空虚沉闷，或许正因为如此，我的健康却神奇地好转了。四周都是矮柳灌木丛和地衣之类蔫头耷脑的植物；这些植物大概

---

① 加拿大北部西北地区的一个岛屿。
② 这是亨·亨杜撰的。美国小说家梅尔维尔（Herman Melville, 1819—1891）1852 年著有小说《皮埃尔》（*Pierre*）。
③ 古生代的第一个纪，延续八千万年。

又受到呼啸的大风的渗透和清洗；在一片完全清澈的天空下（不过透过那片天空，什么重要的东西也看不见），坐在一块大石头上，我觉得奇特地脱离了我本人。没有什么诱惑使我发狂。那些胖乎乎的皮肤光滑的爱斯基摩小姑娘，满身鱼腥味儿，生着乌黑难看的头发和豚鼠一般的脸，甚至比约翰逊大夫更不易勾起我的欲望。北极地区没有性感少女。

我把分析冰河漂流物、鼓丘、小妖精和大城堡的工作交给比我高明的人去做，有一阵子试图草草记下我天真地以为是"反应"的一些情况（比如，我注意到在午夜的阳光下做的梦总色彩鲜艳。这一点也得到了我的朋友那个摄影师的证实）。我还应当在许多重要问题上测验一下我的各个不同的伙伴，比如乡愁、对陌生动物的恐惧、对食物的幻想、夜间遗精、业余爱好、广播节目的选择、看法的改变等等。大家对此都十分厌烦，我不久只好完全放弃了这个计划，不过在我那二十个月的寒带劳动（正像一个植物学家开玩笑地所说的那样）快要结束的时候，又编写了一份完全捏造、十分生动的报告。读者会发现它同时刊登在一九四五年或一九四六年的《成人精神物理学年刊》以及《北极探险》专为那次探险所出的那一期上。总之，那次探险实际上并不跟维多利亚岛上的铜或诸如此类的事情有关，那是后来从我那个亲切友好的大夫那儿知道的；那次探险的真正目的是"秘密的"，所以让我只再说上一句：不管那次探险出于什么目的，反正已经十分出色地达到了。

读者会相当遗憾地知道，回到文明世界不久，我的精神错乱（如果必须用这个令人痛苦的名称来指忧郁症和一种难熬的压抑感）又发作了一次。我的彻底康复都亏了我在那家特殊的、费用昂贵的疗养院里接受治疗时发现的一种情况。我发现耍弄一下精神病大夫真是其乐无穷：狡猾地领着他们一步步向前；始终不让他们看出你知道这一行中的种种诀窍；为他们编造一些在体裁方面完全算得上杰作的精心构思的梦境（这叫他们，那些勒索好梦的人，自己做梦，而后尖叫着醒来）；用一些捏造的"原始场景"戏弄他们；始终不让他们瞥见一丝半点一个人真正的性的困境。我贿赂了一个护士，看到一些病历档案，欣喜地发现卡上把我称作"潜在的同性恋"和"彻底阳痿"。这场游戏玩得非常巧妙，结果——就我的情形而言——又那么可恶，因此在我完全好了以后（睡得很香，胃口像个女学生），我还继续待了整整一个月。接着我又加了一个星期，只为了跟一个强大的新来的人较量所有的乐趣。那是一个背井离乡的（而且的确精神错乱的）名人，以有本事让病人相信他们目睹了自己的观念而著称于世①。

---

① 这是对奥地利精神分析学家弗洛伊德（Sigmund Freud，1856—1939）的攻击。纳博科夫对弗洛伊德的攻击是一贯的。

一〇

在签名出院以后，我想到新英格兰乡间或是一个沉睡的小镇（有榆树，有白色教堂）上去找一个地方，可以在那儿靠我积累的一整箱笔记度过一个勤奋用功的夏天，而且可以在附近的湖水中游泳。我的工作又开始引起我的兴趣——我指的是我的学术努力。而另一件事，对我舅舅身后留下的香水买卖的积极参与，这时已经减少到最低限度。

有个舅舅以前的雇员是名门望族的后代，他建议我到他穷困的远亲麦库夫妇家去住上几个月，已经退休的麦库先生和他的妻子想把他们一个故世的姑母安逸地居住过的楼上那层租出去。他说他们有两个小女儿，一个还是婴儿，另一个十二岁了，还有一座美丽的花园，与一片美丽的湖水相去不远。我说这听起来真是非常理想。

我和这对夫妻通了信，向他们表明我是有教养的人，随后在火车上度过了想入非非的一夜，不厌其详地想象着我会用法语指导、并用亨伯特方式爱抚的那个神秘的性感少女。我提着我那昂贵的新旅行包下了车，没有人在玩具似的小车站上迎接，也没有人接我打去的电话。最后，一个心慌意乱、身上的衣服都湿漉漉的麦库出现在红绿二色的拉姆斯代尔唯一的那家旅馆门口，带来消息说他的房子刚刚给烧毁了——也许是整夜同时在我的血管里肆虐的那场烈火所造成的。他说他一家都逃到他的农场去了，把汽车也带走了，不过他妻子有个朋友，住在草坪街三四二号的黑兹太太，提出由她来接待我，她是一个很好的人。住在黑兹太太对面的一位太太把她的轿车借给了麦库；那是一辆完全老式的方顶汽车，司机是一个快乐的黑人。现在，既然我到这儿来的唯一原因已经不存在了，上面说的这种安排看上去就很荒谬。不错，他的房子得彻底重造，那又怎么样呢？他不是给房子作了充分的保险吗？我既愤怒又失望又厌烦，但我是一个斯文有礼的欧洲人，不能拒绝让那辆灵车把我送到草坪街去，否则我觉得麦库准会想出更精巧的手段来把我甩掉。我看着他急匆匆地跑走了，我的司机摇了摇头，轻声笑笑。一路上，我暗自发誓，在任何情况下我都不会考虑在拉姆斯代尔待下去，当天就要飞往百慕大、巴哈马群岛或布莱兹群岛[①]。在色彩缤纷的海滩上可能会有一些温柔旖旎的艳遇，这种念头先前一段时间一直从我的脊骨里缓缓地向外渗透，而麦库的远亲实际上用他的善意的、但如今看来绝对愚蠢的提议使我的那种思路急剧地转变了方向。

讲到急剧的转弯，当我们突然转进草坪街的时候，险些撞倒一条爱管闲事的郊区狗（就是那种伏在路面上等待汽车的狗）。再朝前一点儿，黑兹家的住宅，一所白色构架、令人厌恶的房屋出现了，看上去又脏又旧，与其说是白色的倒不如说是灰色的——你知道，那种地方，要在浴缸龙头上装一条橡皮管来代替淋浴器。我给了司机一点儿小费，希望他立刻把车开走，这样我就可以偷偷返回旅馆去拿我的旅行包，但他却只朝马路对面

[①] 百慕大是大西洋上英国所属的一组群岛，巴哈马群岛是加勒比海英国所属的一群岛屿，布莱兹群岛不详，可能是作者捏造的。

走去，因为有个老太太正在门廊上叫他。我能怎么办呢？我按了一下门铃。

一个黑人女佣给我开了门——接着就让我站在擦鞋垫上，径自跑回厨房，因为那儿有什么不该烧焦的东西烧焦了。

前面门厅里装着一只声音和谐的门铃，一个白眼睛的木头玩意儿，是墨西哥产品，另外还有附庸风雅的中产阶级喜爱的那幅平庸之作——凡·高的《阿尔的女人》[①]。右手的一扇门开了一条缝，可以看见起居室里的一些情景，一个三角橱里摆了更多的一些墨西哥无聊的玩意儿，沿墙摆着一张条纹花的沙发。门厅尽头有道楼梯。我站在那儿抹去额头上的汗水（这时我才发觉室外天气有多么热），同时为了有件可以观赏的东西，就把眼睛盯着一个放在橡木橱上的灰色旧网球。就在这当口，从上面的楼梯口传来黑兹太太的女低音。她伏在楼梯栏杆上，悦耳动听地问道：“是亨伯特先生吗？”一小撮香烟灰也跟着从那儿落了下来。不一会儿，这位太太本人——凉鞋、绛紫色的宽松长裤、黄绸衬衫、四四方方的脸依次出现——走下楼梯，她的食指仍在弹着香烟。

我想最好马上描摹一下她的样子，就此了结掉这件事儿。这位可怜的太太年纪大约三十五六，额头显得十分光亮，眉毛都修过了，容貌长得相当平凡，但并不是没有什么吸引人的地方，那种类型可以说是经过冲淡的玛琳·黛德丽[②]。她轻轻拍了拍盘在脑后的红褐色的发髻，领我走进客厅。我们谈了一会儿麦库家遭到的火灾和居住在拉姆斯代尔的好处。她那双分得很开的海绿色眼睛十分滑稽地一边上下打量着你，一边又小心避开你的

---

① 凡·高（Vincent van Gogh, 1853—1890）的一幅名画，其复制品在美国十分普及。纳博科夫不喜欢凡·高，认为他是二流画家。

② Marlene Dietrich（1901—1992），美籍德裔著名电影演员。

眼睛。她的笑容只是古怪地扬起一边眉毛。她一边说着话，一边在沙发上舒展开身子，一边又不时起身凑向三个烟灰缸和近旁的火炉围栏（那上面放着一只苹果的褐色果心），随后身子又靠到沙发上，把曲起的一条腿压在身子下面。显然，她是那种谈吐优雅的女人，她们的话语可以反映一个读书俱乐部、桥牌俱乐部或任何其他死气沉沉的传统组织的看法，却根本不反映她们自己的心灵；这种女人一点没有幽默感，心里对于客厅谈话可能涉及的那十二三个话题全然不感兴趣，但对这种谈话的规矩却很讲究。我们透过这种谈话其乐融融的玻璃纸外表，轻而易举地就能看出一些并不怎么叫人感到兴趣的失意挫折。我完全清楚万一荒唐地我成了她的房客，她就会有条不紊地着手对我做出接受一位房客对她可能所意味的一切。我就又会陷入我十分熟悉的那种令人厌倦的私情之中。

可是我不可能住在那儿。在这种家庭里，每张椅子上都放着翻脏了的旧杂志，还有一种叫人厌恶的杂交气氛：一面是所谓"实用的现代家具"这种喜剧因素，一面又是破旧的摇椅和上面放着开不亮的台灯的摇摇晃晃的灯桌这种悲剧因素。我在那儿决不会感到快乐。我给领上楼去，往左——进了"我的"房间。透过完全抵触的雾霭，我把房间仔细察看了一下，倒确实看到"我的"床头上挂着一幅勒内·普里内的《克鲁采奏鸣曲》①。她把女佣的那间房称作"小工作室"！我一边假装仔细盘算着我那急切的女主人对我的食宿收取的低得荒谬而不祥的价钱，一边坚定地对自己说，还是让我们马上离开这儿吧。

_____

① 贝多芬 1805 年献给法国小提琴家克鲁采（Rodolphe Kreutzer, 1766—1831）的乐曲。普里内（René Prinet, 1861—1946）的这幅画现在常作为插画装饰着香水广告，出现在《纽约客》和时髦的妇女杂志上。

可是，老派的斯文有礼的习惯使我不得不继续接受这场痛苦的考验。我们穿过楼梯平台，到了房子的右边（"我和洛的房间"就在这儿——洛大概是那个女佣）。这个爱好房客的太太让他这么一个喜爱挑剔的男人先去看看房子里那唯一一间浴室。这时，她几乎掩饰不住地打了一个寒颤。浴室是一个长方形的小房间，就在楼梯口和"洛的"房间之间；好些软绵绵的潮湿的衣服悬挂在那个有问题的浴缸上面（里面有一根弯成问号的毛发），还有早就料到会有的那一圈橡皮管以及其他附属设备——一块淡红色的罩布羞涩地盖在马桶盖上。

"我看出来你并没有得到什么太好的印象，"那位太太说，让她的一只手在我的袖子上搁了一会儿：她把一种不顾脸面的急切——我认为是被人称作"沉着自信"那种品质的泛滥——跟一种腼腆和忧伤结合起来。这种腼腆和忧伤使她选词用字的超脱方式显得像一位"语言学"教授的语调一样做作。"我承认这屋子里不很整洁，"那个注定倒霉的可爱的人儿接着说道，"但我向你保证（她望着我的嘴唇），你管保会很舒服，真的很舒服的。我带你去看看花园。"（最后这个词说得比较欢快，嗓音媚人地往上一扬。）

我勉强地又跟着她走下楼去，随后穿过房子右边门厅尽头那儿的厨房——饭厅和客厅也在这一边（在左边，"我的"房间下面，就只有一个汽车房）。在厨房里，那个黑人女佣，一个相当丰满的年轻女人，从那扇通到后面门廊的房门把手上取下她的闪闪发光的黑色大钱包，说道："我这就走了，黑兹太太。""好吧，路易丝，"黑兹太太叹了口气说，"我星期五和你结算。"我们往前穿过一间很小的食品储藏室，走进饭厅，饭厅和我们已经欣赏过的客厅是平行的。我发现地板上有一只白色短袜。黑兹太太表示歉意地咕哝了一声，也不停下脚步就弯下身子，把它捡起扔进食品储藏室隔壁的一间小房。我们草草察看了一张中间摆着一个水果盆的桃花心木桌子，水果盆里只有一个还在闪闪发亮的李子核。我摸索着口袋里的火车时刻表，偷偷掏出来，想要尽快找到一班可以坐的火车。穿过饭厅的时候我仍跟在黑兹太太后面，突然眼前出现了一片苍翠——"这是外面的门廊，"在前面给我领路的那个女人大声说。接着，事先一点没有预兆，我心底便涌起一片蓝色的海浪。在布满阳光的一个草垫上，半光着身子，跪着转过身来的，正是从黑眼镜上面瞅着我的我那里维埃拉的情人。

那是同一个孩子——同样娇弱的、蜜黄色的肩膀，同样柔软光滑、袒露着的脊背，同样的一头栗色头发。她的胸口扎着一条圆点花纹的黑色围巾，因而我的苍老而色眯眯的双眼无法看到胸前两只幼小的乳房，可是我在一个不朽的日子抚摸过的那对乳房仍然无法躲过我少年时记忆的目光。同时，好像我是神话中一个（迷失路途、受到劫持、被人发现穿着吉卜赛人的破衣烂衫，赤裸的身体从破衣服里对着国王和他的猎狗微笑的）小公主的奶妈，我一下子认出了她肋上的那个深褐色小痣。怀着惊惧而喜悦的心情（国王快乐地哭起来，喇叭嘟嘟地吹着，奶妈完全陶醉了）我又看到了她可爱的、收缩进去的肚子，我的往南伸去的嘴曾经短暂地在上面停留；还有那幼小的臀部，我曾经吻过短裤的松紧带在她的臀部留下的那道细圆齿状的痕迹——就是在 Roches Roses[①] 后面那个最后的狂热、不朽的日子。自那以后我生活的二十五年逐渐变细，成了一个不断颤动的尖梢，最终消失不见了。

---

① 法文，红石头，见第一部第三章。

我发觉要用足够的说服力表现出那一刹那的情景，那阵战栗，以及在情绪激动地识别出她以后所感受到的那种冲击，真是极其困难。在我的目光掠过跪着的孩子那个充满阳光的瞬间（她的眼睛在那副令人生畏的黑眼镜后面不住地眨着——那个会医治好我所有的病痛的小 Herr Doktor[①]），虽然我披着成年人的伪装（一个电影界里高大英俊、富有魅力的男子形体）从她身旁走过，但我空虚的灵魂却设法把她的鲜明艳丽的姿色全都吸收进去，又拿每个细微之处去和我死去的小新娘的容貌核对比照。当然，过了一会儿工夫，她，这个 nouvelle[②]，这个洛丽塔，我的洛丽塔，就完全超越了她的原型。我想强调的是，我对她的发现不过是在我饱受痛苦的过去"海边那个小公国"的必然后果。在这两件事之间的一切不过是一系列的摸索和失误，以及虚假的欢乐萌芽。她们所共同具有的一切使她们成为一个人。

可是，我并不抱有幻想。我的法官会把这一切看作一个对 fruit vert[③] 有着下流爱好的疯子所作的哑剧表演。Au fond, ça m'est bien égal.[④] 我所知道的就是，在那个姓黑兹的女人和我走下台阶，步入那个叫人透不过气来的花园时，我的两个膝盖就像在微波荡漾的水面上一双膝盖的倒影，我的嘴唇就像沙子，而——

"这是我的洛，"她说，"这些是我的百合花。"

"噢，"我说，"噢，看上去很美，很美，很美！"

---

① 德文，大夫先生。
② 法文，新人儿。
③ 法文，绿色的果子，系从前的俚语。据纳博科夫说，是指"对成熟的男人很具吸引力的未成熟的姑娘"。
④ 法文，真格的，我毫不在意。

一一

第二号证据是一本黑色仿皮封面的袖珍日记簿，面子左上角处烫金 en escalier① 印着年份：1947。我提到马萨诸塞州布兰克顿市布兰克–布兰克公司②的这件样子好看的产品，好似它当真就在我的眼前。实际上，五年前它就给毁掉了。如今（凭着摄影般的记忆）我们所研究的，不过是它简略的实体，一个羽毛未丰的小不死鸟③。

这本东西我记得非常清楚，因为我实际上写了两遍。开始，我用铅笔在一本商业上称作"打字便笺簿"的一张张纸上把每项记载草草地写下（有许多擦抹和修改），随后我又用我的最小的、最恶劣的笔迹，中间夹了不少明显的缩写，把它抄在刚提到的那本小黑面簿上。

五月三十日在新罕布什尔州是一个正式的斋戒日，但是在两个卡罗来纳州④却不是。那天，一场流行性"肠炎"（且不管它是什么）迫使拉姆斯代尔的学校提早放起暑假。读者可以去查一下拉姆斯代尔一九四七年《日报》上的天气资料。在那件事发生的前几天，我搬进了黑兹太太家。现在我打算流畅地写出的那一小部分日记（就像一名间谍把他吞下肚去的记录内容凭着记忆再说出来一样），包括六月的大部分日子。

星期四。天气十分暖和。从一个有利的地点（浴室的窗户）我看见多洛蕾丝在房子后面苹果绿的亮光里，正从一根晾衣绳上取下衣物。我逛出屋子。她穿着方格布衬衫、蓝布牛仔裤，脚下一双帆布胶底运动鞋。她在斑驳的阳光下的一举一动都似乎在我可怜的身体内最隐秘、最敏感的弦上拨了一下。过了一会儿，她在后面门廊的最低一级台阶上挨着我坐了下来，动手拾起两只脚之间的卵石——卵石，天哪，然后是一小块弯曲的牛奶瓶碎玻璃，像一片在怒吼的嘴唇——把它们朝着一个罐子扔过去。啪。再来一次你就扔不中了——你没法击中——这真叫人受不了——再来一次。啪。美好的皮肤——哦，真美好：柔软娇嫩，给太阳晒成棕褐色，上面没有一点儿斑点。多吃圣代冰淇淋会引起粉刺。那种叫作皮脂的油质滋养皮肤上的毛囊，如果皮脂过多，就会刺激发炎，导致感染。可是性感少女都没有粉刺，尽管她们大吃营养丰富的食品。天哪，真叫人受不了，她太阳穴上面的那片丝绸似的微光渐渐变成发亮的褐色头发。还有在她那沾满尘土的脚踝旁抽动的那根小骨头。"是麦库家的姑娘吗？金尼·麦库？噢，她真难看。又很刻薄。腿还瘸的。差一点因为小儿麻痹症死掉。"啪。她前半截胳膊上生着像窗花格似的亮闪闪的汗毛。当她站起身来，把洗的衣物拿进屋子去的时候，我有机会从远处赞赏她卷起的牛仔裤那褪色的后档。在草地外面，和蔼的黑兹太太拿着照相机，像托钵僧变出来的一棵假树那样往上生长，经过迎着日光的一番忙乱——抬起忧伤的眼睛，垂下快乐的眼

① 法文，斜排。
② 美国马萨诸塞州并没有这么一个市镇。"布兰克"的意思是"空白"。这里是拿日记和整部小说的真实可靠性开玩笑。
③ 古代埃及神话中的一种可活五六百年的鸟，自行焚死后，又从灰中再生，是复活和不朽的象征。
④ 指南卡罗来纳州和北卡罗来纳州。

睛——趁我，漂亮的亨伯特 ①，坐在台阶上不住地眨眼时，竟然厚着脸皮给我拍了张照。

星期五。看见她跟一个名叫罗斯的黑人姑娘到别处去。为什么她——一个孩子，请注意，只不过是一个孩子！——走路的样子竟那么可恶地叫我激动呢？分析一下。微微显出一点大脚趾内倾的迹象。膝盖下面一种松散的摆动延伸到每一步的尽头。一种轻微的拖曳。非常稚气，极为引人注目。亨伯特·亨伯特给这个小家伙满口俚语的说话方式、给她那刺耳的大嗓门深深地打动了。后来，听见她隔着围墙对罗丝说了一大串粗俗无聊的话。带着上升的节拍嗡嗡地响遍我的全身。停顿。"现在我非走不可了，小家伙。"

星期六。（开头部分也许经过修订。）我知道把日记这样记下去真是发疯，但这么做给我一种奇特的刺激；再说，只有一个多情的妻子才能辨认我的蝇头小字。让我抽泣地说，今天我的洛在所谓的"门廊"上晒日光浴，但她母亲和另外一个女人始终待在一旁。当然，我本可以坐在那儿的那张摇椅上，假装看书。可是为了稳妥起见，我待得远远的，因为生怕叫我浑身瘫痪的那种疯狂可怕、荒谬可笑、令人怜悯的激动，会使我的 entrée ② 无法在外表上显得相当随便。

星期日。热浪仍然不退；最吉祥的一个星期。这一次，在洛到来以前，我带了一厚份报纸和一根新烟斗在门廊摇椅上先占好一个战略位置。叫我大失所望的是，她和她的母亲一起前来，两人都穿着跟我的烟斗一样

---

① 这是王者用的称号，例如法国国王查理四世（Charles Ⅳ，1294—1328），人称"漂亮的查理"。
② 法文，出场。

65

簇新的两件一套的黑色游泳衣。我的宝贝儿，我的心上人在我的身旁站了一会儿——想看报上的滑稽连环漫画专栏——她身上发出的气味和另一个人，也就是里维埃拉的那个孩子几乎完全一样，只是更为强烈，带着比较浓郁的意味—— 一种炽热的气息立刻使我这个男子汉激动起来——可是她已经把她想要的那张报从我这儿一把抢走，退到挨着她海豹似的妈妈的那张草垫上去了。我的美人儿在那儿趴下身子，向我，向我长着眼睛的血液里那上千只睁得很大的眼睛展示她那微微挺起的肩胛骨，她那俊美、弯曲的脊背，她那在黑色游泳衣里紧绷绷的、狭小的、隆起的臀部以及她那两条女学生大腿的外侧。这个七年级女学生默不作声地欣赏着红、绿、蓝三色的连环画页。她是红、绿、蓝的普里阿普斯[①]本人所能构思出的最娇艳的性感少女。我嘴唇焦干，透过棱镜折射出的好多层光定睛细看，一面调节我的欲望，在报纸下面微微晃动身子，这时我感到我对她的感觉，如果能适当地集中起来，可能就足以使我立刻达到一个穷叫化子的极乐境地；可是正像一个宁愿要活动的而不是一动不动的捕获物的猎食者那样，我打算让这种可怜的境地的实现跟她做的一个少女动作同时发生，她在看连环画页的时候不时做出各种各样的少女动作，比如想要搔搔自己的背脊心，从而露出一个好似点彩画出的腋窝——可是肥胖的黑兹突然破坏了这一切。她朝我转过身来，向我要个火，接着就虚与委蛇地谈起一个颇受欢迎的骗子的一部冒牌作品。

星期一。Delectatio morosa[②]。我在愁闷哀伤中度过了我的愁苦的日子。

---

① Priapus, 希腊罗马神话中，生育和繁殖之神。
② 拉丁文，是修道士用语，愁闷的乐趣。

今天下午，我们（黑兹妈妈、多洛蕾丝和我）要到我们的镜湖①去游泳，晒晒太阳；但是阳光灿烂的早晨到中午时竟然下起雨来。洛大发脾气。

在纽约和芝加哥，据信女孩青春发育开始的中位数年龄是十三岁零九个月。女孩的这种年龄各不相同，从十岁或更早一点，到十七岁都有。当哈里·埃德加占有弗吉尼亚的时候，她还不满十四岁②。他教她代数。Je m'imagine cela.③ 他们在佛罗里达州的彼德斯堡④度了蜜月。"波波先生"，亨伯特·亨伯特先生在巴黎教的一个班里的那个男学生这样称呼那位诗人中的诗人⑤。

根据专门研究儿童性兴趣的作家所说，有些特征会引起小女孩心中蠢动的反应。这些特征我倒全有：轮廓分明的下巴，肌肉发达的手，深沉洪亮的嗓音，宽阔的肩膀。而且，据说我还像洛迷恋的某个低声哼唱流行歌曲的男歌手或是男演员⑥。

星期二。阴雨。雨水之湖。妈妈出去买东西。洛呢，我知道，就在附近什么地方。经过暗中谋划，我在她母亲的卧室里碰上了她。她正翻开左眼要弄出一粒灰沙。身上穿着格子花连衣裙。尽管我很喜爱她那股令人陶醉的褐色香味，但我确实认为她每过几天就该洗洗头发。有一刹那，我们两人都沉浸在镜子内同一片温暖、苍翠的气氛里，因为镜子照出一棵白杨的树梢和我们一起待在天空当中。我粗暴地一把抓住她的肩膀，接着

---

① 一个"错误"，下文作"沙漏湖"（Hourglass Lake）。
② 爱伦·坡名叫埃德加，他生于1809年1月19日，他在1836年娶他十三岁的表妹弗吉尼亚·克莱姆。弗吉尼亚患了慢性病，拖延多年，于1847年病逝。
③ 法文，这一点我想象得出。
④ Petersburg，墨西哥湾的一处海港城市。
⑤ "波波先生"（Monsieur Poe-poe）；这里亨·亨语带双关，他是指诗人（poet），男学生心里想到的是"popo"或"popotin"。这是法国民间用语，意思是"屁股"。
⑥ 指克莱尔·奎尔蒂。

温柔地握住她的太阳穴两侧，使她转过身来。"就在那儿，"她说，"我可以感觉得到。""瑞士农民总用舌尖。""把沙粒舔出来吗？""对。要试试吗？""好啊，"她说。我轻轻地把颤抖的舌尖抵在她转动的、咸津津的眼球上。"太好啦，"她眨了眨眼，说，"没有了。""另一只眼睛呢？""你这傻瓜，"她开口说，"另一只里没有——"不过说到这儿，她看到我那缩起的、凑上前去的嘴唇。"行，"她合作地说，于是忧郁的亨伯特弯身对着她那热烘烘的、向上抬起的赤褐色脸庞，把嘴压在她颤动的眼皮上。她格格笑起来，擦过我的身旁，一溜烟跑出房去。我的心似乎立刻无所不在。我一生中还从来没有——就连在法国爱抚我的小情人时也没有——从来没有——

夜晚。我从来没有经历过这样的苦恼。我想描摹她的脸庞，她的神态——但我无法办到，因为她在近旁的时候，我对她的欲望就蒙住了我的眼睛。我不习惯跟性感少女待在一起，他妈的。我一闭上眼睛，就只看见她的一个固定不动的部分，一个电影摄影的定格画面，一个突然闪现的、绝妙可爱的下身，正如她坐在那儿，从格子花呢裙下抬起一个膝盖，系她的鞋带。"多洛蕾丝·黑兹，ne montrez pas vos zhambes。[1]"（这是她那自认为懂法语的母亲。）

A mes heures，[2] 我是个诗人，为她出神的浅灰色眼睛上乌黑的睫毛，为她抽动的鼻子上那五颗不对称的雀斑，也为她褐色的胳膊和腿上那淡黄色汗毛，我做了一首情诗，但我把它撕了，今天也记不起来了。我只能用（在日记中重新写下的）最陈腐的词语来描摹一下洛的容貌。我可

---

[1] 法文，别露出你的腿来。jambes（腿）故意错拼成了 zhambes，表示美国口音。
[2] 法文，在情绪对头的时候。

以说她的头发是赤褐色的，她的嘴唇红得像舔过的红色糖果，下嘴唇相当丰满——噢，要是我是一个女作家就好了，可以在一道赤裸裸的亮光下让她赤裸裸的摆好姿势！可是，相反我却是身材瘦长、骨骼粗大、胸口毛茸茸的亨伯特·亨伯特，眉毛又黑又浓，说话口音古怪，在缓慢的、孩子气的微笑后面藏着一大堆腐朽凶恶的坏念头。而她也不是一本女性小说中那娇弱的孩子。叫我失去理智的是这个性感少女（大概也是所有性感少女）的双重性；我的洛丽塔身上混合了温柔的爱幻想的稚气和一种怪诞的粗俗；这种粗俗来自广告和杂志图片上那些忸怩作态的塌鼻子女郎，来自故国（含有踏碎了的雏菊与汗水的气味）的那些脂粉狼藉的青年女佣，也来自外地妓院里那些装扮成小姑娘的非常年轻的妓女。而后所有这一切又跟通过麝香与泥土、通过污垢与死亡渗出的那种纯洁美妙的温柔混合在一起，天哪，天哪。最特别的就是她，这个洛丽塔，我的洛丽塔，使得作者古老的欲望具有个人的特色[①]，于是，在所有一切之上，只有——洛丽塔。

星期三。"嗨，让妈妈明天带你和我去我们的镜湖。"这就是我那十二岁的情人妖媚地低声对我说的原话。当时我们在前面门廊上正好互相撞上，我走出去，她走进来。午后反射过来的阳光，好像一颗光彩夺目的白色钻石带着无数道彩虹色的细长光线，在一辆停着的汽车的圆顶篷上闪动。一棵枝干粗壮的榆树树叶的柔美的影子在房子外面护墙板上摇曳。两

[①] 纳博科夫认为，自己直接继承了古罗马一些伟大爱情诗人的传统，他常模仿他们惯用的表达方式。"这个洛丽塔，我的洛丽塔"这种音调的重叠是从一首拉丁文诗的学究式译文中借用来的。纳博科夫的古代典范包括普洛佩提乌斯（Propertius，约前 55—前 16）的《辛西娅》、提布卢斯（Albius Tibullus，约前 55—前 19）的《迪莉娅》，以及贺拉斯（Horace，前 65—前 8）歌颂十六名妇女的诗歌。

棵杨树摇摆颤动。你可以辨别出远处来往车辆杂乱的声音。有个孩子叫道："南希，南—希！"在屋子里，洛丽塔已经放起她最爱听的《小卡尔曼》①唱片，我总把它称作"矮子司机②"，逗她鼻子里哼上一声，针对我佯装的风趣作出佯装的嘲笑。

星期四。昨天晚上，我们坐在外面门廊上，那个姓黑兹的女人、洛丽塔和我。温暖的黄昏变成了含情脉脉的黑夜。老姑娘总算详详细细地讲完她跟洛在冬天什么时候看过的一部电影的情节。那个拳击手变得十分粗鄙下流，这时他遇见了那个善良的老牧师（牧师在身强力壮的青年时代也是一个拳击手，如今还能猛击一个有罪的人）。我们把靠垫堆在地板上，坐在上面，洛待在那个女人跟我之间（她硬要挤进来，这个宝贝儿）。我接着欢快地讲起我到北极的探险。专司虚构的缪斯③交给我一杆枪，我打中了一头白熊，它摔倒时说道，啊！在整个这段时间里，我一直敏锐地感到洛就在我的身旁。我一边讲，一边在那片令人宽慰的黑暗中做着手势，并且利用我的这些看不见的手势去摸她的手、她的肩膀和她玩的一个用呢绒跟薄纱做的芭蕾舞演员，她老是把它塞到我的膝上。最后，等到把我的容光焕发的宝贝儿完全罩在这种缥缈的爱抚所编织的罗网中以后，我才敢顺着她胫部的黄褐色茸毛去抚摸她的光腿；我对自己讲的笑话格格发笑，身子发抖，连忙掩盖起我的激动。有一两次，在我迅速把鼻子伸向她（尽管是幽默地），并且抚摸她的玩具时，我的敏捷的嘴唇感觉到她头发的温

---

① ② "小卡尔曼"（Little Carmen）是双关语，也指小司机（carmen 作普通名词是"司机"义）或矮子司机。这里的卡尔曼和法国作曲家比才（Georges Bizet, 1838—1875）的歌剧无关。它只和法国小说家梅里美（Prosper Mérimée, 1803—1870）的那部中篇小说《卡尔曼》（Carmen, 1847）有关。和亨·亨伯特一样，被卡尔曼抛弃的那个倒霉的情人何塞·利萨拉本戈亚也在监狱里陈述他的故事。
③ Muse，希腊神话中司文艺和科学的九位女神。"专司虚构的缪斯"是作者虚构的。

暖。她也老是动个不停，她母亲终于厉声叫她停下，把那个布娃娃也扔到黑暗中去。我哈哈大笑，隔着洛的双腿向黑兹说话，好让我的手顺着我的性感少女瘦小的脊背缓缓上移，隔着她穿的那件男孩子的衬衫感觉到她的肌肤。

可是我知道这完全没有希望，而心里却渴望得要命，我觉得自己身上的衣服绷得很紧，所以一听到她母亲用平静的嗓音在黑暗中宣布说，"现在我们都认为洛应该上床睡觉了"，我几乎倒有些高兴。"我认为您真讨厌，"洛说。"这就意味着明儿不举行野餐会了，"黑兹说。"这是一个自由的国家，"洛说。等气呼呼的洛嘘了一声走了以后，我完全出于惰性仍然待在那儿，这时黑兹抽着她在那天晚上抽的第十支烟，抱怨起洛来。

请听我说，她一岁的时候脾气就不好，老把玩具往小床外边扔，她可怜的母亲只好不停地去捡，这个可恶的毛娃子！现在，她十二岁了，成了个十足的讨厌货，黑兹说。她在生活中的所有愿望就是有朝一日成为一个大摇大摆、昂首阔步、挥舞指挥棒的军乐队指挥或是一个跳吉特巴舞①的人。她的学习成绩很差，不过她在新学校里适应多了，不像在皮斯基②（皮斯基是黑兹在中西部的家乡城市。拉姆斯代尔的这幢房子是她故世的婆婆的。她们一年多前刚搬到拉姆斯代尔来）。"为什么她在那儿不快活？""噢，"黑兹说，"可怜的我应该知道的，我是孩子的时候也有过这种经历：男学生们扭伤我的胳膊，拿着一大摞书撞我，拉扯我的头发，弄疼我的乳房，掀起我的裙子。当然，我们在成长的过程中通常总会感到闷

---

① jitterbug，随爵士音乐节拍跳起的一种快速舞蹈。
② 这个地方是杜撰的。

闷不乐，但洛太过分了。总绷着脸，难以捉摸，既粗鲁又爱挑衅。在座位上竟用自来水笔去戳她的一个意大利同学维奥拉。知道我想怎么办吗？要是先生，您秋天正巧还在这儿，我就想请您给她的家庭作业作些辅导——您似乎什么都懂：地理、数学、法文。"噢，什么都懂，"先生答道。"这就是说，"黑兹连忙说道，"您会在这儿待下去啰！"我真想嚷着说我乐意永远待下去，只要我有希望不时爱抚一下我新收的学生。不过对黑兹总得提防，因此我只嘟哝一声，把四肢分别地（le mot juste[①]）伸了伸，不一会儿就上楼回到我的房间去了。然而，那个女人显然并不打算就此罢休。我已经躺在冷冰冰的床上，两只手把洛丽塔香喷喷的魅影紧贴在我的脸上，忽然听见我那不知疲倦的女房东偷偷溜到我的房门外面，隔着门悄声低语——只是想要知道，她说，前几天我借的那本《博闻强识》杂志是否已经看完了。洛在她的房里嚷着说杂志在她那儿。我们这幢房子简直成了一个公共图书馆，我的好上帝啊！

星期五。假如我在我的教科书里引用龙沙[②]的"la vermeillette fente"或是雷米·贝洛[③]的"un petit mont feutré de mousse délicate, tracé sur le milieu d'un fillet escarlatte"某诗句，我真不知道我的拘泥刻板的出版商会说什么。如果我守在我的宝贝儿——我的宝贝儿——我的生命和我的新娘[④]身旁，在这种难以忍受的诱惑的压力下继续在那幢房子里待下去，那我大概

---

① 法文，恰当的词。这个短语因为法国小说家福楼拜（Gustave Flaubert, 1821—1880）常用而出名，他常常为了寻找那个"恰当的词"而苦苦思索一周。

② Pierre de Ronsard（1524—1585），文艺复兴时期法国最伟大的诗人。亨·亨提到的是一首题为 *L.M.F.* 的十四行诗，引文见该诗的第一行，意思是"鲜红的缝隙"。

③ Rémy Belleau（1528—1577），法国诗人，龙沙在七星诗社（Pléiade）中的同伴。引文的大意是"覆满纤细的苔藓般绒毛的小丘，中央有一小条鲜红的窄缝"。

④ "我的宝贝儿——我的生命和我的新娘。"这是爱伦·坡的诗《安娜贝尔·李》中的第39行。

又会精神崩溃。她是否由母性指引着，对月经初期的奥秘已略知一二？得意忘形的感觉。爱尔兰人的诅咒①。从房顶上摔下。老奶奶来访。"子宫先生（我引用的是一份少女杂志上的话）开始修建一堵厚实、柔软的墙，指望可能会有一个胎儿睡在那儿。"这个小疯子待在他的软壁小室里。

顺带说一句：假如我有天犯了什么重大的杀人罪……注意"假如"这个词。那种冲动应该比我在瓦莱丽亚身上遭到的那场意外还要强烈。仔细注意这一点：那时我相当愚蠢。如果等到你希望把我烧死的时候，记住，只有一阵精神错乱才能给我兽性大发的单纯力量（说不定这一切都经过修订）。有时，我在梦中想要杀人。但你知道发生了什么吗？比如，我握着一支枪。比如，我瞄准一个满不在乎却暗中留神注意的敌人。噢，我确实扣动了枪机，可是一颗又一颗子弹都从那个怯生生的枪口虚弱无力地落到了地上。在这些梦里，我唯一的想头就是掩盖起我的可耻的失败，不让我那渐渐变得恼怒起来的仇敌看到。

今晚吃饭的时候，那个老娘儿们带着一位母亲的嘲弄神情斜眼瞟了瞟洛，对我说（我刚才正用轻率的语调描述我还没有决定是否要留的那种讨人喜欢的牙刷似的小胡子）："最好不要那样，假如一个人不想变得十足疯癫的话。"洛立刻推开她那盘白煮鱼，差点儿打翻她的牛奶，一下子冲出房去了。"要是洛为她的没有礼貌的行为道歉，"黑兹说，"明儿跟我们一块儿上镜湖去游泳，会不会叫你感到十分厌烦？"

后来，我听见一阵砰砰的关门声和其他的声音从震动的空穴间传来。两个对头正在那儿大吵大闹。

---

① 在爱尔兰，少女月经初来期称为"爱尔兰人的诅咒"。

她没有道歉。湖也就去不成了。那可能会很好玩的。

星期六。已经有好几天，我在房里写作时都让房门半开着，但是今天这个圈套方才见效。洛烦躁不安，把脚挪来挪去，在地板上擦了一阵后——为了遮掩她未经呼唤就自行前来找我所感到的窘困——才走进房来，四下里转了一圈，对我在一张纸上写的可怕的花体字很感兴趣。不，它们不是一个纯文学作品的作者受到灵感的影响在两段之间停顿的结果，而是我致命的欲望的丑陋的象形文字（她无法辨认出这种文字）。她刚低下头，把褐色的鬈发垂到我坐的那张书桌前，嘶哑的亨伯特就可耻地仿效有血缘关系的亲属之间所作的动作，用一只胳膊搂住了她。我的天真的小客人有点儿近视，仍然细看着她手里拿的那张纸，缓缓地倚在我的膝上，成了半坐半站的姿势。她的可爱的侧影、张开的嘴唇、暖烘烘的头发离我露出来的上腭犬牙只有大约三英寸左右；我还感到她的胳膊和腿透过顽皮姑娘穿的粗布衣服所散发出的热气。顿时我明白自己可以丝毫不受惩罚地亲吻她的脖子或嘴中央。我知道她会让我这么做的，甚至还会像好莱坞电影里教导的那样闭上眼睛。两片香草夹着热辣辣的奶油巧克力软糖——几乎也并不比这更异乎寻常。我无法告诉我的有学问的读者（我猜这时他已经把眼睛瞪得不知有多大了），我无法告诉他我是怎么知道这桩事的。也许，我那猿猴般的耳朵不知不觉地听到了她呼吸节奏中的某种细微的变化——因为她实际上并没有在看我潦草的字迹，而是充满好奇、十分镇静地等待着——噢，我的无忧无虑的性感少女！——等待着这个富有魅力的房客去做他渴望做的事儿。我想，一个现代的小孩，一个电影杂志的热切的读者，一个梦幻一般缓慢的特写镜头的老手也许不会认为这太离奇，假如一个相貌英俊、富有男子气概的成年朋友——太晚了。黑兹太太刚好回家，房子里突然响起路易丝滔滔不绝的说话声。她告诉黑兹太太她和莱斯利·汤姆森在地下室里发现了一个死东西。小洛丽塔自然不肯错过这样一件趣闻。

星期日。洛为人变幻莫测，脾气暴躁，生气蓬勃，难以应付，具有活泼的十二三岁孩子的那种尖嘴薄舌的风姿，从头到脚都叫人欲火中烧（整个新英格兰都该由一个女作家去描摹！），从那个现成的黑蝴蝶结和别住她头发的扁平发夹到她匀称好看的腿肚子下半部、就在她粗糙的白色短袜上面两三英寸地方的那块小疤（那是在皮斯基时给一个旱冰溜冰者踢出来的）。她跟母亲到汉密尔顿家去了——参加一场生日宴会或是这一类的社交聚会。她穿着宽大的方格子布连衣裙。她的天真无邪、纯洁可爱的形象似乎已经完好地形成。一个早熟的宝贝！

星期一。雨蒙蒙的早晨。"Ces matins gris si doux ...①"我的白睡衣背部有一个紫丁香图案。我就像你在古老的庭园里看到的那种身子膨胀起来的灰蜘蛛。待在一个晶莹闪亮的网中央，把这股或那股丝微微拉上一下。我的网罩住了整幢房子，我像一个狡猾的男巫似的坐在椅子上倾听。洛在她的房里吗？我轻轻地拉了拉细丝。她不在。只听见卫生纸的卷筒在转动时发出的不连贯的声音。我抛出去的细丝并没有追踪到从浴室回到她的房间里去的脚步声。她还在刷牙吗（这是洛唯一真正起劲去做的卫生行动）？没有。浴室的门砰的一声刚关上，所以只好到房子里别的地方去搜寻那个美丽的、暖色调的猎物。让我们把一股丝放到楼下。凭借这种手段，我弄清楚她不在厨房里——没有把冰箱的门弄得砰砰直响，也没有对她讨嫌的妈妈尖声喊叫（我

---

① 法文，这些阴暗的早晨，那么温和……

想她妈妈这时正柔声细气、抑制住心头高兴地沉浸在早上的第三次电话谈话中）。好，让我们抱着希望探索吧。我像一道光似的沉思着悄悄溜进客厅，发现那儿的收音机并没有开（妈妈仍在跟查特菲尔德太太或汉密尔顿太太讲话，声音很轻，脸红红的，带着笑容，一面用空着的那只手托着电话听筒，含蓄地否认说她不承认那些有趣的传闻，房客^①，她亲密地说；在跟人面对面交谈的时候，她这个轮廓鲜明的女子还从来没有显出这种样子）。因此看来我的性感少女压根儿不在家里！出去了！我原来以为是一块色彩斑斓的织物的东西结果却只是一个陈旧的灰色蜘蛛网，房子里空落落的，死气沉沉。接着，我半开的房门外面传来洛丽塔柔和悦耳的笑声。"别告诉妈妈，我把你的熏猪肉都吃了。"等我急匆匆地跑出房去，她已经走了。洛丽塔，你在哪儿？只有我的女房东十分殷勤地为我准备的那个早餐盘无力地斜睨着我，打算让我自己端进房去。洛娜，洛丽塔！

星期二。乌云又一次妨碍我们在那个难以到达的湖畔举行野餐。是命运在作弄人吗？昨天，我对着镜子试穿了一条新游泳裤。

星期三。下午，黑兹（穿着一双常见的鞋，剪裁合身的衣服）说她要驾车到闹市区去为她的一个朋友的朋友买一件礼物，并问我是不是也愿意一同前往，因为我对纺织品的质地和香水都眼力不凡。"挑你最喜欢的富有魅力的东西，"她高兴地咕哝道。干香水买卖的亨伯特又有什么法子呢？她把我困在前面门廊和她的汽车之间。"快点儿，"在我费劲地弯下高大的身体，准备钻进车去的时候（仍在拼命地想找一个逃脱的办法），她这么说。她已经发动了引擎，正在颇有教养地咒骂前面一辆倒退、转身的

---

① "传闻，房客"，英文是 rumor, roomer，是两个同音异义词。

卡车，那辆卡车刚给老病人奥波西特小姐送来一个崭新的轮椅，就在这时，从客厅窗口传来我的洛丽塔的尖利的嗓音。"你们！你们上哪儿去？我也要去！等一下！""别理她，"黑兹叫喊着说（一面把马达关掉）。哎呀，我的美貌的司机；洛已经在拉我这边的车门了。"这太过分啦，"黑兹开口说，但洛已经爬进车来，高兴得身子直抖。"挪挪你的屁股，你，"洛说。"洛！"黑兹喊道（斜眼看了我一眼，希望我把粗鲁无礼的洛轰下车去）。"瞧啊，"洛（不是头一次地）这么说，一面在汽车朝前窜去的时候，猛地向后一靠，我也向后一靠。"这太过分啦，"黑兹说，一面猛地把排挡扳到第二挡，"一个孩子竟然这么没有礼貌。而且这么死乞白赖。她明知道人家不要她来。她需要去洗澡。"

我的指关节贴着这个孩子的蓝布牛仔裤。她光着脚，脚指甲上还残留着一点儿鲜红的指甲油。大脚趾上横粘着一小条胶带。上帝啊，当时当地，只要能亲一下这双骨节纤细、脚趾细长、顽皮淘气的脚，我又有什么不愿意牺牲的呢！突然她的一只手悄悄伸到我的手里，没让我们身边那个年长的女人看见。在到商店去的途中，我一直握着、摸着、捏着这只热烘烘的小手。开车人的玛琳[①]式的鼻子两侧闪闪发亮，因为上面的粉已经脱落或蒸发掉了；她始终文雅地自言自语地谈论着当地的交通情况，侧着脸笑着，侧着脸噘起嘴来，侧着脸眨眨涂过油的睫毛，而我暗自祈祷我们永远到不了那家商店，但我们还是到了。

我没有什么别的要说的了，除了，primo[②]：在我们回家的路上，大黑

---

① 指玛琳·黛德丽，见第57页注②。
② 拉丁文，第一。

兹让小黑兹坐在我们后面。secundo[①]：那位太太决定把亨伯特选择的东西留给自己匀称的耳朵背用。

星期四。这个月开头的炎热给我们带来了冰雹和大风。在一卷《青年百科全书》里，我发现一张薄纸，上面有小孩子用铅笔开始临摹的一幅美国地图，在那张纸的另一面，就在没有临完的佛罗里达州和墨西哥湾的反面，有一份油印的名单，显然是她在拉姆斯代尔学校里班上的同学。那一首诗我已记在心里。

安吉尔，格雷斯

奥斯汀，弗洛伊德

比尔，杰克

比尔，玛丽

巴克，丹尼尔

拜伦，玛格丽特

坎贝尔，艾丽斯

卡迈因，罗斯

查特菲尔德，菲利斯

克拉克，戈登

科恩，约翰

科恩，马里恩

邓肯，沃尔特

---

① 拉丁文，第二。

福尔特[1]，特德

范塔西亚，斯特拉

弗莱什曼，欧文

福克斯，乔治

格拉夫，梅布尔

古德尔，唐纳德

格林，露辛达

汉密尔顿，玛丽·罗斯

黑兹，多洛蕾丝

霍内克，罗莎琳

奈特，肯尼思

麦库，弗吉尼亚

麦克里斯特尔，维维安

麦克费特，奥布里

米兰达，安东尼

米兰达，维奥拉

罗萨托，埃米尔

施伦克尔，莉娜

斯科特，唐纳德

谢里登，艾格尼丝

谢尔瓦，奥勒格

---

① 福尔特，原文是 Falter，是德文，意思是"蝴蝶"。它和后面一章中的费伦配对。费伦的原文是 Phalen，是法文，意思是"尺蛾"。

史密斯，黑兹尔

塔尔博特，埃德加

塔尔博特，埃德温

韦恩，勒尔

威廉斯，拉尔夫

温德马勒，路易丝

　　一首诗，一首诗，毋庸置疑！发现这个"黑兹，多洛蕾丝"（她！）列在名单中它的特殊位置，带着它的玫瑰护卫 ① ——好像一位美丽的公主待在她的两名侍女之间，真是多么奇特和美妙啊！我想分析一下名单上众多名字中的这个名字叫我惊喜万分的原因。究竟是什么叫我兴奋得几乎流泪（诗人和情人洒下的大滴大滴的乳白色的热泪）？究竟是什么？是因为戴着正式面纱（"多洛蕾丝"）的这个姓名亲切的隐秘性 ② 以及名和姓之间这种形式上的位置变换，就像一副新的淡色手套或一副假面具？"假面具"就是那个关键词吗？是因为对那个半透明的奥秘、那块飘拂的面纱 ③ 总感到欣喜快活吗？透过那块面纱，就选中了你一个人去了解的那个肉体和那个目光顺带朝着你一个人微笑。还是因为我可以完全想象出在那个丰富多彩的教室里我那忧伤、朦胧的宝贝儿 ④ 四周的其余那些人呢？格雷斯和她已长熟的丘疹；金尼和她动作缓慢的腿；戈登那个脸色憔悴

---

① 指名单上在多洛蕾丝前面的"罗斯"和后面的"罗莎琳"。这两个名字都是"玫瑰"义，所以这么说。

② "黑兹"，原文是 Haze，是"烟雾"义，所以这么说。

③ "面纱"，原文是 charshaf，指土耳其妇女所戴的面纱。

④ "忧伤"，原文是 dolorous；"朦胧"，原文是 hazy；它们含有洛丽塔的姓名多洛蕾丝·黑兹 (Dolores Haze)。

的手淫者；邓肯那个臭烘烘的小丑；爱咬指甲的艾格尼丝；长着一脸黑头粉刺、胸部颠颠耸耸的维奥拉；美丽的罗莎琳；肤色黝黑的玛丽·罗斯；可爱的斯特拉，她竟让陌生人抚摸她的身子；恃强凌弱、偷盗财物的拉尔夫；我为之感到惋惜的欧文[1]。她也在那儿，咬着一支铅笔，在人丛中消失了，教师们讨厌她，男孩子的眼睛都盯着她的头发和颈项，我的洛丽塔。

星期五。我渴望发生什么可怕的灾难。地震。惊人的爆炸。她母亲跟方圆几英里内的所有别的人都在一片混乱中当下永远给消灭了。洛丽塔在我的怀里呜咽。我是一个自由的男人，在废墟中对她欣赏玩味。她的惊讶，我的解释、说明和呼喊。愚蠢无聊的幻想！勇敢的亨伯特本会用最令人作呕的方式跟她嬉戏（比如，昨天，当她又到我的房间里，把她画的画儿、学校的美术作业拿给我看的时候）；他本来可以收买她——随后逃脱惩罚。一个更加单纯实际的家伙就会清醒地坚持使用各种不同的商业代用品——要是你知道上哪儿去弄的话，我不知道。尽管我看上去很有男子气概，但实际上却非常胆怯。一想到要碰上什么非常下流不快的事，我的浪漫的心灵就变得冰冷黏湿，不住颤抖。那些下流的海怪[2]。"Mais allez-y, allez-y！"[3] 安娜贝尔用一只脚连跳几下，才套上她的短裤，我愤怒得有点儿头晕，竭力想遮住她。

当天，后来，很晚的时候。我开亮了灯，想把做的一个梦记下来。这个梦有一个明显的前因。黑兹在吃晚饭的时候曾经和蔼可亲地宣布说

---

① 纳博科夫说："可怜的欧文，他是所有那些非犹太人中唯一的犹太人。"
② 指第一部第三章中那"两个留着胡须洗海水澡的人"。
③ 法文，继续干呀，干啊！

既然气象局预报周末天气晴朗，我们星期天做完礼拜就去游湖。我躺在床上，在入睡以前色眯眯地左思右想，我想到了如何利用即将举行的那次野餐的最终计划。我知道黑兹妈妈恨我的宝贝儿，因为她十分喜欢我。所以我抱着让母亲满意的目的，安排去湖滨游玩的日子。我打算只对她一个人说话，但是到适当的时刻，就说我把手表或太阳眼镜忘在那边的林中空地上了——随后带着我的性感少女钻进树林。就在这个当口，现实从我的周围消失了，"寻找眼镜"竟然成了跟洛丽塔的一场悄没声儿的恣意狂欢，洛丽塔特别会意，千依百顺，欢快堕落，做出了根据常情她不大可能会做的那种举止。清晨三点，我吞下一片安眠药。不一会儿，一场不是续集、只能算作诙谐的模拟之作的梦境，以一种富有深意的清晰向我展示出那个我还从来没有去过的湖。虽然从国外输入的含羞草和夹竹桃在充满砂石的湖岸边开着花儿，但湖上亮晃晃地结了一大片翠绿色的冰，有个麻脸的爱斯基摩人正白费力气地想用一柄鹤嘴锄把冰凿破。我相信要是我给布兰奇·施瓦茨曼博士[1]的档案里添上这样一场性欲梦[2]，她准会付给我一满袋钱币。不幸，这场梦剩下的那部分明摆着是折中主义的。大黑兹和小黑兹绕着湖骑马前行，我也弓起腿来跨在马上，任凭马上下颠动，尽管两条腿之间并没有马，只有可以伸缩的空气——由于做梦人心不在焉而造成的一个那种小小的疏漏。

星期六。我的心仍然怦怦乱跳。想起那种令人困窘的情景，我仍然忸怩不安，低声呻吟。

---

[1] 参看《序文》，见本书第5页。

[2] 性欲梦，原文是 libidream，是亨·亨使用的把 libido（性欲）和 dream（梦）合并而成的一个混成词。

从背部看去，可以瞥见短袖圆领汗衫和白运动短裤之间的发亮的皮肤。一个送报的男孩子（我猜是肯尼思·奈特）刚把那份拉姆斯代尔《日报》啪的一声十分准确地扔到门廊上；洛把身子探到窗台外面，想扯下窗外一棵白杨树上的几片树叶，一面全神贯注、滔滔不绝地在和下面的那个男孩子说话。我开始蹑手蹑脚地朝她走去——像哑剧演员说的，"一瘸一拐地"朝她爬去。我的胳膊和腿都成了凸面，在它们之间——而不是在它们之上——我凭着一种无明显特性的移动工具慢慢前进：受伤的大蜘蛛亨伯特。我一定花了好几个小时才接近她，我似乎从望远镜的反端看到了她，于是我像一个中风病人似的专心致志地用软弱无力、扭曲变形的四肢朝着她的紧张、瘦小的臀部移动。最后总算到了她的身后，这时我不幸动了想吓唬她一下的念头——抓住她的颈背直摇或是诸如此类的动作来掩盖我真正的 manège①。而她却尖声不客气地抱怨道："快松手！"——口气十分粗鲁，这个小泼妇，谦恭的亨伯特只好神色惨淡地咧嘴笑了笑，闷闷不乐地退下了，她则继续朝街上说着俏皮话。

不过，现在听听后来发生了什么吧。午饭以后，我靠在一张低矮的椅子上，想看一会儿书。突然，两只灵巧的小手蒙住了我的眼睛：她从后面蹑手蹑脚地挨近我，好像在一场芭蕾舞剧的片断中再次表演我上午的伎俩似的。她那想把阳光遮挡住的手指显得通红透亮。我没有改变靠着的姿势，只把一只胳膊从旁边伸到背后去抓她，她发出一阵格格的笑声，身子扭来扭去地闪避着。我的手掠过她灵活的抽动的双腿，那本书像雪橇似的滑离了我的膝头。这时黑兹太太走上前来，溺爱地说道："要是

① 法文，策略。

她妨碍了你学术上的思考，就狠狠地揍她好了。我多么喜爱这片花园（她的语气里并没有惊叹的意味）。在阳光下是不是美得出奇（语气里也没有询问的意思）。"这个讨厌的女人做了个假装满意的手势，一屁股坐到草地上，用两只张开的手朝后撑着身子，抬起脸来望着天空。不一会儿，一个灰色的旧网球弹起来越过她的头顶。房子里传来洛的傲慢自负的声音："Pardonnez①，妈妈。我可不是对着你的。"当然不是，我的顽皮捣蛋的宝贝儿。

① 法文，请原谅。

一二

　　这就是二十多条记载中的最后一条。从这些记载中可以看出，尽管具有恶魔的独创性，这项计划一天天地仍然毫无变化。首先，恶魔会对我进行引诱——随后再加以阻挠，让我内心深处感到隐约的痛苦。我完全清楚自己想做什么，该怎么做而不伤害一个孩子的童贞。不管怎么说，在对少女反常的性爱①生活中，我已取得一些经验；曾经在公园里用眼睛占有过满脸雀斑的性感少女；曾经谨慎而野蛮地挤到一辆城市公共汽车的最燥热、最拥挤的角落，夹在四周拉着吊带站立的学生中间。可是几乎有三个星期，所有我的可怜的谋划都受到了阻挠。阻挠的人通常总是黑兹家的那个娘们（读者会发现，她主要害怕洛从我身上得到什么乐趣，而不害怕我对洛欣赏玩味）。倘若魔鬼没有意识到如果他想多耍弄我一些时间，就得让我略微松弛一下，那么我对那个性感少女——对我一生中用蠢笨、疼痛、胆怯的爪子终于可以抓到的头一个性感少女——产生的热烈恋情肯定会叫我再次住进疗养院。

　　读者也注意到了那片奇特的"湖水幻景"。而奥布里·麦克费特②（我想给我那个恶魔取这么个姓名）在那个充满希望的湖滨，在那片假想的树林里，给我安排一场小小的娱乐也是顺理成章的事。实际上，黑兹太太所作的许诺带有几分欺诈：她没有告诉我玛丽·罗斯·汉密尔顿（本身也是一个肤色黝黑的小美人）也要参加，那两个性感少女会在一旁低声耳语，会在一旁嬉戏玩耍，自己痛快地乐一乐；而黑兹太太和她的相貌英俊的房客则远远避开旁人窥视的眼睛，半裸着身子安详地交谈。顺带提一句，眼睛的确到处窥探。舌头的确喋喋不休。人生有多奇怪啊！我们急于摆脱的正是我们想要追求的命运。在我到这儿来以前，我的女房东原来打算请一个老处女，费伦小姐[3]来跟我和洛丽塔住在一起。费伦小姐的母亲曾经在黑兹太太家当过厨娘。黑兹太太本质上是一个职业妇女，想到最近的城市去找一份合适的工作。黑兹太太把整个局面看得十分清楚：这个戴着眼镜、背有点驼的亨伯特先生带着他欧洲中部的大皮箱前来，想在他的角落里待在一堆旧书后面沾上一身尘土；那个不招人喜爱的丑陋的小女儿就由费伦小姐严加管束。费伦小姐早先有一次已经把我的洛置于她那秃鹰的翅膀底下（洛一想起一九四四年那个夏天就愤怒地发抖）；而黑兹太太自己就在一座气象堂皇的城市里当一名接待员。可是一桩并不怎么特别复杂的事打乱了这个计划。就在我抵达拉姆斯代尔的那天，费伦小姐在佐治亚州的萨瓦纳市摔断了她的髋骨。

---

① 这是亨·亨对自身情况的描述。
② 麦克费特，原文是 McFate，Mc 是姓名前缀，意思是"儿子"；Fate 的意思是"命运"，所以 McFate 是"命运之子"义。
③ 费伦（Phalen）是从法文 phalène 一词转来，意思是"尺蛾"。见第 79 页注。

一三

在已经描述过的那个星期六后的星期天，天气结果真像气象报告员预报的那样晴朗。用完早餐，我把餐具放回房间外面的那把椅子上，好让我的好心的女房东在她方便的时候取走。接着，我穿着卧室里穿的旧拖鞋——我身边唯一的旧东西——轻轻穿过楼梯平台，来到楼梯栏杆旁边倾听。我偷听到下面的情况。

房子里又发生了一场争吵。汉密尔顿太太打电话来说她女儿"在发烧"。黑兹太太就告诉她的女儿野餐只好延期。脾气火爆的小黑兹就对冷冰冰的大黑兹说如果这样的话，她就不跟她一起去做礼拜。妈妈说很好，就走开了。

我走出房间到楼梯平台上去的时候刚刮完脸，耳垂上还沾着肥皂沫，身上还穿着我那件背部有矢车菊（不是紫丁香）蓝色图案的白睡衣。这会儿我揩掉肥皂沫，在头发上和腋下洒了些香水，披上一件紫红色的绸晨衣，紧张不安地哼着歌曲，走下楼梯去找洛。

我希望有学识的读者都来参与我正准备重新搬演的这个场景；我希望他们仔细观察所有的细节，并亲自看看整个这件香艳的事，如果用我的律师在我们私下的一次交谈中称作"不带偏见的同情"的目光来看，是多么谨慎，多么纯洁。因此让我们开始吧。摆在我面前的是一项艰巨的工作。

主角：哼着小曲的亨伯特。时间：六月里的一个星期天上午。地点：充满阳光的起居室。道具：旧的条纹图案的长沙发、杂志、留声机、墨西哥小摆设（已故的哈罗德·黑兹先生——愿上帝保佑这个好人——在到韦拉克鲁斯[①]去蜜月旅行时，午睡时间在一个粉刷成蓝色的房间里，叫黑兹太太怀上了我的宝贝儿，那个地方除了多洛蕾丝，四处还有其他一些纪念品）。那天，她穿一件漂亮的印花布连衣裙，以前我见她穿过一次，下摆宽大，胸围紧绷绷的，袖子短短的，粉红色里夹杂着颜色更深的方格子花图案，而且为了完成色彩配合，她还涂了口红，手心里还握着一个好看的、普通的伊甸园红苹果。可是，她没有穿到教堂去穿的鞋子，而且她星期天用的白色钱包也丢在留声机旁边。

看到她在沙发上挨着我坐下，凉快的裙子下摆先鼓起来又落下去，手里仍在玩着那个光滑的红苹果，我的心不禁像击鼓似的咚咚直跳。她把苹果抛到充满阳光和尘埃的空中，再用手接住——苹果落到窝形的手掌中时发出一声清脆的啪嗒声。

亨伯特·亨伯特把苹果截了去。

"还给我，"她恳求道，一面伸出她那有云石条纹的红润的手掌。我把那个红香苹果递过去。她抓过去咬了一口——我的心就像鲜红的薄皮肤下面的白雪——接着用那种典型的美国性感少女的猴子般的敏捷，她一把夺走了我名义上拿在手中的那本翻开的杂志（可惜没有一部影片记录下这种

---

① Vera Cruz，墨西哥韦拉克鲁斯州的海港城市，是墨西哥的主要港口。

奇特的方式，记录下我们同时或重叠的像姓名首写字母那样串连在一起的动作)。洛几乎没有受到手里拿的那个咬过一口的苹果的妨碍，飞快、用力地翻着杂志，想要找到什么她希望给亨伯特看的东西。终于找到了。我装着很感兴趣，把头凑上前去，近得她的头发都碰到了我的鬓角，她用手腕去抹嘴的时候，她的胳膊拂过我的脸颊。我透过亮闪闪的、朦胧的光线瞅着那幅图片，反应比较缓慢；她那两个裸露的膝盖就不耐烦地相互磨蹭碰撞起来。后来我模模糊糊地看出来了，原来是一个超现实主义画家舒坦地仰卧在一片沙滩上，在他旁边，也仰卧着的是一个米洛的维纳斯 ① 的石膏复制品，一半埋在沙里。下面的说明上写着"本周的代表性插画"。我突然把这个淫秽的东西拿开。霎时间，她装着想要夺回去，一下子扑到了我的身上。我捉住她瘦小的、多骨节的手腕。那本杂志像一只慌乱的家禽似的溜到了地板上。她挣脱了身子，往后退去，靠在长沙发的右角上。接着，这个蛮横无理的孩子异常单纯地把两条腿伸到我的膝盖上面。

这时我的心情十分激动，已经到了精神错乱的边缘；但我也具有精神病人的狡猾。坐在沙发上，我通过一连串暗中的行动，总算使我隐蔽的欲望逐渐适应她坦荡的四肢。为使这个计谋成功，我需要作出一些隐秘的调整，而在这么做的时候，要分散这个小姑娘的注意力却不是一件容易的事。我话说得很快，弄得呼吸急促，只好喘口气再赶着往下说，又假装突然牙疼，用以解释我为什么说着说着停顿下来——同时用一个疯子内在的目光牢牢地盯住我的遥远、宝贵的目标，我谨慎小心地增强了那种令人着迷的摩擦，想即便不从真实的意义上，也从幻想的意义上，把那种实质上

① Milo，爱琴海上希腊的一座岛屿。1820 年，在首府普拉卡（Plaka）附近古米洛的遗迹和墓穴里发现了"米洛的维纳斯像"，现藏在巴黎卢浮宫博物馆。

无法除去而心理上却十分容易破裂的织物（睡衣和浴袍），也就是将横搁在我膝头的两条晒得黑黝黝的、沉甸甸的腿与一股难以言传的激情形成的隐秘的肿瘤分隔开的那种织物的质地磨损。我喋喋不休地说着，忽然想到当时流行的一首十分呆板无聊的歌，我把歌词稍微作了一些篡改，吟诵起来——哦，我的卡尔曼，我的小卡尔曼，真美好，真美好，那些美好的夜晚，有星星，有汽车，有酒吧，还有酒吧间的男招待。我不断重复着这些无需思索随口说出的歌词，让她被这些歌词的特殊的魔力（由于篡改而具有的魔力）镇住，同时我一直提心吊胆，生怕上帝会采取什么行动来加以搅扰，会在我的整个身心似乎都集中在感受那个宝贵的负担的时候把它移开；这种忧虑逼得我在开头一两分钟动作比较仓促，而不像有意调节好的享乐那样两厢情愿。闪烁的星星，停放的汽车，酒吧，还有酒吧间的男招待，不久都由她接手哼唱起来，她的声音悄悄接过并纠正了我一直唱得支离破碎的曲调。她唱得悠扬动听，甜润悦耳。两条腿横搁在我的充满活力的膝盖上面，微微抽动。我抚摩着她的腿，她懒洋洋地靠在沙发右边角上，手脚几乎都摊开了，少女洛娜，贪婪地吃着她太古时的果子①，一边吸着果子的汁水一边唱着，把脚上的拖鞋也弄掉了，于是就用没穿拖鞋、只穿着邋遢的短袜的那只脚的后跟蹭着沙发上我左边的那堆旧杂志——她所做的每一个动作，每一次摇曳和起伏，都帮助我遮掩并改进兽性与美之间——我那受到压制、快要憋不住的兽性与她纯朴的棉布连衣裙里那微微下洼的身躯的美之间那种凭着触觉感应的神秘系统。

在我掠过的手指尖下面，我感到那些细小的汗毛顺着她的小腿非常轻

---

① 借用《圣经》蛇引诱夏娃吃果子事。

微地竖了起来。我在像夏天的雾霭一般笼罩着小黑兹的那股强烈而健康的热气中晕头转向。让她待下去，让她待下去……在她用力把她吃剩的苹果核扔到火炉围栏里去的时候，她的少女的体重、她的不知羞耻的天真的小腿和圆滚滚的屁股都在我的饱受折磨、暗暗挣扎的紧张的膝盖上移动。突然，我的意识起了一种神秘的变化。我进入了一个存在的平面，一切在那儿都无足轻重，除了注入的我身体内部酝酿成的欢乐。开头我内心深处根茎的美妙的扩张，变成了一阵充满热情的激动，这阵激动如今达到了在有意识的生活中的其他地方都无法获得的那种绝对安全、自信和仰赖的境界。怀着如此确立起来、并正顺利走向最终震动的那种深切炽热的快感，我感到可以放慢节奏，以便延长那股激情。洛丽塔已经安安稳稳地唯我存在了①。隐约的阳光在填补的白杨枝叶间颤动；我们意想不到地、神奇地单独待在一起。我瞅着她，她脸色红润，待在金色的尘埃中，在我抑制着的喜悦的帐幔之外，自己并不知晓，而且也显得格格不入。阳光照在她的嘴上，她的嘴似乎仍在哼着卡尔曼——酒吧间的男招待那首小调的唱词，而我已经无法意识到了。现在一切都准备就绪。享乐的神经已经暴露出来。克劳泽②的细胞正进入疯狂骚动的阶段。最小的一点儿压力就足以使整个天堂敞开。我已经不是"猎狗亨伯特"，那条目光忧伤、体力衰退、紧抱住不久就要把他踢开的靴子的杂种狗了。我已经脱离了被人嘲笑的磨难，

---

① 唯我主义是一种主观唯心主义理论，认为只有我和我的意识才是存在的。《洛丽塔》中，一切都经常在变形。当洛丽塔从一个少女变成一个女人时，亨·亨的淫欲就变成了爱。他认为洛丽塔安安稳稳地"唯我存在"的感觉，也由另一种意识所取代。他意识到，她是他"自己的创造物……没有意志，没有知觉——真的，自身并没有生命"（见本书第一部第一四章第二段）。
② Wilhelm Kranse（1833—1910），德国解剖学家。克劳泽的细胞，指生殖器黏膜上出现的细小的感觉微粒。

也不可能受到什么报应。在我自己修建的内宅中，我是一个容光焕发、体格健壮的土耳其人，充分意识到自己的自由，故意把享受他的最年轻、最脆弱的女奴的快乐时刻往后推延。我高悬在那个淫逸的深渊边沿（可与艺术领域里的某种技巧媲美的一种微妙的生理平衡），不停地跟着她重复那些偶然想到的歌词——酒吧间的男招待，叫人担心，我的迷人精、我的司机、阿门、阿哈阿门①——就像一个人在睡梦中说说笑笑，同时我的兴奋的手顺着她那晒暖了的腿悄悄摸到了不算猥亵可以摸到的地方。前一天，她撞到了门厅里的那个沉重的橱——"瞧呀，瞧呀！"——我喘息着说——"瞧你干了什么，瞧你对自己干了什么，哎，瞧呀，"因为我发誓，在她那性感少女可爱的大腿上的确有一块黄里发紫的瘀伤，我的毛茸茸的大手正在按摩那块伤痕，缓缓地把它盖住——她的内衣裤穿得十分马虎，因而看来没有什么可以阻碍我那粗大有力的拇指伸到她的腹股沟的热乎乎的洼处——就像你可能会搔弄和爱抚一个格格直笑的小孩子那样——就像那样——而且："噢，这压根儿算不了什么，"她嚷道，嗓音里突然出现一种尖利的声调；她扭来扭去，骚动不宁，把头向后仰去，半转过脸，牙齿咬着她的亮闪闪的下嘴唇，而我那不断呻吟的嘴，陪审团的先生们，几乎伸到了她光溜溜的脖子上，同时我贴着她的左边屁股，把男人或怪物所体验过的时间最久的销魂的最后一阵颤动扑灭。

随后（好像我们原先一直在搏斗，这会儿我的手才放松似的），她立刻滚下沙发，一跳站起身来——或者不如说是用一只脚站着——以便去接那个响得吓人的电话。我觉得那个电话可能已经响了很长时间。她站在那

---

① 原文是 ...my charmin', my carmen, ahmen, ahahamen... charmin' 和 carmen 尽管音义不同，读音却相近。

儿，眼睛扑闪扑闪，脸蛋儿火红，头发斜披着，她的目光像掠过家具似的满不在乎地掠过我的身子。在她边听边说的时候（电话那头是她母亲，她母亲叫她跟她一块儿去查特菲尔德家吃午饭——洛和亨眼下都还不知道爱管闲事的黑兹在搞什么鬼），她用手里拿着的一只拖鞋不断轻轻敲打着桌子的边。感谢上帝，她什么也没有注意！

我拿出一条色彩缤纷的绸手帕（她在听电话的时候，留神的眼睛顺带看了看这条手帕）擦掉额头上的汗水，一面沉浸在轻松愉快的心情里，把堂皇的浴衣重新整理了一下。她仍在听电话，跟她母亲争论不休（要妈妈开车来接她，我的小卡尔曼）。这当儿，我越唱越响，大摇大摆地走上楼梯，哗啦啦地朝浴缸里放了好多热气腾腾的水。

这会儿，我最好还是把那首风行一时的歌的歌词全文写出来——至少就我记忆所及——我想我始终没有完全记对。歌词是这样的：

哦，我的卡尔曼，我的小卡尔曼！

真美好，真美好，那些美好的夜晚，

有星星，有汽车，有酒吧，还有酒吧间的男招待——

还有，哦，我的可爱的人儿，我们可怕的搏斗。

还有那美好的市镇，我们胳膊挽着胳膊，

喜气洋洋地在那儿徜徉；还有我们最后的争吵，

还有我用来杀你的那把枪，哦，我的卡尔曼，

那把我现在手里握着的枪。

（我猜他抽出点 32 口径的自动手枪，对着他情妇的眼睛射出一颗子弹。）

一四

我在城里吃了午饭——好多年都没有这么饿了。等我缓步走回家的时候，房子里还没有洛的踪影。整个下午我都在沉思默想，暗自筹划，乐滋滋地玩味着上午的经历。

我为自己感到得意，没有损害一个未成年人的品行，就窃取了一阵甘美甜蜜的亢奋。绝对没有造成什么伤害。魔术师把牛奶、糖蜜、满是泡沫的香槟酒都倒进一个年轻女子崭新的白色手提包；你瞧，那个手提包仍完好无损。我就这样精巧地构思出我的炽热、可耻、邪恶的梦境，不过洛丽塔还是安全的——我也是安全的。我疯狂占有的并不是她，而是我自己的创造物，是另一个想象出来的洛丽塔——说不定比洛丽塔更加真实，这个幻象与她复叠，包裹着她，在我和她之间漂浮，没有意志，没有知觉——真的，自身并没有生命。

那个孩子什么都不知道。我对她什么都没干。而且也没有什么妨碍我把这种行为再做一次；这种行为对她的影响微乎其微，就好像她是银幕上晃动的一个有血有肉的形象，而我则是一个在黑暗中手淫的谦恭、驼背的人。下午在一片岑寂中不知不觉地缓缓过去，生机勃勃的参天大树似乎了解内情；我又受到欲望的折磨，比先前甚至更为强烈。让她快回来吧，我向一位外来的上帝①祈祷，趁妈妈在厨房里的时候，让长沙发上的那场戏再演一次，行行好吧，我那么可怕地对她倾心爱慕。

不，"可怕"这个词不对。新的欢乐的梦想使我内心充满了喜悦振奋，这不是可怕，而是可悲。我把它称作可悲。可悲——因为尽管我有炽热的、贪得无厌的性欲，但我却打算以最强烈的力量深谋远虑地保护这个十二岁孩子的清白。

现在且看看我的苦心付出了什么代价。洛丽塔并没有回家——她跟查特菲尔德家里的人去看电影了。餐桌比平时布置得更为雅致，你看多怪，竟点着蜡烛。在这种令人厌恶的气氛中，黑兹太太好像按着钢琴琴键似的轻轻摸了摸她盘子两边的银餐具，随后笑盈盈地低头望着她的空盘子（她在节食减肥），说她希望我爱吃那种色拉（照一本妇女杂志上说的做法做的）。她希望我也爱吃那些冷切肉。那是一个十分美好的日子。查特菲尔德太太是一个可爱的人。她的女儿菲利斯明儿就要去夏令营。去三个星期。已经决定，洛丽塔星期四也去，而不是像最初计划的那样等到七月。而且在菲利斯回来后仍旧待在那儿。一直待到开学。真是一个美好的前景，我的心肝。

噢，听到这个消息我多么吃惊——因为，这不意味着正当我暗地里把我的宝贝儿据为己有后，就要失去她了吗？为了解释我的恶劣的心情，我只好又使用早上已经假装过的牙疼的办法。准是一颗大臼齿蛀了，脓肿的样子就像用黑樱桃酒浸泡过的一颗樱桃。

---

① 基督教是从希伯来人中兴起的，所以这么说。

"我们这儿有一个十分出色的牙科大夫,"黑兹说,"实际上就是我们的邻居奎尔蒂大夫。我想他大概是那个剧作家的叔叔或表哥。你觉得一会儿就不会疼了?好,随你的便。秋天,我要请他把她'稳住',像我母亲常说的那样。这也许可以叫洛受到一点儿约束。这些日子恐怕你一直给她搅得够呛。她走以前,我们免不了还要碰上两三个吵吵闹闹的日子。她干脆就不肯去。我承认我把她托给查特菲尔德家的人照管,就是因为眼下我还不敢单独面对她。这场电影也许会叫她平静下来。菲利斯是一个很可爱的姑娘。洛压根儿没有理由不喜欢她。真的,先生,我为你的这颗牙齿感到十分不安。要是你的牙还疼的话,那么完全应当让我明儿一早立刻去和艾弗·奎尔蒂联系。你知道,我觉得夏令营相当有益身心,而且——嗨,像我说的,那完全要比在市郊的一片草地上闷闷不乐地想心事,使用妈妈的唇膏,追求腼腆的、研究学问的先生,为了一点儿小事就乱发脾气合情合理得多。"

　　"你能肯定,"我终于说道,"她在那儿会快乐吗?"(这句话说得软弱无力,非常软弱无力!)

　　"她最好去,"黑兹说,"也不会光是玩耍。夏令营是雪莉·霍姆斯组织的——你知道,就是《营火少女》那本书的作者。营地生活会教多洛蕾丝·黑兹在许多方面得到成长——健康、知识、性情。特别是对别人的责任感。我们要不要拿着蜡烛到外面的门廊上去坐一会儿?还是你这就想上床睡觉,让那颗牙不再疼呢?"

　　让那颗牙不再疼。

一五

　　第二天，她们开车到闹市区去购买营地生活需要的用品：购买任何穿戴的衣物都会对洛产生奇妙的效果。晚饭时她似乎又现出了平日那种爱好讥讽的神气。饭后，她立刻上楼去到自己的房间，埋头翻看买来供她下雨天在奎营地翻阅的连环漫画册（到星期四她已经把这些连环漫画册彻底翻阅过了，就留着没带）。我也退进我的巢穴，写几封信。我的计划是动身到海滨去住上一阵子，等到学校开学的时候，再回来住在黑兹家；因为我已经知道没有这孩子我就无法生活。星期二，她们又去买东西，并说在她们外出的这段时间里要是营地女主人打电话来，就请我接一下。她倒真打电话来了。一个多月以后，我们得到机会回忆我们这次愉快的交谈。那个星期二，洛在她的房里吃晚饭。在跟她母亲惯常地争吵了一次后，她哭了很久，于是像以前几次一样，她不希望我看到她红肿的眼睛：她面色娇嫩，大哭一场以后就变得满是泪痕，涨得通红，病态地显得十分迷人。我对她在我个人的审美观点上所犯的错误感到十分遗憾，因为我就爱波堤切利[1]那种淡红的色调，那种自然的玫瑰色的嘴唇，那些湿漉漉的、缠结在一起的睫毛。自然，她的羞怯的怪念头使我失去了许多次华而不实地获得安慰的机会。然而，其中的意义还不只是我以为的那样。当我们坐在黑魆魆的走廊上的时候（她的红蜡烛给一阵疾风吹灭了），黑兹惨淡地笑了笑，说她已经告诉洛她心爱的亨伯特完全赞成整个夏令营的主意。"这下子，"黑兹接着说，"那孩子又大发脾气，借口说，你和我想要把她甩掉；实际的原因是，我告诉她明儿我们要把她硬逼着我替她买的一些过于花哨的睡衣等换成素净一点的织物。你瞧，她把自己看作一个小明星；我却只把她看作一个结实、健康但相貌绝对平常的孩子。我看这就是我们吵闹的根源。"

星期三，我设法在洛经过的时候拦住了她一会儿：当时她穿着一件圆领运动衫和一条绿花的白短裤，正在楼梯平台上的一个大皮箱里翻找东西。我说了一句表示友好的、逗趣的话，但她只哼了一声，并没有用眼睛看我。气息奄奄的亨伯特不顾一切，相当笨拙地在她的尾骨上拍了一下，而她却用已故的黑兹先生的一个鞋楦回了他一下，打得他很疼。"你这两面三刀的家伙，"她说。我揉着胳膊，慢吞吞地走下楼去，露出一脸悔恨的神色。她不肯放下架子，来同亨和妈妈一块儿吃饭；洗了头，就抱着漫画书上了床。星期四，镇静的黑兹太太开车把她送到奎营地去。

正如比我伟大的作家所说的那样："让读者去想象吧"，等等等等。转念一想，我还是让这类想像遭到意想不到的波折为好。我知道我已经永远爱上洛丽塔了，但是我也知道她不会永远是洛丽塔。到一月一日，她就十三岁了。再过差不多两年，她就不再是一个性感少女，而变成一个"年

---

① Sandro Botticelli（1445—1510），意大利文艺复兴初期的著名画家，以善于描绘肉感而忧郁的妇女闻名。淡红色是他的代表作《春》（*Primavera*）里司美丽、温雅、欢乐等三女神幻象中最明显的色彩；"湿漉漉的、缠结在一起的睫毛"则是指他的《维纳斯的诞生》（*The Birth of Venus*）那幅名画。

轻姑娘"，随后再变成一个"女大学生"—— 最最讨厌的人物。"永远"这个词是仅就我自己的激情而言，仅就反映在我血液中的那个不朽的洛丽塔而言。那个骺脊还没有展开的洛丽塔，那个今天我可以抚摸、鼻嗅、耳听、眼观的洛丽塔，那个嗓音刺耳、长着一头浓艳的褐发的洛丽塔——前面梳着刘海，两侧形成涡状短发，背后则是一绺一绺的鬈发，黏答答、热乎乎的颈项，嘴里满是粗鄙的词汇——"糟透了""顶呱呱的""肉感的""傻瓜""讨厌鬼"——那个洛丽塔，我的洛丽塔，可怜的卡图卢斯[①]永远赢不了。因此我怎么经受得住在夏天失眠两个月而见不到她呢？在她的性感少女时期的最后两年中整整有两个月都见不到她！我是否该把自己装扮成一个愁眉苦脸的老派的姑娘，样子粗笨的亨伯特小姐，把我的帐篷搭在奎营地的外边，一心希望营地上的那些肤色褐黄的性感少女会嚷道："让我们收下这个嗓音低沉的背井离乡的人[②]吧，"随后就把这个神情忧伤、露出羞怯的笑容的大脚贝尔特[③]拉到她们质朴的家中。贝尔特于是就跟多洛蕾丝·黑兹睡在一起！

　　空洞无聊的梦想。两个绮丽美好的月份，两个温柔旖旎的月份，就会给永远地浪费掉，而我除了做些微不足道的琐事，mais rien[④]，对其毫无办法。

　　可是，那个星期四，一滴难得的蜂蜜倒确实落进了橡果的壳斗。黑兹

---

① Gaius Yalerius Catullus（约前84—前54），古罗马抒情和讽刺诗人。亨·亨的"那个洛丽塔，我的洛丽塔"模仿了卡图卢斯对他的迷人的莱斯比亚的呼唤。

② 在第二次世界大战中和战后不久，逃难的人被正式称为"背井离乡的人"，英文为Displaced Persons，缩写是 D.P.。

③ Berthe au Grand Pied，法国历史中的一个重要人物，是查理曼大帝（Charlemagne，742—814）的母亲。

④ 法文，微不足道的琐事。

预备一大早开车把她送到营地上去。一听到出发前的各种杂乱的声音，我就从床上一骨碌爬起来，把身子探到窗外。在白杨树下，汽车已经给发动了。路易丝站在人行道上，手搭凉篷，仿佛那个小游客已经驶到初升的太阳中去了。那个手势结果做得太早了。"快点儿！"黑兹喊道。我的洛丽塔半个身子已经到了车里，正想砰地关上车门，摇下车窗玻璃，朝路易丝和白杨树（她就此再也没有见到的路易丝和那些白杨树）挥手告别，忽然中断了命运的运转：她抬头看了看——接着就又往回跑进房子（黑兹在她身后拼命地叫唤）。不一会儿，我就听见我的心上人跑上楼梯。我的心极为有力地不断膨胀，几乎都把我毁了。我急忙拉起睡裤，猛地把门拉开；就在这当儿，洛丽塔穿着外出穿的连衣裙，气喘吁吁，踏着重重的步子，正好到了，接着便扑到我的怀里，她那纯洁无邪的嘴在男子汉狠毒的嘴凶猛的亲吻下变得软绵绵的，我的心房突突乱跳的宝贝儿！在接下去的那个瞬间，我听见她——充满活力，没有受到欺负——噔噔噔噔地跑下楼去。命运重新开始运转。那条白皙的腿给拉上车去，车门砰的一声关上——又重关了一下——驾车的黑兹使劲扳着方向盘，口红涂得很厚的嘴唇上下翕动，说着什么无法听见的气话，开车把我的宝贝儿带走了。而她们或路易丝都没注意到，病恹恹的老奥波西特小姐正在她那爬满青藤的走廊上虚弱无力而又颇有节奏地挥着手。

一六

我的手掌心里仍然充满了象牙般的洛丽塔——充满了对她那发育前期向内弯曲的脊背的感觉，也就是我抱着她时，隔着薄薄的连衣裙上下抚摸她的肌肤的那种象牙般光润、滑溜的感觉。我大步走进她的乱七八糟的房间，猛地拉开壁橱橱门，钻到一堆曾经接触过她的皱巴巴的衣服中间。其中特别有一件粉红色的衣衫，质地单薄，已经破了的线缝处微微有股刺鼻的气味。我用它裹着亨伯特的巨大充血的心房。心中涌起一阵激动纷乱的情绪——但我不得不丢下这些东西，赶快恢复镇定，因为这时我听到了女佣在楼梯上轻轻地唤我的软绵绵的嗓音。她说她有封信要交给我；接着听到我不假思索表示的谢意后，亲切地回了句"您别客气"，善良的路易丝就把一封没贴邮票、外表干净得出奇的信交到我颤抖的手里。

这是一份供状：我爱你（信就这样开始了。有一刹那，我误会了，错把信上歇斯底里的潦草笔迹当作一个女学生的信笔涂抹）。上星期天在教堂里——你真坏，不肯去看我们漂亮的新窗户！——就在上星期天，亲爱的，当我向主请示对这件事究竟该怎么办的时候，我才受到启示，叫我采取目前这样的行动。你瞧，根本没有别的办法。从我见到你的那一刻，我就爱上了你。我是一个感情热烈的孤独的女人，你就是我生命中的恋人。

现在，我最最亲爱的人儿，mon cher, cher monsieur①，你已经看了这封信；现在你知道了一切。因此，请你是否立刻收拾好行李就离开。这是一个女房东的吩咐。我在把一个房客打发走。我在把你撵出门去。走吧！快走！Departez！②如果我来回都以每小时八十英里的速度行驶，又没出什么事故（但是出了事故又有什么关系？），那我在晚饭时就会回来，我不希望看见你还在家里。务必请你马上离开，就是现在，甚至不用把这封荒唐的信看完。走吧。再会。

chéri③，情况十分简单。当然，我完全肯定我对你算不了什么，压根儿算不了什么。是啊，你喜欢跟我谈话（戏弄我这个可怜的人），你已经变得喜欢我们的舒适怡人的屋子，喜欢我爱好的书籍，喜欢我的美丽的花园，甚至喜欢洛的吵吵闹闹的样子——但我对你却算不了什么。对吗？对。就你来说，根本算不了什么。可是，如果看了我的"供状"以后，你按照你的隐晦、浪漫的欧洲方式认定我对你还有一定的吸引力，正好可以利用这封信来跟我调情，那你就是一个罪犯——比奸淫幼女的诱拐犯还要恶劣。你瞧，chéri。如果你决计留

---

① 法文，我亲爱的，亲爱的先生。
② 法文，离开！夏洛特用错了字，正确的字应是"partez"。
③ 法文，亲爱的。

下来，如果我发现你还在家里（我知道不会的——这就是为什么我能这样继续往下写的缘故），你留下来这个事实只意味着一件事：你也像我需要你那样需要我：作为一个终身伴侣；你预备把你的生活跟我的生活永远、永远连接在一起，并且做我小女儿的父亲。

让我再东拉西扯地胡说上一会儿吧，最亲爱的人儿，因为我知道这封信这会儿已经给你撕成（字迹无法辨认的）碎片，扔到抽水马桶里抽掉了。最亲爱的人儿，mon très, très cher,① 在这个神奇的六月里，我为你建造了怎样一个爱的世界啊！我知道你多么矜持，多么"英国派"。你那老派的含蓄，你那稳重得体的观念可能会因一个美国姑娘的大胆冒失而受到震动！你总不让人见到自己最强烈的感情，看到我把自己可怜的受过伤害的心这样暴露出来，一定认为我是一个不知羞耻的小傻瓜。在过去的岁月里，我经受了许多失意的事。黑兹先生是一个极好的人，一个品格高尚的人，但他偏偏比我要大二十岁，而且——得了，我们还是别去谈论过去吧。最亲爱的人儿，如果你不顾我的请求，一直看到这封信的苦涩的结尾，那你的好奇心一定得到了很大的满足。不要担心。把信毁掉，走吧。别忘了把钥匙放在你房间里的书桌上。请在一张小纸片上留下地址，这样我好把到这月底欠你的十二块钱还给你。再见，亲爱的。为我祈祷吧——要是你祈祷的话。

夏·黑

---

① 法文，我最最亲爱的。

我在此让读者看到的是我记得的那封信的内容，而我记得的那封信的内容又是我逐字逐句记下的（包括那些糟透了的法文）。原来的信至少还要长两倍。我略去了一个当时多多少少跳过去的抒情段落，讲的是洛丽塔的弟弟，他两岁的时候死了，那时洛丽塔四岁，她说不然我会多么喜欢他。让我想想我还有什么可说的。对了。"抽水马桶里抽掉"（那封信倒确实给扔进了抽水马桶）这几个字很有可能是我自己实事求是所作的贡献。她大概请我专门点个火把信烧了。

我的头一个念头是厌恶和退避。我的第二个念头则像一位朋友镇定的手放到我的肩头，吩咐我不要性急。我照着做了。我从迷乱中清醒过来，发觉自己仍旧在洛的房间里。从一本华而不实的杂志上扯下的一整页广告钉在床头的墙上，正好在一个低吟歌手的嘴和一个电影女演员的眼睫毛之间。广告上是一个黑头发的年轻丈夫，他那爱尔兰人的眼睛里露出一种精力衰竭的神色。他正在试穿某某公司裁制的一件晨衣，手里托着某某公司制作的一个桥形托盘，里面摆了两份早餐。托马斯·莫雷尔[1]牧师写的那篇传奇作品把他称作一个"征服的英雄"。（广告上看不到的）那个被彻底征服的女人大概正半撑起身子来拿她在托盘里的一份早餐。跟她同床的那个家伙怎么没有弄脏衣服就把那个桥形托盘托起，不大清楚。洛对着那个形容枯槁的情人的脸开玩笑地画了一个箭头，并且用印刷体大写字母写了：亨·亨。真的，尽管年龄相差几岁，却惊人地相似。在这张广告下面是另一张图片，也是一张彩色广告。一个著名的剧作家正一本正经地在抽

---

[1] Thomas Morell（1703—1784），英国古典文学学者，曾写了《看啊，征服的英雄来了》那首歌谣。乔伊斯在《尤利西斯》中讲到勾引莫利的布莱泽斯·博伊兰时，曾加以引用。

一支骆驼牌香烟。他总抽骆驼牌。从这张图片上看不出什么相似之处①。在这张图片下面，就是洛的纯洁的床，床上乱扔着一些"连环漫画"册。床架上的瓷漆已经剥落，在白架子上留下一些多少成圆形的黑色斑点。等我确信路易丝已经走了以后，我就在洛的床上躺下，把那封信又看了一遍。

---

① 剧作家指奎尔蒂。"从这张图片上看不出什么相似之处"，是指上文说他像奎尔蒂一事，见第 67 页。

一七

陪审团的先生们！我不能发誓说跟手头这桩交易有关的某些意念——假如我可以杜撰一个短语的话——以前没有掠过我的心头。不过我心里并没有按照任何合乎逻辑的形式，或者因为这些动机与回忆起的任何场合有联系而把它们保留下来；但我不能发誓说——让我再重复一遍——在我朦胧的思想中，在我隐秘的恋情中，我没有胡乱地动过这种意念（草草地再拼凑一个短语）。也许有好多次——一定有好多次，如果我了解我的亨伯特的话——我曾经把下面这样一个念头提出供自己超然地检阅：娶一个在广大、阴暗的世界上留有不止一个亲属的成熟老到的寡妇（比如说，夏洛特·黑兹），只是为了好对她的孩子（洛，洛娜，洛丽塔）为所欲为。我甚至预备告诉折磨我的人说也许有一两次，我曾经对夏洛特鲜红的嘴唇、黄褐色的头发和低得危险的领口投去一个鉴赏家的冷冷的目光，并且模模糊糊地试图把她安排在一场貌似真实的白日梦中。我在拷问下承认了这一点。也许是假想的拷问，但更为可怕。我希望可以把话扯开，多告诉你一些 pavor nocturnus[①]，它总是在我偶然想起童年随意阅读时见过的一些词语，比如 peine forte et dure[②]（准是一个什么"痛苦的天才"想出了这句话！）或是"创伤""创伤事件"和"绞架横档"这种叫人恐惧的、神秘的、险恶的词语之后，夜间十分可怕地折磨我。可是我的叙述已经够杂乱的了。

过了一会儿，我销毁了那封信，回到我的房间，左思右想，搔乱我的头发，理好我的紫色晨衣，咬紧牙关发出一阵呻吟。突然——突然，陪审团的先生们，我觉得脸上（通过把我的嘴扭歪了的那副难看的怪相）露出了一丝陀思妥耶夫斯基③的狞笑，就像远处一线可怕的阳光。我（在新的、清晰可见的情况下）想象着洛丽塔母亲的丈夫可以尽情加在洛丽塔身上的那些不拘礼节的爱抚。每天，每一天，我都要搂抱她三次。我的所有烦恼都会给排除，我会成为一个健康的人。"把你轻轻地抱坐在一个柔和的膝头，在你光润的脸蛋儿上印上父亲的吻……"博览群书的亨伯特啊④！

接着，我尽量谨慎小心地，可以说是内心蹑手蹑脚地把夏洛特⑤想象成一个可以凑合的配偶。天哪，我可以勉力把那个为了节约分成两半的葡萄柚，那顿无糖的早餐端去给她。

亨伯特·亨伯特在刺眼的白光下汗流浃背，汗流浃背的警察朝他吼叫，用脚踩他。他把自己的良心彻底抖搂出来，把里边的衬里也扯掉了，

<hr/>

① 拉丁文，夜晚的恐慌。
② 法文，剧烈、冷酷的折磨。
③ Fyodor Dostoevsky（1821—1881），俄国著名小说家，是纳博科夫在作品中一贯批评的对象。他曾经说过，并不是所有的俄国人全喜欢陀思妥耶夫斯基，而喜欢他的俄国人，大多数因为他是一个神秘主义者而推崇他，并不是因为他是一个艺术家。
④ 引用的两行诗见英国诗人拜伦（George Gordon Byron，1788—1824）的《恰尔德·哈罗尔德游记》（*Childe Harold's Pilgrimage*，1812—1818）第 3 章第 116 节第 1080 至 1081 行。
⑤ "夏洛特"也是德国大作家歌德（Johann Wolfgang von Goethe，1749—1832）的名著《少年维特的烦恼》（*The Sorrows of Young Werther*，1774）中维特情人的名字。

现在他预备再写一份"供述"了（quel mot！①）。我并不打算和可怜的夏洛特结婚，好用什么粗野、可怕、危险的方式把她干掉，比如在她餐前喝的雪利酒里放上五片二氯化汞把她毒死，或是诸如此类的事；不过一个密切有关的、配制现成药品的念头倒确实在我那能发出响亮声音而又模糊的头脑里丁当作响。干吗把自己限制在我已尝试过的那种腼腆的、遮遮掩掩的爱抚上呢？别的倒凤颠鸾的幻景欢快地晃动着呈现在我的眼前。我想象自己给母女俩服了一剂强效安眠药水，这样就可以整夜泰然自若地抚弄那个女儿。房子里充满了夏洛特的鼾声，而洛丽塔在睡梦中却几乎无声无息，像画上的女孩儿一样安静。"妈妈，我发誓肯尼根本连碰也没有碰我。""你不是撒谎，多洛蕾丝·黑兹，就是那是一场噩梦②。"不，我不会到那种地步。

梦魔亨伯特就这样暗自筹划，想入非非——欲望和决断（创造一个充满活力的世界的两项要素）的红日越升越高，而在一个个阳台上，一个又一个放荡的汉子手里拿着晶莹闪亮的酒杯，为过去和未来夜晚的幸福干杯。随后，形象地说，我把玻璃杯摔得粉碎，大胆地想象着（因为那时候我被那些幻象弄得如醉如痴，低估了自己生来温顺的性格）最终我可以怎样讹诈——不，这个词太重了——一身紫红的大黑兹，要她让我和小黑兹闲混。我只要稍微威胁一下，那个可怜的、溺爱儿女的大鸽子，说假如她不让我跟我合法的养女玩耍，我就要把她遗弃。总之，面对这样一种"令人惊异的求婚"，面对这样一片广阔的、丰富多彩的远景，我就跟古代东

---

① 法文，一个什么样的词啊！
② 噩梦，原文是 incubus，原来是指压在熟睡人身上的一个恶魔，常试图和妇女交媾。中世纪，欧洲教会和民法都承认有这类恶魔。

方历史预告片中像幻景似的出现在果园里的亚当一样束手无策①。

现在，请把下面这段重要的话记下来：我身上的艺术家气质压倒了绅士的气质。在这部回忆录中，我凭着极大的意志力设法使我的文风跟我写的日记的语气和谐一致，我写日记时黑兹太太在我眼里只是一个障碍。我的那份日记目前已经不存在了，但我认为，不论现在我觉得那种语调多么虚伪和讨厌，保持那种语调却是我的艺术责任。幸好我的故事已经叙述到这样一个地步，为了使回忆逼真，我可以不用再侮辱可怜的夏洛特了。

为了免得可怜的夏洛特在一条迂回曲折的道路上忐忑不安地走上两三个小时（也许还为了避免把我们俩不同的梦想砸得粉碎的一场正面的撞车事故），我作了一次体贴而失败的尝试，想通过电话在营地上找到她。她半个小时前就离开了，于是我把洛找来，我告诉她——声音颤抖，充满我对支配命运的满足——我就要跟她的母亲结婚了。我不得不重复了两遍，因为有什么东西正分散了她的注意力。"哟，那真好极啦，"她笑着说，"什么时候举行婚礼？等一下，小狗——这儿的这个小狗咬住了我的短袜。听着——"她又补充说她猜会有很多有趣的事……我挂断电话时认识到只要在那个营地上待上两三个小时，就足以用一些新的印象把相貌英俊的亨伯特·亨伯特的形象从小洛丽塔的心上抹掉。但是现在，这又有什么关系呢？等婚礼举行后过上一段适当的时间，我立刻就去把她接回来。"墓地上的香橙花几乎还未凋谢，"像一个诗人可能会说的那样②。可是我不是诗人。我只是一个认真负责的记录人。

等路易丝走后，我去查看了一下冰箱，发觉里面的食物过于贫乏，于

---

① 见《圣经·旧约·创世记》。
② 这是作者玩笑地模仿的一句打油诗。

是走到市区，去买了能买到的最丰盛的食物。我还买了一点儿上等烈酒和两三种维生素。我很有把握，在这些兴奋剂和我自身体质的帮助下，到了需要我表现出一股强烈、迫切的激情时，我就可以避免由于冷淡而可能带来的任何窘困。体力充沛的亨伯特一次又一次地使夏洛特出现在自己眼前，就像在一个男子汉的胡思乱想中所见到的那样。她服饰整洁，身段很好，这一点我是可以替她说的；她就像是我的洛丽塔的大姐——只要我不过于实际地去想象她那肥大的屁股、滚圆的膝盖、丰满的胸部、颈项上粗糙的浅红色的皮肤（跟丝绸和蜂蜜相比，显得"粗糙"）以及这个迟钝可怜的家伙—— 一个标致女人的其他一切，也许我可以保持这种想法。

下午转入黄昏，太阳像通常那样从房子的一面转到了另一面。我喝了一杯酒，又喝了一杯，再喝上一杯。菠萝汁调杜松子酒，我最爱喝的混合饮料，总让我精力倍增。我决定着手修剪一下我们那片乱糟糟的草地。Une petite attention[1]。那儿长满了蒲公英，而一条该死的狗——我讨厌狗——则把那些平整的石块弄得脏乎乎的，石块上原来放过一只日晷。大多数蒲公英都从金黄色变成了苍白色。杜松子酒和洛丽塔在我的脑子里跳动，我差点儿被我想收起来的折椅绊倒。血红色[2]的斑马啊！有些打嗝的声音，听起来就像欢呼——至少我打嗝的声音就是这样。花园后面有一道旧围墙，把我们同邻居的垃圾箱和紫丁香分开，但是我们草地的前端（它沿着房子的一侧向前倾斜）跟街道之间却毫无遮拦。因此，我可以（带着就要去做一件好事的人的假笑）守候夏洛特的归来：那颗牙齿应当给立刻

---

① 法文，一个小小的殷勤。

② 血红色，原文是 incarnadine，这个词曾出现在英国诗人菲兹杰拉德（Edward FitzGerald, 1809—1883）翻译的波斯诗人欧玛尔·海亚姆（Omar Khayyám, 1048—1122）的诗集《鲁拜集》（*The Rubáiyát*）的一节中。

拔掉。我蹒跚地推着手推割草机朝前冲去，草屑在眼前的夕阳里吱吱直叫，一边仍密切注意着郊区街道的那一段。那段街道在遮天蔽日的大树形成的拱道下向内弯曲，随后极为陡峭地往下朝着我们急速伸来，经过老奥波西特小姐那幢爬满常春藤的砖房和（比我们的草地要齐整得多的）坡度很大的草地，最后消失在我们自己前面门廊的后面，而在我快乐地打着嗝、劳动的地方是无法看到门廊的。蒲公英都给铲断了。一股树液的气味和菠萝的芳香混合在一起。两个小姑娘马里恩和梅布尔——近来我总漠然地瞅着她们来来往往（但是有谁能取代我的洛丽塔呢？）——这时朝着那条林荫道走去（我们的草坪街就从那儿直泻而下），一个人推着一辆自行车，另一个在掏纸袋里的东西吃，两个人都用她们快乐的声音大声说话。老奥波西特小姐的花匠兼司机莱斯利是一个和蔼可亲、体格健壮的黑人，他从远处朝我咧着嘴直笑，喊了一遍又一遍，还用手势来加以解释，说我今天真是干劲十足。隔壁富有的废品旧货商养的那条傻乎乎的狗跟在一辆蓝色汽车——不是夏洛特的——后面飞跑。两个小姑娘中比较好看的那个（大概是梅布尔），穿着短裤和没有多少地方好再袒露的三角背心，头发亮闪闪的——潘神在上①，一个性感少女！——顺着那条街往回跑来，一边把纸袋揉成一团，随后就给亨伯特先生和夫人住宅的正面挡住，消失在这个精力旺盛的老色鬼的视线以外。从林荫道的绿荫下突然驶出一辆旅行轿车，车顶上还牵挂着一些枝叶，随后绿荫才一下子终止了；那个穿着无领长袖运动衫的司机左手抓着车顶篷，用一种十分愚蠢的速度把车猛地一转，废品旧货商的那条狗在车旁飞奔。我含笑停顿了一下——紧接着，我

① 即"上帝在上"意。潘神是希腊神话中人身羊足、头上有角的森林、畜牧神。

胸中起了一阵骚动，看见那辆蓝色轿车开回来了。我看见它驶下山坡，消失在屋角后面。我只瞥见她镇定、苍白的侧面。我想到只有等她上了楼，她才会知道我是否已经走了。一分钟后，她脸上带着十分苦恼的神情，从洛的卧室的窗口朝下望着我。我飞快跑上楼去，想在她离开那个房间以前赶到那儿。

一八

　　如果新娘是个寡妇，而新郎是个鳏夫，如果寡妇在我们了不起的小镇上居住了不到两年，而鳏夫却只居住了不满一个月，如果先生想把整个讨厌的事尽快了结，而太太也带着宽容的微笑表示依顺，那么我的读者，婚礼一般就是一件"不显眼"的事儿。新娘可能会免去戴那个要把拖到她手指尖的面纱固定住的香橙花冕状头饰，也不用祈祷书托着一朵白兰花。新娘的小女儿可能会给那个把黑和亨结合成为夫妇的仪式增添一点鲜红的色彩；但我知道我对陷入困境的洛丽塔还不敢过于亲切，因此同意不值得把那个孩子从她心爱的奎营地上硬叫回来。

　　我那 soi-disant①感情热烈的孤独的夏洛特在日常生活中却平淡无味，爱好交际。而且，我发现虽然她无法控制她的感情或哭声，但她却是一个正派的女人。在善良的夏洛特多少成为我的主妇以后（尽管服了兴奋剂，但她的"紧张、急切的 chéri"——一个充满英雄气概的chéri！——开头还是碰上一些麻烦，不过他异想天开地表现出许多传统的亲昵的方式，让她得到了充分的补偿），她立刻问起我跟上帝的关系。我本来可以回答说在这一点上，我的想法倒很开通；但相反却说——说了一套虔诚的陈词滥调——我相信主宰宇宙的神灵。她低头看着手指甲，又问我家族里是否有什么外国血统。我反问她如果我父亲的外祖父，比方说吧，是个土耳其人，她是不是仍乐意嫁给我。她说这倒一点也没有关系，但是如果她哪天发现我不相信"我们的基督教上帝"，那么她就会自杀。她说得那么一本正经，叫我毛骨悚然。这时我才知道她是一个正派的女人。

噢，她很有教养。每逢她微微打了一个嗝，打断了她流畅的话语的时候，或者她把信封说成"欣封"的时候，她总要说一声"请原谅"；而她对女朋友提到我的时候，总把我称作亨伯特先生。我想要是我有着一股动人的魅力进入当地社会，一定会叫她十分高兴。在我们结婚的那天，拉姆斯代尔《日报》的社交新闻栏里刊登了一小段对我的采访，还附有夏洛特的一张照片，扬起一边眉毛，姓也给印错了（"黑泽"）。尽管出现了这种叫人尴尬的情况，但这样的宣传还是叫她打心眼里感到高兴——也使我的角质环② 十分欢快地抖动起来。夏洛特通过结识洛的大部分同学的母亲以及参与教会事务，在二十个月左右的时间里设法成为一位即使不算杰出的，至少也是颇受欢迎的公民，但是先前她从来没有出现在报上那个令人激动的 rubrique③ 中，是我使她置身在那儿的，埃德加·亨·亨伯特先生（我添上"埃德加"只是为了闹着玩儿），"作家和探险家"④。麦库的哥哥在记录的时候，问我写过点儿什么。我告诉他的话，印出来竟然成了"几本

---

① 法文，自命。
② 指响尾蛇尾巴上的发声器官。
③ 法文，专栏。
④ 指埃德加·爱伦·坡。他的小说《阿瑟·戈登·皮姆历险记》（*The Narrative of Arthur Gordon Pym*）号称是一次北极探险的产物。

论皮科克①、雷恩鲍②和其他诗人的书籍"。文章中还提到夏洛特跟我彼此认识了好几年，我是她头一位丈夫的远亲。我还暗示十三年前我就跟她有过一段私情，但在报上印出来的时候却没有提到这一点。我对夏洛特说社交新闻栏里想必有一点儿差错。

让我们继续这个奇特的故事吧。当我应邀去享受从房客升为情人的乐趣时，我是否只体味到痛苦和厌恶呢？不。亨伯特先生承认这叫他感到几分得意，也有一点儿淡淡的柔情，甚至还有一丝沿着他阴谋家匕首的锋刃勉强地活动的悔恨。黑兹太太对她的教会和读书俱乐部的学识抱着盲目的信念，她说起话来矫揉造作，而对一个胳膊上长着绒毛的可爱的十二岁孩子，却总是一副严厉、冷淡、轻蔑的态度。我始终没有想到这个虽然相当标致、却也相当可笑的黑兹太太，在我抓住她的时候，竟会立刻变成这样一个楚楚动人、弱不禁风的人儿；当时我们正好在洛丽塔卧室的门口碰上，她颤巍巍地朝门槛那儿退去，一迭连声地说道："别介，别介，请别这样。"

这场变化使她的容貌大有改观。她的笑容以前显得那么做作，打这时起却现出了倾心爱慕的神采——一种多少有点儿柔和、湿润的神采。我很惊讶地看出这种神采跟洛贪婪地盯着冷饮柜上的一种新调制品或是默不作声地赞赏着我那总是新裁制的昂贵的衣服时的那种空虚、可爱、迷茫的神情颇有几分相似。我深深地给迷住了，在夏洛特跟一个别的女人互相讲述做母亲的苦恼，并且做出女性表示无可奈何的那种美国民族独有的鬼脸（翻起两只眼睛，撇着嘴）的时候，我总注视着她，因为我曾看见洛以孩子

---

① Thomas Love Peacock（1785—1866），英国诗人和小说家。
② Rainbow，即法国诗人兰波，雷恩鲍是他的绰号。

气的形式也做过这样的鬼脸。我们上床前总喝一杯掺有苏打水、姜汁酒的威士忌。在威士忌的帮助下，我在爱抚母亲的时候总想法唤起那个女儿的形象。这就是她白皙的腹部，一九三四年我的性感少女曾经像条小鱼盘曲在里面。这头仔细染过的头发，在我的嗅觉和抚摸下都显得那么干枯，但在某些时刻在那张有柱子的床上的灯光下，却具有（就算没有那种质地）洛丽塔的鬈发的色泽。在我支配我全新的妻子本人的时候，我不断地告诉自己，就生物学方面而言，这是我可以接近洛丽塔的捷径；洛特 [①] 在洛丽塔这个年龄，也像她的女儿那样，而且也像洛丽塔的女儿总有一天会表现出的那样，是个妖媚动人的女学生。我叫我的妻子从一大堆鞋子下面（黑兹先生看来特别喜欢鞋子）翻出一本三十年前的照相簿，这样我就可以看看洛特小时候长的是什么样子；尽管光圈没有对好，衣服也不雅致，但我却仍能看出洛丽塔的外形、小腿、颧骨、短小的鼻子等的朦胧的、最初的形状。洛特，洛丽欣 [②]。

于是我像雄猫似的悄悄透过岁月的围篱，对着一些阴暗的小窗户朝里窥视。等到她凭借热烈可怜、天真挑逗的爱抚，以丰盈的乳头和壮实的大腿为我做好履行我夜晚的责任的准备时，我吼叫着穿过黑暗、衰萎的林间矮树丛绝望地想要嗅到的，仍是一个性感少女的气味。

我简直没法告诉你们我那可怜的妻子当时多么温柔，多么动人。早餐的时候，在那个明亮得叫人沮丧的厨房里，镀铬的器皿闪闪发光，五金公司赠送的日历挂在墙上，早餐的角落也很精巧（模拟那家夏洛特和亨伯特

---

① 洛特是夏洛特的爱称。亨·亨还从洛特（Lotte）身上看出了洛丽塔（Lolita）。

② 亨·亨无疑是想起了歌德的维特管他的夏洛特叫"洛特"和"洛丽欣"。参看第 110 页注 ⑤。

大学时代在那儿一起喁喁情话的"咖啡馆"），她总穿着红色的晨衣坐在那儿，胳膊肘儿撑在塑料面的餐桌上，手托着脸蛋儿，在我吃火腿蛋的时候带着简直叫人难以忍受的柔情盯着我看。亨伯特的脸可能会因神经痛而抽搐，但是在她眼里，它的俊美和生气却堪与白色的冰箱上晃动的阳光和树叶的影子匹敌。我面无笑容的愠怒在她看来却是爱情的沉默。我的菲薄的收入加到她的甚至更为菲薄的收入中竟使她觉得那是一笔了不起的财富；这倒不是因为加起来的总数眼下足以应付中产阶级的大部分需要，而是因为就连我的钱在她的眼里也闪耀着我男性的魅力。她把我们的联合存款账户看作晌午时分南方的一条林荫大道，一边是浓密的绿荫，一边是柔和的阳光，一直延伸到一片美好的远景的尽头，那儿淡红色的大山隐约可见。

夏洛特用五十年的活动填满了我们共同生活的那五十天。这个可怜的女人为许多她早就放弃或从来就不怎么感兴趣的事情忙碌，仿佛（拖长这副普鲁斯特的声调）我娶了我所爱的孩子的母亲，就使我的妻子通过充当代表而重新获得了充沛的青春活力。她以一个陈腐乏味的年轻新娘的热情，着手来"美化这个家"。自从我坐在椅子上脑子里绘制出洛丽塔穿过房子的路线的那些日子以后，我对这个家所有冷僻的角落都熟记在心，早就和它，和它的丑陋及污垢，建立起一种感情上的联系；眼下，我几乎可以感到那所肮脏的房屋畏畏缩缩，不愿忍受夏洛特打算对它进行的淡褐色和赭色粉刷，以及使用油灰、磨轮加粉末的整修，谢天谢地，她始终没有做到那一步，不过她为了洗涤遮光窗帘，给软百叶帘的板条上蜡，购买新的遮光窗帘和新的软百叶帘，把它们送回商店，更换其他的窗帘等确实耗费了大量的精力。她老是忽喜忽忧，时而面带笑容，时而皱眉蹙额，一会儿充满疑虑，一会儿又绷着脸。她对印花装饰布和印花布略作了解，改变了沙发的颜色——那张神圣的沙发，就在它的上面，一个天堂的泡影曾经在我的内心缓缓破灭。她把家具重新布置了一下——等她在一篇有关家政的论文中发现"把一对沙发柜和附属的灯分开是完全可以的"以后，感到十分高兴。在《你的家就是你》的女作者的影响下，她对单薄的小椅子和细长腿的桌子产生了一种憎恶。她认为一个有着大片玻璃和许多富丽的嵌板的房间，是阳刚型房间的实例，而阴柔型房间的特征则是窗户较为细巧，木建部分较为单薄。我搬来的时候发现她在看的那些小说如今已经给有插图的商品目录和家庭管理指南取代。她从费城罗斯福大道四六四〇号的一家商行为我们的双人床订购了一个"缎子面、有三百十二只弹簧的床垫"——尽管在我看来，旧的那个床垫在弹性和坚实耐用方面都足以承受得住不论什么东西。

她跟她已故的前夫一样是中西部人，在一个东部州的宝地——僻静的拉姆斯代尔居住的时间还不太久，未能结识所有正经体面的人。她认识住在我们草地后面一幢摇摇欲坠的木造别墅里的那个生性快活的牙科大夫，但并不很熟。在教会举行的一次茶会上，她见到了当地那个废品旧货商的"势利的"妻子，林荫道转角处那所"殖民地时代的"叫人憎恶的白房子就是那个废品旧货商的。有时，她也去找老奥波西特小姐"聊天"；不过在她拜访过、在草地招待会上见过或者在电话中交谈过的女人当中出身比较高贵的主妇——像格拉夫太太、谢里登太太、麦克里斯特尔太太、奈特太太和别的一些太太那样举止娴雅的女子却似乎难得来拜访我那遭到忽视的夏洛特。说真的，没有任何 arrière-pensée[1] 或切合实际的盘算，她唯

---

[1] 法文，不可告人的动机。

一与其保持着真正的诚挚友好关系的那对夫妇，就是法洛夫妇。他们刚从去智利的商务旅行中回来，恰好跟查特菲尔德夫妇、麦库夫妇以及其他几个人（但不是琼克太太或更为高傲的塔尔博特太太）参加了我们的婚礼。约翰·法洛是一个沉静的、沉静而健壮、沉静而成功的中年运动器械商人，在四十英里外的帕金顿设有一个办事处。有个星期天，在一次林间散步时，就是他给了我那把科尔特牌手枪的子弹，并且教我如何使用。他还是一个他含笑自称的兼职律师，处理过夏洛特的一些事务。他的相当年轻的妻子（和表妹）琼，是一个长胳膊长腿的女子，戴着有色眼镜，生着一双拳击手的脚、两只尖尖的乳房和一张红艳艳的大嘴。她会绘画——风景画和肖像画；我还清楚地记得在鸡尾酒会上称赞过她为她的侄女小罗莎琳·霍内克画的那幅肖像：一个脸色红润的小宝贝，身上穿着童子军的制服，头上戴着绿色绒线贝雷帽，腰上系着绿带子，迷人的鬈发披垂到肩头——约翰从嘴里取下烟斗，说可惜多莉（我的多莉塔）和罗莎琳在学校里相互之间那么合不来，但他希望，我们也都希望，等她们从各自的营地上回来以后，她们会相处得融洽一点。我们也谈到了学校。它有缺点，也有优点。"当然，在这儿做买卖的意大利人太多了，"约翰说，"可是另一方面，这儿总算没有——①""真希望，"琼笑了笑插嘴说道，"多莉和罗莎琳正在一块儿度夏。"突然，我想象着洛从营地上回来——皮肤晒得黝黑，热情洋溢，瞌睡蒙眬，服了麻醉药品——正准备烦躁而愤怒地痛哭一场。

---

① 约翰预备说，"总算没有犹太人"，琼疑心亨·亨可能是犹太人，所以很圆滑地打断了他的话。

一九

　　趁眼下情况还算顺利（很快就要发生一场不幸事故），我再多说几句亨伯特太太的情况。我一向清楚她天性中的占有欲，但我从没想到她会对我生活中任何不代表她的事情如此疯狂地嫉妒。她对我的过去表现出一种强烈的、永不满足的好奇心。她要求我回忆起我所有的情人，这样她就可以让我侮辱她们，蔑视她们，彻底唾弃她们，从而摧毁我的过去。她让我告诉她我和瓦莱丽亚的婚姻。瓦莱丽亚当然是一个滑稽可笑的人；不过为了满足夏洛特的病态的欢娱，我还不得不编造，或十分恶劣地虚构出一连串的情妇。为了使她快活，我不得不向她提供一份有关她们的附有插图的目录，完全按照美国广告的规则精细地加以区分。那些美国广告上的中小学生都按照巧妙的人种比例加以描绘，几乎就在前排的正当中，有一个——只有一个，但逗人喜爱得就像广告所要表现的那样——巧克力色皮肤、圆眼睛的小男孩儿。因此我也向她描绘出我的女人，让她们笑盈盈地晃动身子——那个懒洋洋的金发碧眼的女郎，那个脾气暴躁的肤色浅黑的女郎，那个肉感的头发红褐色的女郎——就像在妓院里作出展示。我越是把她们表现得普通平凡，亨伯特太太就越对这种展示感到高兴。

我这辈子还从来没有坦白过这么许多事情，也从来没有听别人对我作过这么许多坦白。她谈论她所谓的"爱情生活"，从最初的搂脖子亲嘴到夫妇纵情交欢，表现出的那种真诚和朴实，从道德上讲，跟我伶牙俐齿的创作形成鲜明的对比，但是从技巧上讲，这两部作品都属于同一类型，因为它们都受到同样的材料的影响（电视连续剧、精神分析和平庸肤浅的中篇小说）。我从这类材料中吸取的是我的人物，而她从这类材料中所吸取的则是表达的方式。据夏洛特说，善良的哈罗德·黑兹有某些异常的性习惯，这些性习惯叫我感到相当好笑，可是夏洛特却认为我的笑很不得体；不过她的自传在其他方面就跟往后她的尸体解剖一样毫无趣味。尽管她吃的是减肥规定的饮食，但我却从没见过一个比她更为健壮的女人。

她难得提到我的洛丽塔——实际上，比她提到那个模糊不清、金发碧眼的男婴还要难得。在所有的人里，只有那个男婴的照片还装点着我们阴暗的卧室。在她的一场无聊的遐想中，她预言说那个死去婴儿的灵魂会以她这次婚姻所怀的孩子的形式重新回到人间。虽然我并不感到怎么特别迫切地想用哈罗德产物的复制品来给亨伯特家传宗接代（我怀着一种乱伦的激动，已经把洛丽塔看成我的孩子），但我却想到明年春天什么时候，一个持续时间很长的产期加上在一个安全的产科病房顺利的剖腹产和其他的并发症，也许会使我得到机会，单独跟我的洛丽塔一起待上好几个星期——并且让那个柔弱的性感少女咽下一些安眠药片。

噢，她干脆恨她的女儿！我觉得特别恶劣的是，她还特意十分用心地回答手里的一本芝加哥出版的愚蠢的书（《子女成长指南》）上面的各组问题。那些无聊冗长的废话重复了一年又一年，妈妈应该在她孩子的每个生日都填一份表。在一九四七年一月一日洛十二岁那天，娘家姓贝克尔的夏洛特·黑兹在"你的子女的个性"一栏下面的四十个形容词中的十个下面划了线：寻衅生事的、吵吵闹闹的、爱找岔子的、多疑的、不耐烦的、动辄生气的、爱打听闲事的、无精打采的、不听话的（划了两道线）和固执的。她对余下的那三十个形容词视而不见，其中包括快活的、乐意合作的、精力旺盛的等。这真叫人恼火。洛的一些小玩意儿胡乱地散放在房子里各个不同的角落，就像好多受了催眠的小兔子似的待着不动。我的可爱的妻子生性宽厚，但她却用在别的情况下从来没有显露出的蛮横无理的态度着手处理和清除洛的这些小玩意儿。那位好太太一点也没有想到有天早上我胃不舒服（这是我想改进她所使用的佐料的结果），无法陪她到教堂去，我竟用洛丽塔的一只套袜哄骗了她。再看看她对我的芬芳馥郁的宝贝儿的来信的态度！

亲爱的妈咪和亨米①，

希望你们好。谢谢你们给我的糖果。我（划掉了又重写）我把我那件新的毛线衫掉在树林里了。最近几天，这儿一直很冷。我日子过很愉快。爱你们的，

多莉

"这个蠢孩子，"亨伯特太太说，"在'很愉快'前边漏了一个字。那件毛线衫是全毛的。我希望你没有跟我商量，就不会再给她寄什么糖果。"

---

① Hummy，亨伯特的昵称。

二〇

在拉姆斯代尔几英里外，树林里有一个小湖（沙漏湖——这个词不是我先前以为的那种拼法①）。七月底有一个星期，天气非常炎热，我们天天开车到湖滨去。现在，我不得不冗长乏味地详细叙述在一个炎热的星期二上午我们一起在那儿的最后一次游泳。

我们把汽车停在离大道不远的停车场上，沿着穿过松树林通到湖边的一条小路走去。这时夏洛特说起琼·法洛为了寻求罕见的光的效果（琼属于老派的画画的人），在上个星期天清晨五点看见莱斯利"在乌木色的光线里"（像约翰嘲讽地说的那样）游水。

"湖水当时一定很冷，"我说。

"问题并不在这儿，"注重逻辑性的爱人说，"你知道，他不大正常。而且，"她接着说（用的是她那种已经开始影响到我健康的字斟句酌的方式），"我相当肯定地感觉到我们的路易丝爱上那个低能儿啦。"

感觉。"我们觉得多莉表现得不是很好"等等（一份旧的学生成绩报告单上说）。

亨伯特夫妇穿着晨衣和凉鞋朝前走去。

"你知道吗，亨，我有一个充满奢望的梦想，"亨夫人开口说道，把头低了下来——为那个梦想感到害羞——像是在与黄褐色的地面交流，"我倒乐意找个真正受过训练的女仆，就像塔尔博特夫妇提到的那个德国姑娘，让她住在家里。"

"我们没有房间，"我说。

"得了，"她带着嘲讽的微笑说，"chéri，你一定低估了亨伯特家究竟可以住多少人。我们可以把她安顿在洛的房间里。反正我打算把那间小房改成一间客房。那是整幢房子里最冷、最简陋的房间。"

"你在说什么呀？"我问道，颧骨上的皮肤绷紧了（我费心记下这一点，只是因为我的女儿要是有下面这样的感觉——怀疑、厌恶、恼怒——她的皮肤也会如此）。

"是一些浪漫的联想叫你心里烦恼吗？"我妻子问道——暗指她头一次对我的依顺[②]。

"根本不是，"我说，"我只是不知道有了客人或女佣后，你把你的女儿安顿在哪儿。"

"噢，"亨伯特太太一边幻想一边微笑着说，在拖腔迈气地说出"噢"的时候还扬起一边眉毛，轻轻地呼出一口气，"我看压根儿不用把小洛考虑在里面，压根儿不用。小洛从营地就直接进入一所纪律严格的良好的寄宿学校，学生在那儿可以受到正规的宗教教育。随后——就进比尔兹利学院。我把这一切安排好了，你用不着发愁。"

---

① 前面（见第 67 页注 ①）作"镜湖"。亨·亨对他的"未经修改的"草稿中的"错误"都不作订正。
② 就是在那间房里。

她接着说她，亨伯特太太，只好克服自己积习已深的懒散，给费伦小姐在圣阿尔杰布拉教书的妹妹写信。眼前出现了那个水光耀眼的小湖。我说我把太阳眼镜忘在汽车里了，回去拿了再赶上来。

　　我过去一向以为绞扭双手是小说里的一种手势——也许是来自某种中世纪仪式的含义朦胧的产物；可是等我走进树林，经过一阵绝望、拼命的思索，认识到最接近于无声表达出我此刻心情的，就是这种手势（"主啊，瞧瞧这些锁链吧！"）。

　　如果夏洛特是瓦莱丽亚，我就知道该怎样来应付这个局面。"应付"就是我需要的那个词。在从前美好的时光，我只要扭一下肥胖的瓦莱丽亚脆弱的手腕（就是她从自行车上摔下来压到的那只），就可以叫她立刻改变主意，但是那一套对夏洛特来说，是难以想像的。温柔和蔼的美国人夏洛特把我吓倒了。我企图利用她对我的强烈的爱控制她的那种轻松愉快的美梦竟然完全错了。我不敢轻举妄动去破坏她树立起来加以崇拜的我的形象。在她是我的宝贝儿的令人生畏的"女傅[①]"时，我奉承讨好过她，如今我对她的态度里仍然有一种恭顺的意味。我手里唯一的王牌就是她还不知道我对她的洛所怀有的那种荒诞的爱。她看到洛喜欢我心里很不痛快，可是我的感情，她却无从察觉。对瓦莱丽亚，我可能会说："嗨，你这胖傻瓜，c'est moi qui décide[②]什么对多洛蕾丝·亨伯特有好处。"对夏洛特，我甚至不能（用迎合讨好的镇静的口气）说："对不起，亲爱的，我不同意。让我们再给那个孩子一次机会。让我做个一年左右她的家庭教师。你有一次亲自对我说起——"实际上，要想

———————

① duenna，西班牙或葡萄牙家庭中，照看、陪伴少女的年长妇女，家庭女教师。
② 法文，该由我来决定。

不暴露我的用心，我压根儿不能对夏洛特说什么关于那孩子的事。噢，你简直无法想象（我也从来没有想象过）这些正派女人是什么样子！夏洛特对所有日常行为举止的习俗和规矩、食物、书籍以及她过分喜爱的人的虚妄不实都并不留意，但却能立刻辨别出我为了想把洛留在身边而说的随便什么话里的虚假声调。她就像一个音乐家，在日常生活中可能是个十分讨厌的粗俗的人，既不机敏又无品位，但是她却会异常准确地判断出音乐中一个走调的音。要摧毁夏洛特的意志，我就得叫她的心破碎。我把她的心弄破碎了，我在她心中的形象就也破碎了。如果我说："要么你让我对洛丽塔随心所欲，你帮我保守秘密，要么我们马上分手，"她就会变得像一个毛玻璃制的女人那样脸色苍白，同时缓缓地说道："好吧，不管你要再补充或收回什么话，这就是结局。"于是就成了结局。

这就是当时狼狈的处境。我记得跑到停车场，用泵抽出一捧含有铁锈味的水，贪婪地喝了下去，好像它可以给我神奇的智慧、青春、自由和一个小情妇。我穿着紫色晨衣，甩动着凉鞋后跟，在飒飒作响的松树下的一张粗糙的桌子边坐了一会儿。在正面稍远的地方，两个穿着短裤和三角背心的小姑娘从一个标明"女盥洗室"的阳光斑驳的厕所里走出来。嘴里嚼着口香糖的梅布尔（或者梅布尔的替身）吃力地、心不在焉地跨上一辆自行车。马里恩甩了甩头发把苍蝇赶走，随后叉开双腿在车后坐好。她们摇摇晃晃，慢悠悠地、恍恍惚惚地跟光线的明暗融合在一起。洛丽塔！父女俩逐渐隐没在这片树林之中！正常的解决办法是除掉亨伯特太太。可是怎么除掉她呢？

谁也不能造成一场天衣无缝的谋杀，然而机缘却能做到。上个世纪末，在法国南部的阿尔①，发生过谋杀一位拉古尔太太的著名案件。在那个女人嫁给拉古尔上校后不久，有个身份不明、留着胡须、身高六英尺的大汉在一条拥挤的街上朝她走去，从背后致命地一连戳了她三刀。据人们后来猜测，这个大汉过去曾经是那位太太的秘密的情人。上校是一个矮小的斗牛狗似的汉子，当时紧紧揪住凶手的胳膊。由于一个神奇、美妙的巧合，就在那个狡猾的凶手预备松开那个愤怒、矮小的丈夫的下巴的当儿（好几个旁观的人这时正从四面八方把他们团团围住），靠出事地点最近的那幢房子里有个脾气暴躁的意大利人完全出于偶然地引爆了他正在瞎摆弄的一个爆炸物。街上顿时烟雾弥漫，一片混乱，砖块纷纷飞落，人们四散奔跑。这场爆炸并没有伤到任何人（只把勇敢的拉古尔上校炸昏了）；而那个对拉古尔太太进行报复的情人在别的人逃跑的时候也跟着逃跑了——从此以后一直生活得很幸福。

现在来看看在一个狡猾的家伙亲自策划一场无懈可击的谋杀时，结果会怎么样。

我向前走到沙漏湖边。我们和其他几对"体面的"夫妇（法洛夫妇、查特菲尔德夫妇）下湖游泳的地点是一个小湖湾。我的夏洛特喜欢这个湖湾，因为它几乎成了"一片私人的湖滩"。主要的沐浴设备（或者，像拉姆斯代尔《日报》上有一回所说的，"浸泡设备"）位于沙漏的左（东）边，从我们的小湖湾那儿根本无法看见。在我们的右边，松树林不久就让位给一弯沼泽地，到了对面则又变成了树林。

我在我妻子的身旁坐下，那么悄无声息，她吓了一跳。

---

① Arles，在罗讷河上。

"咱们这就下去吗？"她问道。

"一会儿就下去。不要打断我的思路。"

我思索着。一分多钟过去了。

"好吧。下水。"

"你的思路中有我吗？"

"当然有你。"

"希望如此，"夏洛特一边下水一边说道。湖水不久就到了她粗壮的大腿上皮肤起鸡皮疙瘩的地方，接着她把伸出去的两只手合到一块儿，紧抿着嘴，黑色橡皮软帽下面的容貌显得十分平常，扑通一声朝前跃去。

我们缓缓地游到了波光粼粼的湖心。

对岸，至少一千步以外（如果你可以从水上走过去的话），我可以隐约看见两个男人的小小身形，他们像海狸似的在那片湖滩上干活儿。我完全清楚他们是谁：一个是祖籍波兰的退休警察，一个是退休的管子工，湖那边的大部分林木都是他的。我还知道他们光为了无聊的乐趣，正忙着修建一座码头。传到我们耳朵里的敲打声，似乎比我们从那两个矮子的胳膊和工具上可以辨别出的声音响上不知多少倍。真的，我们猜想这些最高音速效果的操纵人跟那个木偶操纵人彼此并不一致，特别因为每一下小小的敲击发出的有力的噼啪声总落后于视力所见到的情景。

"我们的"那片短短的白沙湖滩——这时，我们已经从那儿往前游了一小段路，快要游到深水区——在不是周末休息日的早晨总是空空荡荡。四周一个人也没有，除了对岸那两个忙忙碌碌的小人儿，还有一架深红色的私人飞机在头顶上嗡嗡飞过，接着消失在蓝天之中。这种环境对一场轻快的、兴奋激动的谋杀真是万分理想。微妙之处在于执法人员和给水人员 ① 既近得可以亲眼目睹一场意外事故，同时又正好远得无法看到一场犯罪活动。他们既近得可以听见一个急得发狂的游泳的人拍打着水游来游去，大声叫人去帮他抢救他快要淹死的妻子，同时又远得无法看清（要是他们恰巧抬眼一看的话）那个根本没有发狂的游泳的人正干完了把他妻子踩在脚下的勾当。我还没有到这种地步。我只是想说要这么干多么容易，当时的环境多么美妙！夏洛特就这样恪尽职守地笨拙地往前游去（她是一个十分平凡的女人鱼），倒也不是没有某种庄严的乐趣（因为她的男人鱼不是就在她的身旁吗？）。当我带着在未来回顾现在所会具有的那种绝对的清晰（你知道——努力想把事物看清，正如你往后记得它们在你眼里的那种情形）瞅着她那光滑、白皙、被水浸湿了的脸庞（尽管她作了种种努力，但她的脸仍然没怎么晒黑），她的苍白的嘴唇，她那裸露出的凸起的额头，束紧头发的黑软帽和浑圆的、湿漉漉的颈项的时候，我知道我要做的只是落后一点儿，深深吸一口气，随后一把抓住她的脚踝，迅速带着我俘虏的尸体潜下水去。我说尸体是因为惊讶、恐慌和缺乏经验会使她立刻吸进一加仑致命的湖水，而我在水下却能睁着眼睛至少坚持整整一分钟。这个致命的动作犹如一颗流星的尾迹掠过筹划犯罪活动的黑沉沉的水面。那种情景就像一出可怕的无声的芭蕾舞，男舞蹈演员握着女舞蹈演员的一只脚，猛地往下穿过蒙蒙的湖水。我一边仍在把她往下拽，一边却可以钻出水来吸上一口气，接着再潜下水去，需要潜多少次就潜多少次，直到她完蛋之后才放开喉咙

---

① 指管子工。

135

喊叫救命。大约二十分钟以后，等那两个越来越大的木偶驾着一条重新油漆了一半的小划艇赶到时，可怜的亨伯特·亨伯特太太，这个痉挛或冠状动脉闭塞或是两病齐发的牺牲者，就会在沙漏湖明媚的湖面下三十多英尺的墨黑的淤泥里头朝下竖立在那儿。

怪简单的，不是吗？可是你们看怪不怪，各位——我就是不能下手这么做！

她在我身旁游着，一头深信不疑、笨手笨脚的海豹；激情的全部逻辑在我耳旁尖叫：现在是时候了！可是各位，我就是不能这么做！我默默地回过身子朝岸边游去；她也沉着地、尽力地转过身子，恶魔仍在尖声喊着它的意见，而我仍然不能下手把那个滑溜溜的、肩宽体大的可怜的人儿淹死。在我认识到不管明天，还是星期五，还是任何其他日子的白天或夜晚，我都无法下手处死她这个可悲的事实以后，那个尖叫声才变得越来越远。噢，我可以想象自己拍打瓦莱丽亚的不对称的乳房，或是以别种方式弄痛她——我还可以同样清楚地看见自己开枪射中她的情人的下腹部，让他"哎唷"一声坐下去。可是我不能杀死夏洛特——特别因为情况总的看来也许并不像那个令人难受的早晨乍看上去显得那么毫无希望。假如我一把抓住她的强健有力、乱踢乱蹬的脚，假如我看到她惊奇的神色，听到她骇人的声音，假如我仍然要把这场严峻的考验进行到底，那她的鬼魂就会在我的一生中始终缠住我不放。如果这是一四四七年，而不是一九四七年，也许我会不顾自己温和的天性，从一块中空的玛瑙中取出一种传统的毒药，一种平和的死亡的麻药来给她吃。可是在我们这个中产阶级的好管闲事的时代，它不会像过去在锦缎装饰的王宫中惯常奏效的那样奏效。现今，如果你想要当个杀人犯，你就得是一个科学家。不，不，我两者都不是。陪审团的女士们和先生们，大多数渴望跟女孩子保持一种刺激的、发出美妙的呻吟的身体（而不一定是两性）关系的性罪犯，都是一些消极、无害、胆怯和机能不全的陌生人，他们只要求社会允许他们从事他们那种实际上无害的、所谓反常的行为，从事他们私下干的一些炽热、愚蠢、无聊的性变态行为，而不受到警察和社会的严厉的制裁。我们不是性的恶魔！我们并不像大兵那样强奸妇女。我们是一些不快乐的、性情温和、目光哀怨的上流人士，智力非常平衡，可以在成年人面前控制自己的冲动，但只要有机会去抚摸一个性感少女，就准备少活上不少年去达到目的。我们断断不是杀人凶手。诗人从来就不杀人。哦，我的可怜的夏洛特，你待在永恒的天堂里，在沥青和橡皮、金属和石头的永恒的炼金术中可千万不要恨我——而要感谢上帝，不用水，不用水！

然而，客观地说，这次没有出事真是万分侥幸。现在来说说我的理想的犯罪寓言的高潮。

我们在令人口干舌燥的阳光下在毛巾上坐下。她向四周看了看，解开了胸罩，翻过身俯卧着让脊背有机会晒晒太阳，她说她爱我，说完深深叹了一口气。她把一只胳膊伸到晨衣口袋里去掏她的香烟，接着坐起身子抽烟。她仔细看了看自己右面的肩膀，张开有烟味的嘴使劲儿亲了我一下。忽然，在我们后面沙岸的矮树丛和松林底下，有块石子滚了下去，接着又是一块。

"这些讨厌的、爱偷看的孩子，"夏洛特说，一边把她的大胸罩拿起来遮着乳房，随后又伏下身子，"我得把这件事跟彼得·克雷斯托夫斯基说说。"

从那条小路的路口传来一片沙沙声，一阵脚步声，琼·法洛拿着她的画架和其他东西从那儿走了过来。

"你把我们吓了一跳，"夏洛特说。

琼说她一直在上边那儿，在一个绿荫遮蔽着的地方暗自察看大自然（暗探间谍一般是要枪毙的[①]），极力想完成一幅湖景，但是她画得不好，因为她一点儿也没有才气（这倒是真的）——"你尝试过画画吗，亨伯特？"夏洛特对琼有点儿嫉妒；她想知道约翰是否也要来。

他也要来。今儿他回家来吃午饭。他是在到帕金顿去的路上把她放下车的，这会儿随时都可能来接她。那是一个阳光明媚的上午。她总觉得在这种美好的日子让卡瓦尔和梅兰普斯[②]给皮带拴着对它们不够爱护。她夹在夏洛特和我之间在白色的沙滩上坐了下来，她穿着短裤，她那褐色的长腿几乎像一匹栗色母马的腿一样叫我着迷。她笑的时候就露出她的牙龈。

"我差点儿把你们俩也放到我画的湖景中去了，"她说，"我甚至注意到有件事你们忽略了。你（对亨伯特说）戴着手表就下水啦，是的，先生，你戴的。"

"防水的，"夏洛特轻声说，一面嘟起嘴来。

琼把我的手腕拉过去放到她的膝头，仔细察看夏洛特送给我的礼物，随后把亨伯特的手放回到沙滩上，掌心朝上。

"那样你什么都可以看见，"夏洛特卖弄风情地说。

琼叹了一口气。"有一次我看见，"她说，"两个孩子，一男一女，太

---

① "察看"，原文用的是 spying，spy 作名词用是"暗探、间谍"意，所以这么说。
② 卡瓦尔和梅兰普斯是法洛家养的两条狗。

阳落山的时候就在这儿野合。他们的影子简直像巨人似的。我也告诉过你汤姆森先生在天刚亮时干的事儿。下一次，我指望看见肥胖的老艾弗光着象牙色的身子。他真是个怪人，这个家伙。上次他给我讲了他侄儿的一桩完全猥亵的事情。看来——"

"喂，"约翰的嗓音这么喊道。

二一

我不高兴的时候默不作声的那种习惯，或者说得更确切点儿，我不高兴时默不作声的那种冷淡可憎的特征过去总把瓦莱丽亚吓得不知所措。她总是抽抽搭搭，哭哭啼啼，说："Ce qui me rend folle, c'est que je ne sais à quoi tu penses quand tu es comme ça.①" 我也对夏洛特试着保持沉默——而她却只是嘁嘁喳喳地继续说着话儿，压根儿不把我的沉默当回事儿。真是一个叫人惊讶的女人！我总退到我以前的那间房里，如今那儿成了一个正式的工作室，嘟哝说我毕竟还有一部学术性的论著要写，而夏洛特也就欢欢喜喜地继续美化家庭，写几封信，在电话上声音柔和颤动地说着话儿。我从窗户里透过好像上了漆似的颤动的白杨树叶，可以看见她穿过街道，心满意足地去给费伦小姐的妹妹寄信。

在我们最后一次去过沙漏湖那静止的沙滩以后的那个星期，不是有零星阵雨就是阴天，那是我记得的最叫人郁闷的一周。接着出现了两三道朦胧的希望之光——在最终的阳光突现之前。

这时我想到自己有一个很有条理的健全的头脑，还是利用一下为好。假如我不敢干涉我妻子为她那（待在毫无希望的远方晴朗的天气里，每

141

天皮肤都给晒得越来越黑，性子变得越来越热烈的）女儿拟订的计划，我却肯定可以想出一种一般地表示自己权威的方式，这种方式往后也许可以用于某个特殊的场合。一天晚上，夏洛特本人给我提供了一个好机会。

"我有一个意想不到的消息要告诉你，"她舀起一瓢汤，脉脉含情地望着我说，"秋天，我们俩到英国去。"

我一口喝下我的那瓢汤，用粉红色的餐巾纸揩了揩嘴（哦，米兰纳大饭店的凉爽、华美的餐巾啊！），说道："我也有个意想不到的消息要告诉你，亲爱的。我们俩不去英国。"

"哟，怎么回事？"她说，一边——带着比我料想的更为诧异的神色——望着我的手（我正不自觉地把那张无辜的粉红色餐巾纸叠好、撕开、揉皱、再撕开）。不过我的笑脸却使她多少安下心来。

"问题十分简单，"我答道，"即便在最和睦的家庭里，像我们这样的家庭，也不是所有的决定都由太太作出。有些事情得由丈夫决定。我完全想象得出像你这样一个健康的美国姑娘，遇到跟邦布尔夫人——或者冻肉大王萨姆·邦布尔，再不然跟一个好莱坞的荡妇乘同一条远洋客轮横渡大西洋时心里所必然感到的那种激动。我也并不怀疑，在你跟我给描绘成，你两眼坦诚、明亮，我抑制住心头的羡慕赞赏望着宫廷卫兵、红衣禁卫军、伦敦塔的卫士②，或者不管称作什么名称的守卫时，我们会给旅行社当作一幅相当漂亮的广告。可是我恰好很不喜欢欧洲，包括快乐、古老的英

---

① 法文，叫我发狂的是，遇到你这样的时候，我不知道你在想点儿什么。
② 原文为 Beaver Eaters，是 beefeaters（伦敦塔的卫士）和他们戴的 beaver hat（海狸皮帽）的混成词。

格兰。你很清楚，我对那个腐朽的旧世界只有一些十分黯淡的联想。你的杂志里的彩色广告也不能改变这种情况。"

"亲爱的，"夏洛特说，"我真——"

"不，等一下。目前的问题只是偶然发生的。我关心总的趋势。当你要我放下我的工作，把下午用在到湖上去晒日光浴的时候，我欣然地依了你，并为了你而成了一个晒得黝黑、富有魅力的男子，而不继续当学者和，唔，教师。当你领着我去跟可爱的法洛夫妇打桥牌、喝威士忌酒的时候，我也温顺地跟着你。不，请等一下。当你装饰你的家的时候，我也不干涉你的计划。当你决定——当你对各种问题作出决定的时候，我可能完全，或者比如说，部分与你的意见不合——但我什么也没有说。我并不理会个别的问题，但我不能不理会一般的问题。我喜欢由你来支配，但是每种游戏都有它的规则。我并不是闹别扭，我压根儿不是爱闹别扭。别再那么做。我也代表这个家的一半，有一个虽然微小但还清楚的发言权。"

这时她来到我的身边，跪了下来，慢慢地但十分激烈地摇着头，揪着我的裤子。她说她始终没有认识到这种情况。她说我是她的统治者和神明。她说路易丝已经走了，让我们马上上床亲昵吧。她说我非得原谅她，否则她会死的。

这桩小事令我十分得意。我轻声告诉她这不是一件需要请求原谅的事，而是一个改变作风的问题。我决心抓住这个有利机会充分加以利用，花了不少时间，冷漠、阴郁地着手写书——或者至少是假装在着手写书。

我以前房间里的那张"工作室卧榻"早已变成它原本一直就是的沙发。夏洛特从我们最初结合的时候起就告诉我要把那间房慢慢改成一个正式的"作家书斋"。在"英国事件"过去后两三天，我正坐在一张十分舒适的新安乐椅上，膝头放着一大卷书，夏洛特用无名指敲了敲门，漫步走进房来。她的动作和我的洛丽塔的动作有多不同啊！洛丽塔过去穿着她那脏乎乎的蓝牛仔裤来看我的时候，身上总散发出性感少女地域的果树林里的芬芳，显得拙手笨脚，疯疯癫癫，又似乎有点儿堕落，衬衫下面的纽扣也没有扣好。不过，让我告诉你们一件事。在小黑兹的莽撞无礼和大黑兹的沉着镇定的背后，都流动着一种不易捉摸的活力，散发出同样的气息，嘟哝着同样的声音。有个了不起的法国大夫有次告诉我父亲，在近亲中，连胃的最轻微的咯咯声也有着同样的"声响"。

夏洛特就这样漫步走进房来。她觉得我们之间的一切都不大和谐。前一天和再前一天的晚上，我们刚上床，我就假装睡着了，天一亮就起身。

她温柔地问我她是不是"打扰了我"。

"这会儿没有，"我说，一边把《少女百科全书》C卷翻转过来，细看（印刷工所说的）"底边"上印的一幅图。

夏洛特走到一张有一个抽屉的仿桃花心木小桌子面前，把一只手放在桌上。这张小桌子无疑样子十分难看，但是这对她并没有什么影响。

"我一直想要问你，"她说（用的不是卖弄风情，而是讲究实际的口吻），"为什么把这东西锁起来？你要把它搁在这间房里吗？样子真是无比蠢笨。"

"让它去吧，"我说道。当时我正翻到在"斯堪的纳维亚的露营"①。

"有钥匙吗？"

---

① 这是百科全书中的一个条目。

"藏起来了。"

"噢，嗯……"

"把情书锁起来了。"

她用那种受伤的母鹿的目光瞅了我一眼，叫我感到异常恼火，随后因为不大清楚我的话是否当真，也不知道怎样把谈话继续下去，她就站在一旁看我缓缓地翻了好几页（校园、加拿大、袖珍照相机、糖果），凝视着窗玻璃而不是玻璃外面，同时用玫瑰红杏仁形的尖利指甲敲打着它。

不久（我翻到"划独木舟"或"灰背野鸭"），她走到我的椅子旁边，悠闲而沉重地一屁股在椅子扶手上坐了下来，我周围立刻充满了我头一个妻子也用过的那种香水的气味。"阁下是否愿意就在这儿度过秋天呢？"她问道，一边用小手指指着东部很保守的一个州的一幅秋景。"为什么？"（说得十分清楚，又很缓慢。）她耸了耸肩膀。（大概哈罗德过去总在这种时候休假。渔猎开放的季节。对她产生了条件反射。）

"我想我知道那是什么地方，"她仍然用小手指指着说道，"我记得那儿有一家旅馆，'着魔的猎人'，样子古朴，是不是？食物非常精美。而且谁也不打搅谁。"

她把脸贴在我的鬓角那儿摩擦。瓦莱丽亚不久就不这么做了。

"晚饭你想吃点儿什么特别的菜，亲爱的？约翰和琼待会儿要过来坐坐。"

我哼了一声作为回答。她亲了亲我的下嘴唇，欢快地说她要去烘一块蛋糕（这是从我做房客的日子起就开始的一个传统，认为我爱吃她烘的蛋糕），说完就不来打搅我的清闲了。

我小心地把翻开的书放在她坐过的地方（书的页数原来像波浪似的

145

直往下翻，但给夹在书里的一支铅笔挡住了），查看了一下藏钥匙的地方：钥匙忸忸怩怩地藏在我以前用的一把昂贵的旧的安全剃刀下面；在她给我买了一把便宜得多、合用得多的剃刀以后，我就不再使用那把剃刀了。这是一个理想的隐藏处所吗——在剃刀下面，那个有着丝绒衬里的盒子的凹槽里？那个盒子收在装着我的各种不同的业务文件的一个小箱子里。我还能再作出什么改进吗？真奇怪，要想藏点儿东西多么困难——特别当一个人的老婆不断摆弄家具的时候。

二二

　　我想就在我们最后那次游泳后的整整一个星期，中午的邮班送来了费伦家的二小姐的一封回信。那位小姐写道她刚参加完姐姐的葬礼回到圣阿尔杰布拉。"尤菲米娅摔断了髋骨以后就再也不像原来那样了。"至于亨伯特太太女儿的事，她想告诉我们今年招她入学，时间已经太晚；不过她这个活着的费伦几乎可以肯定，如果亨伯特先生和太太一月里把多洛蕾丝带去，也许可以对她的入学作出安排。

　　第二天吃完午饭，我去找"我们的"大夫，一个十分友好的家伙。他的关怀体贴的态度跟对几种专卖药的绝对信赖，充分掩盖了他对医学的无知和淡漠。洛必须回到拉姆斯代尔来的事实成了一桩令人期待的难得的好事。我想对这件事做好充分的准备。实际上，在夏洛特作出那个冷酷的决定以前，我早已开始行动了。我必须确保在我那可爱的孩子到来的当天晚上，以及接下去的一个又一个夜晚，直到圣阿尔杰布拉把她从我身边带走为止，自己掌握一种可以叫这两个人儿酣睡得连任何声音或触摸都无法惊醒她们的手段。在七月的大部分日子里，我试用了各种不同的安眠药粉，在大量服药的夏洛特身上加以试验。我给她服的最后那一剂药（她以为是

147

一小片用来镇静神经的温和的溴化钾镇静剂）叫她整整昏睡了四个小时。我把收音机开到最大音量，还用一个橡皮制的男性生殖器^①形状的手电筒对着她的脸照去。我推她，拧她，扎她——但什么都无法打乱她那平静而有力的呼吸节奏。可是，等我做了吻一吻她这么一个简单的动作后，她竟立刻醒了过来，像一条章鱼似的精神饱满、身强体壮（我几乎都来不及逃开）。我想这可不成，一定得弄一种更加稳妥的药。当我告诉拜伦大夫他上次的处方治不了我的失眠症时，起先他似乎不大相信。他建议我再试一次，接着就给我看他家里人的照片，转移了一会儿我的注意力。他有一个迷人的孩子，跟多莉的年龄相仿；可是我看穿了他的花招，坚持请他开出现有的最强劲有效的药片。他建议我去打高尔夫，但最后同意给我一种照他说是"真正有效的"药。说着，他走到一个柜子前面，拿出一小瓶蓝紫色的胶囊，一头有一圈深紫色的边。他说这种药刚给投放到市场上，不是用来治疗那些适当地饮上一口水就能使他们镇静下来的神经病人，而只是用于治疗那些无法入睡的伟大的艺术家，他们为了能活上几个世纪，不得不先死去几个小时。我爱愚弄大夫，尽管当时心里十分高兴，但还是怀疑地耸了耸肩膀，把药片放进口袋。顺便说一句，我对他也得小心在意。有一次，说到另外一件事的时候，我愚蠢地失口提到了我最后住过的那家疗养院，我似乎看见他的耳垂抽动了一下。我一点也不希望夏洛特或是哪个别的人知道我过去的那段日子，因而连忙解释说以前为了写一部小说，我曾在精神病人中做过一些研究工作。不过没有关系；这个老流氓确实有一个可爱的小妞儿。

---

① 原文 obisbos，为古希腊酒神节的狂欢者所戴的橡皮制的男性生殖器，是祭典上的崇拜对象。

我精神振奋地离开了他。我用一个手指驾着我妻子的汽车,心满意足地向家驶去。不管怎样,拉姆斯代尔还是有不少明媚的风光。知了不住鸣叫;林荫道上刚洒过水。我平稳地,几乎是滑行地转入我们那条坡度很陡的小街。那天不知怎么一切都很顺利。天那么蓝,树那么绿。我知道阳光灿烂,因为挡风玻璃上映现出我的点火钥匙的样子;我也知道那时正好三点半,因为每天下午来给奥波西特小姐按摩的那个护士穿着白色长统袜和白鞋,正轻快地走下那条狭窄的人行道。跟平时一样,废品旧货商的那条歇斯底里的塞特种猎狗在我驶下坡的时候朝我扑来。跟平时一样,当地报纸放在门廊上,肯尼刚把报纸扔在那儿。

前一天,我已经终止了硬给自己规定的那种冷淡的生活规则;这时我推开起居室的门就兴冲冲地发出一声回家的欢呼。夏洛特那乳白色的颈背和红褐色的发髻正对着我,她穿着我头一次遇见她的时候穿的黄色的衬衫和酱紫色的宽松长裤,坐在房子犄角的书桌旁写信。我的手仍然握着门把手,亲切地又喊了一声。她写字的手停了下来。她静坐了一会儿,随后在椅子上缓缓地转过身来,胳膊肘儿搁在曲线形的椅背上。她的脸因为情绪激动而变了样子,在她盯着我的双腿说话的时候毫无风韵可言。她说:

"黑兹那个女人,那个大婊子,那个老娘们,那个讨厌的妈妈,那个——又老又蠢的黑兹不再是你愚弄的人啦。她已经——她已经……"

我的美貌的指控者停下来,把她的怨恨和泪水都咽下肚去。不管亨伯特·亨伯特说什么——或企图说什么——都无关紧要。她接着往下说道:

"你是个恶魔。你是个讨厌、可恶、不道德的骗子。要是你敢靠近——我就要朝窗外大声喊叫。走开!"

149

我想再说一句，不管亨·亨小声咕哝了一些什么，也都可以省略。

"今晚我就离开。这一切都是你的。只是你决不会，决不会再见到那个不要脸的小鬼啦。滚出这间房去。"

读者，我就走出房去。我上楼来到以前的工作室兼卧室，双手叉腰，相当镇静沉着地站了一会儿，从房门口仔细察看那张遭到洗劫的小桌子，抽屉给拉开了，锁眼里挂着一把钥匙，桌面上还放着另外四把家用的钥匙。我穿过楼梯平台，走进亨伯特夫妇的卧室，镇静地把我的日记从她的枕头下面拿出来，放进口袋。接着我开始下楼，但走到一半又站住脚。电话正好安装在起居室的房门外面，她正在打电话。我想听听她说些什么：她取消了订购的什么物品，又回进客厅。我重新调整好自己的呼吸，穿过过道，走进厨房。我在那儿开了一瓶苏格兰威士忌。她从来也无法抵挡苏格兰威士忌的吸引力。接着，我走进饭厅，在那儿透过半开的房门，端详着夏洛特宽阔的后背。

"你这是在断送我的生活和你的生活，"我平静地说，"让我们表现得像有教养的人吧。这都是你的幻觉。你疯啦，夏洛特。你找出来的那些笔记不过是一部小说的片断。你的名字跟她的名字完全是偶然放进去的。就因为你们的名字正好现成。好好想想吧。我去给你拿杯酒。"

她既没有回答也没有转过身子，只是继续飞快而潦草地不知写些什么。大概是第三封信（两封装在贴好邮票的信封里，已经放在桌上）。我又回到厨房。

我摆好两个玻璃杯（为圣阿尔杰布拉呢？还是为洛？），拉开冰箱的门。在从冰箱的冷冻室里往外取出冰块的时候，冰箱恶狠狠地朝我吼叫。重写一下。让她再看一遍。她不会记得细节的。改动一下，编造一番。写个片断，拿给她看，或者随便丢在一旁。为什么水龙头有时会这么吓人地哀叫呢？真是一个糟糕的局面。那一小块一小块枕头形状的冰——是供玩具北极熊洛使用的枕头——在受到温水的作用从小格子里掉出来的时候，发出咔嚓咔嚓、噼噼啪啪、遭受折磨的声音。我把两个玻璃杯碰撞着并排放下，倒进威士忌和少量的苏打水。她不准我多喝酒。冰箱发出乒乒乓乓的声响。我拿着玻璃杯穿过饭厅，隔着客厅的门说话。客厅的门开了一条缝儿，连我的胳膊肘儿也伸不进去。

"我给你调了一杯酒，"我说。

她没有回答，这个发疯的泼妇；于是我把杯子放在电话机旁边的餐具柜上，这时电话铃响了。

"我是莱斯利。莱斯利·汤姆森，"喜欢在天亮时游水的莱斯利·汤姆森说，"先生，亨伯特太太给车撞了。你最好赶快前来。"

我也许有点儿急躁地回答说我妻子安然无恙，同时我一手握着听筒，推开房门，说道：

"这个人打电话来说你给车撞死了，夏洛特。"

可是夏洛特并不在起居室里。

二三

　　我冲出门去。我们那条陡峭的小路的那头呈现出一片奇特的景象。一辆又大又亮的黑色帕卡德牌汽车与人行道（一条格子花呢的旅行毛毯揉作一团丢在那儿）形成斜角，冲上了奥波西特小姐倾斜的草地，待在那儿，在阳光下闪闪发光，车门像翅膀似的张开，前轮深深陷入常青的灌木丛中。在这辆汽车的右边，倾斜的草地整洁的草皮上，有个衣着讲究——双排纽扣的灰色套装，圆点花纹的领结——留着白色八字须的老先生仰卧在那儿，他的两条长腿并在一起，看上去就像一个毫无生气的蜡像。我必须把当时一瞬间对视觉造成的影响用一连串的词句表达出来；它们在一页纸上有形的堆砌损害了当时一瞬间的实际感受，损害了那种印象的鲜明的统一：一堆毛毯、汽车、玩偶似的老人以及手里拿着一个半空的平底玻璃酒杯、窸窸窣窣地跑回装了纱窗的门廊上去的奥小姐的护士——可以想像，那个撑起身来、足不出户的衰老的女人正在门廊上尖声喊叫，但声音不够响亮，无法盖过废品旧货商家那头猎狗的有节奏的叫声。那头猎狗从一群人跑到另一群人面前——从一群已经聚集在人行道上、靠近那一小块格子花毛毯的邻居面前又回到它最终追捕到的那辆汽车面前，随后又回到草地上的另一群人面前。这群人里有莱斯利、两名警察跟一个戴着玳瑁眼镜、身体健壮的男人。在这方面，我应当解释一下，巡警之所以在事故发生后几乎还不出一分钟就迅速到场是因为他们正在这片斜坡下面两个街区以外的一条狭窄的横路上向违章停放的汽车开发违章通知；戴眼镜的那个人名叫小弗雷德里克·比尔，就是驾驶那辆帕卡德牌汽车的人；而躺在那片绿油油的草地斜坡上、刚被护士用水泼过的那个老人，则是他的七十九岁的父亲——一个所谓为银行提供资金的银行家——他并没有昏死过去，只是刚发了或者可能要发轻度的心脏病，这会儿正舒舒坦坦、有条不紊地在恢复。最后，人行道上的那条旅行毛毯（她过去常常不以为然地指给我看人行道上那些弯弯曲曲的绿色裂纹）正掩盖着夏洛特·亨伯特血肉模糊的遗体。她在匆匆过街到奥波西特小姐的草地角上的那个邮筒去投三封信的时候，给比尔的汽车撞倒了，还给带出去了好几英尺。有个面目清秀、穿着一件肮脏的浅红色上衣的孩子把那几封信拾起来，递给了我。我在裤子口袋里把它们撕成碎片。

　　三个大夫和法洛夫妇不一会儿也赶到现场，把这件事接过手去。这位鳏夫①是一个特别善于自我克制的人，既没有哭泣，也没有叫骂。他走路有点儿蹒跚，这就是他的表现；但他张开嘴巴只是为了对一切与验明、检查和处置一个亡故女人有关所绝对必需的手续作出指示或提供信息；这个女人的头顶心已经混杂成一堆模糊的骨头、脑浆、红褐色的头发和血肉。等他被两个朋友，温和的约翰和眼泪汪汪的琼，安顿在多莉房间里的床上时，太阳仍然红得耀眼。约翰和琼为了守在附近，就退到亨伯特夫妇的卧

---

① 指亨伯特自己。

室去过夜。据我所知，他们可能并没有像这种严肃的场合所要求的那样纯洁无瑕地度过那一晚。

在这部十分特殊的回忆录中，我不必详细叙述葬礼以前不得不处理的那些繁文缛节，或是葬礼本身；那场葬礼实际跟婚礼一样平淡。不过在夏洛特这么轻易地死去以后的那四五天里，有几桩小事却值得一提。

我丧妻后的第一晚喝得烂醉，睡得就跟以前睡在那张床上的孩子一样香甜。第二天早上，我急忙查看口袋里那三封信的碎片。它们已经完全混杂在一起，根本无法再整理成三封完整的信。"……你最好把它找回来，因为我无法买……"我猜想这是写给洛的一封信上的话。其他一些碎片似乎表明，夏洛特打算带着洛逃到帕金顿去，甚至返回皮斯基，以免这个贪婪的家伙夺去她心爱的小宝贝。另外一些碎片纸条（我从来没有想到我的手指这么强劲有力）显然是一份申请书，不是写往圣阿①，而是写往另一所寄宿学校的。据说，那所学校的教学方法非常严厉、陈旧和贫乏（尽管也提供在榆树下的槌球游戏），因而博得了"少女教养院"的绰号。最后，第三封信显然是写给我的。我辨认出了诸如"……经过一年的分居以后，我们可以……""哦，我最最亲爱的人儿，哦，我……""甚至比你另外养个女人还要恶劣……""……或者也许，我会死去……"等这么几条。可是，总的说来，我搜集到的这些零星的材料并没有多少意义；我手掌心里这三封仓促写成的书信形状各不相同的碎片，就跟它们的各条内容在可怜的夏洛特的头脑里一样混乱。

那天，约翰得去会见一个主顾，琼得回去喂狗，于是我暂时失去了

---

① 指圣阿尔杰布拉。

朋友的陪伴。那些可爱的人生怕我一个人待着可能会寻短见，而因为找不到别的什么朋友（奥波西特小姐无法出门，麦库夫妇正在几英里外忙着修建一幢新房子，而查特菲尔德夫妇新近又因自己家里的一场纠纷给叫到缅因州去了），就委托莱斯利和路易丝来跟我做伴，借口帮我整理收拾许多失去了主人的什物。我突然灵机一动，把我从夏洛特的遗物中找出来的一张夏洛特的小照片拿给宽厚、轻信的法洛夫妇看（我们正等着莱斯利受雇前来赴他和路易丝的约会）。她坐在一块圆石头上，在被风吹起的秀发间微笑。那是在一九三四年四月，一个值得记忆的春天照的。当时我因为公务到美国来，曾有机会在皮斯基住了好几个月。我们相识了——产生了一场疯狂的恋情。唉，当时我已经结婚，而她也和黑兹订了婚；可是等我回到欧洲以后，我们通过一个如今已经去世的朋友互相通信。琼望着那张照片小声说她也听到过一些传闻，随后一边望着，一边把它递给约翰。约翰拿下嘴里的烟斗，望着可爱而放荡的夏洛特·贝克尔，接着把照片递还给我。随后，他们离开了几个小时。快乐的路易丝正在地下室里格格笑着，责骂她的情人。

法洛夫妇刚走，一个下巴颏儿发青的牧师就来了——我既不想伤害他的情感，也不想引起他的怀疑，所以设法使这次会面短暂而又与上述两个愿望相符。对，我会把一生都致力于谋求那个孩子的幸福。顺便说一句，这是一个我和夏洛特·贝克尔都还年轻的时候她给我的小十字架。我有一个表姐，在纽约是个体面的老处女。我们要在那儿为多莉找一所好的私立学校。噢，多么狡猾的亨伯特！

为了做给莱斯利和路易丝看（他们可能而且也的确向约翰和琼作了报告），我用异常响亮的声音，十分逼真地打了一个长途电话，假装跟雪莉·霍姆斯谈了一次。等约翰和琼回来的时候，我有意杂乱无章、叽叽咕咕地告诉他们洛跟着中级组去作一次为期五天的远足，一时无法找到，完全把他们给糊弄了。

"主啊，"琼说，"我们该怎么办呢？"

约翰说这非常简单——他去请克赖马克斯的警察部门帮着寻找远足的人——这要不了他们一个小时。其实，他对那一带乡野也很熟悉，而且——

"嗨，"他接着说，"我干吗不现在就开车上那儿去呢？你可以跟琼一块儿睡"（实际上他并没有加这么一句，不过琼异常热情地支持他的提议，因此这可能是不言而喻的）。

我完全垮了。我请求约翰让事情顺其自然。我说让那个孩子待在我的身旁，哭哭啼啼，老缠着我，我可受不了。她那么容易紧张，这种经历可能会对她的未来产生影响，精神病大夫分析过这类病例。突然都没人说话了。

"好吧，你是大夫，"约翰有点不客气地说，"不过我毕竟是夏洛特的朋友和顾问。我们想要知道你好歹打算把那孩子怎么办。"

"约翰，"琼喊道，"她是他的孩子，不是哈罗德·黑兹的孩子。你难道不明白吗？亨伯特是多莉真正的父亲。"

"我明白了，"约翰说，"真对不起。是呀，我明白了。我先没有认识到这一点。这样当然使问题变得简单了。不管你有什么看法都不会错。"

这个心烦意乱的父亲继续说等到葬礼过后，他会立刻去接他的娇弱的女儿，并且会尽力让她在完全不同的环境愉快地生活，也许到新墨西哥或加利福尼亚去旅行——当然，只要他还活着。

我装扮的彻底失望时的镇静跟疯狂发作前的沉寂十分逼真，因此这对完美无瑕的法洛夫妇就硬把我接到他们家去了。他们有一个很好的酒窖，就像这一带的酒窖那样。这很有用处，因为我害怕失眠和鬼魂显灵。

现在我必须解释一下我不要多洛蕾丝回来的原因。自然，起先夏洛特刚给除去，我成了一个自由的父亲，重新走进那幢房子，一口喝下我调好的那两杯威士忌苏打，又加上一两品脱我"小桶里的酒"，随后走进浴室，避开邻居和朋友们，那时我心里只有一个想头——就是我知道再过几个小时，热情的、褐色头发的、我的、我的、我的洛丽塔就会投入我的怀抱，扑簌簌掉下泪来，我会把她流下来的泪水吻掉，甚至比泪水往外涌得还要快。可是我正睁大眼睛、满脸通红地站在镜子面前，约翰·法洛轻轻地敲了敲门，问我是否人不舒服——我立刻认识到要是我让她待在屋子里那简直是发疯；周围有这么许多爱管闲事的人四处乱转，老图谋着把她从我身边带走。说真的，难以捉摸的洛本人也可能会——谁知道呢？——对我表现出某种愚蠢的猜疑、突然产生的厌恶、莫名的恐惧等等——那样一来，在胜利的时刻就会失去这个迷人的猎获物。

说到爱管闲事的人，我还有另一位来客——朋友比尔，就是把我妻子除掉的那个家伙。他身体笨重，神情严肃，样子像个助理行刑官，他长着一个斗牛狗的下颌和一双乌黑的小眼睛，戴着一副厚边框的眼镜，还有两个十分显眼的鼻孔。约翰把他领了进来，接着便十分乖觉地关上房门，离开了我们。我那形状怪异的客人温文尔雅地说他有一对孪生女儿在我继女的班里，接着便展开了一大幅他为那场事故所画的示意图。这幅示意图正如我继女会说的那样，真是"一个绝妙的玩意儿"，上面有用不同

158

颜色的墨水画的各种给人深刻印象的箭头和虚线。亨·亨太太的轨迹是用一串安排在好几个位置的草草勾勒出的小人儿——像布娃娃那样极小的职业妇女或陆军妇女队队员——就是在统计学中用作直观教具的用品——来表示的。这条路线十分清楚、确凿无误地与一条画得相当醒目、表现了两个连续转向的曲线接触——一个转向是比尔的汽车为了躲开废品旧货商的那条猎狗而作出的（狗并没有给画出来），另一个转向是第一个的一种夸张的延续，表明他想避免这场悲剧。一个漆黑的十字形记号标示出那个勾勒出的苗条的小人儿最终在人行道上安息的地点。我想寻找用来表示我的来客那身材高大、犹如蜡像一般的父亲仰卧在路堤上的那个地点的类似记号，但一无所获。可是那位先生却也作为见证人在这份文件上签了名，他的名字就签在莱斯利·汤姆森、奥波西特小姐和其他几个人的名字下面。

弗雷德里克把他那支蜂鸟似的铅笔既熟练又灵巧地从这点飞到那点，用以说明他的完全无辜和我妻子的轻率鲁莽：在他避开那条狗的时候，她已经在新洒过水的柏油路面上滑了一下，向前冲去，但她应该做的是朝后退去而不是向前直冲（弗雷德①把自己戴了护垫的肩头猛地一扭，作了个示范）。我说这当然不是他的过错，验尸人员也与我的看法相同。

他那乌黑、紧张的鼻孔里呼出急促的气息，他摇了摇头，握了握我的手，随后便以一种 savoir vivre②、颇有绅士风范的豪爽气派提出支付殡仪馆的费用。他一心指望我会拒绝他的提议。而我却晕头晕脑、感激涕零地接受了他的提议。这叫他吃了一惊。他慢吞吞地、不敢相信地把他刚说的话

---

① 弗雷德里克的爱称。
② 法文，温文有礼。

重复了一遍。我再次向他表示感谢，显得甚至比先前还要热诚。

由于这场不可思议的会见，暂时消除了我心灵上的麻木。这也并不奇怪！我实际上见到了命运的代理人。我触摸到了命运的肉身——以及它那戴着护垫的肩膀。一场非凡、可怕的变故突然降临，而工具就在那儿。在这个错综复杂的格局里（急匆匆的家庭主妇、滑溜溜的路面、一条讨厌的狗、陡坡、大型轿车、车轮旁那个丑陋难看的人），我隐隐约约地看出自己所起的卑劣的作用。如果我不是那么一个傻瓜——或者那么一个有直觉力的天才——保存下那本日记，那么复仇的怒火和热辣辣的羞辱所产生的血液就不会在夏洛特跑向邮筒的时候遮蔽了她的视线。可是就算她的视线给遮蔽了，假如命运那个同步的幽灵没有恰好把那辆汽车、那条狗、阳光、树荫、湿地、虚弱的人、强壮的人和石头等都混合在那个升华锅① 里，那么仍然可能什么都不会发生。再见吧，玛琳② ！（正如比尔在离开房间前所再现的）与丰盈的命运的正式握手使我不再麻木不仁；我哭了。陪审团的女士们和先生们——我哭了。

----

① 古代炼金术士用的器皿，借指任何产生提炼作用的事物。
② 上文说夏洛特有点儿像玛琳·黛德丽，参看第 57 页注② 。

二四

　　突然刮起一阵大风，榆树和白杨都把它们那给风吹得起伏飘动的背部转了过来，一片乌黑的雷雨云砧隐隐出现在拉姆斯代尔白色的教堂钟楼的上空，这时我最后一次环顾四周。只不过十个星期之前，我在这幢青灰色的房子里租了一个房间；如今为了从事不为人知的冒险，我要离开这幢房子。遮阳窗帘——俭朴、实用的竹帘——已经给放了下来。不管在门廊上还是在房子里，竹帘那意味深长的结构都增添了现代戏剧的情趣。此后这幢天堂之屋一定会显得空空洞洞。一滴雨点掉在我的指关节上。我又回进房子去找什么东西，约翰正把我的旅行包放进汽车，这时发生了一件有趣的事。我不知道在这份悲惨的记录里，我是否充分强调过作者那英俊的容貌——假凯尔特人①、十分类似人猿、男孩子似的威武气概——对各个年龄和各种环境中的女人所具有的那种特殊的"传送"影响。当然，用第一人称宣布这种情况听起来也许相当可笑。可是每隔一阵子，我就不得不提醒读者我的仪表，那种情形颇像一个职业小说家，他给自己笔下的一个人物安排了某种怪癖或一条狗，每逢这个人物在故事发展的过程中出现的时候，他就得继续提到那条狗或那种怪癖。在目前这种情况下，也许还不止于此。如果我的故事想得到正确的理解，那就应当把我忧伤、漂亮的容貌牢记在心。青春焕发的洛就像被打呃似的音乐疯魔了似的被亨伯特的魅力弄得神魂颠倒；而成年的洛特则带着成熟的、充满占有欲的激情爱我，如今我心里对这种激情所感到的悔恨和尊重我都不愿意再说出口来。琼·法洛这时三十一岁，非常容易激动，她对我似乎也产生了一种强烈的好感。她生着赤褐色的皮肤，像个雕刻出来的印第安人那么健美。她的嘴唇像个深红色的大珊瑚虫；每逢她发出特殊的狗叫般的笑声，就会露出没有光泽的大牙齿和苍白的牙床。

她身材很高，不是穿着宽松长裤和凉鞋就是穿着飘动的裙子和芭蕾舞鞋，能喝下不管多少数量的随便哪种烈酒，曾经小产过两次，写过一些动物故事，而且像读者知道的那样，也画过一些风景画。她已经在调治癌症，后来到三十三岁的时候还是不治身亡；她对我根本没有什么吸引力。因此在我离开前一刹那（她和我都站在门道里），当琼用她那老是颤抖的手指捧住我的两鬓，亮闪闪的蓝眼睛里含着泪水，想要亲吻我的嘴唇的时候，想想看当时我有多么惊慌，但她并没得手。

"你自己多保重，"她说，"替我亲亲你的女儿。"

一声巨雷在房子里回响。她又说道：

"说不定将来有一天，在什么地方，在一个不这么痛苦的时刻，我们会再次相见。"（琼，不管你在干什么，不管你在哪儿，在负时空里还是在正灵魂时间里，请原谅我说的这一切，包括这个括号内的词语。）

不一会儿，我就在马路上，在那条有坡度的马路上跟他们夫妇俩握

---

① Celt，公元前一千年左右居住在中欧、西欧的部落群体，其后代现在散布在爱尔兰、威尔士、苏格兰等地。

手告别。在渐渐逼近的那阵白茫茫的大雨降临之前，一切都在旋转、飞舞。有辆载着一张床垫从费城开来的卡车正信心十足地往下驶进一幢空房，尘土就在夏洛特倒下的那块石板上飞扬飘洒。那天他们为我掀起那条旅行毛毯的时候，夏洛特就在那个地方出现在我的眼前，她身子蜷曲，两眼完好，黑色的睫毛仍然湿润地缠结在一起，就像你的睫毛那样，洛丽塔。

二五

　　大家可能会以为既然排除了所有的障碍，眼前只有一片令人兴奋、无限欢乐的前景，我一定会安下心来，发出一声舒坦轻松的叹息。Eh bien, pas du tout!① 我并没有在笑盈盈的"机遇"的光辉下感到温暖，反而受到各种纯道德的疑虑和畏惧困扰。比如，始终不让洛参加她的直系亲属的喜庆和丧葬的仪式，会不会叫人家感到奇怪？你记得——我们没有让她参加我们的婚礼。或者，另一件事：就算"巧合"那毛茸茸的长胳膊伸出来把一个无辜的女人干掉，"巧合"难道不会在一个野蛮的时刻无视它的另一只胳膊的所作所为，过早地把一封吊唁的信交给洛呢？不错，只有拉姆斯代尔《日报》报道了这场事故——帕金顿《记事报》或克赖马克斯《先驱报》都没有报道；奎营地又在另外一州，而且地方上的死讯并不像联邦政府的新闻那么叫人感兴趣；可是我仍禁不住设想多莉·黑兹不知怎么已经知道了这个噩耗，而且就在我开车去接她的时候，她正由我不认识的一些朋友开车送回拉姆斯代尔。而比所有这些猜测和忧虑更令人不安的是，亨伯特·亨伯特这个欧洲原籍不明的全新的美国公民，还没有采取任何要作他亡妻的女儿（十二岁零七个月）的合法监护人的步骤。我敢采取这些步骤吗？每逢我想象自己赤身露体地在习惯法那冷酷无情的逼视下，被一些难以理解的法令团团围住，我就禁不住打了个寒噤。

我的计划是原始艺术的一个奇迹：我要风驰电掣地赶到奎营地，告诉洛丽塔她母亲要在我虚构的一家医院里经受一次大手术，随后就跟我那瞌睡蒙眬的性感少女不断地从一家客店迁到另一家客店，而她母亲的病情则日渐好转，但最终还是死了。可是我朝营地驶去的时候，心里越来越感到焦虑不安。想到我在那儿可能找不到洛丽塔——或者相反，找到的是一个惊慌失措的洛丽塔，又叫又吵地要她们家的一位朋友：不是法洛夫妇，谢天谢地——她几乎还不认识他们——但会不会有其他几个我没有考虑到的人呢？想到这些，我就受不了。最后，我决定照我几天前装得那么像的那样去打一个长途电话。雨下得很大，我在帕金顿泥泞的郊区的岔道口停下汽车，其中一条岔道绕过市区，通向那条越过山地直通克赖马克斯湖和奎营地的公路。我啪嗒一声关上点火装置，在车子里坐了好一会儿，为要打的那个电话做好准备，同时目不转睛地望着外面那阵雨，望着被雨水淹没的人行道，望着一个消防龙头。那真是一个丑陋的玩意儿，涂着厚厚的银漆和红漆，伸出它的曲柄的红管子让雨水给它们上光，而雨水则像鲜红的血水似的滴落在它那银白色的链条上。难怪停在这些可怕的、残缺破碎的东西旁边是禁忌的。于是我把车开到一个加油站。硬币终于令人满意地丁丁当当地落下去，而且有个人的声音也对我作出回应，这时有桩意想不到的事正等着我。

营地女主任霍姆斯告诉我多莉星期一（今天是星期三）已经跟她的小

---

① 法文，嘿，压根儿不是这样！

166

组到山区远足去了，预计当天相当晚的时候回来。我好不好明儿再去，究竟有什么事情——我没有细讲，只说她的母亲给送进了医院，病情相当严重，但这一点可别告诉孩子，就让她做好准备，明儿下午跟我离开。两个人的声音接着便在一阵热情洋溢、互致问候的话语中分离；我的所有的硬币由于某种反常的机械方面的缺陷，带着一阵中奖的噼里啪啦的声响又滚回我的手中；虽然对于不得不推迟我的幸福感到有些失望，但这桩事却几乎把我给逗笑了。大家可能会想，既然我像现在这样在根本没有听说什么之前，就虚构了那次小小的探险，那么，这些忽然滚出来的硬币，这种突发的退款，在麦克费特①的心里，不知是否多少也与那种虚构有关。

下一步该怎么办？我把车开到帕金顿的商业中心，整个下午（天气已经放晴，湿漉漉的市镇真像银子和镜面）都用于为洛购买一些漂亮的衣物。天哪，亨伯特当时对格子图案的织物、色彩鲜艳的棉布、衣服的饰边、蓬起的短袖、软褶、合体的紧身胸衣和有着十分宽大的下摆的裙子所具有的强烈爱好，促使他作出多么疯狂的购买啊！哦，洛丽塔，你是我的姑娘，正如维是坡的姑娘，比阿是但丁的姑娘一样②；哪个小姑娘不喜欢穿着一条圆裙子和短裤旋转呢？我心里还想买什么特别的东西吗？好些娇媚的声音问我。游泳衣吗？我们有各种颜色的游泳衣。梦幻似的粉红色、像霜一样的水绿色、阴茎头似的红紫色、郁金香的鲜红色、oolala③的黑色。运动装怎么样？衬裙呢？不要衬裙。洛和我都讨厌衬裙。

在这些问题上，我依靠的指南就是洛的母亲在她十二岁生日那天所

---

① 代指命运，参看第 86 页注②。
② "维"指爱伦·坡的妻子弗吉尼亚，参看第 67 页注②。"比阿"指但丁的情人比阿特丽斯，参看第 29 页注①。
③ 捏造的法语名词，指"性感的黑饰边"。

写的一份人体测量记录（读者还记得"了解你的孩子"那本书）。我感到夏洛特出于嫉妒和厌恶这些不可告人的动机，在这儿添了一英寸，又在那儿加了一磅；不过，既然这个性感少女在过去七个月里无疑稍微长大了一点，我想我可以放心地接受一月里测量的大部分尺寸：臀围，二十九英寸；大腿围（就在臀肌沟下面），十七英寸；小腿围和颈周，十一英寸；胸围，二十七英寸；上臂围，八英寸；腰围，二十三英寸；身高，五十七英寸；体重，七十八磅；体形，细长；智商：一百二十一；阑尾存在，谢天谢地。

除了这些测量的尺寸，我当然也能凭着清晰的幻觉想象出洛丽塔的样子；她那长着一头秀发的头有一两次靠在我的身上，正好齐我心房的位置，所以当时我小心地按着胸骨上刺痛的那个确切的位置，同时也实际感觉到了她那坐在我的膝头温暖的身体的重量（因此，从某种意义上说，我一直"跟洛丽塔待在一起"，就像女人"怀着孩子"那样），后来发现我的计算多少都很正确，倒也并不感到奇怪。何况我还研究过仲夏季节的一本商品目录，因此我带着颇为内行的神气细细察看各种漂亮的商品：运动鞋、旅游鞋、揉皱了的小山羊皮鞋用的小山羊皮楦子。为我的所有这些迫切的需要服务的那个涂脂抹粉、穿着一身黑衣服的姑娘，把做父母的学识和准确的描述转化成商业性的委婉用语，比如"petite①"。另一个年纪大得多的女人穿着一身白衣服，用混粉饼化了妆；我对少女时装的了解好像给她留下了特别深刻的印象。也许，我有一个娇小的情妇；因此，当她们把一条前面有两个"漂亮的"口袋的裙子拿给我看的时候，我故意问了一

---

① 法文，小了。

个幼稚的男性问题，结果博得她们一笑，并且用行动来说明裙子背后那条拉链的拉法。接着，我对各种短裤和内裤产生很大的乐趣——好些虚幻的小洛丽塔在翩翩起舞，倒了下去，像雏菊似的布满整个柜台。我要了一条流行的那种小贩款式的整洁的棉布睡衣裤，从而完成了这笔交易。亨伯特这个颇受欢迎的小贩。

在那些大商店里，有一点儿神话中的、令人着迷的气氛。根据广告所说，一个职业妇女可以在那儿买到从办公到约会穿戴的全部服装，而小妹妹也可以在那儿梦想有朝一日，自己穿的羊毛运动衫会使坐在教室后排的男同学们大为兴奋。跟真人一般大小的塌鼻子的儿童塑料模型，带着一张张暗褐色、淡绿色、棕色小点、农牧神似的脸，在我的四周飘浮。我发现我是那个相当阴森可怕的地方唯一的顾客，像条鱼似的在一个海绿色的水族馆里走动。我感觉到奇怪的想法正在那些无精打采的女士的头脑里形成，她们陪着我从一个柜台走到另一个柜台，从突出的岩石走到海草中间；我挑选的腰带和手镯似乎从女海妖的手里掉进了透明的水中。我买了一个漂亮精美的小旅行包，把我买好的物品都放进去，随后就去最近的那家旅馆，对自己度过的这一天感到十分满意。

不知怎么，由于我在那个安静的、富有诗意的下午十分挑剔地四处采购，我竟然想起了具有"着魔的猎人"这个吸引人的字号的旅馆或客店，夏洛特在我获得自由前不久偶然对我提过这家旅馆或客店。凭借一本旅行指南的帮助，我在布赖斯兰那个僻静的小镇上找到了它，从布赖斯兰到洛的营地开车要四个小时。我本来可以打个电话，但又怕自己的嗓音可能会失去控制，讲出一些吞吞吐吐、低沉嘶哑、很不流利的英语，就决定发一份电报，订一间明天晚上的双人房。我是一个多么滑稽、笨拙、犹豫不决的白马王子啊！要是我告诉读者我在拟定那份电报的措词时感到十分为难，他们有些人准会对我大肆嘲笑！我该怎么写呢：亨伯特和女儿？亨伯格和小女儿？杭伯格和未成年的姑娘？霍伯格和孩子？这个滑稽可笑的错误——结尾的"格"——最终还是发了出去，也许是我这种犹豫不决的心灵感应的回声。

随后，在夏天的一个舒适宜人的夜晚，我对身边所带的春药寻思琢磨！哦，吝啬的汉伯格！在他暗自思索他的那盒神奇的弹药时，难道他不是一个"着魔的猎人"吗？为了击退失眠这个鬼怪，他是否应该试服一颗这种紫色胶囊呢？总共算来，有四十颗——四十个夜晚都有个身体虚弱的小人儿睡在我不住悸动的身子旁边。我能不能剥夺自己一个这样的夜晚，以便自己现在安睡呢？当然不能：每颗小小的李子①，每个带着活生生的星尘的微小的天象仪，都太宝贵了。哦，让我暂且悲切伤感吧！我对冷嘲热讽已经十分厌倦。

---

① plum，作俚语用是"最好的东西，最希望得到的东西"意。此处指那种安眠药。

二六

　　在这个坟墓般的监狱的晦暗的空气中，每天这样头痛搅得人心神不安，但我必须坚持下去。我已经写了一百多页，还没有取得多少进展。我的日程表全都乱了。那一定是一九四七年八月十五日前后。不要以为我还能继续写下去。心脏，头脑——一切。洛丽塔，洛丽塔，洛丽塔，洛丽塔，洛丽塔，洛丽塔，洛丽塔，洛丽塔，洛丽塔，洛丽塔。印刷工人，重复下去吧，直到把这一页全都排满。

二七

我仍然待在帕金顿。最后，总算睡了一个小时——却因为无缘无故、令人异常疲惫地与一个毛茸茸的身材矮小的两性人，一个完全陌生的人交合而从睡梦中惊醒。那会儿已经清晨六点；我突然想到要是比我说的时间早一点儿到达营地，也许是一个好办法。从帕金顿出发，我还有一百英里要走，而到烟雾山和布赖斯兰的路程就更长了。如果我说下午去接多莉，那只是因为我异想天开，执意要受欢迎的夜晚尽快降临，好遮掩我那迫不及待的样子。可是这时，我预见到了各种各样的误会，浑身紧张不安，唯恐耽搁会给她机会抽空往拉姆斯代尔打一个电话。然而，上午九点三十分，我打算出发的时候，电池偏偏用完了；快到中午，我才终于离开帕金顿。

两点半左右，我到达了目的地，把汽车停在一片松树林中。有个穿着绿衬衫的红头发小顽童 ① 正绷着脸独自站在那儿丢马蹄铁玩。他简明扼要地告诉我怎样到一幢灰泥小屋里的办事处去。我只好死气沉沉地忍受了好几分钟营地女主任的同情的询问。营地女主任是一个衣衫邋遢、面容憔悴的女人，长着一头铁锈色的头发。她说多莉已经收拾好了自己的行装，准备上路。她知道她母亲病了，但并不危急。黑兹先生，我是说亨伯特先生，是否愿意去见见营地上的辅导员？或者去看看女孩子们住的小屋？每座小屋都要献给迪士尼乐园中的一个小家伙。要不要去参观一下中心楼？或者要不要打发查利去把她找来？姑娘们刚把饭厅布置好，准备举行一场舞会。（也许，往后她会对什么人说："那可怜的家伙看上去就像他自己的鬼魂。"）

让我保留一会儿当时那个场面中所有琐碎和重大的细节：母夜叉霍姆斯开了一张收据，搔了搔头，拉出办公桌的一个抽屉，把找的钱倒到我那不耐烦的手掌中，随后利索地把一张钞票摊开放在零钱之上，一面欢快地补上一句："……还有五元！"一些女孩子的照片；一个艳丽的飞蛾或蝴蝶，仍然活着，安全地给钉在墙上（"自然课"）；装在镜框里的营地营养师的证书；我那颤抖的双手；能干的霍姆斯拿出来的一张报告多莉·黑兹七月份表现的卡片（"中到良；爱好游泳和划船"）；一阵树声和鸟声，还有我那怦怦乱跳的心……我背对着敞开的房门站在那儿。接着我听到身后她的呼吸声和嗓音，感到热血一下子涌上我的头。她连拖带撞地提着沉重的手提箱走来了。"你好！"她说，随后站定了，用调皮、喜悦的目光望着我，两片娇嫩的嘴唇在一丝有点儿傻气但又非常讨人喜欢的微笑中张开了。

她显得瘦了一点，高了一点。有一刹那，我觉得她的脸庞不如这一个多月以来一直珍藏在我心中的那个印象那么妩媚：她的脸蛋儿像是凹了下去，而过多的雀斑又遮掩了她那红润、纯朴的面容。最初的这个印

---

① 即营地主任的儿子查利·霍姆斯。参看本书第一部第三二章。

象（在强劲有力的两下心跳之间的十分短暂的间歇）具有下面这层清楚的含意，即鳏夫亨伯特不得不做，想做或会做的一切，就是要给这个皮肤给太阳晒黑、但却显得毫无血色、aux yeux battus①（甚至就连眼睛下面那些 plumbaceous umbrae② 上也有雀斑）的小孤女一种健全的教育，一个健康、幸福的童年，一个干净整洁的家，一些和她年龄相仿的有教养的女友；在她们中间（如果命运肯屈尊来对我作出回报），我也许可以单为亨伯特博士先生找到一个漂亮的 Mägdlein③。可是，正如德国人所说的，"一眨眼的工夫"，这种天使般的行动方针就给抹去了，我赶上我的猎物。（时光超越了我们的幻想！）于是她又是我的洛丽塔了——实际上，比以往任何时候都更是我的洛丽塔。我把手放在她那暖烘烘的赤褐色的头发上，提起她的旅行包。她气色红润，十分可爱，身上穿着她最鲜亮的有几个小红苹果图案的方格棉布衣服，她的胳膊和双腿都现出很深的金褐色，上面有一些搔痕，看去就像凝固的红宝石上细小的、有圆点的纹路，而她的白色短袜的罗纹翻边仍在我记得的那个地方往下一翻；由于她那孩子气的步态，或者由于我记得她一向总穿平底鞋，如今她穿的那双鞍脊鞋不知怎么对她显得太大，鞋跟也太高了。再见了，奎营地，欢乐的奎营地。再见了，清淡的、不卫生的食物，再见了，小伙子查利。在热烘烘的汽车里，她挨着我坐下，啪的一声把迅速飞到她可爱的膝头的一个苍蝇打掉；接着嘴里用劲嚼着一块口香糖，她迅速摇下她旁边的车窗玻璃，随后才舒适地往后一靠。我们迅速驶过阳光照出一

---

① 法文，有着黑眼圈儿。
② 拉丁文，铅灰色的眼圈儿。
③ 德文，小妞儿。

条条纹路的、斑驳的树林。

"妈妈怎么样了？"她孝敬地问道。

我说大夫们还不大清楚究竟是什么毛病。反正总是腹部的什么疾病。糟透了的？不，是腹部的[①]。我们得在附近待一阵子。医院在乡下，靠近勒平维尔那个欢乐的市镇，十九世纪初期有个了不起的诗人[②]曾经住在那儿，我们可以在那儿观看所有演出的节目。她觉得这真是个绝妙的好主意，不知我们能否在晚上九点以前赶到勒平维尔。

"晚饭的时候，我们应该到了布赖斯兰，"我说，"明儿我们就去游览勒平维尔。这次远足怎么样？你在营地过得快活吗？"

"嗯——嗯。"

"离开感到惋惜吧？"

"嗯——嗯。"

"说话呀，洛——别净哼哼。对我说点儿情况。"

"什么情况，爹？"（她含讥带讽地故意让那个词拖得很长。）

"随便什么过去的情况。"

"我这么叫你，成吗？"（眼睛眯成一条缝，望着公路。）

"当然成。"

"这是一出诙谐的短剧，你知道。你什么时候爱上我妈妈的？"

"洛，将来有一天，你会明白许多情感和处境，比如说精神关系的和谐、美好。"

---

① "腹部的"，英文是 abdominal，"糟透了的"英文是 abominable。两词读音相近。
② 纳博科夫说："这位诗人显然是勒平，他常去捕捉鳞翅昆虫（lepidoptera），但这就是人家对他所知道的一切。"

176

"呸！"这个专爱挖苦人的性感少女说。

谈话出现了表面的停顿，我们都看着四周的景色。

"洛，看那边山腰上的那些牛。"

"要是我再看着一头牛，大概就要呕吐了。"

"你知道，洛，我非常想你。"

"我倒没有。实际上，我对你可不忠实到极点，但这一点也没有关系，因为反正你已经不喜欢我了。你开得比我妈妈快多了，先生。"

我减慢车速，从盲目的七十英里降到半盲目的五十英里。

"你为什么觉得我不再喜欢你了，洛？"

"唔，你还没有亲过我，对吧？"

我心里充满渴望，心里不住呻吟，一眼瞥见前面路旁有一片相当宽阔的地段，就颠簸摇晃着开进了野草丛。记住她只不过是一个孩子，记住她只不过是——

汽车刚一停下，洛丽塔就主动倒到我的怀里。我不敢，不敢尽情放肆——甚至不敢让自己认识到这（甜蜜湿润的感觉和颤动的火焰）就是那种无法言传的生活的开端；在命运的巧妙帮助下，我终于促使那种生活成为现实——实在不敢吻她，我就极为虔诚地碰了碰她那炽热、张开的嘴唇，只是微微的一吮，丝毫没有淫荡的意思；可是她不耐烦地身子一扭，把嘴唇使劲儿贴在我的嘴上面，弄得我都感到了她的大门牙，而且也分享到她唾液中的薄荷味。我当然明白这不过是她的一种天真无邪的把戏，有几分 backfisch① 模仿骗人的爱情故事中某种假象的傻气。既然（正如心理

---

① 德文，一个少女。

疗法大夫和强奸犯①都会告诉你的那样）这种少女卖弄风情的界限和规则是变动不定的，至少孩子气地微妙得叫年长的同伴难以把握——因而我非常害怕自己会做得过分，使她在厌恶和惊恐中往后退缩。再说，我特别饱受折磨地急于想把她悄悄带到"着魔的猎人"那个不受外界影响的僻静去处，而我们还有八十英里的路要走，该死的直觉使我们不再拥抱在一起——转瞬间，一辆公路巡逻警车在我们车旁停下。

脸色红润、眉头紧皱的司机盯着我，问道：

"你瞧见一辆跟你式样相同的蓝色轿车在路口前超过你们吗？"

"怎么，没有。"

"我们没有看见，"洛急切地把身子从我边上探过去说，她的天真的手搁在我的腿上，"但你肯定是蓝色的吗，因为——"

警察（他在追踪什么跟我们极为相似的车辆？）朝着这个小姑娘十分和蔼地笑了笑，把车子掉过头去。

我们继续往前开去。

"这个傻瓜！"洛说，"他本该把你抓起来的。"

"看在上帝分上，为什么要抓我？"

"嗨，这个该死的州里规定的车速是五十，而且——别，别慢下来，你这蠢货。他这会儿已经走啦。"

"我们还有很长一段路要走，"我说，"我要在天黑之前赶到那儿。所以做个好姑娘吧。"

"坏，坏姑娘，"洛愉快地说，"少年犯，但坦率而迷人。那是红灯。

---

① 英文"治疗专家"是 therapist，该词拆开拼写成 the rapist 便是"强奸犯"意，所以亨·亨这么说。

178

我还从没有见过这样开车的。"

我们寂静无声地开过一个寂静无声的小镇。

"哎呀，要是妈妈发觉我们俩是情人，她会不会大发雷霆？"

"天哪，洛，我们别这样说话。"

"但我们是情人，对吗？"

"据我所知不是。我想不久又要下雨了。你就不想跟我说说你在营地上干的那些调皮捣蛋的事吗？"

"你说话文绉绉的，爹。"

"你一直在干些什么？我一定要你跟我说说。"

"你是不是很容易大惊小怪？"

"不。说吧。"

"我们把车转到一条僻静的小路上去，我再告诉你。"

"洛，我必须严肃地请你别瞎胡闹。唔？"

"噢——我参加了那儿提供的各种活动。"

"Ensuite？ ①"

"Ansooit, ② 他们教我要跟别人一起快快乐乐、丰富充实地生活，并且要养成健全的人格。其实就是做一个妖媚的姑娘。"

"对。我在小册子里看到那样的话。"

"我们喜欢在那个石头大壁炉的炉火周围，或者在他妈的星光下举行合唱会，每个姑娘都把自己快乐的精神融入集体的声音之中。"

"洛，你的记性真好极了，但我不得不请你费神别说那些粗话。还有

_____

① 法文，后来呢？
② 即 Ensuite，洛丽塔读音不准，把它说成了 Ansooit。

什么别的吗？"

"女童子军的训词，"洛狂热地说，"也就是我的格言。我用值得一做的事儿充实我的生活，比如——喔，别管什么事吧。我的责任就是——要对人有帮助。我是所有雄性动物的朋友。我服从命令，为人开朗。又是一辆警车。我很节俭，思想和言行都十分肮脏。"

"我希望你要说的就是这些吧，你这个机灵鬼。"

"对。就是这些。不——等一下。我们还在一个反光的烤炉里烤面包。这挺了不起吧？"

"唔，这好一些。"

"我们洗了千千万万个盘子。'千千万万'，你知道就是女教师用来表示许许多多的俚语。对啦，最后但同样重要的一件事，正像妈妈所说的——让我想想——究竟是什么呢？我晓得了：我们还作皮影戏。咦，多有趣啊。"

"C'est bien tout？ [①]"

"C'est。只有一件小事，告诉你的话就非臊红了脸不可。"

"你往后肯告诉我吗？"

"要是我们坐在黑地里，你让我小声说，我就告诉你。你睡在你原来的房间里，还是和妈妈挤在一块儿？"

"睡在原来的房间里。你妈妈也许得接受一次大手术，洛。"

"在那家糖果店停一下，好吗？"洛说。

洛丽塔坐在一张高脚凳上，一道阳光掠过她裸露的褐色前臂。她要了

————————————

① 法文，都说完了吗？下文 C'est（是的）是英语式法语。

一份精心配制的冰淇淋混合饮料，顶上浇了一些合成果汁。那是一个满脸脓包的粗野的小伙子竖放着给她端来的，他打着一个油污的蝴蝶领结，色眯眯地仔细打量着我那穿着薄棉布连衣裙的娇弱的孩子。我想赶到布赖斯兰和"着魔的猎人"去的那种不耐烦的心情变得简直叫我无法忍受。幸好，她用平时那种敏捷的速度把那份饮料喝完了。

"你有多少现钱？"我问。

"一分都没有，"她难过地说，同时扬起眉毛，把里面空空的钱包翻给我看。

"这是一个到了适当时候就会得到改善的问题，"我狡黠地回答说，"可以走了吗？"

"哎，我不知道他们有没有一个盥洗室。"

"你别上那儿去，"我坚决地说，"那肯定是个十分糟糕的地方。走吧。"

总的说来，她还是一个听话的小姑娘；回到车上以后，我吻了吻她的脖子。

"不要这样，"她由衷感到惊讶地望着我说，"不要把口水弄到我的身上。你这肮脏的家伙。"

她耸起一边肩膀蹭了蹭那块地方。

"对不起，"我嘟哝道，"我很喜欢你，就是这么回事。"

我们在阴沉的天空下开上一条迂回曲折的路，接着又开出去。

"唔，我也有点儿喜欢你，"洛丽塔用缓慢、柔和的声音说，像在微微叹息，坐得也靠我近了一点。

（哦，我的洛丽塔，我们永远也到不了那儿！）

暮色渐渐开始笼罩着美丽的小布赖斯兰，笼罩着它那仿殖民地时期式样的建筑、古玩店以及从国外输入的遮阳树，我们开车穿过灯光暗淡的街道，寻找"着魔的猎人"。尽管不停地下着蒙蒙细雨，弄得到处都是雨珠，但空气却温暖而清新。有一群人，主要是儿童和老人，已经在一家电影院的票房前排好了队，身上湿淋淋地布满了闪亮的宝石似的雨珠。

　　"噢，我也想看那部影片。吃完晚饭我们就去吧。噢，我们去吧。"

　　"也许可以，"亨伯特单调地说——这个狡猾的、身子膨脖的恶魔十分清楚，到九点钟，等他的节目开始，她就会毫无生气地依偎在他的怀里。

　　"慢点！"洛喊道，猛地把身子朝前一探，原来我们前面有辆讨厌的卡车在一个十字路口停下，车后的红灯不住地闪动。

　　如果我们不能很快、立刻、神奇地在下一个街区就抵达那家旅馆，我觉得我就会对黑兹这辆刮水器失效、刹车反复无常的破汽车完全失去控制；但是我向其请教该怎么走的过路人要么自己是外地人，要么皱起眉头问道："着魔的什么？"好像我是一个疯汉；再不然，他们就用几何学的手势、地理学的概述跟绝对地方性的线索（……你走到法院那儿，然后就往南走……）作出万分复杂的说明，弄得我无法不在他们好意的含糊不清的话语的迷宫中迷路。洛那可爱的、晶莹透明的内脏已把那些甜食消化掉了，这会儿她正指望吃上一顿丰盛的晚餐，开始变得有些烦躁不安。就我而言，尽管我早就习惯于一种次要的命运（不妨称作麦克费特的不称职的秘书）卑劣地干扰上司的豪爽宏伟的计划——但在布赖斯兰的街道上驾着车吱嘎吱嘎地摸索前进，却大概是我从未面临过的最令人作恼的严峻考验。后来几个月里，每当我回想起自己那么固执地孩子气地一心要到那家名称特别的客店去，就为自己的缺乏经验而发笑。因为在我们开过的路旁，无数家汽车旅馆在霓虹灯光下都表示它们尚有空房，准备为推销员、逃犯、虚弱乏力的人、一个个家庭团体以及最伤风败俗、充满活力的那一对对男女提供膳宿。嗳，温文尔雅的人驾车穿过夏天漆黑的夜晚，假如舒适的小屋突然退去颜色，变得像玻璃盒一样透明，那么，你们会从毫无缺陷的公路上看到何等的狂欢，何等花样奇特的淫欲啊！

我渴望的奇迹总算发生了。一个男人和一个女孩在湿淋淋的树下的一辆熄了灯的汽车里几乎搂作一团；他们告诉我们我们到了公园的中心，只要在前面一个红绿灯处向左一转就到了。我们并没有看见前面有什么红绿灯——实际上，公园就跟它所掩盖的罪恶一样黑暗——但是在开上一条相当平坦、滑溜的弯道后不久，旅行的人便透过雾气看到一片钻石似的亮光，接着就出现了池水的微光——那儿，既叫人感到惊奇又显得相当冷漠，坐落在幽灵似的树木下面，位于一条沙砾车道的顶端——正是"着魔的猎人"那座灰白色的华厦。

一排停放着的汽车好像紧挨在饲料槽边上的猪似的，乍一看，似乎已经没有地方好停车了，但就在这时，好像施了魔法似的，一辆庞大的折篷汽车开动了，在灯光照射下的雨中有如红宝石那样闪闪发光——接着被一个宽肩膀的开车人猛地倒了出来——于是我们十分感激地悄悄开进它留下的那片空隙。我立刻为自己的匆忙感到懊悔，因为我发现原来的那辆汽车这时已经开进附近一个车库似的棚里，那儿的空间足以再停一辆汽车，但是我急不可待，不愿再照他的样子去做。

"哟！看上去挺气派，"我那粗俗的宝贝儿眯起眼睛看了看外面的拉毛粉饰说，一面钻出汽车站在淅淅沥沥的雨中，用一只幼稚的手把紧贴着胯裆的连衣裙的裙褶扯扯松——引用一句罗伯特·布朗宁的诗句①。在弧光灯下，变大了的显得十分逼真的栗树树叶在白柱子上起伏、摆动。我打开汽车后面的行李厢。有个头发花白的驼背的黑人，穿着一身粗陋的制服，拿起我们的旅行包，用小车慢慢地把它们推进旅馆大厅。那儿尽是上了年纪的妇女和教士。洛丽塔蹲下身去，抚摸一条白脸、蓝斑、黑耳朵的小猎狗，在她的爱抚下，那条狗竟晕乎乎地伏在那块花地毯上——谁又不会这样呢，我的宝贝儿——这当儿我清了清嗓子，穿过人群朝服务台走去。有个肥猪似的秃顶老头儿——在这家老旅馆中，每个人都显得年纪很老——在服务台边带着殷勤的笑容仔细打量了一下我的容貌，随后不慌不忙地拿出我的那份（歪曲事实的）电报，与心里产生的一些疑窦作了一番斗争，回过头去看了看钟，最后开口说他很抱歉，他把那个有两张床的房间一直保留到六点半，如今已经租出去了。他说有个宗教会议跟布赖斯兰的一场花展正好撞上，而且——"那个姓氏，"我冷冷地说，"不是亨伯格也不是亨巴格，而是赫伯特，我是说亨伯特，随便什么房间都成，只要能给我的小女儿放上一张小床。她才十岁，都累坏了。"

那个脸色红润的老家伙和善地瞅了瞅洛——她仍然蹲在那儿，嘴巴张着，侧着脸在倾听那条狗的女主人，也就是一个裹着淡紫色的面纱的老太太，从一张很深的印花装饰布的安乐椅中对她所说的话。

不管那个讨厌的家伙心里还有什么疑问，都被眼前这种花儿一般美好的景象弄得一扫而空。他说他可能还有一个房间，实际上的确有一个房

---

① 实际上并不是引的一句诗，而是暗指英国诗人罗伯特·布朗宁（Robert Browning, 1812—1889）1842年写的一部韵文戏剧《皮帕经过》（*Pippa Passes*）。

间——里面有张双人床。至于小床——

"波茨先生，我们还有多余的小床吗？"波茨也是一个脸色红润的秃顶的老家伙，耳朵和其他的洞眼里都长出了白毛，他会去看看有什么办法。他走过来跟我说话，而我却转开了自来水笔的笔套。迫不及待的亨伯特啊！

"我们的双人床实际上可以睡三个人，"波茨亲切友好地说，一面把我和我的孩子塞进房去，"有一个客人特别多的晚上，我们也曾安排三位女士跟一个像你孩子这么大的小孩睡在一起。我想其中有位女士是一个男人假扮的（我的指责）。不过——斯温① 先生，四十九号房间里还有多余的小床吗？"

"大概给斯伍恩家要去了，"最初那个爱开玩笑的老家伙斯温说。

"我们总会有办法的，"我说，"我太太往后可能也来——不过就连那样，我想我们也有办法。"

这两头肤色红润的猪如今都成了我最好的朋友。我用罪恶的手缓慢、清楚地写道：埃德加·亨·亨伯特② 博士和女儿，拉姆斯代尔草坪街三四二号。一把钥匙（342③！）只让我见到一半（魔术师在展示他就要藏在手心里的东西）——便交给了汤姆大叔。洛站起身来，离开了那条狗，有一天她也会这么离开我；一滴雨点落在夏洛特的坟上；一个年轻漂亮的女黑人拉开电梯门，那个在劫难逃的孩子走进电梯，后面跟着她那老在咳嗽清嗓子的父亲和提着旅行包的举止怯懦的汤姆。

---

① "斯温"，原文是 Swine，意思是"猪"。
② 在旅馆登记用的这个化名，是考虑到埃德加·爱伦·坡和他的小新娘。
③ 房间的号码正是黑兹家房子的门牌号码。

一条模拟出来的旅馆走廊。模拟出来的寂静与死亡①。

"嗨，这正是我们家的门牌号码，"兴高采烈的洛说。

房间里有一张双人床，一面镜子，镜子里映出一张双人床，一个壁橱，橱门上有面镜子，浴室门上也有一面镜子，一个蓝黑色的窗户，窗玻璃上映现出一张床，壁橱门上的镜子里也映现出一张床，两把椅子，一张玻璃面的桌子，两个床头柜，一张双人床：说得确切一点，是一张有着嵌板床架的大床，上面铺着一条托斯卡纳②玫瑰色绳绒线织的床单，一左一右，还有两盏饰有荷叶边的粉红灯罩的小灯。

我很想把一张五块钱的钞票放在那个深褐色的手掌心里，但转念一想，作出这样的赏赐可能反会引起误解，于是就放了一个两毛五分的硬币。又加了一个。他退出房去。门咔嗒一声。Enfin seuls.③

"我们睡在一间房里吗？"洛说，每当她想使一句问话具有什么强烈的意义，她的眉目总是那么强烈有力地抽动起来——倒不是乖戾或厌恶（不过显然已经到了乖戾或厌恶的边缘），只是强烈有力。

"我已经叫他们添一张小床。你要是愿意的话，我就睡那张小床。"

"你疯了，"洛说。

"怎么啦，亲爱的？"

"因为，亲爱的，如果亲爱的妈妈知道了，她会跟你离婚，还会把我掐死。"

只是嘴上强烈有力。并没有真的把这个问题看得有多严重。

---

① 在亨·亨看来是模拟的，因为在那个最最关键的夜晚，没有什么在他看来是真实的。
② Tuscany，意大利中西部的一个地区，以前是个大公国。
③ 法文，终于单独待在一起了。

"你听我说，"我说道，一边坐了下来，而她则站着，离开我有几英尺，正心满意足地盯着自己直看，对自己的外貌并没有感到什么不愉快的惊讶，而壁橱门上的镜子里却惊讶而愉快地充满了她红润的容光。

"听着，洛。让我们把这个问题彻底解决一下。实际上我是你的父亲。我对你有一种十分慈爱的亲情。你妈妈不在的时候，我要对你的幸福负责。我们并不阔绰，外出旅行的时候，我们不得不——我们常常会给凑在一起。两个人合住一个房间，不可避免地要陷入一种——我该怎么说呢——一种——"

"那个词是乱伦，"洛说——说完走进壁橱，接着发出年轻、清脆的格格的笑声，又退出来，打开旁边的一扇门，用她那神情古怪朦胧的眼睛仔细朝里面瞅了瞅，免得再犯错误，随后钻进浴室。

我推开窗户，急匆匆地脱掉给汗水浸湿了的衬衫，换了另外一件，检查了上衣口袋里那个装药丸的小瓶，打开——

她慢吞吞地走出来。我想要拥抱她：随意地在晚餐前带点儿克制地温存一下。

她说："嗨，让我们免了这套亲吻的把戏，找点儿什么吃的吧。"

就在那时，我才猛然感到十分诧异。

噢，一个多么叫人疼爱的宝贝儿！她朝那个打开的手提箱走去，好像用一种动作缓慢的步伐从远处偷偷地向它挨近，费劲地瞅着远处放在行李架上的那个宝箱。（我不知道她的那双灰色的大眼睛是否出了什么毛病，还是我们两个人都陷入了同一片施了魔法的迷雾？）她向那个手提箱走去，把穿着后跟相当高的鞋子的脚抬得很高，又曲起她那漂亮的好像男孩子所有的膝盖，一面用在水里或者在梦游中行走的人的那种缓慢的步伐穿过不断扩大的空间。接着，她用手捏着那特别短的两个袖子，提起一件紫铜色的、漂亮而又很昂贵的衬衣，用文静的手慢条斯理地把它展开，仿佛她是一个出神发呆的猎鸟人，正屏息瞅着他捏着两个火红的翅膀尖展开的一只惊人的鸟儿。随后（我站在一旁等她的时候），她抽出一条光彩夺目的腰带，看去就像一条缓慢移动的蛇，束在身上试了试。

接着她悄悄地投入我期待的怀抱，容光焕发，身心舒爽，一面用她那温柔、神秘、淡漠、朦胧而不很纯洁的目光抚慰着我——活脱儿就像轻贱可鄙的俏妞儿之中最轻贱可鄙的一个俏妞儿。因为性感少女所效法的就是这种女子——而我们却呻吟、死去。

"接问有什么吻题？"[1] 我对着她的头发咕哝道（对于讲话已经失去了控制）。

"如果你一定要知道，"她说，"你做的方法不对。"

"告诉我对方的头法。"[2]

"在适当的时候，"这个小卿卿[3]回答说。

Seva ascendes, pulsata, brulans, kitzelans, dementissima. Elevator clatterans, pausa, clatterans, populus in corridoro. Hanc nisi mors mihi adimet nemo! Juncea puellula, jo pensavo fondissime, nobserva nihil quidquam[4]；当

---

[1] 原文故意把 what's the matter with the kiss（接吻有什么问题）中的 matter（问题）和 kiss（接吻）两词的首音弄错，成为 what's the katter with the miss，所以译文也作了相应处理。

[2] 这句原文又把"对头的方法"（the right way）中 right 和 way 的首音弄错，成为 wight ray。

[3] "小卿卿"，原文是 spoonerette。Spoonerism 是"首音误置"义，俚语 spooner 是"向人求爱的人"或"痴情的人"意，语尾 -ette 表示"女性"。

[4] 本处亨·亨异常激动，他说的拉丁文竟然成了掺杂了拉丁文、英文、法文、德文和意大利文的一种古怪的语言，大意是："元气渐渐上升，不断涌动，火辣辣的，充满渴望，完全失去理智，电梯咔嗒咔嗒直响，停了下来，又咔嗒咔嗒直响，走廊里有不少人。除了死神，谁也不能把这个人儿（洛丽塔）从我手里夺走！身材苗条的小姑娘，我十分怜爱地想着，她什么也没看见。"

然，再过一会儿，我也许就会犯下什么不可收拾的大错。幸好，她又回到那个宝箱跟前去了。

在浴室里，我花了很长时间恢复常态，以便去干一件单调乏味的事。我站在那儿，屏住呼吸，心头怦怦乱跳，听见我的洛丽塔发出"嗬"和"哎呀"之类少女表示快乐的喊声。

她用了那块肥皂，只是因为那是样品。

"好啦，走吧，亲爱的，要是你也像我一样饿了。"

于是就朝电梯那儿走去，女儿挥舞着她白色的旧提包，父亲走在前面（nota bene①：从不走在后面，她不是一位女士）。当我们站在那儿（此刻肩挨着肩），等着电梯把我们送下楼去的时候，她把头向后一仰，毫无拘束地打了个呵欠，摇了摇她的那头鬈发。

"在那个营地上，他们要你们几点起床？"

"六点——"她忍住另一个呵欠——"半"——打了个大呵欠，浑身上下都颤动起来。"六点，"她重复道，嗓子眼里又堵住了。

餐厅迎面飘来一股油煎肥肉的味道，眼前还有一张笑容暗淡的脸。那是一个宽敞、浮华的地方，四周墙上的令人伤感的壁画描绘了摆出各种不同的姿势、陷入各种不同的着魔状态的着魔猎人，他们周围有一群庞杂的毫无生气的动物、林中仙女和树林。稀稀落落的几个老太太、两个教士和一个穿着运动上衣的男人正在默不作声地把他们的饭菜吃完。餐厅九点关门。穿着绿色制服、面无表情的女服务员巧妙地、急匆匆地想尽快把我们打发走。

---

① 拉丁文，请注意。

"他是不是看上去活像，完全就像是奎尔蒂？"洛低声说，她并没有用尖尖的褐色的胳膊肘儿去指，但却显然心急火燎地想要指出坐在餐厅远处角落里的那个穿着花哨的方格子衬衫单独用餐的客人。

"像拉姆斯代尔我们的那个胖牙科大夫吗？"

洛含着刚喝进嘴去的那口水，把晃动的玻璃杯放下。

"当然不像，"她快乐得唾沫四溅地说，"我指的是骆驼牌香烟广告上的那个剧作家①。"

噢，名声！噢，Femina②！

等甜点心给端来砰地放下后——给年轻姑娘的是一大块樱桃馅饼，给她的保护人是香草冰淇淋，不过大部分也给她在吃完馅饼后迅速地吃掉了——我拿出一个里面装着"爸爸的紫药丸"的小玻璃瓶。我如今回想到那个奇怪、可怕的时刻，那些令人眩晕的壁画，我只能用一颗错乱的心在其中旋转的那种梦幻的真空作用来解释我那时的行为，但当时，一切在我看来似乎都十分简单，也难以避免。我朝四周瞥了一眼，看清最后一个用餐的人已经离开，便拔开瓶塞，动作十分审慎地把春药倒在我的手掌中间。我对着镜子仔细练过很多次这个动作：把一个空手掌对着张开的嘴一拍，（假装）吞下一颗药丸。正如我所预料到的那样，她一把抓住那个装着饱满的、颜色鲜艳的胶囊的药瓶，瓶里那一颗颗胶囊里充满了美人香睡剂。

"蓝色的！"她喊道，"浅紫发蓝的。是什么做的？"

"夏天的天空，"我说，"还有李子和无花果，以及帝王的深紫色的

---

① 指克莱尔·奎尔蒂。参看第107页。
② 拉丁文，女人。

血液。"

"别这样，认真一些——求你了。"

"噢，不过是爸爸的紫药丸。维生素 X。能叫人身体结实得像头牛或者像把斧头。你想尝一颗吗？"

洛丽塔伸出手来，使劲点了点头。

我原来指望药会迅速生效。果然如此。在营地她曾度过了十分漫长的一天，早上跟巴巴拉一起去划船，巴巴拉的姐姐是湖滨区的总监，这个讨人喜欢、容易接近的性感少女一面强忍住使上腭拱起的呵欠，一面开始断断续续地告诉我这一切，她的呵欠越打越大——哦，这种魔药的效果有多快啊！——而且在其他方面也很有效。在我们像涉水似的走出餐厅的时候，先前隐约出现在她脑海中的那场电影，自然已经给忘了。我们上了电梯，她微微笑着，靠在我的身上——你想不想要我告诉你？——半闭起她那有着黑眼睑的眼睛。"倦了吗？"汤姆大叔问道，他正把这个有着法国－爱尔兰血统的文静的先生跟他的女儿以及两个脸色憔悴的女人，种玫瑰花的专家送上楼去。他们都十分怜爱地望着我那身体娇弱、皮肤黝黑、脚步不稳、神情恍惚的玫瑰花似的宝贝儿。我几乎把她抱进我们的房间。她在房里的床边坐下，微微摆动着身子，一面用鸽子般低沉的拖得很长的声调说话。

"要是我告诉你——要是告诉你，你肯答应（倦了，倦极了——头垂下来，眼睛都快闭上了），答应你不会抱怨吧？"

"以后再说吧，洛。现在睡吧。我把你留在这儿。你上床睡吧。给你十分钟。"

"噢，我是个非常叫人讨厌的姑娘，"她继续说道，一边抖了抖她的头发，用不灵巧的手指把一条丝绒的头带解下。"我来告诉你——"

"明儿再说吧，洛。上床睡吧，上床睡吧——看在上帝分上，上床睡吧。"

我把钥匙放进口袋，走下楼去。

二八

陪审团的女士们！耐心听我说一下！让我只占用一点儿你们宝贵的时间！这就是 le grand moment①。我让我的洛丽塔仍然坐在那张深渊似的床的边沿，瞌睡蒙眬地抬起一只脚来，摸索着鞋带，并且在这么做的时候，把大腿下侧一直露到她的短裤裤裆那儿——在暴露大腿的问题上，她一向特别心不在焉或不知羞耻，或是两者都有。这其实就是我弄清了门里面没有插销以后锁在屋里的她那不受外界影响的情影。那把挂着刻有号码的木牌的钥匙立刻成为进入一片令人销魂而又畏惧的未来的重要芝麻②。它是我的，是我滚热的长满汗毛的手的一部分。再过几分钟——比如说，再过二十分钟，就算半个小时，sicher ist sicher，③像我舅舅古斯塔夫④常说的那样——我就开门走进那个"342"号房间，看到我的性感少女，我的美人儿和新娘给禁锢在她那水晶般的睡梦之中。陪审员们！假如我的幸福可以开口说话，它准会让这家时髦的旅馆充满震耳欲聋的笑声。今天我唯一感到懊悔的是，那天晚上我没有把"342"号的钥匙悄悄放在办公室里，随后离开这个市镇，这个国家，这片大陆，这个半球——甚至这个世界。

让我解释一下。我并没有因她自责的暗示而感到过分不安。我仍然坚决地想要推行我的方针，只在夜深人静的时候，而且只对一个完全受到麻醉的裸体小人儿暗暗行动，而不伤害她的童贞。克制和尊崇仍然是我的箴言——即使这种（顺带提一句，已被现代科学完全揭穿了的）"童贞"由于她在那个可恶的营地上某种幼稚的性爱经验——无疑是同性恋的性爱经验——而稍微受到一点儿损害。当然，我，让－雅克·亨伯特⑤，按照我那老派的、旧世界的习惯，在头一次遇见她的时候，就认定她是清白之身，就跟纪元前的古老世界和它的种种令人着迷的习俗可悲地终结以后我们对"正常儿童"的传统看法一样。在我们这个开明的时代，我们四周并没有簇拥着许多花儿般的幼小的女奴，可以供我们在办公和沐浴之间随意采摘，就像在古罗马时代那样；我们也不像尊严的东方人在更为奢靡的时代里所做的那样，在吃羊肉和喝玫瑰色的果子露之间使用不少幼小的优伶唱歌跳舞。总的要点就是，成人世界与儿童世界之间古老的联系如今已被新的习俗和法律完全割断。尽管我了解一点精神病学和社会工作的皮毛，但我实际对儿童所知甚少。不管怎么说，洛丽塔才十二岁，而且无论我在时间和地点方面作出什么样的迁就——甚至把美国中小学生的粗野举动也牢记在心——我仍然觉得，不管那些没有教养的小娃娃之间发生什么，也都是在一个较晚的年龄、一个不同的环境中发生的。因此（重新回到这番解释的思路上来），我这个道学家抱定我们惯常认为十二岁的小姑娘应该如

---

① 法文，伟大的时刻。
② "芝麻，开门"，是《一千零一夜》中《阿里巴巴和四十大盗的故事》里强盗念的开门咒语。
③ 德文，确切无疑。
④ 即古斯塔夫·特拉普，前面曾说是远亲。
⑤ 这里用了法国哲学家让－雅克·卢梭（Jean-Jacques Rousseau, 1712—1778）的名字，卢梭著有著名的《忏悔录》（*Confessions*）。

何的观念而回避这个问题。我这个儿童治疗专家（一个冒充内行的人，像大多数儿童治疗专家一样——但没有关系）机械刻板地重复新弗洛伊德主义①的杂乱无章的观点，并且设想出一个处于少女"性潜伏"期的爱好幻想和夸张的多莉。最后，我这个纵欲好色的人（一个真正的疯狂的恶魔）对于他的猎物的某种堕落的行为也不表示异议。可是在那种剧烈的欣喜后面某处，感到困惑的幽灵在窃窃私语——我并没有加以注意，这一点我深为后悔！人啊，请注意！我早该明白洛丽塔已经是一个跟天真无邪的安娜贝尔差别很大的姑娘，而且仙女的邪恶的气息正从我预备秘密享用的这个小精灵似的孩子的所有毛孔里往外散发，这样一来，就根本无法保守秘密，甜美的享受也会断送人的性命。（从洛丽塔——真正的孩子洛丽塔或是在她身后某个形容枯槁的天使——身上的某种气质向我显示出的那些征兆来看）我早该知道我从期待的销魂中所得到的结果只会是痛苦和厌恶。噢，陪审团高尚的先生们！

　　可她是我的，她是我的，那把钥匙就在我的手中，而我的手在我的口袋里，她是我的。在我为其奉献了多少个失眠之夜的幻想和计划的过程中，我已经逐渐清除了所有多余的污迹，并且通过一层层堆积半透明的幻象，已经设想出一幅最后的画面。除了一只短袜和她美丽的小手镯外，她整个身子都裸露在外，正摊开手脚躺在床上，被我的春药击倒了——我就这样预想着她的模样；她手里仍然握着一条丝绒发带；她那蜜黄褐色的身体，露出游泳衣在她身上留下的与她那晒成褐色的部位形成对照的白色痕迹，并向我展示出苍白的蓓蕾似的乳房；在粉红色的灯光下，一小撮细小

---

① 强调家庭、社会制度和文化对精神病致病影响的奥地利精神病学家弗洛伊德的信徒。参看第 54 页注。

的阴毛在隆起的丰满的下腹部闪闪发亮。那把冰凉的钥匙带着附属于它的温暖的木牌，就在我的口袋里。

我在各个不同的公共厅堂里转悠，下面灯光明亮，上面光线暗淡，因为欲望的外表总是阴暗的。欲望从来不能十分肯定——甚至当那个肌肤柔软的牺牲者给锁在你的地牢里也是如此——肯定不会有哪个敌对的恶魔或富有权势的神明来破坏你预备取得的成功。照普通的说法，我需要喝点儿酒，但在这个古老的场所尽是浑身流汗的市侩和过去某一时代的物品，根本没有酒吧。

我走进男厕所。有个穿着教士穿的黑衣服的人——comme on dit[1]——一个"劲头十足的人"——正在维也纳[2]的协助下想要查明自己是否还有性本能；他问我喜不喜欢博伊德博士的讲话，听到我（国王西格蒙德[3]二世）说博伊德真是个好小伙子的时候，显得相当困惑。看到他这种神态，我利索地把用来擦我敏感的手指尖的那张草纸扔进专为它设置的容器，随后便朝旅馆大厅走去。我把胳膊肘儿舒舒服服地搁在柜台上，问波茨先生他是否肯定我妻子没有来过电话，还有那张小床究竟怎么样了。他回答说我妻子并没有来过电话（当然，她已经死了），小床明天就会放好，要是我们决定住下去的话。从一个被称作"猎人大厅"的开阔而拥挤的场所，传来许多人谈论园艺或来世的声音。另一间屋子被称作"山莓大厅"，那儿灯火通明，摆着好多张光亮的小桌子和一张上面放着"点心"的大桌子，除了一位女主人（那种脸上挂着呆滞的笑容、讲话的样子就像夏洛特的形容

---

① 法文，正像俗话说的。
② 这里的"维也纳"可能借指弗洛伊德的学说。弗洛伊德认为性本能冲动是行为的基本原因。
③ Sigmund，弗洛伊德的名字。

憔悴的女人），里面仍然空空荡荡。她轻快地走到我的面前，问我是不是布雷多克先生，如果我是这位先生的话，比尔德小姐正在找我。"一个女人竟有这么个姓^①，"我说，接着就慢慢地走开了。

彩虹般的血液在我的心里汹涌进出。到九点半的时候，我就要去向她作出奉献。回到旅馆大厅，我发现那儿起了变化：许多穿着花衣服或黑教士服的人在各处三五成群地聚在一起。一个神奇的机会使我看见一个跟洛丽塔年岁相仿的讨人喜欢的孩子，身上也穿着洛丽塔穿的那种连衣裙，不过是纯白色的，黑头发上还扎着一条白缎带。她并不漂亮，但她是一个性感少女；她那温润白皙的双腿和洁白可爱的脖子在令人难忘的瞬间与我对肤色棕黄发红、充满生气、受到玷污的洛丽塔的欲望形成十分令人愉快的交互唱和（用脊髓音乐的术语来说）。那个脸色苍白的孩子注意到我的目光（那其实是十分随便和温和的），却滑稽可笑地变得忸忸怩怩，完全失去了镇定；她眼睛骨碌碌乱转，用手背擦擦她的脸蛋儿，又拉拉她裙子的绳边，最后把她那瘦削的动来动去的肩胛骨冲着我，装着一本正经地在跟她那母牛似的妈妈说话。

我离开了嘈杂喧闹的旅馆大厅，站在外面白色的台阶上，望着无数带有粉末的小虫在充满嗡嗡嘤嘤的声音的那个潮湿的黑夜里围着灯盘旋。我所要做的一切——我所敢做的一切——就是这么一点儿……

突然，我发现在我旁边的那片黑暗中，有个人正坐在有柱子的门廊上的一把椅子上。我其实并不能看见他，但让我知道他在那儿的，是把螺钉转下发出的擦刮声，接着传来一阵谨慎的咯咯声，最后是把螺钉转还原的

---

① 比尔德，原文为 Beard，意思是"胡须"，所以这么说。

平静的声音。我正预备走开，他开口对我说起话来：

"你究竟是打哪儿把她弄来的？"

"对不起，你说什么？"

"我是说：天气就是转晴了。"

"看上去是这样。"

"那小妞儿是谁？"

"是我女儿。"

"你撒谎——她不是。"

"对不起，你说什么？"

"我是说：七月里很热。她母亲在哪儿？"

"死了。"

"是这样。对不起。顺便说一声，你们俩明儿何不跟我一块儿吃午饭。那伙讨厌的人到那时就都走了。"

"我们也走了。晚安。"

"对不起。我醉了。晚安。你的那个孩子需要好好睡一阵子。睡眠像一朵玫瑰，正如波斯人所说的那样①。抽烟吗？"

"现在不抽。"

他划了根火柴，但因为他醉了，或者因为有风，火苗照亮的不是他，而是另一个人，一个很老的老头，是一个老旅馆中的那种常客——跟他坐的白色摇椅。谁都没说什么，黑暗又回到了原处。接着，我听见那个老人咳嗽起来，吐出一些叫人感到毛骨悚然的黏液。

---

① 这是暗指欧玛尔·海亚姆的《鲁拜集》，见第 113 页注 ②。

我离开门廊。总共至少已经过了半个小时。我该去喝口酒的。紧张开始产生了影响。假如一根小提琴弦也能感到疼痛，那我就是这根琴弦。不过，露出急急忙忙的样子会很不得体。在我穿过旅馆大厅角落上的一群站着不动的人时，有道耀眼的亮光忽然一闪^①——于是满面笑容的布雷多克大夫，两个佩戴着兰花的主妇，那个穿白衣服的小姑娘，大概还有在那个像新娘似的小妞和着魔的教士之间侧身走过的龇牙咧嘴的亨伯特·亨伯特，全都变得名垂千古——就小城镇报纸的质地和印刷可被视作传诸久远而言。一群喊喊喳喳的人聚在电梯旁边。我选择了从楼梯走上楼去。342号房间就在太平门旁边。你还可以——但是钥匙已经插到锁里，接着我进了房间。

---

① 指用闪光灯拍照。

二九

浴室的门半开半掩，里面还亮着灯；除此之外，屋外的弧光灯透过软百叶帘射进一片稀疏的红光。这些交叉的光线划破卧室里的黑暗，展现出下面这番景象。

我的洛丽塔穿着一件旧睡衣，侧身躺在床的中央，背对着我。她那薄薄盖住的身体和光胳膊光腿形成一个"Z"形。她把两个枕头都放在她那黑发蓬乱的头下面；一束惨白的光掠过她脊椎骨的顶端。

我立刻脱下衣服，穿上睡衣，速度难以相信地快得就像在电影摄影的场面里，更衣过程给删剪时所暗示的那样。我已经把一个膝盖跪到床边上，洛丽塔忽然回过头来，透过被一道道微光掠过的黑暗目不转睛地看着我。

这是闯进房来的那个人所没有料到的情况。药丸招揽生意的宣传（entre nous soit dit①，一个相当卑鄙的勾当），目的在于叫人迅速安睡，就连一大群人也不会把服药的人吵醒，而这会儿，她却目不转睛地看着我，口齿不清地把我叫作"巴巴拉"。巴巴拉②穿着我的对她来说未免太紧的睡衣，仍然十分镇定，一动不动，面对着这个说梦话的小人儿。多莉绝望地叹了口气，缓缓地转过脸去，恢复了原来的姿势。至少有两分钟，我在床边神经紧张地等着，就像四十年前那个裁缝带着自制的降落伞准备从埃菲尔铁塔上跳下去时那样。她轻微的呼吸具有睡眠的节奏。最后，我勉强把身子挪到狭窄的床边上，悄悄拉着堆在我冰凉的脚后跟以南的那点儿被褥——洛丽塔抬起头来，目瞪口呆地望着我。

　　我后来从一位给了我不少帮助的药剂师那儿得知，紫色的药丸甚至都不属于巴比妥酸盐③那个庞大崇高的门类。神经病人认为它是一种效果很强的麻醉药，虽然它可能会让一个神经病人入睡，但却依然是一种过于平和的镇静药，不会长时间地对一个尽管疲惫但却依然相当警觉的性感少女产生影响。拉姆斯代尔的那个大夫究竟是个江湖郎中，还是个精明的老骗子，这一点实际上现在和过去都无关紧要。要紧的是，我受了骗。等洛丽塔又睁开眼睛的时候，我意识到不管这种药在下半夜是否还会产生作用，我所依赖的安全措施已不可靠。她的头又缓缓转过去，倒在过高的枕头上。我静止不动地躺在床边，仔细地看着她乱蓬蓬的头发，看着她那隐隐露在外面的半边大腿和半边肩膀的性感少女肌肤上的微光，一面想要根据她的呼吸的速度推测出她睡得有多么熟。过了好一会儿，什么都没有改变，我决定冒险朝那片可爱的、令人发狂的微光挨近一点；可是我还没有挪到它那温暖的外围，她的呼吸就又暂停下来。我有一种讨厌的感觉，觉得小多洛蕾丝完全清醒，只要我用自己肮脏的身体的任何部位碰她，她立刻就会尖声喊叫。读者啊，不管你对我书中的这个心肠软弱、病态敏感、

---

① 法文，只在我们之间说说。
② 指被当作巴巴拉的亨伯特。
③ 一种镇静剂和催眠药。

无限谨慎的男主人公多么恼怒，请你可别跳过这必不可少的几页！想象一下我的情况。如果你不去想象，那么我就不会存在；试着辨别出我身上的那种好像母鹿似的品质，在自己邪恶的树林中索索发抖；还是让我们稍微笑一笑吧。不管怎么说，笑笑并没有什么害处。例如（我几乎写成了"列如^①"），我没有地方好搁我的头，而心口灼热（人们把这种煎熬称作"法国式的"，grand Dieu！^②）又给我的不适火上浇油。

她又睡熟了，我的性感少女。但我仍然不敢开始我着魔的航行。La Petite Dormeuse ou L'Amant Ridicule.^③ 明儿，我要把先前叫她妈妈那么彻底地失去知觉的那种丸药喂给她吃。在汽车上的贮物箱里——还是在那个铰合式手提旅行包里？我是不是应该足足等上一个小时，随后再悄悄向前移动？对性感少女的痴迷狂想是一门精确的科学。实际接触在不多不少的一秒钟里就可以完成。一毫米的间隙在十秒钟里就可以完成。我们且等着看吧。

什么都不像一家美国旅馆那么嘈杂。而且，请注意，这儿还被看作是一家安静、舒适、宾至如归的老式场所——"风雅得体的生活方式"以及诸如此类的各种东西。电梯门开关的哐当声——就在我头东北二十码左右的地方，但听上去却清楚得就像在我左边太阳穴里似的——跟电梯上下的轰响声和嗡嗡声此起彼伏，一直持续到午夜以后很久。每隔一会儿，就在我左耳的正东面（假如我始终仰面躺着，不敢把自己较为邪恶的一侧对着我的同床人那朦胧的臀部），走廊里就会充满欢快、响亮、愚蠢的喊叫以

---

① 作者把 for instance（例如）写成了 frinstance。
② 法文，天哪！
③ 法文，熟睡的少女或可笑的情人。并无一幅这个标题的画作。这个模拟的标题和内容模仿的是十八世纪的风俗版画。

及末尾的一连串道晚安的声音。等这阵嘈杂声过去以后，我小脑正北方的一个抽水马桶又取而代之。那是一个强劲有力、声音深沉的抽水马桶，给使用了好多次。它的汩汩声和冲泻声以及随之而来的长时间的充水声使我身后的墙壁也震动起来。接着，南面哪个人又病得相当厉害，喝酒喝得几乎把命都咳掉了。他房间里的抽水马桶就在我们浴室的隔壁，冲起水来活像真正的尼亚加拉大瀑布①。最后，所有的瀑布都停止了，着魔的猎人也都酣畅地睡着了，我却仍然无法入睡，在我西面，窗下的那条林荫道——一条两边都是参天大树、沉静肃穆的高尚住宅区的街道——竟成了轰隆隆地穿过潮湿、刮风的夜晚的巨型卡车穿梭来往的可鄙的通道。

离我和我燃烧的生命不到六英寸远的地方，就是朦朦胧胧的洛丽塔！经过漫长的一动不动的守候，我的触角又朝她移去。这次，床垫吱吱嘎嘎的声音并没有把她吵醒。我设法把我贪婪的身躯移得离她那么近，因而我都能感到她那裸露的肩膀的气息像一股暖气拂到我的脸颊上。随后她突然坐起身来，气喘吁吁，用不正常的飞快的速度嘟哝着什么关于小船的事，用劲拉了拉被单，又重新陷入她那香甜、黑暗、年轻的昏睡中去了。在她酣睡着翻动身子的时候，她的一只新近赤褐色的如今月白色的胳膊横打到我的脸上。有一刹那，我抱着她。她从我搂抱的阴影中脱出身去——她这么做并无意识，也不用劲，也不带有任何个人的反感，只发出一个要求正常休息的孩子的那种平常的哀怨的嘀咕。一切又恢复原状：洛丽塔弯曲的脊梁骨对着亨伯特，亨伯特用一只手托着头，给欲望和消化不良弄得浑身发烧。

---

① Niagara Falls, 加拿大和美国之间的一个大瀑布。

消化不良逼得亨伯特要到浴室去喝一口水；我知道，也许除了牛奶配小萝卜以外，这是对我的病症的最有效的药物。等我再回到那个奇异的、充满一道道惨淡的光线的堡垒中（洛丽塔的新旧衣服以各种不同的着魔姿态搭在那儿的一件件看去似乎模模糊糊地在飘浮的家具上），我那不好对付的女儿坐起身来，用清晰的声调也要水喝。她用模模糊糊的手接过那个富有弹性的、冰凉的纸杯，感激地一口喝下了杯里的水，她的长长的睫毛正对着纸杯，随后，小洛丽塔做了一个比任何肉体的爱抚更令人销魂的娇憨动作，在我的肩膀上擦了擦她的嘴。她重新倒在她的枕头上面（趁她喝水的时候，我已经把我的枕头抽了出来），马上又睡着了。

我不敢再给她吃一颗那种药，心里并没有放弃希望，以为第一颗药仍然会叫她睡得很熟。我开始把身子朝她移去，作好接受任何失望的准备，心里知道我最好继续等待，但又无法等待下去。我的枕头上散发出她头发的气味。我朝着我那隐约闪现的宝贝儿移过去，每当我觉得她动了或正要动的时候便停下来，或者后退。从仙境吹来的一丝微风已经开始影响我的思绪[①]。当时，我的思绪似乎潜伏在斜体字当中，仿佛反映出我思绪的水面被那阵风的幻影吹皱了。我的意识一次次地朝相反的方向折叠，我那不断挪动的身体进入了睡眠的境界，又摆脱出来，有一两次，我发现自己迷迷糊糊地发出一阵凄凉抑郁的鼾声。温柔的薄雾笼罩着渴望的群山。时而，我觉得那个着魔的猎物就要跟这个着魔的猎人在半路上相遇，她的臀部在一片遥远的、传说中的海滩上那些松软的沙砾下正缓缓地向我移来。接着，她那泛起波纹的朦朦胧胧的身体就会动上一下，我就知道，她比任何

---

① 指刘易斯·卡罗尔写的《爱丽丝漫游奇境记》(*Alice in Wonderland*, 1865)。

时候都离我更为遥远。

我相当详细地叙述那个遥远的夜晚的激动和摸索，只是因为我坚持想要证明我现在不是、过去也从来不是，而且过去也绝不可能是一个蛮横的恶棍。我悄悄穿过的那些温和朦胧的境地是诗人留下的财产——不是罪恶的渊薮。假如我达到了我的目标，我的狂喜便会化作全部的柔情，成为一个内心燃烧的实例；这种内心燃烧的热力，即使在她完全清醒的时候，她也几乎感觉不到。可是我仍然希望她会逐渐陷入完全的昏睡之中，这样我就可以在她身上体味到更多的东西，而不只是那么一丁点儿。因此，在作出试探的接近中间，由于混乱的视觉把她转变成斑驳的月光或一片蓬松的开满花儿的灌木，我总梦想着自己重新恢复知觉，梦想着自己躺在那儿等待。

在午夜过后的那几个小时里，那个不安定的旅馆的夜晚出现了暂时的平静。四点左右，走廊里厕所的抽水马桶像小瀑布似的响了起来，接着门也乒乒乓乓。五点刚过，一番发出回声的滔滔不绝的议论便分为几次从一个院子或停车场上开始传来。其实那不是一番滔滔不绝的议论，因为讲话的那个人每隔一会儿就停下来，（大概是）听另一个人说话，只是那另一个人的声音我听不见，因此从听到的那部分话语得不出什么真实的意义。然而，那乏味的语调却带来了黎明。房间里已经充满了淡淡的紫灰色，好几个勤劳的抽水马桶也一个接一个地开始工作。哐当哐当和嘎嘎作响的电梯开始接送早起上楼和下楼的客人。我可怜地打了几分钟瞌睡，梦见夏洛特成了一个绿水池里的美人鱼，而在走廊里的什么地方，博伊德博士用圆润的嗓音说，"你们早上好"，鸟儿在树上飞来飞去。接着，洛丽塔打了一个呵欠。

陪审团冷漠的女士们！我原来以为要过好几个月，也许要过好几年，我才敢对多洛蕾丝·黑兹暴露出我的真面目；可是六点钟的时候，她已经完全清醒，到了六点一刻，我们实质上已经成了情人。我来告诉你们一件十分奇怪的事：是她勾引了我。

听到她清早打的第一个呵欠，我立刻假装侧脸睡得很香。我只是不知道该怎么办。她发现我睡在她的身旁，而不是在另一张床上，会不会感到震惊？她会不会拿起她的全部衣服，把自己锁在浴室里？她会不会要求立刻把她送到拉姆斯代尔——送到她母亲的床边——或者送回营地？可是我的洛是一个淘气的小妞儿。我感到她的眼睛紧盯着我。等她终于发出她的那种可爱的格格的欢笑声的时候，我知道她的眼睛一直充满笑意。她滚到我的身旁，她那暖烘烘的褐色头发拂到了我的锁骨上。我不大成功地装着刚醒过来。我们平静地躺着。我轻轻地抚摸她的头发，我们轻轻地接吻。叫我神思昏昏、相当窘困的是，她的吻具有一种相当有趣的紧张、试探的精妙的意味，这使我断定她在很小的年龄就经过一个小女同性恋的指点。一个叫查利的男孩子不可能教她那一套。好像想看看我是否尽兴，是否学过这一课，她缩回身去，细细打量着我。她的颧骨发红，饱满的下嘴唇闪闪发光，我马上就要崩溃了。突然，在一阵粗野的欢快声（性感少女的特征！）中，她把嘴凑到我的耳边——但有好一阵子，我的头脑无法从她那炽热的惊雷似的耳语中辨别出什么话来。她又哈哈大笑，拂去脸上的头发，又把话说了一遍。等我听明白她暗示的事情后，我渐渐颇为奇特地领悟到自己生活在一个崭新的、新得荒诞的梦境中，没有什么事在那儿是不可行的。我回答说我不知道她和查利玩过什么游戏。"你是说你从来没有——？"她的脸蹙了起来，厌恶不信地睁大眼睛望着我。"你从来没有——"她又开口说道。我趁空用鼻子去闻闻她。"别这样，好吗？"她带有鼻音地嘀咕道，迅速把她褐色的肩膀从我嘴边移开。（除了接吻或赤裸裸的交欢，她把所有的亲热爱抚看作不是"浪漫的胡搅"，就是"反常变态"——有很长一段时期，一直如此，这种方式相当古怪。）

"你是说，"她跪起身子，对着我，追问道，"你是个孩子的时候从来没有干过这种事吗？"

"从来没有，"我相当坦率地答道。

"好吧，"洛丽塔说，"那么我们就从这儿开始。"

可是，我不想详细描述洛丽塔的放肆，叫有学问的读者感到厌烦。只说我在这个漂亮的、几乎还没有发展成熟的年轻姑娘身上没有看到一丝端庄稳重的痕迹，也就够了。现代的男女同校教育、青少年的风尚、营火旁的欢宴等已经叫她这样的姑娘不可救药地彻底堕落了。她把那种赤裸裸的行为只看作不为成年人所知的年轻人的秘密世界的一部分。成年人为了传宗接代所做的事跟她毫不相干。我的生命被小洛用充满活力、切合实际的方式操纵着，仿佛那是一个与我无关的没有知觉的精巧的装置。虽然她急于想让我对粗暴的少年世界获得深刻的印象，但却并没有对一个孩子的生活跟我的生活之间存在的某些差异作好准备。只是出于自尊心，她才没有放弃；因为处在那种不寻常的困境中，我装着十分愚蠢，由她任意摆布——至少在我还能忍受的时候。可是说实在的，这些都是不相干的问题。我对所谓的"性行为"压根儿就不在意。任何人都可以想象那些兽性的成分。一项更大的尝试引诱我继续下去：一劳永逸地确定性感少女危险的魔力。

三〇

我不得不谨慎小心地行走。我不得不低声说话。噢，你这老练的犯罪报道的记者，你这神情严肃的老引座员，你这一度颇受欢迎的警察，在给学校门前的那个十字路口增光添彩了多年以后，如今却遭到单独监禁，你这靠一个男孩子读书给你听的不幸的荣誉退休教授！让你们这些家伙狂热地爱上我的洛丽塔，这绝不成，对吧！如果我是一个画家，如果"着魔的猎人"的管理人员在夏季的一天失去理智，委派我用我自己创作的壁画重新装饰他们的餐厅，那么下面就是我可能会设想出的画面，让我列出一些片断：

壁画上会有一片湖水。在火红色的花朵中会有一座凉亭。会有一些自然风景画——一头老虎追赶一只极乐鸟，一条令人窒息的蛇完全缠绕住小猪剥了皮的躯干。会有一位苏丹，脸上现出巨大的痛苦（可以说跟他做出来的爱抚并不相符），正在帮助一个臀部好看的小奴隶爬上一根缟玛瑙①的柱子。会有出现在自动唱机的乳白色两侧的那些性腺灼热的亮晶晶的液滴。会有中级小组的各种营地活动：划独木舟，跳库朗特舞②，在湖边的阳光下梳理鬈发。会有白杨树和苹果树，星期天的郊外风光。会有一块火蛋白石③在一个泛起阵阵涟漪的水池中融化，最后一次震颤，最后一次敷色，刺眼的鲜红，令人难受的粉红，一声叹息，一个畏缩的孩子。

---

① 缟玛瑙是玛瑙的一种。这里无疑指的是条纹大理石。
② 十七世纪盛行于欧洲的一种宫廷对舞。
③ 蛋白石是非晶质的矿物。火蛋白石一般为红色或黄色，带有火样的反射。

三一·

　　我尽力把这一切描述出来，倒并不是为了在我目前无限的痛苦中重新经历一次，而是为了在那个奇特、可怕、叫人发狂的世界里——性感少女的性爱中——区分出地狱和天堂。兽性和美感在某一点交融在一起，而我想确定的就是这条界限，但我感到自己完全做不到这一点。为什么呢？

　　根据罗马法的规定，一个女孩子可以在十二岁结婚^①，教会采纳了罗马法的这条规定^②，而且在美国的某些地方仍然心照不宣地受到奉行^③。十五岁则在无论何处都是合法的^④。如果一个四十岁的粗野放浪的汉子，经过当地牧师的祝福，又喝了一肚子酒，脱下他那已被汗水浸透的华丽衣衫，把他的阳物猛地插到他那年轻的新娘的体内，两个半球上的居民都会认为这并没什么不对。"在圣路易、芝加哥和辛辛那提这些促进身体成长的温和的气候区域（这所监狱图书馆里的一本旧杂志上这么说），女孩子大概到了十二足岁就成熟了。"多洛蕾丝·黑兹出生在距离促进身体成长的辛辛那提不到三百英里的地方。我只不过顺应自然。我是自然忠实的猎狗。那么为什么我不能摆脱这种恐惧呢？

211

我夺去了她的花蕊吗？陪审团敏感的女士们，我甚至都不是她的头一个情人。

① 确实如此，详见 1930 年出版的科贝特（Corbett）著的《罗马婚姻法》（*The Roman Law of Marriage*）。

② 确实如此，参看布斯卡伦和埃利斯（Bouscaren and Ellis）著的《教会法规》（*Canon Law: A Text and Commentary*, 1957）。

③ 根据 1931 年出版的维尼尔（Vernier）的《美国家庭法》（*American Family Laws*），目前美国有十个州仍加以奉行，这十个州是科罗拉多、佛罗里达、缅因、马里兰、马萨诸塞、田纳西、弗吉尼亚、爱达荷、堪萨斯和路易斯安那州。

④ 并非完全如此。在阿拉斯加、亚利桑那、加利福尼亚、康涅狄格、特拉华、伊利诺伊、密执安、明尼苏达、蒙大拿、内布拉斯加、内华达、新墨西哥、俄亥俄、宾夕法尼亚、西弗吉尼亚和怀俄明州的法定婚龄是十六岁，而在新罕布什尔和新泽西州的法定婚龄则为十八岁。可是，如果女方超过十二岁，已经怀孕或自愿，也可有例外。不过如今可能已有所改变。

三二

　　她告诉了我她是怎样失身堕落的。我们吃着没有什么滋味的粉状香蕉、被碰伤的桃子和非常好吃的土豆片，die Kleine^① 把一切都告诉我。她一边流利而毫无条理地讲着，一边脸上做出许多滑稽可笑的 moue^②。我想我已经说过，我特别记得她喊了一声"哟"后所做的一个苦脸：果冻似的嘴巴向一边咧去，眼睛朝上转动，习惯地既带着可笑的反感和无可奈何的神气，又有着对年轻人意志薄弱的容忍。

　　她惊人的故事开头先介绍了前一年夏天在另一个营地，一个她说"很不容易参加的"营地上跟她睡在同一个帐篷里的一个伙伴。这个伙伴（"一个受到遗弃的人物"，"有点儿疯狂"，但却是一个"顶呱呱的孩子"）教了她各种不同的手淫方法。开始，忠实的洛不肯把她的姓名告诉我。

　　"是不是格雷斯·安吉尔？"我问。

　　她摇了摇头。不，不是的，是一个大人物的女儿。他——

　　"也许是罗斯·卡迈因吧？"

　　"不，当然不是。她父亲——"

"那么，大概是艾格尼丝·谢里登吧？"

她咽了一口唾液，摇了摇头——随后才吃了一惊。

"哎，你怎么会知道所有这些姑娘？"

我作了解释。

"唔，"她说，"她们都很坏，学校那伙人里的有些人，但还没有坏到这样。如果你一定要知道，她的名字叫伊丽莎白·塔尔博特，现在她转到一所十分气派的私立学校去了。她的父亲是一个行政官员。"

我怀着一阵难以解释的痛苦回想起可怜的夏洛特过去时常在朋友聚会的闲谈中把这类美妙的趣闻告诉大家，比如"我女儿去年跟塔尔博特家的那姑娘出去远足时"。

我想知道双方母亲是否有哪一位晓得这种女同性恋的消遣。

"当然不晓得，"软弱无力的洛轻声说道，装着害怕而又宽慰的样子，把一只假装颤抖的手紧紧按着胸部。

可是，我却对她异性恋的经历更感兴趣。十一岁时从中西部搬到拉姆斯代尔后不久，她就成了六年级的学生。她所说的"很坏"究竟是什么意思？

噢，米兰达家的孪生姐妹好多年都睡在同一张床上；唐纳德·斯科特这个学校里最蠢笨的男孩跟黑兹尔·史密斯在他叔叔的车库里干了那事；而肯尼思·奈特——班上最聪明的学生——则不论在什么地方，只要遇到机会，就裸露自己的下体，而且——

"让我们来谈谈奎营地吧，"我说。不一会儿，我就知道了全部情况。

---

① 德文，小家伙。
② 法文，撇嘴的怪相。

巴巴拉·伯克，一个比洛大两岁的体格健壮、肤色白皙、金发碧眼的姑娘，显然是营地上游泳游得最好的孩子。她有一条十分独特的小划子，跟洛一块儿划着玩，"因为除她以外，我是唯一能游到柳林岛去的姑娘"（我想是指一场游泳测验）。七月里的每天早晨——请注意，读者，每个令人愉快的早晨——巴巴拉和洛都在查利·霍姆斯的帮助下，把小划子抬到奥尼克斯或埃里克斯（树林里的两个小湖）去，查利·霍姆斯十三岁，是营地女主任的儿子——而且也是方圆两三英里内唯一的男性（除了一个温顺的、耳朵完全聋了的老杂务工跟一个庄稼汉，他驾着一辆福特牌旧汽车，像种庄稼的人所做的那样，有时把鸡蛋卖给露营的人）。每天早晨，我的读者啊，这三个孩子总抄近路穿过美丽的没有危险的树林，林中充满了青春的各种标志、露水、鸟鸣。在茂密的矮树丛中，洛总给留在一个地点放哨，而巴巴拉和那个男孩则在灌木丛后面交欢。

开始，洛不肯"尝试那是怎么个情形"，但好奇心和彼此间的情谊占了上风；不久，她和巴巴拉就轮流跟那个沉默寡言、粗鄙、阴沉而不知疲倦的查利干起来。查利具有跟生胡萝卜一样多的性的魅力，他炫耀着搜集到的一大堆叫人着迷的避孕用品。他经常从附近的另一个湖，一个面积更大、周围居民更多、被称作克赖马克斯湖（用的就是那座迅速发展的年轻的工厂城镇的名称）的湖面上捞到这样的用品。虽然洛丽塔承认这"有那么点儿好玩"，而且"可以让人容光焕发"，但我很高兴地要说，她对查利的智力和举止十分轻蔑。她的性情也没有给那个淫猥的小恶棍所激发。事实上，尽管"好玩"，我想她的性情只给他弄得有些茫然。

那时已经快十点了。随着欲望的减退，我渐渐有了一种苍白、畏惧的感觉，在我的太阳穴里嗡嗡作响。那是一个灰蒙蒙的、叫人神经疼痛的日子，这种死气沉沉的现实状况助长了我的那种感觉。肤色棕黄、一丝不挂、虚弱无力的洛双手叉腰、（穿着毛皮面的新拖鞋的）双脚分开地站在那儿，她那窄小雪白的屁股对着我，她那板着的脸对着门上的镜子，正透过挂在前额上的一缕秀发毫无新意地对着镜子里的自己扮鬼脸。走廊里传来正在干活的黑人女仆低声说话的声音。不一会儿，她们轻轻地想要打开我们的房门。我叫洛到浴室去用肥皂洗一个十分必要的淋浴。床上乱七八糟，到处都有土豆片的碎屑。她先试穿上两件一套的藏青色的毛料衣服，又试穿上一件无袖衬衫和一条旋动式的格纹裙子，但前一套太紧，后一套又太宽大。我请她动作快一点（那种局面开始叫我感到惊慌），她竟恶狠狠地把我的那些美好的礼物一下子扔到房间角落里，穿上昨天穿的那身衣服。最后她总算打扮好了，我给了她一个漂亮的仿小牛皮的新钱包（我还悄悄在里面放了好几个分币和两个崭新发亮的一角银币），叫她到旅馆大厅去给自己买一本杂志。

"我马上就下来，"我说，"还有，我要是你的话，亲爱的，就不和陌生人说话。"

除了我的那些可怜的小礼物，其实并没有多少东西需要收拾；但我还是迫不得已，花了长得危险的时间（她是不是在楼下搞什么名堂？）去整理床铺，弄得看上去像是一个辗转反侧的父亲跟他顽皮的女儿所丢下的卧榻，而不是一个出狱罪犯跟两三个肥胖的老娼妇恣意放浪的场景。随后，我穿好衣服，叫那个头发花白的侍者上来帮我拿行李。

一切都很顺利。在旅馆大厅里，她正深深地坐在一张填料塞得很厚的血红色的扶手椅中，埋头在看一本装帧俗艳的电影杂志。有个身着花呢衣服、年龄跟我相仿的家伙 ①（那个地方的格调一夜之间转变成一种虚假的、乡绅的气氛），正越过他熄灭了的雪茄烟和过时的报纸目不转睛地看着我的洛丽塔。她穿着学生穿的白色短袜、两色的浅口便鞋和那件方领口的色彩鲜艳的印花布连衣裙。倾泻而下的一道绿黄色的灯光照出了她温暖的褐色胳膊和腿上的金黄色汗毛。她坐在那儿，漫不经心地高高地交叉着双腿，她那浅色的眼睛掠过字里行间，不时眨上一下。比尔的妻子在他们会面前早就从远处对他表示崇拜。事实上，这个著名的年轻演员在施瓦布杂货店 ② 吃圣代的时候，她就经常暗暗对他表示爱慕。没有什么比她那短平的翘鼻子、满是雀斑的脸，或是光溜溜的脖子上那略微发紫的斑点更孩子气的了，那是神话中的吸血鬼在她的脖子上痛饮一顿的结果；没有什么比她无意识地用舌头去舔自己肿胀的嘴唇两旁那玫瑰色皮疹的动作更为娇憨的了；没有什么比阅读有关吉尔的文章更为无害的了，她是一个充满活力的小明星，自己会做衣服，喜欢研读严肃的文学；没有什么比那头富有光泽的褐色头发在鬓角处那柔软光润的部分更为天真无邪的了；也没有什么更为自然纯朴的了——可是，假如那个淫乱好色的家伙，且不管他是谁——想想看，他有点儿像我的瑞士舅舅古斯塔夫，古斯塔夫也是一个对 le découvert ③ 极为赞赏的人——知道我身上的每根神经仍然有着被她的身体——那个装扮成一个女孩儿的长生不死的恶魔的身体偎依挨擦的感觉，那么他会感到多么令人作呕的嫉妒。

　　脸色红润、肥猪似的斯伍恩先生是否完全肯定我太太没有来过电话？

---

① 指奎尔蒂。
② 好莱坞的施瓦布杂货连锁店是电影从业人员和渴望进入电影业的人集会的场所。
③ 法文，裸体。

他能肯定。如果我太太打来电话的话，他可不可以告诉她我们已经出发到克莱尔姑妈家去了？他当然会的。我结了账，把洛从椅子上叫起来。她眼睛一直不离杂志地上了车。她给开车送到南边几个街区以外的一家所谓小餐馆，一路仍在看杂志。噢，她胃口不错，吃的时候甚至把杂志放到一边，但她平时那种欢快的样子被一种古怪的无精打采的神气所取代。我知道小洛有时脾气很坏，因此我鼓起勇气，张嘴笑了笑，等着她高声喊叫。我没有洗澡，没有刮脸，也没有去出恭。我的神经十分紧张。我不喜欢我的小情人在我想要随便闲聊的时候做出的那种耸起肩膀、张大鼻孔的样子。菲利斯到缅因州去和她的父母团聚前知道内情吗？我面带微笑地问。"嗨，"洛做了个哭丧的鬼脸说，"我们还是不谈这事吧。"我又接着想要——也没成功，不管我怎么呷嘴——引起她对那幅公路图的兴趣。让我提醒我的耐心的读者，洛就应当学习你的这种温顺的脾气，我们的目的地是那个欢乐的市镇勒平维尔，就在一所假设的医院附近。这个目的地本身就是完全随意选定的一处（唉，就像以后那么许多目的地一样）；我战战兢兢，不知道怎样才能使整个安排显得合理可信，而且等我们看完勒平维尔上演的所有影片以后还能编出别的什么合理可信的目标。亨伯特越来越感到不自在。那是一种相当特殊的感觉：一种受到压抑、令人局促不安的紧张的感觉，好像我正跟自己刚杀死的一个人的小小的鬼魂坐在一起。

　　洛回到汽车上去的时候，脸上掠过一种痛苦的神情。等她在我旁边坐下的时候，脸上又掠过了这种神情，显得更加意味深长。无疑，她为了让我知道才又这么做的。我傻乎乎地问她怎么回事。"没什么，你这粗暴的家伙，"她回答说。"你什么？"我问道。她没有作声。我们离开了布赖斯兰。平日很爱开口说话的洛一声不响。我的后背上好像有不少冷冰冰的惊慌的蜘蛛在往下蠕动。这是一个失去父母的孩子。这是一个孤苦伶仃的孩子，一个完全无家可归的儿童，而一个四肢粗壮、气味难闻的成年人那天早上竟然劲头十足地跟她干了三次。且不管毕生所抱的梦想的实现是否超过了原来的期望，从某种意义上说，这确实做过了头——陷入了一场噩梦。我一直粗心大意、卑鄙愚蠢。让我相当坦率地说一下：在那片黑暗骚动的底层某处，我又感觉到欲念的蠕动，我对这个可怜的性感少女的欲望竟然这么强烈。跟一阵阵的内疚混杂在一起的是一个叫人十分痛苦的念头：等我一旦找到一段合适的可以不受打扰地把车停下的乡间道路时，她的这种情绪可能会阻止我再次向她求欢。换句话说，可怜的亨伯特·亨伯特非常不快活，他一边平稳地、茫然地驾车朝勒平维尔驶去，一边不断苦苦思索，想找一句俏皮话说，好在这句机敏的话儿的遮掩下大胆地转向他的同座。然而，倒是她后来打破了那阵沉默：

"啊呀，一只压扁了的小松鼠，"她说，"真可惜。"

"是啊，可不是吗。"（急切的、满怀希望的亨说。）

"我们在下一个加油站停一下吧，"洛继续说，"我要到厕所去一下。"

"你要停在哪儿我们就停在哪儿，"我说。接着，在一片荒凉、秀丽而盛气凌人的小树林中（大概是橡树，美国的树木那么大小的时候，我还说不出个名称）开始充满生气地回响起我们汽车奔驶的声音，右首有条长满羊齿草的红土路在斜伸进那片林地前转了向。于是我提议我们也许可以——

"朝前开，"我的洛尖声叫道。

"行。不要着急。"（泄气了，可怜的畜生，泄气了。）

我朝她瞥了一眼。谢天谢地，这孩子露出笑容。

"你这傻瓜,"她说,一面甜甜地朝我笑了笑,"你这讨厌透顶的家伙。我本是个生气勃勃的姑娘,瞧瞧你都对我做了些什么。我应该把警察找来,告诉他们你强奸了我。噢,你这肮脏的、肮脏的老家伙。"

她只是在开玩笑吗?她的愚蠢的话中带着一种不祥的、歇斯底里的声调。不久,她嘴里发出咝咝的声音,开始抱怨疼痛,说她无法坐着,说我把她体内什么地方戳伤了。汗水沿着我的脖子往下流淌,我们差点儿把一个翘着尾巴穿过大路的小动物轧死,我那脾气暴躁的同伴又骂了我一句。我们在一个加油站停下汽车,她一句话也没说就钻了出去,很长时间都没回来。有个鼻子摔破了的年长的家伙慢吞吞地、仔细地给我擦了擦挡风玻璃——各个地方,这类人的做法都不一样,用具从麂皮揩布到肥皂刷都有,而这个家伙用的是一块粉红的海绵。

她总算露面了。"喂,"她用那种深深刺痛了我的冷漠的声音说,"给我几个银币和镍币①。我想给住在那家医院里的妈妈打个电话。号码是多少?"

"坐进车来,"我说,"那个号码你不能打。"

"为什么?"

"坐进车来,关好车门。"

她坐进汽车,砰的一声关上车门。那个老加油工对她露出笑容。我驾车转上公路。

"要是我想给妈妈打个电话,为什么不行呢?"

"因为,"我回答说,"你妈妈死了。"

---

① 指美国的五分镍币。

三三

在勒平维尔那个欢乐的市镇上,我给她买了四本连环画、一盒糖果、一盒卫生巾、两罐可口可乐、一套修指甲的用具、一个夜光面的旅行钟、一个上面嵌了一块真黄玉的戒指、一把网球拍、一双白色高帮旱冰鞋、一副双筒望远镜、一个手提收音机、口香糖、一件透明的雨衣、太阳眼镜,又添了一些衣服——看了叫人心醉神迷的衣服、短裤、各种各样的夏天穿的连衣裙。在旅馆里,我们要了两间房,但是半夜里她呜咽着跑进我的房间。我们又温情脉脉地和好了。你们知道,她实在没有别的地方可去。

第二部

一

　　从这时起，就开始了我们游遍美国的广泛旅行。在各种类型的旅馆中，我不久就变得特别喜欢实用的汽车旅馆——干净、整洁、安全僻静的角落，是睡眠、争吵、和好、无法满足的私通的理想去处。起初，我怕引起人家怀疑，总热切地支付两组一套中两组卧室的租金，每一组里都有一张双人床。我不知道这种安排究竟是打算给哪一类的四个人合住的，因为凭借不完整的隔板把那个屋子或房间分隔成两组互通的爱巢，所能获得的也只是一种外表不受干扰的清静假象。不久，这种正当的男女杂居所暗示的各种可能出现的情况（两对年轻男女快乐地交换伙伴，或是一个孩子假装睡着，以便亲耳听到哼哼唧唧的声音）使我胆子大了起来。偶尔，我会租下内有一张单人床加一张小床或是两张成对的单人床的屋子；那是天堂的牢房，黄色的窗帘给放了下来，好造成充满阳光的威尼斯清晨的幻觉，而实际上，那是宾夕法尼亚州，外面正在下雨。

　　我们逐渐知道了—— nous connûmes[①]，用福楼拜的语调来说——修建在被汽车协会《旅行手册》描述为"阴凉""宽敞"或"环境幽美的"庭园中，坐落在夏多布里昂[②]笔下的那些参天大树之下的石头小屋、砖块建筑、土坯建筑、灰泥天井。有种木头房子用多节的松木造成；它那金棕色的光泽让洛想到了油炸小鸡的骨头。我们看不上那种用护墙板修建的朴素的用石灰粉刷过的小木屋，它们总隐隐有一股阴沟气味或是什么别的朦胧的、不自然的恶臭；根本没有什么可以自诩之处（除了"舒适的床"），而一个面无笑容的女店主随时准备她的馈赠遭到客人拒绝（"……唔，我可以为你们……"）。

Nous connûmes（这是一个绝妙的玩笑）那些自以为颇有吸引力的千篇一律的旅店字号——诸如"夕阳汽车旅馆"、"铀光别墅"、"山峰旅社"、"松涛旅社"、"山景旅社"、"天边旅社"、"公园广场旅社"、"绿野"、"麦克旅社"。有时候，介绍中会有一行别出心裁的文字，比如，"欢迎儿童，可带宠物"（欢迎你们，可来住宿）。那种旅店的浴室大多是铺了瓷砖的淋浴设备，喷头装置形状各异，但都有一个共同的绝对非老底嘉教会[3]的特点，一种倾向，你正洗着，水会一下子变得滚烫，一下子又冷得要命。这完全取决于你隔壁的人拧开了冷水还是热水，因为那样一来，就把你十分仔细地调节好的水流中一种必不可少的成分抽走了。有些汽车旅馆在抽水马桶上面贴着通告（纸巾很不卫生地堆在水箱上），要求客人不要把垃圾、啤酒罐、纸盒、流产的婴儿扔进马桶；别的汽车旅馆还在镜子下面贴着特别通告，比如"重要事项"（驾车：你经常会看见驾车的游客驶过大街，从一次浪漫的月光下的漫游中归来。"经常是在凌晨三点，"毫无浪漫情绪

---

[1] 法文，我们了解了。福楼拜在他的《包法利夫人》（*Madame Bovary*, 1857）中叙述爱玛对种种娱乐进行的不幸实验时，曾用这一短语。

[2] François-René de Chateaubriand（1768—1848），法国浪漫主义作家，他曾访问过美国，对美洲参天的大树有很深的印象。

[3]《圣经·新约·启示录》第3章第14至16节。老底嘉教会在宗教事务上"既如温水也不冷也不热"。

的洛讥笑说）。

Nous connûmes 各种类型的汽车旅馆的经营人：男性中有改过自新的犯人、退休教师和事业上失败的人；女性中有慈母似的、装作贵妇人的和老鸨似的各种不同的人。有时，火车会在异常湿热的夜晚带着撕心裂肺的不祥的隆隆声，发出一声绝望的长啸，其中混杂着力量和歇斯底里。

我们避开殡仪馆的乡下亲戚旅游客店①，这种客店式样雅致、老式，但无淋浴设备，在令人消沉的红白两色的小卧室里摆着精致的梳妆台以及女店主的孩子们童年各个时期的照片。不过，我有时还是迁就洛对"真正的"旅馆的偏爱。当汽车停在一条暮色苍茫的、神秘的小道上，四周一片寂静，我在车里抚爱她的时候，她就会挑出手册上的一家受到大力推荐的湖滨旅馆，那儿提供的各种方便，诸如情投意合的伴侣、两餐之间的点心、户外野餐会都被她用手电筒照着看过去而夸大了——但在我的心中却只浮现出一片可憎的景象，一群穿着圆领长袖运动衫的讨厌的中学男生，用火红的面颊紧贴着她的脸蛋儿，而可怜的亨伯特博士，除了抱着自己那两个结实的膝盖外，什么都抱不到，只好冷清地坐在潮湿的草地上迁就他的痔疮。最叫她感兴趣的，还有那些"殖民地时期"的客店，除了"优雅的气氛"和观景窗②以外，这种客店还提供"不限数量的精美可口食品"。我珍藏在心底的对父亲那宫殿似的饭店的回忆有时也使我想在我们游历的这个奇异的国度寻找一家可以与其媲美的旅馆。不久我就失去了信心，只是洛仍不断追踪丰盛的食品的广告，

---

① "旅游客店"原文是 Tourist Home，指房间分租给旅游者的客店；殡仪馆是 Funeral Home，所以这么说。
② picture window，一种大型窗户，通常占一堵墙的极大部分，可以让人把窗外的景色尽收眼底。

而我却从道旁诸如**廷伯大旅馆**，十四岁以下的儿童免费接待这类招牌上得到了一种并不全然是省钱合算的乐趣。另一方面，每当想起在中西部某州的那家 soi-disant①"高级的"场所，我总不寒而栗；那家旅馆用广告宣传被喻为"洗劫冰箱"的午夜小吃，人们还因为我的口音而产生兴趣，想要知道我的亡妻和亡母娘家的姓。在那地方住了两天，竟花了我一百二十四美元！你记得吗，米兰达②，另外那个"极端时髦的"、有着免费赠送的早咖啡和流动供应的冰水、不接待十六岁以下儿童（当然不接待洛丽塔那样的姑娘）的强盗窝？

汽车旅馆成了我们常去寄宿的地方。在到了一家比较普通的汽车旅馆以后，她不是让电风扇呼呼转动，就是说动我朝收音机里丢一个两角五分的硬币，再不然就看完所有的标牌，随后哀怨地问我为什么她不能去骑马走上广告上说的一条山路或到当地那个温暖的矿水池去游泳。最常见的情形是，洛带着她养成的那种懒懒散散、百无聊赖的神气伏下身子，十分撩人地倒在一张红色弹簧椅、一张绿色躺椅、一张有搁脚板和华盖的条纹帆布躺椅、一张软躺椅或是露台上一把遮阳大伞下的任何其他草坪躺椅上。要花上好几个小时的甜言蜜语、威吓和许诺，才能在她不理会我可怜的欢乐而宁愿做任何其他事以前，在那个五美元租金的僻静的房间里把她那褐色的胳膊和腿交给我一会儿。

洛丽塔把天真和欺诈、妩媚和粗俗、阴沉的愠怒和开朗的欢笑结合到了一起，只要她愿意，可以成为一个叫人十分恼火的小淘气。对于她的

---

① 法文，所谓。
② 这是模仿英国诗人、小品文作家贝洛克（Hilaire Belloc, 1870—1953）的一首诗《塔兰台拉舞》（*Tarantella*, 1923）中的起句和叠句："你记得一家客店吗，／米兰达？／你记得一家客店吗？"

时时发作的毫无规律的厌烦情绪，来势汹汹的强烈的不满，她那种摊手摊脚、无精打采、眼神迟钝的样子，以及所谓游手好闲的习性——一种她认为像年轻无赖的小伙子一样强横的散漫、可笑的态度——我确实并没什么准备。从智力上说，我觉得她是一个讨厌的普通的小姑娘。悦耳动听、节奏急促强烈的爵士乐、方形舞①、又甜又腻的圣代冰淇淋、音乐片、电影杂志等——这些是她所爱好的事物清单上显著的项目。天知道我们每次吃饭，我对当时出现的那些华丽的八音盒丢了多少个五分镍币！现在我依然听到那些看不见的人用鼻音向她唱着小夜曲，那些名叫萨米、乔、埃迪、托尼、佩吉、盖伊、帕蒂和雷克斯的人②，唱的都是一些多愁善感、风靡一时的歌曲；但在我听来却并无差异，就像她吃的各种各样的糖果在我嘴里的味儿一样。她带着一种天国中的信心深信《影坛爱情》或《荧屏天地》上刊登的任何广告或意见——治疗脓包的冷冻油膏，或是"你们最好留神看看你们的衬衣下摆是否放在牛仔裤的外面，姑娘们，因为吉尔说你们不该如此"。如果路旁有个招牌上说：**请来参观我们的礼品商店**——我们就非得去参观不可，非得去购买里面的印第安古玩、布娃娃、铜制饰物、做成仙人掌的糖果。"新颖小巧的玩意儿和纪念品"这样的词汇仅以其顿挫抑扬的节奏就叫她神迷心醉。如果有家酒馆的招牌上说供应"冰镇饮料"，她就会自行兴奋起来，尽管各个地方的饮料都是冰镇的。广告就是为她这种人而做的：理想的消费者，既是各种讨厌的广告招贴的主体，又是其客

---

① 指由四对男女跳的方形舞。

② 萨米（Sammy Davis, Jr., 1925—1990）、乔·斯塔福德（Jo Stafford, 1917—2008）、"埃迪"·费希尔（"Eddie" Fisher, 1928—2010）、托尼·贝内特（Tony Bennett, 1926— ）、佩吉·李（Peggy Lee, 1920—2002）、盖伊·米切尔（Guy Mitchell, 1927—1999）和帕蒂·佩奇（Patti Page, 1927—2013）都是有名的歌星，而雷克斯可能并非实有其人。

体。她还试图——但没成功——只光顾漂亮的纸餐巾及顶上放了农家鲜干酪的色拉上被亨肯·丹斯^①的圣灵所降临的那些餐馆。

当时，她和我都还没有想到后来对我的神经和她的品德造成那么严重损害的那种用钱行贿的办法。当时我依靠三种别的方法控制我那妙龄的情妇，让她听话，也不乱发脾气。几年以前，在视线模糊的费伦小姐的看管下，她曾经在阿巴拉契亚山^②一个破败的农舍里度过一个阴雨绵绵的夏天，那个农舍多年以前属于一个乖僻的姓黑兹或别的什么的人，如今仍然耸立在它那满是金黄色的枝条和杂草的土地上，离开最近的小村庄二十英里，位于一条老是那么泥泞的道路尽头，一片没有花儿的树林边缘。洛总十分厌恶地回想起那所稻草人似的屋子，那分孤寂，那些湿润的老牧场，那种风声，那片膨胀的荒野。那种厌恶总使她扭歪了嘴，把露出一半的舌头翻起。我经常警告她，只要她"目前的态度"不有所改变，她就要跟着我离乡背井，需要的话，就要在那儿住上好几个月，好多年，跟我学习法文和拉丁文。夏洛特，我现在理解你了！

洛是一个单纯的孩子，每逢我要制止她那大肆发作的脾气，在公路中间把车子掉过头去，暗示要径直把她送到那个黑暗、凄凉的住处去的时候，她总尖叫着说："不！"一面疯狂地揪住我开车的手。然而，我们往西走去，离开那个地方越远，那种威胁也就越难实现了。于是我不得不采用其他劝说的方法。

其中，用感化院威胁是我回想起来最觉得羞愧的一种。从我们刚会

---

① 这又是首音故意错置，实际上是指邓肯·海因斯（Duncan Hines, 1880—1959）。他是《美食探源》《夜宿》等指南的作者。

② Appalachia，北美洲东部的一条山脉，从加拿大的魁北克省绵延到美国的亚拉巴马州北部。

合在一起的时候起，我就机敏地认识到，我必须取得她的完全合作，好把我们的关系保密，而且这应当成为她的第二天性，不管她对我产生什么怨恨，也不管她可能会去寻求什么别的快乐。

"过来亲亲你的老爸，"我常这么说，"别提那些闹别扭的废话。早先，当我还是你的理想情人的时候（读者一定注意到我费了多大心思才用洛的那种说话方式说话），你对你同年龄的人中（洛问："我的什么？讲英语。"[1]）头号叫人振奋与呜咽的偶像神魂颠倒得破了纪录。你认为你的好朋友们的那个偶像听起来就像亨伯特老朋友。可是现在，我只是你的老爸，一个理想的爸爸保护着他理想的女儿。

"我的 chère Dolorès[2]！我要保护你，亲爱的，不让你遭到小姑娘们在煤房和小胡同里，以及，哎呀，comme vous le savez trop bien, ma gentille,[3] 在天色最蓝的夏季在乌饭树林里所遭到的各种可怕的事情。在任何艰难的情况下，我都要当你的监护人；如果你听话，我希望法院不久就会使我的监护人身份合法化。不过，多洛蕾丝·黑兹，让我们忘了所谓的法律术语，把'淫猥与放荡的同居'这种说法视为合理的那种术语。我不是任意糟践一个孩子的性精神变态的罪犯。强奸犯是查利·霍姆斯。我是治疗专家——两者的差别就在于微妙的间隔[4]。我是你爹，洛。瞧，我这儿有一本专讲你们年轻姑娘的书。瞧，宝贝儿，瞧它上面说点儿什么。我来摘引一段：正常的姑娘——正常的，你注意——正常的姑娘平时总非常

---

① "同年龄的人"，亨·亨用了 coeval 这个词；洛以为他说的是法语，所以这么说。
② 法文，亲爱的多洛蕾丝。
③ 法文，正如你知道得实在太清楚的那样，可爱的人儿。
④ 强奸犯，英文是 rapist；治疗专家，英文是 therapist。这是作者玩弄字眼，说俏皮话。参看第 178 页注 ①。

急切地想讨她父亲的欢心。她在父亲身上感到了那个自己想望的、难以捉摸的男子的前身（在波洛纽斯①看来，"难以捉摸"是有好处的！）。聪明的母亲（你那可怜的母亲如果活着，一定会很聪明）总鼓励父女之间的友谊，她认识到——请原谅这种粗野的方式——姑娘就是从与她父亲的接触中形成自己对恋爱和男子的理想。那么，这本有趣的书上所说的——和推荐的，究竟是什么接触呢？我再摘引一句：西西里人把父女之间的两性关系当作一件理所当然的事加以接受，而具有这种关系的姑娘也不会遭到她身处其中的社会的非难。我十分钦佩西西里人，他们是优秀的运动员，优秀的音乐家，优秀而正直的民众，洛，而且也是十分懂得爱情的人。但我们还是不要把话扯开。就在几天前，我们从报上看到一篇有关一个中年道德犯的信口雌黄的文章，他为违反了《曼法案》②，出于不道德的目的——且不管目的是什么——把一个九岁姑娘运送到州界以外而供认有罪。多洛蕾丝宝贝儿！你并不是九岁，而是快十三岁了。我可不会劝你把你自己看作我横越全国的奴隶。我为《曼法案》而叹息，因为它被一个糟透了的双关语钻了空子，成为语义学诸神对扣紧拉链的非利士人③所进行的报复。我是你的父亲，我在说英语，而且我爱你。

"最后，让我们来瞧瞧，要是你，一个未成年的孩子，被控在一家体面的客店里败坏了一个成年人的品行，那会发生什么；要是你向警方报告说我拐骗了你，强奸了你，那会发生什么？让我们假定他们信了你的话。一个未成年的少女让一个二十一岁以上的男子在肉体上占有了她，就

① 波洛纽斯是莎士比亚戏剧《哈姆雷特》中的御前大臣和奥菲丽亚的父亲。
② *Mann Act*，这里作者显然语带双关，违反一词原文为 violation，也可作强奸解；Mann 又含有 man（人）意。
③ the Philistines，古代地中海东岸的居民，常指市侩、庸人。

232

使她所指控的人犯了强奸幼女罪或二级鸡奸罪（取决于法律条文）；最大的处罚是十年监禁。那么我就去坐牢。行啊，我去坐牢。可是你怎么办呢，我的失去父母的孩子？噢，你比较幸运。你就成为受公共福利部监护的人——恐怕那听起来有点儿凄惨。一个费伦小姐一类（不过比她更为苛刻，而且也不喝酒）的正经、严厉的女舍监会把你的口红和花哨的衣服全都拿走。也不能再四处游荡了！我不知道你有没有听说过针对尚未独立、无人照顾、屡教不改的犯罪儿童的法律。当我站在牢里紧抓住铁栅的时候，你这无人照管的幸运的儿童就有机会，从那些名称不同、实质大都一样的住处，诸如教养学校、感化院、少年拘留所或是那些绝好的少女感化院中选择一处。你在那儿编织活计、唱赞美诗、星期天吃几张腐臭的烙饼。你就得去那儿，洛丽塔——我的洛丽塔，这个洛丽塔就会离开她的卡图卢斯[①]到那儿去，你这不听话的孩子。说得明白一点，如果我们俩的事儿给人家发觉了，他们就会用精神分析法治疗你，把你关到一所教养院去，我的宝贝儿，c'est tout[②]。你就会住在，我的洛丽塔就会（过来，我的褐色花儿）跟其他三十九个傻瓜在一些可怕的女舍监的管教下，住在一所肮脏的宿舍里（不，请你让我把话说完）。情况就是这样，只有这么一种选择。你想想，在这种情况下，多洛蕾丝·黑兹是不是还是守着她的老爸比较好呢？"

我反复讲着这一番话，成功地把洛吓唬住了。洛的行为虽然有几分莽莽撞撞的机灵，有时候还会现出一阵机智，但她并不像她的智商所显示的那样，是一个聪明的孩子。不过就算我设法和她建立起了那个共同保密、

① 见第101页注①。
② 法文，就是这么一回事。

共同犯罪的背景，但我却没能相当成功地使她心情欢畅。在我们整整一年的旅行中，每天早晨，我必须设想出一件事儿，空间和时间中的某个特殊的目标，让她去指望，让她好一直过到上床睡觉的时候。否则，失去一个具体的、持久的目标，她生命的框架就会坍塌崩溃。她指望的目标可以是随便什么事物——弗吉尼亚州的一座灯塔、阿肯色州改成一家小酒馆的一座天然洞穴、俄克拉何马州某地的枪支和小提琴的藏品陈列、路易斯安那州仿造的卢尔德①洞穴、落基山某个胜地的博物馆中收藏的富矿脉开采时期的破旧照片，无论什么东西——一定得像一颗恒星似的放在我们的眼前，不过等我们到了目的地，洛多半又会假装畏缩不前。

　　我一连几个小时费尽心力地为她讲解美国的地理，让她获得"正在游历各处"，正在开往一个明确的目的地、一个异常有趣的地方的印象。我从来没有见过这时伸展在我们面前的如此平滑可爱的道路，它们越过像用碎布块拼成的被子似的四十八个州②。我们贪婪地吞掉那一条条长长的公路，屏息肃静地开过它们那光滑的、舞池似的黑色路面。洛非但无意观看风景，而且还气冲冲地怨恨我叫她注意景色中的这点或那点迷人之处。明媚艳丽的景色经常出现在我们不配观赏的旅途边缘，我自己也只是在面对这种美景好一阵子后，才知道去识别那些迷人之处。由于一种似非而是的形象化的想法，北美乡间的普通低地最初在我眼里，是一种因为愉快的熟识而看了叫我颇为吃惊的事物，那些从前由美洲输入的彩绘漆布就挂在中欧地区的儿童室的脸盆架上方，上面描绘的苍翠的乡村风光把一个上床睡觉的瞌睡的小孩弄得如痴如醉——不透光的、虬曲的树木、一座谷仓、几

----

① Lourdes，法国西南部的一个城市，以产生奇迹的治疗方法闻名的罗马天主教圣地。
② 美国现在有五十个州。

头牛、一条小溪、朦胧的果园里开着晦暗的白花，也许还有一堵石头围墙或淡绿色水彩画颜料的小山。可是，渐渐的，我越是从近处了解乡村生活的那些典型的基本特色，它们在我眼中就越来越显得陌生。在受到耕种的平原那头，在犹如玩具似的一排排屋顶那头，总会缓缓地布满一片 inutile① 美好景象，银灰色的雾霭中的一个低低的太阳，用温暖的、剥了皮的桃子的色彩，把跟远处情意绵绵的薄雾融在一起的那道平面的、鸽灰色云层的上部边缘染红。也许会有一排凸现在地平线上的互有间距的树木，而寂静、炎热的晌午笼罩着一片长满红花草的荒野。克洛德·洛兰② 笔下的浮云在远处渗入雾霭迷蒙的碧空，只有堆积的部分在逐渐淡下去的昏暗背景的衬托下还很明显。再不然，也可能是一道埃尔·格列柯③ 笔下的那种风格刚劲的地平线，饱含着墨黑的雨水，有个脖子干瘪的庄稼汉一闪即逝，四周围交替更迭地出现一道道水银似的水流和扎眼的嫩玉米穗，整个这片景象都像一把打开的扇子，出现在堪萨斯州的某处。

在那些辽阔的平原上，有时参天大树会朝我们迎来，羞涩地聚集在路旁，给野餐桌洒下一点儿仁慈的绿荫，棕色的地面上只看见斑驳的阳光，乱扔在各处的踏扁了的纸杯、翅果和丢弃的冰淇淋小棍。我那马虎草率的洛常常使用路旁的厕所，老是受到厕所旁的一些招牌吸引——小伙子-姑娘、约翰-简、杰克-吉尔，甚至雄鹿-雌鹿；而我则沉浸在艺术家的梦境中，目不转睛地看着那片苍翠的橡树前面加油站的朴实明亮的设备，或者看着一座远处的小山——虽然满是伤疤但仍未被驯服——从想要吞没它

---

① 法文，无益的。
② Claude Lorrain (1600—1682)，法国风景画家，定居在罗马。
③ El Greco (1541—1614)，西班牙画家，生在希腊。

的那片不断发展农业的荒野上挣脱出来。

夜晚，高大的卡车点缀着五颜六色的灯，好像巨大骇人的圣诞树，在黑暗中隐隐出现，从这辆夜晚还在赶路的小轿车旁边隆隆地开过。第二天，又是一个云层稀薄的天空，仿佛要在头上融化，热气驱散了蔚蓝的天色。洛总吵着要喝水，两颊对着麦管因为使劲而瘪了下去。我们再回到汽车上的时候，里面总像一个火炉，前面的道路发出闪闪烁烁的微光，远处有辆汽车在路面强光的反射下像海市蜃楼似的改变了形状，有一刹那，好似一辆老式的又方又高的汽车悬在炽热的雾霭中。我们朝西开去的时候，被加油站工人称作"艾灌丛"的一片片灌木丛出现了，接着是一些桌子似的山的神秘轮廓，随后是上面像墨迹似的长满刺柏的红色峭壁，随后是一道山脉，从暗褐色渐次变成蓝色，从蓝色又变得一片朦胧；而后沙漠前来迎接我们，刮起一阵持续不变的大风和沙尘，出现了灰色的荆棘丛和令人厌恶的卫生纸碎片，它们挂在公路沿途被风蹂躏的枯茎败秆的棘刺上，看去好像白花；公路中间，往往站着几头迟钝的牛，摆出那么一种姿势动也不动（尾巴在左，白眼睫毛在右），妨碍了人类所有的交通规则。

我的律师提议我对我们所走的路线做一清楚、坦率的叙述。我想至此我已不能回避这项烦琐的工作。粗略地说，在那疯狂的一年里（一九四七年八月到一九四八年八月），我们开始的路线是在新英格兰所作的一系列摆动和盘旋，随后蜿蜒向南，忽上忽下，忽东忽西，又往下深入到 ce qu'on appelle① 迪克西兰② 的地方，避开佛罗里达州，因为法洛夫妇住在那儿，接着转向西面，迂回曲折地穿过玉米产区和棉花产区（这么说恐怕不

---

① 法文，所谓。
② 指美国南部各州。

太清楚，克拉伦斯，但我并没有保留什么笔记，手头只有一部残缺得十分厉害的三卷本旅行指南——几乎就是我的残缺破碎的过去的象征——好用以核对这些回忆），两次横越落基山，在南方的沙漠里漂泊，度过冬天；后来到了太平洋沿岸，转向北方，沿着树林中的道路穿过蓬松的白丁香花盛开的灌木，几乎到了加拿大边境；随后又往东走，穿过肥沃的土地和贫瘠的土地，回到广阔的农业区域，尽管小洛尖声抗议，但我们还是避开了她那位于一片出产玉米、煤和猪的地区的出生地；最后我们回到东部的怀抱，在比尔兹利那座大学城里渐渐安定下来。

二

现在，在阅读下面的陈述时，读者应该记住的不仅是上文勾勒出的那次周游的梗概，包括许多附带的行程、大敲旅客竹杠的场所、再次绕圈和变幻不定的偏差，而且还有这一事实：我们的旅行绝不是一次懒懒散散的partie de plaisir[①]，而是一场艰苦、曲折的目的论[②]的产物，它唯一raison d'être[③]（这些法文的陈词滥调表明一些问题）就是让我的伙伴在两次接吻之间保持不错的心情。

我翻阅着那本破旧的旅行手册，模模糊糊地想起叫我花了四块钱的位于南方某州的木兰公园。根据手册上的广告，有三个理由该到那儿去游览一次：首先因为约翰·高尔斯华绥[④]（一个毫无生命的平庸作家）称道它是世上最美丽的花园；其次因为一九○○年它被《贝德克尔指南》[⑤]标了星号；最后，因为……噢，读者，我的读者，你猜猜看！……因为儿童（哎哟，我的洛丽塔不也是一个儿童吗！）会"充满幻想、恭恭敬敬地走过花园，预先尝到天堂的滋味，陶醉于可以影响他一生的美景之中"。"对我的一生可没有，"冷酷的洛说，一面在一张长凳上坐下，可爱的膝头摊着两张星期天的报纸。

我们一次又一次地路过美国道路旁的所有各种餐馆，从低级的挂着鹿头（内眼角上有道深色的泪水痕迹）的"小吃店"⑥一直到价格昂贵的餐馆。小吃店里到处是展示着"库罗尔特"⑦式背部的"幽默的"美术明信片、插在铁签上的客人的账单、救生圈、太阳眼镜、广告撰写人想象中天堂里的圣代，玻璃下有半块巧克力蛋糕，几只非常老练的苍蝇在肮脏的柜台上那片倾倒出来的黏糊糊的糖浆上蜿蜒地爬行；而价格昂贵的餐馆里则灯光柔和，只是铺着质地极差的桌布，跑堂儿都很蠢笨（刑满释放的罪犯或男大学生），贴着一个电影女演员的红棕色后背以及她当时的男伴的黑色眉毛的照片，还有穿着佐特套装⑧、拿着小喇叭的乐手组成的管弦乐队。

我们参观了一个洞穴里的世上最大的石笋，东南三个州正在那儿举行家属联欢会；门票根据年龄而定；成人一元，儿童六角。有块纪念蓝李克斯战役的花岗石方尖碑；附近的博物馆里收藏着古老的遗骸和印第安陶器，洛付了一角钱门票，十分公道。目前的这座小木屋是对林肯在其中出生的过去那座小木屋的大胆的模仿。有块巨石，上面安了一块饰

---

① 法文，出游。
② 目的论，一种唯心主义哲学理论，认为任何事物均为其自身的目的或某种外在的目的所支配和决定。
③ 法文，存在的理由。
④ John Galsworthy（1867—1933），英国小说家，著有《福尔赛世家》（*The Forsyte Saga*，1922）。
⑤ 指德国出版商贝德克尔（Karl Baedeker, 1801—1859）和他的继承人等出版的一系列旅行指南。
⑥ 美国高速公路两旁的快餐店墙壁上往往挂着鹿头，据说是雄性的象征。
⑦ "库罗尔特"，原文是 Kurort，是德文，意思是"疗养地""海滨浴场"。
⑧ 佐特套装原文为 zoot-suits，指爵士音乐迷穿的上衣及膝而裤子狭窄的一种服装。

板，纪念《树》的作者 ①（这时我们来到了北卡罗来纳州的杨树湾，是经由被我那本温和、宽容、通常极为谨严的旅行手册气愤地称作"一条保养得很差的非常狭窄的道路"抵达的，尽管我并不是基尔默之类人士 ②，却也赞同这种看法）。我租了一条汽艇，由一个岁数不小、样子却仍英俊得令人反感的白俄，据说是一个男爵（洛的手心变得湿漉漉的，小傻瓜）驾驶，他在加利福尼亚州结识了善良的马克西莫维奇和瓦莱丽亚 ③；在那条汽艇上，我们可以辨别出位于佐治亚州海岸外不远处一座岛上的那个无法进入的"百万富翁聚居地"。我们还参观了密西西比州某度假胜地的一家专门陈列人们业余爱好的博物馆，里面搜集了一批欧洲饭店的美术明信片。我在那儿发现了我父亲的米兰纳大饭店的一幅彩色照片，不禁感到一阵兴奋得意，照片上可以看到饭店那有条纹的凉篷，饭店的旗帜在经过修整的棕榈树上面飘扬。"那又怎么样？"洛说，一边斜眼看着皮肤晒成古铜色的一辆豪华轿车的车主，他跟在我们后面进了业余爱好博物馆。棉花时代的遗物。阿肯色州的森林。在她的褐色肩膀上，鼓起一个又紫又红的肿块（是给蚊子叮的），我用长长的大拇指指甲掐出其中美丽透明的毒汁，随后用嘴去吮，直到我满嘴都是她的香喷喷的血液。波旁街（在一座名为新奥尔良的城市里）的人行道上，据旅行手册上说，"可以（我喜欢"可以"这个词）看到黑人小孩表演节目，他们会（我更喜欢"会"这个字）跳踢踏舞来挣几个子儿"（多有意思），而"为数众多的私人开设的小夜总会里总挤满了顾客"（猥亵下流）。还

① 指美国诗人基尔默（Joyce Kilmer, 1886—1918），《树》（*Trees*）是他写的多愁善感的名篇。
② 指赞同基尔默意见的人。
③ 亨·亨的前妻和她的第二个丈夫。

有边远地区传说集。南北战争①前带有铁格子结构的阳台和手工做的楼梯的住宅；那种楼梯就是肩部受到阳光照射的电影女郎在色彩艳丽的影片中用两只小手以独特的方式提起带着荷叶边的裙子正面跑下去的楼梯，往往还有个忠心耿耿的黑人女仆站在楼梯高处不住地摇头。门宁格基金会其实是一个精神病诊所，叫这么个名字只是为了闹着玩儿。一块非常好看地受到侵蚀的泥土；丝兰花那么纯洁，那么柔软，但却招来那么许多蠕动的白色苍蝇。密苏里州的独立城②是古老的俄勒冈小道的起点。堪萨斯州的阿比林③是那个狂热的比尔·某某·罗迪奥的家乡。远处的山。近处的山。更多的山；从未被人攀登的或是不断变成一座座有人居住的山岗的瑰丽青山；东南走向的山脉，随着一座座峰峦远去，高度逐渐降低；令人动情地高耸入云、有着白雪纹理的灰色石头巨像，以及严酷无情的峰峦在公路转弯处蓦然出现；林木幽深的险恶的大山覆盖着一片整齐、交叠、黑森森的冷杉，有些地方中间还夹杂着一些苍白、蓬松的杨树；还有组合成的一丛丛粉红和淡紫的植物，法老似的、阳物似的，"古老得无法用语言表达"（无动于衷的洛）；黑色熔岩形成的孤山；早春的山峦，山脊上满是小象的细毛；夏末的山峦完全隆起，它们那沉重的埃及式的四肢在黄褐色的、蛀坏了的毛绒衣服的褶层中交叠在一起；米灰色的小山，点缀着粗壮的绿色橡树；最后一座赤褐色的大山，山脚处有一片繁茂的苜蓿。

此外，我们还参观了位于科罗拉多州内某处的小流冰湖，看到被雪

---

① 指 1861—1865 年美国的南北战争。

②③ 这两个地方也是美国连续两任总统的"起点"：独立城（Independence）是美国第三十三任总统杜鲁门（Harry S. Truman, 1884—1972）的家乡，阿比林（Abilene）是美国第三十四任总统艾森豪威尔（Dwight D. Eisenhower, 1890—1969）的家乡。

覆盖的湖岸，一片片高山地带的小花和更多的积雪；洛戴着红色尖顶软帽，大声尖叫着想要滑下覆满积雪的山坡，结果几个少年朝她扔起了雪球，于是 comme on dit^①，她也如法炮制地加以回敬。受到焚烧的杨树的枯干，一片片锥形的蓝花。一次观光旅行，形形色色的项目。上百次观光旅行，上千条熊溪、苏打泉、色彩鲜明的峡谷。得克萨斯州是一片干旱的平原。世界上最长的洞穴里的水晶宫，十二岁以下的儿童免费，洛完全被它迷住了。当地一个女子的自制雕塑展览，在一个天气恶劣的星期一早晨闭馆，周围只有尘土、风和贫瘠的土地。胚胎公园坐落在墨西哥边境的一座小城里，我没敢越过边境。那儿跟别的地方，黄昏时分出现了好几百只灰色的蜂鸟^②，探索着一些朦朦胧胧的花儿的脖子。莎士比亚^③是新墨西哥州一座阴森可怕的小城，七十年前，俄国坏蛋比尔就给引人注目地绞死在那儿。鱼苗养殖场。住人的崖洞。一个孩子（跟佛罗伦廷·比阿^④同时代的印第安人）的木乃伊。我们经过的第二十个地狱的峡谷。我们进入某地的第五十个入口，那本旅行手册翔实地说，它的封面这时已经消失不见。我的腹股沟处跳动了一下。总有那么三个老人，戴着帽子，穿着背带裤，在公共喷泉池边的树下消磨夏天的午后时光。在一座山口的栅栏外，有片雾蒙蒙的蓝色景致，还有正在欣赏这片景致的一家人的背部（洛热烈、快乐、狂热、紧张、充满希望又不抱希望地低声说道——"瞧，是麦克里斯特尔家，我们去和他们谈一会儿，求求你"——我们去和他们谈一会儿，读者！——

---

① 法文，正像俗话说的。
② 纳博科夫说，这些其实不是鸟，"而是天蛾，它们活动起来就像蜂鸟"。
③ 过去确实有这么一座城市。
④ 指但丁的比阿特丽斯，参看第29页注①。

"求求你！你要我做什么我就做什么，噢，求求你……"）。印第安人礼仪性的舞蹈，变得完全商业化了。ＡＲＴ：美国冰箱运输公司。显然到了亚利桑那州，印第安人的村落住房，土著居民的石壁画，荒凉的峡谷中一条恐龙的踪迹，三千万年前就留在那儿，那时我还是个孩子。一个六英尺高、身材瘦长、脸色苍白的男孩长着一个活跃的喉结，盯着洛和她裸露出的橙褐色的腹部看了半天；五分钟后我亲了亲那个地方，杰克。荒漠中仍是冬天，山麓小丘上已是春天，杏花正在盛开。雷诺是内华达州的一座沉闷的城市，据说那儿的夜生活是"世界性的和成熟的"。加利福尼亚州的一家酿酒厂，连那儿的教堂也建成酒桶的样子。死亡谷。司各特的城堡[①]。一个姓罗杰斯的人经过多年努力所搜集到的艺术品。标致的女演员，难看的别墅。罗·路·史蒂文森在一座死火山上的脚印[②]。多洛蕾丝传教团：多好的书名[③]。海浪冲击成的砂岩花彩雕饰。有个男子突然癫痫发作倒在俄罗斯峡谷州立公园[④]的地上。碧蓝、碧蓝的火山口湖。爱达荷州一家鱼苗养殖场和州的监狱。昏暗的黄石公园[⑤]，它那色彩缤纷的温泉、小间歇泉、冒泡的泥浆所形成的彩虹——都是我激情的象征。一群躲在一个野外生活的隐匿藏身之处的羚羊。我们参观的第一百个大洞穴，成人一元，洛丽塔五角。一个法国侯爵在北达科他州修建的一座城堡。南达科他州的"玉米宫"；刻在高大的花岗岩上的总统的巨

[①] 一座风格怪异的巨型建筑物，是二十年代沃尔特·司各特（Walter Scott）所造。
[②] 英国小说家、散文家、诗人史蒂文森（R. L. Stevenson，1850—1895）曾经追随他心爱的女人到加利福尼亚州，在一座据信是不再喷发的火山圣赫勒拿山上度过了蜜月。那里有一座史蒂文森纪念碑。
[③] 当然是指本书。旧金山的确有一个多洛蕾丝传教所。
[④] 这座州立公园在加利福尼亚州的索诺马（Sonoma）。
[⑤] Yellowstone Park，美国怀俄明州西北部的一座国家公园。

大头像。"长胡子的女人"念了我们音韵铿锵的语句，就不再独身一人了。在印第安纳州的一所动物园里，一大群猴子聚居在用混凝土仿制的克里斯托弗·哥伦布的旗舰上。沿着那片冷冷清清的沙岸，每家小餐馆的每个窗户里都有无数已死或半死的、散发着一股腥味的蜉蝣。从"切博伊甘市号"渡轮上可以看到栖息在大石头上的肥硕的海鸥，渡轮那羊毛似的棕色浓烟又缭绕着飘到它投在海蓝色湖面上的绿荫之中。有家汽车旅馆，其通风管道竟从城市的下水道下面通过。林肯的家，里面的陈设大半都是假的，会客厅里陈列着书籍和当时式样的家具，大多数参观的人都虔诚地相信这都是他个人的财物。

我们也发生争吵，有时大吵有时小吵。我们吵得最厉害的几次发生在弗吉尼亚州的"花边木屋"；小石城的派克大街，靠近一所学校；科罗拉多州一万零七百五十九英尺高的米尔纳山口；亚利桑那州菲尼克斯市的第七街和中央大街转角的地方；洛杉矶的第三街，因为某个美术品陈列馆的票都已卖完；犹他州一家名为"杨树荫下"的汽车旅馆，那儿的六棵正在生长发育的小树几乎还没有我的洛丽塔高；她在那儿 à propos de rien[1] 问我，我们这样在闷热的小木屋里生活，一起干着醒醒的勾当，行为举止始终不能像正常人那样，究竟还要过上多久；我们的争吵还发生在俄勒冈州伯恩斯市的北百老汇街上，西华盛顿街的转角，面对着一家名叫"塞夫韦"的食品杂货店；在爱达荷州太阳谷的一座小镇上，一家砖造的旅馆门前，这家旅馆红白两色的砖块相间，显得十分协调，旅馆对面有一棵杨树，它的树影在当地的忠烈碑上不住闪动摇曳。我们的争吵还发生在松

---

[1] 法文，无缘无故地。

树谷和法森之间的一片长满艾灌丛的荒野上；在内布拉斯加州某处的大街上，靠近一八八九年成立的第一国家银行，从那儿可以看见那条街远处一个铁路道口的景象，以及道口那边一座多功能筒仓的白色风琴管式的通风管道。我们的争吵也发生在密执安州一座跟他①同名的城市里，惠顿大街转角处的麦克尤恩街上。

我们渐渐了解了路旁各种古怪的人物——要求搭车的人，那些科学上的 homo pollex②，包括许多亚种③和派生形式：服饰整洁、神态谦恭的军人平静地等候着，平静地意识到卡其军服在旅行中的吸引力；希望过两个街区的中小学生；希望走两千英里路的杀人犯；神秘、紧张的年长绅士，他们提着崭新的皮包，留着修剪过的八字须；三人一组乐观的墨西哥人；炫耀着假期户外工作留下的污垢的大学生，样子就跟炫耀弓形地印在他们那圆领长袖运动衫正面的那所名牌大学的校名一样得意；精疲力竭、不顾一切的女子；整洁好看、头发溜光、目光诡诈、脸色雪白的浮浪子弟，他们穿着花哨的衬衫和上衣，有力地，几乎是冲动地④伸出紧张的大拇指，用种种异想天开的恳求方式引诱孤身女子或不中用的推销员。

"我们就带上他吧，"在看到一个特别讨厌的搭车人，一个年龄与我相仿、肩膀也与我一样宽阔、长着一张失业演员 face à claque⑤ 的男人，正往

---

① "他"，指奎尔蒂。密执安州确实有一座镇市叫克莱尔，而克莱尔也是奎尔蒂的名字。
② 拉丁文，homo 指包括人在内的哺乳动物；pollex 是"大拇指"意。homo pollex 即要求搭车的人。要求搭车的人常翘起大拇指表示想去的方向。
③ 生物学术语，指"种"的进一步分类。
④ "冲动地"，原文为 priapically，是从 Priapus 派生出的。Priapus（普里阿普斯）是希腊、罗马神话中男性生殖力之神。
⑤ 法文，该挨打的脸。

回走来，实际上正在我们的车所行驶的道路上的时候，洛常这么恳求，还习惯地把两只膝盖相互摩擦。

噢，我不得不对洛留神注意，这个娇弱的小洛！也许由于经常卖弄风情，尽管她的外表还十分稚气，但她散发出的某种独特的柔媚的神采却已撩拨得加油站的工人、旅馆小厮、度假游人、坐着豪华汽车的傻瓜、待在蓝色水池附近的黑人白痴都起了一阵阵的欲火，这种色欲倘若没有激起我的妒忌，倒可能会叫我感到相当得意。因为小洛十分了解自己身上的这种神采，我常常发现她朝着一个和蔼可亲的男人，一个生着强壮的金褐色前臂、手腕上戴着手表、满身油污的淘气鬼 coulant un regard①。我刚转过身子，预备去给洛买一根棒糖，就听见她和那个肤色白皙的机械工放声唱起一首俏皮的美妙情歌。

在我们待的时间比较长的地方，清晨经过一次特别热烈的缱绻后，我总要松散一下，并且出于我获得平静后心头的善意，总让她——溺爱的亨啊！——跟汽车旅馆隔壁的相貌平凡的小玛丽和玛丽八岁的弟弟到街对面的玫瑰园或儿童图书馆去闲逛，洛总在一个小时后回来，光脚的玛丽远远地跟在后面，而那个小男孩却变幻成两个瘦长、金发的高中丑八怪，浑身肌肉发达，患有淋病。当她——相当犹豫地，我承认——问我她是否可以跟卡尔和艾尔去旱冰场溜冰时，读者完全可以想象得到我是怎样回答我的宝贝儿的。

我记得头一次让她到那种溜冰场去，是在一个刮风的、尘土飞扬的下午。她十分狠心地说如果我陪着她，就毫无乐趣，因为一天中的那个时候

---

① 法文，偷偷瞥上一眼。

是专供青少年游玩的。我们争吵了一番，达成一个折衷的办法：我留在汽车上，待在其他车头都对着那个帆布顶篷的露天溜冰场的（空）车群中。场上大约有五十个年轻人，许多都成双结对，正和着呆板单调的乐曲无休无止地转来转去，风给树镀上了银色。多莉穿着蓝牛仔裤和白高帮鞋，跟大多数别的姑娘一样。我不停地数着旋转的溜冰人群所转的圈数——突然，她不见了。等她再溜过去的时候，身边已跟着三个小流氓。就在一会儿工夫以前，我听见他们在场外议论溜冰的姑娘们——并且嘲笑一个可爱的、双腿细长的年轻小妞儿，因为她没有穿牛仔裤或便裤，而穿着一条红色短裤就上场了。

在进入亚利桑那州或加利福尼亚州境内公路的检查站那儿，一个警察的伙伴总那么目不转睛地盯着我们，弄得我可怜的心都颤抖起来。"有标致姑娘吗？"他总这么问道。每次，我那可爱的小傻瓜都格格笑起来。我脑海中仍然浮现着一幅图像——随着我的视觉神经一起颤动——洛骑在马背上，沿着一条马行道由人领着走了一小段路：洛驾着马一颠一颠地慢步走着，有个老婆子骑马走在前面，后面是一个淫荡好色的红脖子的度假牧场的经理。我跟在他后面，对他那穿着花衬衫的肥胖的后背充满怨恨，甚至比一个驾车人对山路上一辆慢悠悠的卡车所有的怨恨还要强烈。再不然，在一家滑雪小旅馆里，我会看见她坐在一辆轻盈的有座位的架空滑车里面，从我眼前孤孤单单、像在天上似的飘然而去，不住往上，直到抵达一座闪闪发亮的峰巅，几个光着上身、嘻嘻哈哈的运动员正在那儿等她，等她。

不论我们在哪个城市停留，我总用欧洲人那种温文有礼的态度打听游泳池、博物馆和当地学校的位置，以及最近的学校里有多少学生等等。在学校班车到来的时候，我就面带笑容、有点儿抽搐地（我发现了这种 tic nerveux[①]，因为冷酷的洛第一个学样取笑）把车子停在一个便于看到孩子们放学离开的战略位置，由我那四处漂泊的女学生坐在我的身旁——这总是一幅美丽的景象。这种做法不久就让我那极易感到厌烦的洛丽塔厌烦起来。她对别人异想天开的念头孩子气地缺乏同情，总在穿着蓝色短裤、长着一双蓝眼睛的肤色浅黑的小姑娘，穿着绿色茄克衫、头发红棕色的女孩儿，以及穿着褪色的宽松裤、身上有些污迹、男孩子气十足的金发碧眼的小妞儿在阳光下走过的时候，侮辱我及我想要她抚爱的欲望。

作为一种折衷，我慷慨地提议她无论何时何地，只要可能，就跟其他的小姑娘一块儿去游泳。她非常喜欢晶莹闪亮的水，又是一个异常敏捷的会跳水的孩子。我拘谨地在水里泡了一阵以后，总舒适地穿上浴衣，在午后浓密的树荫下安顿下来，拿着一本摆摆样子的书或者一袋糖果，或是二者兼备，或是两手空空，就带着兴奋的性腺坐在那儿，看着她蹦蹦跳跳。她头戴橡皮软帽，浑身水珠，皮肤晒得黝黑，穿着匀称合身的缎子短裤，戴着有伸缩性的胸罩，快乐得像广告上的人物。妙龄的心上人啊！她是我的，我的，我的，对此我多么自鸣得意地感到惊异，并且重温新近清晨的神魂颠倒和小野鸽的低声呻吟，一面为傍晚的安排谋划；我眯起被阳光刺射的双眼，把洛丽塔与奇蔷的机缘会集在她四周准备供我编纂起来享受和评判的任何其他性感少女加以比较；今天，我痛苦地扪心自问，确实感到她们无论哪一个都无法在娇媚迷人方面胜她一筹，即便胜过她的话，至多也不过两三次，还得借助某种特定的光线，空气中还混合着某种特定的香

---

① 法文，神经质的抽搐。

气——有一次，真没办法，是一个脸色苍白的西班牙孩子，一个下巴厚实的贵族的女儿，另一次——mais je divague①。

自然，我必须时刻警惕，因为在我神志清醒的猜忌中，我充分认识到那些叫人眼花缭乱的顽皮姑娘所带来的危险。我只好把脸转过去一会儿——比如说，走几步路去看看早上换过床单以后我们的小屋是否终于收拾好了——而洛呢，瞧呀，我回去后总发现她 les yeux perdus②，懒洋洋地靠在池边的石头上，把指头长长的脚浸在水里踢着，而在她的一旁总蹲着一个 brun adolescent③，洛丽塔赤褐色的美和她腹部水银似的娇嫩的褶皱肯定会惹得他在未来好多个月里经常出现的梦境中 se tordre④——波德莱尔⑤啊！

我试着教她打网球，这样我们好有较多的共同娱乐活动；不过虽然我盛年时打得不错，但结果我却是个十分糟糕的教练。因此，在加利福尼亚，我付了十分高昂的费用，让她跟一个著名的教练上了好多次课。那个教练是一个身体结实、满脸皱纹的老手，手下有一大群拾球的男孩儿⑥。在球场以外他显得十分衰老，可是在授课时，为了使交易显得值得，他有时会打出一个可以说是赏心悦目的春花般的击球，嗖的一声把球送回给他的学生，那股神奇灵妙的实实在在的力量叫我回想起三十年前，我在戛纳⑦

---

① 法文，但是我离开本题了。
② 法文，两眼茫然。
③ 法文，棕色头发的少年。
④ 法文，扭动身子。
⑤ 梦中的形象，以及"棕色头发的少年"和"惹得人扭动身子"，都来自波德莱尔的诗篇《黎明》（*Le Crépuscule du matin*，1852）。
⑥ 作者这里指的是美国二十年代的一个网球明星，他曾七次获得全美冠军，三次获得温布尔登冠军，后因生活问题被判刑入狱，所以隐匿其名。这里拾球的男孩暗指他的变童。
⑦ 法国东南部地中海海滨的一座城市。

看见他击败那个了不起的戈贝尔[①]的情景！她去上课以前，我觉得她再也学不会这项运动。我常在各家旅馆的网球场上对洛加以训练；从前，在炽热的大风中，在令人目眩的尘沙中，在古怪的无精打采的时刻，我总把一个又一个球打给快活、天真、文雅的安娜贝尔（闪光的手镯，打褶的白裙子，黑丝绒的发带），我力图再现这种往昔的日子。我坚持作出的指导只叫洛感到更加阴郁恼怒。说也奇怪，她不大喜欢我们的这种运动——至少在我们到达加利福尼亚州以前如此——而更喜欢跟一个娇小、纤弱、十分妩媚的同年龄的孩子像个 ange gauche[②] 似的，玩那种没有固定形式的近似跑柱式棒球的运动[③]——主要是对球追抢，而不是真正击打。我作为一个从旁指点的看客，会走到对面那个孩子面前，碰碰她的前臂，握住她的满是骨节的手腕，吸入她身上那淡淡的麝香似的香味，又把她的凉丝丝的大腿左推右拉，教她反手击球的姿势。这时，洛就弯身向前，把球拍像瘸子的拐杖似的撑在场地上，让自己那披着阳光的褐色鬈发垂到眼前，对我的侵扰发出一阵表示反感的"唷"声。我只好让她们去打她们的球，自己脖子上扎着一条绸围巾在旁观看，比较着她们奔跑中的身体。我想这是在亚利桑那州南部的事——天气有一种令人懒洋洋的闷热气息，拙手笨脚的洛总对着球猛抽，没有抽到就开口咒骂，接着又把一次虚幻的发球送进网里；在她绝望地挥舞球拍的时候，露出了她胳肢窝里湿漉漉的、闪亮的嫩毛；而她的那个更为乏味的伙伴每次总忠于职守地跑去追球，却一个球也没有回到；但两个人仍玩得十分开心，始终用清晰、响亮的声音准确报出

---

① 戈贝尔（André H.Gobert）是第一次世界大战前后法国的网球冠军。
② 法文，笨拙的天使。
③ 一种类似棒球的英国球戏。

她们笨拙的击球的得分。

我记得有一天我提议回旅馆去给她们拿点儿冷饮，就走上了碎石小路，随后拿了两大玻璃杯菠萝汁、汽水加冰块回来。当我一眼看到网球场上空无一人的时候，胸中突然产生的一种空虚的感觉使我一下子站住了脚。我弯腰把玻璃杯放到一张长凳上，接着不知怎么，我竟看到了夏洛特死时那张冷冰冰的清晰的脸，我四处张望，发现洛穿着白色短裤，正顺着一条树荫斑驳的园中小路走去，旁边还有一个手中拿着两只网球拍的高个子男人陪着。我朝他们追去，可是在我冲过灌木丛的时候，眼前却换了另一番景象，仿佛生活的进程老是出现分支，我看到洛穿着宽松裤，她的同伴穿着短裤，正在一小片杂草丛生的地方走来走去，用网球拍拨弄着矮树丛，无精打采地寻找她们刚打丢了的那个球。

我详细叙述这些令人愉快的琐事，主要是想向法官们表明，我曾经尽力做了一切想让我的洛丽塔过得真正快活。看见自己也是一个孩子的她，把她的少数几样本领，比如一种特别的跳绳方法，做给另一个孩子看，那是多么有趣！她用右手在她那没有晒黑的脊背后面握着她的左胳膊，那个小一点儿的性感少女，一个玲珑剔透的宝贝儿，在一旁全神贯注地看着，就像绚丽多彩的太阳全神贯注于开满了花儿的树木下的碎石小路；而我那面有雀斑的、放荡的姑娘就在那众目睽睽的天堂中央跳绳，重复着我在古老的欧洲那充满阳光、洒了水、发出一股潮湿气味的人行道和城墙上[①]所观赏过的那么许多别的孩子所做过的动作。不一会儿，她就把那根绳子递还给她的西班牙小朋友，看着她重复自己刚才教授的动作，一面撩起额前

---

① "古老欧洲……城墙上"，这是意译出了兰波的诗篇《醉舟》(Le Bateau Ivre, 1871) 中的第 84 行："我渴望欧洲和它古老的城墙。"

的头发，抱起两只胳膊，把一只脚尖放在另一只上，或者双手松松地放在她那尚不丰满的臀部；我则总去弄清楚那个该死的侍者是否最终把我们的小屋收拾好了。接着，我就朝着我的公主的那个羞怯的黑发小侍女微微一笑，从后面把我那做父亲的手指深深地插进洛的头发，温柔而坚决地用手抓住她的颈背，把我那不太愿意的宝贝儿领进我们的小屋，在晚餐前迅速缱绻一番。

"谁的猫把你这可怜的人抓伤了？"一个那种令人厌恶的成熟、丰满、标致的女人在小旅馆中吃晚餐客饭（我答应洛饭后就和她跳舞）的时候常会这么问我，我对这种女人总特别具有吸引力。这是我想要尽量远离他人的原因之一，而洛相反却竭尽全力地想要把她所能吸引到的潜在的目击者都吸引到她的生活圈子中来。

打个比喻来说，她总摇摇她的小尾巴，其实是摆动一下她的屁股，就像小母狗所做的那样——而一个咧嘴笑着的陌生人就走上前来跟我们攀谈，开始了一场比较研究汽车牌照的欢快的交谈。离家很远吧！喜爱打听的父母为了想从洛的嘴里盘问出我的情况，总提议叫她和他们的孩子一块儿去看一场电影。我们侥幸躲过了好几次危险。这种瀑布般的讨厌的事在我们居住的每个汽车旅馆里当然都尾随着我。不过我始终没有认识到旅馆墙壁的材质有多么薄。后来有天晚上，隔壁房间一个男人的咳嗽声充满了我粗声大气的欢娱后的那阵间隙，他的声音非常清晰，我的声音想必也是如此。第二天早上，我正在奶制品柜台边用早餐（洛总起得很晚，我喜欢端一壶热咖啡去，让她在床上喝），前一天晚上的那个邻居，一个老傻瓜，品行端方的长鼻子上架了一副普通的眼镜，上衣翻领上别着一枚会议代表的证章，想法找话来和我搭讪。在谈话中，他问我的太太是否也像他的太太一样，不在农场上的时候就不大愿意早起床。我匆匆地从凳子上站起身来，冷冰冰地回答说谢天谢地，我是一个鳏夫；我躲过了这场可怕的危险；要不是它几乎使我透不过气来，我本来倒会欣赏到他薄薄的嘴唇、饱经风霜的脸上那副古怪的吃惊神态。

把那壶咖啡端去给她，又要她做完早晨所应做的事儿以后才给她喝，那是多么有趣！而且我还是个十分体贴的朋友，十分慈爱的父亲，十分出色的儿科大夫，照料着我的赤褐色皮肤的小姑娘身上的各种需要！我心里对大自然的唯一的怨恨就是我无法把我的洛丽塔从里朝外地翻过来，用贪婪的嘴唇去亲她那年轻的子宫、她那未经探究的心脏、她那真珠质的肝脏、她那马尾藻似的肺和她那一对好看的肾脏。在特别炎热的下午，午睡那种闷热难挨的时刻，我把她抱在膝头，很喜欢我那结实、赤裸的身体靠在扶手椅的皮面上所有的那种清凉的感觉。她总坐在那儿，完全是个典型的孩子，用手挖着鼻孔，一面埋头阅读报上比较轻松的版面，对于我的痴迷陶醉毫不在意，仿佛那是一件被她坐在身子底下的东西，是一只鞋、一个布娃娃、一把网球拍的柄，她懒得离开。她的眼睛总追随着她喜爱的连环画中几个人物的冒险经历——有一个画得很好的懒散的少女，颧骨很高、姿势僵硬①——因此我不过是在自我享乐。她仔细观看汽车迎面相撞的摄影效果；她从不怀疑配在光着大腿的美女广告图片下面的时间、地点和情况的真实性；她还莫名其妙地对当地一些新娘的照片感到着迷，有些新娘穿着一身结婚礼服，手持花束，戴着眼镜。

一只苍蝇会飞下来，在她的肚脐附近徘徊，或者探测她柔和、苍白的

---

① 这里是指一个名叫哈里·亨尼森（Harry Haenigsen，1900—1991）的漫画家 1943 年画的一部连环漫画。

乳晕。她想用手抓住它（夏洛特的方法），随后又转脸对着《我们来探测你的智力》一栏。

"我们来探测你的智力。如果儿童遵守几条戒律，性犯罪会不会减少呢？不要在公共厕所周围玩耍。不要拿陌生人的糖果或搭陌生人的车子。如果搭了，记下车牌号码。"

"……以及糖果商标，"我主动说。

她继续念下去，她的（向后退去的）脸蛋儿挨着我的（往前凑去的）脸蛋儿。这是美好的一天，记住，哦，读者！

"要是你没有铅笔，可是却年龄不小，能读——"

"我们，"我嘲弄地引述道，"中世纪的水手，在这个瓶子里放了——"

"要是，"她重复道，"你没有铅笔，可是却年龄不小，能读会写——这就是那家伙的意思，对吧，你这笨蛋——想法在道旁潦草地写下那个号码。"

"用你的小爪子，洛丽塔。"

三

　　她怀着轻率的好奇心进入了我的天地，红棕色和黑色的亨伯兰。她感到既有趣又厌恶地耸了耸肩，仔细察看了一番。我觉得她好像带着一种近乎明显的反感准备离开。她在我的抚摸下从不颤动，我辛辛苦苦所得到的补偿只是一句刺耳的"你想想你在做什么？"我的小傻瓜喜欢最粗野的电影，那种最叫人腻烦的胡编乱造，而不喜欢我得提供的美妙仙境。想想看，在汉堡包和亨伯格之间，她会——带着冷冰冰的明确态度，始终如一地——选中前者。再没有比一个受到宠爱的孩子更凶狠无情的了。我有没有提到我刚去过的那家奶品店的字号？偏巧它的名字就叫"冷漠女王"①。我有点儿伤感地笑了笑，把她称作"我的冷漠公主"。她并不理解这个欲望不能得到满足的玩笑。

　　噢，别皱起眉头望着我，读者，我可无意给人印象，以为我并不想方设法过得快活。读者必须理解，在占有并奴役一个性感少女的时候，那个着魔的旅客可以说是处在超幸福的状况中。因为世上没有其他的幸福可以和抚爱一个性感少女相比。那种幸福是 hors concours②，它属于另一类，属于另一种感受水平。尽管我们发生口角，尽管她性情乖戾，尽管她大惊小怪，老是做出一脸怪相，尽管这一切都粗俗下流，充满危险，根本没有希望，但我还是深深地藏在我选定的天堂中————一座天空充满了地狱之火的颜色的天堂——但仍是一座天堂。

研究我这种病例的那个能干的精神病大夫————如今，我相信，亨伯特博士已经使他陷入一种野兔似的痴迷的状态————无疑急于要我带着我的洛丽塔到海边去，让我最终在那儿获得自己毕生追求的欲望的"满足"，彻底摆脱儿时最初跟幼小的李小姐③所未完成的恋情那"下意识的"困扰。

嗨，朋友，让我告诉你，我确实想寻找一片海滩，不过我也必须承认，等我们到了那片灰色的海水的幻景中，我的旅伴已经给了我那么许多快乐，因此，寻找一个"海滨王国"，一个"理想化的里维埃拉"或诸如此类的地方已经完全不是下意识的冲动，而成了对纯理论的欢乐的合理追求。天使们知道了这一点，因而相应地作了安排。对大西洋边一个似乎不错的小海湾的游览却给恶劣的天气完全打乱了。阴霾、潮湿的天空，浑浊的海浪，感到漫无边际却又相当实在的薄雾——还有什么比我的里维埃拉恋情那新鲜的魅力、天蓝色的机遇和玫瑰色的邂逅更为遥远的呢？墨西哥湾的几处亚热带海滩虽然阳光明媚，但是却给一些恶劣的小动物弄得斑斑点点的满是污迹，又时常受到飓风的扫荡。最后，在加利福尼亚州的一片面对虚无缥缈的太平洋的海滩上，我在一个洞穴里偶尔发现了一处相当邪恶的幽静的所在。你在那儿可以听到好多女童子

---

① "冷漠"，原文为 frigid，形容女性时，有"性欲冷漠"意。
② 法文，无与伦比的。
③ 指安娜贝尔。

军的尖叫声，她们待在海滩上面单独划出来的一块地方的腐朽的树木后面，头一次在拍岸的海浪中洗澡。可是浓密的大雾好似一条湿漉漉的毛毯，沙地又硬又黏，洛起了一身鸡皮疙瘩，身上还粘满了沙粒，我平生第一次对她像对一头海牛似的，不再有什么欲望。说不定我的学识渊博的读者会变得活跃起来，假如我告诉他们即使我们在哪儿发现一片合乎心意的海滨，那也为时已晚，因为我真正的解放在很早很早的时候就已经发生：实际上，就在安娜贝尔·黑兹，又叫多洛蕾丝·丽，又叫洛丽塔，在一种虚构不实却又十分令人满意的海滨部署中（尽管那儿除了附近一个平凡的小湖，什么也没有），肤色金褐、跪着身子、仰起脑袋，在那个破旧的门廊上出现在我眼前的时刻。

这些特殊的感觉即便不是由现代精神病学的原则而产生的，至少也受其影响；我对这些感觉就谈到这儿为止吧。因此，我离开了——领着我的洛丽塔离开了——海滩，因为那些海滩不是在人迹稀少的时候过于凄凉，就是在人声喧嚣的时候过于拥挤。然而，每当回忆起自己常不抱希望地到欧洲公园里去转悠，我想我仍对户外活动有着强烈的兴趣，渴望找到合适的露天活动场所，尽管那些地方令我狼狈不堪。这儿，我也同样受到阻挠。现在我必须记下的失望（因为我温和地想把我的故事逐渐表现为贯串在我的幸福中的持续不断的冒险和恐惧）丝毫不应当影响那片具有抒情、史诗、悲剧的色彩但却绝对没有田园牧歌情调的美国荒野。那些荒野美丽非凡，令人心碎，它们那种天真纯朴、默默无闻的柔顺品质是我那表面光洁、像玩具一样鲜亮的瑞士村庄和受到详尽无遗地赞誉的阿尔卑斯山所不再具备的。无数情侣曾经在欧洲山腰漂亮的草皮上，在富有弹性的苔藓上，在邻近干净的小溪旁，在树干上刻着姓名首字母的橡树下的粗木长凳上，在那么多山毛榉林中的那么多 cabanes^① 内拥抱接吻。可是在美国的荒野上，野外的情人会发现要想沉湎于最古老的罪恶和娱乐，并不怎么容易。有害的植物会使他心上人的屁股感到火辣辣的，叫不出名字的昆虫又刺疼了他的臀部；森林里地面上尖利的东西会戳痛他的膝盖，而昆虫又会来咬她的膝盖；四周老传来潜在的毒蛇——que dis-je^②，是半灭绝的龙——持续不断的沙沙声。而巨大的花朵那像螃蟹似的花籽，外面包了层难看的绿色外壳，紧紧粘在吊袜带吊着的黑色短袜和沾满泥浆的白色短袜上。

我稍微有点儿夸张。夏天的一个中午，就在林木线以下，我乐意称作飞燕草的那种色彩艳丽的花密密麻麻地长在一条水声潺潺的山溪旁。洛丽塔和我，我们找到了一个僻静的浪漫的所在，位于我们停放汽车的那个山口往上一百英尺左右的地方。这片山坡似乎还未有过人的足迹。最后一棵气喘吁吁的松树在它伸展到的一块岩石上得到应有的休息。一只土拨鼠对着我们叫了一声又缩了回去。我给洛铺好旅行毛毯；干枯的花儿在毯子下面轻微地发出噼噼啪啪的声响。维纳斯来了又走了。高耸在上面的斜坡上的参差不齐的悬崖跟蔓延在我们脚下的一团乱蓬蓬的灌木，似乎既为我们遮挡阳光，也为我们遮挡闲人。啊呀，我没有预料到在离我们几英尺外的灌木和乱石丛中，影影绰绰的有条悄悄的蜿蜒向上的小径。

就在那会儿，我们比以往任何时候都更易于被人发觉，难怪这番经历永远抑制了我对野合的渴望。

我记得交合完毕，完全完毕后她伏在我的怀里哭泣——在其他方面都

---

① 法文，简陋的小屋。
② 法文，依我看。

十分美满的那一年中，她变得三天两头儿生闷气，当时就是在这么发作过后的一阵缓解的呜咽！我刚刚收回了她迫使我在轻率、焦躁、热情冲动的时刻所作的一个愚蠢的承诺，她就摊开手脚躺在那儿呜咽，拧着我抚爱她的手，我则快乐地笑着，但我现在了解的那种可怕的、难以置信的、无法忍受的而且我看还是永无休止的恐怖当时还只是我幸福的碧空中的一个黑点；我们那样躺着。忽然我大吃一惊，就是叫我可怜的心房失常地乱跳的那种震惊，我看见两个陌生而美丽的孩子那一眨不眨的黑乌乌的眼睛；他们看上去像小牧神①和小仙女似的，他们完全相同的平伏的深色头发及没有血色的脸蛋儿表明他们即便不是孪生兄妹，也是同胞手足。他们蹲在那儿，目瞪口呆地看着我们，两个人都穿着跟山花交融在一起的蓝色的运动衫裤。我急忙拉起毯子，拼命想要遮住身体——而就在那同一瞬间，有个好像圆点花纹推球②的玩意儿在几步外的矮树丛中开始转动起来，变成一个梳着乌黑短发逐渐直起身来的矮胖的女子。她一边无意识地往她的花束里添了一朵野百合，一边回头从她那仿佛用蓝砂岩塑成的可爱的孩子身后目不转睛地看着我们。

如今我为一种全然不同的困境而感到心中难受，我知道我是一个勇敢的人，可是当时我对此并不清楚，只记得为自己的冷酷而感到吃惊。我用一个人在最狼狈的处境中对一头汗水淋漓、心慌意乱、畏畏缩缩、训练有素的动物发出的那种低声细语的命令（是什么疯狂的希望或仇恨使那头幼小的牲畜的两胁颤动，是什么不祥的命运刺穿了驯养人的心脏！），让洛站起身来。我们先端庄得体地迈着步子，接着便很不雅观地急匆匆地跑到

---

① 罗马神话中，牧神是一个半人半兽状的神明。
② 推球游戏中使用的球，直径为六英尺。

汽车跟前。在我们的汽车后面，停着一辆漂亮的客货两用轿车。一个留着一小把蓝黑色的胡须的相貌英俊的亚述①人，un monsieur très bien②，穿着绸衬衫和洋红色的宽松裤，大概是那个肥胖的植物学家的丈夫，正在一本正经地拍摄一块说明这条山路高度的路牌。上面写着约有一万英尺以上的高度，我真要喘不过气来了；我们咔嚓嚓向旁滑了一下，驾着车子离开了，洛仍在挣扎着穿衣服，一边还对我骂骂咧咧，用的语言是我连做梦也想不到女孩子会知道的，更不用说使用了。

　　还有其他一些不愉快的事件。比如有一次是在电影院。洛当时仍然非常爱看电影（这种爱好到中学第二年才逐渐衰退，成了不太热心的赏光）。我们在那一年一味追求感官享受、不加选择地看了，噢，我也说不上来，一百五十或两百部影片。在一些经常去看电影的时期，有许多个新闻短片我们都看了五六遍，因为每周的同一集新闻短片总在不同的主要影片前放映，老是尾随着我们从一个城市到另一个城市。她最爱看的电影类别按照以下的顺序排列：音乐片、下层社会片和西部片。在第一类影片中，真正的歌手和舞蹈演员在一个基本上无忧无愁的生活领域里度过不真实的舞台生涯，死亡和真理在那儿均遭到禁止，一个白发苍苍、易动感情、严格说来长生不死、对自己那热衷表演的女儿起初很不情愿的父亲最后总为她在难以置信的百老汇成为完美的典型而拍手叫好。下层社会是一个完全不同的世界：在那儿，英勇的新闻记者遭受折磨，电话账款高达几十亿元，在枪法不精的喧闹的气氛中，歹徒们被病态地无所畏惧的警察追得在下水道和仓库里乱跑（我可不会给警察那么多操练）。最后是

① Assyria，古代亚洲西南部的一个国家。
② 法文，一位气派非凡的先生。

262

西部片中赤褐色的风光，那些脸色红润、眼睛碧蓝的出色骑手，来到咆哮谷中的那个一本正经的漂亮的小学女教师，用后腿直立起的马儿，壮观的踏游年会①，从颤动的窗玻璃外塞进来的手枪，惊人的搏斗，轰然倒下的堆积如山、覆满灰尘的老式家具，用作武器的餐桌，正合时机的筋斗，仍在摸索掉落的单刃猎刀的被按住的手，嘴里发出的咕噜声，拳头打在下巴上的可怕的啪啪声，肚子上挨到的一脚，凌空的争抢，紧接着一阵简直会叫一个赫拉克勒斯②住进医院的过度的疼痛（我现在应该知道是怎么一回事了③），就没什么可以表现的了，只有那个精神振作的英雄抱着他那打扮华丽的边疆新娘，古铜色的脸颊上还有着颇为相称的瘀伤。我记得在一个空气不流通的小剧场里看过一场午后的演出，剧场里挤满了孩子，弥漫着爆玉米花的热气。月亮是黄的，悬在围着围巾的低吟歌手的头上，他的手指搁在琴弦④上，一只脚踏在一根松木上，我并无什么邪念地搂住洛的肩膀，把嘴凑近她的鬓角。这时坐在我们背后的两个恶婆娘⑤开始嘟哝起再可疑不过的话儿——我不知道我是否理解对了，不过我自以为理解了的意思使我把轻柔的手抽了回去。当然，后来演的一切我都没看清楚。

　　我记得的另一件叫我深为吃惊的事与我们返回东部的旅程中夜晚经过的一个小镇有关。在离那个小镇大约还有二十英里的地方，我碰巧告诉她，她在比尔兹利要上的那所私立走读学校是一所相当高级的女子学校，

---

① 美国西部和加拿大一年一度的民间欢庆会，有牛仔竞技表演、各种比赛、展览、跳舞等。
② Hercules，希腊神话中的力大无比的英雄，以完成十二项英雄业绩而闻名。
③ 暗指他最后与奎尔蒂的搏斗。
④ "琴弦"，原文为 strumstring，系作者新造的词，strum 是"乱弹"意，string 是"弦"意。
⑤ "恶婆娘"，原文是 harpies，系希腊、罗马神话中一种半人半鸟的女妖，专门夺去死人的灵魂，此处借指恶妇。

没有现代的胡搅乱闹。洛听了这话，就言辞激烈地对我慷慨陈词，时而央告，时而辱骂，时而自以为是，时而模棱两可，时而粗鄙恶毒，时而幼稚绝望，所有这些都给交织在一种令人恼火、貌似合乎逻辑的话语中，促使我也只好表面上作番解释。我耳朵里充满了她愤怒的话语（绝妙的机会……我要是把你的意见当真，我就是个傻瓜……讨厌的家伙……你可差遣不了我……我并不把你放在眼里……等等等等），继续像在平滑的公路上飞驶似的以每小时五十英里的速度开过那个熟睡的市镇，突然有两个巡警把聚光灯照在我们的车上，叫我把车开到路边。洛仍在不假思索地怒吼乱骂，我对她嘘了一声，叫她安静。那两个人不怀好意地好奇地打量着我和她。突然她面带酒窝地朝着他们甜甜地一笑，她对我这个犹如兰花①似的男子却从没做过这样的表示；因为从某种意义上说，洛甚至比我更怕司法人员——后来那两个和善的警官宽恕了我们，我们十分恭顺地缓缓往前开去，她阖上眼睛，眼皮不断颤动，装着虚脱无力的样子。

眼下，我要作一番古怪的供述。你会发笑的——可是，说实在的，我不知怎么始终没有相当确切地弄明白法律的规定究竟是怎样的。现在我也不清楚。噢，我只是零零星星地知道一点。亚拉巴马州禁止监护人在没有法院命令的情况下更改被监护人的住址；明尼苏达州（我要向它脱帽致意）规定亲属对任何一个十四岁以下的儿童承担了永久的照管和监护以后，法院便不再过问。试问：一个非常叫人疼爱的妙龄宝贝儿的继父，一个只当了一个月时间的继父，一个财产不多却足以衣食无忧的患有神经官能症的中年鳏夫，有过见识欧洲的低矮护墙、一次离婚和进过几家精神病

---

① 兰花，原文为 orchis。根据希腊词源，该词还可作"睾丸"解。

院的经历，他是否可以被视为亲属，从而被视为当然的监护人呢？如果不行，我是不是必须，是不是能够合情合理地通知一个福利委员会，大胆地提出申请（你怎样提出申请？）让一个法院人员来调查我这个温顺、可疑的人和危险的多洛蕾丝·黑兹呢？我在大小城市的公共图书馆里做贼心虚地查阅过的那许多有关婚姻、强奸、领养等的书籍，除了隐隐约约地暗示国家是未成年儿童的最高监护人以外，什么也没有告诉我。皮尔文和扎佩尔（要是我没记错他们姓氏的话）在一部给人深刻印象的论述合法婚姻的书里完全无视那些需要照顾失去母亲的女儿的继父的情况。我最好的朋友是一部有关社会服务的专题著作（芝加哥，一九三六年），一个纯朴的老姑娘费了不少气力替我从一个满是灰尘的藏书地方把它找了出来，那部专著上说："并没有原则规定每个未成年人都必须有一个监护人；法院是被动的，只在儿童的境况明显有危险的时候，才介入这场纷争。"于是我断定，只有在某人庄严而正式地表示他有这种愿望时才指派他当监护人；不过，在他接到通知出庭听取裁定，长出一双灰色的翅膀以前，可能过去了好几个月；而在这段时间里，那个漂亮、淘气的孩子在法律上讲是无人照管的，这不管怎么说正是多洛蕾丝·黑兹的情况。接着就是听证。法官问了几个问题，律师作出几个令人安心的答复，笑了一笑，点了点头，外面下着蒙蒙细雨，监护人就这么指定了。但我仍然不敢。离远一点，像只老鼠，蜷起身子藏在洞里。法院只在牵涉到某种金钱的问题时才变得过度活跃：两个贪婪的监护人，一个遭到劫掠的孤儿，还有一个更为贪婪的当事人。可是我们，一切都井井有条，财产目录已经编好，她母亲的那点微薄的财产正原封不动地等着多洛蕾丝·黑兹长大去继承。最好的策略似乎是不提任何申请。要不如果我过分保持沉默，会不会有哪个爱管闲事的人，哪个慈善协会插手干涉呢？

老朋友法洛多少算是一个律师，本应可以给我一些可靠的意见，但他为了琼的癌症忙得不可开交，根本没有工夫去做他没有应允的事；他所应允的事——明确地说就是在我从夏洛特凶死所遭受的打击中逐渐恢复过来以前，照管好夏洛特微薄的产业。我已经让他习惯地认为多洛蕾丝是我亲生的孩子，因此不能指望他为我的这种情况操心。读者这会儿一定已经得出印象，我是一个可怜的生意人；不过无知和懒散都不应当妨碍我从别处去寻求专业人员的意见。阻止我采取行动的是一种可怕的感觉，即如果我用任何方式干预命运，想使命运的美妙的礼物变得合理，那么这样礼物就会像东方故事中山顶上的那座宫殿①似的给夺走。每逢一个可能成为主人的人向宫殿的看守人打听，怎么会从老远就清晰地看见黑色的岩石和房基之间那窄窄的一条充满晚霞的天空，宫殿就消失不见了。

我决定到比尔兹利（比尔兹利女子学院的所在地）以后，就去查阅一些我还没能研究过的参考著作，比如，沃纳的论文《论美国的监护法》和一些美国儿童机构的出版物。我还认定，对洛来说，随便什么都比她那种品德日益败坏的游手好闲的日子要好。我可以说动她去做那么许多事儿——开列的项目可能会叫一个职业教育家大为惊奇；但不管我怎样恳请或怒吼，我始终没能让她阅读那些所谓的连环漫画册或美国妇女杂志上的故事以外的任何东西。任何程度稍高的文学作品在她看来都

---

① 这是作者杜撰的，并无出典。

带着上学的味儿，尽管从理论上讲，她愿意欣赏《僵直的姑娘》①、《一千零一夜》或《小妇人》②，但她相当肯定自己不会用这种趣味高雅的读物糟蹋她的"假期"。

现在我认为再次回到东部，让她去上比尔兹利的那所私立学校，真是一个巨大的错误。我应当趁着依然适宜攀登的时候越过墨西哥边界，在亚热带的乐园中隐匿几年，直到可以安安稳稳地跟我的小克里奥尔人③结婚，因为我必须承认，凭借我自身的腺和神经节④的情况，我可以在同一天中从精神错乱的一极转向另一极——从想到一九五〇年前后我就只好以某种方式摆脱一个难以相处、身上已经没有那种神奇的性感少女气质的少女——转而想到凭着耐心和运气，我或许可以使她最终生出一个精细的血管里流着我的血的性感少女，洛丽塔第二，一九六〇年前后她就会八九岁，那时我仍然 dans la force de l'âge⑤；确实，我的心灵或非心灵的远视能力仍足以在遥远的时光中辨别出一个 vieillard encore vert⑥——或者会不会是个脸色发青的衰朽的人？——古怪、温柔、流着口水的亨伯特博士对非常惹人疼爱的洛丽塔第三练习做爷爷的技巧。

在我们那次疯狂漫游的日子里，我毫不怀疑自己在当洛丽塔第一的父亲时十分可笑地失败了。我全力以赴；为了洛丽塔的十三岁生日，我在一

---

① 《僵直的姑娘》（*A Girl of the Limberlost*）是美国作家波特（Gene Stratton Porter，1863—1924）写的一部小说，1914 年出版后，曾成为女学生最爱看的书之一。

② 《小妇人》（*Little Women*）出版于 1869 年，作者是美国女作家奥尔科特（Louisa May Alcott，1832—1882）。

③ the Creole，生于拉丁美洲的欧洲人后裔，或美国墨西哥湾沿岸各州早期法国殖民者的后裔。

④ 指精力的中枢。

⑤ 法文，处于壮年。

⑥ 法文，依然精力充沛的老人。

家书店里给她买了一本精装的安徒生的《小美人鱼》，其中附有几幅商业上的"美丽"插图；我在那家书店里还买了一本无意中取了个圣经式名称的书：《了解你自己的女儿》；我反复阅读着这本书。可是就连在最美好的时刻，比如我们在一个阴雨的日子坐着看书（洛的目光从窗户落到她的手表上，又从手表扫向窗户），或者在一个拥挤的小饭店里平静地吃着一顿丰盛的饭菜，或者玩着一场幼稚的牌戏，或者到商店里去买东西，或者跟其他的汽车游客和他们的孩子一起默默地瞅着沟里的一辆撞得粉碎、溅满血迹的汽车跟一只年轻女人的鞋（等我们继续往前行驶的时候，洛会说："那正是我极力想向商店里的那个笨蛋说明的那种式样的鹿皮鞋"）；在所有这些偶然的场合，我在自己眼里是个难以叫人相信的父亲，正如她在自己眼里是个难以叫人相信的女儿。也许，是良心不安的迁徙流动致使我们无力扮演好自己的角色？等到有了固定的住处跟女学生每天上学的常规，情况是不是就会好转？

　　我选择比尔兹利，不仅因为那儿有所相当严肃的女子学校，而且也因为有那所女子学院。我想让自己case①，以某种形式依附在我那条纹衣服②会与之混合的某个有图案的表面，于是我想到了我在比尔兹利学院法语系所认识的一个人。他相当好心地用我编的课本作他的教材，并曾想要请我去作一次学术报告。我并不打算这么做，因为，正如在写这些自白的过程中有一次我提到的那样，几乎没有什么比一般女大学生的松垮笨重的骨盆、粗壮的小腿和惨淡的肤色叫我感到更为厌恶的体形了（大概因为我在她们身上看到了粗糙的女性肉体的棺木，而我的性感少女就给活埋在里

---

① 法文，安顿下来。
② 指犯人穿的衣服。

面）；但我确实渴望有个标记，有个背景，有个幻影，而且正像不久就会变得十分清楚的那样，有一个理由，一个相当荒唐的理由，可以说明何以跟老加斯东·戈丹待在一块儿会特别安全。

最后还有钱的问题。我的收入在我们驾车四处兜风这样过度的花费下正越来越少。不错，我坚持挑便宜的汽车旅馆住宿，但有时也会住进一家喧闹豪华的饭店，或一个讲究排场的度假牧场，耗费掉大量我们的预算费用。另外，花在观光游览和洛的衣服上的钱款数目也大得惊人，而黑兹的那辆旧汽车尽管还算强健、忠实，但却仍然需要不少大大小小的修理。在监狱当局为了让我写供词而宽厚仁慈地允许我使用的文件中，恰巧还留着我的一张路线平面图，我在上面找到一些匆匆写下的笔记，可以帮我计算出下面这笔账。在一九四七年八月到一九四八年八月那大肆挥霍的一年里，伙食和住宿花掉我们大约五千五百美元；汽油、润滑油和修车花掉一千二百三十四美元，其他各种额外的开销，数目几乎也差不多；因此，在大约一百五十天的实际旅程中（我们行驶了大约两万七千英里！），外加中间的大约两百天停留时间，我这个节俭的 rentier① 花了八千美元左右，或者最好说一万美元，因为像我这么一个不善动手实干的人，一定忘了不少项目。

于是我们驶到了东部；我在情欲上得到了满足，我的感受却主要是身心交瘁，而不是精神振奋，而她身上却焕发着健康的气息，两边骼骨形成的花环依然像男孩子的一样短小，尽管身高增加了两英寸，体重增加了八磅。我们到过各个地方，实际上却什么也没有看到。今天我总认为我们

---

① 法文，依靠股息生活的人，一般指年老退休的人。

的长途旅行只是用一条弯弯曲曲的蜒蚰黏液条痕玷污了这片充满信任、梦幻一般的迷人的辽阔的国土，回想起来，这片国土当时在我们的眼中不过就是搜集在一起的折角地图、破旧的旅行指南、旧轮胎和她在夜晚的抽泣——每天夜晚，每天夜晚——在我刚假装睡着时就开始的抽泣。

四

　　我们穿过种种光亮和阴影所形成的装饰，把车开到塞耶街十四号门前，一个阴沉的小男孩拿着钥匙和加斯东的一封短信迎上前来，加斯东替我们租好了这幢房子。我的洛对她的新环境连一眼也不看，毫不在意地凭着本能打开了收音机，在起居室的沙发上躺下，接着用同样不以为意的准确的方式把手伸进上面放着台灯的桌子下面的架子，捞到一批旧杂志。

　　只要能把我的洛丽塔关在一个地方，我对住在何处实在并不在意；但是，我想在和捉摸不透的加斯东的通信中，我曾经模模糊糊地设想到一幢砖墙上爬满常春藤的房子。实际上，这个地方令人沮丧地跟黑兹家很像（相距不过四百英里），也是那种同样暗淡的灰色木板房子，上面是木瓦屋顶，还有晦暗的绿色斜纹布遮篷；房间比黑兹家的小一些，室内的陈设布置也比黑兹家更加舒适些，但安排的次序却几乎完全一样。不过我的书房却大多了，从地板到天花板排列着大约两千册左右的化学书籍。我的房东在比尔兹利学院教化学（眼下这一年正在休假）。

　　比尔兹利女子学校是一所收费昂贵的私立走读学校，供应学生午餐，还有一座令人向往的体育馆。我原来希望这所学校在锻炼所有这些年轻人的身体的同时，也对她们的智力提供一种正规的教育。加斯东·戈丹对美国habitus①的判断难得正确，他曾经提醒我说这所学校很可能会是一所，正如他带着一个外国人对这类事情的喜好所说的，"不教姑娘们好好拼单词，只教她们好好散发香味儿"的那种学校。我想她们连这点也没有做到。

我初次和女校长普拉特会面时，她夸赞我的孩子的"好看的蓝眼睛"（蓝的！洛丽塔！）以及我跟那位"法国天才人物"（天才人物！加斯东！）的友谊——接着在把多莉交给一位科莫兰特小姐②后，她皱起眉头，露出一种recueillement③的神情，说道：

"我们所关心的，亨伯德先生④，倒不是让我们的学生成为书呆子，或者能够滔滔不绝地背出谁也记不住的欧洲国家所有首都的名称，或者把早被遗忘的战役的日期牢记在心。我们关心的是孩子适应集体生活的能力。因此，我们强调四个'D'：演戏、舞蹈、辩论和约会⑤。我们面临某些事实。你的可爱的多莉不久就会加入一个同年龄学生的小组，在小组里，约会、赴约、约会服装、约会记事册、约会礼节，对于她就跟，比方说吧，业务、业务关系、业务成就对于你一样重要，或者就像（笑盈盈的）我的女学生们的幸福对于我一样重要。多萝西·亨伯德已经卷入了社会生活的整个体系；不管我们喜不喜欢，这个体系包括热狗摊、街角的杂货店、麦乳精饮料和可口可乐、电影、方形舞会、海滩铺毯会，甚至还有理发会！

---

① 拉丁文，道德状况。
② "科莫兰特"，原文是Cormorant，意思是，"鸬鹚"，通称鱼鹰，又叫墨鸦。
③ 法文，沉思。
④ 校长把"亨伯特"说成了"亨伯德"（Humbird），意思是，"吱吱叫的鸟儿"。
⑤ 演戏、舞蹈、辩论和约会，英文是Dramatics, Dance, Debating and Dating，四个词的第一个字母都是"D"。

自然，在比尔兹利学校，其中有些活动我们并不赞成，而其他那些活动则被我们重新引向更富建设性的方向。不过我们确实竭力背对浓雾，直接面向阳光。说得简单一点，尽管我们采用某些教学方法，但我们所感兴趣的是交际而不是作文。那就是说，在对莎士比亚和其他的人物给予适度的尊敬以后，我们要我们的女学生跟周围的生气蓬勃的世界自由地交际，而不是一头扎进发霉的旧书堆里。也许我们还在探索，但我们是理智地在进行探索，就像妇科大夫摸索肿瘤一样。亨伯格博士，我们是用有机体和组织的词汇来思考的。我们已经清除了传统上摆在年轻姑娘们面前的那一大堆不相干的论题，从前，这些论题根本没有给她们为了安排自己的生活和——玩世不恭的人会添上一句——她们丈夫的生活所需要的常识、技能和态度留下一点儿地方。亨伯逊先生，让我们这样说吧：一个星球的位置固然重要，但是，冰箱摆在厨房里的最实用的地点对于未来的家庭主妇也许更为重要。你说你指望孩子从学校所得到的一切就是完善的教育。可是我们所说的教育究竟是什么意思？从前，它主要是一种文字现象。我是说，你可以叫孩子把一部完备的百科全书都背出来。他或是她记住了学校所能提供的全部知识，也许还多。亨默博士[1]，你有没有认识到，对现代的青春前期的儿童来说，中世纪的日期还没有周末的约会更有价值（眨了眨眼）？——让我再说一遍几天前我听见比尔兹利学院的精神分析学家破例所说的那句双关语[2]。我们不仅生活在思想的世界中，而且也生活在物质的世界中。没有经验的空话毫无意义。多萝西·亨默逊对希腊和东方以及那

---

① 校长根本记不住他的姓，一会儿称他"亨伯逊先生"，一会儿称他"亨默博士"，下文又管洛丽塔叫"多萝西·亨默逊"。

② 英文 date 一词，除作"日期"解，又有"约会"的意思。

儿的妻妾和奴隶，究竟会有什么兴趣呢？"

这一套纲领叫我大吃一惊，但我对两位都跟这所学校有点儿关系的、很有头脑的女士讲起这一点，她们肯定地说女学生们踏踏实实地念了不少书，而那种"交际"方针多少是一种夸大其词的宣传，目的是给老派的比尔兹利学校一些在经济上会有好处的现代风格，尽管它实际上仍然非常拘泥古板。

把我吸引到这所学校去的另一个原因在有些读者眼里也许显得滑稽可笑，可是这个原因对我却很重要，因为我生来就是这么一个人。在我们这条街的对面，就在我们房子的前边，我发现有一小块杂草丛生的荒地，上面有些富于色彩的矮树丛、一堆砖头和几块散放着的木板，路边还有那片泡沫似的寒伦的紫红和铬黄的秋花；越过那块荒地，你可以看见跟我们塞耶街平行的校园大街上微微发亮的一段路面，路那边就是学校操场。这种总的布局可以使多莉一天都靠我很近。除了这种布局带给我的心理上的安慰外，我还立刻预见到我会有的另一种乐趣。那就是在课间休息时，我可以用高倍数的双筒望远镜从我的书房兼卧室里辨别出在多莉四周玩耍的女孩子中的性感少女，她们从统计学方面来说不可避免会占有一定的百分比。不幸的是，就在开学的头一天，来了一些工人，沿着那块荒地修了一小段围墙，不久，围墙里面便恶毒地耸立起一座黄褐色的木头建筑，完全挡住眼前神奇美妙的景致；但等他们架设起足以破坏一切的数量的材料后，那些荒唐的建筑工人中止了工作，就此没再露面。

五

　　在一座令人愉快的学院小城镇的绿色、浅褐色和金黄色的住宅区，在一条叫作塞耶街的街上，你必然会碰到几个和蔼可亲的人大声向你问好。我为自己跟他们保持的恰到好处的关系感到得意：从不粗鲁无礼，保持一定距离。我西门外的邻居可能是个做买卖的人或大学教师，或身兼二职，偶尔，在他修剪花园里的一些晚开的花木，冲洗他的汽车，或者在后来的日子里，在给车道除霜时（我并不在意这几个动词是不是都用错了），他总和我聊上几句，但是我简短的咕哝声只足以显得像是客套的赞同或疑问的踌躇，因而排除了发展亲密友好的关系的任何可能。至于街道对面那一小块长满矮树的荒地两旁的那两幢房子，一幢关着，另一幢里面住着两个英语教授，爱穿花呢服装、梳着短发的莱斯特小姐和容颜憔悴的费比恩小姐①，她们跟我在人行道上三言两语的交谈的唯一话题就是（愿上帝保佑她们的圆滑世故！）我女儿多么年轻可爱，加斯东·戈丹又多么慈厚有趣。我东门外的邻居显然是最危险的人物，这个尖鼻子的女人的去世的哥哥曾经在学院里担任总务处长。我记得她曾经在路上拦住多莉，当时我正站在起居室的窗户面前，急躁地等着我的宝贝儿从学校回来。那个讨厌的老处女极力想在一张讨人欢喜的友好的假面具下，掩盖她病态的好奇心。她拄着细长的雨伞（那阵冻雨刚停，悄悄地闪现出一道寒冷湿润的阳光）站在那儿。尽管天气阴冷，但多莉仍然让她的褐色上衣敞着，手里拿着的一堆叠起的书紧紧贴着她的肚子，笨拙的橡胶雨靴上面露出粉红色的膝盖，在她那张长着一个狮子鼻的脸上时常一闪即逝地露出一丝惊恐、腼腆的笑容。她站在那儿应付莱斯特小姐的各个问题："你妈妈在哪儿，亲爱的？你可怜的父亲是干什么的？你们以前住在哪儿？"这时她那张脸——也许由于冬天惨淡的光线——带着一个乡村的德国少女似的神情几乎显得相当单纯。另一次，那个讨厌的女人发出一声表示欢迎的哀号，走上前来跟我攀谈——但我避开了她；几天以后，她送来一封短信，装在一个蓝边信封里，毒药和糖浆的巧妙的混合物，她提议多莉哪一个星期天到她家去，蜷缩在一把椅子上，翻阅"我小时候我亲爱的母亲给我的许多美丽的图书，而不要把收音机开足音量一直听到深夜"。

对于打杂女工和勉强凑合的厨娘霍利甘太太，我也得小心提防，她和那个真空吸尘器都是以前的房客留给我的。多莉在学校吃午饭，所以这没有什么问题。我只消给她安排一顿丰盛的早餐并且把霍利甘太太临走前准备好的晚餐热一热，对此我已经十分在行。那个和蔼善良的女人，感谢上帝，视力相当模糊，细小的东西全都看不见，而我已经成为一个熟练的铺床能手，但我仍然老被一种感觉困扰，生怕什么地方留下泄漏天机的污渍，或者偶尔霍利甘来的时候，恰巧洛也在家，在厨房里的亲切友好的闲聊中，头脑简单的洛可能会在那个胸部丰满的女人的同情下说出什么来。

---

① 莱斯特，英文为 Lester；费比恩，英文为 Fabian，前者的第一音节和后者的末一音节合起来为英文 lesbian 一词，意思是"同性恋女子"。

我时常觉得我们是住在一幢灯光明亮的玻璃房子里，随时会有一张嘴唇很薄、羊皮纸似的人脸从一扇因为粗心而没有遮挡住的窗户往里张望，随意看上一眼最放荡的 voyeur[①] 要花一小笔钱才能观看的情景。

---

① 法文，喜爱偷看猥亵场面的人。

六

　　现在来讲讲加斯东·戈丹。我乐意——或者至少安心地容忍——和他交往，主要是因为他为人宽厚，让我的隐私有了绝对的安全感。倒并不是他知道了一切；我没有特殊的理由向他透露，而他也太只顾自己，超然物外，根本没有察觉或怀疑什么可能会导致他坦率地发问、我坦率地回答的情况。他对比尔兹利的人说了我不少好话，他是我很好的信使。即便他发现了 mes goûts① 和洛丽塔的身份，那么引起他关注的也不过是稍许明白了点儿我待他的那种直率的态度，那种态度既没有彬彬有礼的意味，同样也没有下流的暗示；因为，虽然他见解平庸，记忆模糊，但他大概清楚，比尔兹利的市民可不像我那么了解他的情况。他是一个肌肉松弛、脸如面团、心情忧郁的单身汉，身体下宽上细，长着两个狭窄的、高低不大对称的肩膀和一个圆锥形的梨子似的脑袋，一边有些乌黑油亮的头发，另一边只有几缕，紧贴着头皮。他的下半部身体却很臃肿；他凭着两条惊人的粗壮结实的腿奇特、笨重地悄悄迈着步子。他总穿着一身黑颜色的衣服，就连领带也是黑的。他难得洗澡，讲的英语十分滑稽可笑。尽管如此，大家仍然认为他是一个非常可爱、可爱而古怪的家伙！邻居们对他相当宽容；他知道我们附近一带所有男小孩子的名字（他住的地方离我只有几条街），并且叫其中的几个孩子来打扫他房子外面的人行道，焚烧他后院里的枯树叶，把他棚里的柴火拿来，甚至还干一些屋子里的简单杂活儿。他总拿里面有真正的甜酒的高级酒心巧克力给他们吃——他的地下室里有间布置成东方风格的私室，在有着挂毯装饰的、发霉的墙上，挂着一些好玩的匕首和手枪，周围是经过掩饰的热水管。楼上他有一间工作室——他还画点儿画，这个老骗子。他用沉思的安德烈·纪德[②]、柴可夫斯基[③]、诺曼·道格拉斯[④]、其他两个著名的英国作家、尼金斯基[⑤]（只看见大腿和遮羞布）、哈罗德·道布尔内姆（中西部一所大学里的一个眼神恍惚的左翼教授）和马塞尔·普鲁斯特的大幅照片装饰着工作室倾斜的墙壁（那其实不过是一个顶楼）。所有这些可怜的人似乎就要从倾斜的墙面上倒到你的身上。他还有一本照相簿，上面贴着附近所有那些小男孩和小女孩的照片，当我随意用手翻看那本照相簿，并信口品评上两句的时候，加斯东总噘起他的厚嘴唇，渴望地嘟着嘴咕哝道："Oui，ils sont gentils.[⑥]"他的褐色的眼睛还扫视着四周各种充满感伤色彩、富有艺术性的小摆设和他自己平庸的toiles[⑦]（用传统手法画的风格稚嫩的眼睛、拆开的吉他、蓝色的乳头和现代的几何图案）。他常对着一个着了色的木碗或有纹理的花瓶模糊地做个手势，说道：

---

① 法文，我的癖好。
② André Gide（1869—1951），法国小说家、诗人，诺贝尔文学奖获得者。
③ Petr Ilich Tchaikovsky（1840—1893），俄国作曲家。
④ Norman Douglas（1868—1852），英国作家。
⑤ Waslaw Nijinsky（1890—1950），祖籍波兰的俄罗斯芭蕾舞演员。
⑥ 法文，是呀，他们挺可爱。
⑦ 法文，画作。

"Prenez donc une de ces poires. La bonne dame d'en face m'en offre plus que je n'en peux savourer.[①]" 或者说："Mississe Taille Lore vient de me donner ces dahlias, belles fleurs que j'exècre.[②]"（忧郁、伤感、充满厌世的意味。）

我们每个星期总下两三次国际象棋，为了显而易见的原因，我喜欢在自己家里下。他坐在那儿，两只胖鼓鼓的手放在膝头，目不转睛地看着棋盘，好像那是一具死尸。这种时候，他看上去真像一个给砸坏的老偶像。他呼哧呼哧地喘着气，一连思考了十分钟——接着走出导致失败的一步棋。或者，那个好人经过更长时间的思考，会喊上一声，au roi！[③] 听上去就像一条反应迟钝的老狗低沉的叫声，其中有一种咕噜噜的喉音，弄得他的下颌也跟着颤动起来。等我向他指出是他自己被我将军的时候，他总扬起弯曲的眉毛，深深地叹一口气。

有时，从寒冷的书房里我们坐的地方，我可以听到洛光着脚在楼下起居室里练习舞技，但加斯东外在的知觉正相当迟钝，并没觉察那些赤脚的节奏——一、二，一、二，重量移到挺直的右腿，抬起腿来，侧伸出去，一、二；只有在她开始跳跃，跳到空中又开双腿，一条腿曲着，另一条腿伸展出去，飘然飞舞，而后脚尖落地——只有在这种时候，我那脸色苍白、自命不凡、闷闷不乐的对手才会搔搔头或脸颊，仿佛把远处的砰砰声误当作棋盘上我那威风凛凛的王后厉害的一击。

有时我们正对着棋盘思考，洛会没精打采地走进来——每次看见加斯东的那副样子，真叫人乐不可支；他那大象似的眼睛仍然盯着他的棋子，

---

① 法文，请尝一个这种梨子。住在街对面的那位好太太给了我好些，我可尝不了这么多。
② 法文，泰勒太太刚给了我这些大丽花，我很不喜欢的美丽的花儿。
③ 法文，将军！

只是出于礼节地起身和她握手，随即松开她柔软的手指，连看都没有看她一眼，便又坐到椅子里，跌进我为他布下的陷阱。圣诞节前后的一天，当时我大约已经有两个星期没有见到他了，他问我："Et toutes vos fillettes, elles vont bien?①"从他的这句问话中，我才明白，我的独一无二的洛丽塔有时穿着蓝布牛仔裤，有时穿着裙子，有时穿着短裤，有时又穿着有衬里的晨衣一次又一次地出现，于是他那低垂的忧郁的目光瞥见了各种不同的服装，凭着服装种类的数目，他把洛丽塔当成了好多个人。

我真不愿意用这么长时间详细谈论这个可怜的家伙（说来遗憾，一年以后，他到欧洲旅行期间，偏偏在那不勒斯卷进了一件 sale histoire②，就此没有回来）。要不是因为他在比尔兹利的生活和我的案件具有如此离奇古怪的关系，我压根儿就不会提到他。我需要他来为我辩护。他待在那儿，缺乏无论何种才干，只是一个普普通通的教师，一个微不足道的学者，一个愁眉苦脸、令人厌恶、又老又胖的同性恋者，对美国的生活方式不屑一顾，对英国语言又得意地茫无所知——他待在一本正经的新英格兰，受到老年人的抚慰和青年人的爱戴——噢，他生活得十分快活，愚弄了所有的人。而如今我却困在这儿。

---

① 法文，你的那些小姑娘，她们都好吗？
② 法文，卑鄙龌龊的事。

七

现在我面临这件令人不快的工作：要来明确地记录洛丽塔品行的堕落。假如在她所激发起的热情中她从来没有占多少份儿，那么纯粹的金钱收益也从来不占什么显著的地位。可是我既软弱，又不聪明，我那个在学校上学的性感少女让我成了她的奴隶。随着人的活动天地逐渐减少，情欲、温情和苦恼反而增强了。而她就利用了这一点。

她履行了基本的义务以后每周给她的零用钱在我们初到比尔兹利的时期是两角一分——在那个时期结束前提高到一元五角。她经常从我手里得到各种各样的小礼物，而且只要开口要求，就能吃到天底下的随便什么糖果，看到天底下的随便什么电影，因而那是一个非常慷慨大方的安排——当然，在我知道她眼巴巴地想要得到少年人的某种娱乐时，我也可能亲昵地要她多吻我一次，甚至一系列各种各样的抚爱。可是，她真不容易对付。她每天只是无精打采地挣着她那三个子儿——或是三个五分镍币。事实证明，每当她有权拒绝给我某种救援性命的、奇特的、慢性的、带来完美快乐境界的迷魂药时，她是一个十分冷酷的谈判者；离了这种药，我至多只能活上几天，而对这种药，由于爱的那种倦怠本质，我又无法强行去加以夺取。她知道自己那张柔软的嘴的魔力，便设法——在一个学年的时间里——把一次特别亲昵的拥抱的额外代价提高到三块，甚至四块钱。读者啊！在你想象着我在寻求欢乐的折磨下，好像一架丁当作响、完全失常、喷吐财富的机器，丁丁当当地丢出一角、两角五分硬币和数目大得多的一元大银币的时候，可别哈哈大笑；而在那种跳跃的癫痫快要发作的时候，她的小拳头里总紧紧地抓着一把硬币，事后我倒总能把她的小手扳开，除非她一下子溜走，匆匆忙忙地去藏好她的赃物。每隔一天，我都要到学校区域周围转悠，拖着麻木的脚去光顾杂货店，张望着雾气蒙蒙的小巷，倾听着自己心房的跳动和落叶声之间出现的远去的姑娘们的笑声；我还不时潜入她的房间，细看废纸篓里画着玫瑰花的撕碎的纸片，又在我刚铺好的没人碰过的床上的枕头下面搜寻。有一次，我在她的一本书（适当地说——《金银岛》[1]）里找到八张一元的钞票。还有一次，我从惠斯勒[2]的《母亲》后面的墙洞里找出多达二十四元和一些零钱——大约是二十四元六角——我悄悄地都拿走了。这样一来，第二天，她就对我指控诚实的霍利甘太太是卑鄙的小偷。最终她总算没有辜负她的智商，找到一个更安全的收藏钱财的地方，始终没被我再发现；不过那时，我已经大幅度地降低了她的身价，要她艰苦而令人作呕地赢得参加学校演戏活动的许可，因为我最担心的，倒不是她会毁了我，而是她会积攒起足够的现钱跑掉。我相信这个可怜的、目光凶狠的孩子已经明白，只要钱包里有五十块钱，她就可以设法到达

---

[1] 史蒂文森1883年发表的最著名的小说。

[2] James McNeill Whistler（1834—1903），美国画家和蚀刻家。他为自己的母亲所作的画像实际名为"灰与黑的组合"。

百老汇或好莱坞——或者到达一家（正在招工的）小餐馆的臭烘烘的厨房，坐落在一个景物凄凉、以前是大草原的州里，风呼呼地刮着，星光闪烁，眼前只有汽车、酒吧和酒吧间的男招待，一切都肮脏，破裂，死气沉沉。

八

阁下，我尽了一切努力去处理男孩子的问题。噢，我甚至常常阅读比尔兹利《星报》上的所谓"青少年专栏"，想知道应该怎样举止适宜！

对父亲们的忠告。不要把女儿的朋友吓跑。也许要你明白现在男孩子们觉得她很迷人，有点儿不大好受。在你眼里，她仍然是一个小姑娘。在男孩子的眼里，她娇媚有趣，既可爱又快乐。他们喜欢她。今天，你坐在经理办公室里决定好些大买卖，可是昨天，你也只是替简拿着课本的中学生杰姆。记得吗？现在轮到你女儿了，难道你不想她在她喜欢的男孩子们的爱慕和陪伴下感到快乐吗？难道你不想他们一起有益身心健康地玩得开心吗？

有益身心健康地玩得开心？天哪！

为什么不把这些年轻小伙子当作你家里的客人看待？为什么不和他们谈谈？引他们说话，逗他们笑，让他们感到轻松自在？

欢迎，年轻人，到这家妓院来。

如果她不守规矩，不要当着与她一起做坏事的伙伴的面大声发作。让她在没有旁人在场的情况下听到你对她表示的不快。不要让男孩子们觉得她是一个老恶魔的女儿。

首先这个老恶魔拟订了一份"绝对禁止的"事项清单，又拟订了一份"勉强允许的"事项清单。绝对禁止的是一对、两对或三对男女的约会——下一步当然就是大规模的狂欢作乐。她可能会跟她的女朋友去逛糖果店，在那儿跟一些偶然遇到的男青年说说笑笑，而我则隔开一段适当的距离，坐在汽车里等候；我还答应如果巴特勒男子中学的一群在社交方面可以接受的男学生邀请她的小组去参加他们每年举行的舞会（当然是在好些年长的妇女陪同之下），我会考虑一下一个十四岁的女孩儿是否可以穿上她头一件"夜礼服"（一种叫十多岁的胳膊细瘦的姑娘看上去像火烈鸟[①]似的长袍）。此外，我还答应她在我们家举行一次宴会，她可以邀请她的那些比较漂亮的女朋友和在巴特勒的舞会上相识的那些比较有教养的男孩子。不过我相当明确地表示，只要我的管教持续下去，就永远，永远不会允许她跟一个初解风情的小伙子去看电影，在汽车里搂着脖子接吻，到同学家去参加男女混杂的宴会，或者在我听不见的地方，沉迷在男孩与女孩的电话交谈中，即便"只是谈论他和我的一个朋友的关系"。

[①] 一种涉禽，有粉红色、深红色和黑色羽毛。

洛对这一切火冒三丈——把我称作卑鄙下流的无赖和比这更糟的名称——要不是我十分欣慰地很快发现真正叫她感到生气的，不是我剥夺了她哪样具体的乐趣，而是总的权利，我本来大概会动怒的。你知道，我侵害了常规的计划，普通的消遣，"大家都做的事"，年轻人的日常活动，因为什么都不像一个孩子，特别是一个女孩那么保守，就算她是十月果园的雾霭中肤色最为赤褐、最能产生神话的性感少女。

不要误解我的意思。我无法绝对肯定整个冬天，她没有设法随便地去跟陌生的年轻小伙子产生不适当的接触；当然，不管我多么严密地控制她的空闲时间，仍然经常出现一些没有得到说明的时间漏洞；回想起来，她总用过于详尽的解释去加以填补；当然，我的嫉妒的锯齿状的爪子也老给性感少女不诚实的那块精细的织物钩住；但我确实感到——现在仍可以证明我的感觉的准确性——并没有什么真正叫人感到惊慌的理由。我这么想，倒不是因为我从未发现什么容易察觉的刺耳的年轻嗓音杂在幕后忽隐忽现的那些沉默无语的男人中，而是因为有一点在我看来"明显得出奇"（这是我姑妈西比尔的一句口头禅），所有各种不同类型的中学男生——从"一握手"就激动得浑身冒汗的傻瓜，到驾着一辆加大马力的汽车、满脸粉刺、傲慢自负的强奸犯——一律都叫我那老于世故的小情人感到厌烦。"所有这些关于男孩子的议论令我作呕，"她在一册课本的封面里面潦草地写了这么一句；下面还有莫娜（莫娜现在随时都会出现）写的那句俏皮话："里格①怎么样？"（里格也会出现。）

我碰巧看到跟她待在一起的那些公子哥儿都是不知道姓名的。比如

---

① 里格牧师是一首古老的五行打油诗中的人物。乔伊斯在《尤利西斯》中也加以引用。

"红毛衣",他有一天,就在下第一场雪的那天——送她回家;我从客厅的窗户里看到他们在我们的门廊旁边交谈。她穿着她的头一件有皮领的棉布外套,梳着我最喜爱的那种发式:前面有着刘海,两边是盘绕拳曲的秀发,后面是生来的鬈发,上面戴着一顶棕色小帽;她那潮乎乎的深色软帮鞋和白色短袜比平时还要邋遢。她在讲话或听对方说话的时候都像往常一样把手里的书紧紧抱在胸前,两只脚始终动个不停:她把右脚大脚趾踏在左脚背上,向后移去,双脚交叉,微微一晃,像勾勒草图似的在地上挪动几步,随后又把整个这套动作再做一遍。有个星期天下午,"防风茄克衫"在一家餐馆前和她交谈,而他的母亲和妹妹则想把我引开去跟她们闲聊;我慢吞吞地向前走去,不时回头看看我唯一的情人。她已经养成了不止一种习惯动作,比如把头点上一点,是青少年礼貌地表示简直笑得"直不起腰来"的方式,因此(她一听到我的叫唤),仍然装作忍俊不禁,往后走了几步,随后转过身来,笑意渐渐消逝地朝我走来。另一方面,我非常喜欢——也许因为这总叫我想起她的令人难忘的首次坦白——她的这种习惯,即用诙谐、沉思、听天由命的神气叹息着说上一声"啊呀",或者在命运的打击真的降临时,用深沉的、几乎气势汹汹的低音发出一声长长的"不"。而我最喜欢的是——既然我们谈到动作和青春——看她骑着她那辆新簇簇的漂亮的自行车在塞耶街上转来转去:直着身子踩在踏板上面,十分起劲地不住蹬着,随后娇弱无力地坐到车座上,而自行车的速度也慢了下来;接着,她会停在我们的信箱旁边,身子仍然跨坐在车上,把她在信箱里找到的一本杂志,匆匆翻阅一遍又放回去,舌头抵着上嘴唇的一侧,用一只脚一撑就骑着车走了,再次飞快地穿行在阳光和暗淡的树荫之下。

总的说来，考虑到我宠坏了的这个小奴隶，考虑到前一年冬天在加利福尼亚州，她娇憨地装出的那种摆弄手镯的举动，我觉得她对周围环境的适应比我原来希望的要好。尽管我永远也不可能适应犯了错误的、伟大的、心肠软弱的人所过的那种始终充满焦虑的生活，但我觉得我正在尽力仿效。经过在洛丽塔冷冰冰的卧室里的一阵倾慕和失望以后，我总躺在狭窄的长沙发上，检阅在我那涨红的心灵的眼睛前面蹑手蹑脚而不是堂而皇之经过的自己的形象，来回顾刚结束的一天。我看着皮肤黝黑、相貌堂堂的亨伯特博士，属于凯尔特族的、大概还是高教会派①的、且很可能是极端的高教会派的亨伯特博士送他的女儿去上学。我看着他缓缓地露出笑容，和蔼可亲地扬起好似广告画上的浓密的黑眉毛，朝善良的霍利甘太太打招呼；她身上有一股瘟疫的气味（而且，我知道，一有机会，她就会去拿主人的杜松子酒喝）。韦斯特先生，一位退休的法院执行官或是宗教小册子的撰写人——谁在乎呢？——我看见跟他在一起的还有一个邻居（他姓什么来着），他们大概是法国人或瑞士人——在他那有着可以一览无遗的大玻璃窗的书房里坐在打字机前沉思，他的侧面显得相当瘦削，苍白的额头上有一绺几乎是希特勒式的翘着的头发。周末，大家可能会看见亨教授穿着精心裁制的大衣，戴着棕色手套，跟他的女儿一起闲逛到沃尔登饭店（那儿的束着紫色缎带的瓷兔子和装潢漂亮的巧克力纸盒十分有名，你可以在其中坐下，等候一张上面仍然脏巴巴地散布着先前顾客的面包屑的"双人桌"）。平常的日子下午一点左右，大家可能会看见他一边举止庄严地向目光锐利的伊斯特打招呼，一边把汽车倒出车库，绕过那些该死的

---

① High Church，英国国教的一派，重视教会权威及仪式，主张在教义、礼仪和规章上尽量保持天主教的传统。

常绿植物，朝前开上那条路面光滑的道路。在极其闷热的比尔兹利学院图书馆里，他从书本上抬起冷冰冰的目光望着墙上的钟，四周都是呆瞪瞪地陷在人类知识海洋中的一些身材臃肿的年轻女子。他和学院教士里格牧师（他也在比尔兹利中学教授《圣经》）一起走过校园。"有人告诉我说她母亲是一位著名的演员[1]，在一次飞机失事中去世了。噢？大概我弄错了。是这样吗？我明白了。多惨。"（让她的母亲成为理想化的人物，呢？）大家会看见我缓缓地推着手推车跟在 W 教授的后面，穿过迷宫似的超级市场，W 教授也是一个行动缓慢、性情温和的鳏夫，生着一双山羊似的眼睛；大家会看见我只穿着衬衫铲雪，脖子上围着一条黑白两色的大围巾；大家会看见我没有一点儿贪婪急切的样子（甚至从从容容地在草垫上擦了擦脚）跟着我那是个中学女生的女儿走进家去；大家会看见我带着多莉去找牙科大夫看牙——漂亮的护士满脸堆笑地望着她——有不少旧杂志——ne montrez pas vos zhambes[2]；大家会看见埃德加·亨·亨伯特带着多莉在城里吃饭，按照欧洲大陆用刀叉的方式吃着牛排；大家会看见我以双重身份去欣赏音乐会：两个脸色冷漠、神态平静的法国人并排坐在那儿，亨·亨先生的爱好音乐的小姑娘坐在她父亲的右边，W 教授（这位在普罗维登斯[3]度过一个有益健康的夜晚的父亲）的爱好音乐的小男孩坐在 G. G 先生的左边；大家会看见我打开车库，出现了一片把汽车吞没随即又消失了的亮光；大家会看见我穿着色彩明亮的睡衣，在多莉的卧室里猛地拉下窗帘；星期六早晨，我没被人看见，神态严肃地打量着浴室里冬天皮肤变白了的

---

① 暗示她像玛琳·黛德丽。

② 见第 68 页注 ①。

③ Providence，美国罗得岛州的首府。当时这座城市有一片很大的红灯区。

小妞儿；星期天早晨，大家还会看见和听到我这个根本不按时上教堂去做礼拜的人对正朝那个有顶篷的院子走去的多莉说，别太晚了；大家会看见我让多莉的一个目光异常敏锐的同学进门："我还是头一回看见一个男人穿吸烟衫，大伯——当然，在电影里见过。"

九

　　我期待见到的她那几个女朋友，结果总体上令我大失所望。她们中包括奥珀尔·某某、琳达·霍尔、阿维斯·查普曼、伊娃·罗森和莫娜·达尔（当然，除了一个人的姓名，其他所有这些人的姓名都声音近似）。奥珀尔是一个羞羞答答、身材难看、戴着眼镜、满脸粉刺的小人儿，十分喜欢多莉，但多莉却总欺负她。琳达·霍尔是学校里的网球冠军，多莉每周至少跟她进行两次单打比赛。我觉得琳达是个真正的性感少女，可是不知为了什么原因，她并没有上我们家来——也许家长不许她来，因而她在我的回忆当中只像室内球场上闪现过的一道自然的阳光。其余的人，除了伊娃·罗森，谁都没有做性感少女的资格。阿维斯是一个丰满的、胖乎乎的孩子，长着两条汗毛浓密的腿。莫娜尽管粗俗肉感，相当健美，而且也只比我那成熟的情人大一岁，但即使她曾经是一个性感少女，如今显然也早已不是了。另一方面，伊娃·罗森，从法国来的一个背井离乡的小人儿，却是一个典型的不太引人注目的漂亮的孩子，目光锐利的好色之徒，从她身上可以看出性感少女的魅力中的一些基本成分，比如，青春发育期的完美的身材、情意绵绵的眼睛和高高的颧骨。她那光滑的红棕色头发具有洛丽塔的头发的那种丝绸似的光泽，而她那娇嫩的乳白色脸上的眉眼，包括粉红的嘴唇和银鱼似的睫毛，都不如她的同类——种族内部那一大群红头发的孩子——的眉眼性感迷人。她也不炫耀她们的绿色制服，而是像我所记得的那样，经常穿戴许多黑色或深红色的衣物——比如一件十分漂亮的黑色套衫，一双高跟黑皮鞋，涂着深红色的指甲油。我跟她讲法语（让洛非常反感）。这个孩子的音调还极为纯净，但是说到学校和游戏，她就采用通行的美国英语，这时她的言语中会突然出现一种轻微的布鲁克林口音，这在一个到新英格兰的一所私立学校来上学的小巴黎人身上显得相当有趣；这所学校抱着虚假的英国办学宗旨。不幸的是，尽管"那个法国孩子的叔叔"是个"百万富翁"，但我还没有来得及在亨伯特的欢迎来客的住宅里用我那适中的方式欣赏伊娃的芳泽，洛就为了什么原因不跟她来往了。读者知道，对于围绕在我的洛丽塔周围的一群侍从一般的女孩儿、安慰奖似的性感少女，我有多么重视。有一阵子，我尽力想让自己的感官对莫娜·达尔产生兴趣，她常到我们家来，特别是在洛跟她都对演戏十分起劲的那个春季学期。我常感到纳闷，不知道诡诈得叫人无法忍受的多洛蕾丝·黑兹对莫娜说过些什么秘密，因为有次在我一再催促并付了很高代价的要求下，她对我脱口说出了莫娜在海滨跟一个海军陆战队士兵发生的风流韵事中着实令人咋舌的各种细节。洛选择这个漂亮、冷漠、放浪、老练的年轻女孩做她最亲密的好友，相当符合她的特性；有一次我听见莫娜（洛发誓说我听错了）在门厅里欢快地对洛说（在听了洛说自己的毛线衫是纯羊毛的以后）："也是你身上唯一纯洁的东西，小家伙……"她天生一副出奇嘶哑的嗓音，一头烫成波浪形的暗黑色头发，长着一双突出的琥珀色的眼睛和两片富有诱惑力的嘴唇，耳朵上还戴着耳环。洛说老师们曾经因为她身上戴着那么许多人造珠宝饰物而对她加以告诫。她的两只手老是发抖。她的智商是一百五十，为此而心里十分烦恼。我还知道在她那像成年女子似的后背上有颗极大的深褐色的痣，那是在洛跟她穿着领口开得很低、色彩柔和、薄如轻纱的衣服去参加巴特勒中学举行的舞会的那个晚上我看到的。

　　我现在要讲那一学年的事稍微早了一点儿，但我还是禁不住要去回忆那一学年的全部经过。达尔小姐对于我想要探听出洛认识些什么样的男孩子的尝试，巧妙地闪烁其词。洛到琳达的乡间俱乐部去打网球了，先前曾打电话回来说她可能要晚回来整整半个小时，所以问我可不可以招待一下莫娜，因为莫娜要来跟她排练《驯悍记》①中的一场戏。漂亮的莫娜运用抑扬顿挫的嗓音、她所能施展出的全部妖媚的态度和声调，两眼紧盯着我，眼神里也许还微微带着——我会不会看错了？——一丝清晰的嘲讽色彩，回答说："噢，伯父，其实，多莉对男孩倒并不十分在意。事实是，我们是竞争对手。她和我都迷上了里格牧师。"（这是一个玩笑——我已经提到过这个愁眉苦脸的巨人，长着个马儿似的下巴。在为家长举行的一次茶话会上——我现在记不起确切的时间了——他所谈的对瑞士的印象叫我厌烦得几乎想要杀人。）

　　那场舞会怎么样？噢，它成了一场狂欢。一场什么？一场恐慌。总之，十分可怕。洛跳了好多次吗？噢，并不多得惊人，只是能跳多少就跳了多少。她，倦怠乏力的莫娜，觉得洛怎么样？伯父？她觉得洛在学校里的表现好吗？啊呀，她确实还是个小孩子。但她的一般表现是……？噢，

---

① 莎士比亚 1593—1594 年写成的一部喜剧。

她是一个顶呱呱的孩子。但到底怎么样？"噢，她是个小宝贝，"莫娜最后说道，突然叹了口气，拿起恰巧就在手边的一本书，改变了脸上的神情，假装皱起眉头，问道："给我讲讲鲍尔·扎克①吧，伯父。他真的那么出色吗？"她把椅子挪得离我的椅子那么近，因而我透过润肤液和乳霜闻出了她那令人兴味索然的肌肤的气息。一个突如其来的古怪的念头刺伤了我：我的洛是不是在充当拉皮条的角色？要是这样，她可找错了替身。我避开了莫娜盯着我的冰冷的目光，谈了一会儿文学。后来多莉回来了——眯起她的暗淡无神的眼睛朝着我们看了看。我让这两个朋友去干她们想干的事。楼梯转弯处一扇布满蜘蛛网的门式小窗上的一个方格子里安了一块深红色的玻璃，处于众多未被沾污的长方格子中间的这块血淋淋的伤口，以及它那不对称的位置——骑士从顶端所走的一步②——总奇怪地叫我感到心神不定。

---

① 莫娜把法国小说家巴尔扎克（Honoré de Balzac, 1799—1850）说成了"鲍尔·扎克"。
② 指国际象棋中骑士走的一步一般是直行两方格加上横行一方格，或者横行两方格加上直行一方格，所以是"不对称"的。

一〇

　　有的时候……别瞎扯啦，准确地说究竟有多少次，伯特？你能想起四次、五次，或者更多次这样的时刻吗？或者，就没有人的心能经受两次或三次吗？有的时候（我对你的这个问题没有什么话要说），洛丽塔偶然在家预备她的家庭作业，嘴里含着一支铅笔，懒洋洋地侧身坐在一张安乐椅中，两条腿架在椅子扶手上，我总摆脱我所有的教师的约束，不顾我们所有的争吵，忘掉我所有的男性自尊——确确实实地爬到你的椅子跟前，我的洛丽塔！你总看我一眼——阴沉、可怕、询问的一眼："当然不行，不要再这样子"（怀疑，恼怒）；因为你从来不肯相信我会没有什么具体的意图，而只是渴望把我的脸埋在你的格子呢裙子里，我的宝贝！你的那两只纤弱的光胳膊——我多么渴望抱着它们，抱着你所有的晶莹可爱的四肢，像一匹给抱起来的小马，把你的头捧在我那一无可取的双手之间，随后把太阳穴处的皮肤朝两边抹去，亲吻你眯缝着的眼睛，你总说："求你了，别来缠我，好不好？看在上帝分上，别来缠我。"我总在你的注视下从地上站起来，你的脸还故意抽动，模仿我的 tic nerveux①。可是没有关系，没有关系，我只是个野蛮的人，没有关系，让我们把我的悲惨不幸的故事说下去吧。

---

① 法文，神经质的抽搐。

一一

有个星期一上午，大概是在十二月，普拉特请我到学校去谈一次。多莉最近的成绩很差，我知道。可是，对于这次邀请，我并不满足于这样一种似乎相当有理的解释，而是想像出各种各样的可怕情形，只好用一品脱我"小桶里的酒"壮一壮胆，才敢去面对这次会谈。我心怀鬼胎，慢吞吞地走上绞刑架的梯级。

她是一个身材高大的女人，头发花白，衣衫不大整洁，长着一个宽大扁平的鼻子和两只小眼睛，戴着一副黑边眼镜——"坐下吧，"她说，指着一张日常使用的、羞辱性的踏脚凳，自己则笨重而充满活力地坐到一把橡木椅子的扶手上。她面带笑容、十分好奇地瞅了我一会儿。我想起来我们初次见面的时候，她也曾这样，但当时我还能不冒风险地沉下脸来回望着她。她的目光离开了我。她陷入了沉思——大概是假装的。她拿定了主意，在膝盖上一叠又一叠地揉着她的深灰色的法兰绒裙子，想去掉粉笔灰或什么别的痕迹。随后，她仍然揉着，并没有抬起头来，说道：

"我来问你一个坦率的问题，黑兹先生。你是欧洲大陆来的一位老派的父亲吧？"

"呃，不，"我说，"也许有点儿保守，但不是你所说的老派。"

她叹了口气，皱起眉头，用咱们言归正传的方式把两只胖乎乎的大手一拍，又用她那亮晶晶的小眼睛紧盯着我。

"多莉·黑兹，"她说，"是个可爱的孩子，但性成熟的突然到来好像给她带来了麻烦。"

我微微欠了欠身。我还能做些什么呢？

"她仍在生长发育的肛门和生殖两个区域之间来回摆动，"普拉特小姐说，一边还用她那两只布满赤褐色斑点的手比划着，"她基本上还是个可爱的——"

"对不起，"我说，"什么区域？"

"瞧你这老派的欧洲人！"普拉特喊道，一边朝我的手表上轻轻拍了一下，蓦地露出了她的假牙。"我所说的就是那种生物和心理的欲望——你抽烟吗？——并没有在多莉的身上相互交融，可以说是还没有进入一个匀称圆满的形式。"她的双手有一刹那好像捧着一个看不见的甜瓜。

"她讨人喜欢，相当聪明，不过也很粗心"（这个女人依然高坐在那儿，呼吸粗重，抽出时间看了看她右手办公桌上那个可爱的孩子的成绩报告单。）"她的分数越来越差。我很纳闷，黑兹先生——"她又假装沉思起来。

"噢，"她兴致十足地继续说道，"至于我，我也抽烟，而且，正如可敬的皮尔斯博士过去常说的那样：我并不为此感到得意，但我就是喜欢。"她点着了香烟，从鼻孔里喷出来的烟气好像一对獠牙。

我来给你说几件小事，这不需要花多少时间。现在让我来瞧瞧（在她的文件堆里东翻西找）。她根本不听雷德科克①小姐的话，对科莫兰特小姐也粗鲁得简直叫人难以相信。这是我们的一份特别研究报告：喜欢跟着全班集体唱歌，不过似乎心不在焉；双腿交叉，按着节拍晃动左腿；常用的词语种类：最普通的青少年俚语范围内的二百四十二个单词，外面则有一圈显然是欧洲的多音节词；上课时老是唉声叹气。让我来瞧瞧。对。现在讲的是十一月的最后一个星期。上课时老是唉声叹气；使劲儿嚼口香糖；没有咬她的手指甲，不过如果咬了，那倒与她的一般表现更为吻合，当然是科学地说；行经，据本人说，完全正常；目前并没有加入任何教会组织。顺便问一句，黑兹先生，她母亲是——？噢，我明白了。那么你是——？无人负责的事，我想，上帝就该负责。我们想要了解一些别的情况。我知道她在家里没有一定的分内工作。你让你的多莉成了一位公主，黑兹先生，是吗？唔，我们还搜集到一些什么别的情况？爱惜书籍；嗓音悦耳；常常格格发笑；有点儿精神恍惚；自己私下开一些玩笑，比如把有些老师姓名的头一个字母调换；头发很薄，是深褐色的，富有光泽——唔（扑哧一笑），这一点你大概知道；鼻子并不堵塞，脚掌弧度很大，眼睛——我来瞧瞧，我在哪儿还有一份最近的报告。啊，在这儿。戈尔德小姐说多莉打网球的姿势十分优异出色，甚至比琳达·霍尔的姿势还要好，可是在思想集中和积分方面的成绩却只是"差到中等"。科莫兰特小姐无法断定多莉有没有异常的控制感情的能力或者压根儿就没有。霍恩小姐报告说她——我指的是多莉——不会用词语表达自己的感情，而据科尔小姐说多莉的新陈代谢功能是极好的。莫娜小姐认为多莉有些近视，应该找一

---

① "雷德科克"，原文是 Redcock，意思是"红公鸡"。

个好的眼科大夫看看，但雷德科克小姐坚持认为这个姑娘是假装眼睛疲劳，好让老师不对她的学业成绩不好加以追究。最后，黑兹先生，我们的研究人员对一个真正关系重大的问题感到纳闷。现在，我想问你一件事。我想知道你已故的妻子或是你自己，或是家里的任何别人——我知道她在加利福尼亚有几个姨母和一个外祖父，是吗？——噢，曾经有过！——真对不起——哎，我们都感到纳闷，不知家里有没有谁向多莉讲解过哺乳动物的繁殖过程。总的印象是十五岁的多莉对两性问题仍然病态地不感兴趣，或者说得确切一点，抑制住她的好奇心来维护她的无知和自尊。好吧——十四岁。你瞧，黑兹先生，比尔兹利中学并不相信蜜蜂和鲜花以及鹳和相思鸟那一套，但却相当坚决地认为应该让学生们对男女满意地结为夫妇，成功地生儿育女有所准备。我们觉得只要多莉肯把心思放在她的功课上，她就能取得极大的进步。科莫兰特小姐的报告在这方面值得注意。说得婉转一些，多莉往往爱好放肆无礼。可是大家都觉得，primo①，你应该让你的家庭大夫把生活常识告诉她；secundo，你应该让她乐于在青少年俱乐部或里格博士的组织里，或者在我们家长的美好的家里跟她同学的兄弟交往。

"她可以在她自己美好的家里会见男孩子，"我说。

"我希望她这样，"普拉特轻松愉快地说，"我们问起多莉有什么烦心的事，她总不肯谈论家里的情况，但我们跟她的一些朋友谈了。真的——唔，比如说吧，我们坚持要你不要反对她参加戏剧小组的活动。你必须允许她参加演出《猎获的魔术师》②。在预演中，她是那么一个完美无瑕的小

---

① 拉丁文，首先；下文 secundo 的意思是"其次"。
② 这个剧本的作者是奎尔蒂，但是普拉特却把剧名说颠倒了，应该是《着魔的猎人》(The Enchanted Hunters)，她却说成了《猎获的魔术师》(The Hunted Enchanters)。

仙女。春天某个时候作者要到比尔兹利学院来待几天，可能会在我们的新礼堂里看一两次排演。我是说那也完全是年轻、活泼、美丽的人儿玩乐的一部分。你必须理解——"

"我一向以为，"我说，"自己是一个十分通情达理的父亲。"

"噢，当然，当然，但科莫兰特小姐认为，而我也比较同意她的看法，多莉受到找不到发泄方法的性的观念的困扰，就戏弄和折磨其他的女孩子，甚至我们年轻的教师，因为她们确实也跟男孩子们有一些清白无邪的约会。"

我耸了耸肩膀。一个卑鄙的流亡人士。

"让我们共同商量一下，黑兹先生。这个孩子到底哪儿出了问题？"

"在我看来，她相当正常，也很快乐，"我说（大祸终于临头了吗？我给发觉了吗？她们找了施行催眠术的人吗？）。

"叫我烦心的是，"普拉特小姐说，一边看着她的手表，又开始把整个话题重复一遍，"老师和同学都觉得多莉总很敌对，心怀不满，不肯暴露思想——大家都不知道你为什么那么坚决地反对一个正常孩子的所有自然的娱乐活动。"

"你是说性游戏吗？"我在绝望中故作轻快地问道，成了一个走投无路的老耗子。

"唔，我当然欢迎这个文明的术语，"普拉特咧嘴笑着说，"不过问题并不在这儿。在比尔兹利中学的主持下，演戏、舞蹈和其他正常的活动严格地讲都不是性游戏，不过女孩子们的确会遇到男孩子，如果这就是你所反对的事儿。"

"好吧，"我说，我的踏脚凳也发出一声疲乏的叹息，"你赢了。她可以去演那出戏。只要男性的角色都由女性扮演。"

"我一贯总被外国人，"普拉特说，"至少是入了美国籍的外国人，运用我们丰富语言的那种令人钦佩的方式所吸引。我相信负责戏剧小组的戈尔德小姐准会高兴得不得了。我注意到她是少数几个似乎还喜欢——我是说似乎觉得多莉还好管教的老师之一。我想这只解决了一般的问题；现在有一个特殊的问题。我们又遭到了麻烦。"

普拉特恶毒地停了下来，接着便用食指在鼻孔下面揉着，使的劲儿那么大，弄得她的鼻子好像跳起一种战争的舞蹈。

"我是一个直率的人，"她说，"可是习俗总是习俗。我觉得很难……让我这么说吧……沃克夫妇，就是住在被我们这一带称作公爵府的那座房子，你知道，就是山上那所灰色大宅子里的那对夫妇——他们把两个女儿送到我们学校来念书，而穆尔校长的侄女也在我们学校就读；她可真是个娴雅有礼的孩子，且不提其他一些十分出色的孩子。在这种情况下，发现样子像个有身份的小姐的多莉竟然使用一些你这个外国人大概根本不知道或者不懂的词，那真叫人感到十分震惊。也许，这样说不定好一些——你希望我现在就把多莉叫到这儿来一起谈谈吗？不要？你知道——好吧，我们就开诚布公地谈谈，把这件事解决掉吧。雷德科克小姐六月里就要结婚了，多莉用口红在雷德科克小姐分发给女学生们的一些健康手册上写了一个非常下流的四个字母的词；据我们的卡特勒博士告诉我，那是粗俗的墨西哥西班牙语中用来表示小便池的脏词。我们认为她应当放学后留在学校里——至少留半个小时。但如果你愿意——"

"不，"我说，"我不想破坏校规。过后我会和她谈的。我会把事情弄清楚的。"

“行，”这个女人从椅子扶手上站起身来说。

“说不定我们不久就会再次碰头；要是情况没有改善，我们也许会请卡特勒博士对她加以分析。”

我是不是应该和普拉特结婚，随后再把她掐死呢？

“……也许你的家庭大夫会乐意检查一下她的身体——只是一次常规的检查。她现在在蘑菇室——那条走道那边的最后一个教室。”

现在不妨来解释一下，比尔兹利中学仿效英国一所著名的女子学校的办法，给它的各个教室都起了“传统的”别号：蘑菇室、八号内室、B室、BA 室等等。蘑菇室里散发着一股臭气，黑板上方挂着一幅雷诺兹《未解风情》①的深褐色的复制品，还有几排样子笨拙难看的课桌。在一张课桌旁边，我的洛丽塔正在看贝克②《戏剧创作技巧》中“对话”的那一章。四周十分安静，另外还有一个女孩子，裸露着瓷器一般雪白的脖子，长着一头银灰色的秀发。她坐在前面，也在看书，完全脱离了现实世界，一边不停地老把一缕柔软的鬈发绕在一个手指上。我在多莉身旁坐下，正好就在那个脖子和那头秀发后面，解开大衣；花了六角五分，外加对于参加学校戏剧演出的许可，让多莉把她那染了墨水又有粉笔灰的、指节发红的手放到课桌下面。噢，无疑，我多么愚蠢，多么莽撞，但在经受了那番折磨以后，我实在不能不利用一下我知道再也不会发生的结合。

---

① Joshua Reynolds（1723—1792），英国肖像画家。《未解风情》（*The Age of Innocence*）画的是一个年轻姑娘独自站在树下。
② George Pierce Baker（1866—1935），美国戏剧教育家、作家，曾在哈佛大学开设戏剧写作课，享有盛誉；他的《戏剧创作技巧》（*Dramatic Technique*, 1919）是一部当时颇受欢迎的课本。

一二

圣诞节前后，她患了严重的感冒，莱斯特小姐的一位朋友，伊尔斯·特里斯特拉姆逊大夫给她作了检查（嗨，伊尔斯，你是个可爱的、不爱刨根问底的人，你非常轻柔地抚摸了一下我的鸽子）。她诊断说是支气管炎，拍拍洛的后背（由于发烧，她那花朵般的身子挺得笔直），叫她卧床休息一个星期或更长时间。起初，按美国人的说法，她"体温升高"，而我却无法抗拒那种给我带来意想不到的乐趣的剧烈的热量——Venus febriculosa①——尽管在我怀抱里呻吟、咳嗽、颤抖的是一个十分倦怠无力的洛丽塔。她刚一复原，我立刻举行了一场有男孩子参加的晚会。

也许为了迎接这场严峻的考验，我酒喝得稍微多了一点儿。也许我是自己丢人现眼。女孩子们给一棵小枞树作了装饰，把它点亮——这是德国人的风俗，只不过用彩色灯泡取代了蜡烛。挑选好的唱片都放进了我房东的电唱机。漂亮的多莉穿了一条十分好看的灰色连衣裙，上部十分合身，下面的裙子则像喇叭似的展开。我哼着歌曲，退回到楼上我的书房——随后每隔十或二十分钟，我就像个白痴似的走下楼去待一会儿，表面上为了从壁炉台上拿我的烟斗或寻找报纸；而每往楼下多去一次，这些简单的动作就变得越发难以完成。这叫我想起了非常遥远的日子，当时我总打起精神，随随便便地踱进拉姆斯代尔那所宅子的一个房间，房里正在放《小卡尔曼》。

那个晚会并不成功。受到邀请的三个女孩子中有一个根本没来，而有个男孩子又把他的表弟罗伊带来了，这样就多了两个男孩子；那表兄弟俩对各种舞步都很娴熟，而另外两位则几乎根本不会跳舞；一晚上的大部分时间都用于把厨房里弄得乱七八糟，接着就没完没了、叽叽喳喳地讨论打什么牌。后来，两个女孩子和四个男孩子就打开所有的窗户，坐在起居室的地板上，玩一种猜字游戏，但奥珀尔却怎么也弄不明白，而莫娜和罗伊——一个英俊瘦削的小伙子——却坐在厨房的餐桌上，摆动着他们悬着的腿，喝着姜汁汽水，热烈地讨论宿命论和平均律。等他们都走了以后，我的洛哼了一声，闭上双眼，一屁股倒在一把椅子里，手脚像海星似的摊开，表示出极度的厌恶和疲惫，并发誓说她还从没见过如此叫人讨厌的一群男孩子。为了她说的这句话，我给她买了一把新网球拍。

一月的天气潮湿而温暖；二月的天气愚弄了连翘花；市民们谁也没有见过这种天气。其他的礼物滚滚而来。我为她的生日给她买了一辆自行车，就是上文已经提过的那辆母鹿一般十分可爱的车子——另外还有一部《现代美国绘画史》。她骑车的姿势，我是指她走近车子的姿势、跨上车时臀部的动作、那种潇洒的风度等，都给了我极大的快乐；不过我试图提高

---

① 拉丁文，微微有点儿发烧的维纳斯。

她的绘画趣味的努力却失败了。她想知道在多丽丝·李①的干草堆上睡午觉的那个家伙是不是前景中那个装着很妖媚的顽皮姑娘的父亲，并且无法理解为什么我说格兰特·伍德②或彼德·赫德③的作品好，而雷金纳德·马什④或弗雷德里克·沃⑤的作品则糟不可言。

———————————

① Doris Lee（1905—1983），美国现实主义画家，提到的这幅画，题为《晌午》（*Noon*），画的是一个男人用帽子遮着脸，在干草堆上睡午觉，前景中有一个姑娘和另一个男人正在另一堆干草旁野合。

② Grant Wood（1892—1942），美国现实主义画家，中西部地域派画家的主要代表。

③ Peter Hurd（1904—1984），美国现实主义画家，绘画题材多与美国西南部有关。

④ Reginald Marsh（1898—1954），美国现实主义画家，绘画主题多与纽约市的平民生活有关。

⑤ Frederick Waugh（1861—1940），美国现实主义画家，主要创作海洋主题。

一三

　　春天用黄色、绿色、淡红色装点塞耶街的时候，洛丽塔再也无可挽回地一心只想演戏。有个星期天，我恰巧看到普拉特和一些人在沃尔登饭店里吃午饭，隔了老远她就看到了我望着她的目光，趁洛没有注意，谨慎而表示好感地做了个轻轻拍手的动作。我讨厌戏剧，认为历史地说，它是一种原始又腐败的形式，一种带有石器时代的礼仪和平民百姓的胡闹的风味的形式，尽管出现了那些个别的注入时代精神的作品，比如说，一个关在小屋里的读者从资料中自动发掘出的伊丽莎白时代的诗歌。当时我忙于自己的文学创作，没有费神去阅读《着魔的猎人》的全文，在这出短剧中多洛蕾丝·黑兹被指派扮演一个农夫的女儿，她想象自己是林地女巫、戴安娜或什么别的人物，她凭借自己得到的一本催眠术的书，在被一个浪游四方的诗人（莫娜·达尔）的符咒魔力制服前，使许多迷失路途的猎人陷入了各种各样有趣的昏睡状态。我收集到的这点内容都来自洛扔在屋子里各处的七零八落、皱皱巴巴、打字打得乱七八糟的剧本。这个剧本的标题和一家难以忘怀的旅馆名称的巧合，多少叫人略带惆怅地感到愉快：我疲乏地想到最好不要让我的那个迷人精注意到这一点，免得她会厚着脸皮指责我感情脆弱，这样会比她根本没有注意到这一点更叫我感到痛心。我以为这出短剧只是某个陈腐的传奇故事的另一个翻版，作者实际上姓氏不明。当然，什么也不能阻止一个人这样设想，为了寻找一个引人注目的名称，旅馆创办人直接地、完全地受到了他所雇用的一个二流壁画家偶然产生的怪念头的影响，随后旅馆的名称又促使人想出了这个剧本的标题。可是，在我的轻信、简单、慈善的心里，我恰巧朝相反的方向牵强附会，实际上并没有对整个这件事多作思考，就以为那幅壁画、旅馆名称和剧本标题都是出自共同的来源，出自当地的一个传说，而那是我这个对新英格兰的口头传说不甚了了的异乡人所无从知晓的。因此，我有一种印象（所有这一切都很偶然，你知道，完全无关紧要），这出讨厌的短剧属于曾被多次改编供青少年阅读的那类奇思异想的玩意儿，就像理查德·罗的《汉泽尔和格雷特尔》、多萝西·多伊的《睡美人》，或莫里斯·弗蒙特和马里恩·朗佩尔迈耶的《皇帝的新装》[1]——所有这些剧本都可以在任何一本《学生常演剧本》或《让我们来演戏》中找到！换句话说，我并不知道——而且就算知道，我也不会在意——《着魔的猎人》实际上是一部最近刚完成的、技术上相当新颖的作品，就在三四个月前刚由纽约一个自命文化修养高级的剧组首次上演。在我看来——因为我可以根据我那可爱的人儿扮演的角色来加以评判——它好像是一部相当沉闷乏味的幻想作品，好些地方仿效勒诺芒[2]、梅特林克和英国各个温和的梦想家[3]的作品。那些戴着红帽、穿着完全相

---

① 这三个短剧都是根据童话改编的，都和欺骗与着魔有关。
② Henri-René Lenormand（1882—1951），法国剧作家。
③ 这里纳博科夫心中所想到的是巴里（James M. Barrie, 1860—1937）——他于 1904 年写过小剧本《彼得·潘》——和刘易斯·卡罗尔。

同的服装的猎人一个是银行家，另一个是管子工，第三个是警察，第四个是丧事承办人，第五个是保险商，第六个是逃犯（你瞧瞧可能会有些什么人！）。他们在"多莉的幽谷"里思想发生了彻底的变化，只记得他们的现实的生活跟小戴安娜把他们从中唤醒的梦境或噩梦一样；但是第七个猎人（戴着一顶绿帽子，这个傻瓜）是一个"青年诗人"，他坚持认为戴安娜和她所提供的娱乐（跳舞的仙女、小精灵和怪物）都是他这个诗人的创造发明，这叫戴安娜十分恼火。我知道赤脚的多洛蕾丝非常厌恶这种自以为是的态度，最后带领着穿着格子花的裤子的莫娜到"危险的树林"后面父亲的农庄上去，向那个吹牛的家伙表明她不是诗人头脑中的形象，而是一个切切实实的乡村姑娘——最后一分钟的亲吻用以加强剧作的深刻寓意，也就是说幻想和现实在爱情中融为一体。我觉得还是不当着洛的面评论短长较为明智：洛那么充满活力地全神贯注于"表情问题"，又那么娇媚地把她两只狭长的佛罗伦萨画派的小手合在一起，扑闪着眼睫毛，恳求我不要像有些可笑的家长那样去看她们排练，因为她想用完美无瑕的首场演出来叫我目眩神迷——而且因为我不论在什么情况下总爱插嘴，说些错话，当着别人的面叫她很受拘束，无法充分发挥她的演技。

有一场十分特殊的排练……我的宝贝儿，我的宝贝儿……五月里欢快地下着阵雨的一天——一切都滚滚而去，我既没理解，也没留下什么记忆。晚半天儿，我后来看见洛跨在自行车上，身子保持平衡，用一个手掌紧紧按着我们草地边上一棵幼小的桦树那湿漉漉的树皮，这时她脸上绽放出的喜悦亲切的笑容给我留下了十分深刻的印象，因而有一刹那，我以为我们所有的烦恼都过去了。"你还记得，"她说，"那家旅馆的名字吗？

你知道（鼻子皱了起来），说啊，你知道——就是大厅里有那些白颜色的柱子和大理石天鹅的。哦，你知道（呼气的声音很响）——就是那家你在那儿强奸了我的旅馆。好吧，别再提了。我是说，它是不是（几乎低声耳语）叫'着魔的猎人'？唉，是吗？（沉思地）是吗？"——接着发出一声多情的充满青春活力的笑声，她啪地打了一下光滑的树身，就往坡上骑去，一直骑到路的尽头，再骑回来，双脚踩在静止的踏板上休息，姿势放松，一只手一动也不动地搁在印花裙子的兜里。

一四

　　因为弹琴大概跟洛对跳舞和演戏的兴趣密切有关，我允许她去跟着一位埃姆佩罗小姐（就像我们的法国学者可以相当方便地这么称呼她的那样①）学钢琴；比尔兹利离她那幢有着蓝百叶窗的白色小屋差不多有一英里远，洛每个星期骑车到那儿去两次。快到五月底的一个星期五晚上（就在洛没让我参加的那次特别的排练后一个星期左右），我正在书房里居斯塔夫②——我是说加斯东——的国王③旁边扫荡，电话响了，埃姆佩罗小姐问我下星期二洛去不去，因为她本星期二和今天都没有去上课。我说她一定会去的——便继续下棋。读者完全可以想象得到当时我的才智所受到的影响，又走了一两步棋，轮到加斯东走的时候，我透过满心忧伤的轻烟薄雾发现他可以把我的王后吃掉；他也注意到了这一点，但认为这可能是他的狡猾的对手所设下的圈套，他迟疑了好半晌，呼哧呼哧地喘着气，摇了摇下巴，甚至偷偷地朝我瞅了几眼，把又短又粗、簇在一起的手指踌躇地微微向前伸了一伸——渴望吃掉那个甘甜肥美的王后，却又不敢下手——突然他朝它猛扑过去（谁知道这是否使他学会了往后的一些鲁莽行为？），于是我心情阴郁地花了一个小时才和他下成平局。他喝完了白兰地，不久迈着笨重的步子走了，对这盘棋的结局相当满意（mon pauvre ami，je ne vous ai jamais revu et quoiqu' il y ait bien peu de chance que vous voyiez mon livre，permettez-moi de vous dire que je vous serre la main bien cordialement, et que toutes mes fillettes vous saluent④）。我发现多洛蕾丝·黑兹坐在厨房里的餐桌旁边，正在吃一块切开的馅饼，两眼盯着她的剧本。这时她抬起始终神色沉静的双眼迎着我的目光。对于我发现她逃课，她仍然显得出奇地镇定，并且 d'un petit air faussement contrit⑤ 说她知道自己是个十分淘气的孩子，只是没有能够抵御魅惑，把那些学琴的时间都用在——读者啊，我的读者！——跟莫娜去附近的公园排练魔幻的树林那场戏上了。⑥ 我说了声"好"——就大步走到电话旁边。莫娜的母亲接了电话："是啊，她在家，"接着带着一个做母亲的那种不明确的出于礼貌的愉快笑声退到一旁，没有对着电话机喊道，"是罗伊的电话！"接着莫娜窸窸窣窣地走来，立刻用低沉单调、相当温柔的声音开始责备罗伊说过的什么话或做过的什么事，我连忙打断了她，莫娜马上用最谦恭、最迷人的女低音说道，"是，伯父，""当然啦，伯父，""这件不幸的事都得怪我，伯父，"（多么能言善辩！多么泰然自若！）"老实说，我也觉得这样很不好"——等等等等，正如那些小妓女所会说的那一套。

---

① 原文为 Miss Emperor，与法语 Mlle Lempereur 谐音。朗玻乐小姐是福楼拜小说《包法利夫人》中爱玛·包法利的音乐教师，爱玛借口去她家上音乐课，实际上却到鲁昂去和情人赖昂幽会。
② 居斯塔夫是福楼拜的名字，因为洛丽塔仿效了爱玛的榜样，亨·亨心里还在想着福楼拜，所以把名字说错了。
③ 指国际象棋中的王。
④ 法文，可怜的朋友，从此我就没有再见到你。虽然你不大有可能会见到我这本书，请允许我告诉你，我十分真诚地和你握手，我的小姑娘们也向你致意。
⑤ 法文，露出一种虚假地懊悔的神色。
⑥ 实际上她在那儿和奎尔蒂见面。

于是我走下楼去，清了清嗓子，控制住情绪。这时洛在起居室里，坐在她心爱的那张垫得厚厚的椅子上。她懒散地靠在那儿，咬着手指上的一根倒刺，用无精打采、蒙蒙眬眬的眼睛嘲笑着我，同时用伸在一张小凳子上的那只没穿鞋子的脚的后跟轻轻摇动着那张凳子，这时我蓦地感到一阵十分令人难受的眩晕，发现自从两年前我初次见到她以来，她身上起了多么大的变化。要不这种情况只是最近这两个星期才发生的？Tendresse？①当然，那是一个被戳穿的虚构的信念。她正好坐在我炽烈的愤怒的焦点上。所有贪淫好色的迷雾都给一扫而空，除了这种可怕的清醒，什么都没有留下。唉，她已经变了！如今她的肤色与任何一个粗俗、邋遢的中学女生的肤色没有什么两样；她们用龌龊的手指把大家合用的化妆品抹在自己没有洗过的脸上，对于接触她们皮肤的究竟会是什么肮脏的混合物、什么带脓的表皮一点也不在意，以前她那皮肤光滑娇嫩、充满青春气息的脸蛋显得那么可爱，挂着泪珠的时候又显得那么光艳照人，我常开玩笑地把她那头发蓬乱的脑袋放在我的膝头摆弄。如今那种天真无邪的光彩被一种粗俗的红晕所取代。当地称作"兔热病"的那种疾病使她表示轻蔑的鼻孔边染上了火红色。正如在恐惧时那样，我垂下目光，无意识地顺着她紧张地伸着的那条裸露的大腿下侧望去——她的腿长得多么光滑，多么健壮！她的眼睛像毛玻璃似的灰蒙蒙的，微微有点儿充血。她把这双分得很开的眼睛紧紧盯着我。我看出其中闪现出的那种隐秘的思想：不管怎么说，也许莫娜是对的，她，没有父母的洛，可以揭发我的所作所为，而自身免于处罚。我犯了多大的错误，我有多么恼怒！她周身的一切都同样地叫人冒

_____

① 法文，爱情吗？

火，难以捉摸——匀称有力的双腿、袜底肮脏的白色短袜、她不顾屋内闷热穿着的那件厚毛线衫、她的少女气息，特别是她那泛着奇特的红光、嘴唇刚涂过口红的死气沉沉的下半截脸。她的门牙上还留着一些口红的痕迹，我突然回想起一件十分令人不快的往事——出现在脑海里的不是莫尼克的形象，而是好多年前在一家小客栈里的另一个年轻妓女的形象；当时，我还没来得及决定是否仅仅因为她年轻我就该去冒染上某种可怕疾病的危险，她就已经被另一个人抢先叫去了。那个妓女也正好长着这种泛出红光的突出的 pommettes①，也死了妈妈，生着两颗大门牙，她那土黄色的头发上扎了一小条脏乎乎的红缎带。

"哎，说吧，"洛说，"她的证词让你满意吗？"

"是的，"我说，"完全满意。是的，我不怀疑是你们两个人一起编造出来的。事实上，我毫不怀疑你已经把我们的一切都告诉了她。"

"噢，是吗？"

我屏住呼吸，说道："多洛蕾丝，这种情况必须马上停止。我准备把你拖到比尔兹利外边去，关在你知道的那个地方，这种情况必须停止。我准备一收拾好手提箱就带你走。这种情况必须停止，否则什么事都会发生。"

"什么事都会发生，嗯？"

我一把抢走了她用脚后跟摇晃着的那张小凳子，她的脚砰的一声落到了地板上。

"嘿，"她嚷道，"别发急嘛。"

---

① 法文，颧骨。

"你先上楼去，"我也嚷道——同时一把揪住她，把她拉了起来。从这时起，我不再控制自己的嗓音，我们彼此继续朝着对方大声嚷叫，她说了好些粗鄙下流的话。她说她讨厌我。她朝我做了好些丑恶难看的怪相，鼓起两腮，发出恶魔似的噗噗的声音。她说我是她母亲的房客的时候，就好几次想要奸污她。她说她肯定是我谋杀了她母亲。她说她会跟头一个向她提出要求的人上床睡觉，我对此什么办法也没有。我说她得上楼，去把她所有的藏钱的地方都指给我看。那是一个吵吵嚷嚷、充满仇恨的场面。我捏住她尽是骨节的手腕，她不停地把手腕扭来扭去，偷偷地想找到我的弱点，好在一个有利的时刻猛地挣脱出去，但我紧紧地抓住她，事实上弄得她很痛；我希望我的心会为此而腐烂。有一两次，她那么使劲地猛抽她的胳膊，我真怕她的手腕会给拉折；她自始至终用那两只令人难以忘怀的眼睛紧盯着我，心里憋着的怒火和热泪在眼睛里挣扎。我们的声音压过了电话的铃声，等我觉察到它那丁零零的声音的时候，她立刻逃走了。

　　我似乎跟电影里的人物一起分享电话机和它那突然降临的神灵的功德。这一次原来是一个怒气冲天的邻居打来的。起居室里东面的窗户恰巧大开着，不过窗帘倒令人宽慰地放了下来；窗外，阴冷的新英格兰春季的漆黑、潮湿的夜晚一直在屏息静听。我始终以为那种头脑醍醐的黑线鳕似的老处女是现代小说中大量文学近亲繁殖的结果，但现在我深信那个假装正经又一肚子淫欲的伊斯特小姐①——或者揭穿她这个隐匿姓名的人，芬顿·莱博恩小姐——在尽力想听明白我们争吵的内容时，大概从她卧室的窗口把身子探出了四分之三。

---

① "伊斯特"，原文为 East，意思是 "东面" "东方"。

"……这种喧闹……毫无意义……"电话听筒里呱呱地叫着，"我们可不是住在一幢经济公寓里，我必须强调……"

我为女儿的朋友们这么吵吵嚷嚷表示道歉。年轻人，你知道——说着就把接下去那一声半呱呱声挂断了。

楼下那扇纱门砰的响了一声，是洛吗？逃跑了吗？

透过楼梯上的那扇窗户，我看见一个迅速奔跑的小幽灵悄悄穿过灌木丛；黑暗中有一个银白色的小点——自行车车轮的轮毂——移动起来，一闪一闪，她走了。

那天晚上，汽车恰巧停放在城里商业区的一家修理工场里。我别无选择，只好步行去追踪这个飞速逃跑的人。甚至直到现在，已经过去了三年多的时光，只要心目中一出现春天夜晚的那条街，那条已经那么枝叶扶疏的街，我仍不免惊慌地倒抽一口冷气。莱斯特小姐正牵着费比恩小姐那条患了水肿的 dackel[①] 在她们的灯光明亮的门廊前散步。海德先生[②]差一点把它撞倒。走三步，跑三步。一阵温热的雨点开始嗒嗒嗒嗒地打在栗树树叶上。在前面那个街角上，有个模糊不清的小伙子把洛丽塔推靠在一道铁栏杆上，搂着她狂吻——不，不是她，我弄错了。我的手指仍然感到热辣辣的，我继续向前飞奔。

在十四号以东半英里左右的地方，塞耶街跟一条私家车道和一条横街交错在一起；那条横街通往市区。在经过的头一家杂货店前面，我看到——心头一下子感到如释重负！——洛丽塔的漂亮的自行车正在那儿等

---

① 德文，德国小猎狗。
② 史蒂文森著有小说《杰基尔博士和海德先生》（又译《化身博士》，*Dr. Jekyll and Mr. Hyde*，1886）。亨·亨在此把自己比作海德先生。

她。我没有拉门，而是推了一下门，再拉一下，再推一下，再拉一下，随后走了进去。看哪！大约十步以外，洛丽塔，隔着电话亭的玻璃（膜状的神灵仍与我们同在），正用手兜着话筒，十分秘密地弓身站着，她眯起眼睛看见了我，就带着她的财宝转过身去，赶紧挂断电话，挥了挥手走了出来[①]。

"想往家给你打电话，"她乖巧地说，"已经作出一个重大的决定。不过先给我买杯饮料，爹。"

她看着那个脸色苍白、无精打采的冷饮柜台女伙计把冰块放进杯子，又倒进可口可乐，再加上一点儿樱桃汁——这时我心里充满怜爱、痛苦的情绪。那个娇弱的手腕。我可爱的孩子。你有一个可爱的孩子，亨伯特先生。她走过的时候，我们总对她表示赞美。皮姆先生看着皮帕把调制的饮料吸进嘴去[②]。

J'ai toujours admiré l'œuvre ormonde du sublime Dublinois.[③] 这时，那场雨成了一阵激起淫欲的大雨。

"嗨，"她说道，在我身旁骑着车，一只脚蹬着在黑暗中闪闪发亮的人行道，"嗨，我作了一个决定。我想离开学校。我不喜欢这所学校。我不喜欢这出戏，真不喜欢！再也不回去了。另外找一所吧。马上离开。再去作一次长途旅行。不过这次我想去哪儿，我们就去哪儿，成吗？"

我点了点头。我的洛丽塔。

① 她是在打电话给奎尔蒂。
② 这儿暗暗提到英国小说家、剧作家米尔恩（A. A. Milne, 1882—1956）写的剧本《皮姆先生走过》（*Mr. Pim Passes By*, 1919）和布朗宁的《皮帕经过》。
③ 法文，我一直相当钦佩那位卓越的都柏林人的奥蒙德作品。卓越的都柏林人，指詹姆斯·乔伊斯，奥蒙德指都柏林的奥蒙德大饭店。《尤利西斯》中的所谓"迷人的、艳丽的女歌手"的插曲即安排在该饭店的餐厅里。

"由我挑吗？ C'est entendu？ ①"她问道，一边在我身旁微微晃动了一下身子。只有在她是个十分听话的小女孩的时候才讲法语。

"好吧。Entendu.② 现在快跑，快跑，快跑，勒诺尔③，否则你全身都会湿透的。"（我胸中感到一阵哽咽。）

她露出牙齿，并且依照她那女学生的可爱样子，倾身向前，接着就飞快地骑走了，我的小鸟儿。

莱斯特小姐用她那修饰得十分完好的手把门廊的门拉开，让一条步履蹒跚、qui prenait son temps④ 的老狗进去。

洛在那棵幽灵似的桦树旁边等我。

"我全身都湿透了，"她放声大叫着说，"你高兴吗？让那出戏见鬼去吧！明白我的意思吗？"

一个看不见的女巫婆伸手砰地关上楼上的一扇窗。

在我们的门厅里，闪耀着欢迎的明亮的灯光，我的洛丽塔脱下身上的毛线衫，甩了甩她那缀满水珠的头发，朝我伸出两只光胳膊，还提起一条腿：

"请把我抱上楼去。今儿晚上我觉得有点儿罗曼蒂克。"

在这当口，我竟有本事——我想是一种十分奇特的情形——在另一场暴风雨中始终涕泪滂沱，生理学家知道了大概会很感兴趣。

---

① 法文，就这么说定了？
② 法文，说定了。
③ 德国狂飙运动时期的诗人布格尔（Gottfried August Bürger，1747—1794），著有一首戏剧民歌，颇负盛名，勒诺尔是其篇名，也是其主要人物。这句是模仿该篇中第149行勒诺尔和他的鬼情人骑马奔驰时的名句。
④ 法文，从容不迫。

一五

刹车重新换过，水管堵塞排除，阀门也启动过，还有许多其他的修理和改进，都由头脑不很呆板但却相当慎重的亨伯特爸爸付钱做了，因此到了准备开始一次新的旅行的时候，已故的亨伯特太太的那辆汽车外表显得相当不错。

我们向比尔兹利中学，古老卓越的比尔兹利中学保证，一等我在好莱坞的聘用期结束就回来（我暗示说，富有创作才能的亨伯特将在拍摄的一部以"存在主义"为题材的影片中担任总顾问，当时"存在主义"还很热门）。实际上，我正胡乱考虑着怎样缓缓穿过墨西哥边境——如今我比去年勇敢多了——到那儿再决定究竟拿我的小情妇怎么办，眼下她身高六十英寸，体重九十磅。我们找出旅行指南和地图。她兴致十足地定下了我们的路线。是不是由于那些演剧活动，她才长大了许多，不再具有青少年的那种厌倦的神气，而变得那么可爱地渴望探索丰富的现实？在那个光线暗淡但相当暖和的星期天上午，我们离开了切姆教授[①]那幢茫然无知的房子，沿着大街朝有着四条车道的公路开去，这时我体验到轻松的梦幻意境。我的情人身上穿的黑白条纹的棉布连衣裙、头上戴的漂亮的蓝色软帽、脚上穿的白色短袜和褐色软帮鞋跟她脖子上戴着的一小条银项链上那一大块雕琢得很美的海蓝宝石不大相配：这是我送她的一样春雨中的礼物。我们经过新饭店，她笑起来。"把你的想头说出来，我给你一个子儿，"我说，她立刻伸出手掌，但就在这时，前面出现了红灯，我只好猛地把车刹住。我们停下来的时候，另一辆小汽车也滑行着停在我们旁边，一个样子十分引人注目、像个运动员似的瘦削的年轻女人（我在哪儿见过她？），脸色红润，梳着一头耀眼的赤褐色的齐肩长发，清脆响亮地说了声"嗨"跟洛招呼——随后对着我感情奔放、富有启示（好好辨别！）并且在某几个字上加重了语气说道："把多莉从这出戏里拉走，太不应该了——你应该听一下那个作家[2]在那次排练后说的那些赞赏她的话——""绿灯啦，你这笨蛋，"洛压低嗓音说，同时，圣女贞德（在我们到当地那家剧院看的一场演出中，她扮演这个角色）挥了挥一只戴着手镯的胳膊欢快地向我们告别，随后猛地把我们抛在后面，突然转进校园大街。

"究竟是谁啊？是弗蒙特还是朗佩尔迈耶？"

"不——是埃杜萨·戈尔德——给我们辅导的那个姑娘。"

"我不是指她。那出戏究竟是谁编的？"

"噢！对了，当然。是一个老婆子，大概叫克莱尔什么的[3]。那儿这样的人很多。"

"那么她夸奖了你吗？"

---

① 切姆教授，原文是 Professor Chem。Chem 是英文 chemistry（化学）的缩写。

② 指奎尔蒂。

③ 指克莱尔·奎尔蒂。

"夸奖了我的眼睛——她亲了亲我纯洁的额头"—— 接着我的宝贝儿就发出那种新的短促尖锐的欢笑声,这种笑声——也许与她的演戏习性有关——是她新近开始喜爱采用的方式。

"你是个古怪的小家伙,洛丽塔,"我说——或是诸如此类的话,"你放弃了那种荒唐的舞台表演活动,我自然非常高兴。不过奇怪的是,你竟然在整个事情的自然高潮只有一个星期就要到来时把它丢下了。噢,洛丽塔,你对自己放弃掉的那些事物应当小心谨慎。我记得你为了营地放弃了拉姆斯代尔,又为了驾车兜风放弃了营地。我还可以举出你思想上的其他一些突然的转变。你应当小心谨慎。有些事物永远也不应放弃。你一定要坚持下去。你应当努力对我好一点儿,洛丽塔。你也应当注意你的日常饮食。你要知道,你大腿的周长不应当超过十七英寸半。超过这个数字就可能不可救药(我当然是在开玩笑)。我们现在出发去作一次快乐的长途旅行。我记得——"

一六

我记得童年在欧洲时曾热切地盯着一幅北美洲的地图,看见"阿巴拉契亚山脉"醒目地从亚拉巴马州向上绵延到新不伦瑞克①,因此它跨越的整个地区——田纳西州、两个弗吉尼亚州、宾夕法尼亚州、纽约州、佛蒙特州、新罕布什尔州和缅因州,在我的想象中就仿佛一个巨大的瑞士甚至中国西藏,山峦起伏重叠,一座座壮丽的钻石似的山峰,巨大的针叶树,披着光灿灿的熊皮的 le montagnard émigré②,Felis tigris goldsmithi③,以及待在梓树下的北美印第安人。所有这一切眼下都归结为一片小得可怜的市郊草地和一座冒烟的垃圾焚化炉,真叫人感到沮丧。再见了,阿巴拉契亚!我们离开那儿,穿过俄亥俄州,三个以字母"I"开头的州④以及内布拉斯加州——啊,第一阵西部的气息⑤!我们从从容容地旅行,花了一个多星期才抵达大陆分水岭处的韦斯,她热切地希望在那儿看到标志魔洞季节性开放的那种礼仪舞蹈,随后至少走了三个星期才抵达西部某州的胜地埃尔菲恩斯通,她又急切地盼望攀登那儿的红岩;新近有个演技成熟的电影明星喝醉了酒跟她的男伴发生争吵后,就从那儿跳下身亡。

我们又受到不少小心在意的汽车旅馆用题写的文字所表示的欢迎,

诸如：

"希望各位在此有宾至如归之感。一切设备在你们到来后均经过仔细检查。你们的驾驶执照号码已经记录在案。请节约使用热水。我们保留不事先通知就把任何行为不检的人撵出去的权利。不要把任何废物丢进马桶。谢谢。欢迎再次光临。管理处。附言：我们把我们的客人看作世上最为品格高尚的人。"

在这些吓人的地方，双人房我们要付十元，苍蝇一个接一个地爬在没有纱门的房门外边，顺利地钻了进来，我们前面房客的烟灰仍留在烟灰缸里，枕头上有一根女人的头发，你听见隔壁房里的客人在壁橱里挂他的外套，衣架都被巧妙地用一圈圈铜丝固定在木条上防止人家偷盗，而最侮辱人的是成对的两张床上面挂的画也完全是相同的一对。我还注意到商业风气正在改变。出现了要把小旅馆合并起来逐渐形成大客店的趋势。瞧啊（洛并不感兴趣，但读者也许感兴趣），又添造了一层楼，增加了一个休息厅，小汽车都改停到公共车库里，汽车旅馆又恢复成完美旧式的客店。

我现在告诫读者不要嘲笑我和我的神思恍惚。让读者和我在现时解释过去的命运相当容易；但正在形成的命运，说真的，却不是那种你只需密切注意关键情节的普通神秘的故事。我青年时期有一次看过一个法国侦探

---

① New Brunswick，加拿大东南部的一省。
② 法文，受到放逐的山民。这是夏多布里昂一幅画下面的题词和他写的一篇伤感歌谣的题目。
③ 拉丁文，哥尔斯密的老虎。这是暗用英国诗人、剧作家哥尔斯密（Oliver Goldsmith, 1730—1774）的长诗《荒村》（*The Deserted Village*, 1770）中的第 356 行："蹲伏着的老虎在那儿等候不幸的牺牲品。"
④ 指印第安纳州、伊利诺伊州和衣阿华州，三州英文名称的第一个字母都是"I"。
⑤ 这是模仿 1960 年前内布拉斯加州到处可见的那句口号："内布拉斯加——西部从这儿开始！"

故事①,故事的关键情节实际都是用斜体字印出来的,但这可不是麦克费特②的方式——即使你确已学会识别某些隐约模糊的征兆。

比如:我不会发誓说在我们到中西部去的那段行程刚刚开始时或之前,她一次也没有设法把某些消息告诉一个或多个未被发觉的人,或者跟一个或多个未被发觉的人取得联系。我们曾经在一家招牌上画有飞马③的加油站停下,她从座位上溜下车去,溜到加油站后部。当时我待在发动机罩后面,弯身看着加油工操作,翘起来的发动机罩有一会儿正好挡住了她,叫我无法看见。我为人比较宽厚,当时只慈祥地摇了摇头,尽管严格地说她这样四处观看是禁忌的,因为我本能地感到,出于某些难以理解的理由,厕所——还有电话亭——都正好是我的命运可能会受到阻碍的地点。我们都有这种决定我们命运的对象——在一种情况下可能是一片反复出现的风景,在另一种情况下可能是一个数字——都是经神明仔细挑选以便我们抓住不少具有特殊意义的事情:在这儿约翰说话总结结巴巴,在那儿简总伤心欲绝。

好了——我的小汽车已经给拾掇好了,我也把车从加油泵旁边开走,好让工人给一辆小型运货卡车加油——这时,在风声萧萧的灰暗的暮色中她的失踪越来越叫我感到心情沉重。不是头一次,也不是最后一次,我紧盯着眼前那些固定不变的平凡琐碎的事物,心里非常郁闷不安,以致它们在我眼里,就像发现自己落入了我这个束手无策的游客视野的大睁着眼睛的乡巴佬,几乎显得有些吃惊:那个绿色的垃圾箱,那些待售的漆黑的、

---

① 指法国作家勒布朗(Maurice Leblanc,1864—1941)的一部作品。勒布朗被视为法国的柯南·道尔。
② 见第 86 页注 ②。
③ Pegasus,是美国飞马牌石油公司(Socony Mobil Oil Company)的商标。

外侧有白圈的轮胎，那些闪亮的汽油罐，那个里面放着各种饮料的红色冰箱，六七个扔在好似没有完成的纵横字谜的木格中的空瓶，还有在办公室的窗户里面耐心地直往上爬的那个小虫。收音机里的音乐从办公室敞开的门里传了出来，因为节奏跟被风吹动的草木的起伏、摆动和其他姿态并不一致，让你觉得正在放映一部旧的风光影片，而钢琴或小提琴所依照的乐谱跟颤动的花和摆动的枝条一点也不协调。当洛丽塔身上的连衣裙也逆着这种节奏飘动着从一个完全意想不到的方向转出来的时候，夏洛特临死前的呜咽很不和谐地叫我浑身颤动。洛丽塔刚才发觉这儿的厕所里有人，就过街到下一条马路贝壳①的招牌下面去了。那儿的人们说他们为自己清洁干净的厕所颇为自豪。他们还说这些邮资已付的明信片是供你们提意见的。没有明信片。没有肥皂。什么都没有。没有意见。

　　那天或者是下一天，我们十分沉闷地驾车穿过一片庄稼地，后来到了一个令人愉快的小城镇，就在栗树园旅社歇宿——舒适的木屋，湿漉漉的绿色场地，几棵苹果树，一架旧秋千——还有一片广阔的夕阳西下的景象，而那个身子疲乏的孩子根本就不注意这些东西。她原来想要穿过卡斯比姆，因为那个市镇就在她的家乡北面三十英里的地方，但第二天早上，我发现她无精打采，不愿再去看大约五年前她在上面玩"跳房子"的那条人行道了。我本来相当害怕这趟附带的顺路旅行，原因十分明显，虽然我们事先说好不以任何方式引人注目——只待在汽车里，不去看望老朋友。她放弃了这个计划，我真松了一口气，不过这种宽慰又给另一个想头破坏了。我想到，要不是她觉得我可能完全反对到皮斯基去寻访过去的踪迹，

————————

① Conche，是壳牌石油公司（Shell Oil）的商标。

就像去年那样，她也就不会这么轻易地放弃了。我叹口气，提到了这一点，她也叹口气，抱怨说身子有些不舒服。她想拿着好多本杂志，待在床上，至少等到吃茶点的时候再起来。那时如果她觉得好点儿，她就建议我们继续西行。我不得不说，当时她懒洋洋的，显得十分可爱，极想吃些新鲜水果，我就决定到卡斯比姆去给她买一份美味可口的盒饭。我们的小屋坐落在一座长满树木的小山顶上，从窗户里可以看见大路蜿蜒而下，接着就像一道头发中间的缝儿似的笔直穿过两行栗树，伸向那个美丽的市镇。清晨远远看去，那座市镇显得特别清晰，真像玩具似的。你可以看清一个样子像个小精灵似的姑娘骑在一辆样子像个小虫的自行车上，还有一条按比例讲未免太大的狗，所有这一切都跟画着青山和红色小人的古画上那些顺着蜡白色的大道曲折前行的香客和骡子一样清楚。我有欧洲人的那种闯劲，在可以不用汽车的时候便安步当车，因此我悠闲地朝山下走去，终于碰上那个骑车的姑娘——一个平凡的胖乎乎的女孩，梳着辫子，身后跟着一头眼窝活像三色紫罗兰的、高大的圣伯纳德狗①。在卡斯比姆，一个上了岁数的理发师给我马马虎虎地理了个发。他唠唠叨叨地说着他的一个打棒球的儿子，每遇到爆发音，唾沫就喷在我的脖子上，而且每隔一会儿就在我的围单上擦擦他的眼镜，或者停下他手直打颤的理发活儿，拿出一些褪色的剪报，当时我根本没有注意，因此当他指着放在一些陈年的灰色洗发剂瓶子中间的一个镜框里的照片时，我才大吃一惊地意识到那个留着八字须的年轻棒球手已经死了三十年。

我喝了一杯毫无香味的热咖啡，给我的小淘气买了一串香蕉，又在一

① Saint Bernard，一种大狗，以其能在瑞士阿尔卑斯山雪地中营救旅客而知名。

家熟食店里待了将近十分钟。等这个往回走的矮小的香客出现在通往栗树堡①的那条弯弯曲曲的大路上的时候，一定已经过去了至少一个半小时。

我在进城的路上见到的那个姑娘这时捧着一叠亚麻布床单正在帮助一个畸形的男子，这个男子的大脑袋和粗俗的相貌叫我想起意大利低级喜剧中"贝托尔多"②的角色。他们正在收拾小屋，栗树峰上大约有十二三座小屋，都怡人地相互隔开一点距离地分布在那片青葱茂密的草木丛中。那时正是中午时分，大部分小屋随着纱门最后砰的一响，都已经不再有房客居住其中。一对年纪很大、几乎像木乃伊似的夫妇穿着一身款式非常新颖的衣服，正从邻近一个车房里缓缓走出来；而有个红色的汽车发动机罩正从另一个车房里有点儿像下体盖片③似的朝外支着；而在离我们小屋更近的地方，有个身体健壮、相貌英俊的年轻男人长着一头乱蓬蓬的黑发和一双碧蓝的眼睛，正把一台轻便的冰箱搬上一辆旅行轿车。不知为了什么，我经过的时候，他忸怩地咧嘴朝我笑了笑。在对面那片开阔的草地上，在枝繁叶茂的树木浓郁的树荫下，那条熟悉的圣伯纳德狗正守着它女主人的自行车，近旁有个已经有好几个月身孕的年轻女人让一个全神贯注的婴儿坐在一架秋千上，正轻轻地摇着，而一个两三岁的嫉妒的小男孩正令人讨厌地极力把秋千板推来拉去，终于弄得自己被秋千板撞倒，仰卧在草地上哇哇大哭，但他的母亲却继续温和地笑着，对眼前的两个孩子都看也不看。我所以如此清晰地回想起这些细枝末节，大概是因为仅在几分钟之后，我就得全面彻底地核对这些印象；再说，自从比尔兹利那个非常不愉快的夜

---

① 即栗树园旅社，作者把这一名称不断"变形"，下文又作"栗树峰"。
② Bertoldo，意大利大众喜爱的传奇中一个著名的小丑，是十六世纪一组诙谐故事的主角。
③ 十五、十六世纪时男子穿紧身裤时使用的下体盖片。

晚以来，我的内心就时刻提防。那会儿，我不愿由于我的散步所产生的那种心旷神怡的感觉——由于吹拂着我颈背的初夏的清风，由于潮湿的砂砾发出的嘎吱嘎吱的声音，由于我从一只蛀牙中终于吸出的那一丁点儿有汁水的食物，甚至由于我心脏的一般情况所不允许我拿着的那点儿食物的轻飘飘的分量而分心；不过即使我的那颗痛苦的心似乎在舒适地跳动，等我到达我离开多洛蕾丝的那所小屋时，我仍然感到——引用可爱的老龙沙的一句话——adolori d'amoureuse langueur①。

叫我感到意外的是，我发现她已经穿好衣服起来了，正穿着宽松裤和短袖圆领汗衫坐在床边，望着我好像认不大出我似的。她那娇小的乳房的清楚柔和的形状在松松垮垮的薄衬衣的遮蔽下并不显得模糊，反而给衬托得越加明显，这种不加掩饰的样子叫我十分恼火。她还没有洗过脸；但她的嘴上却新涂了口红，尽管涂得很糟；她的两排宽大的牙齿像酒浸过的象牙或火钳夹下发红的薄木片似的闪闪发光。她坐在那儿，十指交错紧握在一起的双手放在膝头，脸上神思恍惚地洋溢着一种跟我没有丝毫关系的非常恼人的红光②。

我猛地放下手里沉重的纸口袋，站在那儿紧盯着她穿着凉鞋的光脚的脚踝，随后又盯着她那愚蠢的脸，接着又望着她的罪恶的脚。"你出去过了，"我说（凉鞋上沾了不少砂砾）。

"我刚起来，"她回答说，接着截住我朝下望的目光，补充道，"出去了一会儿。想看看你有没有回来。"

她看到香蕉，就朝桌子探过身去。

---

① 法文，受到爱情的影响而神思昏昏。这句短语，曾多次出现在龙沙的《情诗集》（*Amours*）中。
② a diabolical glow，指奎尔蒂。

我会有什么特殊的怀疑呢？确实一点儿也没有——可是她那双蒙蒙眬眬、神情恍惚的眼睛，从她身上散发出的那种特别的兴奋！我什么也没说。我望着那条在窗框里显得如此清晰的蜿蜒曲折的道路……凡是想要辜负我的信任的人都会发现那是一片绝好的景色。洛胃口越来越好地吃着香蕉。突然我想起邻屋那个家伙奉承讨好的笑容。我迅速走出门去。除了他的旅行轿车，所有的小汽车都不见了；他那怀孕的年轻妻子正抱着婴儿跟另外那个多少受到忽略的孩子坐进车去。

"怎么啦？你要上哪儿去？"洛在门廊上喊道。

我什么也没说。我把她柔软的身子推回房间，自己也跟着她走了进去。我剥下她的衬衣，拉开拉链，把她身上其余的衣服统统脱掉，又拽下她的凉鞋。我疯狂地追踪她不忠实的苗子，但我所寻到的嗅迹那么细微，实际上很难与一个疯人的幻想加以区别。

一七

Gros[①]加斯东喜欢用他那种拘谨刻板的方式送人礼物——就是有点儿拘谨刻板的特殊的礼物，或者他拘谨刻板地认为如此的东西。有天晚上他发现我的棋盒破了，第二天上午他就带着他的一个小男孩给我送来一个铜盒子：盒盖上有一个相当精致的东方图案，盒子可以牢牢地锁上。我一看就知道，它是那种不知为了什么原因被人称作"金匣子"[②]的便宜的钱盒，你可以在阿尔及尔和别的地方买到，买后就不知拿它做什么用了。结果这个盒子太扁了，装不下我的体积很大的棋子，但我还是把它留下——派作一个完全不同的用途。

我隐隐约约地感到自己正陷在某种命运的网罗中，为了打破这张大网，我决定——不顾洛表现出的明显厌烦的神色——在栗树园再住一晚。清晨四点我就完全醒了，断定洛还睡得很熟（张着嘴巴，对我们大伙儿为她设想出的这种不可思议的空虚的生活现出一种呆滞的惊讶的神情），同时查明"金匣子"里珍藏的东西依然安然无恙。那里面，放着一把自动小手枪，用一条白色羊毛围巾紧紧包着：口径点 32，弹匣可装八颗子弹，长度略短于洛丽塔身高的九分之一，枪柄是有格子图案的胡桃木，抛光后完全漆成蓝色。这把手枪是我从已故的哈罗德·黑兹那儿得来的，还附带一份一九三八年的说明书，其中有一处令人愉快地说道："特别适合在家里、汽车上以及对个人使用。"它就放在那儿，随时可以用来射击一个人或几个人，装好了子弹，可以发射，不过滑动枪机正扳在安全位置，以免任何意外走火。我们必须记住，手枪是弗洛伊德学说中原始父亲中枢神经系统的前肢的象征。

这时我为自己把它带在身边而感到高兴——又为两年以前就在我和夏洛特的镜湖四周的那片松林里学会了怎么用它而更为高兴。我常跟法洛在那些偏僻的树林里转悠，他是一个十分出色的射手，用他那支口径点38的手枪竟然射中了一只蜂鸟，虽然我得说，对此并没有找回多少证据——只有一点儿彩虹色的蓬松的羽毛。有个名叫克雷斯托夫斯基的健壮结实的退休警察也加入了我们的行列，他二十多岁的时候曾经开枪打死过两个逃犯；他打到了一只小啄木鸟——顺便提一句，完全不在该有这种鸟的季节。在这两个猎手之间，我当然是一个新手，老是什么也打不中，尽管后来有一次，我独自一人出外打猎，倒打伤了一只松鼠。"你就躺在这儿吧，"我对我那无足轻重的结实的小朋友低声说，接着便用少量的杜松子酒为它干杯。

---

① 法文，肥胖的。
② 原文是"luizetta"，系亨亨·亨杜撰的词，从法文 louis d'or 化出来的。Louis d'or 的意思是"金币"。

一八

读者现在必须忘掉栗树和科尔特[①]，陪同我们一起再往西行。接下去的几天，下了好几场大雷暴雨——或者也许只有一场用笨重的蛙跳式步伐掠过全国的暴风雨，那是我们所无法摆脱的，就像我们无法摆脱侦探特拉普一样；因为就是在这段日子里，那辆阿兹特克红色折篷汽车的问题摆在我的面前，使洛的情人的主题不免相形见绌。

真怪！我竟对路上碰到的每个男子都感到嫉妒——真怪，我是怎样误解了命运的指示啊。也许我被洛冬天时的那种端庄的举止哄骗了。不管怎么说，即便一个十分呆傻的人，要是认为另一个亨伯特正怀着朱庇特[②]的激情急切地跟着亨伯特和亨伯特的性感少女，越过那些丑恶、辽阔的平原，那也太愚蠢了。Donc[③]我猜测，一英里一英里地跟在我们后面、谨慎地保持着一定距离的那辆红雅克牌汽车是由一名侦探驾驶，他是哪个爱管闲事的人雇来监视亨伯特·亨伯特对他的那个小继女的所作所为的。正如我在雷暴和噼啪闪电时所会有的那样，我出现了幻觉，或许还不只是幻觉。我不知道她或他，或者他们两人，在我的酒里放了些什么东西；不过有天夜里我肯定有人在敲我们的房门，便猛地把门打

339

开，看到了两样东西——一个是我，身上一丝不挂，另一个是在雨水滴滴答答的黑暗中站着的白光闪闪的男人，把漫画中一个相貌怪异的侦探"突下巴"④的面具挡在脸的前面。他发出一阵声音低沉的狂笑，就急匆匆地溜走了。我摇摇晃晃地回到屋里，接着又睡着了，直到今天我仍不能肯定，那次拜访是不是毒品所引起的梦幻；我彻底研究过特拉普式的幽默，而那可能是一个貌似真实的范例。哦，粗鄙而又冷酷无情到极点！我想有人正是靠着制作这种通俗的怪物和傻瓜的面具而赚钱的。第二天早上，我不是就看见两个顽童在垃圾箱里翻找，把"突下巴"戴在脸上试着玩吗？我很诧异。这一切也许只是巧合——大概由于大气中的状况而产生的。

女士们，先生们，作为一个具有惊人的但不完整也不正统的记忆的杀人犯，我无法告诉你们究竟是哪一天我头一次确定无疑地知道那辆红色折篷汽车正在尾随我们。不过我倒确实记得头一次我相当清楚地看见车子驾驶人的那一天。有天下午，我在滂沱大雨中缓缓向前开去，不断从我的后视镜中看到那个在我们后面起劲地滑行、晃动的红色幽灵。不一会儿，雨变小了，淅淅沥沥，后来就完全停了。一道破云而出的阳光刷的一声射到公路上。我需要一副新的太阳眼镜，就在一个加油站停下车子。当时发生的事是一种疾病，一种癌症，没有办法避免，因此我干脆不去理会这一事实，即不声不响地跟着我们的那个人坐在撑起篷的汽车里，在我们后面不

---

① Colt，一种自动手枪的商标。
② 罗马神话中统治诸神主宰一切的主神。
③ 法文，因此。
④ 指美国漫画家古尔德（Chester Gould, 1900—1985）1931 年创作的滑稽连环漫画《迪克·特雷西》（Dick Tracy）中的主角。

远的一家小餐馆，或酒吧的门口停下；那家店铺取了一个愚蠢的字号：喧腾：骗人的客满。等我料理完车子的需要后，我就走进办公室去买那副太阳眼镜，并付汽油费。正当我在签署一张旅行支票，并且想要知道自己究竟到了哪儿的时候，我正好从旁边的窗户里朝外瞥了一眼，便看到一个叫人十分不安的景象。一个肩宽背阔、有些秃顶的男人穿着米灰色的上衣和深褐色的裤子，正在听洛讲话。洛从车子里探出身子，正急速地向他说着什么，还伸出一只手的手指，像她一本正经想要强调时常做的那样上下比划。当时叫我感到相当难受的是——我该怎么说呢？——是她那种亲昵而流畅的讲话态度，仿佛他们彼此早就认识——哦，总有好多、好多个星期了。我看见他搔了搔脸颊，点了点头，转身走回他的折篷汽车。这个男人肩膀宽阔，身材粗壮，年龄跟我相仿，多少有点儿像我父亲在瑞士的一个远亲古斯塔夫·特拉普——同样光滑的棕褐色的脸膛，比我的脸膛显得丰满，留着两撇黑色的小胡子，长着一张玫瑰骨朵儿似的腐化堕落的嘴。等我回到车上的时候，洛丽塔正在仔细翻看一张公路地图。

"那个男人问你什么，洛？"

"男人？噢，那个男人。是啊。我也不知道。他问我有没有一张地图。我猜是迷了路。"

我们继续驾车向前行驶。我说道：

"听着，洛。我不知道你是不是在撒谎，我也不知道你是不是疯了，眼下我并不在意；不过那个人整天一直跟在我们后边，他的汽车昨儿也停在那家汽车旅馆里，我认为他是一个警察。你非常清楚如果警察发现了我们的情况，究竟会出什么事，你就会到哪儿去。现在我想确切地知道他对你说了些什么，你又告诉了他什么。"

她笑起来。

"如果他真是个警察，"她尖声但并非不合逻辑地说，"那么我们最糟的做法就是让他看出我们害怕。别理他，爹。"

"他有没有问我们上哪儿去？"

"噢，这一点他知道。"（嘲弄起我来。）

"不管怎样，"我说，放弃了追问，"现在我已经看清他的脸了。他长得并不漂亮。外表活脱儿像我的一个叫特拉普的亲戚。"

"也许他就是特拉普。换了我是你的话——哦，瞧呀，所有的'九'一下子就变成了'一千'。我小的时候，"她出乎我的意料地接着说道，"总认为只要我妈妈同意把汽车倒着开，它们就会停下来，再变回'九'。"

我想这还是她头一次自动讲起她在跟随亨伯特之前的童年；或许，是演戏教会了她这套把戏；我们又静悄悄地向前行驶，后面并没有人跟踪。

可是下一天，就像一场致命的疾病，随着麻醉药的药效和希望都逐渐消失，疼痛重又袭来，那个富有光泽的红色畜生又跟在我们后面。那天公路上的车辆不多，没人超车，也没有谁试图插到我们谦恭的蓝色汽车和它那专横的红色影子之间——两辆车中间的那段距离似乎给施了魔咒，成了充满邪恶的欢笑和魔法的区域，其精确性和稳定性具有一种几乎富有艺术性的晴雨表似的功效。我们后面的驾车人，衣服的两肩都有衬垫，嘴上留着特拉普式小胡子，看上去就像橱窗里陈列的一个人体模型；他的折篷汽车所以向前行驶，似乎就因为有根无形无声的丝绳把它跟我们那辆寒伧的车子连在一起。我们的汽车要比他那华美、喷漆的汽车差好多倍，因此我根本没有想要把它甩掉。O lente currite noctis equi!^① 噩梦啊,轻轻地跑吧!我们爬上了长长的斜坡,又朝坡下驶去,注意车速的极限,让过走得缓慢的儿童,用概括的语言在那些黄色屏幕上重新描绘出扭动的黑色曲线。不管我们怎么开,不管我们往哪儿开,我们中间那段给施了魔法的距离也完完整整、十分精确、犹如幻景似的向前滑行,看去就像一条魔毯在公路上的复制品。整个这段时间里,我发现在我右边有股隐秘的光焰:她欢乐的眼神,她火红的脸蛋儿。

一名深陷在纵横交叉的十字路口的噩梦中的交通警——下午四点半在一座工厂城市里——是破除那个魔咒的命运之手。他挥手叫我向前开,随后用同一只手拦住了我的影子。二十几辆汽车插到了我们之间。我飞快地向前开去,熟练地转进一条狭窄的小路。一只麻雀衔着一大块面包碎片飞落下来,却受到另一只麻雀拦截,丢失了那块面包碎片。

经过几次讨厌的停顿,又故意迂回曲折地走了一会儿,我才又回到公路上,我们的影子不见了。

洛拉鼻子里哼了一声,说道:"如果他是你认为的那种人,那么趁他不备而悄悄溜走有多么傻。"

"我现在有些其他的想法,"我说。

"你应该——嗯——和他保持接触——嗯——由此来核验你的想法,亲爱的父亲,"洛说,在她这么绕来绕去嘲讽挖苦的时候不住地扭动身子,"哎呀,你真坏,"她用平时的声音补上一句。

我们在一个十分肮脏的小屋里很不安稳地过了一夜,外边哗啦啦地下

---

① 拉丁文,夜晚的马儿啊,你慢慢地跑!这里是双关语,是直译。英文"噩梦"是 nightmare,分为两字,即"夜晚"(night)和"母马"(mare),所以下文说,"噩梦啊……"

着大雨，中间还夹杂着一种响得和史前时期一样的雷声，不停地在我们头上隆隆作响。

"我不是一位大小姐，并不喜欢闪电[1]，"洛说；她对电闪雷鸣的暴雨的畏惧给了我一些可怜的安慰。

我们在那个有一千零一个居民的市镇苏打吃了早饭。

"从最终的数字来判断，"我说，"胖脸蛋儿[2]已经到了这儿。"

"你的幽默，"洛说，"真叫人笑破肚子，亲爱的父亲。"

那时我们到了长满艾灌丛的乡野，出现了一两天轻松愉快的日子（我真是个傻瓜，一切都挺不错，那阵不安只是一阵放不出来的屁）。不久，台地变成了真正的山峦。我们准时开进韦斯。

噢，真是糟糕！出了一个差错，她看错了旅行指南上的日期，魔洞的仪式已经举行过了！我必须承认，她相当坚韧地接受了这个事实——我们发现 Kurortish[3] 韦斯有个夏季剧场营业十分兴旺，自然就在六月中的一个美好的夜晚闲逛到那儿去了。我实在无法告诉各位我们看的那出戏的情节。无疑那是一出浅薄无聊的戏，灯光效果很不自然，饰演女主角的演员也不够好。唯一叫我喜欢的那个细节是形成一个花环的七个多少有些呆板但装扮漂亮、四肢裸露的小女神——七个披着各种颜色薄纱的神情恍惚的青春少女，都是从当地招募来的（根据观众中各处出现的捧场的喧闹就可以作出这种判断），意在表现一道活的彩虹，在最后一幕中，那道彩虹始终流连不去，末了才在几重帷幕后面有点儿戏耍嘲弄地暗淡下去。我记得

---

① 这是回溯到第一部第八章中所提到的奎尔蒂写的一部戏剧《爱好闪电的女子》。
② "胖脸蛋儿"，原文是 Fatface，意译是"胖脸"。
③ 这是亨·亨根据德文 Kurort 一词创造的一个形容词。Kurort 的意思是"疗养地"。

当时想到，这种给儿童着色的主意是克莱尔·奎尔蒂和维维安·达克布鲁姆两个作者从詹姆斯·乔伊斯小说[①]的一段文字中剽窃来的，而且其中有两种颜色可爱得实在叫人着恼——"橘黄色"的那个姑娘始终烦躁不安，而"翠绿色"的那个姑娘在眼睛习惯了我们沉闷地坐在那儿的漆黑的正厅后，突然对着她的母亲或保护人露出笑容。

整出戏刚一结束，掌声——一种我的神经受不了的响声——便在我的四周劈劈啪啪地响起，我赶紧连推带拉地领着洛朝出口走去，我生来十分多情，迫不及待地想在那个令人惊叹的星光灿烂的夜晚领她回到我们那个给霓虹灯照得发青的小屋去。我总以为大自然被它所看到的景象弄得目瞪口呆。可是，多莉－洛却愉快地、神色迷茫地落到了后面，她眯起喜悦的眼睛，她的视觉完全压倒了其余的感觉，因此她的软弱无力的双手在仍然机械地做着的鼓掌动作中几乎根本无法合在一起。我以前也曾在孩子身上见过这种情形，可是，老天在上，她是一个特殊的孩子，她那好像近视似的觑着的眼睛对着已经很远的舞台露出笑意，我瞥见台上那两个合作的作者的一些情况——一个男子的无尾礼服，一个老鹰似的、长着一头黑发、身材十分高大的女子的赤裸的肩膀。

"你又拉疼我的手腕啦，你这粗野的人，"洛丽塔悄悄钻到汽车里的座位上的时候小声说道。

"实在抱歉，宝贝儿，我的紫外线的宝贝儿，"我说，一边想要抓住她的胳膊肘儿，但没抓到。接着，为了改变话题——改变命运的方向，噢，天哪，天哪，我又补充说道："维维安是个很出色的女人。我肯定昨儿我

[①] 指乔伊斯的最后一部长篇小说《芬尼根的守灵》（*Finnegans Wake*, 1939）。

们在苏打水①那家餐馆里见过她。"

"有时候，"洛说，"你真是笨得要命。首先，维维安是那个男的作者，女的作者是克莱尔；其次，她四十岁了，已经结婚，还有黑人血统。"

"我以为，"我打趣地说，"在美好古老的拉姆斯代尔，就在你爱我的那些日子里，奎尔蒂是你的老相好。"

"什么？"洛反驳说，她的脸蹙了起来，"那个胖牙科大夫吗？你一定把我跟哪个别的放荡的小家伙弄混了。"

我暗自寻思，那些放荡的小家伙在我们这些老情人对她们性感少女时期的每一寸光阴依然十分珍视的时候竟然把一切，一切都忘却了。

---

① 因为地方叫苏打，所以玩笑地称它"苏打水"。

一九

在洛知晓和同意的情况下，我交给比尔兹利邮政局长作为转信地址的两个邮局是韦斯邮局和埃尔菲恩斯通邮局。第二天早上我们前往韦斯邮局，不得不站在一行虽不算长却移动缓慢的队伍中等候。神态安详的洛仔细观看陈列的罪犯照片。受到通缉的绑匪是英俊的布赖恩·布赖恩斯基，化名安东尼·布赖恩，又名东尼·布朗，生着淡褐色的眼睛，皮肤白皙；一个目光忧伤的老先生的过失是邮件诈欺，而且仿佛这还不够，他还是个畸形的罗锅儿；脸色阴沉的沙利文的照片下面附有一条警告：据信带有武器，应被视作极端危险。如果你想把我的书摄制成一部影片，那就把其中的一张脸在我注视着的时候渐渐化作我自己的脸。另外，还有一个失踪姑娘的模糊不清的照片，她年龄十四，失踪时穿一双褐色鞋子，这两句话还押了韵①。知情者请通知行政司法长官布勒。

我忘了我收到的是什么信；至于多莉，有她的成绩报告单和一个样子十分特别的信封。我相当审慎地打开封套，细看其中的内容。我断定我这么做她早已料到，因为她似乎并不在意，径自朝出口附近的报摊走去。

"多莉－洛：哎，这次演出非常成功。三头猎狗都安安静静地趴着，我猜卡特勒事先给它们灌了少量的麻醉剂。你的台词琳达全都记住。她演得不错，既活泼机灵又善于控制，但不知怎么缺乏我的——和作者的——戴安娜的那种灵敏的反应，那种轻松自在的活力，那种迷人的风韵；但不像上次那样，没有作者来为我们鼓掌，而外面电闪雷鸣的可怕的暴雨又干扰了我们自己后台适度的雷声效果。啊呀，人生确实过得很快。现在一切都已结束，学校、演戏、罗伊的会餐、母亲的分娩（我们的婴儿，嗐，没活下来！），这一切好像都是很久以前的事了，尽管实际上我脸上仍有油彩的痕迹。

"后天我们就要去纽约了，我想我没法子不陪父母到欧洲去。我还有更坏的消息要告诉你。多莉－洛！假如你回比尔兹利，那你回到这儿的时候我也许还回不来。爹爹要我趁他和富布赖特住在附近的时候跟一个人和另一个人到巴黎去上一年学；一个你知道是谁，另一个不是你以为知道的那个人。

"不出所料，可怜的'诗人'在第三场念到那点儿胡扯的法语时就结巴起来。你记得吗？ ne manque pas de dire à ton amant, Chimène, comme le lac est beau car il faut qu'il t'y mène.② 幸运的情人！ Qu'il t'y③ ——这是一句多么拗口的台词啊！嗨，乖点儿，洛丽金丝④。接受你的'诗人'对你表

---

① "年龄十四，失踪时穿一双褐色鞋子"的原文是 "...age fourteen, wearing brown shoes when last seen"，fourteen 和 seen 押韵。
② 法文，别忘了告诉你的情人，希曼娜，那片湖水多么美丽，因为他该带你上那儿去。这是模仿十七世纪法国亚历山大体（十二音节）的诗，特别是模仿法国剧作家高乃依（Pierre Corneille，1606—1684）1636 年发表的悲剧《熙德》（Le Cid）。希曼娜是《熙德》中的人物，但是引文却是作者自己的创作。
③ 法文，他该的。
④ 指洛丽塔。

348

示由衷的爱，并请向你的老爸致意。你的莫娜。由于各种各样的问题，我的通信受到严格的控制。因此最好等我从欧洲给你写信后再回信。莫娜又及。"（就我所知，她再也没有来过信。这封信里有种神秘的恶意的成分①，现在我厌倦得懒得加以分析。后来我发现它给保存在一本旅行指南当中，在此列出 à titre documentaire②。我把信看了两遍。）

我从信上抬起头来，正准备——哪儿也看不到洛。先前在我完全受到莫娜的魔力的吸引时，洛耸了耸肩就不见了。"你有没有看到——"我向一个正在入口处扫地的驼背的人打听。他看到了，这个老色鬼。他猜她看到了一个朋友，才急匆匆地走出去。我也急匆匆地走出去。我站住脚——她却没有。我又急匆匆地往前走去。接着又站住脚。一切终于发生了。她再也不回来了。

在往后的岁月里，我常常感到纳闷，不知为什么那天她没有就此走掉。是因为想保留她锁在我的汽车里的那些新的夏令衣服吗？是因为总计划中的某一点还不成熟吗？还是经过通盘考虑，就因为觉得不管怎样还是不妨利用我把她送到埃尔菲恩斯通——那个秘密的终点去？我只知道当时我十分肯定她永远离开了我。那朦朦胧胧地环绕着半个城市的淡紫色山峦，在我眼里，似乎充满了好多个气喘吁吁、往上攀登、高声大笑的洛丽塔，最后她们都在烟雾中消失不见了。在一条横街远处一片陡峭的斜坡上，有一个用白石头堆成的巨大的 W，似乎是灾难一词的首写字母③。

我刚从里面走出来的那家既新又漂亮的邮局，坐落在一家尚未开始营

---

① 莫娜知道洛丽塔迷恋奎尔蒂，所以在法文中用了 qu'il t'y，读音和"奎尔蒂"一样。
② 法文，作为资料。
③ 指英文 woes（灾难）一词。

业的电影院和一排通力合作的杨树之间。当时是山地时间①上午九点。眼前的街就是城里的大街。我在大街阴暗的一侧迈着步子，眼睛盯着对面：把大街幻化得美丽非凡的，是那种脆弱的刚开始不久的夏季早晨，是四处闪烁的玻璃以及预示着会有一个酷热难当的晌午的那种颤动的几乎晕乎乎的总的气氛。我穿过大街，可以说是一路闲荡地经过一大片街区：杂货店、房地产公司、时装店、汽车零件店、饮食摊、运动器具店、家具店、器械设备店、西联电报公司、干洗店、食品杂货店。警官，警官，我的女儿逃跑了。跟一个侦探勾结串通；爱上了一个敲诈勒索的人。趁着我完全无能为力。我仔细察看了所有的商店，暗自盘算着是否该向街上稀少的行人中哪一个打听一下。我并没有这么做。我在停放着的汽车里坐了一会儿。我仔细看了看东边那个公园，又回到时装店和汽车零件店那儿。我带着一阵强烈的讽刺情绪——un ricanement②——暗自说道我这么对她猜疑真是疯了，她一会儿就会回来。

她果然回来了。

我转过身去，甩开那只她带着怯生生的、愚蠢的微笑放在我袖子上的手。

"快上车去，"我说。

她照着我的话做了。我继续踱来踱去，跟脑子里的一些无名的想头抗争，用心盘算着对付她口是心非的办法。

不一会儿，她又离开汽车，来到我的身旁。我的听觉渐渐又听到洛的声音，我发现她正在告诉我她刚才碰到了从前的一个女朋友。

---

① 指美国和加拿大落基山地区的标准时间。
② 法文，一阵冷笑。

"是吗？谁？"

"比尔兹利的一个女孩。"

"好吧。我知道你那组同学的每个名字。是艾丽斯·亚当斯吗？"

"这个女孩不是我那个组的。"

"好吧。我带着一份全体学生的名单。请告诉我她的姓名。"

"她不是我们学校的。她只是比尔兹利城里的一个女孩。"

"好吧。我也带着比尔兹利的姓名地址录。我们在所有姓布朗的里面查一下。"

"我只知道她的名字。"

"叫玛丽还是叫简。"

"不是——像我一样，叫多莉。"

"这一下又没出路了。"（到了你撞破鼻子的那面镜子前边。）"好吧。让我们从另一个角度试试。你走开了二十八分钟。这两个多莉干了些什么？"

"我们去了一家杂货店。"

"你们在那儿吃——？"

"噢，就喝了两杯可乐。"

"小心，多莉。你要知道，这件事我们查得出的。"

"至少她喝了。我喝了一杯水。"

"很好。是那个地方吗？"

"对。"

"好，来吧。我们去问一下那个冷饮柜台的伙计。"

"等一下。我想起来了，也许再往前一点儿——就在拐角那儿。"

"反正来吧。请进。唔，我们来瞧瞧。"（翻开一本用链拴着的电话簿。）"崇高的殡葬服务业。不，还没有翻到。在这儿：杂货零售商。希尔杂货店。拉金药房。还有两家。这好像就是韦斯所有的冷饮小卖部了——至少在商业区是这样。好吧，我们全部去查一下。"

"见你的鬼，"她说。

"洛，粗野无礼也没有什么用处。"

"好吧，"她说，"可是你没法叫我上你的当。好吧，我们并没有喝汽水。我们只是谈了一会儿，看了看橱窗里的衣服。"

"哪个橱窗？比如说，是那边那个吗？"

"对，比如说，那边那个。"

"噢洛！我们去仔细看看。"

那的确是一个好看的景象。有个短小精悍的小伙子正给一张质量较差的地毯吸尘，站在地毯上的两个人体模型看上去仿佛刚刚受到大风对它们所造成的严重破坏。其中一个全身赤裸，没戴假发，也没有胳膊。它那相对较小的身材和假笑的姿态说明过去它穿着衣服的时候一定很像（而且如果再穿上衣服的时候还会像）一个和洛丽塔一般大小的女孩儿。可是在目前的情况下，它没有性别。紧挨着它站着一个个子高得多的戴面纱的新娘，完完整整，intacta①，只是缺少一只胳膊。地上，在这两个姑娘的脚下，就在那个男人拿着吸尘器费劲地移来移去的地方，堆放着三只细长的胳膊和一副金黄色的假发。其中两只胳膊缠绕在一起，那种姿势似乎表示因恐惧和恳求而双手紧握在一起。

---

① 拉丁文，白璧无瑕。

"瞧，洛，"我平静地说，"好好瞧瞧。这不是某件事的一个相当好的象征吗？不过"——我们回进汽车的时候我继续说道——"我采取了某种防范措施。这儿（灵巧地打开汽车仪表板上的小贮藏柜），在这本拍纸簿上，我已经记下了我们那位男朋友①的车牌号码。"

我这么个笨蛋，实际并没有记住。留在我脑子里的只有开首那个字母和末尾那个数字，仿佛排列成椭圆形的六个中间凹进去的符号前面有一块有色玻璃，玻璃昏暗得叫人无法看出位于中央的那一系列数字，可是其透明程度恰好叫人可以看出两头的符号——大写的"P"和一个"6"。我不得不讲到这些细节（这些细节本身只会叫一个职业心理学家感觉兴趣），要不然，读者（啊，但愿我能把他幻想成一个留着淡黄色胡须、有着鲜红色嘴唇的学者，他一边聚精会神地看我的稿子，一边吮着 la pomme de sa canne②！）可能不会理解在我发现那个"P"已取得了"B"的下半个支撑，而那个"6"也已经给完全擦去了的时候所感到的那份震惊。其余的字也被擦去了部分，显示出铅笔头上的橡皮匆匆擦抹的痕迹，部分数字给擦去了或是由一个孩子的笔迹重新补写过，于是呈现出有刺铁丝网似的一片混乱，无法获得任何合乎逻辑的解释。我只知道那个州——是与比尔兹利所在的那一州相邻的一个州。

我什么都没有说，就把那本拍纸簿放回原处，关上小贮藏柜，驾车开出了韦斯。洛已经抓起后座上的几本漫画杂志，沉浸在哪个土包子或乡巴佬最新的冒险经历之中；她穿着飘动的白衬衫，一只褐色的胳膊肘儿支在车窗外面。出了韦斯三四英里，我把车转进一片野餐场地的树荫下，那儿

---

① 指奎尔蒂。
② 法文，手杖的圆头。

的一张空桌子上洒满了早晨倾泻下的斑驳的阳光；洛带着一丝惊讶的淡淡的微笑抬起脸来。我一句话也没说，就挥起手背狠狠打了她一下，啪的一声正打在她那发烫的坚硬的小颧骨上。

接着便是悔恨自责，抽抽搭搭地表示赎罪和卑躬屈膝地求爱所有的深切甜美的感觉，以及肉体接触的那种毫无希望的和解。那个黑幽幽的夜晚，在米兰纳汽车旅馆（米兰纳①！）里，我吻了她那脚趾很长的双脚的发黄的脚底，我惩罚了自己……可是这一切都无济于事。我们两个人的命运都已注定。不久，我就要开始一个新的遭受迫害的周期。

在韦斯郊外的一条街上……噢，我相当肯定那并不是错觉。在韦斯的一条街上，我曾瞥见那辆阿兹特克牌红色折篷汽车，要不就是跟它一模一样的另外一辆。车上坐的不是特拉普，而是四五个吵吵闹闹的男女青年——但我什么也没说。离开韦斯以后，出现了一个全新的局面。有一两天，我暗暗着重地提醒自己，我们既没有而且也从未受到他人跟踪，为此而感到十分开心。后来我十分厌恶地意识到特拉普改变了战术，仍然驾着这辆或那辆租来的汽车紧跟在我们后面。

他是公路上一个真正的普罗透斯②，令人困惑、毫不费力地从一辆汽车转到另一辆汽车。这种手法暗示有一些专门经营“公共小汽车”的车行存在，但我始终没能发现他利用的那些车行。起初他似乎喜欢使用雪佛兰牌的汽车，开头是一辆校园式奶油色的折篷汽车，接着又换了一辆天蓝色厢式小客车，此后就一直使用浪灰色和浮木灰色的车子。不久他转向其他牌子的汽车，使用了一辆漆成深浅不同的暗淡的彩虹色的车子。有一天，我

---

① 亨·亨父亲饭店的店名也叫米兰纳，见第一部第二章。
② Proteus，希腊神话中的小海神，能预言，善变，好回避问题。

发现自己正想辨别出我们那辆梦幻似的蓝色的梅尔莫什牌汽车 ① 跟他租用的淡蓝色的奥兹莫比尔牌汽车之间的细微差异；不过灰色仍然是他最喜欢的隐蔽的颜色。在令人痛苦的噩梦中，我白费力气地想要准确地区分出诸如克莱斯勒牌的壳灰色汽车、雪佛兰牌的蓟灰色汽车和道奇牌的浅灰色汽车这些幽灵……

我必须时刻留神地寻觅他的小胡子和敞开的衬衫——或者他的秃顶和宽阔的肩膀——这使我对路上所有的车辆都加以深入研究——后面的、前面的、旁边的、过来的、过去的、在跃动的阳光下的各种车辆：后窗里放着一盒"柔软的"手巾纸、安静的前去度假的人的汽车；车里满是脸色苍白的儿童、探出一只粗毛狗的脑袋、挡泥板已经扭曲变形的开得飞快的破汽车；车上放满了挂在衣架上的一套套衣服的单身汉的都铎式汽车；一味在前面晃荡荡、对后面那一长行充满怒火的汽车毫不在意的宽大的房屋式拖车；年轻的女乘客殷勤地坐在前座中央以便挨近开车的年轻小伙子的汽车；顶上载着一条底部朝天的红色划子的汽车……那辆灰色汽车在我们前面慢了下来，那辆灰色汽车又从后面赶上了我们。

我们开进山区，来到斯诺和钱皮恩之间的一个地方，正在开下一段几乎觉察不出的下坡路，这时我又清晰地看到了侦探兼情夫特拉普。我们后面的灰色薄雾变深了，集中到一辆坚实的自治领牌的蓝色汽车上。突然，就像我驾驶的汽车响应我那可怜的心房的一阵剧痛似的，我们从路的一侧滑向另一侧，汽车底下什么东西还发出一阵无奈的啪啦－啪

---

① 并没有这种牌子的汽车。作者用的是爱尔兰作家马图林（Charles Robert Maturin，1782—1824）1820 年发表的四卷本哥特式小说《流浪汉梅尔莫什》（*Melmoth the Wanderer*）中主人公的名字。

啦－啪啦的声响。

"有个轮胎漏气了，先生，"洛兴冲冲地说。

我连忙把车停下——正在一座悬崖附近。她合抱起两只胳膊，把一只脚放在仪表板上。我跳下车去，查看了一下右后轮。轮胎的底部已羞涩难看地成了方形的一条边。特拉普在我们后面大约五十码的地方也停下了。他远处的脸看去像是一块欢快的油渍。这是我的机会。我开始朝他走去——十分机灵地想向他去借一个千斤顶，尽管我自己也有一个。他往后退了一点儿。我的脚趾踢在一块石头上——当时有种想要大笑的感觉。接着，一辆巨大的卡车在特拉普后面赫然耸现，从我身旁隆隆驶过——紧接着我就听见它的喇叭给按得发疯似的直响。我本能地朝后望去——看见我自己的汽车正缓缓地移动。我可以辨出洛正滑稽有趣地坐在方向盘的后面，发动机肯定是在转动——尽管我记得我已经熄了火，只是没有扳下紧急刹车；在我赶到隆隆作响的汽车旁去的短暂、激动的瞬间，我忽然想到在过去的两年里，小洛有充足的时间去学会驾驶的基本知识。这时汽车终于停下了。我拧开车门，心里完全肯定她发动汽车是不想让我走到特拉普的面前。可是，她的花招结果白费心思，因为就在我转身追她的时候，特拉普使劲把汽车掉过头去，开走了。我休息了一会儿。洛问我说我是否该谢谢她——汽车是自己开始移动的而且——她没有得到答复，就埋头去看地图。我再次下车，开始经历"换钻辘的考验"[①]，正如夏洛特过去常说的那样。也许，我失去理智了。

我们继续这次奇异的旅程。经过一片孤寂不毛的洼地之后，我们一路

------

① 指换轮胎。

往上开去。在一片陡峻的斜坡上，我发现不知不觉竟已开到先前超过我们的那辆巨型卡车后面。这时它正哼哼唧唧地驶上一条蜿蜒曲折的道路，我无法超越。有一小片光滑的长方形的银色纸——口香糖的里层包装纸——从它的前面飞出来，向后飘到我们的挡风玻璃上。我忽然想到如果我当真失去理智，也许就会以杀人而告终。实际上——安然无恙的亨伯特对挣扎跟跄的亨伯特说——做好准备——把武器从盒子里移到口袋里——也许是十分聪明的——这样就好在精神错乱发作的时候立即加以利用。

二〇

我这个痴情的傻瓜答应洛丽塔去学习表演，就是允许她去培养骗术。现在看来，那不只是学习回答下面这样一些问题，比如《海达·加布勒》[①]一剧的基本冲突是什么？《菩提树下的爱情》[②]一剧的高潮出现在哪儿？或者分析《樱桃园》[③]一剧的主要情绪；实际学习的是怎么来背叛我。现在我为自己那么多次目睹她在比尔兹利我们的客厅里所做的那些感觉方面的模拟练习深为后悔；当时我总待在一个十分有利的地点从旁观看，而她则像一个受到催眠的人或一个神秘的仪式的巫师，经过模拟在黑暗中听到一声呻吟，或是初次见到新来的年轻继母，或是尝到她所憎恶的什么东西，比如脱脂牛奶，或是闻到繁茂的果园里被压倒的青草气味，或是用她那双女孩子的纤细、灵巧的小手抚摸幻想的东西时的各种动作，作出好些幼稚虚假的矫揉造作的表演。在我的文件中，还保留着一张油印的纸，提议：

触觉训练。想象自己捡起并拿着：一个乒乓球、一个苹果、一颗黏手的海枣、一个毛茸茸的新网球、一个滚烫的白薯、一小块冰、一只小猫、一只小狗、一块马蹄铁、一根羽毛、一个手电筒。

用手指捏捏下面这些假想的东西：一片面包、一块橡皮、一个朋友疼痛的太阳穴、一块丝绒样品、一片玫瑰花瓣。

你是一个瞎眼的姑娘。用手摸摸下面这些人的脸：一个希腊青年、西哈诺④、圣诞老人、一个婴儿、一个欢笑的农牧神、一个酣睡的陌生人、你的父亲。

可是她在编织那些需要小心处理的时刻，如梦如幻地表演她的着迷和她的本分时，显得多么美妙啊！在比尔兹利某些惊险刺激的晚上，我也曾要她为我跳舞，答应为此给她一样礼物或者请她去吃一顿。尽管她那些常规的叉开腿的跳跃并不怎么像一个 petit rat⑤ 倦怠的忽停忽动的动作，而更像一个足球啦啦队队长的跳跃，但她那尚未完全发育成熟的四肢作出的变化节奏仍叫我感到十分愉快。不过这一切跟她打网球比赛在我心头勾起的那种难以描述的心醉神迷的渴望相比，都算不了什么，压根儿算不了什么——那是一种撩拨人的、兴奋的晃晃悠悠的感觉，简直近乎超自然的范畴，具有近乎超自然的光彩。

尽管她年龄已经大了，但她穿着十二三岁小姑娘穿的网球上衣，露出杏黄色的四肢，却比以往任何时候都更像一个性感少女！高尚的先生

---

① 挪威剧作家易卜生（Henrik Ibsen, 1828—1906）1890 年所写的一个剧本。
② 实际并无这样一个剧本，而是用美国剧作家奥尼尔（Eugene O'Neill, 1888—1953）的剧作《榆树下的欲望》（*Desire Under the Elms*, 1924）和德国柏林的"菩提树下"（Unter den Linden）大街合并而成。
③ 俄国作家契诃夫（Anton Chekov, 1860—1904）于 1903—1904 年所写的一个剧本。
④ 指法国作家、军人西哈诺·德·贝尔热拉克（Cyrano de Bergerac, 1619—1655）。十九世纪法国剧作家罗斯当（Edmond Rostand, 1868—1918）曾用他的生平事迹写成一部名剧。
⑤ 法文，巴黎歌剧院舞蹈班年轻学生。

们！如果未来产生不出一个像在斯诺和埃尔菲恩斯通之间科罗拉多那个游览胜地时那样的一切都很匀称妥帖的洛丽塔，那也就根本无法接受。当时她穿着小男孩穿的宽大的白色短裤、细长的紧身胸衣、露腰的杏黄色上衣和白色胸罩，胸罩的带子往上从她的脖子上绕过去，在背后打了一个悬荡的结，裸露出她那异常年轻、可爱的杏黄色肩胛骨，裸露出上面那种柔软的汗毛和那些好看的轮廓柔和的骨节，裸露出她那光滑的、往下逐渐变细的后背。她的帽子有个白色帽舌。她的球拍花了我一大笔钱。傻瓜，大傻瓜！我本来可以把她拍摄下来！那样现在我就可以让她在我痛苦和绝望的放映室里出现在我的眼前！

她在发球之前总要先缓一缓，放松一会儿，而且往往还先把球拍一两下，或者用脚在场地上蹭一两下，总显得相当从容，总对分数不怎么在意，总是那么快活，她在家里过的那种阴暗的生活中难得露出这种样子。她的网球是我所能想象的一个年轻人把虚幻艺术发挥到的顶点，尽管就她来说，那大概只是基础现实的几何学。

她的每个优美、明快的动作总有一声清脆的击球声与之配合。每当球进入她控制的范围，不知怎么就变得白了一点，弹性不知怎么也大了一点，而她接球时所采用的那种精准无比的招数也似乎异常富有把握，异常从容不迫。她的姿态确实绝对完美地体现了绝对一流的网球运动——没有任何功利主义的后果。有一次，我坐在一张颤动的硬板凳上观看多洛蕾丝·黑兹和琳达·霍尔打球（而且给琳达打败了），埃杜萨的姐姐伊莱克特拉·戈尔德，一位极其出色的年轻教练当时对我说："多莉球拍的肠线中央好像有一块磁石，但她到底干吗这么斯文呢？"嗳，伊莱克特拉，具有这样的风姿，那又有什么关系！我记得我看第一场比赛时全身充满了一种几乎痛苦的吸收美色的骚动。我的洛丽塔在轮到她有充分的时间轻快地发球的时刻，有一种特殊的抬起弯曲的左膝的姿势，这时在阳光中，一只脚尖突出的脚、纯净的腋窝、发亮的胳膊和向后挥动的球拍之间有一刹那总会形成并保持一种充满生命力的平衡姿态，她总抬起脸来，露出闪亮的牙齿，对着那个给高高地抛到了强大优美的宇宙顶点的小球微微一笑；她创造那个宇宙，就为的是用她的球拍像金鞭似的清脆响亮地啪的一下击在球的上面。

她的那种发球又美又直接，充满青春气息，那道轨迹正统纯净，而且尽管速度飞快，却很容易打回去，因为它在漂亮的长距离的飞行途中，没有旋转也没有冲刺。

我本来可以把她所有的击球动作、她所有的迷人之处都用一段段胶片永远保存下来，这种遗憾今天叫我灰心丧气地不住呻吟。那会比我烧毁的那些照片更有意义！她的凌空截击和她的发球就像结尾的诗节① 和三节联韵诗之间那样密切相关，因为她，我的宝贝儿，受过训练，会立即用敏捷的充满活力的穿着白球鞋的两只脚嗒嗒地奔到网前。她的正手击球和反手击球不相上下，彼此完全相同——我的腰部至今仍随着那些不断重复的手枪似的清脆回声和伊莱克特拉的喊叫声而震颤。多莉在比赛中出色的一招就是内德·利塔姆在加利福尼亚教给她的那手简截的球一落地弹起的截击。

在演戏和游泳中，她喜欢演戏，而在游泳和网球中，她喜欢游泳；然而我坚持认为要不是我捣毁了她内心的某种信念——这并不是说当时我就

---

① 指民歌中作为结束语或献词的结尾诗节。三节联韵诗每节八或十行，后有结尾诗节，每节的最后一行和结尾诗节的最后一行相同，且三节采用同一韵律。

认识到这一点！——那她就会在完美的姿态以外还有取胜的意志，并且会成为一个真正的青年女子冠军。多洛蕾丝胳膊下面夹着两把网球拍待在温布尔登[①]。多洛蕾丝在一个骆驼牌香烟的纸包背面签名。多洛蕾丝变成了职业运动员。多洛蕾丝在一部影片里扮演一个青年女子冠军。多洛蕾丝和她那头发灰白的谦恭而沉默的丈夫兼教练老亨伯特。

她的比赛精神中并没有什么不正当或欺骗的意味——除非你把她对比赛结果所抱的那种欣然而冷漠的态度看作性感少女的伪装。她在日常生活中那么凶狠，那么狡猾，在比赛时却显出一副天真坦率的样子，一种心慈手软的击球，令一个二流的但意志坚定的球员，不论动作多么笨拙，能力多么差，都可以一路打到胜利。尽管她身材矮小，但只要她进入对打的节奏，并且能操纵那个节奏，那么她就能轻松自如地跑遍她那半边场地的一千零五十三平方英尺。不过对手方面任何意外的攻击或战术的突然改变都会叫她束手无策。到了决定胜负的赛点，她的第二次发球——相当有代表性——虽然总比第一次更为有力，也更漂亮（因为她丝毫没有谨慎的胜利者表现出的那种缩手缩脚），但总是颤动地打在网绳上一下子飞出场去。她精心练就的那手短吊也被一个似乎有四条腿而且挥动着弯曲的球拍的对手接住。她那引人注目的抽杀和好看的截击总是老老实实地落到对方的脚下。一次又一次，她总把一个并不难回的球打在网上——接着便做出一个芭蕾舞中下垂的姿势，让额前的头发披下，欢快地模仿神情惶惑的样子。她的优雅和抽杀的动作根本没有什么效果，因此她甚至赢不了气喘吁吁的我和我那老式的高空劈杀。

[①] Wimbledon，英国英格兰东南部萨里郡北部的一个城市，是著名的国际网球比赛地。

我想我特别容易受到比赛的魅力的影响。在和加斯东下棋的时候，我把棋盘看作一个四四方方的清澈的水池，在有着方格花纹的光滑的池底可以看见一些粉红色的、罕见的贝壳和珍宝①。而这些在我那慌乱的对手眼中，都是淤泥和枪乌贼分泌的黑色液体。同样，我最初让洛丽塔所接受的网球训练——在她经过加利福尼亚那些主要的课程而开窍领悟以前——在我心里仍然留下一些郁闷、痛苦的回忆——不仅因为当时她对我的每项提议都那么令人绝望和气恼地动火发作——而且还因为非常匀称的网球场非但没有反映出她身上潜在的和谐，反而让受到我错误的指导的这个充满怨恨的孩子的笨拙和懒散弄得乱七八糟。现在情况不同了，就在那天，在科罗拉多州钱皮恩纯净的空气里，在通往钱皮恩大饭店（那夜我们就在饭店歇宿）陡峻的石级脚下那片绝好的球场上，我感到我可以从隐匿在她天真无邪的外表、心灵和本质的娴雅之下的那场未被发现的背叛我的噩梦中解脱出来。

　　她像平常那样不怎么费力地挥动手臂，球击得又猛又平，送给我一些飞速掠过球网落点很深的球——一切都那么协调一致，节奏分明，因此把我的步法缩小到几乎就像轻松摇摆的漫步——第一流的球员都会明白我的意思。我的大力发球是我父亲教的，他则是向他的老朋友、了不起的冠军德居吉斯或博尔曼②学的。如果我真想叫洛为难，这种发球就会叫她难以应付。可是谁愿意为难这样一个玲珑剔透的宝贝儿呢？我有没有提起她的光胳膊上有个种牛痘留下的"8"字形疤痕？提起我极其痴情地爱着她？

---

① 珍宝，原文是 stratagems。纳博科夫曾经写道，"美好的词，珍宝———一座洞里的珍宝"。
② 德居吉斯（Max Decugis）是出色的欧洲网球选手，常跟博尔曼（Paul de Borman）合作，是 1911 年温布尔登网球大赛的男子双打冠军。

提起她当时只有十四岁？

一只好奇的蝴蝶飞过来，在我们之间落下。

两个穿着网球运动短裤的人不知从哪儿钻了出来：一个红头发的家伙大概只比我小八岁，粉红色的小腿给太阳晒得黝黑发亮；还有一个皮肤浅黑的懒懒散散的姑娘，长着一张神情抑郁的嘴和两只冷漠的眼睛，大概比洛丽塔要大两岁。像规规矩矩的新手常做的那样，他们的球拍都包着套子，装在木架子里。他们拿着球拍，好像那不是让某些特殊的肌肉自然而舒适地扩展的用品，而是铁锤、大口径短枪或是螺旋钻，或是我自身背负的沉重可怕的罪孽。他们相当随便地在球场旁边一条长凳上坐下，边上就放着我那讲究的外套，开始叽叽呱呱地赞赏洛相当单纯地帮我保持下来的大约五十多个回合的对攻——直到出现一个差错，叫她倒抽一口气，因为她的高手扣杀把球打出了界，于是她迷人地露出了欢笑，我的叫人疼爱的宝贝儿。

那时我感到口渴，便朝喷泉式饮水器走去；红头发在那儿走上前来，十分谦恭地提议跟我们打一盘混合双打。"我叫比尔·米德，"他说。"那是女演员费伊·佩奇。梅费阳伞 ①"——他补一句（一边用他那可笑地罩起来的球拍指着文雅的费伊，她已经在和多莉说话了）。我正想回答说："对不起，可是——"（因为我不喜欢让我的小姑娘参与到跟粗鄙笨拙的人的乱打乱击之中）这时一声异常悦耳的喊叫转移了我的注意力：有个侍者正轻快地跑下饭店门前的台阶，朝球场走来，一边还向我做着手势。对不起，我有个紧急的长途电话——实际上万分紧急，所以他们没有挂断电

---

① "梅费阳伞"（Maffy On Say），表示带有很重的美国腔讲的法语 "ma fiancée"，意思是"我的未婚妻"。

话，等着我去接听。当然。我披上外套（里面的口袋里沉甸甸地放着那把手枪），告诉洛我一会儿就回来。她正在把一个球捡起来——按着欧洲大陆的足拍方式，这是我教给她的少数几件好事之一——笑了笑——她朝我笑了笑！

我跟着那个侍者往上到饭店去，一种可怕的平静使我的心飘浮不定。用句美国话来说，这就是那么一回事。在这句话中，暴露、惩罚、折磨、死亡、永恒都以特别令人反感的坚果外壳的形式出现。我已把她留在身手平庸的人的手里，不过现在已经无关紧要。当然我要奋斗。哦，我要奋斗。毁掉一切也比把她交出去好。对，上去真费劲儿。

在服务台旁，有个神色庄严、长着鹰钩鼻子的男人把他亲手写下的一个口信递给我；我看他有一段很不清楚的经历，值得好好调查。电话最终还是给挂断了。那张字条上写道："亨伯特先生。伯尔兹雷学校的校长（原文如此①！）打来电话。夏季住处——伯尔兹雷2–8282。请立刻回电。极其重要。"

我走进一个电话亭，关上门，吃了一小颗药，跟幽灵似的接线员争吵了大约二十分钟。于是渐渐可以听清一个四重唱的对话：女高音，比尔兹利没有这个号码；女低音，普拉特小姐正在去美国的途中；男高音，比尔兹利学校没有打过电话；男低音，他们不可能打电话来，因为谁也不知道那天我在科罗拉多州的钱皮恩。经我追问之下，那个长着鹰钩鼻子的人才费心去查问到底有没有一个长途电话。根本没有。但不排除从当地某个电话拨号盘打来的一个假的长途电话。我向他道谢。他说：没问题。我

---

① 应为"比尔兹利"，所以这么说。

去了一趟水声潺潺的男厕所，又到酒吧间去喝了一杯烈性酒，随后开始走回去。从第一层平台上，我便看见在底下远处样子好像小学生的擦得不干净的石板那么大的网球场上，闪着金光的洛丽塔正在打一盘双打比赛。她来回奔跑，就像博斯①画里三个可怕的瘸子当中的一个美丽的天使。其中有个瘸子，就是她的搭档，在换边的时候，用球拍开玩笑地在她的屁股上打了一下。他长着一个圆滚滚的脑袋，穿着不大相称的棕色裤子。瞬息之间，出现了一阵慌乱——他看见了我，扔下球拍——我的球拍！——急匆匆地跑上斜坡。他挥动着手腕和胳膊肘儿，滑稽可笑地想要模仿退化了的翅膀，迈着罗圈腿朝街上爬去，他的灰色汽车就在那儿等他。一转眼，他和那辆灰色汽车就都不见了。等我走到下面的时候，余下的三个人正聚在一起，挑选网球。

"米德先生，那个人是谁？"

比尔和费伊两个人都显得神情严肃，他们摇了摇头。

那个荒唐的不请自来的家伙闯来凑成一盘双打，是吗，多莉？

多莉。我球拍的把手还热乎乎的，叫人厌恶。在回饭店之前，我把她带进一条小路，那儿几乎满是芳香的灌木，开着一些烟雾似的花儿。我正想呜咽啜泣，用最卑下的方式请求她这个冷静地待在梦境中的人儿澄清（不管多么言不由衷）笼罩着我的那种死气沉沉的可怕的气氛，忽然我们发现自己正在捧腹大笑的米德那一对人的后面——相互匹配的人儿，你知道，在古老的喜剧中总在田园诗一般的环境中相遇。比尔和费伊都笑得前仰后合——我们走来的时候，他们秘密的笑话刚刚说完。那

① Hieronymus Bosch (1450—1516)，荷兰画家，作品主要为复杂而独具风格的圣像画。

实在无关紧要。

　　洛丽塔说，她想去换上游泳衣，把下午余下的时间都消磨在游泳池里；她说这些话的时候仿佛那确实真的无关紧要，而且显然认为生活带着它的种种例行的乐趣正自动地滚滚向前。真是一个美好的日子。洛丽塔！

二一

　　"洛！洛拉！洛丽塔！"我听见自己在门口对着阳光喊叫，带着时间，圆顶笼罩着的时间的音响效果，这种效果赋予我的喊叫及它那泄露内情的嘶哑声那么无限的焦虑、热情和痛苦，因此，纵然她死了，那声喊叫在扯开她那尼龙寿衣的拉链方面也会起到重要的作用。洛丽塔！我在一片修剪整齐、铺了草皮的台地上终于找到了她——不等我准备好，她就先跑出来了。哦，洛丽塔！她正在那儿跟一条该死的小狗玩耍，不是跟我。那条可以算作狻狗的小狗正用两只爪子捧着一个湿乎乎的小红球，把球丢了，随即咬住；它用前爪在有弹性的草皮上迅速划出一些纹路，随后一下子跳开。我只想看看她在哪儿。我怀着那样的心情无法游泳，但谁又在意呢——她在那儿，我在这儿，穿着浴衣——因此我不再叫了。可是在她穿着阿兹特克红色游泳裤和胸罩 ① 东奔西跑的时候，她动作的姿态中的什么东西突然引起了我的注意……她的嬉戏表现出一种欣喜，一种癫狂，简直叫人受不了。就连小狗也似乎被她过度的反应弄迷糊了。我观察着这种情况，把一只手轻轻放在胸口。草地后面隔开一段距离的那个青绿色的游泳池，这时不再位于草地后面，而是在我的胸膛里，我的阳物在里面游荡，就像粪便在尼斯碧蓝的海水中漂浮。有个游泳的人已经离开水池，部分身体受到树木展开的树荫遮蔽，正一动不动地站在那儿，捏着裹住他脖子的那条毛巾的两头，用琥珀色的眼睛紧盯着洛丽塔。他站在那儿，在阳光和树荫的掩蔽下，被阳光和树荫改变了外形，也被自己赤裸裸的身子所遮挡，他湿漉漉的黑发或者说是剩下的那点儿黑发紧贴在他的圆脑袋上，他的小胡子是一块潮湿的污迹，他胸口的汗毛像一个对称的图案似地展开，他的肚脐不断颤动，多毛的大腿滴下亮晶晶的水珠；他肥大的阴囊好像一个遮盖他那颠倒的兽性的护垫似的被朝上往后拉去，就在那个地方，他那湿淋淋的紧身黑色游泳裤强健有力地鼓着，好像就要绷开。我望着他那深褐色的椭圆形的脸，忽然想到我正是凭着我女儿的面部表情的反应才认出他来的——现出同样的福至心灵的样子，做着同样的鬼脸，只不过因为他是男人而变得相当丑恶。我还知道那个孩子，我的孩子也知道他在看她，欣赏着他的色眯眯的神情，装出蹦蹦跳跳的欢快的样子，这个下贱而又叫人疼爱的小娼妇。她跑去接球，没有接到，仰面朝天地倒在地上，两条淫猥、娇嫩的腿发疯似的在空中乱蹬乱踹；从我站的地方，我可以感到她的兴奋激动所散发出的麝香似的气味，接着我看到（带着某种近乎神圣的厌恶而惊呆了）那个男人闭上眼睛，露出他那小小的——非常小而整齐的牙齿，靠在一棵树上，好多有斑纹的普里阿普斯在那棵树的枝叶中开始颤抖。紧接着就发生了一个令人惊奇的变化。他不再是那个好色的男人，而是一个好性儿的傻乎乎的瑞士远亲，是我提过不止一次的那个古斯塔夫·特拉普。他过去经常凭借举重的技艺去抵消他的"纵饮作乐"（他喝

---

① 亨·亨想起了奎尔蒂汽车的颜色，参看第二部第一八章第一段。

啤酒掺牛奶，这个十足下流的家伙）——在湖边上脚步蹒跚，嘴里叽里咕噜，穿着那件十分潇洒地露出一边肩膀、其他方面都很整齐的浴衣。这个特拉普在远处瞥见了我，用毛巾擦了擦颈背，装出一副无忧无虑的神气走回水池。于是好像太阳已经退出了这场游戏，洛放慢了步子，缓缓地站起身来，不再理会狒狗放到她面前的那个球。谁能说出我们这么中断嬉戏会叫一条小狗心里有多伤感？我开口说了几句话，接着在草地上坐下，胸口感到一阵剧烈的疼痛，吐出许多棕色和绿色的东西，我始终想不起何时吃过这样一些东西。

我看到洛丽塔的眼睛，其中的神情似乎主要是在算计，而不是感到惊恐。我听见她对一位好心的太太说她父亲正在发病。后来很长一段时间，我都靠在一张躺椅上，一小杯一小杯地喝着杜松子酒。第二天早晨我觉得身体强健，可以开车上路（在后来的岁月里，没有一个大夫相信这件事）。

二二

我们在埃尔菲恩斯通银马刺旅馆订下的那座两间房的小屋结果竟是我们头一次无忧无虑的旅行中洛丽塔就十分喜欢的那种富有光泽的褐色松木造的；噢，如今情况变得多么不同！我并不是指特拉普或特拉普之类的人。说到头——唔，真的……说到头，先生们，一切变得非常清楚，所有那些令人目眩地不住变换汽车、被我认作同一个人的侦探，都是我这个有受迫害妄想症的人所臆造的人物，是建立在巧合和偶然相似的基础上的反复出现的形象。Soyons logiques[①]，我头脑中自以为是的法国气质这么夸口说——并且进而打消这样一个概念：有一个被洛丽塔弄得神魂颠倒的推销员或喜剧中的歹徒正利用暗探在迫害我、欺骗我，再不然就对我和执法人员之间奇特的关系而充分加以利用。我记得当时我哼着曲子把我的惊恐赶走。我记得我甚至为"伯尔兹雷"那个电话想出一个解释……可是，即使我可以摆脱特拉普，就像摆脱我在钱皮恩的草地上的抽搐那样，但我对于在一个新时期，即我的推断告诉我洛丽塔不再是一个性感少女、不再折磨我的时期前夕所感受到的痛苦，即明白她是那么撩人、那么令人难受地可爱而又不可及所感受到的痛苦却束手无策。

在埃尔菲恩斯通，命运相当亲切地为我安排了一场额外的、讨厌的、毫无理由的烦恼。在最后这段行程中——一点也没有受到烟灰色的侦探或是曲折前行的傻瓜污染的两百英里山路——洛一直无精打采，一言不发。她几乎都没有抬眼去看一眼山上突出的那块形状怪异、给映得通红的著名的岩石，那曾是一个喜怒无常的歌舞女郎走向解脱的起跳点。那座市镇是新建的或重建的，位于一片七千英尺高的山谷谷底。我希望这个地方不久就会叫洛感到厌烦，我们就可以继续开往加利福尼亚州，开往墨西哥边境，开往神话般的海湾、长着巨大仙人掌[②]的沙漠、海市蜃楼[③]。何塞·利萨拉本戈亚[④]，正如你们所记得的那样，就打算把他的卡尔曼带到 Etats-Unis[⑤]。我设想出中美洲的一场网球比赛，多洛蕾丝·黑兹和加利福尼亚州各校的好多位女子冠军都将光彩照人地去参赛。用微笑开路的友好观光消除了护照和体育运动之间的区别[⑥]。为什么我希望我们在海外会幸福呢？改变环境是注定不幸的爱情和肺脏所依赖的传统的谬误。

经营那家汽车旅馆的海斯太太是个活泼的、抹着厚厚的胭脂、蓝眼睛的寡妇；她问我是不是赶巧是瑞士人，因为她妹妹嫁了一个瑞士滑雪教练。我是的，而我女儿却有一半爱尔兰血统。我作了登记，海斯把钥匙交给我，脸上闪现出一丝微笑，接着仍然带笑地指给我看应该把汽车停放

---

① 法文，让我们合乎逻辑。
② saguaro，是一种具有粗茎、开白花的巨大仙人掌。
③ 海市蜃楼，原文是意大利文 fatamorganas，尤指常见于墨西拿海峡的海市蜃楼。
④ 何塞·利萨拉本戈亚（José Lizzarrabengoa）是卡尔曼抛弃的情人，见第 70 页注 ①。
⑤ 法文，美国。
⑥ "护照"，英文是 passport，"体育运动"是 sport，所以这么说。

在哪儿。洛慢吞吞地下了车，微微打了一阵哆嗦。傍晚时光线还亮，空气十分凉爽。她走进小屋，在一张牌桌旁的椅子上坐下，把脸埋在一只胳膊弯里，说她觉得很不舒服。我以为她是假装的，无疑是假装了来逃避我的爱抚。我心头十分焦渴；可是当我想要爱抚她的时候，她异常阴郁地抽泣起来。洛丽塔病了。洛丽塔要死了。她皮肤滚烫！我从口腔里给她量了体温，随后查看了我幸好草草抄在一个笔记本里的公式；等我费劲地把那些对我毫无意义的华氏温度换算成我童年时就很熟悉的摄氏温度后，我发现她的体温是四十度四，这至少说明了问题。歇斯底里的小仙女，我知道，可能会有各种体温——甚至超过致命度数的体温。要不是在查看她可爱的小舌头（她身上的珍宝之一）的时候发现它已经通红，我本来会让她呷一口加了香料的热葡萄酒，吃两片阿司匹林，再用亲吻把高烧驱除。我替她脱下衣服。她的呼吸又苦又甜。她褐色的小嘴里有股血腥气味。她从头到脚都在发抖。她抱怨说脊椎骨上半部僵硬发疼——我像任何一个美国家长都会以为的那样以为是小儿麻痹症。我放弃了所有交欢的希望，用一条旅行毛毯把她裹住，抱上汽车。这时，好心肠的海斯太太已经通知了当地的大夫。"你真幸运，事情就发生在这儿，"她说；因为不仅布卢是本地区最好的大夫，而且埃尔菲恩斯通医院也是最现代化的医院，尽管不能容纳很多病人。于是受到一个赞同异性爱的埃尔柯尼希①的跟踪，我向医院驶去，一路上给低地那边辉煌灿烂的斜阳照得两眼有些发花；给我带路的是一个身材矮小的老婆子，一个腿脚灵便的女巫，也许是埃尔柯尼希的女儿，是海斯太太介绍给我的，后来我就再也没有见过她。布卢大夫的学识

---

① 指奎尔蒂。此处暗暗提及歌德的诗《埃尔柯尼希》（Erlkönig）。埃尔柯尼希是神话中的小精灵之王。

无疑大大不如他的名气。他告诉我说这肯定是病毒感染。我提起她最近得了一次流感，他简慢地说，这是另一种病菌引起的疾病，他手上就有四十个这种病例；所有这些病例听起来都像是从前人患的"疟疾"。我不知道我是不是应该提一提，漫不经心地笑着提一提我的十五岁的女儿在和她的男朋友爬过一道难以翻越的围墙时出过一桩小小的事故。但我知道自己有些醉了，就决定不吐露这种情况，等到以后必要时再说。我对一个面无笑容、金发碧眼、婊子一样的女秘书说我女儿的年龄"实际上是十六岁"。我一不注意，我的孩子就给带走了！我坚持要求在他们该死的医院一个角落的一块"表示欢迎"的擦鞋垫子上过夜，但白费力气。我跑上一段段构成主义派①的楼梯，竭力想找到我的宝贝儿，以便告诉她最好不要胡言乱语，尤其在她感到像我们大伙儿都会有的头昏眼花的时候。有一会儿，我对一个十分年轻、脸皮很厚的护士粗鲁得简直可怕；她臀部肌肉过于发达，两只黑色的眼睛亮闪闪的——后来我才知道，她是巴斯克人②的后代。她的父亲是个外来的牧羊人，专门训练牧羊犬。最后我只好回到汽车上，在里面不知呆了多少个小时，伛偻着身子坐在黑暗当中，被自己新产生的孤独弄得傻了眼。我张开嘴巴，一会儿朝外望着蹲伏在铺着草地的街区中央那幢灯光暗淡、相当低矮、四四方方的医院大楼，一会儿又抬头望着满天星斗和 haute montagne③ 的参差不齐的银白色土墙；玛丽④ 的父亲，孤独的约瑟夫·洛尔此时就在那儿，正梦见奥洛隆、拉戈尔、罗拉斯——

---

① constructivism，现代西方艺术流派之一，多用玻璃、塑料、木块、电线等构成巨大的抽象立体艺术品。
② Basque，欧洲比利牛斯山西部地区的古老居民。
③ 法文，高山牧场。
④ 玛丽就是上文所说的那个护士。

que sais-je! ① ——或者在勾引一头母羊。这类甜美、飘逸的念头在异常艰难困苦的时刻对我始终是一种安慰。尽管我随意喝酒，但只是在我因无尽的黑夜而感到相当麻木以后，我才想到要开车回汽车旅馆。老婆子早就不见了，我对回去的路拿不大准。宽阔的碎石路纵横交叉地越过沉寂的长方形的阴影。我在一片大概是学校的操场上辨别出一个好像绞刑架的侧影似的东西；在另外一片有点儿像荒地似的街区，在寂静中耸立着当地一个教派的灰白色的圆顶教堂。我终于找到了公路，后来又找到了汽车旅馆，无数被称作"粉翅蛾"的一种昆虫正成群地在"客满"字样的霓虹灯四周打转。清晨三点，我洗了一个不合时宜的热水淋浴（这种淋浴就像某种腐蚀剂，只有助于确定一个人的绝望和疲惫），随后便在她的床上躺下；床上有一股栗子、玫瑰花和薄荷的香味，还有我新近允许她使用的那种非常清淡、非常特别的法国香水的气味。我发现自己无法接受这样一个简单的事实，那就是两年内这还是头一次跟我的洛丽塔分开。突然我想到她的生病多少是一个主题的发展——与我们的旅途中叫我困惑和痛苦的那一系列互有关联的印象具有同样的风味和色调。我想到那个特工人员、秘密情人、恶作剧的家伙、幻觉或者不管他是什么②，正在医院四周徘徊——曙光女神几乎还没有"捂暖她的手③"，正如在我出生的国家④那些采摘薰衣草的人所说的那样，我就发现自己又想走进那座土牢，去敲敲它绿色的门，没吃早饭，也没拉屎，满心绝望。

那天是星期二、星期三或星期四，她本来就是那么个宝贝，对于某种

① 法文，等等或诸如此类。
② 指奎尔蒂。
③ 意谓太阳还没有升得很高可以晒暖山腰。
④ 指法国。

"血清"（麻雀的精液或儒艮的粪便）作出了极好的反应，病情好多了，大夫说再过几天，她就又会"跳跳蹦蹦"的了。

我去探望了她八次，其中只有最后一次依然鲜明地铭刻在我的心上。到医院去探望成了一桩了不起的大事，因为我觉得自己的身子也被当时正在影响我的传染病淘空了。没有谁会知道拿着那束花儿，那个爱情的负担，以及我走了六十英里才买到的那些书所有的那份劳累。那些书是布朗宁的《戏剧作品集》《舞蹈史》《小丑和科伦芭茵》①、《俄罗斯芭蕾舞》《落基山的鲜花》《戏剧协会选集》、十五步就赢得全国少年女子单打冠军的海伦·威尔斯著的《网球》。我正脚步蹒跚地上楼朝我女儿十三元一天的单人病房门口走去，玛丽·洛尔，那个对我表现出毫不掩饰的反感的讨厌的兼职年轻护士端着一个用完早饭的托盘走出来，砰的一声把托盘放在走道里的一张椅子上，飞快地一扭屁股又跑回房去——大概是去通知她的可怜的小多洛蕾丝，她那专横的老爸正悄悄地爬上楼来，手里还拿着书和花束。那束花是太阳刚出来的时候我在一个山口亲自用戴着手套的手所采集的野花和美丽的叶子结扎成的（我在那个关键性的星期几乎没有睡觉）。

我的卡尔曼西塔吃得好吗？我朝托盘瞥了一眼。在一个沾有蛋黄的盆子上有一个皱巴巴的信封，里面放过东西，因为有一边已经撕开，但信封上没有地址——什么也没有，只有一个不可信的纹章图案，以及用绿色字母印的"庞德罗萨旅社"的字样。于是我跟玛丽就 chassé-croisé②，她这会儿又匆匆忙忙地走了出来——她们行动得那么快，可做的事儿却那么少，真叫人感到惊奇，这些大屁股的年轻护士。她生气地瞅着我刚放回去的那

---

① 这是作者杜撰的一本书，其余的则实有其书。
② 法文，来回移位。

个已经平整的信封。

"你最好别碰，"她说，对着那个信封点了点头，"会吃苦头的。"

要对她的话作出回答就降低了我的尊严。我所说的只是：

"Je croyais que c'était un 账单——不是一封 billet doux."①接着便走进那间充满阳光的病房，对洛丽塔说："Bonjour, mon petit."②

"多洛蕾丝，"玛丽·洛尔跟着我走进房来，从我身旁挤过去，这个胖乎乎的婊子，眨了眨眼，十分迅速地折起一条白色法兰绒毛毯，而后又眨了眨眼说道，"多洛蕾丝，你爸爸以为你收到了我男朋友的信。收到信的是我（洋洋得意地拍了拍她戴的那个镀金小十字架）。我的爸爸也跟你的爸爸一样会 parlay-voo③。"

她走出房间。多洛蕾丝脸色那么红润，皮肤呈一片赤褐色，嘴唇刚刚涂过口红，头发梳得光灿灿的，两只光胳膊笔直地伸出来放在干净的床罩上，躺在床上正天真地朝着我或者并不朝着什么人微笑。在床边的小桌上，挨着一张纸餐巾和一支铅笔，她的黄玉戒指在阳光下闪烁。

"多么讨厌的葬礼上用的花儿，"她说，"不过仍然要谢谢你。但你是不是可以不讲法语呢？那叫大伙儿都很烦恼。"

那个丰满、年轻的粗野女子又用平时那种急急匆匆的动作跑回房来，身上满是大蒜和尿的气味，手里拿着《德塞雷特新闻报》④，她的漂亮的病人急忙接了过去，对我带来的那些有着精美插图的书籍却置之不顾。

----

① 法文，我以为那是一张（账单）——（不是一封）情书。
② 法文，你好，我的孩子。
③ 法文，这里玛丽·洛尔不规范地用了一个法文短语，她想表达的意思是"说法语"。
④ 美国犹他州的一份报纸。

"我妹妹安①，"玛丽说（又给那个情况加上一点事后的想法），"在庞德罗萨那地方干活儿。"

可怜的蓝胡子。那些残忍的弟兄。Est-ce que tu ne m'aimes plus, ma Carmen？②她从来就没爱过。那时，我知道我的爱情和先前一样毫无希望——我还知道这两个姑娘是同谋，她们用巴斯克语③或曾费拉语④密谋应付我那毫无希望的爱情。我要更进一步说洛正在耍两面派的花招，因为她也在愚弄感情用事的玛丽。她大概告诉玛丽，她想和她爱开玩笑的年轻舅舅住在一起，而不跟着我这么个冷酷、阴郁的人居住。我始终没有查明的另一个护士，把病床和棺材用车推送到电梯里的那个乡下来的白痴以及候诊室鸟笼里那些愚蠢的绿色相思鸟——所有这些都参预了这个阴谋，这个卑鄙的阴谋。我想玛丽准是以为滑稽有趣的父亲亨伯托尔狄教授正在干涉多洛蕾丝与她那位替代父亲、矮矮胖胖的罗密欧（因为尽管吸可卡因，喝酒，罗⑤，你知道，你那时是相当胖的）之间的恋情。

我喉咙疼痛，咽下了一口口水，站在窗边，凝望着大山，凝望着在充满笑意、暗中密谋策划的天空下耸立着的那块富有浪漫色彩的岩石。

"我的卡尔曼，"我说（以往我有时也这么叫她），"等你可以下床了，

---

① 显然，这是暗暗提到法国作家佩罗（Charles Perrault, 1628—1703）的童话《蓝胡子》（*Bluebeard*）。蓝胡子杀了六个妻子；第七个妻子希望自己的两个哥哥赶来救她，让她的妹妹安代她放哨。"安妹妹，你看见有人来了吗？"这是她常问的话。后来那两个"残忍的弟兄"赶来，杀死了蓝胡子。

② 法文，你不再爱我了吗，卡尔曼？

③ 卡尔曼和何塞曾用巴斯克语当着她的情人密谋商议。

④ 俄国诗人普希金（Aleksandr Pushkin, 1799—1837）所著长诗《吉卜赛人》（*The Gypsies*, 1827）。女主人公为曾费拉。男主人公亚勒科最后杀死了不忠实的曾费拉和她的情人。"曾费拉语"是作者的创造。

⑤ 罗，指上文的罗密欧，指奎尔蒂。

我们就离开这个阴冷、恼人的市镇。"

"顺便提一句，请你把我所有的衣服都找来给我，"这个 gitanilla① 说，一边弓起双膝，又翻到下一页。

"……因为，说真的，"我继续说，"待在这儿毫无意义。"

"待在随便什么地方都毫无意义，"洛丽塔说。

我在一张印花装饰布的椅子上坐下，翻开那本吸引人的植物学著作，在房里充满热病气息的寂静中，试图识别出我采的那些花。结果无法办到。不久，外面走道里不知什么地方轻轻响起一阵悦耳的铃声。

我想在这家供人参观的医院里至多只有十二三个病人（有三四个是精神病患者，这是洛在较早的时候兴冲冲地告诉我的），医务人员十分空闲。可是——同样为了供人参观的原因——规章制度相当严格。我总是去得不是时候，这也不错。能够见到幻象的玛丽（下一次就会是飘然走过呴哮谷的 une belle dame toute en bleu②）不无隐秘朦胧地恶意地拉住我的袖子，把我领出房去。我望了望她的手；那只手垂了下去。在我离开的时候，自动离开的时候，多洛蕾丝·黑兹提醒我第二天早晨要带给她……她也不记得她要的各种不同的东西放在哪儿……"带给我，"她喊道（我已经走出房间，门在移动，就要关上，关上了），"那个新的灰色的小提箱和妈妈的大箱子。"可是第二天早上，我在汽车旅馆里那张她只躺过几分钟的床上浑身打颤，痛饮了一番，弄得人都快要死了；在那种往复循环、不断剧烈的情况下，我所能做的充其量就是请那个寡妇的情人，一个身强力壮、为

---

① 西班牙文 gitana 的爱称。Gitana 指吉卜赛姑娘。
② 法文，一个穿着一身蓝衣服的美貌女子。这里是指圣母显圣。作者在这里嘲弄当时畅销的一部传奇小说。

381

人和蔼的卡车司机把那两个箱子给她送去。我想象着洛向玛丽展示她的宝贝……毫无疑问，我有点儿头晕目眩——下一天，我仍然不住颤抖，而不是稳固不动，因为当我透过浴室的窗户朝外望着邻近的草地时，我看见多莉漂亮的新的自行车用撑架撑着放在那儿，优美的前轮像一贯的那样并不正对着我，只有麻雀停在车座上——但那是女店主的自行车；我笑了笑，对自己这种难以实现的幻想摇了摇可怜的脑袋，跌跌撞撞地走回床前，像圣徒似的平静地躺在床上——

> 圣徒，的确！当褐色皮肤的多洛蕾丝，
>
> 在一片充满阳光的草地上
>
> 跟桑奇查一起阅读
>
> 一本电影杂志上的故事——①

——不管多洛蕾丝到什么地方，总有许许多多各种各样的电影杂志。根据一直在燃放的爆竹、真正的炸弹判断，城里有一场盛大的国民庆祝活动。下午一点五十五分，我听见有人在我的小屋半开着的房门附近吹口哨，随后门就给嘭地敲了一下。

原来是大个儿弗兰克②。他仍然站在敞开的门口，一只手扶着门框，身体微微前倾。

你好。洛尔护士打来电话。她想知道我是不是好一点了，今儿会不

---

① 这几行诗是模仿布朗宁的《西班牙修道院中独白》(*Soliloquy of the Spanish Cloister*, 1842)里第 4 节的前一半。

② 女店主的情人。

会去？

在二十步外，弗兰克看上去是个非常高大健康的人；五步以外，就像现在，他是一个脸色红润、到处都是疤痕的汉子——在海外经历过种种磨难；可是，尽管受过难以启齿的伤，他却依然能够驾驶一辆巨型卡车，能够钓鱼、打猎、喝酒，并且轻松愉快地跟路旁的女子调情。那天，或许因为那是一个盛大的节日 [1]，或许只是因为他想要让一个病人高兴，他脱掉了通常戴在左手上的手套（就是按着门框的那只手），向发呆的病人显示他不仅完全缺少第四和第五个手指，而且在他这只残缺的手的手背上还很诱人地刺着一个裸体的姑娘，具有朱红色的乳头，靛蓝色的私处，食指和中指成了她的两条腿，而手腕上刺着她戴着花冠的头。噢，妙极了……斜靠在门旁，像一个顽皮的小仙女。

我请他告诉玛丽·洛尔我整天都得躺在床上，明天什么时候，假如我觉得自己像个波利尼西亚 [2] 人，就会和我女儿取得联系。

他注意到我的目光盯着的方向，于是让手背上那个姑娘的右边屁股色情地抽动起来。

"好吧——好吧，"大个儿弗兰克大声说道，用手拍了拍门框，吹着口哨，把我的口信带走了；我继续喝酒，到早晨热度就退了；尽管我跟癞蛤蟆一样一瘸一拐，但我还是把那件紫的晨衣披在那件浅黄色的睡衣外面，走到办公室的电话面前。一切都很不错。一个欢快的声音告诉我说是的，一切都很不错，我女儿前一天大约两点钟的时候已经付清账目出院

---

[1] 指 1949 年 7 月 4 日美国独立纪念日。
[2] Polynesia，大洋洲三个部分之一，包括美拉尼西亚和密克罗尼西亚以东的太平洋各岛屿，从夏威夷群岛直到新西兰。

了，她舅舅古斯塔夫先牵着一条长耳小狗来接她①，对大伙儿都笑嘻嘻的，他开的是一辆黑色的凯迪-拉克牌汽车②，用现金付了多莉的账，还叫他们告诉我不要担心，注意保暖，他们按照约定待在老爷爷的牧场上。

埃尔菲恩斯通过去是，我希望现在依然是，一座非常漂亮的小市镇。它像一个设计模型似的铺展开来，整洁的绿绒般的树木和红顶的房子分布在那个山谷的谷底。我在前面曾经提过它的模范学校、教堂，以及一片片宽广的长方形街区。说来奇怪，有些街区只是一些异乎寻常的草场，上面有头骡子或独角兽在七月清晨的薄雾中吃草。十分有趣：在一个沙砾沙沙作响的急转弯处，我擦边撞击了一辆停放着的汽车，心里暗自说道——而且对那辆汽车两手挥动的车主会心地（我希望如此）说道——我晚些时候会回来对伯德学校讲话，伯德，新伯德，杜松子酒叫我的心变得灵敏，但却叫我的头脑变得麻木。经过在乱梦颠倒中相当普通的一些差错和损失以后，我发现自己在接待室里，想把医生痛打一顿，对着躲在椅子底下的人咆哮，还叫嚷着要玛丽出来，算她幸运，当时她不在那儿。许多只粗野的手拉着我的晨衣，撕下一个口袋。不知怎么，我似乎坐到一个秃顶的长着棕色头发的病人身上，我把他错当成了布卢大夫，最后他站起身来，用乖戾反常的声音说道："我倒要问问看，谁是神经病人？"——接着，一个身材瘦削、面无笑容的护士交给我七本美丽的、美丽的书和那条给十分精细地叠好的格子花呢旅行毛毯，要我写一张收条。在那片突然出现的寂静

<hr />

① 洛丽塔告诉过奎尔蒂，亨·亨把他错当作他的舅舅古斯塔夫·特拉普。奎尔蒂早就知道了这件事。洛丽塔在"着魔的猎人"里很喜欢那个老太太的长耳小狗，奎尔蒂也知道这件事，因而带了一条小狗来送给她。

② 凯迪-拉克，原文是Caddy Lack，显然是双关语。在1949—1952年间，凯迪拉克牌（Cadillac）汽车是美国最豪华的轿车，而caddy lack的意思是"缺乏小听差"。

中，我意识到走道里有个警察。刚才被我蹭了一下的那个开汽车的朋友正把我指点给他看，我温顺地在那张非常具有象征意义的收条上签了字，就这样把我的洛丽塔交给所有这些粗野笨拙的人。可是我有什么法子呢？脑子里有个简单、刻板的念头特别清楚，那就是："眼下自由就是一切。"只要错走一步——我也许就会被迫去解释自己罪恶的生活方式。因此我假装从迷乱中清醒过来，向那个开汽车的朋友支付了他认为公平的赔偿费用。布卢大夫那时正抚摸着我的手，我含泪地向他讲到自己过于随意地用于维持一个需要慎重对待但不一定有病的心脏的那些酒。对医院里的全体人员，我做了个几乎叫我自己大吃一惊的挥手的动作表示歉意，同时又补充说我跟亨伯特家族其余的人关系并不太好。对我自己，我悄没声儿地说我手里还有枪在，还是一个自由的人——可以自由地去追踪那个逃亡的人，自由地去干掉我的兄弟①。

---

① 指奎尔蒂。

二三

　　大约在独立纪念日前一个星期，我们到了埃尔菲恩斯通。卡斯比姆和决定命运的埃尔菲恩斯通之间是一条绵延一千英里的十分平坦的大路。据我所知，卡斯比姆是那个红头发的恶魔早已计划好了首次露面的地方。这段旅程占去了六月里的大部分时间，因为我们每天的行程难得超过一百五十英里，其余的时间都花在各个不同的停留地点，有一次竟停了五天，无疑所有这些也都是事先安排好的。因此，就应当顺着这段路程去寻找那个恶魔的踪迹。我在埃尔菲恩斯通附近无情地向四周伸展出去的大路上来回驾车疾驰了好几个不宜多说的日子以后，就一心扑到那段路程上。

　　想象一下，读者，我那么畏缩胆怯，那么不爱炫耀，生来又总那么comme il faut①，想象一下，我用颤栗的讨好的微笑掩盖我内心的极度悲伤，同时胡乱想出一个借口，想要翻阅旅馆的住宿登记簿。"噢，"我会说，"我几乎可以肯定我以前在这儿住过——请让我查查六月中旬的记录——不，看来我完全搞错了——考塔盖恩，多古怪的一个家乡城市的名称。非常感谢。"或者说："我曾有个客户住在这儿——我丢失了他的地址——我可不可以……？"而且时常，特别要是碰到那个地方的管理人员是某类生性阴郁的男子，我私下翻阅一下住宿登记簿的请求总会遭到拒绝。

我这儿有份备忘录：在七月五日与我回到比尔兹利去待几天的十一月十八日之间，我在三百四十二家旅馆、汽车旅馆和旅游客店登记住宿，即使实际并没有住宿。这个数字也包括切斯纳特和比尔兹利之间的几次登记，其中有一次我发现了那个恶魔的影子（"努·珀蒂，伊利诺伊州拉鲁斯②"）。我不得不仔细安排查询的时间，保持一定的间隔，免得引起过度的注意；我只在服务台打听探询的地方肯定至少有五十处——但这种调查往往徒劳无功；我宁愿先花钱订下一个根本用不着的客房，以此建立起一个貌似真实和善意的基础。我的调查显示在我查阅的三百多本住宿登记簿中，至少有二十本提供给我一个线索：那个东游西荡的恶魔在路上停留的次数比我们甚至还多，要不然就是——他完全干得出这样的事——他添加一些额外的住宿登记，好不断向我提供一些嘲弄的线索。只有一次，他确实和我们住在同一家汽车旅馆里，离洛丽塔的枕头只有几步。在有些情况下，他就跟我们住在同一个街区或邻近的街区。时常，他埋伏在两个既定场所之间的一个中间地点。我回想起洛丽塔，就在我们离开比尔兹利之前，趴在客厅的地毯上，研究旅行指南和地图，用口红标出一段段行程和停留地点；这一切多么鲜明清晰！

我很快发现，他早就预料到我会开展调查，所以专门用了一些侮辱性的假名来对付我。在我拜访的头一家汽车旅馆庞德罗萨旅社的办

---

① 法文，规规矩矩。
② "努·珀蒂，伊利诺伊州拉鲁斯"，原文是"N. Petit, Larousse Ill."。这是法国一部有插图的字典 *Nouveau Petit Larousse Illustré*（《新编拉鲁斯插图小词典》）名称的缩写。

公室里，他所登记的混在十二三个显然常见的姓名中的姓名是：格拉蒂安诺·福布逊博士 [1]，纽约州米兰多拉。当然，这个姓名的意大利喜剧涵义免不了会引起我的注意。女店主纡尊降贵地告诉我说这位先生曾得了重伤风，一连五天卧床不起，他把汽车留在某个汽车修理厂里修理，七月四日他才付清账目离开。对，有个叫安·洛尔的姑娘以前在旅馆里工作，但现在嫁给了锡达城的一个杂货商。有个月色皎洁的夜晚，在一条偏僻的街上，我拦住了穿着白鞋子的玛丽；她像一个机器人似的正要尖声叫嚷，我扑通一声跪在地上，同时发出求她帮助的虔诚的喊叫，以此设法让她具有人性。她赌咒发誓说她什么都不知道。这个格拉蒂安诺·福布逊是谁？她似乎动摇了。我唰地抽出一张一百美元的钞票。她把钞票举到月光下面。"他是你的兄弟，"她终于悄没声儿地说。我把钞票从她冰冷的手里一把抢了过来，骂了一句法语的粗话，转身跑开。这件事使我明白只好依靠自己。哪个侦探也发现不了特拉普为了适应我的思路和态度而安排的那些线索。我当然不能指望他会留下正确的姓名和住址；但我确实指望他会在自己阴险狡猾的光滑的层面上摔倒，比方说，并非绝对必要地大胆拿出一张色彩相当鲜艳、有关他个人的彩色照片，或者，通过披露出太少信息的那些量的部分的质的总和而披露得过多。不过有一点他成功了：他成功地让我和我莫大的苦恼完全陷在他的恶魔的鬼把戏里。他凭借无穷的技巧摇摆晃动，重新取得难以置信的平衡，总给我留下那种逗引我的希望——如果我可以用这样一个词来提到背叛、愤怒、孤寂、恐惧和仇恨的话——以为他下次可能会暴

---

[1] 在16—18世纪的意大利通俗喜剧中，这个人物是一个哲学家、天文学家、文学家、外交家、物理学家、语法学家等，他讲起话来经常胡乱引用拉丁文和希腊文中的典故。

露。他始终没有暴露——尽管有时只差那么一点点。我们都对那个穿着亮晶晶的衣服、具有传统的优美姿态、在云母般的亮光下小心翼翼地在绷紧的绳索上行走的杂技演员称赏赞叹；但那个穿着稻草人的衣服、扮作荒唐的酒鬼、善于在松垂的绳索上行走的人，身上具有多少更为难能可贵的功夫啊！我应该知道的。

他留下的线索虽确定不了他的身份，但却反映出他的个性，至少反映出某种与我具有相同性质的、十分突出的个性。他的风格、他的那种诙谐幽默——至少在最出色的时候——他的思维方式，都跟我十分的相似。他模仿我，嘲弄我。他的影射暗指当然表现自己文化修养很高。他博览群书，通晓法语，精于异想天开地杜撰新词和猜测词意①，而且还是个性学的爱好者。他那手字很像女人写的。他会改名换姓，但不管他写得多么歪歪斜斜，总掩盖不了自己对"t""w"和"l"这几个字母的十分特殊的写法。凯尔凯帕特岛②是他特别喜欢居住的地方之一。他不用自来水笔，任何一个精神分析学家都会告诉你，这意味着病人是一个受到压抑的水中精灵③。人们慈悲地希望冥河中会有一些水中仙女。

他的主要特点就是爱捉弄人。天哪，这个卑鄙的家伙多会取笑人啊！他对我的学识表示质疑。我知道自己既然不是无所不知，就该谦虚谨慎，我为自己知道这一点感到相当得意；我认为很可能我在这场密码文字的追逐活动中漏了一些基本要点。当他那十分难解的谜语从旅馆住宿登记

---

① 原文为 logodaedaly and logomancy。Logodaedaly 的意思是"玩弄词语"，作者用 logo-（词）创造成了新词 logomancy（猜测词意）。
② 凯尔凯帕特岛，原文是法文 Quelque part，意思是"某处"，犹"乌有之乡"意。
③ 纳博科夫说，"这里的要点是：'水中精灵'，是一个人（一般是男性），他经常因为另一个人（一般是女性）小便而激起强烈的性欲。"

簿里其他那些普通的没有恶意的姓名中蓦地出现在我面前的时候，我那虚弱的身体怎样因为欣喜和厌恶而不住颤抖！我发现每逢他觉得他的谜语对我这样一个解谜能手也太晦涩难解的时候，他就会用一个容易的字谜再把我引回去。"亚森·罗宾"[①]在一个对年轻时所读的侦探故事仍记忆犹新的法国人来说是明明白白的。你也不必非得是个柯勒律治[②]的研究者，才能欣赏"英格兰波洛克城的埃·珀森"这个陈腐的玩笑。像"阿瑟·雷恩鲍"——显然是滑稽模仿 Le Bateau Bleu 作者的名字（让我也笑一笑吧，各位先生）——和因 L'Oiseau Ivre 而出名的"莫里斯·施梅特林"[③]（猜中了，读者！）之类的假名都情趣不高，但基本上还叫人想到一个有教养的人——不是一名警察，不是一个普通的蠢汉，也不是一个粗俗的推销员。而愚蠢可笑的"纽约州埃尔迈拉市的德·奥尔贡[④]"当然是出自莫里哀的戏剧；我新近曾想引起洛丽塔对一出十八世纪名剧的兴趣，所以又像迎接老朋友似的看到"怀俄明州谢立丹市的哈里·邦珀[⑤]"。一本普通的百科全书告诉我那个显得样子相当特别的"新罕布什尔州莱巴嫩市的菲尼亚

---

① "亚森·罗宾"是勒布朗塑造的人物。参看第 331 页注 ①。

② Samuel Taylor Coleridge（1772—1834），英国诗人，他曾自述其写作长诗《忽必烈汗》（*Kubla Khan*，1816）的经过，略云："1797 年夏，他身体不佳，在农舍静养。一日略感不适，服用镇痛剂后，翻阅《珀切斯游记》一书，读到'忽必烈汗下令在此兴建皇宫和豪华御苑，于是十里膏腴之地均被圈入围墙'这两句时，药性发作，昏昏睡去。梦中异象纷呈，诗思泉涌，作诗不下二三百行，醒来记忆甚为清晰，急取纸笔写下。不巧此时适有波洛克的一个人因事来访，使他写作中断。"埃·珀森与"一个人"（A Person）谐音。

③ 法国诗人兰波著有《醉舟》（*Le Bateau Ivre*），比利时作家梅特林克著有剧本《青鸟》（*L'Oiseau Bleu*，1909）。这里，作者把这两部作品的书名变换了位置，改为 *Le Bateau Bleu*（《青色的舟船》）和 *L'Oiseau Ivre*（《醉鸟》）。

④ 奥尔贡是法国剧作家莫里哀（Jean Baptiste Poquelin，1622—1673）的名剧《达尔杜弗》（*Tartuffe*，1664，亦译《伪君子》）中女主人公艾耳密尔的丈夫。达尔杜弗这个伪君子企图勾引艾耳密尔。埃尔迈拉是个真实的市镇，也是一所女子学院的所在地。

⑤ 邦珀是爱尔兰剧作家谢立丹（Richard Sheridan，1751—1816）的名作《造谣学校》（*The School for Scandal*，1777）中的一个人物。

斯·昆比"是谁①。任何一个具有德国姓氏、对于滥用宗教又稍有兴趣的弗洛伊德学说的忠实信徒，一眼就该看出"密西西比州埃里克斯市基茨勒博士②"的含意是什么。到此为止，一切还算不错。这类玩笑质量不高，但总的说来并不针对个人，因而也就无伤大雅。在那些引起我的注意的住宿登记中，有些本身是确凿无疑的线索，只在比较细微的方面叫我感到困惑，我不愿意提出许多，因为我觉得是在一团充满词语的幽灵的迷雾中摸索，这些幽灵也许会突然变成活生生的度假的人。谁是"俄亥俄州兰博尔市的约翰·兰德尔"？他就是那个笔迹恰好类似"纽约州卡塔吉拉市③的恩·斯·阿里斯托夫"的真实的人吗？"卡塔吉拉"里讽刺的是什么？"英格兰霍克斯顿的詹姆斯·马弗·莫雷尔④"又是怎么个人？"阿里斯托芬"，"骗局"——很好，但我没领会的是什么呢？

有种笔调贯穿在他使用的所有这些假名中，每当我一碰上，总叫我的心特别痛苦地怦怦乱跳。比如"纽约州日内瓦市的吉·特拉普"是洛丽塔背叛我的迹象⑤。"凯尔凯帕特岛的奥布里·比尔兹利"比那个混乱不清的电话留言更清楚地暗示应该到东部去寻找他们这种暧昧关系的起点。"宾夕法尼亚州梅里美市的卢卡斯·皮卡多⑥"，则旁敲侧击地表明我的卡尔

① 根据希腊神话，菲尼亚斯向伊阿宋提出了寻找金羊毛的指示。菲尼亚斯·昆比（Phineas Quimby, 1802—1866）则是美国在精神治疗领域中的一个先驱，生在新罕布什尔州的莱巴嫩。

② 基茨勒博士，原文是 Dr. Kitzler。Kitzler 是德文，意思是"阴蒂"。

③ "卡塔吉拉"是古希腊喜剧诗人阿里斯托芬（Aristophanes, 前 445—前 385）的喜剧《阿卡奈人》（The Acharnians, 前 425）中一个市镇的名称，意思是"嘲弄"。

④ 詹姆斯·马弗·莫雷尔（James Mavor Morell）是英国剧作家萧伯纳（George Bernard Shaw, 1856—1950）的剧本《康蒂妲》（Candida, 1894）中的一个主要人物。霍克斯顿是剧中的一个地名。"霍克斯"英文为 hoax，意思是"骗局"，所以下文那么说。

⑤ 亨·亨的亲戚特拉普是瑞士人。奎尔蒂知道后，选了一个在瑞士和美国同名的城市。

⑥ 卢卡斯是梅里美的小说《卡尔曼》中一个骑马斗牛士，也就是一个所谓的"皮卡多"。他是卡尔曼的最后一个情人。

曼已经向那个骗子泄漏了我那可怜的恋情。科罗拉多州多洛雷斯市的威尔·布朗①无疑十分刻毒伤人。那个阴森可怕的"亚利桑那州汤姆斯通市的哈罗德·黑兹②"（换个时间，这倒会引起我的幽默感）暗示他对这个姑娘的过去相当熟悉，这一点像梦魇似的有一刹那叫我想到我追踪的目标是她家的一位老朋友，也许是夏洛特以前的情人，也许是一个想要补救以前过错的人（内华达州谢拉市的唐纳德·奎克斯③）。然而最锋利的匕首还是切斯纳特旅馆住宿登记簿上变换词尾字母位置的那条记录："新罕布什尔州凯恩市的特德·亨特④"。

所有这些姓珀森的、姓奥尔贡的、姓莫雷尔的和姓特拉普的人在旅馆里登记的车牌号码都经过篡改，这只告诉我汽车旅馆的店主都不核对登录的旅客汽车牌号是不是准确。关于那个恶魔在韦斯和埃尔菲恩斯通之间租用的一些短程汽车的资料——填写得不是不完整就是不准确——当然毫无用处。他最初驾驶的那辆阿兹特克牌汽车的牌照闪烁着不断变动的数字，有的数字互换了位置，有的数字经过改动或省略，然而不知怎么，却总形成了相互关联的组合（比如"WS1564""SH1616""Q32888"或"CU88322"⑤），不过，这些组合都设想得那样精巧，从来不会暴露出它们

---

① "布朗"原文是 Brown，也意"褐色"。褐色是亨伯特最喜欢的洛丽塔身体的颜色。
② 哈罗德·黑兹是洛丽塔已故的父亲的名字。
③ 原文为 Donald Quix, 暗喻"堂吉诃德"（Don Quixote）。
④ "新罕布什尔州凯恩市的特德·亨特"，原文"Ted Hunter, Cane, NH"，是把"Enchanted Hunter"（"着魔的猎人"）一词的字母改变位置而成的。
⑤ 头两个牌照上的字母和数字，代表威廉·莎士比亚姓名的起首字母和生卒年月。后两个牌照上的字母代表奎尔蒂和他的爱称奎，而两行数字相加起来为五十二。亨·亨和洛丽塔在路上走了一年——也就是五十二个星期。根据雷写的《序文》，洛丽塔、亨伯特·亨伯特和奎尔蒂都死于 1952 年。

共同的命名人①。

我忽然想到，他在韦斯把那辆折篷汽车交给他的同伙，自己改用短程出租汽车的方式以后，接替他的人也许没有他那么小心，会在哪家旅馆的办公室里把那些相互关联的数字的原型写出来。然而，如果沿着我知道的那个恶魔所走的路去寻找他已经是一件如此复杂、迷茫、徒劳无益的工作，那么，想要追踪不知其走哪条道路的不知其名的汽车驾驶人，我又能指望得到什么呢？

---

① 亨·亨和奎尔蒂都不可能意识到五十二这个数字的象征意义；只有一个人可以，"它们共同的命名人"，当然是指作者。

二四

现在我相当详尽地把那段痛苦的经历概述了一遍。等我就在当时那种心情下抵达比尔兹利的时候，头脑里已经形成了一个完整的形象，并且经过——总有风险的——删汰剔除，把这个形象归结到病态的思考和迟钝的回忆所能给予它的唯一具体的源头。

除了里戈尔·莫蒂斯牧师（女学生们都这么叫他）和一位教选修的德文和拉丁文课的老先生外，比尔兹利中学里没有正式的男教师。只有两次，比尔兹利学院的一个美术课的教师曾经到学校里来把法国城堡和十九世纪绘画的幻灯图片放给女学生看。我曾想要去看看放的幻灯图片，听听讲解，但多莉像她惯常的那样，请求我别去，就是这么回事。我还记得加斯东有次提到这个教师，说他是一个才华横溢的 garçon①；但也仅此而已。这个爱好城堡的人的姓名，我想不起来了。

在决定采取行动的那天，我冒着冻雨，走过校园，来到比尔兹利学院梅克楼的问询处。在那儿我打听到这个家伙姓里格斯（跟那个牧师的姓很像），是一个单身汉，他正在"美术馆"里上课，再过十分钟就会从那儿出来。在通向礼堂的走道里，我在一张简陋的云石长凳上坐下，这张长凳是塞西莉亚·达尔林普尔·兰布尔捐赠的。我小便处感到不舒服，醉醺醺的，十分瞌睡，坐在那儿等候，枪揣在雨衣口袋里，紧紧握在我的手中；这时我突然想到自己真是发狂了，就要干出一件愚蠢的事。艾伯特·里格斯助理教授要把我的洛丽塔藏在他在比尔兹利普里查德街二十四号的家里，这种可能几乎根本没有。他不可能是那个恶棍。这真荒谬绝伦。我不但浪费了时间，而且还丧失了理智。他和她在加利福尼亚州，根本不在这儿。

不久我发现在几座白色雕像后面，隐隐约约地起了一阵骚动。有扇门——不是我一直盯着的那扇——轻快地打开了，一个秃脑袋和两只明亮的褐色眼睛在一群女学生中晃动着朝前逼近。

他在我眼里完全是个陌生人，但他却执意认为我们在比尔兹利中学的一次露天招待会上见过面。我那打网球的可爱的女儿好吗？他还有一节课，课后会来找我。

另一次识别查证的努力解决得没这么迅速：凭借洛的一本杂志上的广告，我放胆跟一名私人侦探取得了联系，他以前是个拳击手。我只让他了解了一点儿那个恶魔所采用的方法随后就把我所收集到的那类姓名和地址告诉了他。他索取了一笔数目可观的保证金，于是整整两年——两年，读者啊！——这个笨蛋都忙着查核那些毫无意义的材料。我早就断绝了跟他一切金钱上的关系，有一天他却得意洋洋地来了，告诉我有个名叫比尔·布朗的八十岁的印第安人住在科罗拉多州的多洛雷斯附近。

---

① 法文，家伙。

二五

　　这部书讲的是洛丽塔；既然我已讲到可以被称作"Dolorès Disparue[①]"的部分（如果我没有被另外一个内心燃烧的殉道者抢先一步的话），再去分析接下去那三个空虚的年头也就没有什么意义。虽然有几个有关的问题得记录下来，但我希望传达的总的印象就是在生命力最旺盛的时刻，忽然哗啦一下子打开一扇边门，一股呼啸的黑暗的时光奔腾而来，带着迅猛的疾风盖没了孤独的大难临头的哭喊。

　　说来奇怪，我难得梦见洛丽塔，要有的话，也不像我记得的她的那副样子——不像我在白天做噩梦、夜晚失眠的时候脑海里有意识地经常着魔似的见到她的那副样子。说得明确点儿，她确实经常出现在我的睡梦中，但她经过古怪可笑的乔装改扮，样子就像瓦莱丽亚或夏洛特，或者兼有她们俩的体貌。这个合成的幽灵总来到我的面前，在一种十分忧郁、叫人厌恶的气氛中换下一件件衣服，还会带着懒洋洋的撩人的姿态倚靠在一条狭窄的木板或硬靠椅上，肉体半遮半露，好似一个足球球胆的橡皮活门。我总发现自己待在讨厌的 chambres garnies[②] 里，假牙断裂了或者束手无策地忘了给搁在哪儿，我应邀参加那儿的一些单调乏味的解剖活体动物的宴会，那种活动的结尾总是夏洛特或瓦莱丽亚依偎在我血淋淋的怀抱中哭泣，受到我那兄弟一般的嘴唇充满温情的亲吻；在这种颠倒错乱的梦境中有受到拍卖的维也纳的小摆设，有怜悯也有阳痿，还有刚刚喝醉酒的非常可怜的老妇人的褐色假发。

有一天，我把一大堆青少年看的杂志从汽车上搬出来，全部毁掉。你知道那种杂志。它们在本质上还是石器时代的，而在卫生保健方面倒很能跟上时代，至少达到了迈锡尼时代③的水平。一个漂亮的、体态丰满的女演员，长着长长的睫毛和柔软、鲜红的下嘴唇，为一种洗发剂做宣传。广告和时尚。年轻的学者十分喜爱衣服有大量褶裥——que c'était loin, tout cela！④提供晨衣是你女主人的义务。毫无关联的琐事使你的谈话失去活力。我们大家都知道什么是"剔牙的人"——就是在办公室的宴会上剔去她皮肤表皮的人。除非一个男人年纪很大或地位重要，否则他在跟一个女人握手前应该先脱掉手套。穿"令人激动的新型腹兜"会招来风流韵事。勒束肚皮，收紧臀部。爱情影片中的特里斯丹⑤。是，先生！乔－罗婚姻之谜引得爱拉呱儿的人说长道短。快速、节俭地美化自己。连环漫画杂志。坏女孩儿黑头发，叼着父亲的粗雪茄；好女孩儿红头发，留着爹爹剪短了的漂亮小胡子。或者那组画着那个大恶魔和他的妻子、一个小矮子的连环漫画。Et moi qui t'offrais mon génie...⑥我回想起她小时候我常写给她的那首相当有趣的打油诗："打油，"她总嘲弄地说，"一点儿不错。"

---

① 法文，失踪的多洛蕾丝。
② 法文，备有家具的房间。
③ 迈锡尼（Mycenae）是希腊南部的一座古城。迈锡尼时代约在公元前1500—前1100年。
④ 法文，这一切都多么遥远！
⑤ Tristram，英国亚瑟王传奇中著名的圆桌骑士。
⑥ 法文，我把我的才华都献给你……

松树和那只松鼠，荒野和那些野兔

都有某些并不引人注目的特殊习俗。

雄蜂鸟姿态优雅地急速高飞。

爬行的蛇把爪子揣在口袋里……

　　她其他的东西更不容易丢弃。直到一九四九年年底，她的一双旧的帆布胶底运动鞋、她穿过的一件男式衬衫、我从衣箱夹层里找出来的几条老式的蓝布牛仔裤、一顶皱巴巴的学生帽，以及诸如此类杂七杂八的宝物，还一直受到我的珍藏爱护，上面沾满了我的亲吻和雄人鱼的泪迹。后来，等我明白我的头脑快要爆裂的时候，我就把这些杂七杂八的东西收集到一起，加上原来存放在比尔兹利的东西——一箱书、她的自行车、旧外套、高统套鞋——在她十五岁生日那天，作为一个无名人士捐赠的礼物全部寄给了位于加拿大边境一个受到大风吹刮的湖岸旁的一所孤女院。

　　假如我去请教一个施行催眠术的能手，他也许会取得我头脑中的一些偶然的回忆，并把它们排列成一个合理的格局，这是很可能的。那些回忆，我已相当夸张地将其贯串在我的书里，即便如今我已知道该从过去的岁月中寻找什么，它们仍比呈现在我心头的要夸张得多。那时我觉得我只是跟现实失去了联系；我以前在魁北克住过一家疗养院，就在那儿度过了那年冬天余下的时光和第二年春天的大部分时间。后来，我决定先到纽约去了结一些个人事务，随后再到加利福尼亚州去彻底搜寻。

　　下面是我在疗养院里写的一首诗：

寻人啊，寻人：多洛蕾丝·黑兹。

头发：褐色。嘴唇：鲜红。

年龄：五千三百个日子。

职业：无或"小明星"。

你躲藏在哪儿，多洛蕾丝·黑兹？

你为什么要躲藏，我的宝贝儿？

（我在迷茫中呓语，我在迷宫中行走，

我没法子走出去，欧椋鸟说①。）

你在前往何处，多洛蕾丝·黑兹？

你乘坐的魔毯是什么牌子？

可是流行的"淡黄色美洲狮"？

你的汽车停放在哪儿，我那车上的小宝贝？

谁是你心目中的英雄，多洛蕾丝·黑兹？

仍是那些披着蓝色斗篷的明星中的一员？

哦，那气候温暖的日子，那棕榈成荫的海湾，

还有汽车、酒吧，我的卡尔曼！

哦，多洛蕾丝，那自动唱机多么叫人伤感！

---

① 这里用的是英国小说家斯特恩的长篇小说《多情客游记》(*Sentimental Journey*, 1768) 中的一句话。牧师约里克访问巴黎时，对巴士底狱并不十分重视，他却注意到一只关在笼里、会说话的欧椋鸟。"我没法子走出去，"欧椋鸟说。他也无法把那只鸟放出去。鸟儿反复说的这句话，成为奴役和囚禁的象征。

你还在跳舞吗，我的宝贝儿？

（两人都穿着磨损的牛仔裤、破了的圆领运动衫，

而我，在墙旮旯儿里，怒吼咆哮。）

快活啊，快活，性情乖僻的麦克费特

带着十分年轻的妻子周游美国，

坐着他的"莫利"在各州奔驰，

在受到保护的野生动物中生活。

我的多莉，我为之疯魔的人儿！她的眼睛是灰色的，

我亲她，她也从不把眼睛闭上。

知道一种名叫 Soleil Vert[①] 的古老香水吗？

你是巴黎人吗，先生？

L'autre soir un air froid d'opéra m'alita:

Son fêlé — bien fol est qui s'y fie!

Il neige, le décor s'écroule, Lolita!

Lolita, qu'ai-je fait de ta vie? [②]

怨恨得要死，后悔得要死，

---

① 法文，绿日。

② 法文，那天晚上，从歌剧院刮来的一股寒风逼得我上床就寝：／它断断续续——凡是信任它的人都是傻瓜！／天下着雪，舞台布景倒塌了，洛丽塔！／洛丽塔，我把你的一生怎样糟蹋了？

洛丽塔·黑兹，我快要死了。
又一次我举起满是汗毛的手，
又一次我听见你在哭喊。

警官啊，警官，他们朝那儿走了——
在雨中，就是那家亮着灯的铺子！
她的短袜是白色的，我非常爱她，
她的姓名就是多洛蕾丝·黑兹。

警官啊，警官，他们就在那里——
多洛蕾丝·黑兹和她的情人！
拔出你的手枪，跟着那辆汽车。
现在跳出车去，赶快隐蔽。

寻人啊，寻人：多洛蕾丝·黑兹。
她那朦胧的灰色目光从不畏缩。
九十磅就是她的全部体重，
她的身高是六十英寸。

我的汽车缓慢吃力地前进，多洛蕾丝·黑兹，
最后一段长路又最为艰辛，
我将被抛弃在野草腐烂的地方，
余下的只是铁锈和星尘。

用精神分析法来看这首诗，我发现它真是一个狂人的杰作。这些僵硬、刻板、过分渲染的韵脚跟精神病患者在他们精明的训练人设计的测试中所画出来的某些没有透视法的糟不可言的景物和形象及经过放大的景物和形象非常一致。我还写了其他许多诗。我也沉浸在别人的诗里。然而我一刻也没有忘记复仇的重任。

　　要是我说，失去洛丽塔给我的打击，治好了我对少女反常的性欲，那我就是个无赖，要是读者相信了这句话，那他就是个傻瓜。不论我对她的爱受到什么影响，我那该受诅咒的本性却难以改变。在操场和海滩上，我那邪恶的、鬼鬼祟祟的眼睛总要违背我的意愿，仍去努力寻找闪现出的性感少女的四肢，努力寻找洛丽塔的侍女和捧花少女的那些隐秘的象征。不过我心中的一个基本的幻象已经消逝。现在我再也不想着可能跟一个（具体的或假想的）小姑娘在什么偏僻的地方获得幸福；我的想象力的利齿再也不会伸向待在记忆中遥远的岛屿的港湾里的洛丽塔的姐妹。那一切都结束了，至少眼下如此。另一方面，唉，两年过度的放纵生活让我养成了某些肉欲的习惯：我担心如果放学和晚餐之间在一条小路上偶然碰到一次诱惑，自己生活于其中的这片空虚会使我陷入突然癫狂的无法无天的状态。我受到孤寂的侵蚀。我需要有人陪伴和照料。我的心脏是一个歇斯底里、不大可靠的器官。里塔就是这么给牵扯进来的。

二六

　　她的年龄比洛丽塔的大一倍，是我年龄的四分之三：一个身材瘦小、头发漆黑、皮肤苍白的成年人，体重一百零五磅，长着两只妩媚但不大对称的眼睛，她的侧面棱角分明，好似迅速勾勒出来的；她柔软的脊背上有着最迷人的 ensellure①——我猜她有点儿西班牙人或巴比伦人的血统。五月里一个堕落的夜晚②，我在蒙特利尔和纽约之间，或者说得范围狭小一点，在托伊莱斯镇和布莱克之间一家名叫"灯蛾"的炽热而暗淡的酒吧里结识了她。当时她喝醉了酒，显得相当亲切；她坚持说我们过去是同学，还把她的一只颤抖的小手放在我那粗大的手掌上面。我只感到微微有点儿兴奋，但我决定给她试试；我这么做了——收下她作为一个忠实的伴侣。她那么善良，里塔，是那么个随和开朗的人，因此我想仅仅出于友好和同情，她就会把自己献给任何一个可怜的生灵或感伤的谬误，比如一棵折断的老树或一只失去配偶的豪猪。

　　我头一次遇见她的时候，她刚和她的第三个丈夫离婚——新近又刚被她的第七个 cavalier servant③抛弃——其他的人，那些见异思迁的人，实在太多、太不固定，无法加以统计。她的哥哥过去是——而且无疑现在仍然是——热情支持他们那个爱好打球、爱读《圣经》、处理谷物的家乡市镇的一个脸色苍白、系着吊带、打着色彩鲜艳的领带的重要政客和市长。过去八年，他每月付给他那了不起的小妹妹好几百块钱，但有个十分苛刻的条件，就是她永远永远也不能再踏进了不起的小格兰因鲍尔④市。她惊讶悲叹地告诉我，不知出于什么该死的缘故，她交的每个新的男朋友总首先要带她去格兰因鲍尔：那个地方具有致命的吸引力；而且在她还没明白是怎么一回事的时候，就发现自己给吸进了那个市镇的月牙形轨道，并且顺着给泛光灯照得通明的环绕那个市镇的车道——"绕了一圈又一圈"，用她的话说，"就像桑树上一只该死的蛾子"。

她有一辆漂亮的双门厢式小客车。我们坐着它去加利福尼亚州旅行，好让我那辆老汽车休息一下。小客车的正常速度是每小时九十英里。亲爱的里塔！从一九五〇年夏天到一九五二年夏天，我们一块儿漫游了暗淡无光的两年。她是我能想象出的最最和蔼、纯朴、温柔、寡言少语的里塔。跟她相比，瓦莱契卡⑤是施莱格尔，夏洛特是黑格尔⑥。我找不出一点儿理由要在这部邪恶的回忆录的边沿轻率地谈论她，但我想说（嗨，里塔——无论你目前在哪儿，喝醉了酒还是酒醉以后头疼恶心，里塔，嗨！）她是我曾有过的最会给人安慰、最能领会我的意思的伴侣；要没有她，我肯定会落入疯人院。我告诉她我正在设法寻找一个姑娘，要去干掉她的情人。里

---

① 法文，（妇女的）脊柱曲线。
② 这是仿效英国诗人托·斯·艾略特的长诗《老年》中很有名的一句（第20行）："在堕落的五月，山茱萸和栗树，这些开花的叛徒。"
③ 法文，贵妇人的男伴。
④ 格兰因鲍尔，原文为 Grainball，意思是"谷物球"。
⑤《瓦莱丽亚》的昵称。
⑥ 施莱格尔（Friedrich Schlegel, 1772—1829）和黑格尔（Friedrich Hegel, 1770—1831）都是德国哲学家，这里是用他们的姓名来押韵，并无其他意义。

塔神情严肃地同意了这个计划——而且在她独自在圣亨伯蒂诺周围展开的一次调查中（实际上她什么都没弄清楚），自己也被一个相当恶劣的骗子缠住了；我费了很大的劲儿才把她救回来——她疲惫不堪，浑身是伤，却仍很自负。后来有一天，她打算用我的神圣的自动手枪去玩俄罗斯式轮盘赌①。我说不行，这不是一把左轮手枪；我们你争我抢，结果后来枪走了火，在小屋的墙上打了个窟窿，从里面喷出一道十分滑稽的细溜溜的热水。我还记得当时她发出的尖利的笑声。

她背部那奇特稚嫩的曲线，她那米白色的皮肤，她那慢悠悠的柔媚的鸽子似的亲吻，使我不再瞎胡闹。并非如同有些骗子和巫医所说的那样艺术天资是性的次要特征，实际情况正好相反：性不过是艺术的附属品。它是一种相当神秘的狂欢，具有我一定注意到的十分有趣的影响。我早已放弃了搜寻：那个恶魔不是在鞑靼区就是在我的小脑中给焚毁了（那股火焰被我的幻想和悲伤扇得很旺），他当然不会让多洛蕾丝·黑兹到太平洋沿岸去参加网球锦标赛。有天下午在我们返回东部的途中，我们下榻于一家令人惊骇的旅馆，就是人们在那儿举行会议的那种旅馆，在那儿，别着标签、肥肥胖胖、面色红润的男人摇摇摆摆地走来走去，他们彼此直呼其名，做着买卖，开怀畅饮——亲爱的里塔和我一觉醒来，发现我们的房里多了一个人，一个金发碧眼、好像得了白化病②的小伙子，他长着白色的眼睫毛，两只大大的耳朵通明透亮。我和里塔两个人都想不起在我们凄惨的生活中曾经见过他。他穿着一件厚厚的肮脏的内衣，满身是汗，脚上

---

① 俄罗斯式轮盘赌，赌时在左轮手枪中仅装一发子弹，然后转动旋转弹膛，举枪对准自己的头并扣动扳机。
② 白化病是一种先天性疾病，患者体内缺乏色素，毛发都呈白色。

仍旧穿着一双旧式军用长靴，躺在我那贞洁的里塔那边的双人床上，鼾声大作。他有一颗门牙已经掉了，脑门上长着一些琥珀色的脓包。里托契卡①把她那柔美多姿的裸体用我的雨衣裹住——这是她手边可以拿到的头一样东西；我则匆忙穿上一条条纹图案的长内裤；我们察看了一下当时的情况。五个杯子都给用过了，从迹象看，他是钱多得不知怎么花了。房门没有完全关好。一件毛线衫和一条软塌塌不成样子的棕褐色裤子扔在地板上。我们摇晃着这身衣裤的主人，使他痛苦地清醒过来。他什么都记不起来，只用一种里塔听出是纯正的布鲁克林口音怒气冲冲地暗示说我们用某种方式窃取了他（毫无价值）的身份。我们催他穿好衣服，把他送到最近的一家医院，路上我们发现，不知怎么，经过一些事后都不记得的七弯八转以后，我们竟然到了格兰因鲍尔。半年以后，里塔给那位大夫写信去打听那个病人的消息。杰克·亨伯逊（别人都这么粗俗地称呼他）仍对自己的过去一无所知。噢，摩涅莫绪涅②，你这众女神中最可爱、最顽皮的女神！

要不是因为这件事引起我一连串的想法，我本来是不会提的；那些想法最终导致我在《坎特里普③评论》上发表了一篇题为《米密尔④与回忆》的文章。在那篇文章中，除了那份出色的刊物善意的读者认为新颖、重要的观点以外，我还提出了一种感性时间的理论，这种理论依据的是血液循环，并且在概念上取决于（为了装满这个小小的容器）人的头脑不仅

---

① 里塔的爱称。
② Mnemosyne，希腊神话中的记忆女神，宙斯化作牧人和她生了缪斯女神。
③ 坎特里普，原文为 Cantrip，意思是"符咒"。
④ 米密尔（Mimir）是北欧神话中守卫智慧之泉的巨人，居住在象征宇宙的大树伊格德拉西尔（Yggdrasill）根旁的那口井里。

对物质具有清醒的意识，而且对其自身也有清醒的意识，从而在两点（可储存的未来和已储存的过去）之间产生一种连续不断的联系。由于这番尝试——以及我先前的 travaux① 给人们留下的印象正达到顶点——我从纽约给邀请到四百英里外的坎特里普学院去任教一年；当时我和里塔正住在纽约的一套小公寓里，从公寓的窗口望出去可以看到在下面远处中央公园一个有喷泉的凉亭里洗淋浴的那些晶莹闪亮的孩子。从一九五一年九月到一九五二年六月，我就住在那所学院里专供诗人和哲学家居住的公寓里。我不希望让里塔出头露面，所以她沉闷单调地住在——多少有点儿不体面，我想——公路旁的一家小旅馆里，我一个星期去看她两次。后来她不见了——比在她之前的那一位所做的来得人道一些：一个月以后，我在当地的监狱里找到了她。她 très digne②，阑尾给切除了，还努力让我相信她被指控从一位罗兰·麦克拉姆太太那儿偷的那件漂亮的浅蓝色毛皮大衣实际上是罗兰本人自动送给她的礼物，尽管当时罗兰有点儿醉醺醺的。我并没有向她那性情暴躁的哥哥求助，就顺利地把她保了出来，而后我们就开车返回中央公园西区，路上经过布赖斯兰，前一年我们曾在那儿停留过几个小时。

我突然莫名其妙地起了一阵想要再现我和洛丽塔在那儿停留的时光的冲动。我正进入一个新的生活阶段，放弃了追踪她和拐骗她的人的一切希望。眼下，我试图再退回到往日的情境中去，以便保存在回忆中还可以保存的一切。souvenir, souvenir que me veux-tu?③ 已经可以感到几分秋意。汉

---

① 法文，著作。
② 法文，神态显得十分端庄。
③ 这是法国诗人魏尔伦写的诗篇《一去不返》（*Nevermore*）中的第一句，意思是"回忆啊，回忆，你要我怎样？"

伯格教授① 寄了一张明信片，要求订一个有两张床的房间，很快得到了表示歉意的答复。房间都住满了，只有一个没有浴室的地下室房间，有四张铺。他们认为我不会要。他们的信笺抬头是这样的：

着魔的猎人

靠近教堂　没有恶狗

供应所有合法的饮料

我可不知道最后这句话是否靠得住。所有吗？比如说他们有人行道上的石榴汁糖浆吗？我也不知道一个猎人，不管他着了魔还是没有着魔，会不会更需要一头猎犬而不是教堂里的一个座位。我带着一阵痛苦回想起与一个伟大的艺术家相称的一个场景：petite nymphe accroupie②；只是那条毛皮光滑的长耳猎狗也许受过洗礼③。不——我觉得我忍受不了重新光顾那个旅馆大厅所会带来的痛苦。在气候温和、秋色斑斓的布赖斯兰的其他地方，也许更有可能重新领略过去的时光。我把里塔留在一家酒吧里，自己前往市立图书馆。一个叽叽喳喳的老处女非常乐意帮我从装订好的《布赖斯兰日报》中找出一九四七年八月中旬的那一本，不一会儿，我就待在一个僻静的角落，在一盏没有罩子的灯下翻阅那巨大的、发脆的一页页报纸，手里的这卷报纸合订本像棺材似的黑漆漆的，几乎像洛丽塔那么大。

---

① 即亨·亨伯特。

② 法文，蹲着的性感少女。

③ 旅馆一般规定"不得带狗进入"，所以在第一部第二七章中，洛丽塔和那位太太的狗玩耍时，亨伯特感到纳闷，不知旅馆的规定是否修改过，可以接待信奉基督教的狗。

读者！Bruder①！这个汉伯格是个多么愚蠢的汉伯格啊！因为他的过于敏感的机体不愿面对实际的场面，他便以为至少可以欣赏其隐秘的一部分——这叫人想起在一个被洗劫一空的凄惨的村子里，实施强奸的队列中的那第十个或第二十个士兵把姑娘的黑色披巾摔到她苍白的脸上，好在发泄军人的兽性时看不见那双叫他难以忍受的眼睛。我渴望看到的就是刊登在报上的那张照片，当时《日报》的摄影记者正全神贯注于布雷多克博士和他的小组，碰巧把我这个擅自闯入的人的形象也拍摄在内。我热切地希望找到那个艺术家作为一个年轻的色鬼保存着的那张照片。就在我邪恶地摸向洛丽塔的床的时候恰巧给一架并无恶意的照相机拍了下来——对摩涅莫绪涅来说，这个场面多富有吸引力啊！我说不清我的这股冲动的真正性质。我觉得也许跟那种叫人神魂颠倒的好奇心有关；它促使一个人在一天清早处决罪犯的时候拿起放大镜仔细察看那一个个黯淡的小小的身影——简直就是一幅静物画，每个人都好像马上要举起手脚，而那个病人的神情在图片上则看不清楚。不管怎么说，我确实气吁吁的，而那本末日审判的大书的一只角在我翻阅浏览的时候则老是戳着我的肚子……《蛮力》和《着魔》②要在二十四日、星期天在两家剧院同时上映。独立的烟草拍卖商珀多姆先生说自从一九二五年起，他一直抽 Omen Faustum③ 牌香烟。大个儿汉克和他那娇小的新娘就要到尺蠖街五十八号雷金纳德·金·戈尔夫妇家去做客。某些寄生生物的大小是寄主的六分之一。敦刻尔克在十世纪时修筑了防御工事。女式短袜三毛九。系带浅帮鞋三块九毛八。酒、酒、

---

① 德文，兄弟。
②《蛮力》（*Brute Force*）是美国环球影片公司 1947 年制作的一部影片。《着魔》（*Possessed*）是美国华纳影片公司 1947 年制作的一部影片。
③ 拉丁文，系香烟牌子，意思是"鸿运"。

酒，不肯让人拍照的《黑暗时代》的作者[1]俏皮地说，可能适合一只波斯的噗噗吐泡的鸟，但我要说，为了玫瑰花和灵感，每次都给我雨、雨、雨，打在木瓦屋顶上的雨。酒窝是因皮肤黏附在较深的组织上而形成的。希腊人击退了游击队一次来势迅猛的突袭——还有，啊，终于找到了，一个穿着白衣服的小人儿，穿着黑衣服的布雷多克博士，但不管挨着他那宽大的身躯的是个什么鬼怪的肩膀——我却看不出哪一个是我。

我去找里塔，她带着 vin triste[2] 笑容把我介绍给一个身材矮小、形容枯槁、蛮横强硬的老头儿，说这位是——他叫什么来着，孩子？——她以前的同学。他想要留住她，在接着发生的那场小小的扭打中，我的大拇指触到他坚硬的脑壳，弄得很疼。我带她走到寂静的、色彩缤纷的公园里，让她呼吸点儿新鲜空气，她抽抽搭搭地哭起来，说跟所有别的男人一样，我很快、很快也会离她而去。于是我给她唱了一首情意绵绵的法国民歌，又即兴诌了几句诗哄她开心：

> 这个地方名叫"着魔的猎人"。告诉我：
> 你的幽谷赞同用何种印第安染料，
> 戴安娜，来使景物如画的湖泊化作
> 蓝色的旅馆门前一片血红的树木？

她说："旅馆明明是白的，为什么说成蓝的，到底为什么说成蓝的？"接着又哭起来，我领着她走到汽车旁边，随后我们驾车往纽约开去。不

---

① 指奎尔蒂。
② 法文，喝醉酒后忧伤的。

久，她高高地站在我们公寓的小阳台的烟雾中，又变得相当快乐。我发现不知怎么，我把两件事搅和在一块儿了：一是我和里塔去坎特里普的路上在布赖斯兰的游览，二是返回纽约的途中我们又路过布赖斯兰；不过那儿所弥漫的那些炫目的色彩可不会在艺术家的回忆中受到轻视。

二七

我的信箱安在门道里，那种信箱，旁人从玻璃投信口中可以瞅见里面有没有邮件。先前已经有好几次，五颜六色的光透过玻璃，照在信箱里一个陌生的笔迹上，竟把这种笔迹幻化得颇像洛丽塔的笔迹，这使我靠着附近的一只瓮几乎倒下，几乎以为那就是我的骨灰瓮。每逢遇到这种时候——每逢她那可爱的、环形的、稚气十足的潦草笔迹又可怕地变成跟我通信的少数几个人中某一个人呆板的笔迹时——我总带着十分苦涩的乐趣回想起在见到多洛蕾丝以前我那毫无猜疑之心的过去的岁月，那时，我总被对面一扇珠光闪闪的窗户引入歧途，我的鬼鬼祟祟的目光，我那可耻的恶习的永远警觉的潜望镜，总会远远看到窗户里一个半裸体的性感少女在梳理她那头"漫游奇境的爱丽丝"式的秀发时的静止的动作。正因为这个幻象可望而不可即，又不可能凭借知道一个附带的禁忌而去对它加以破坏，所以在这个火热的幻影中有一种无上的完美，它使我心头狂热的喜悦之情也变得完美无缺。确实，未成年的少女所以对我具有魅力，也许并不怎么在于她们纯洁、幼小、不得接近的小仙女似的美貌有多清明澄澈，而在于那种情况的安全性，因为在那种情况下，无限的完美填补了极少的赐予和极多的许诺之间的空白——那许多永远也得不到的灰色玫瑰。Mes fenêtres①！我高高地对着斑驳的斜阳和正在兴起的苍然暮色，咬紧牙齿，把我欲望中的所有恶魔都聚集到一座颤动的阳台的栏杆上：阳台随时会在杏黄、乌黑的潮湿的夜晚飞走，它真的飞走了——于是那个发亮的形象移动起来，夏娃又重新成为一根肋骨②，窗户里的一切就会化为乌有，只剩下一个部分身体还裸露着的胖男人在看报纸。

　　在我的幻想和自然的现实所展开的竞赛中有时我会取胜，因此这种骗局还是可以忍受的。遇到机缘参与这种冲突，并且剥夺了本来我会得到的微笑时，不堪忍受的痛苦就开始了。"Savez-vous qu'à dix ans ma petite était folle de vous？"③在巴黎的一次茶会上，跟我交谈的一个女人这么说。那个petite④刚刚结婚，住在很远的地方；而我却甚至记不得十二三年以前，自己在那个紧挨着网球场的花园里是否曾注意过她。现在，同样，未来闪亮的启示、现实的承诺，一个不但引诱人去照着做而且应当高尚地予以遵守的承诺——所有这一切，机缘都拒绝给我——机缘跟那个脸色苍白、招人喜爱的作家向小人物的转变都起了作用。我的幻想既是普鲁斯特式的，又是普罗克拉斯提斯式的⑤；一九五二年九月下旬的那天上午，在我下楼去摸索信件的时候，跟我关系很不好的那个矮小机灵、脾气暴躁的看门人开始抱怨说有个新近送里塔回家来的男人在门前的台阶上"呕吐了很多东

---

① 法文，我的窗户。
② 《旧约·创世记》第2章："耶和华上帝使他（那人）沉睡，他就睡了，于是取下他的一条肋骨，又把肉合起来。耶和华上帝就用那人身上所取的肋骨，造成一个女人。"
③ 法文，你知道吗，我的小女儿十岁的时候就发疯似的爱上了你？
④ 法文，小姑娘。
⑤ 普鲁斯特的创作强调生活的真实和人物的内心世界。普罗克拉斯提斯（Procrustes）是希腊神话中的一个巨人，羁留旅客，缚之床榻，体长者截其下肢，体短者拔之使与床齐。这句话的意思是指"我的幻想"既有强调真实的一面，又有极其主观的一面。

西"。我一边听着他的话，一边给了他一点儿小费，接着继续听他对这桩事改头换面、比较斯文的复述，我的印象是那个该死的邮差送来的两封信中有一封是里塔的母亲（一个疯疯癫癫的小女人）写来的。我们曾到科德角① 去看过她一次，不管我住址怎么变动，她一直给我来信，说她女儿跟我多么般配，如果我们结婚，会有多好；另一封信我在电梯上拆了开来，匆匆看了一遍，原来是约翰·法洛写来的。

我常常注意到，我们都喜欢把文学作品中的人物在读者心中所获得的那种固定的模式赋予我们的朋友。不论我们把《李尔王》重新翻开多少次，我们都决不会发现那个好心的国王跟他的三个女儿和她们的叭儿狗快活地重新相聚，在欢乐的宴会上丁丁当当地碰着杯子，饮酒作乐，把所有的不幸都置诸脑后。爱玛也决不会恢复体力，因为福楼拜的父亲及时的泪水里那同情的盐分而起死回生② 。任何一个受到喜爱的文学作品中的人物，不论他在书中有了什么发展变化，他的命运在我们的头脑中已经定型。而且同样，我们也期望我们的朋友遵循我们为他们所定下的这个或那个合乎逻辑的、传统的模式。因此 X 就再也写不出那首不朽的乐曲，因为那与他让我们已经习惯了的那种二流交响乐曲相互抵触。Y 也决不会犯杀人罪。Z 在任何情况下也决不会出卖我们。我们把这一切都在脑子里安排好了，我们平时见到某个人的机会越少，每次听到说起他的时候检验一下他是多么依头顺脑地与我们对他所抱的看法相符，我们就越是感到满意。任何一点对于我们所规定的命运的偏离都会叫我们觉得不仅反常，而且不道德。我们的邻居，那个退休的热狗摊摊主，要

① 美国马萨诸塞州东南部的一个半岛。

② 这是指《包法利夫人》第 3 部第 8 章。在这一章里，药剂师郝麦和爱玛的两个大夫包法利和卡尼韦发疯般地想救她的生命。他们找来了高明的拉里维耶大夫，但是他也束手无策。爱玛的父亲卢欧老爹（"福楼拜的父亲"，因为福楼拜说"爱玛·包法利？ 就是我！"）在她死后才赶到。他的眼泪不是很"及时"的（第 3 部第 9 章）。

是哪天结果发现他刚刚发表了他那个时代最伟大的诗集，那我们就会宁愿自己根本不认识他。

我说这一大堆话，无非是为了说明法洛那封歇斯底里的信叫我感到有多困惑。我知道他的妻子去世了，不过我当然以为在他虔诚的鳏居期间，他仍然会是以前那个呆板、稳重、可靠的人。现在他在信中写道，到美国来作了短暂的访问后，他又回到了南美洲，并且决定把他在拉姆斯代尔管理的不论何种事务全部移交给该市的杰克·温德马勒；温德马勒是我们俩都认识的一位律师。法洛似乎对于摆脱了黑兹家的那些"纠葛"感到特别宽慰。他又娶了一个西班牙姑娘。他戒了烟，体重增加了三十磅。他的妻子十分年轻，是一个滑雪冠军。他们不久就要到印度去度蜜月①。用他的话说，他正在"建立一个家庭"，因此往后他不会有时间来照管我的那些被他说成"十分奇怪、十分恼人"的事务。爱管闲事的人——看来他们有一大伙儿——告诉他小多莉·黑兹下落不明，而我却和一个声名狼藉的离了婚的女人住在加利福尼亚。他的岳父是一个伯爵，非常富有。好几年来一直租用黑兹家房子的那家人现在想把它买下来。他建议我最好赶快找到多莉。他摔断了一条腿。他在信里还附了一张照片，在智利的雪地里，他和一个穿着白色羊毛衫、皮肤浅黑的女子相视而笑。

我记得自己一边开门走进公寓房间一边说道：好啊，至少现在我们要去查找他们②了——这时另一封信开始用干巴巴的语调小声对我诉说：

---

① 原文是："They were going to India for their honeymonsoon." Honeymonsoon 一词系作者杜撰，其发音听上去跟 honeymoon soon 两个单词的发音一样，于是整个句子可理解为"他们不久就要到印度去度蜜月"；而若将 honeymonsoon 视作 honey monsoon，那就是"他们就要到印度去见识甜蜜的季风"了。

② 指洛丽塔和拐骗她的人。

亲爱的爹爹：

　　一切都好吗？我已结婚，就要生孩子了。我猜他会是个大个儿。我猜他正好会在圣诞节的时候出世。这封信真难写。我都快发疯了，因为我们没有足够的钱还债，随后离开这儿。狄克在阿拉斯加找到一份好的工作，正好是机械方面他那个专业的。我对这桩事就知道这么多，但这确实好极了。原谅我不把我们家的地址告诉你，但你可能还在生我的气，决不可以让狄克知道。这个市镇还不错。由于烟雾腾腾，你看不到那些低能儿。请给我们寄一张支票来吧，爹爹。有三四百元，或再少一些，我们就能对付过去，随便多少都表示欢迎，你可以把我的以前的那些东西卖掉，因为我们一旦到了那儿，金钱就会滚滚而来。请给我写信。我经历了许多困苦和忧伤。

　　　　　　　　　等着你回音的，

　　　　　　　　　多莉（理查德·弗·希勒太太）

二八

　　我又上路了，又驾着那辆蓝色的旧轿车，又是独自一人。在我看着那封信一边与它在我心中所引起的巨大的痛苦搏斗的时候，里塔依然熟睡未醒。她在睡梦中笑眯眯的，我瞥了她一眼，亲吻了一下她湿润的额头，就永远离开了她，留了一张亲切道别的字条，用胶布粘在她的肚脐上面——不然，她可能会看不到。

　　我说了"独自一人"吗？ Pas tout à fait.[①] 我有我那黑漆漆的小伙伴陪着我。刚到一个僻静的地方，我就排演起理查德·弗·希勒暴死的场面。我从汽车后部找出一件十分破旧、十分肮脏的灰色毛线衫，把它挂在一片静悄悄的林间空地旁的一根树枝上；我是从当时已经相去很远的公路转入一条林间小路，才开到这儿的。这项判决的执行，在我看来，似乎由于开枪时扳机有些滞涩而稍微受到了点儿影响，我不知道是不是该给这个神秘的玩意儿上点儿油，但最后认定我没有多余的时间。那件受到处决的旧毛线衫又回到了汽车上，现在它身上又多了几个窟窿。我给我那热乎乎的伙伴重新装好子弹后，继续上路。

　　那封信上的日期是一九五二年九月十八日（今天是九月二十二日），

她给我的地址是"科尔蒙特邮局留局待领"（不是弗吉尼亚，不是宾夕法尼亚，不是田纳西——反正也不是科尔蒙特——我把一切都遮掩起来了，我的宝贝儿）。经过多方打听，我才知道这是一个工业小镇，离纽约市大约八百英里。最初，我打算日以继夜地开去，但后来改变了主意，黎明时分，在离小镇还有几英里的一家汽车旅馆的房间里休息了两三个小时。我早已断定，希勒那个恶魔一定是个汽车推销员，也许在比尔兹利曾经让我的洛丽塔搭过车，从而认识了她——就是她去埃姆佩罗小姐家的路上自行车轮胎爆了的那天——从那以后，他就遇上了某种麻烦。那件受到处决的毛线衫的"死尸"躺在汽车后座上，不管我怎样改变它的外形，却总是显出特拉普－希勒的各种不同的轮廓——他身上的粗俗和叫人讨厌的和蔼样儿，于是为了抵消这种粗鄙腐朽的趣味，我决定把自己打扮得特别英俊潇洒，同时在闹钟清晨六点准点报时之前先把钟上的小旋钮按了下去。接着，我带着一位绅士要去决斗时所有的那种严格的具有浪漫色彩的精细态度检查了我整理好的文件，洗了澡，在我虚弱的身体上喷了点儿香水，刮了脸和胸部，挑了一件绸衬衫和一条干净的内裤，又穿上透明的灰褐色短袜，并庆幸自己还在衣箱里带了一些十分精美的衣服——比如，一件带着真珠质纽扣的背心、一条浅色的开司米领带等。

哎呀，我无法承受吃下去的早饭，但我把身体上的这种需求看作一种无关紧要的来得不巧的意外打发掉；我从衣袖里抽出一条薄纱手帕擦了擦嘴，接着用一块蓝色冰块护着心脏，嘴里含了一片药，裤子后面的口袋里藏着坚实的凶器，动作利索地走进科尔蒙特的一个电话亭（电话亭的小门

---

① 法文，并不完全如此。

嘎——嘎——嘎地响着），打电话给我从那本破破烂烂的电话簿上查到的唯一姓希勒的那个人——保罗，家具商。嗓音嘶哑的保罗告诉我他确实认识一个叫理查德的，是他的一个堂兄的儿子，他的住址是，让我想想，杀手街十号（我要找个假名儿也不会相差太远）。那扇小门又嘎——嘎——嘎地响起来。

杀手街十号是一幢分租房屋。我在那儿访问了好几个神色沮丧的老人和两个留着略带金黄的红色长发、邋遢得令人难以置信的性感少女（相当不实际地，只是为了好玩，我身上的那种古老的兽性又在到处寻找衣服穿得单薄的女孩子，等到杀了人后，什么都无关紧要，什么都可以放手去干了，我也许可以把她搂在怀里，紧紧抱一会儿）。不错，狄克·斯基勒尔[①]在这儿住过，但结婚后就搬走了。谁也不知道他的住址。"那家商店里的人也许知道，"有个男人低沉的声音从一个敞开的检修孔[②]里往外说道，我正好站在那个检修孔近旁，身边是两个细胳膊、光脚的小姑娘以及她们的头脑迟钝的祖母。我进错了一家商店，根本还没开口询问，一个小心谨慎的老黑人就摇起头来。我穿过马路来到一家凄凉黯淡的杂货店里，在那儿，经我请求，一位顾客帮我询问后，有个女人的声音从好像跟那个检修孔对应的地板下的一个木坑里喊道：猎人路，末尾那幢房子。

猎人路在好几英里以外一个更为萧瑟凄凉的地区，到处都是垃圾堆和臭水沟，满是蛀虫的菜园和简陋的小木屋，还有灰蒙蒙的细雨，血红色的泥浆，远处几个冒烟的烟囱。我在马路末尾那幢"房子"——一幢用护

---

① 原文是 Dick Skiller, 是 Schiller（希勒）稍微读走了点儿音，也是把 Dick's Killer（狄克的杀手）和街道的名称混合起来。

② 锅炉、下水道等供人出入进行检修、疏浚等的检修孔。

墙板搭起来的小木屋前面停下来；离这条路更远一些的地方还有两三幢类似的小木屋，四周是一片充满干枯的野草的荒地。屋子后面传来一阵丁丁当当的锤打声。有好几分钟，我一动不动地坐在我的旧汽车上，它既破旧又不坚实，现在到了我的旅程的终点，到了我那阴暗的目的地，终点，我的朋友们，终点，我的恶魔们。时间大概是两点左右。我的脉搏前一分钟还是每分钟四十下，下一分钟就变成了每分钟一百下。蒙蒙细雨滴滴答答地打在车盖上。我已把手枪移到裤子右边的口袋里。从房子后面跑出一条难以形容的杂种狗，惊讶地站住了，随后便和善地冲着我汪汪直叫，它的眼睛眯成一条缝，长满粗毛的肚皮上沾满了泥，它四处走了几步，又汪汪地叫起来。

二九

　　我下了汽车，砰的一声关上车门。这个声响在那个空虚的、没有阳光的日子里显得多么平淡，多么干脆！汪，那条狗漫不经心地叫一声。我按了门铃，铃声在我周身震响。Personne. Je resonne. Repersonne.①这些重复的毫无意义的词语是从多深的地方传来？汪，狗又叫了一声。一阵忙乱，一阵拖着脚步行走的声响，接着门咿呀一声开了。

　　高了两三英寸。一副粉红色框架的眼镜。新做的高高堆在头顶上的发式，显得变了样的耳朵。多么简单！这一刻，三年来我一直想象着的死亡竟变得那么简单，就像一块干枯的木柴。她显然怀着身孕，肚子很大。她的脑袋显得小了一点（实际只过去了两秒钟，但生命可以承受多少这样呆板僵立的持续时间就让我再给予多少吧），她那有着浅色雀斑的脸蛋儿瘦了下去，裸露的小腿和双臂失去了原来的棕褐色，因此那些细小的汗毛露了出来。她穿了一件褐色的无袖棉布连衣裙，脚上是一双十分邋遢的毡拖鞋。

　　"哎——咿——哟！"停了片刻，她带着惊讶而欢迎的语调这么喊道。

"你丈夫在家吗？"我手插在口袋里用嘶哑的声音问道。

我当然不能像有些人想的那样把她杀了。你知道我爱她。那是一见钟情的爱，是始终不渝的爱，是刻骨铭心的爱。

"进来吧，"她用热情、欢快的声音说。多莉·希勒紧靠着那扇用容易碎裂的干木板做的门，尽量缩紧身子（甚至还稍微踮起了脚），好让我走过去。她低头望着门槛，面带笑容，pommettes[2]饱满，双颊下陷，在木头门板上展开两条像掺了水的牛奶似的白色的胳膊，有一刹那就像给钉在十字架上。我走进屋子，没有碰到她那隆起的婴儿。多莉的气味儿，添了一点淡淡的油煎味儿。我的牙齿就像一个白痴的牙齿似的嘚嘚打战。"不，你留在外边。"（对那条狗说）她关上门，跟着我和她的大肚子走进那个极小的住所的客厅。

"狄克就在下边那儿，"她说，用一个无形的网球球拍指着，把我的目光从我们站在里面的这个单调乏味的客厅兼卧室引向厨房，穿过后门，一直引到后门外面一片相当质朴的场景上去：有个一时没有生命危险的黑头发的陌生年轻人，穿着工装裤，正背对着我，站在一把梯子上，把什么东西钉在他邻居家的小木屋旁边或就钉在他邻居家的屋墙上；那个邻居身子比较肥胖，只有一条胳膊，就站在下面抬头望着。

她从远处带着歉意解释了一下这种情形（"男人总归是男人"）；她要把他叫进来吗？

不用。

---

① 法文，没有人。我又按了一下门铃。还是没有人。
② 法文，颧骨。

她站在那个斜屋顶的房间中央，嘴里发出一些询问的"唔——唔"声，用手腕和手打着我熟悉的爪哇人的手势，在一阵短暂而幽默的客套中，请我在摇椅和长沙发（长沙发晚上十点以后就是他们的床）之间选择一样坐下。我说对她的手势"熟悉"，是因为有一天，在比尔兹利，她也曾用同一种手腕的舞姿欢迎我参加她的宴会。我们两个人在那张长沙发上坐下。说来奇怪，虽然她的姿色实际上已经消逝，但我却清楚地发觉，实在晚得无可救药地清楚地发觉，她显得有多么像——一直就多么像——波堤切利笔下那个黄褐色的维纳斯①——同样线条柔和的鼻子，同样隐约朦胧的姿色。我的手在口袋里轻轻地松开，又重新握了握枪尖；我那还没用过的武器裹在一条手帕里面。

"他不是我要找的那个家伙，"我说。

她眼睛里洋溢着的那种欢迎的神色消失了。她眉头紧皱，就像在从前痛苦的日子里那样：

"不是谁？"

"他在哪儿？快告诉我！"

"听着，"她说，把头歪向一侧，摇了摇，"听着，那件事你就不要再提了。"

"我当然要提，"我说。有一刹那——说也奇怪，整个会面中仅有这一刹那是顺利的、可以忍受的——我们都愤怒地望着对方，仿佛她仍然为我所有。

她是一个聪明的姑娘，立刻控制住自己的情绪。

---

① 见第 100 页注 ①。这里指的是波堤切利的代表作《维纳斯的诞生》。

狄克对那件乱糟糟的事儿什么都不知道。他以为我是她的父亲。他以为她从一个上等阶层的家庭里逃出来只是为了到一家小饭馆里去洗盘子。他对什么都信以为真。我为什么还要抖搂出那些污秽的丑事，把情况弄得比实际更不好受呢？

可是，我说她必须通情达理，她必须做个通情达理的姑娘（把她那个像个大鼓似的光肚子藏在那件薄薄的褐色连衣裙的下面），她必须明白如果她希望得到我这次来所给予的帮助，那么我至少得对情况有个清楚的了解。

"嗨，告诉我他的名字！"

她以为我早就猜到了。那是一个（她脸上露出一丝调皮的、忧伤的笑容）那么一个引起轰动的名字。我决不会相信的。她自己几乎也无法相信。

告诉我他的名字，我秋天里的美人儿。

她说那实在无关紧要。她建议我别再提了。我想不想抽支烟？

不，告诉我他的名字。

她十分坚决地摇了摇头。她觉得如今再去兴师问罪也太晚了，而且我再也不会相信那叫人难以相信的难以相信的情况——

我说我还是走的好，问候了她，见到她很高兴。

她说这实在没什么用处，她决不会说的，不过另一方面，毕竟——"你真的想要知道他是谁吗？好吧，就是——"

她耸起两根细细的眉毛，噘起焦干的嘴唇，柔和地、机密地、带着几分儿嘲弄、多少有点难以取悦但仍不无温情地用一种低低的吹口哨的声音说出了机敏的读者早就猜到的那个名字。

防水的。为什么我的脑海中蓦地掠过沙漏湖上那一瞬间的情景？[1]我，同样早就知道了这桩事，却始终没意识到。既不震惊，也不诧异。悄悄发生了交融汇合，一切都变得井然有序，成为贯穿整个这本回忆录的枝条图案，我编织这幅图案的目的就是让成熟的果子在适当的时候坠落下来；是的，就是怀着这种特定的、有悖常情的目的：即使你获得——她仍在说着，而我却坐在那儿，消融在美好无比的宁静之中——通过合乎逻辑的认识所带来的满足（对我最有敌意的读者如今也应该体会到这一点）使你获得那种美好无比的绝对的宁静。

正如我所说的，她一直在说着。现在她的话儿滔滔不绝。他是她为之疯魔的唯一的男人。那狄克呢？噢，狄克是个温顺的人，他们在一起十分幸福，不过她指的是一种完全不同的情形。而我嘛，当然了，从来就算不上什么？

她仔细端详着我，似乎一下子理解了这个难以置信——而且不知怎么令人厌烦、困惑而又毫无益处的——事实，就是穿着丝绒上衣坐在她身旁的这个冷淡、文雅、身材瘦长、四十岁的体弱多病的人，对她那青春发育期的身体上的每个毛孔和小囊都了如指掌，十分爱慕。她那失去光彩的灰色眼睛上奇特地戴着一副眼镜；我们那段可怜的恋情有一刹那映现在她的眼中，受到反思，随后就被抛开了，好像那是一个索然寡味的聚会，一次只有最乏味无聊的讨厌的人参加的阴雨天的野餐，一种单调的操练，一块与她童年有关的干泥巴。

我只设法挪动了一下我的一条腿，避开她的手漫不经心地能拍到的地

---

[1] 参看第一部第二〇章。

方——这是她的一种习惯动作。

她要我别再犯傻。过去的已经过去了。她觉得我是一个很好的父亲——姑且承认我是那样。说下去，多莉·希勒。

噢，我知不知道他认识她的母亲？他实际上是一个老朋友？他曾经上拉姆斯代尔看望他的叔叔？——噢，好几年前了——而且还在妈妈的俱乐部里讲过话，曾经当着大家的面，拉着她多莉的光胳膊，把她拖过去，抱到膝头，亲吻她的脸庞，当时她才十岁，对他大为生气？我知不知道两年以后在他住下写剧本的那家客店里，他看到了我和她？他写的剧本就是后来她在比尔兹利排练的那出戏。我知不知道——她相当可恶地岔开话题，要我相信克莱尔是个老婆子，也许是他的一个亲戚或以前的生活伴侣——而且，噢，韦斯《日报》曾刊登出他的照片，那是一次多么侥幸的脱险！

《布赖斯兰日报》却没有登他的照片。是啊，非常有趣。

不错，她说，这个世界只是一个又一个的谎言，要是有人把她的生活经历写得引人注目，谁也不会相信。

说到这儿，厨房里传来活跃、温暖的声音，狄克和比尔脚步沉重地走到那儿去找啤酒。他们在房门外看到了客人，狄克就走进客厅。

"狄克，这是我爹！"多莉喊道，声音响亮有力，让我感到全然陌生、新奇、欢乐、陈腐而悲伤，因为那个年轻人是个参加过一场遥远的战争的退伍军人，耳朵有点儿聋。

冷漠的蓝眼睛，乌黑的头发，红润的面颊，没刮胡子的下巴。我们握了握手。考虑周到的比尔显然为自己用一只手创造奇迹而感到得意，这时把他开好的罐头啤酒都拿了进来。他想要退出去。这是单纯朴实的人所有的十分得体的礼貌。留下来吧。一条啤酒广告。事实上我倒愿意他在这儿，希勒夫妇也一样。我换坐到那张不住颤动的摇椅上。多莉不断地把果汁软糖和土豆片拿给我吃，自己也起劲地嚼着。两个男人都望着她那穿着丝绒上衣、薄斜纹呢背心、虚弱、frileux①、瘦小、老派、年纪不大却面带病容、可能是一个子爵的父亲。

他们以为我是来住下的。狄克眉头紧皱，表明他在苦苦思索；随后提议他和多莉睡到厨房里一张备用的床垫上。我轻快地摆了摆手，告诉多莉我是去里兹堡，只是顺路前来看看，我会受到那儿的一些朋友和仰慕我的人的款待；多莉又特别大声地嚷着把我的话转达给了狄克。这时我们才发现，比尔剩下的那几个手指中有一个在出血（毕竟不是个创造奇迹的人）。她弯下身子去看那个男人的手，两个苍白的乳房间那道幽暗朦胧的乳沟显得多么具有女性气息，那种样子不知怎么我以前从没有见过！她把比尔领到厨房去给他包扎。有几分钟（肯定充满了人为的热情的那三四分钟短暂而又似乎永无穷尽的时间），只剩下我和狄克留在那儿。他坐在一张坚硬的椅子上，皱着眉头，按摩着他的两只胳膊。我产生了一种无聊的冲动，想用我那十分坚硬的长爪子把他冒汗的鼻翼上的那些黑头粉刺挤掉。他长着两只好看的、神情忧伤的眼睛，美丽的睫毛，雪白的牙齿。他的喉结很大，毛茸茸的。这些年轻、强壮的家伙！他们干吗不好好刮刮脸呢？他和他的多莉在那边那张长沙发上曾经尽情地交欢，至少也有一百八十次，也许次数还要多；在此之前——她究竟认识了他多久？并不嫉妒。真奇怪——一点儿也不嫉妒，只感到伤心和厌恶。他这会儿开始揉他的鼻子。我肯定他最后开口时，会说（微微地晃一下脑袋）："哦，她是个了不起的

_____

① 法文，怕冷。

孩子，黑兹先生。确实如此。而且她就要做一个了不起的母亲啦。"他张开嘴巴——呷了一口啤酒。这叫他镇定了一些——他继续一小口一小口地喝着，后来嘴边尽是泡沫。他是一个温顺的人。他曾用手握着她那佛罗伦萨式的乳房①。他的指甲黑乎乎的，断裂不齐，但指骨、腕骨以及结实、匀称的手腕却比我的好看得多。我的这双可怜的扭曲的手极其过分地伤害过太多人的身体，我无法为它们感到自豪。法国特性、多塞特乡巴佬的指关节、奥地利裁缝平板的指尖——这就是亨伯特·亨伯特。

很好。如果他不开口，我也可以保持沉默。确实，我很想在这把被制服的、吓得要死的摇椅里稍微休息一下，随后再开车去直捣那个畜生的巢穴②，不管它在哪儿——把手枪的包布向后拉掉，接着欣赏那扳紧扳机的美妙颤动：我一向是那个维也纳巫医③的忠实的小追随者。可是眼下我却对可怜的狄克感到过意不去，因为我已瞌睡蒙眬，就以这种方式生硬地阻止他说出他所能想出来的唯一一句话（"她是个了不起的孩子……"）。

"那么，"我说，"你们要去加拿大啰？"

厨房里，多莉正因比尔说的什么话或做的什么事而哈哈大笑。

"那么，"我高声叫道，"你们要去加拿大？不是加拿大"——我又高声叫道——"当然，我是说阿拉斯加。"

他慢慢地喝着杯子里的酒，一本正经地点了点头，答道："噢，我猜他的手是给罐子锯齿状的缺口割破的。他在意大利失去了他右边的胳膊。"

---

① 指波堤切利笔下的维纳斯。
② 指奎尔蒂的家。
③ 指弗洛伊德。

扁桃树正开着娇艳的紫红色的花儿。在那片点彩画①的紫红色中高悬着一条被炸掉的超现实主义的胳膊。手上刺着一个卖花姑娘。多莉跟手上缠了绷带的比尔又出现了。我忽然想到她那朦胧的、褐色的苍白的姿色一定叫那个残废的人十分兴奋。狄克宽慰地咧嘴笑着站起身来。照他看，他和比尔得回去把那些电线装好。照他看，黑兹先生和多莉都有好多事情要讲给对方听。照他看，在我走之前他还会再见到我。为什么这些人作出这么多推测，而刮脸却刮得那么少，而且对助听器那么不屑一顾？

"坐下吧，"她说，一边用两只手掌很响地拍了拍屁股。我又坐进那张黑色的摇椅。

"这么说你背弃了我？你那时上哪儿去了？他现在在哪儿？"

她从壁炉台上拿过来一张很有光泽的凹面快照。老太太穿着一身白衣服，身体结实，满面笑容，长着两条罗圈腿，裙子很短。老头儿穿着衬衫，挂着表链，留着两撇往下挂的小胡子。这是她的公公和婆婆。他们跟狄克的哥哥一家住在朱诺②。

"你真的不想抽烟吗？"

她自己抽起来。我头一次瞧见她抽烟。在威严的亨伯特的管教下，抽烟是 streng verboten③。在一片青色的烟雾中，夏洛特·黑兹举止优雅地从坟墓中走了出来。要是她不肯说的话，我通过艾伏里叔叔④也会找到他的。

"背弃了你？不。"她把香烟伸到壁炉边上，食指迅速地在上面弹了弹，跟她母亲过去所做的一模一样。接着，哦，天哪，也像她母亲那样！

---

① 指法国印象派画家的点描画法。
② Juneau，美国阿拉斯加州的首府。
③ 德文，绝对禁止的。
④ 指奎尔蒂的叔叔艾弗，那个牙科大夫。

433

她用指甲搔掉了下嘴唇上的一小片卷烟纸。不。她没有背弃我。我是在朋友们中间。埃杜萨曾经提醒她说奎喜欢小姑娘，事实上（怪不错的事实），有一次差点儿给抓进监狱，他也明白她知道这一点。不错……手掌托着胳膊肘儿，抽一口烟，笑了笑，喷出烟来，弹烟灰的动作。越来越叫人想到从前的情景。他看穿了——面带笑容——所有的事情，所有的人，因为他不像我和她，而是个天才。一个了不起的家伙。风趣诙谐。她把我和她的事讲给他听的时候，他笑得前仰后合，说他早就猜到是这么回事。在当时那种情况下，告诉他是十分安全的……

噢，奎——他们都管他叫奎——

五年前她参加的那个夏令营。奇怪的巧合[①]……带她去了一个度假牧场，打埃勒芬特（埃尔菲恩斯通）驾车去大约有一天的路程。名字吗？噢，一个愚蠢的名字——达克－达克牧场[②]——你知道真是蠢透了——不过现在反正无关紧要了，因为那个地方已经没有了，它解体了。真的，她意思是说，我想象不出那个牧场是多么繁荣，她意思是说牧场里应有尽有，甚至有一个室内瀑布。我还记得那个红头发的家伙[③]吗？我们（"我们"，很不错）有次在一起打过网球。噢，那个地方实际上是属于红头发的哥哥的，但那年夏天他把那儿转交给了奎。奎和她到那儿的时候，那儿的人竟让他们接受了一次加冕仪式，于是——下了一场叫人全身湿透的大雨，就像你越过赤道时那样。你知道。

她的眼睛假装无奈地转动了一下。

---

① 指奎营地，与奎尔蒂的名字的第一个字母相同。
② 达克－达克，原文为 Duk Duk，源自波斯语，意思是"交媾"。
③ 见第二部第二〇章（第365页）。

"请你说下去。"

噢。他打算九月里带她到好莱坞去，为她安排一次试镜表演，根据他的剧本——《金色的肚子》——改编的一部影片中有个网球比赛的场景，可以让她在里面扮演一个小角色；也许还会让她兼演弧光灯下网球场上那些激动人心的小女明星中的一个。唉，可惜根本没有到那一步。

"那个粗鄙的家伙现在在哪儿？"

他可不是一个粗鄙的家伙。在许多方面他都是个了不起的人。但他酗酒吸毒。而且，当然，在性爱方面，他完全是个反常的怪人，他的朋友就是他的奴隶。我简直无法想象（我，亨伯特也无法想象！）他们在达克－达克牧场都干了些什么。她因为爱他而不肯参加，他就把她轰了出来。

"干些什么？"

"噢，古怪、肮脏、异想天开的事儿。我是说，他下面有两个女孩，两个男孩，还有三四个大男人。他想让我们大伙儿都赤身裸体地缠扭在一起，由一个老婆子拍成影片。"（萨德 ① 的朱斯蒂娜开始时只有十二岁。）

"到底干些什么？"

"哦，那些事……哦，我——我实在"——她说的"我"，就像是在倾听痛苦的根源时所发出的抑制住的哭喊，因为找不到适当的词儿，便把她那瘦骨嶙峋、不断上下摆动的手的五个指头全部张开。不，她不想再费劲把话说完，肚里怀着那个孩子，她不愿意具体细说。

这可以理解。

---

① Marquis de Sade (1740—1814)，法国作家，军人出身，其所写的小说《朱斯蒂娜》(*Justine*, 1791) 系一部性反常者的著述，女主人公朱斯蒂娜完全是为一系列性虐待狂人的快乐而存在。她经历了大量的强奸、殴打和折磨。奎尔蒂曾经根据这部小说写了一个同名的电影剧本。

"现在都不重要了，"她说，一边用手拍打着一个灰色靠垫，随后就仰靠在长沙发上，挺着大肚子。"疯狂的勾当，醒醯的勾当。我说我不干，我就是不打算和你的那些野蛮下流的男孩子（她满不在乎地用了一个不堪入耳的俚语词儿，照字面译成法文，就是 souffler①），因为我只要你。唉，他就把我轰了出来。"

其他的没有多少话要说了。一九四九年那个冬天，费伊和她都找到了工作。差不多有两年，她——噢，只是四处漂泊，噢，在一些小地方的饭馆里干些杂活儿，后来，她遇见了狄克。不，她不知道那个男人在哪儿。她猜是在纽约。当然，他那么有名，只要她想去找他，立刻就能找到。费伊曾试图再回牧场——而牧场已不存在了——它被烧得精光，什么也不剩，只有一堆焦黑的瓦砾。真是奇怪，太奇怪了——

她闭上眼睛，张开嘴巴，仰靠着靠垫，一只穿着毡拖鞋的脚踏在地板上。地板有点儿倾斜，要是上面有个小钢球，就会滚到厨房里去。我知道了我想知道的一切。我不想折磨我的宝贝儿。在比尔的木屋那边什么地方，工作之余开响的一台收音机播放出愚蠢和死亡的歌曲。她坐在那儿，一脸饱经蹂躏的神色，成年人的狭长的手上青筋暴突，雪白的胳膊上满是鸡皮疙瘩，耳朵又浅又薄，胳肢窝里乱蓬蓬的，她就坐在那儿（我的洛丽塔！），才十七岁已经憔悴不堪，肚子里怀着的那个孩子，在她腹中已在梦想成为一个大人物并在公元二〇二〇年左右退休——我对她看了又看，心里就像清楚地知道我会死亡那样，知道我爱她，胜过这个世上我所见过或想象得到的一切，胜过任何其他地方我所希望的一

---

① 法文，作俗语用是指"口交"。

切。过去我曾大声呼喊着翻身扑到那个性感少女身上，如今她只是那个性感少女以淡淡的紫罗兰清香和枯萎的树叶的形态所表现出的回声；她是黄褐色的山谷边上的一个回声，山谷那边白色的天空下有片遥远的树林，褐色的树叶堵塞了小溪，鲜嫩的野草<u>丛</u>中还剩下最后一只蟋蟀……可是，感谢上帝，那个回声并不是我唯一顶礼膜拜的东西。过去我在藤蔓纠结的心中着意纵容 mon grand péché radieux[①] 的做法如今已经缩减到只剩下它的本质：自私无益的恶习，而我已消除了所有这一切，并对其加以诅咒。你们可以嘲笑我，威胁要叫旁听的人离开法庭，但在我的嘴给塞住几乎要窒息以前，我还是要高声说出我那可怜的真情。我坚持要让世上的人都知道我是多么爱我的洛丽塔，这个洛丽塔，脸色苍白、受到玷污、怀着别人的孩子的洛丽塔，但仍然是那灰色的眼睛，仍然是乌黑的睫毛，仍然是赤褐和杏黄色的皮肤，仍然是卡尔曼西塔，仍然是我的洛丽塔。Changeons de vie, ma Carmen, allons vivre quelque part où nous ne serons jamais séparés.[②] 俄亥俄州好吗？马萨诸塞州的荒野怎么样？不要紧，即使她的眼睛像近视的鱼眼一般黯淡无光，即使她的乳头肿胀、爆裂，即使她那娇嫩、可爱、毛茸茸的柔软的私处受到玷污和折磨——就连那时，只要看到你那苍白、可爱的脸，只要听到你那年轻嘶哑的声音，我仍会充满柔情地对你痴迷眷恋，我的洛丽塔。

"洛丽塔，"我说，"这句话可能跟我们刚才所谈的都不相干，但我还是要说一下。人生十分短暂。从这儿到那辆你十分熟悉的旧汽车只有二十

---

① 法文，我那辉煌灿烂的重大罪孽。这是魏尔伦诗篇《月光》（*Lunes*）中的一行。
② 法文，我们换一种生活吧，我的卡尔曼，去住到一个我们永远不会分离的地方。这是《卡尔曼》中何塞在和卡尔曼最末一次前的一次会面中所说的话。参看第 70 页注 ①。

到二十五步的距离。这是一段很短的路。走这二十五步吧。现在。就是现在。就这样过去吧。从今往后，我们一起快乐地生活。"

Carmen, voulez-vous venir avec moi?[①]

"你是说，"她说道，睁开眼睛，微微抬起身来，就像一条可能发起攻击的蛇，"你是说，只要我跟你去一家汽车旅馆，你就会给我们（我们）那笔钱。这是你的意思吗？"

"不，"我说，"你完全弄错了。我要你离开你偶然碰到的狄克，离开这个糟透了的狭小的地方，跟我生在一起，死在一起，什么都跟我在一起（大意如此）。"

"你疯啦，"她说，脸上抽动起来。

"好好想想吧，洛丽塔。并没有什么附带条件。除非，也许——嗨，没关系。"（暂缓执行，我想要说，但没有说出口来。）"不管怎么说，即使你拒绝我，你也仍会得到你的……嫁妆。"

"不骗人吗？"多莉问。

我递给她一个信封，里面有四百元现款，还有一张三千六百元的支票。

她小心翼翼、把握不定地接过 mon petit cadeau[②]；接着她的额头便泛出一片美丽的粉红色。"你是说，"她痛苦地语气很重地说，"你给我们四千块钱吗？"我用手捂着脸，不禁扑簌簌地掉下泪来，我生来还从没流过这样炽热滚烫的泪水。我感到泪水穿过我的手指，流到我的下巴上，灼痛了我。我的鼻子也堵塞了，但我无法止住眼泪。这时她摸了摸

---

① 法文，卡尔曼，请跟我来好吗？这也是引自《卡尔曼》中的一句话。
② 法文，我的这份薄礼。

我的手腕。

"别再碰我，否则我就活不成了，"我说，"你肯定不跟我走吗？你一点儿跟我走的希望都没有吗？就告诉我这一点。"

"没有，"她说，"没有，好人儿，没有。"

以前她从没有叫过我好人儿。

"没有，"她说，"这是根本不可能的。我宁愿回到奎那儿去。我是说——"

她搜寻着合适的词语。我心里却暗自为她添补好了。（"他伤了我的心。而你干脆毁了我的一生。"）

"我想，"她继续说道——"啪"——那个信封滑到了地板上——她拾起来——"我想你给了我们这么多钱，真是非常慷慨。这解决了一切；下个星期我们就可以出发。别哭了，求求你。你应该明白。我再给你倒点儿啤酒。噢，别哭了，我很抱歉，欺骗了你那么多次，可生活就是这样。"

我擦了擦脸和手指。她对着那笔 cadeau① 微笑。她十分开心，想要去叫狄克。我说我一会儿就得离开，根本不想再见到他，根本不想。我们都努力想要找个话题。不知什么原因，我老看见——它在我润湿的视网膜前颤动，泛着柔和的光—— 一个容光焕发的十二岁的孩子，坐在门槛上，用石子朝一个空铁罐投去，发出砰砰的声响。我差点儿说——想找一句不相干的话说——"我有时感到纳闷，不知麦库家的那个小姑娘后来怎么样了，她变得好些了吗？"——但我及时止住了，生怕她会回答说："我有

---

① 法文，礼物。

时感到纳闷，不知黑兹家的那个小姑娘后来怎么样了……"最后，我又回到钱的事情上。这个数目，我说，多少相当于她母亲的那所房子的实际租金；她说："那幢房子难道没有在几年前给卖掉吗？"没有（我承认过去告诉她卖了是为了想切断她跟拉姆斯代尔的一切联系）；有个律师往后会把有关财务状况的全部账目送来；前景一片光明；她母亲拥有的一些小额证券价格越涨越高。对，我真的觉得我该走了。我该走了，去找到他，把他干掉。

我绝对经受不住她的亲吻，因此当她腆着大肚子一步一步地朝我走来的时候，我不住迈着扭扭捏捏的舞步往后退却。

她跟那条狗一块儿送我走。我很奇怪（这是一种修辞的手段，其实我并不如此），她看到自己还是个孩子和性感少女时就坐过的这辆汽车，神情竟然这么淡漠。她只说它外表倒显得还很气派。我说那是她的，我可以去乘公共汽车。她说不要犯傻，他们将飞往朱庇特①，到那儿再买一辆。我说那么我就用五百元把她这辆汽车买下。

"照这样的价格，我们马上就要成为百万富翁了，"她对那条出神的狗说。

Carmencita, lui demandais-je...②"最后再说一句，"我用我那糟透了的、用心想出来的英语说，"你是不是相当、相当肯定——唔，当然不是明天，也不是后天，而是——唔——将来某一天，随便哪一天，你都不会来跟我一起生活？只要你能给我这样一点微小的希望，我就要创造一个全新的上帝，并用响彻云霄的呼喊向他表示感谢。"（大意如此。）

---

① 指朱诺，他们是飞往朱诺，但在亨·亨看来，可能是飞往另一个星球朱庇特，即木星。
② 法文，我的小卡尔曼（用的是西班牙语），我问她……这也是《卡尔曼》中的引文。

"不会，"她笑嘻嘻地说，"不会。"

"那样情况就会大不一样，"亨伯特·亨伯特说。

接着，我拔出自动手枪——我是说，这是读者可能设想我会干的那种蠢事。[①] 我甚至根本没想要这么做。

"再见啦！"她吟诵似的说道，我那可爱的不朽的去世的美国情人；因为假如你在看这部回忆录，那她就已去世，且已永生不朽。我的意思是说，这就是跟所谓的当局所达成的正式协议。

接着我开车走了，我听见她正用响亮的声音向狄克大声叫嚷；那条狗像条肥胖的海豚开始跟在我的汽车旁边奔跑，但它身子太重，又太衰老，不久就站住了脚。

现在，我正开车穿过黄昏时分的蒙蒙细雨，挡风玻璃上的刮水器不停地把雨点刮去，但对我涌出的泪水却无力应付。

---

① 经常阅读通俗小说或看电影的读者，以及对《卡尔曼》的故事十分熟悉的读者可能都会想像到亨伯特要干什么。

三〇

如同上文所说，下午四点左右我离开了科尔蒙特（经 X 公路——我不记得是几号公路），要不是我受到一条近路的诱惑，我本来可以在黎明前就到达拉姆斯代尔。我一定得先开到 Y 公路上去。黄昏时分我到了伍德拜恩；地图上平淡无奇地显示，过了伍德拜恩，我就可以离开铺石路面的 X 公路，经过一条横向的土路，转到铺石路面的 Y 公路上去。从地图上看，这条土路的长度大约只有四十英里。要不然我就得沿着 X 公路再往前走一百英里，随后经过迂回盘曲的 Z 公路，才能到达 Y 公路和我的目的地。然而，我们正在谈到的这条近路变得越来越崎岖难行，越来越高低不平，越来越泥泞不堪，我摸索着，弯弯曲曲、乌龟似的缓慢行驶了大约十英里后又试图再折回去，这时，我的那辆破旧无力的梅尔莫什牌汽车深深地陷在烂泥里。四周一片漆黑，那么闷热潮湿，那么令人绝望。汽车前灯照见下面一道满是雨水的宽阔的水沟。四周的乡野，要是有的话，也是一片黑沉沉的荒野。我想从这片泥塘中开出去，但我的后轮只会在泥浆里痛苦地呼呼乱转。我一边咒骂这种苦境，一边脱下我的讲究的衣服，换上一条宽松裤，套上那件满是枪弹打的窟窿的毛线衫，艰难地往回走了四英里，来到路旁一个农场上。路上下起雨来，我没有力气再回去拿雨衣。这些事让我相信，不管新近几次诊断的结果怎样，我的心脏基本上还是健康的。午夜前后，一辆牵引车把我的汽车拖了出来。我又开回 X 公路，继续前行。一小时后，到了一个无名小镇，这时我已疲惫不堪。我把车停在路边，在黑暗中抓起一个颇有帮助的酒瓶咕嘟咕嘟地猛喝了几口。

雨在好几英里以前就已经停了。那是一个漆黑、温暖的夜晚，在阿巴拉契亚山区的某个地方。不时有车从我旁边开过，红红的尾灯渐渐远去，白亮的头灯渐渐逼近，只是小镇一片死寂。没有人在人行道上漫步闲逛，发出欢笑，不像那些悠闲自在的市民在美好、成熟、没落的欧洲所会做的那样。我独自体味着这个没有危险的夜晚和头脑里的奇思异想。路旁一个铁丝废物筐对于可投入的东西要求十分严格：扫集的东西。废纸。不收食物下脚。雪利酒般红得发光的字母标出的是一家照相器材商店。一个巨大的温度计上面印着一种轻泻剂的名称，给静悄悄地挂在一家药房的正面。鲁比诺夫珠宝公司在一面红色的镜子里反映出其所陈列的许多人造钻石。一个被灯光照亮的绿色的钟在吉菲－杰弗洗衣店里那堆亚麻布衣物的深处晃动。街道的另一边，一家修车场在梦中呓语——崇尚淫荡；接着又改口说"古尔弗勒克斯润滑油"[①]。一架飞机，同样装饰着鲁比诺夫的宝石，嗡嗡作响，在丝绒一般的天空中飞过。这样夜深人静的小镇我见过多少啊！而这仍不是最后的一个。

让我闲散一下吧，他[②]实际上等于已经给我干掉了。在街对面的远处，

---

① "古尔弗勒克斯润滑油（Gulflex Lubrication）"的发音和 genuflexion lubricity（崇尚淫荡）相近，所以这么说。
② 指奎尔蒂。

霓虹灯用比我的心跳慢一倍的速度一闪一闪：那是一家饭馆的招牌，图案是一把巨大的咖啡壶，几乎每隔一秒钟它就会蓦然显现出艳绿色的面目，而每次一暗下去，紧接着就会出现几个粉红色的字母："美味食品"；但在那把艳绿色的咖啡壶再次露面之前，仍然可以辨别出它那嘲弄人的目光的隐而不现的影子。我们在演皮影戏。这个诡秘的小镇离"着魔的猎人"不远。我又开始哭起来，沉浸在无法挽回的过去中。

三一

在科尔蒙特和拉姆斯代尔之间（在天真的多莉·希勒和快活的艾弗叔叔之间）的这个孤零零的、停下来吃点儿东西的小镇上，我回顾了一下我的情形。这时我极为简明清晰地看清了我自己和我的爱情。以前的多次努力相比而言都显得模糊不清。两三年前，在一个对玄学感到好奇的时刻，为了得到一种老式的天主教的治疗方法，我把一个新教徒的枯燥乏味的无神论见解告诉了一个讲法语的很有头脑的告解神父；在他的指点下，我曾希望从我的罪恶意识中推断出存在一位上帝。在蒙着白霜的魁北克的那些寒冷的清晨，那个好心的神父用最体贴、最解人意的方式努力对我加以劝说。我对他和他所代表的那个了不起的教会无限感激。唉，我仍无法超越人间这个简单的事实：无论我可以找到什么样的精神慰藉，无论提供给我什么样可以被光映现出的永恒真理，什么也不能使我的洛丽塔忘掉我强行使她遭受的那种罪恶的淫欲。除非可以向我证明——向我今天现在这么一个具有这种心情、留着胡须、腐化堕落的人证明——从无限长远的观点来看，有个名叫多洛蕾丝·黑兹的北美小姑娘被一个狂人剥夺了她的童年这件事一点儿也没有关系；除非这一点可以得到证明（要真可以，那人生也

447

就成了一个玩笑），否则我看不出，除了表达思想感情的艺术的那种忧郁而十分狭隘的治标方法，还有什么可以医治我的痛苦。引用一个老诗人的诗句①：

人类的道德观念是我们必须
为极度的美感缴纳的税款。

---

① 这是作者杜撰的。

三二

　　在我们头一次旅行中——在我们天堂里的第一圈——有一天，为了安安静静地体味我的幻想，我下定决心不去理会我不由自主所感觉到的事实：那就是在她看来，我不是一个男朋友，不是一个富有魅力的男人，不是一个伙伴，甚至压根儿不是一个人，而只是两个眼睛和一只充满血液、肌肉结实的脚——暂且只提这些可以提及的东西。有一天，在我收回了头天晚上为了产生作用而向她作出的许诺（不论她幼稚可笑地一心想得到的是什么——去一家有特殊塑料地面的旱冰溜冰场溜冰或者想独自去看一场日场电影）后，我凭借倾斜的镜子和半开的门的偶然配合，在浴室里正好瞥见了她脸上的一种神情……那种神情我无法准确地加以描绘……是一种无可奈何的表情，显得那么纯粹，因此它似乎又渐渐变为一种相当安逸的空虚茫然的神情，就因为这已是委屈和失望的极限——而每一极限必定含有某种超出极限以外的东西——于是就出现了那种模糊暗淡的亮光。当你记住这些是一个孩子扬起的眉毛和张开的嘴唇时，你可能会更好地理解是何种深沉、蓄意的肉欲和何种反映出来的绝望阻止我扑到她可爱的脚下，情不自禁地泪流满面，阻止我牺牲我的嫉妒，听凭洛丽塔去获得她希望通过跟一个她自认为真实的外部世界中那些肮脏、危险的儿童们混在一起就可能获得的任何乐趣。

我还有其他一些一直受到抑制的回忆，现在它们都自行展开，成为没有四肢的痛苦的怪物。有一次，在比尔兹利一条街尽头处可以望见夕阳西下的街上，她转身对着小伊娃·罗森（我正带着这两个性感少女去听一场音乐会，紧跟在她们后面走着，身子几乎要碰到她们），她转身对着伊娃，神情那样安详、那样严肃地回答伊娃先前所说的话，什么她宁可死掉也不去听米尔顿·平斯基谈论音乐，他是她在当地认识的一个男学生，我的洛丽塔说：

"你知道，死最可怕的地方就是你完全得靠你自己。"我的两只膝盖正在机械地一起一落，她这句话叫我感到我根本一点儿都不知道我的宝贝儿的心思，而且，很有可能，在那极为幼稚的陈词滥调背后，她心中还有一个花园，一道曙光，一座宫殿的大门——朦胧可爱的区域，而我这个穿着肮脏的破衣烂衫、老在痛苦地抽搐的人偏巧被明确无疑地禁止进入这片区域；因为我常常发现，像我们，像她和我这样生活在一个完全邪恶的天地里，每逢我想谈论她和一个老朋友、她和她父亲或母亲、她和一个真正健康的心上人、我和安娜贝尔、洛丽塔和高尚的、纯洁的、受到清楚剖析的、被神化了的哈罗德·黑兹可能已经谈论过的话题——一个抽象的观念，一幅画，斑驳的霍普金斯 [①] 或剪了头发的波德莱尔 [②]，上帝或莎士比

[①] 指英国诗人霍普金斯（Gerard Manley Hopkins, 1844—1889）的诗作《斑驳之美》（*Pied Beauty*, 1877）中的一句。

[②] 指这位诗人突然出现的秃顶。在 1860 年前后波德莱尔自己画的一幅肖像画上，以及在 1863 年的一张相片中，他的头发似乎从头上给扯掉了。

亚①，任何真诚坦率的话题，我们总会变得异常窘困。良好的意愿！她总用老一套的粗鲁和厌烦的神态来防护她的薄弱之处，而我则采用一种连我自己也感到难受的矫揉造作的语调说出我那十分超然的论点，惹得听我说话的那个人粗暴无礼地大肆发作，致使谈话再也无法继续下去。哦，我可怜的、感情受到伤害的孩子。

我爱你。我是个五只脚的怪物②，但我爱你。我卑鄙无耻，蛮横粗暴，等等等等，mais je t'aimais, je t'aimais!③ 有好多次我知道你是怎样的感受，而知道这一点真是痛苦极了，我的小家伙。洛丽塔姑娘，勇敢的多莉·希勒。

我回想起某些时刻，让我们把它们称作天堂里的冰山吧，等我在她身上满足了我的欲望以后——经过叫我变得软弱无力、身上不时现出一道道青色纹路④的惊人的、疯狂的运动以后——我总把她搂在怀里，最终发出一丝几乎不出声的充满柔情的呻吟（霓虹灯的灯光从用石块铺平的院子里透过窗帘的缝隙照了进来，她的皮肤在灯光下亮闪闪的，她的乌黑的睫毛缠结在一起，她那暗淡的灰色的眼睛比任何时候都更显得茫然——完全是一个经过一场大手术之后依然处在麻醉状态中的小病人）——于是心中的柔情就会变得越加强烈，成为羞愧和绝望，我总把我那孤独、轻盈的洛丽塔搂在我的冰冷的胳膊里，轻轻摇着她哄她入睡。我会埋在她温暖的秀发里呻吟，随意地爱抚着她，默默无语地祈求她的祝福，而当这种充满人情

---

① "上帝或莎士比亚"，这是模仿《尤利西斯》中斯蒂芬·德达勒斯的祈祷："上帝、太阳、莎士比亚。"
② 指上文所说"一只充满血液、肌肉结实的脚"而言。
③ 法文，但我爱你，我爱你！
④ 指汽车旅馆窗外的霓虹灯光隔着窗帘，射到他们的床上。

味的痛苦、无私的柔情达到顶点的时候（我的灵魂实际上正在她那赤裸的身体四周徘徊，正准备要忏悔），突然，既具有讽刺意味又十分可怕，肉欲又开始袭来。"噢，不，"洛丽塔总深深地叹一口气说。接下去又出现了那种柔情，那种淡青的颜色——所有这一切随即都破灭消失。

二十世纪中期有关孩子和父母之间关系的那些观念，已经深受精神分析领域喧嚷的充满学究气的冗长废话和标准化符号的污染，但我仍希望我是在对毫无偏向的读者讲话。有一次，阿维斯的父亲在外面按汽车喇叭，表示爸爸来接他的小宝贝回家了，我只得把他请进客厅，他坐了一会儿。就在我们交谈的时候，阿维斯，一个身子笨重、相貌平凡、感情深厚的孩子，走到他的面前，最后胖乎乎的身子就坐到他的膝头。嗳，我想不起来我有没有提过，洛丽塔对陌生人总露出一种十分迷人的微笑，好像毛皮似的绵软柔和地眯起眼睛；她的整个脸庞闪现出一种梦幻一般甜蜜的光彩，这当然并不表示什么，但却那么美丽动人，惹人喜爱，因此你觉得很难把这种甜蜜可爱仅仅归纳成作为某种古老的欢迎仪式的返祖现象的标志，自动使她的脸庞充满光亮的一种神秘的基因——殷勤的卖笑，粗鲁的读者会这么说。唔，她就那么站着，伯德先生转着他的帽子，说着话，而且——对了，看我有多愚蠢，我把那美妙的洛丽塔的微笑的主要特点漏掉了，具体地说就是：在她脸上浮现出那种亲切、甜蜜、带着酒窝的微笑时，那种笑意从来就不是对着房里的那个陌生人，而是飘浮在它自己的可以说是遥远的充满花儿的空间，或者带着有些呆滞的温和徜徉在偶然看到的物体上——当时的情形就是这样：当胖胖的阿维斯侧着身子挨近她的爸爸的时候，洛丽塔正温柔地对着她用指头摸弄的一把水果刀微笑，那把水果刀就放在她所倚靠的那张桌子边上，离我有好远一段距离。突然，阿维斯用双手攀住她父亲的脖子和耳朵，而这位父亲也用一只胳膊随意地搂着他那身子笨重肥大的孩子，就在这当口儿，我看到洛丽塔的微笑一下子失去了所有的光泽，变成其自身的一小片冰冷凝固的阴影，那把水果刀从桌上滑落下去，刀的银柄相当奇特地打在她的脚踝上，使她倒抽了一口冷气，把头向前一低，脸上显得相当尴尬，就像小孩子在眼泪流出前所露出的那种怪相，随后单脚着地一跳一跳地走了——阿维斯立刻跟着她走进厨房，去安慰她。阿维斯有这样一个身材肥胖、脸色红润的好爸爸，还有一个个子矮小的胖乎乎的弟弟和一个刚生下来不久的小妹妹，有一个家，两条龇牙咧嘴的狗，而洛丽塔却什么也没有。这件小事还有一个简明扼要的补编——背景也在比尔兹利。洛丽塔正在炉火旁边看书；她伸了个懒腰，胳膊肘儿还没放下，就咕哝着问道："她究竟埋葬在哪儿？""谁？""噢，你知道，我那被害死的妈妈。""你知道她的坟墓在哪儿，"我控制住自己的感情说，接着就说出了墓地的名称——就在拉姆斯代尔郊外，在铁路线和湖景山之间。"另外，"我又说道，"你以为对这场意外事故用上这么个修饰语相当合适，可它的悲剧性却因此而多少被降低了。如果你思想上当真希望战胜死亡的观念——""哇，"洛喊了一声，用"哇"代替了"好哇"，随后懒洋洋地走出房去，我那感到刺痛的眼睛盯着炉火看了好一会儿。随后我拿起她的书，那是给年轻人看的一本无聊的作品。书里有一个心情阴郁的姑娘玛丽昂，还有她的继母，与预期的完全相反，这位继母结果是一个年轻、欢快、通情达理的红头发女人；她向玛丽昂解释说玛丽昂去世的母亲实在是一个英勇的女人，因为她就要死了，故意掩藏起对女儿的深厚的爱，不想让她的孩子怀念她。我并没有哭喊着跑上楼去冲进她的房间。我一向喜欢不加干涉的精神卫生。现在，我局促不安，求助自己的回忆，想

453

起在这样和类似的场合，我习惯采取的方法总是不顾洛丽塔的心情，而只想着安慰卑劣的自我。我的母亲是穿着湿漉漉的青灰色的衣衫，在滚滚的雾气中（我就是这样生动地想象着她），欣喜若狂、气喘吁吁地跑上穆利内①上边的那道山脊时被一个霹雳击倒的。当时我只是个婴儿，回想起来，不论精神治疗大夫在我后来"抑郁消沉的时期"怎么蛮横地对我加以盘问，我还是找不到可以跟我少年时代的任何时刻联系起来的任何公认为真实的思慕。②但我承认，一个具有我这种想象力的人，无法辩解说我个人对普通的情感一无所知。我也可能过于相信夏洛特和她女儿以前的那种不正常的冷冰冰的关系。可是整个这场论证中最难堪的就是这一点。在我们反常、下流的同居生活中，我的墨守成规的洛丽塔渐渐清楚地明白：就连最悲惨痛苦的家庭生活也比乱伦的乌七八糟的生活要好，而这种生活结果却是我能给予这个无家可归的孩子最好的东西。

---

① Moulinet，法国滨海阿尔卑斯省的一个市镇。
② 作者在此隐讽精神分析学的"恋母情结"说。

三三

重访拉姆斯代尔。我从湖那边朝它渐渐驶近。阳光灿烂的中午凝神注视。我驾着上面满是斑斑点点的污泥的汽车驶过，透过远处松树间的缝隙可以辨别出湖水闪闪的亮光。我转进那片墓地，在长短不一的石头墓碑间行驶。Bonzhur①，夏洛特。有些坟墓上，插着暗淡、透明的小国旗，这些旗帜在常青树下无风的空中搭拉着。哎呀，爱德，真倒霉——指的是吉·爱德华·格拉默，一个三十五岁的纽约办事处的经理，他刚刚因被控谋杀他三十三岁的妻子多萝西而引人注目地受到传讯②。爱德为求把这桩罪行干得不留痕迹，就用大头短棒猛击他的妻子，随后把她塞进一辆汽车。可事情还是败露了，县里的两名警察在巡逻的时候看见格拉默太太崭新的大型蓝色克莱斯勒牌汽车（是她丈夫送她的结婚周年纪念的礼物）正发疯似的冲下山坡，那个山坡正好在他们的巡逻范围之内（愿上帝保佑我们的好警察！）。汽车擦过一根电线杆，冲上一个长满芒刺草、野草莓和委陵菜的路堤，最后翻倒了。当两名警察把格拉默太太的尸体从车里抬出来的时候，车轮仍在柔和的阳光下缓缓地转动。开头这似乎是一起常见的公路上的意外事故。唉，只是那个女人被击得血肉模糊的身体与受到轻微损坏的汽车很不相称。我干的话就会高明得多。

我向前开去。又看到那座细长的白色教堂和那些参天蔽日的榆树，真有意思。我忘了在美国的郊区街道上，一个孤孤单单的行人要比一个孤孤单单驾车的人更加引人注目，而我却把汽车停在路上，悄悄地徒步走过草坪街三四二号。在重大的流血事件发生之前，我有权利稍微放松一下，享受精神回流的一阵净化。琼克家宅子的白色百叶窗都关着，在那块向着人行道倾斜的"此屋待售"的白色招牌上不知哪个人扎了一条捡起的黑丝绒发带。没有狗在汪汪乱叫。没有花匠在打电话。也没有坐在爬满青藤的门廊上的奥波西特小姐——叫这个孤孤单单的行人颇为烦恼的是两个梳着马尾辫、系着同样的圆点花纹围裙的年轻女子停下她们手里的活，一个劲儿地盯着他看：无疑，奥波西特小姐早就死了，这两个女子也许是从费城来的她的两个双胞胎侄女。

我该不该走进我的老房子去？像屠格涅夫一部小说③里写的那样，一阵意大利的乐曲从一个开着的窗户里传出来——是起居室的窗户：是哪个浪漫的人在这个美好迷人的星期天，可爱的腿上晒着太阳，在这从未有过琴声泼洒飞溅的房中弹琴？突然，我发现在我刈过草的那片草地上，有个金色皮肤、棕色头发的性感少女，九岁上下，穿着白色短裤，正用她那充满狂热的痴迷神情的深蓝色的大眼睛看着我。我对她说了句讨好的话，并没有什么歹意，一句传统的恭维话，你有一双多么美丽的眼睛，但她匆匆

---

① 即法文 bonjour，意思是"你好"。这里故意拼错，以模仿夏洛特拙劣的法语发音。
② 据作者自注，这是从一份报纸上摘下来的一桩真实的案子。
③ 指俄国作家屠格涅夫（Ivan Turgenev, 1818—1883）的小说《贵族之家》（*A Nest of Gentlefolk*, 1859）临近结尾的地方。

忙忙地走开了，音乐也戛然而止，有个神色凶暴、皮肤黝黑的男人，脸上亮晃晃的满是汗水，走出来恶狠狠地瞪着我。我刚想说明自己是谁，忽然朦朦胧胧地感到一阵尴尬，我发觉了我那沾满烂泥的粗蓝布裤，我那肮脏、破旧的毛线衫，我那胡子拉碴的下巴，我那双酒鬼的布满血丝的眼睛。一句话也没说，我回过身去，迈着沉重的脚步顺着来路走回去。人行道上我还记得的一条裂缝里长出一棵样子很像紫菀的苍白的花。奥波西特小姐又悄悄地复活了，由她的两个侄女推着轮椅来到外面门廊上，仿佛那是一座舞台，而我是个表演明星。我赶紧朝我的汽车走去，心里暗自祈求她千万可别叫我。一条多么陡峭的小街。一条多么幽深的林荫道。汽车的刮水器和挡风玻璃之间夹着一张红色的罚款通知单；我小心谨慎地把它撕成两片、四片、八片。

　　我觉得自己是在浪费时间，就又抖擞精神，开车前往五年多前我提着一个新旅行包去过的那家闹市区的旅馆。我要了一间房，打电话安排了两个约会，刮了脸，洗了澡，穿上一身黑衣服，下楼到酒吧间去喝酒。什么也没有改变。酒吧间里仍然弥漫着跟从前一样的那种昏暗的、叫人难以忍受的石榴红灯光，这种灯光多年以前就出现在欧洲的下等场所，但在这儿，却意味着一个家庭旅馆①里的那么一点儿气氛。我在一张小桌子旁坐下；就在这张桌子旁边，在我刚成为夏洛特的房客后最初待在这儿的时候，我认为应当谦和有礼地跟她共饮半瓶香槟以示庆祝，不想这竟彻底征服了她那可怜的、热情洋溢的心。跟上次一样，一个圆脸的跑堂儿正极其小心地把婚宴用的五十杯雪利酒摆在一个圆托盘上。这次是墨菲和范塔

---

① 指以优惠价接待携带家属者的旅馆。

西亚①。时间是三点缺八分。在我穿过大厅的时候，我不得不绕过一群妇女；她们的午餐聚会刚刚结束，正在 mille grâces② 地相互道别。其中有一个认出了我，发出一声刺耳的喊叫，朝我扑了过来。她是一个矮矮胖胖的女人，穿着一身珠灰色的衣衫，小帽子上插着一根细长的灰色羽毛。原来是查特菲尔德太太。她带着一丝假惺惺的微笑朝我冲了过来，因为心里怀着邪恶的好奇心而脸上闪闪发亮（我是不是没准对多莉干了那个五十岁的机修工弗兰克·拉萨尔在一九四八年对十一岁的萨利·霍纳所干的事？），我很快压制住她那种渴望打听的欢快的情绪。她以为我在加利福尼亚州。你……好吗？我十分愉快地告诉她我的继女刚嫁了一个十分出众的年轻采矿工程师，他在西北部干机密工作。她说她不赞成这么早就结婚。她的菲利斯现在十八岁，她决不会让她——

"是啊，当然，"我平静地说，"我记得菲利斯。菲利斯和奎营地。是啊，当然。顺带问一声，她有没有告诉你查利·霍姆斯在那儿怎样诱奸他母亲负责照管的女孩子？"

查特菲尔德太太已经黯淡的笑容这时完全消失了。

"真不像话，"她嚷道，"真不像话，亨伯特先生！那个可怜的小伙子刚在朝鲜阵亡。"

我说她是不是认为用"vient de③"加上动词不定式来表示最近刚刚发生的事比英语里面用"刚"字加上过去时态要来得简洁得多？不过我得走了，我说。

---

① 指洛丽塔的同班同学斯特拉·范塔西亚的婚礼。
② 法文，万般做作。
③ 法文，刚刚。

从那儿去温德马勒的办公室只要过两条街。他十分缓慢地伸出手来，把我整个的手都握在里面，既有劲又彻底地握了一下，对我表示欢迎。他以为我在加利福尼亚州。我是不是在比尔兹利住过一阵？他的女儿刚进了比尔兹利学院。你……好吗？我把有关希勒太太所有必要的情况都告诉了他。我们作了一次相当愉快的事务商谈。我出来后走进九月炎热的阳光里，活像一个心满意足的穷光蛋。

既然一切障碍如今都已排除，我就可以无牵无挂地为我到拉姆斯代尔来的主要目的全力以赴了。我素来为自己那种办事有条不紊的作风感到得意。我就是用那种作风一直把克莱尔·奎尔蒂的脸庞隐藏在我黑漆漆的地牢里；他一直在那儿等着我带理发师和牧师前去："Réveillez-vous, Laqueue, il est temps de mourir! [①]" 我现在没有时间讨论相面术的记忆方法——我正在大步流星地到他叔叔那儿去的途中——但还是让我草草记下这一点：在我昏乱模糊的记忆中，仍保留着一张丑恶讨厌的脸。从匆匆看到的几眼中，我发现他跟我在瑞士的一个亲戚，一个兴高采烈、相当叫人讨厌的酒商有点儿像，他提着哑铃，穿着发臭的毛线衫，肥胖的胳膊上满是汗毛，头顶秃了一块，还有一个长着一张猪脸、又做用人又当情妇的娘儿们。总的说来，他是一个没有恶意的老坏蛋。甚至太无恶意了，不能跟我的猎物混为一谈。在当时这种心情下，我失去了跟特拉普的形象的联系，它完全被克莱尔·奎尔蒂的脸吞没了——那张脸给摆在他叔叔的办公桌上一个镜框里的照片富有艺术性地准确地展现出来。

在比尔兹利，我在有趣可爱的莫尔纳大夫 [②] 手里接受过一次相当大的

---

① 法文，醒醒吧，奎，你的死期已经到了！
② Dr. Molnar，牙医师的姓里很巧妙地含有 molar（白齿）一词。

牙科手术,只保留了几颗上牙和几颗下牙。换上的假牙依赖的是给用一根不显眼的金属线横贯固定在上牙床上的假牙托。整个布局安排是一个叫人安慰的杰作,我的犬牙依然完好无损。然而,为了用一个看似有理的借口掩饰我秘密的目的,我对奎尔蒂大夫说为了减轻面部神经痛,我决定把我的牙齿全都拔掉。装一副全口假牙得花多少钱?假如我们把第一次门诊定在十一月里哪个日子,那么全部装好需要多长时间?他那名声响当当的侄儿现在在哪儿?是不是有可能激动人心地一次就把我的牙齿全都拔光?

奎尔蒂大夫穿着白色工作服坐在办公桌的角上,头发灰白,理着平头,长着一副政治家常有的那种宽大扁平的脸颊,脑子里一边开始琢磨一个辉煌的长期方案,一只脚一边像在梦中似的诱人地晃动着。他会先给我装一副临时性的牙托,等牙床长好,再给我做一副永久性的。他想先看看我的口腔。他穿了一双有网眼的杂色皮鞋。从一九四六年以后,他就不跟那个坏蛋来往了,不过他猜那个家伙可能在与帕金顿相距不远的格林路上他的老家里。那是一个气象堂皇的梦。他的脚不住晃动,他的目光十分激动。我得花的费用大概是六百元。他提议立刻量一量尺寸,拔牙之前先把第一副牙托做好。我的嘴在他眼里是一个装满无价之宝的金光闪亮的洞穴,但我没有让他进去。

"不,"我说,"我想了想,还是全部让莫尔纳大夫来做吧。他要的价钱更高,但当然他是个比你高明得多的牙科大夫。"

我不知道我的哪位读者以后会有机会说出这样的话。那是一种十分美妙的梦一般的感觉。克莱尔的叔叔仍然坐在办公桌旁,仍然显得像在梦中,只是他的脚已不再摇晃那个装满美好的期望的摇篮。而他的护士从后面快步赶了上来,好在我的身后砰地把门关上。她是一个骨瘦如柴、容光暗淡的姑娘，长着一双时运不佳的金发姑娘所有的神情凄惨的眼睛。

把弹盒装进枪柄。使劲往里推去，直到听到或感觉到弹盒与枪柄内部啮合在一起，非常隐秘。容量：八颗子弹。都泛着阴森森的蓝光。迫切地期待着给发射出去。

三四

　　帕金顿一个加油站的工人十分清楚地向我讲了到格林路去该怎么走。为了查明奎尔蒂是否在家，我想先给他打个电话，但听说他的私人电话新近无法接通。这意味着他已经走了吗？我开始往市区北面十二英里外的格林路开去。那时，周围的大部分景物都给黑夜清除了。我顺着曲折、狭窄的公路行驶，一长串有着反射镜、泛着阴森森的白光的矮木桩，借着我的车灯，标明道路这个或那个弯曲的地方。我可以隐约看出路的一边是一条黑洞洞的河谷，另一边是一些长满树木的山坡。前面，飞蛾像四处飘洒的雪花，从黑暗中涌出，飞进我探测的灯光中。开到上文所说第十二英里的时候，有一刹那我上了一座十分奇怪地安了顶篷的桥，过了桥，右边赫然耸现出一块被刷白了的岩石，又往前走了一小段距离，还是在同一侧，我离开了公路，转入那条砾石铺筑的格林路。有几分钟，四周都是潮湿、黑暗、茂密的树林。随后就到了帕沃尔府①，耸立在树林中间一片圆形空地上的一幢有塔楼的木房。窗户里闪射出黄色和红色的灯光；车道上乱七八糟地停了六七辆汽车。我在树荫里停下来，熄了车灯，静静地考虑着下一步的行动。他的身边总会围着他的亲信和婊子。我情不自禁地把这

463

座欢乐、放荡的城堡内部设想成她的那些杂志里的一篇故事《骚乱的青少年》里的情景：暧昧不明的"狂欢"、有个嘴里叼着屌儿似的雪茄的样子凶恶的成年人、毒品、保镖。至少他在里面。我要等到麻木迟钝的清晨再来。

我慢慢地开回市区，驾着这辆那么沉稳、几乎欢快地为我效力的破旧忠实的汽车。我的洛丽塔！在仪表盘上那个小贮藏柜的最里面，还留着一个她三年前使用的扁平发夹。那群被我的车头灯光从夜色中吸引出来的苍白的飞蛾仍在那儿。黑暗的谷仓仍然东一处西一处地耸立在路旁。人们仍在赶去看电影。我四处寻找夜晚住宿的地方，路过一个露天电影院②。在一片明亮的月光中（跟没有月光的漆黑的夜晚对比，确实显得非常神秘），有幅向后倾斜的巨大的银幕悬在黑暗、沉寂的田野间，银幕上有个瘦瘦的幽灵举起枪来，他跟他的胳膊都被那个不断往后退去的世界的斜角缩小成不住颤动的乏味的画面——紧接着，那个动作给一排树木挡住了。

---

① "帕沃尔"，原文为拉丁文 Pavor，意思是"惊恐"。
② 指顾客可以坐在车上观看的露天电影院。

三五

第二天早上大约八点左右，我出了英索姆尼亚①旅馆，在帕金顿又消磨了一段时间。把处决搞砸了的幻象不断困扰着我。想到自动手枪里的子弹由于一个星期没用，也许已经失效，我就把它们取出来，另外装了一批新的。我曾用油把我的这位伙计彻底清洗了一下，如今简直没法把油渍擦掉。我只好用一块破布把它包扎起来，仿佛那是一个伤残的肢体，又用另一块破布包好备用的子弹。

在我开回格林路去的途中，雷暴雨陪我走了大半段路，但到了帕沃尔府的时候，太阳又出来了，像个有血有肉的人似的火热火热，鸟儿在湿漉漉的冒着水汽的树上喊喊喳喳地尖声鸣叫。那幢设计精巧、年久失修的房屋似乎茫然不知所措地待在那儿，好像倒正好反映出我自身的情况，因为在我的脚踏上这片松软的、容易下陷的土地时，我禁不住意识到我用酒精刺激得过了头。

对我按的门铃的回答是一片谨慎的具有嘲讽意味的寂静。不过车房里停着他的汽车，如今是一辆黑色的折篷汽车。我叩了一下门环。仍然无人答应。我急躁地吼了一声，就去推大门——真太妙了，门竟一下子开了，就像中世纪的童话故事当中那样。我随手轻轻把门关上，穿过一个宽敞的、十分难看的门厅，朝着附近的一个客厅里张望，看到许多用过的酒杯散乱地扔在地毯上，断定主人还在他的卧室里睡觉。

于是我吃力地朝楼上走去，右手在口袋里紧紧握着用布裹着的我那伙计，左手轻轻抓着黏糊糊的楼梯扶手。我察看了三间卧室，其中一间那天晚上显然有人睡过。一个藏书室里摆满了鲜花。另一个空荡荡的房间里只有一些宽大、纵深的镜子和一张铺在光滑的地板上的北极熊皮。另外还有其他几个房间。我突然产生了一个十分恰当的想法。要是主人从树林里散步回来，或者从哪个秘密的洞穴中钻出来，对于一个面临困难重重的工作而不够坚定的枪手来说，防止他的游戏伙伴把自己锁在房里，也许是相当高明的做法。因此，至少有五分钟，我四处走动——头脑清醒的神经错乱，发了疯的沉着镇定，一个着了魔的十分顽强的猎人——看到哪个锁眼里有钥匙，就把它转下来，用空闲的左手放进口袋。这幢房子相当古旧，因而就比现代迷人的小屋更具有计划好的隐秘性；在现代的小屋里，浴室这个唯一可以锁起来的地方必须被用于计划生育的秘密需要。

讲到浴室——我刚要去查看第三间，主人就从里面走了出来，身后留下一阵短暂的冲水声。走廊里的那个转角根本藏不住我。他脸色发灰，眼睑松弛，有点儿秃顶，稀疏的头发乱蓬蓬的，但仍然完全可以给认出来。他穿着一件紫色的浴衣，跟我过去的那件很像，从我身旁大摇大摆地走过。他不是没有看到我，就是把我当作什么熟悉、无害的幻觉而不予理

---

① "英索姆尼亚"（Insomnia）意为"失眠"。

会——他让我看到他那毛茸茸的小腿，像个梦游者似的朝前走下楼去。我把最后一把钥匙放进口袋，跟着他走进门厅。他半张着嘴，把大门拉开一点，从一条充满阳光的缝隙里往外张望，那副神态就好像他认为听到一个并不怎么热诚来访的客人按了下门铃就又离开了。接着，主人仍然没有理会那个在半楼梯上停住脚步的穿着雨衣的幽灵，穿过门厅走进客厅对面的一个舒适的小客厅。这时我穿过客厅——相当从容，知道他跑不掉了——离开了他，在一个装着吧台的厨房里小心翼翼地打开包着我那肮脏的伙计的破布，注意不在厨房里的镀铬物品上留下一点儿油渍——我觉得我拿错了东西，它黑糊糊的，非常肮脏。我用惯常那种非常仔细的方式把我那光着身子的伙计改放到身上一个干净的隐秘的地方，随后就朝那个小客厅走去。我的脚步，正如我所说的，相当轻快——说不定太轻快了，难以取得成功。可是我的心却怦怦乱跳，欢快得像头老虎；这时脚下嘎吱一响，踏碎了一个高脚鸡尾酒杯。

主人在那个东方风格的客厅里见到了我。

"你究竟是什么人？"他嗓音嘶哑地高声问道，两只手一下子插进晨衣的口袋，两只眼睛盯着我脑袋东北方向的一点。"你莫非是布鲁斯特？"

这时，任何人都能看得相当清楚，他还蒙在鼓里，完全在我的所谓的掌握之中。我可以好好地乐一乐了。

"对了，"我温文尔雅地答道，"Je suis Monsieur Brustère.[①] 开始之前，我们先聊上一会儿。"

他看上去很高兴。脏巴巴的小胡子抽动了几下。我脱下雨衣，身

———————

① 法文，我是布鲁斯特先生。

上穿着一套黑衣服，一件黑衬衫，没打领带。我们在两张安乐椅上坐下。

"你知道，"他说，一边很响地搔着他那胖胖的、粗糙的灰白色的面颊，不自然地咧嘴笑了一笑，露出了他那珍珠似的小牙齿，"你看起来不像杰克·布鲁斯特。我是说相似之处并不特别明显。有人告诉我说他有个弟弟，也在同一家电话公司工作。"

经过这么些年的悔恨和愤怒之后，这才把他抓住……看看他胖鼓鼓的手背上的那些黑色的汗毛……用上百只眼睛扫视着他的紫色丝绸浴衣，他那多毛的胸膛，预见到子弹穿孔、血肉模糊和痛苦的乐曲……知道这个有五分活力、三分像人的骗子曾经奸污了我的宝贝儿——噢，我的宝贝儿，这可叫人感到无比快乐！

"不，不瞒你说，我不是布鲁斯特弟兄中的任何一个。"

他昂起头来，看上去比以往任何时候都要高兴。

"再猜猜看，'潘趣'①。"

"噢，""潘趣"说，"这么说你不是为那些长途电话来打扰我的啰？"

"你确实偶尔会打一次长途电话，对吗？"

"你说什么？"

我说我说过我觉得他说过他从来没有——

"人们，"他说，"一般的人们，我不是指责你，布鲁斯特，但你知道，连门都不敲就闯进这幢该死的房子，这种方式是很荒唐的。他们使用Vaterre②，他们使用厨房，他们使用电话。菲尔往费城打电话。帕特往巴塔

---

① 指英国木偶剧《潘趣和朱迪》（*Punch and Judy*）中钩鼻子、驼背的滑稽角色。
② Vaterre, 即 water（水），是一个具有法语语音拼法的词，这儿是"厕所"的意思。

戈尼亚^①打电话。我拒绝付费。你的口音很有趣，长官。"

"奎尔蒂，"我说，"你记得有个叫多洛蕾丝·黑兹、多莉·黑兹的小姑娘吗？科罗拉多州的那个名叫多洛蕾丝的多莉？"

"当然，她可能打过这些电话，当然。打到任何地方。天堂、华盛顿、地狱峡谷。谁会在乎？"

"我在乎，奎尔蒂。你知道，我是她的父亲。"

"胡说八道，"他说，"你不是。你是一个外国来的文稿代理人^②。有个法国人曾把我的《高傲的肉身》翻译成 *La Fierté de la Chair*^③。荒唐。"

"她是我的孩子，奎尔蒂。"

在他当时那种心情下，实际上他不会对任何事情感到大吃一惊，不过他那气势汹汹的态度并不怎么令人信服。他的眼睛忽然一亮，闪现出暗中警惕的神色，但马上又暗淡了。

"我自己也很喜欢孩子，"他说，"父亲们总是我最好的朋友。"

他转过头去，寻找什么东西。他拍了拍口袋，想要从座位上站起来。

"坐下！"我说——显然比我原来想用的嗓门高了许多。

"你用不着朝我吼叫，"他用那种奇怪、柔弱的态度抱怨说，"我不过想抽烟。我想抽烟，想得要命。"

"你的命反正就快没了。"

"噢，别胡闹，"他说，"你开始叫我厌烦了。你要什么？你是法国人

---

① Patagonia，美国亚利桑那州的一个城市。
② 指替作者与出版商联系出版、销售、翻译等事宜的人。
③ 法文，意思是"肉体的骄傲"，这不是"高傲的肉身"的贴切的译文，所以他这么说。

吗，先生？伍莱——伍——布——阿①？我们到小酒吧间去，喝杯烈性酒——"

他看到我手掌心里那把黑色的小武器，仿佛我正打算要递给他。

"哟！"他拉长调子说道（这时开始模仿电影里的那些下层社会的傻瓜），"你拿着的可是一把呱呱叫的小手枪。你要卖多少钱？"

我打开他伸过来的手，他的手正好碰翻了他身边矮桌上的一个盒子，里面滚出一把香烟。

"香烟在这儿，"他快活地说，"你记得吉卜林的这句诗吗？ une femme est une femme , mais un Caporal est une cigarette.② 现在，我们需要火柴。"

"奎尔蒂，"我说，"我要你注意地听着。你一会儿就要死了。据我们所知，未来也可能是极其痛苦的精神错乱的永恒状态。昨儿你抽了你最后的一支烟。注意听着。好好想清楚你就要遭到什么下场。"

他不停地把骆驼牌香烟剥开，用力嚼着烟丝。

"我愿意试试，"他说，"你不是澳大利亚人就是德国难民。你非得跟我说话吗？要知道，这幢房子不是犹太人的。也许你最好还是走吧。千万不要再拿出这支枪来给人看。我在音乐室里也有一支旧的斯特恩－卢格尔牌手枪。"

我用我的伙计对着他一只穿了拖鞋的脚，使劲儿扣动扳机，咔哒一

---

① 这是从语音方面嘲弄美国人说"Voulez-vous boire?"（"你想喝杯酒吗？"）这句法语时所带的美国腔。

② 法文，女人就是女人，但"下士"却是香烟。这是奎尔蒂仿效英国诗人吉卜林（Rudyard Kipling, 1865—1936）的诗篇《订婚人》（*The Betrothed*）中的诗句胡诌出来的。"下士"是法国一种香烟的品牌。

声。他看看他的脚，又看看手枪，又看看他的脚。我又十分费劲地试了一次，随着一声微弱的幼稚可笑的声响，子弹射了出去，钻进了厚厚的粉红色的地毯。我相当惊骇地觉得子弹只是慢慢地钻了进去，可能还会再钻出来。

"明白我的意思吗？"奎尔蒂说，"你应该再稍微小心一点。看在上帝的分上，把那玩意儿给我。"

他伸手去拿。我把他推回到椅子上。这桩有趣的快乐的事儿正在失去趣味。是该干掉他的时候了，但他必须明白为什么要把他干掉。他的情形影响了我，手枪拿在手里也感到软弱、笨拙。

"好好想想，"我说，"想想被你拐骗的多莉·黑兹——"

"我没有！"他嚷道，"你完全搞错了。我把她从一个野蛮的性变态的人的手里救了出来。给我看看你的证章，不要对着我的脚乱开枪，你这个粗野的家伙，你。那个证章在哪儿？别人犯了强奸罪，我可不负责。真是荒唐！我承认那次愉快的驾车出游是一个愚蠢的引人注目的花招，但你又把她接回去了，是不是？嗨，我们去喝一杯。"

我问他是想坐着死还是想站着死。

"噢，让我想想，"他说，"这可不是个容易回答的问题。顺带提一句——我犯了个错误。我真心诚意地感到后悔。你知道，我并没有玩弄你的多莉。说一句令人丧气的老实话，我实际上阳痿。我给了她一个美好的假期。她遇到了不少出色的人。你是否知道——"

他猛然把身子一侧，整个身子都扑到我的身上，让手枪一下子飞到了一个五斗橱底下。幸运的是，尽管他攻得很猛，但却没有多大力气。我没费多少事儿就把他推回到椅子上。

他呼哧呼哧地喘了一会儿，把两只胳膊抱在胸前。

"这下好了吧，"他说，"Vous voilà dans de beaux draps, mon vieux.①"

他的法语有了进步。

我四下张望。也许，要是——也许我能够——爬到地上去找一找？冒一下险？

"Alors, que fait-on ？②"他问道，密切地注视着我的一举一动。

我把身子弯下一点。他并没有动。我弯得更低一点。

"亲爱的先生，"他说，"别拿生死闹着玩。我是一个剧作家。我写过悲剧、喜剧、幻想剧。我曾用《朱斯蒂娜》和十八世纪其他描写越轨性行为的作品拍摄成好几部不公开的影片。我是五十二部成功的电影剧本的作者。我知道所有的窍门。让我来处理这件事。哪个地方应该有把火钳。我何不去把它拿来，随后我们就可以把你的东西扒拉出来。"

他大惊小怪、爱管闲事、奸诈狡猾地一边说一边又站起身来。我在橱底下摸索，同时密切注意着他。突然我发现，他早就发现我似乎还没发现我那伙计正在橱下面的另一只脚那儿露了出来。我们又搏斗起来。我们抱成一团，在地板上到处乱滚，好像两个无依无靠的大孩子。他浴衣里面是赤裸裸的、淫荡的肉体。在他翻到我身上的时候，我觉得要透不过气来了。我又翻到他的上面。我被压在我们下面。他被压在他们下面。我们滚来滚去。

我猜等这部书出版被人阅读的时候，总也得是公元两千年的最初几年（一九三五年再加上八十年或九十年，长命百岁，我的情人）；年纪大的读

---

① 法文，你陷入了困境，我的朋友。
② 法文，哎，我们现在做什么？

472

者看到这儿，肯定会回想起他们童年时看过的西部片中那些必然会出现的场面。然而，我们之间的扭打既没有那种一拳把牛击昏的猛烈的拳击，也没有家具横飞的场面。他和我像两个用肮脏的棉花和破布填塞成的假人。那是两个文人之间的一场默默无声、软弱无力、没有任何章法的扭打，其中一个被毒品完全弄垮了身体，另一个患有心脏病，而且杜松子酒喝得太多。等我最终把我那宝贵的武器抓到手里，而那个电影剧本作家又在他低矮的椅子上重新坐下的时候，我们俩都上气不接下气，而刚刚经过一场争斗的牧牛人和放羊人却决不会如此。

我决定察看一下手枪——我们的汗水可能破坏了什么机件——喘口气儿，再进行计划中最主要的一项。为了让这短暂的间歇中有点儿事可做，我提议他念一下自己的判决书——我用韵文的形式写的。"惩恶扬善"①这个词语可能正好用在此处。我递给他一份整洁的打字稿。

"好吧，"他说，"这主意妙极了。让我把我的老光眼镜拿来。"（他想站起来。）

"不行。"

"就听你的。要我大声念出来吗？"

"对。"

"我要念了。是用韵文写的嘛。

　　　因为你利用了一个有罪的人

　　　因为你利用

---

① 原文是 poetical justice，指通常在诗歌、戏剧和小说等中表现的善有善报恶有恶报的思想，而直译即是"诗体的审判"，所以说"正好用在此处"。

因为你利

因为你利用了我的不利条件……①

"这很好，你知道。真是好极了。"

……当我像亚当那样赤身露体站在

一条联邦法律及其全部刺人的星宿面前

"噢，气派堂皇的诗节！"

……因为你利用了一桩罪孽

当我无助地脱毛换羽，遍体湿润而柔软

作出最好的打算

梦想在山区一个州结婚

养下一窝小洛丽塔……

"不大明白。"

因为你利用了我内心深处

本质上的单纯无知

因为你欺骗了我——

---

① 作者这里是模仿托·斯·艾略特的《圣灰星期三》(1930)："因为我们不想改变 / 因为我不想 / 因为我不想改变……"

"有点儿重复，什么？我念到哪儿了？"

因为你骗取了我的赎罪

因为你在小伙子们

玩弄勃起机的年岁

占有了她

"变得猥亵了，是吗？"

一个满身绒毛的小姑娘仍戴着罂粟花

仍在色彩鲜艳的黄昏时分吃爆玉米花

黄褐色皮肤的印第安人在那儿接受给予他们的作物

因为你从她怒容满面、神色威严的保护人

手里劫走了她

还对着她保护人眼皮下垂的眼睛吐了一口唾沫

撕破他的黄褐色长袍，黎明时分

让那个粗鄙的家伙在他新的病痛中翻滚

糟透了的爱情和紫罗兰

悔恨绝望，而你

把一个令人生厌的布娃娃撕成碎片

又把它的头扔弃

因为你所做的一切

因为我未做的一切

你必须死

"噢，先生，这的确是一首好诗。就我所知，是你写得最好的一首。"

他把纸折起来，递还给我。

我问他临死前有没有什么重要的话想说。那把自动手枪已经又准备好，可以对这个人使用了。他望了望手枪，长叹了一声。

"你听我说，麦克，"他说，"你喝醉了，我又是个病人。让我们把这桩事推迟一下吧。我需要清静。我还得调治我的阳痿。下午朋友们要来接我去看一场比赛。这场枪弹上膛的闹剧已经变成一件非常讨厌的事。我们都是老于世故的人，不管在哪一方面——两性关系、自由诗、枪法。要是你对我怨恨，我准备作出不同寻常的赔偿。就连一场老式的 rencontre①，用剑或用手枪，在里约或别的地方——也不排除在外。今天我的记忆力和我的口才都不处在最佳的状态，但说实在的，亲爱的亨伯特先生，你也不是一个理想的继父，而且我并没有强迫你那小小的被保护人跟着我走。是她要我把她带到一个比较幸福一点的家里。这幢房子不像我们跟几个朋友共有的那片农场那么现代。不过它相当宽敞，夏天和冬天都很凉爽，一句话——十分舒适，因此既然我打算退休后永远住在英国或佛罗伦萨，我提议你搬进来住。它无偿地都归你。只要你不再拿那把枪对着我（他令人厌恶地咒骂了一句）。顺便问一声，我不知道你是否喜欢稀奇古怪的玩意儿，要是喜欢，我可以给你，也是无偿地，作为家里的玩物，一个相当令人兴奋的小小的畸人：一个有三个乳房的年轻女子，其

---

① 法文，决斗。

476

中 ·个真是个顶呱呱的乳房，这是大自然的一件稀罕、可爱的奇迹。现在，soyons raisonnables①。你只会把我打成重伤，随后自己就在监狱里日渐憔悴，而我会在热带的气候环境下恢复健康。我向你保证，布鲁斯特，你住在这儿会很快活，酒窖里藏着很多酒；还有我下一个剧本的全部版税——眼下我在银行里没有多少钱，但我打算去借——喏，就像莎士比亚受了风寒后所说的，去借，去借，去借。还有一些其他的好处。我们这儿有一个十分可靠、可以收买的打杂女工，一个维布里萨②太太——姓很古怪——她每星期从村子里来两次，唉，今儿她不来，她有好几个女儿，外孙女儿。我还知道一两件有关警察局长的隐私，这使他成了我的奴隶。我是一个剧作家。我被称作美国的梅特林克。梅特林克－施梅特林，我说。得了！所有这一切都很不光彩，现在我也拿不准我做的事到底对不对。决不要用朗姆酒和着海洛因③一块儿服食。现在做个和蔼可亲的人，把枪放下，我认识你可爱的妻子，但并不熟。我的衣服你可以随便拿去穿。噢，还有一件事——你会喜欢的。我楼上收藏着一批独一无二的色情书籍。就提其中的一种：精装的对开本《巴格拉什岛》，探险家和精神分析学家梅兰尼·魏斯④所著，她是个非凡的女性，这是本出色的著作——把枪放下——里面有八百多幅照片，拍的都是一九三二年她在巴达海上巴格拉什岛检查和测量过的男性生殖器官，都是根据在爽朗的天空下交欢所测定绘制的一些非常具有启发性的图表——把枪放下——另外，我还可以为你安排去观看执行死刑，并不是每个人都知道那张椅子给漆成

---

① 法文，让我们理智一些。
② 原文是 vibrissa，指动物嘴边的触须。
③ 原文为 herculanita，系南美产的一种烈性海洛因。
④ 原文为 Melanie Weiss，系德文"黑白"的意思。

黄色——"

Feu！^①这一次我打中了什么硬东西。我打中了一张黑色摇椅的椅背，那张摇椅与多莉·希勒的那张不无相似之处——子弹打在椅子前背上，椅子立刻开始摇晃，速度那么快，摇得那么带劲儿，那时不管哪个人走进房间，都会被眼前这个双重的奇观惊得目瞪口呆：那把摇椅恐惧地拼命摇晃，而我那紫色的目标方才坐在上面的那把扶手椅上也空无一人。他飞快抬起屁股，手指在空中抓挠着，倏地溜进了音乐室，紧接着我们就在门里门外互相拉扯，气喘吁吁；音乐室的门上也有一把钥匙，我先前没有注意。不过这次我还是赢了，难以捉摸的克莱尔忽然一下子在钢琴前坐下，弹了几个粗犷有力、基本上是歇斯底里的琴声轰鸣的和弦，他的下巴不住颤抖，张开的手紧张地往下按去，鼻孔里发出好像电影胶片的声道中的鼻息声，这在我们的搏斗中以前还从没出现过。他仍然发出那些叫人难以忍受的响亮的乐声，一边想用脚打开钢琴旁边一个好像水手用的箱子，但没成功。我的下一发子弹打中了他的胁部，他从椅子上一下子跳起来，越升越高，样子看上去就像年纪衰老、头发花白的疯狂的尼金斯基，像忠信泉^②，像我过去的一场噩梦，等到升到惊人的高度，至少看上去是这样，他划破了空气——空气里仍然颤动着那宏大、深沉的乐声——发出一声嚎叫，脑袋向后仰着，一只手紧紧按着脑门，另一只手抓住胳肢窝，仿佛遭到大黄蜂的叮咬，往下落到地上，很快站住，又成了一个穿着浴衣的正常的人，急急匆匆地跑进外面的门厅。

我以两倍或三倍于袋鼠的速度跳跃向前，跟着他穿过门厅，伸直两

---

① 法文，开火！
② Old Faithful，美国黄石国家公园的间隙泉，每六十七分钟左右喷水一次。

腿，始终保持身了笔直，紧跟在他身后跳了两下，接着像跳芭蕾舞似的奋力跳到他和大门之间，想要拦截住他，因为门并没有关好。

突然，他开始走上宽阔的楼梯，神态庄严，有些阴郁。我换了方位，实际并没有追他上楼，而是迅速地朝他一连开了三四枪，每次都伤着了他；每次我打中他，对他干了这件可怕的事儿以后，他的脸就滑稽可笑地抽动一下，好像是在夸张疼痛；他慢下步子，眼睛转了几转就半闭上，发出一个女人似的声音"啊！"；每次只要一颗子弹打中了他，他就浑身抖动，好像我在挠他痒痒；每次我用那些缓慢、笨拙、盲目的子弹打中他的时候，他总用虚假的英国腔低声说道——同时一直剧烈地抽搐、颤抖、假笑着，尽管如此，却仍用一种奇特的超然甚至亲切的态度说道："噢，这下可真够呛，先生！噢，这下伤得可真厉害，亲爱的朋友。求求你，住手吧！噢——很疼，很疼，真的……上帝！啊！真是可恶透顶，你真不应当——"他到了楼梯平台上，声音逐渐低了下去，但他仍然稳步朝前走去，尽管臃肿的身体里有我打进去的那么许多枪子儿——我苦恼、沮丧地明白自己非但没有打死他，反而给这个可怜的家伙注入了一股又一股活力，仿佛那些子弹是一些药物胶囊，一种令人兴奋的灵丹妙药正在发生效力。

我再次往枪里装好子弹，两只手黑乎乎的沾满了血——我摸到了什么被他浓浓的血涂抹过的东西。接着，我就到楼上去找他，钥匙像黄金似的在我的口袋里丁当作响。

他步履艰难，从一间房走到另一间房，血流如注，极力想找一扇开着的窗子，又摇摇头，仍想劝说我不要打死他。我瞄准了他的脑袋，他一下子退进了主卧室，原先长着一只耳朵的地方喷出一股深紫红色的鲜血。

"滚出去，从这儿滚出去，"他说，一边不住咳嗽，把咳出来的血吐掉。真像一个令人惊讶的噩梦，我看见这个满身血污、却依然活泼开朗的人上了床，把自己裹在乱七八糟的毯子里。我在很近的距离隔着几条毯子开枪打中了他。他向后倒了下去，嘴角旁出现一个具有幼稚涵义的大大的粉红色的气泡，变得像个玩具气球那么大，随后破灭。

有一刹那，我也许跟现实生活失去了联系——噢，根本不是你们普通罪犯扮演的"我只是一时两眼发黑"的那种情况；相反，我想强调下面这个事实：即对他流出的每一滴血我都负有责任，但突然出现了瞬间的变化，我好像在新婚后的卧室里，夏洛特病恹恹地躺在床上。奎尔蒂病得很重。我手里拿着他的一只拖鞋，而不是手枪——我坐在枪上。随后我又坐到床边一张椅子上去，好让自己稍微舒服一点；我看了看手表，表面的玻璃已经掉了，但指针仍在走动。整个这场可悲的事共持续了一个多小时。他终于安静了。我一点儿也没有感到宽慰，反而有个比我希望摆脱掉的负担更为沉重的负担挨近了我，袭上身来，重重地压在我的心头。我实在无法用手去碰他好弄清楚他确实已经死了。看上去他是死了：四分之一个脸已被打掉，两只极为兴奋的苍蝇开始意识到自己交了简直无法相信的好运。我的手看上去也不比他的手好多少。我在隔壁的浴室里尽力把手洗干净。现在我可以走了。当我出现在楼梯平台上的时候，我十分惊讶地发现刚才我以为只是耳鸣而不加理会的一片轻松愉快的聒噪，实际是从楼下客厅里传来的嘈杂的人声和收音机里的音乐声。

我发现下面有许多人，他们显然刚到，正兴高采烈地在喝奎尔蒂的酒。有一个胖胖的男人坐在安乐椅里；两个头发乌黑、脸色苍白的年轻美人儿，无疑是姐妹俩，一大一小（小的那个几乎还是个孩子），相当娴静地并排坐在一张长沙发上。一个脸色红润、长着天蓝色眼睛的小伙子正把两杯酒从那个酒吧间似的厨房里拿出来递给她们。厨房里有两三个女人正在一边闲聊，一边丁丁当当地敲碎冰块。我在房门口站住脚，说道："我刚把克莱尔·奎尔蒂杀了。""干得好！"那个脸色红润的小伙子说，一边把一杯酒递给那个大一点的姑娘。"早就应该有人这么干了，"那个胖胖的男人说。"他说什么，托尼？"一个形容憔悴、金发碧眼的女人从厨房里问道。"他说，"那个脸色红润的小伙子回答说，"他把奎杀了。""唔，"另一个身份不明的男人从一个角落里站起身来说，先前他一直蹲在那儿翻看唱片，"我想我们大伙儿有一天也会对他这么干。""不管怎么说，"托尼说，"他最好还是下来。要是我们想去看那场比赛，就不能再等下去了。""谁给这个人倒一杯酒，"那个胖胖的男人说。"喝啤酒吗？"一个穿宽松裤的女人在远处问道，一边把一杯啤酒举起来给我看。

坐在长沙发上的那两个姑娘都穿着一身黑衣服，年纪小的那个正用手指拨弄着戴在雪白的颈项上的一件亮闪闪的东西。只有她们什么话都没说，只在一旁微笑，显得那么年轻，那么淫荡。音乐停了一会儿，楼梯上突然响了一声。托尼和我走到外面的门厅里。竟然真是奎尔蒂，他已缓慢吃力地走到楼梯平台上，我们看见他站在那儿摇摇晃晃，不住喘气，随后慢慢倒了下去，这一次是永远倒了下去，成了一堆紫红色的东西。

"快点，奎，"托尼笑了一声说，"我相信，他仍然——"他回进客厅，他的后半句话给音乐盖没了。

我肚里暗自说道，这就是奎尔蒂为我上演的这出匠心独运的戏剧的结局。我心情沉重地离开了这幢房子，穿过斑驳耀眼的阳光向我的汽车走去。车的两边停着另外两辆汽车，我费了一番工夫才从中间挤了出去。

三六

剩下的事情有点儿平淡乏味。我缓缓地把车开下山坡，不久发现自己正以同样懒散的速度往跟帕金顿相反的方向行驶。我把雨衣丢在小客厅里，把我那伙计丢在浴室里了。不，那不是我会想要住的房子。我悠然地想着，要是有个天才的外科医生能让盖上被子的奎尔蒂、"无名的克莱尔"起死回生，不知他是否会就此改变自己的生涯，也许甚至改变人类的全部命运。对此我并不在意；总的说来，我希望忘掉这乱糟糟的一切——等我确实知道他死了的时候，唯一叫我感到的满足就是得到了宽慰，知道我不必在精神上一连几个月地守着一个令人痛苦、讨厌的恢复期，其间还会受到各种各样不宜提及的手术和反复的干扰，而且也许还会受到他的拜访的干扰，弄得我还得费力地找出理由来证明他不是鬼。托马斯是有点儿道理。[1]说来奇怪，触觉本来对于人们远远没有视觉那么宝贵，然而到了紧要关头，它却成了我们主要的即便不是唯一的掌握现实的方法。我浑身都沾满了奎尔蒂——沾满了流血前他跌扑翻滚的感觉。

道路这时正穿过开阔的乡野。我忽然想到——不是作为抗议，不是作为象征或任何那一类玩意儿，而只是作为一种新奇的体验——既然我已无视人类的全部法律，干脆我也无视交通规则。于是我开到公路的左侧，看看感觉如何，还真不错。那是一种令人愉快的隔膜消融的感觉，其中有扩散开来的触觉的成分，而所有这些又被一种想法加以强化；这种想法就是没有什么比故意在道路错误的一边行驶更接近于消除基本的物理定律了。从某一点上看，这完全是一种精神上的渴望。我缓缓地、神情恍惚地挨着汽车后视镜所在的那古怪的公路一侧行驶，每小时车速不超过二十英里。路上交通并不拥挤。不时有车从我放弃给它们的那一侧开过我的身边，粗暴地冲着我直按喇叭。迎面而来的汽车先是摇摆晃动，接着突然转向，最后惊恐地大叫。不久我发现就要接近居民区了。闯一次红灯就像我小时候偷偷呷一口大人不准我喝的葡萄酒。这时纷繁复杂的情况不断出现。我受到了跟踪，又受到了护送。接着，在我前面，我看见两辆汽车正摆出阵势要把我的去路完全堵住。我动作优美地把车开出公路，狠狠地颠了两三下之后冲上一个长满青草的斜坡，开到几头吃惊的母牛当中，我就轻轻摇晃着在那儿停下。一种颇有创见的黑格尔哲学综合法把两个去世的女人联系在一起[2]。

不久，我就会给拉出汽车（嗨，梅尔莫什，多谢了，老伙计）——而且，的确，我还盼望着让许多双手来把我抓住，自己不做一点合作的努力，听凭他们把我移动、搬抬；我则像个病人，十分放松、舒舒服服、懒洋洋地听凭他们摆布，并从我的倦怠乏力和警察及救护人员给我的绝对可

---

[1]《圣经·新约·约翰福音》第 20 章："那十二个门徒中有称为低土马的多马（即托马斯）；耶稣来的时候，他没有和他们同在。那些门徒就对他说：'我们已经看见主了。'多马却说：'我非看见他手上的钉痕，用指头探入那钉痕……我总不信。'"

[2] 他因为"冲上一个长满青草的斜坡"，所以想起了夏洛特的死亡。据本书《序文》和第二部第二九章看，洛丽塔必然也已去世。

靠的支持中获得一种神秘的乐趣。当我停在那个高高的斜坡上等着他们向我跑来的时候，我唤起了最后一个奇怪的令人绝望的幻景。有一天，在她失踪后不久，我正在一条废弃了的旧山道上赶路，一阵难以忍受的恶心迫使我停下车子；那条山道一会儿和一条崭新的公路并行，一会儿又横越过去伸向另一个方向；那是晚夏一个淡蓝色的午后，山道边大片的紫菀花沐浴在远离尘嚣的温暖空气里。我猛烈地咳了一阵，好像要把五脏六腑都咳出来似的，随后坐在一块大石头上歇一会儿，想到清新的空气可能对我会有好处，就朝不远处公路陡峭的侧面上的一道低低的石头护墙走过去。小蚱蜢从路旁干枯的野草中跳出来。一片薄薄的浮云正张开胳膊，向另一片略显厚实的浮云移动；这片浮云属于另一个行动缓慢、浮向天际的云系。等我走近那个友好的深渊，我感觉到各种融合汇聚在一起的和谐悦耳的声音，宛如水汽一般，正从我脚下那起伏不平的山谷里的一座小矿镇上升腾而起。你可以辨别出在一排排红色和灰色的屋顶间的几何图形的街道、苍翠扶疏的树木、一条蜿蜒曲折的小溪以及那个闪着矿石似的绚丽光彩的垃圾堆场；小镇那边，条条道路纵横交叉在好像百衲被似的深色和浅色的田野上；再往远处，是密林覆盖的群山。然而比所有这些无声而欢快的色彩更为鲜明的——这些色彩，这些明暗深浅的色调融合在一起，似乎正自得其乐——听起来要比看上去更为鲜明、更为飘忽的，是积聚起的声音像升腾的水汽似的震颤；它一刻也不停，一直升到花岗岩石的边缘，我正站在那儿，擦干净我那发出难闻的气味的嘴巴。不久，我就意识到所有这些声音都具有同一种性质，而且没有其他的声音，只有这些声音从那座透明的小镇的街道上传来，那儿的女人都待在家里，男人则在外奔忙。读者！我所听到的不过是正在嬉戏玩耍的孩子们的悦耳动听的声音，就只有这种声音；而空气是那么清澈明净，因此在这片响亮而又微弱、遥远而又神奇地近在咫尺、坦率而又神圣地莫测高深地混杂着各种声音的水汽中——你可以不时听到一阵几乎相当清楚的活泼的笑声、棒球球棒敲击的噼啪声或一辆玩具货车的哐啷哐啷声，这一切仿佛都是被释放出来似的，但它们太远了，根本无法辨别出他们在那些模模糊糊的街道上的任何活动。我站在这高高的斜坡顶上倾听那悦耳的震颤，倾听那矜持的窃窃私语中间迸发出的不相连的喊叫，随后我明白了那令人心酸、绝望的事并不是洛丽塔不在我的身边，而是她的声音不在那片和声里面。

这就是我的故事。我重读了一遍。里面有粘在上面的些许骨髓，有血，有美丽的绿得发亮的苍蝇。在故事的这个或那个转折处，我觉得我那难以捉摸的自我总是在躲避我，滑进了比我乐意探测的更深邃、更黑暗的海洋。我已把我能掩饰的东西都掩饰了，免得伤害人们。我随意为自己设想了许多笔名，后来才找到一个特别合适的。我的笔记里有"奥托·奥托"、"梅斯麦·梅斯麦①"和"兰伯特·兰伯特"，但不知为了什么，我认为我的选择最确切地表达了我的卑鄙龌龊。

五十六天前，我开始写《洛丽塔》时，先是在精神病房里接受观察，后来在这个暖融融的坟墓似的隔离室里，我想我会在审判时用上所有这些笔记，当然，不是为了救我的性命，而是为了挽救我的灵魂。然而，写到一半的时候，我意识到我不能把活着的洛丽塔暴露出来。在不公开的开庭期里，我还可以使用这部回忆录的一部分，但出版的日期则被推迟了。

因为一些比实际看来更为明显的理由，我反对死刑；我相信这种态

---

① 作者用了奥地利内科大夫梅斯麦（Friedrich Mesmer, 1734—1815）的姓，他是催眠术的创建人。

度会跟宣判的法官是一致的。如果我站到我自己的面前受审，我就会以强奸罪判处亨伯特至少三十五年徒刑，而对其余的指控不予受理。但即便如此，多莉·希勒大概还是会比我多活上好多年。我作出的下面这个决定具有一份签名的遗嘱的全部法律效果和力量：我希望这本回忆录只有在洛丽塔不再活在世上的时候才能出版。

因此，当读者翻开这本书的时候，我们俩都已不在人世了。可是既然血液仍然在我写字的手掌里奔流，你就仍像我一样受到上帝的保佑，我就仍然可以从这儿向在阿拉斯加的你说说话。务必忠实于你的狄克。不要让别的家伙碰你。不要跟陌生人谈话。我希望你会爱你的孩子。我希望他是个男孩。我希望你的那个丈夫会永远待你好，否则，我的鬼魂就会去找他算账，会像黑烟，会像一个疯狂的巨人，把他撕成碎片。不要可怜克·奎。上帝必须在他和亨·亨之间作出选择，上帝让亨·亨至少多活上两三个月，好让他使你活在后代人们的心里。我现在想到欧洲野牛和天使，想到颜料持久的秘密，想到预言性的十四行诗，想到艺术的庇护所。这就是你和我可以共享的唯一不朽的事物，我的洛丽塔。

关于一本题名《洛丽塔》的书

弗拉基米尔·纳博科夫

鉴于我曾装扮过《洛丽塔》书中撰写序文的人物，即老于世故的约翰·雷这个角色，任何直接来自我的评论，都会让人觉得——事实上是让我觉得——这是装扮弗拉基米尔·纳博科夫，来讨论他自己的书。不过，有几点的确要加以讨论；而且，自己出面说话的手法也可以使模仿和典型相融合。

教文学的老师动辄会拿出"作者的意图是什么？"或者还有更糟的"这人是想要说什么呢？"一类问题来问。而我呢，正好是这样的作者：着手写一本书的时候，并没有别的目的，只想这本书脱稿；在要求说明这书的缘起和成书过程的时候，则非得依靠"灵感和关联情节的相互影响"这样的陈旧术语。我承认，这样的说法让人听起来仿佛变戏法的人，借助变另外一个戏法来解说某一个戏法是怎么变的。

我最初感觉到《洛丽塔》的轻微脉动是在一九三九年末，或一九四〇年初，在巴黎，是我急性肋间神经痛发作、不能动弹那个时候。依照我所能记起来的，最初灵感的触动在某种程度上是由报纸的一条新闻引起的。植物园的一只猴子，经过一名科学家几个月的调教，创作了第一幅动物的画作：画中涂抹着囚禁这个可怜东西的笼子的铁条。我心中的冲动与后来产生的思绪并没有文字记录相联系。然而，就是这些思绪，产生了我现在这部小说的蓝本，即一个大约三十页长的短篇小说。我是用俄语写的，俄语是我自一九二四年以来写小说用的语言（这些小说大部分没有翻译成英语，而且全都由于政治原因在俄国禁止出版）。故事中的男人是中欧人，那个没有起名字的性早熟女孩则是法国人，故事的地点是巴黎和普罗旺斯。我让他与这个小女孩患病的母亲结婚，不久她母亲去世。他在一家饭店的房间里企图诱奸这孤儿，但未得逞。于是，亚瑟（这就是他的名字）撞向一辆卡车，轧死在车轮底下。在一个战时的月夜，我把故事读给几个人听，有马克·阿尔达诺夫，有两个社会革命党人，有一个女医生。可是，我不满意这篇小说，一九四〇年移居美国后某一天把它销毁了。

大约在一九四九年，在纽约州北部的伊萨卡，一直不曾完全停息的脉动又开始让我不得安宁。关联情节又带着新的热忱与灵感相伴，要我重新处理这个主题。这一回是用英语写作。英语是我的第一个女家庭教师蕾彻尔·霍姆小姐说的语言。那是在圣彼得堡，大约是一九〇三年。性早熟的女孩现在带一点爱尔兰血统，但是，实际上还是同一个女孩，与她的母亲结婚这一基本想法也保留下来；但是除这些之外，这部作品是新的，而且悄悄地一部长篇小说已经成形。

这部书的写作进行得很慢，因为有许多干扰。创作俄国和西欧大约花了我四十年时间，而现在我面临创作美国的任务。能让我在个人想象的佳酿中注入一点通常的"现实"（倘若不加引号就没有意义的少数词语之一），这样的本地素材要收集，这在我五十岁的时候要难得多，不比我年轻时候在欧洲，那个年代接受能力与记忆能力自然正值最佳时期。期间还有其他的书要写。有那么一两回我险些儿把我的未完成的书稿烧毁，并且抱着我的宝贝已经走到了无辜的草坪上歪斜的焚烧炉影子边，就在这时，一个念头教我停了脚步，心想：在我的后半生，烧毁的书稿的鬼魂会在我的案头游荡。

每年夏天，我和妻子都要去捉蝴蝶。制成的标本陈放在科研机构，例如哈佛比较动物学博物馆或者康奈尔大学收藏馆。钉在蝴蝶下面的采集地标签，对某个有兴趣研究那些属于鲜为人知品种的蝴蝶生长历史的二十一世纪学者来说是有帮助的。就在科罗拉多州的特鲁雷德、怀俄明州的阿弗顿、亚利桑那州的波特尔，以及俄勒冈州的阿什兰，我们采集蝴蝶标本的这些驻地，每到夜晚或遇白天天阴，我就精力充沛地继续写作《洛丽塔》。一九五四年春，书稿抄写完毕，接着便立即开始四处寻找出版社。

起初，经一位谨慎的老朋友劝告之后，我听从了他的话，提出书不署作者姓名。但是我担心自己不久就会后悔，觉得很可能会欲盖弥彰，遮掩反倒透露了缘由，于是决定签署自己的名字出版《洛丽塔》。找了 W、X、Y、Z 四家美国出版社，一家一家挨着把小说打字稿递上，他们让看稿子的编辑翻了翻，结果一个个都被《洛丽塔》惊呆了，他们的惊讶程度甚至出乎我的谨慎的老朋友 F.P. 的意料之外。

诚然，在欧洲古代，并一直延续到十八世纪（明显的例子来自法国），有意的淫亵，与喜剧性的闪现，或者辛辣的讽刺，甚至杰出的诗人放荡不羁时表现的激情，并非是格格不入的，然而，在现代，"色情"这个术语意指品质二流、商业化，以及某些严格的叙述规则，那也是千真万确的。

淫秽必须与平庸配对，因为，所有类型的美学享受都得完全被简单的性刺激所取代，这就要求这传统的词语直接作用于接受者。老一套的刻板规则，色情作者必须遵循，那是要让接受者觉得一定能得到满足，就如同，比方说，侦探小说迷觉得一定能得到满足一样——侦探小说的真正的谋杀者，假如你不留神，到头来会是艺术独创，让侦探小说迷感到讨厌的艺术独创（举例来说，谁想看没有一点对话的侦探小说呢？）。因此，在色情小说里，情节就局限在陈词滥调的组合中。风格、结构、形象，绝不可分散读者的注意力，使他减弱他那不冷不热的欲念。小说中必须有一个个性描写场面。在这些性描写场面之间的段落就必须简化为意义的拼接、最简单形式的逻辑沟通，以及扼要的解说与说明，而这些段落，读者很可能会跳过去，但必须知道拼接的存在，以免觉得上当受骗（这是一种儿时看的"真实"童话的惯例造成的心态）。此外，书中描写性的场面还必须遵循一条渐渐进入高潮的路线，不断要有新变化、新结合、新的性内容，而且参与人数不断增加（萨德那里有一次花匠也被叫来了）。因此，在书的结尾，必须比头几章充斥更多的性内容。

《洛丽塔》开头几章的某些技巧（例如亨伯特的日记）让我最初的读者误认为他们读的是一本淫秽的书。他们以为读下去会有越来越多的淫秽场面。而一旦不见有淫秽描写，这些读者也就不读下去了，觉得乏味，感到沮丧。我疑心，这就是为什么并非四家出版社都把书稿读完的理由之一。他们是否认为我的书是写色情的，我并不感兴趣。他们拒绝买我的书并非因了我对书的主题的处理手法，而是因主题本身之故。因为，书中至少有三个主题对于大多数美国的出版商来说是绝对犯忌的。另外两个主题是：一对黑人与白人的婚姻结合圆满而荣耀，而且是子孙满堂；那彻底的无神论者生活得愉快而有意义，并且在睡梦中仙逝，终年一百零六岁。

看稿子的编辑一些反应非常有意思：有一个审稿的编辑表示，他的公司也许可以考虑出版我的书，假如我把我的洛丽塔改成十二岁的男孩，在地处阴森、荒凉环境的一个粮仓里，被一个叫亨伯特的农民诱奸了。故事的讲述要用简短、有力、"逼真的"句子（"他疯了。我看，我们都疯了。我看上帝疯了。"等等）。虽然大家应该都知道我最讨厌象征与寓意（这一方面由于我与弗洛伊德式的伏都巫术有宿怨，一方面由于我厌恶文学神秘主义者与社会学家发明的概括化），然而，一个平常还聪明的编辑，在翻阅了《洛丽塔》第一部之后把本书说成是"古老的欧洲诱奸了年轻的美国"，而另一个草草翻了一下这部书的人说是"年轻的美国诱奸了古老的欧洲"。X 出版社的顾问们被亨伯特弄得提不起精神，看到第一百八十八页就没有再看下去，然而他们还那么可爱地写信来说书的第二部太长了。而 Y 出版社则表示遗憾，书中竟没有好人。Z 出版社说，要是他们把《洛丽塔》印出来，社长和我就要去坐班房了。

不应指望一个自由国家的作家会关心美感与肉欲之间的确切界限，这一说法是荒唐的；我只会赞赏、却比不过那些将年轻漂亮的哺乳动物的照片刊登在杂志上的人判断的准确，因为要在这些杂志上刊登，一般衣服的领口要低到内行人窃喜为宜，又要高到外行人不皱眉为限。情绪亢奋的平庸之辈大拇指敲打出平庸得不能再平庸的巨著，而且还被写书评的雇佣文人捧为"有力""鲜明"之作。我认为，是有一些读者觉得这样的小说里读到的醒目的文字是很挑逗人的。还有一些文雅之士，他们会认为《洛丽塔》毫无意义，因为它没有教人任何东西。我既不读教诲小说，也不写教诲小说。不管约翰·雷说了什么，《洛丽塔》并不带有道德说教。对于我来说，只有在虚构作品能给我带来我直截地称之为美学幸福的东西时，它才是存在的；那是一种多少总能连接上与艺术（好奇、敦厚、善良、陶醉）为伴的其他生存状态的感觉。这类书不很多。所有其他的书不是应时的拙劣作品，就是有些人称之为思想文学的东西，而这种东西往往也是应时的拙劣作品，仿佛一大块一大块的石膏板，一代一代小心翼翼地往下传，传到后来有人拿了一把锤子，狠狠地敲下去，敲着了巴尔扎克、高尔基、曼[①]。

有些审稿的加在我头上的还有一个罪名，他们说《洛丽塔》是反美的。这一个罪名比起愚蠢地说淫秽不道德来使我痛苦得多了。因为考虑到深度与广度的问题（一块近郊的草坪，一处山间的草地），我设置了许多北美场景。我需要让人心情振奋的环境。要说振奋人心，莫过于粗俗土气了。然而，就粗俗土气而言，古北区与新北区在举止态度上并没有本质的差异。芝加哥哪一个无产者都可以像一个公爵那样资产阶级（取福楼拜意）。我选择美国汽车旅馆而不选择瑞士饭店，也没有选择英国客栈，就是因为我要努力做个美国作家，只要求得到其他美国作家享有的同样的权利。此外，我的亨伯特这个人物是个外国人，一个无政府主义者，除了性早熟女孩这一点之外，还有许多事情我与他的看法也不一样。我所有的俄国读者都知道我的旧世界——俄国，英国，德国，法国——跟我的新世界一样美好，一样个性化。

---

① Thomas Mann（1875—1955），德国小说家、散文家，1929 年诺贝尔文学奖获得者。作品多揭露和批判资本主义社会的腐朽。因抨击纳粹政策于 1933 年流亡国外，1944 年加入美国籍。

为了不至于让人觉得我在这里说的一些话听上去像是在发泄怨气，我得赶紧补充一下：除了以"他为什么要写它？"或"我为什么看写疯子的书？"这样的心情读过《洛丽塔》的打字稿或本书奥林匹亚出版社版的傻瓜之外，还有许多聪明、敏感、坚定的人，他们对本书的理解比我在这里对创作构思的解说要深刻得多。

我认为每一个严肃的作家，手捧着他的已出版的这一本或那一本书，心里永远觉得它是一个安慰。它那常燃小火①一直在地下室里燃着，只要自己心里的温度调节器一触动，一小股熟悉的暖流立刻就会悄悄地迸发。这个安慰，这本书在永远可以想见的远处发出的光亮，是一种极友好的感情；这本书越是符合预先构想的特征与色彩，它的光亮就越充足、越柔和。然而，即便如此，仍然还有一些地方、岔路、最喜欢去的沟谷，比起书中其他部分来，你更急切地回想，更深情地欣赏。自从一九五五年春看了书的清样之后，我没有再读过《洛丽塔》，然而，这部书给了我愉快的感觉，因为它就在屋子里悄悄地陪伴着我，仿佛一个夏日，你知道雾霭散去，它就是一派明媚。每当我这样思念着《洛丽塔》的时候，我似乎总要挑出一些形象段落来回味，譬如，托克萨维奇，或者是拉姆斯代尔学校的学生名册，或者是夏洛特说"防水的"，或者是洛丽塔慢慢吞吞地朝亨伯特的礼物走去，或者是装饰加斯东·戈丹那间按固定格局布置的阁楼要用的图片，或者是那个卡斯比姆理发师（我花了一个月时间写他），或者是洛丽塔打网球，或者是埃尔菲恩斯通医院，或者是脸色苍白、怀着孩子、可爱但已经无法救治、在格雷斯塔（书中的首府）生命垂危的多莉·希

---

① 煤气热水器等家用电器用于引燃大火的常燃小火。

勒，或者是山谷小城顺着山路传上来的丁当声（就在这条山路上我捉到了第一次发现的雌性浅蓝色小蝴蝶，名叫纳博科夫）。这些都是小说的神经。这些都是秘密的脉络，是不容易察觉的坐标，本书就是借助这一方法来展开的——虽然我非常清楚，这些地方，还有别的场景会被那些读者草草翻过去，或者不被注意，或者甚至从没有翻到过，因为他们一开始读这本书的时候就有一个印象，认为它与《放荡女子回忆录》或《风流男人恋爱史》相仿。诚然，我在书中确实有多处隐约提到一个性变态者的生理欲望，但是，我们毕竟不是小孩子，不是不识字的少年犯罪分子，不是英国寄宿学校的男孩子，在通宵达旦同性恋喧闹之后还得忍受阅读洁本古希腊、古罗马作品这样的怪事。

通过阅读虚构小说了解一个国家、了解一个社会阶级或了解一个作家，这种观点是幼稚可笑的。可是，我的为数不多的知心朋友中有一位在读了《洛丽塔》之后发自内心地担忧，说我（我！）竟然生活"在如此令人沮丧的人中间"——而我所经历的唯一困苦是整天要在我的工场里与那些丢弃的手脚和未完工的躯体一起生活。

巴黎奥林匹亚出版社出版了这部书之后，一个美国批评家说《洛丽塔》是我与传奇故事的恋爱的记录。要是拿"英语"取代"传奇故事"，会使这个简洁的公式更正确。不过，说到这里，我感到自己的嗓音过于尖厉了。我的美国朋友没有一个读过我用俄语写的书，因此，对我用英语写的书的优点作的每一个评价，注定是不可能准确的。我个人的悲剧不可能，也不应该是任何人所关心的事，然而我的悲剧是，我不得不丢弃我与生俱来的语言习惯，丢弃我的不受任何约束的、富有表现力的、可以得心应手驾驭的俄语，代之以二流的英语，却又全然没有任何这些道具——蛊

496

惑人的镜子，黑丝绒的背景幕，以及含蓄的联想与传统——而有了这些道具，风度翩翩、穿燕尾服的本土魔术师便可以巧妙地运用，以自己的风格超越传统。

一九五六年十一月十二日

（金绍禹 译）